Editora Charme

Casamento para Um

Ella Ma...

Copyright © 2019. Marriage for One by Ella Maise.
Direitos autorais de tradução© 2019 Editora Charme.

Todos os direitos reservados.

Nenhuma parte desta publicação pode ser reproduzida, distribuída ou transmitida sob qualquer forma ou por qualquer meio, incluindo fotocópias, gravação ou outros métodos mecânicos ou eletrônicos, sem a permissão prévia por escrito da editora, exceto no caso de breves citações consubstanciadas em resenhas críticas e outros usos não comerciais permitido pela lei de direitos autorais.

Este livro é um trabalho de ficção.
Todos os nomes, personagens, locais e incidentes são produtos da imaginação da autora. Qualquer semelhança com pessoas reais, coisas, vivas ou mortas, locais ou eventos é mera coincidência.

1ª Impressão 2020

Produção Editorial - Editora Charme
Adaptação da capa e Produção Gráfica - Verônica Góes
Tradução - Bianca Carvalho
Revisão - Editora Charme
Imagem - Shutterstock e Depositphotos

Esta obra foi negociada por Bookcase Literary Agency.

FICHA CATALOGRÁFICA ELABORADA POR
Bibliotecária: Priscila Gomes Cruz CRB-8/8207

M231c	Maise, Ella
	Casamento para Um/ Ella Maise; Tradução: Bianca Carvalho; Revisão: Equipe Charme; Capa e produção gráfica: Verônica Góes – Campinas, SP: Editora Charme, 2020.
	464 p. il.
	ISBN: 978-65-87150-04-8
	Título Original: Marriage for One
	1. Ficção norte-americana	2. Romance Estrangeiro - I. Maise, Ella. II. Carvalho, Bianca. III. Equipe Charme. IV. Góes, Verônica. VI. Título.
	CDD - 813

www.editoracharme.com.br

Editora Charme

Tradução: Bianca Carvalho

Casamento para Um

Ella Maise

*Para todos aqueles que já nutriram uma
sensação de não pertencimento.*

Capítulo Um

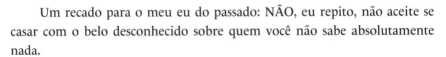

Um recado para o meu eu do passado: NÃO, eu repito, não aceite se casar com o belo desconhecido sobre quem você não sabe absolutamente nada.

— Rose Coleson, você aceita...

Não. Não!

— Jack Hawthorne como seu legítimo marido?

Hummm. Deixe-me pensar. Não. Não.

— Você promete amá-lo, honrá-lo, valorizá-lo e ser fiel até que a morte os separe?

Ser fiel?

De olhos arregalados e um pouco trêmula, olhei para frente enquanto o oficial dizia as palavras que eu temia. Eu estava mesmo fazendo isso? Quando o silêncio na sala quase vazia e deprimente se estendeu e foi a minha vez de falar, eu estava a ponto de hiperventilar. Esforcei-me ao máximo para engolir o nó na garganta para conseguir falar, mas tinha medo de que as palavras que queriam desesperadamente se libertar não fossem: *Sim, aceito.*

Eu não estava me casando em um jardim verdejante, enquanto os poucos amigos que tinha nos aplaudiam, como sempre imaginei que aconteceria. Não estava rindo ou chorando de extrema felicidade, como toda noiva fazia em algum momento da cerimônia. Não tinha um lindo buquê, apenas uma única flor cor-de-rosa que Jack Hawthorne colocou em minhas mãos sem dizer uma palavra logo depois que nos encontramos em frente ao cartório. Eu nem estava usando um vestido branco, muito menos meu vestido de noiva dos sonhos. Jack Hawthorne usava um terno preto sob medida que possivelmente valia um ano do meu aluguel, se não mais. Não era um smoking, mas era tão bom quanto. Ao lado dele, eu parecia uma pobretona. Em vez de um lindo vestido de noiva, usava um azul simples – a única coisa que possuía que era cara e apropriada o suficiente para a ocasião, mas, de alguma forma, ainda era... barata –, e estava ao lado do homem errado, alguém que não fizera nada além de franzir a testa e me encarar.

Além disso, sua mão segurava a minha, com um aperto surpreendentemente forte, especialmente se comparado ao meu, frágil. Um ato tão simples, mas segurar a mão de um estranho enquanto você se casa? Não tem graça. Droga, esqueça o aperto de mão, eu estava prestes a me tornar a esposa de um homem de quem não sabia nada além do que uma rápida pesquisa no Google havia proporcionado.

No entanto, concordei voluntariamente e conscientemente com isso, não foi?

— Srta. Coleson?

Quando minha respiração começou a ficar mais inconstante e o pânico tomou conta de mim, tentei me desvencilhar da mão de Jack Hawthorne, mas senti seus dedos apertarem os meus ainda mais. Eu não sabia o que eu estava pensando ou o que *ele* achava que eu ia fazer, mas não conseguia mentir e dizer que fugir não me passou pela cabeça.

Seu aperto firme foi um pequeno aviso, mas durou pouco. Meu olhar saltou para o rosto dele, que olhava para frente, os olhos fixos no oficiante, suas feições duras como pedra. Frio. Tão frio. Eu pensei ter visto um músculo em sua mandíbula se movimentar, mas foi só piscar que a impressão desapareceu.

O homem demonstrava suas emoções tanto quanto um bloco de cimento, então tentei fazer o que ele estava fazendo: focar no presente.

— Srta. Coleson?

Limpando a garganta, fiz o possível para deixar minha voz firme e não chorar. *Aqui não. Agora não.* Nem todo casamento acontece por amor. Seja como for, o que o amor me ofereceu além de desgosto e noites passadas comendo compulsivamente?

Meu coração estava batendo em alto e bom som dentro do meu peito.

— Eu aceito — finalmente respondi com um sorriso que certamente me fazia parecer uma maluca.

Eu não aceito. Não, não, não, de forma alguma.

Enquanto o homem sorridente repetia as mesmas palavras para o meu quase marido não-sorridente, abafei tudo e todos até a hora das alianças.

Deus! E pensar que eu estava planejando meu casamento com outro homem apenas alguns meses antes, e, mais do que isso, pensar que costumava achar que os casamentos sempre eram românticos... Aquele em específico fazia parecer que eu estava prestes a saltar em queda livre de 13.000 pés, algo que eu preferiria morrer a tentar, e mesmo assim estava lá. Além de *não* estar em um jardim cercado por folhas e flores, a única peça de mobiliário da sala era um sofá em um tom de laranja bastante feio, e, por alguma razão, aquele móvel e sua cor irritante me ofendiam ainda mais. Vai saber por quê.

— Por favor, olhem um para o outro — disse o oficiante, e eu segui suas instruções como um robô. Sentindo-me entorpecida, deixei Jack pegar minha outra mão e, quando seus dedos apertaram os meus, dessa vez, consegui olhar para seus olhos questionadores. Engoli em seco, tentei ignorar o pequeno salto que meu coração deu e lhe ofereci um pequeno sorriso. Ele estava realmente impressionante, de uma maneira fria e calculista. Eu mentiria se dissesse que meu coração não perdeu uma batida na primeira vez que o vi. De forma completamente involuntária. Havia algo forte e misterioso nele. Seus olhos azuis igualmente impressionantes mergulharam nos meus lábios e depois voltaram aos meus olhos. Quando o senti posicionar lentamente o anel no meu dedo, olhei para baixo e vi uma linda aliança com um semicírculo de diamantes redondos me encarando. Surpresa, voltei-me para ele, só para encontrar seus olhos, mas sua atenção estava focada no meu dedo enquanto girava o anel para frente e para trás com o polegar e o indicador. A sensação era tão estranha quanto possível.

— Está tudo bem — sussurrei quando ele não parou de brincar com ele. — É um pouco grande, mas não tem problema.

Ele soltou minha mão e o anel, então olhou para mim.

— Eu cuidarei disso...

— Não há necessidade. Está bom assim.

Eu não fazia ideia se Jack Hawthorne sabia sorrir. Até aquele momento – nas três vezes que o vi –, não testemunhei um único sorriso genuíno, mas era fácil imaginar que, se ele estivesse se casando com alguém por quem estava apaixonado, em vez de mim, haveria pelo menos um leve sorriso brincalhão em seus lábios. Ele não parecia do tipo sorridente, mas certamente haveria um vislumbre. Infelizmente, nenhum de nós era o retrato de um casal recém-casado feliz.

Peguei a mão de Jack para colocar a aliança *dele*, mas chame de nervosismo, falta de jeito ou um sinal, se preferir, o fato é que, antes que eu pudesse tocá-lo, o anel fino e barato escorregou dos meus dedos trêmulos e o vi voar para longe de mim em câmera lenta. Depois do barulho surpreendentemente alto que fez ao cair no chão, corri atrás dele, desculpando-me com ninguém em particular, e tive que ficar de joelhos para poder salvá-lo antes que rolasse sob o feio sofá laranja. Embora o vestido azul-claro que escolhi usar não fosse curto, ainda tive que colocar uma das mãos na bunda para me cobrir e não me mostrar para todo mundo enquanto pegava a maldita coisa antes de ter que engatinhar.

— Peguei! Peguei! — gritei, um pouco entusiasmada demais, por cima do ombro, segurando o anel como se tivesse ganhado um troféu. Quando vi as expressões não impressionadas ao meu redor, senti minhas bochechas ficarem vermelhas. Abaixei o braço, fechei os olhos e soltei um longo suspiro.

Quando me virei de joelhos, notei que meu quase marido sem aliança estava ao meu lado, já oferecendo a mão para me ajudar a levantar. Depois que fiquei de pé, com a ajuda dele, tirei o pó do meu vestido. Olhando para seu rosto, notei tardiamente sua expressão enquanto me segurava: mandíbula cerrada, músculo do pescoço pulsando.

Será que tinha feito algo errado?

— Sinto muito — sussurrei, completamente envergonhada, e recebi um aceno breve em resposta.

O oficiante pigarreou e nos deu um pequeno sorriso.

— Podemos continuar?

Antes que ele pudesse me arrastar de volta, discretamente me inclinei em direção ao meu futuro-talvez-quase marido e sussurrei:

— Olha, eu não tenho certeza em relação a você... você parece... — Fiz uma pausa e soltei outro suspiro longo antes de reunir coragem suficiente para olhar diretamente para os olhos dele. — Não precisamos fazer isso se você mudou de ideia. Tem certeza? E estou falando sério: quer mesmo continuar com isso?

Seus olhos buscaram os meus conforme ignorávamos as outras pessoas na sala, e meu coração acelerou enquanto eu esperava por sua resposta. Por mais que relutasse em me casar, se ele mudasse de ideia, eu estaria completamente ferrada até domingo, e nós dois sabíamos disso.

— Vamos acabar com isso — disse ele um pouco depois.

Bela resposta.

Adorável.

Que começo encorajador para um casamento — arranjado, é claro, mas ainda assim...

Colocamo-nos de volta à frente do oficiante e eu, rapidamente e com sucesso, consegui posicionar a aliança no dedo de Jack na segunda tentativa. Coube perfeitamente nele. Comparado à beleza do que ele me dera, o anel de casamento que comprei para ele no dia anterior parecia tão barato quanto meu vestido, mas era a única coisa que eu podia pagar. Não que ele parecesse se importar. Assisti com olhos curiosos enquanto ele olhava para o anel e, em seguida, fechava em punho a mão na qual eu acabara de colocá-lo, as juntas dos dedos embranquecendo com sua força antes de ele pegar minha mão novamente.

Minha atenção se voltou para o oficial, enquanto este dizia suas palavras finais:

— ... agora eu os declaro marido e mulher. Você pode beijar a noiva.

Era isso? Eu estava casada? Desse jeito?

Olhei para o meu marido, agora oficial, e não soube como reagir por um segundo. Seus olhos encontraram os meus. O que era um simples beijo depois de dizer *eu aceito* para um estranho, certo? Achando que ele estava esperando para ver qual seria a minha reação e querendo acabar com aquilo para que pudéssemos dar o fora dali, fui eu quem deu o primeiro passo. Nossas mãos ainda estavam unidas, e eu evitei seus olhos, mas fiquei na ponta dos pés e dei um beijo suave em sua bochecha. Assim que o soltei e estava prestes a recuar, sua mão, agora livre, agarrou meu pulso em um aperto suave e nossos olhos se encontraram.

Por causa das poucas pessoas ao nosso redor, forcei outro sorriso e o observei lentamente enquanto ele se inclinava para pressionar um beijo no canto da minha boca.

Meu batimento cardíaco acelerou porque achei que ele demorou um pouco demais, e o contato foi um pouco íntimo e longo, quase desconfortável, mas, considerando que estávamos encenando, supus que um beijo inocente não significaria muito. Não foi para mim, e eu tinha certeza de que, definitivamente, não significaria para ele também.

— Parabéns. Desejo a vocês uma vida feliz juntos. — A voz do oficial nos separou, e peguei sua mão para cumprimentá-lo.

Quando nossa única testemunha, que eu sabia ser o motorista de Jack

Hawthorne, se aproximou para parabenizar o homem que agora era meu marido, fechei os olhos e desejei que meu coração relaxasse e enxergasse o lado bom das coisas. Toda aquela farsa me beneficiava mais do que a Jack Hawthorne. Não importava que eu estivesse noiva de outro homem, Joshua, apenas algumas semanas atrás. Este casamento em particular com este homem em particular não tinha nada a ver com amor.

— Você está pronta para partir? — meu marido, muito real e oficial, mas ainda falso, perguntou, e eu abri os olhos.

Eu não estava. De repente, senti-me quente e fria, o que não era um bom sinal, mas encontrei seu olhar e assenti.

— Sim.

Até sairmos do prédio, o motorista nos seguiu a uma distância segura e não dissemos uma única palavra. Então o motorista desapareceu para pegar o carro e nós apenas ficamos parados, observando as pessoas ao nosso redor em um silêncio constrangedor, como se nenhum de nós soubesse como fomos parar naquela rua. Depois de alguns momentos, começamos a falar ao mesmo tempo.

— Precisamos...

— Eu acho que...

— Precisamos voltar — disse ele com firmeza. — Preciso estar no aeroporto em uma hora para pegar o meu voo.

— Ok. Eu não quero te atrasar. Vou me trocar primeiro antes de voltar para a cafeteria e posso facilmente pegar o metrô até o meu apartamento. Não quero que você fique preso no trânsito só porque eu...

— Está tudo bem — ele respondeu distraidamente. Seus olhos não estavam em mim, mas no carro preto que acabara de estacionar no meio-fio. — Por favor — murmurou, e eu senti sua mão tocar a parte de baixo das minhas costas por um breve momento, então ele se adiantou para abrir a porta do carro.

Eita!

Eu não o conhecia o suficiente para argumentar sobre como chegaria em casa, sem mencionar que discutir era a última coisa que eu queria fazer. Durante o tempo que demoramos para sair, comecei a me sentir nauseada a cada passo. Enquanto ele olhava para mim com expectativa, tentei não arrastar os pés demais ao aceitar sua oferta tácita e entrar no carro.

Quando ele entrou pouco depois de mim e bateu a porta, fechei os olhos para analisar a situação.

Foda-se, agora eu sou casada. Não importava quantas vezes repetisse para mim mesma, ainda não conseguia acreditar que havia concordado com isso.

— Tudo certo?

O tom duro e áspero de sua voz me tirou dos meus pensamentos confusos, e virei a cabeça para olhá-lo com um pequeno sorriso.

— Claro. Eu realmente deveria agradecer...

— Não precisa. — Ele me deu um breve aceno de cabeça, antes que eu pudesse terminar, depois concentrou-se em seu motorista. — Raymond, mudança de planos. Precisamos dar uma passada no apartamento primeiro e depois iremos para o aeroporto.

— Sim, senhor.

Engoli em seco e entrelacei minhas mãos no colo. *O que seria agora?*, eu pensei. *Agora é a hora que devemos conversar? Ou é melhor não falarmos nada? Como isso funciona?* Surpreendentemente, ele foi o primeiro a quebrar o silêncio sombrio.

— Posso ficar incomunicável algumas horas por dia, dependendo das minhas reuniões, mas voltarei a responder assim que puder. — Ele estava conversando com seu motorista ou comigo? Eu não fazia ideia. — Se alguma coisa acontecer com Bryan ou mesmo Jodi, se eles causarem algum problema com nosso casamento, me envie uma mensagem. Não fale com nenhum deles até receber notícias minhas. — Era comigo, então. Ele estava olhando para frente, mas falando comigo, porque Jodi e Bryan eram meus primos. — Se tudo correr como planejado, voltarei em uma semana, no máximo. — Ele fez uma pausa. — Se você quiser... pode me acompanhar.

Não.

— Ah, obrigada, mas não posso. Preciso trabalhar na cafeteria, e por mais que...

— Você está certa — ele interrompeu antes que eu pudesse terminar. — Prefiro ir sozinho mesmo.

Ótimo, então...

Balancei a cabeça e olhei pela janela. Não tinha certeza se consegui esconder meu alívio bem o suficiente. O fato de ele ficar ausente por uma semana significava mais sete dias que eu poderia usar para aceitar minha decisão. Eu me agarraria a cada minuto extra que conseguisse.

— Para onde você vai mesmo? — perguntei, percebendo que não fazia ideia.

— Londres.

— Ah, eu sempre quis visitar Londres; qualquer lugar da Europa, na verdade. Você tem sorte de poder viajar. Não sei se os advogados viajam muito, é claro, mas...

Fiz uma pausa e esperei que ele dissesse algo, qualquer coisa que pudesse dar continuidade àquela conversa sem sentido, mas tive a sensação de que não iria acontecer. Eu não estava errada.

— Você tem clientes em Londres? — tentei novamente, mas sabia que era impossível.

Jack levantou o braço e olhou o relógio enquanto balançava a cabeça como resposta à minha pergunta.

— Raymond, pegue a próxima curva. Tire-nos daqui.

Quando não havia nada além de silêncio na parte de trás do carro, fechei os olhos e pressionei a têmpora contra o vidro frio da janela.

Desde que concordei com aquele plano maluco, fiz o possível para não pensar muito nisso. Agora era tarde demais para pensar. Nós nem tivemos tempo de discutir onde eu moraria. Com ele? Sem ele? Nós nos daríamos bem se morássemos juntos? *Joshua*... Ele descobriria que eu tinha me casado? E tão pouco tempo depois do nosso término. De repente, todas as perguntas que eu tinha, e as que eu nem sabia que tinha, entraram na minha mente de uma só vez.

Dez minutos se passaram sem que ninguém no carro pronunciasse uma única palavra. Por alguma razão, isso estava me causando mais pânico do que qualquer coisa. Onde eu tinha me metido? Se eu não conseguia nem ter uma conversa simples com o cara, o que diabos nós faríamos pelos próximos doze ou vinte e quatro meses? Olhar um para o outro? Sentindo-me enjoada, pressionei a palma da mão na barriga, como se pudesse segurar tudo – todas as emoções, decepções, sonhos esquecidos –, mas era tarde demais para isso. Senti a primeira lágrima escorrer pela minha bochecha e, embora tivesse tentado afastá-la rapidamente com as costas da mão, porque não havia motivo para eu chorar, não consegui parar todas as outras que se seguiram. Em apenas alguns minutos, eu estava chorando em silêncio, as lágrimas um fluxo silencioso impossível de impedir.

Ciente de que o rímel provavelmente tinha deixado o meu rosto uma bagunça, chorei sem mover os olhos até o carro parar. Quando os abri e percebi que estávamos indo para o lado errado do Central Park, esqueci minhas lágrimas e olhei para Jack.

— Eu acho que... — comecei, mas as palavras morreram na minha garganta quando vi sua expressão.

Ah, merda! Se eu achei que ele tinha ficado bravo quando deixei o anel cair, estava muito enganada. Suas sobrancelhas se uniram quando seus olhos percorreram meu rosto, e a tensão dentro do carro triplicou.

Esforcei-me ao máximo para limpar as evidências das minhas lágrimas sem me olhar no espelho.

— Este é o caminho errado...

— Leve-a para o apartamento, por favor. Vou sozinho para o aeroporto — disse Jack ao motorista. Então, sua expressão se fechou e seu rosto empalideceu quando se dirigiu a mim. — Foi um erro. Não deveríamos ter feito isso.

Eu ainda estava olhando para ele, em choque, quando saiu do carro, deixando sua esposa – no caso, eu – para trás.

Foi um erro.

Palavras que qualquer garota que se casara apenas trinta minutos antes gostaria de ouvir, certo? Não? Pois é, também acho que não.

Afinal, eu era Rose, e ele era Jack. Estávamos condenados desde o início com esses nomes. Você sabe... o Titanic e tudo o mais.

Número de vezes que Jack Hawthorne sorriu: zero.

Capítulo Dois

JACK

Depois de passar dias tentando ignorar o que eu havia feito, finalmente estava de volta a Nova York e ainda não estava pronto para enfrentar o desastre que criei. Saindo do carro no momento em que Raymond parou em frente ao meu prédio, passei pelo porteiro e entrei no elevador. Enquanto checava minhas mensagens de voz, tentei não pensar em quem e exatamente que tipo de situação estaria esperando por mim no meu apartamento.

Teria que manter uma conversa com ela? Responder mais perguntas?

Eu certamente esperava que não, porque conversar com ela era a última coisa que eu queria fazer. Não se estivesse disposto a seguir meu plano de mantê-la à distância.

No momento em que atravessei o corredor, soube que ela não estava lá. Sentindo-me aliviado e irritado ao mesmo tempo – aliviado porque estava sozinho como queria desde o início, mas irritado porque ela não estava onde deveria estar –, deixei a bagagem no quarto e caminhei lentamente pelo apartamento, apenas para me certificar. Acendendo e apagando as luzes, verifiquei todos os cômodos, inspecionando tudo, procurando algo fora do lugar, tentando ver se alguém estivera lá depois que eu saí. Quando cheguei ao último quarto – onde ela deveria ficar – e o encontrei exatamente como deixei quando viajei para Londres, esfreguei o pescoço, esperando que isso ajudasse a aliviar a dor de cabeça que estava prestes a chegar. Andando pela sala, saí para o terraço para olhar a cidade movimentada, imaginando o que eu deveria fazer a seguir.

O que eu fiz?

ALGUMAS SEMANAS ANTES...

Assim que recebi a ligação do saguão, saí do meu escritório para esperá-la na frente dos elevadores. Meu principal objetivo era interceptá-la antes que pudesse chegar à sala de reuniões onde o restante de sua família se juntaria a ela em pouco mais de meia hora. Alguns minutos depois, as portas do elevador se abriram com um *ping* e Rose Coleson saiu. Os cabelos castanhos caíam em ondas, a franja longa o suficiente para quase cobrir os olhos. Ela usava maquiagem mínima e vestia um jeans preto simples e uma blusa branca ainda mais simples. Eu esperei enquanto ela caminhava até a recepção.

— Olá. Como posso ajudá-la? — Deb, nossa recepcionista, perguntou com um sorriso profissional.

Ouvi Rose pigarrear e vi seus dedos agarrarem a borda do balcão.

— Oi. Estou aqui para a reunião dos Coleson e...

Antes que ela pudesse terminar a frase, Deb notou que eu estava esperando e, ignorando Rose completamente, voltou seu olhar para mim.

— Senhor Hawthorne? Há algo que eu possa fazer para ajudá-lo? Seu compromisso de duas e meia está...

— Não, não há. — Ignorando o olhar surpreso de Deb, concentrei-me em Rose Coleson. — Srta. Coleson. — Quando ela ouviu seu nome, olhou para mim por cima do ombro e soltou o balcão para me encarar. — Sua reunião é comigo — continuei. — Se puder me seguir...

Deb interrompeu quando Rose deu um passo para me seguir.

— Senhor Hawthorne, acho que está enganado. A reunião dos Coleson é...

— *Obrigado, Deb* — cortei, não me importando se ela se ofendera com meu tom ou não. — Senhorita Coleson — repeti, talvez um pouco mais rude do que pretendia. Eu precisava terminar essa reunião e seguir em frente com o meu dia. — Por aqui, por favor.

Depois de uma rápida olhada em Deb, Rose se aproximou.

— Senhor Hawthorne? Acho que pode haver um erro aqui. Eu deveria me encontrar com o sr. Reeves...

— Posso garantir que não há erros. Se não se importar de entrar no meu escritório para ter privacidade, há algumas coisas que gostaria de discutir com você. — Eu assisti, impaciente, enquanto ela pensava a respeito.

— Disseram-me que eu teria que assinar alguma coisa e então poderia ir. Tenho outro compromisso no Brooklyn, não vou poder ficar por muito tempo.

Dei-lhe um breve aceno de cabeça.

Depois de hesitar por alguns instantes e de olhar novamente para a nossa recepcionista, ela me seguiu em direção ao meu escritório, em silêncio.

Depois de uma longa caminhada, abri a porta de vidro para ela entrar.

Pedi que Cynthia, minha assistente, não passasse ligações, e então esperei até que Rose estivesse acomodada. Segurando sua volumosa bolsa marrom no colo, ela me lançou um olhar cheio de expectativa, enquanto eu sentava atrás da minha mesa.

— Pensei que o advogado dos Coleson era Tim Reeves, pelo menos o advogado imobiliário. Houve alguma mudança? — ela perguntou antes que eu pudesse dizer uma única palavra.

— Não, srta. Coleson. Tim foi quem elaborou o testamento, e é ele quem está lidando com tudo no momento.

— Então ainda não entendi...

— Não sou advogado imobiliário, mas ajudei a equipe que estava lidando com os casos corporativos de seu falecido pai em algumas ocasiões no ano passado. Quer beber alguma coisa? Café, talvez? Ou chá?

— Não, obrigada. Como disse, tenho outro compromisso...

— Ao qual você precisa comparecer — terminei para ela. — Compreendo. Isso é...

— Ele era meu tio, a propósito.

— O quê?

— Você disse pai. Gary Coleson era meu tio, não pai.

Ergui uma sobrancelha. Isso era algo que eu já sabia, mas aparentemente estava muito distraído para me lembrar de todos os detalhes.

— Está certo. Peço desculpas.

— Tudo bem... eu só quis mencionar para o caso de você não estar ciente. Receio que também seja a razão pela qual não fui mencionada no testamento, o que nos traz de volta ao início da conversa, sr. Hawthorne. Não tenho certeza do porquê de você querer conversar comigo.

Nada estava acontecendo como eu havia planejado. Tudo bem que eu não tinha pensado em como queria que acontecesse, mas, ainda assim, não era bom o bastante.

— Eu li o testamento — admiti, depois de analisar a maneira como ela estava se comportando: sentada na beirada da cadeira, impaciente e pronta para fugir. Talvez ela apreciasse uma abordagem mais direta, e eu era profissional nisso.

— Ok — ela respondeu, erguendo uma sobrancelha.

— Gostaria de falar com você sobre o imóvel da Avenida Madison, de propriedade do seu tio.

Os ombros dela se enrijeceram.

— O que tem ele?

— Gostaria de saber qual é o seu plano em relação à propriedade. Acredito que você e Gary assinaram um contrato, um pouco antes de sua morte, indicando que você a usaria por um curto período de tempo, algo como dois anos, e pagaria a ele apenas uma pequena quantia de aluguel em vez do valor real que o lugar vale. No final dos dois anos, você se mudaria. Estou certo?

Ela franziu a testa para mim, mas assentiu.

Satisfeito por ela estar acompanhando, continuei:

— O contrato foi firmado no testamento, mas Gary optou por acrescentar uma cláusula que acredito que você tenha descoberto recentemente. Se algo acontecesse com ele durante esses dois anos, ele queria que a propriedade fosse transferida para o seu marido...

— Se eu fosse casada — Rose completou, com o queixo erguido.

— Sim. — Olhei para a sua mão esquerda, e ela seguiu meu olhar. — Se você fosse casada, é claro.

Seus olhos se voltaram para os meus no segundo seguinte, e vi uma carranca se formar entre suas sobrancelhas.

— Eu já sei de tudo isso — explicou ela lentamente. — Gary estava feliz porque eu ia me casar com Joshua, meu noivo. Os dois se davam bem, e meu tio gostava dele. Nós dois somos formados em Administração, mas, aparentemente, ele confiava mais em Joshua...

— Seu *ex*-noivo, você quer dizer — lembrei a ela.

Ela fez uma pausa ao ouvir minhas palavras, mas seus dedos finalmente soltaram a bolsa enquanto tentava seguir minha linha de raciocínio.

— Sim. Certo. Claro, ex-noivo. Ainda é um hábito. Nós terminamos apenas algumas semanas atrás. Sinto muito, mas como você sabe que ele é meu ex-noivo?

Fiz uma pausa, tentando tomar cuidado com as minhas palavras.

— Faço minhas pesquisas, srta. Coleson. Por favor, continue.

Ela me estudou por um longo tempo enquanto eu esperava pacientemente.

— Eu nem sabia que ele mencionaria nosso contrato no testamento. Também nunca esperei que me tornasse proprietária do imóvel, isso não constava no contrato. Ele estava me deixando usar o imóvel por apenas dois anos; depois do prazo, eu deveria sair. Então meu tio e sua esposa, Angela, morreram no acidente de carro e fiquei sabendo que, em testamento, ele deixou registrado que planejava deixar a propriedade para o meu marido.

— Talvez essa fosse a maneira que ele encontrou de lhe dar algo. Uma surpresa, talvez. Um presente de casamento, quem sabe.

— Sim. Talvez. Talvez tenha sido essa a maneira que encontrou de nos deixar o lugar, mas não estou casada com Joshua no momento, estou? Então não recebo nada. — Ela encolheu os ombros. — Tudo o que sabia era que Gary achava que a presença de Joshua seria necessária se eu levasse a sério a abertura da minha cafeteria. Discordei dele. Não importava que tivéssemos começado a discutir a possibilidade de eu usar o espaço um ano antes de Joshua entrar na minha vida. Ele achava que eu não conseguiria lidar com o trabalho sozinha, e Joshua estava trocando de emprego, então ele achou que fazia sentido. Não acredito que confiasse mais em Joshua do que em mim porque estudou em uma faculdade melhor. Além disso, não se esqueça do fato de eu ser mulher, e Joshua ser homem. Ele era antiquado e não acreditava que as mulheres pudessem cuidar de negócios. No entanto, quando conversamos sobre isso mais uma vez e contei a ele sobre meus planos para o local, ele concordou em me deixar usar sua propriedade. Joshua não foi mencionado na conversa, nem o contrato, em todo caso. Ele nunca fez estipulações, além do fato de que eu só poderia usar o espaço por dois anos e então teria que procurar outro lugar. Essa foi toda a ajuda que ele estava disposto a me dar. Nada mais, nada menos. Fiquei agradecida, de qualquer maneira. Não sei por que ele achou necessário acrescentar Joshua em seu testamento. E por que estou te dizendo tudo isso?

Recostei-me na minha cadeira, tentando ficar confortável. Agora estávamos chegando a algum lugar.

— Ele ainda não faz parte da conversa.

— Eu... o quê?

— Gary nunca mencionou o nome do seu ex-noivo. Ele nunca especificou quem seria o proprietário da propriedade, caso falecesse. Há apenas a menção de um *marido*.

— Isso não importa. Eu iria me casar com Joshua este ano, e ele sabia disso, mas, no final das contas, não me casei. Joshua terminou comigo dois dias após a morte deles. Então, como não sou casada, sr. Hawthorne, e não pretendo me casar com ninguém tão cedo, não vou poder usar o espaço e muito menos ele será meu. Conversei com meus primos, Bryan e Jodi, mas eles não estão interessados em honrar o contrato que assinei com o pai deles, o que significa que não vou poder abrir a minha cafeteria. Neste ponto, estou apenas tentando aceitar o fato de que joguei fora cinquenta mil dólares, que consegui economizar trabalhando por nem sei quantos anos, em um lugar que nunca será meu, de qualquer maneira. Além de tudo isso, perdi duas pessoas que eram importantes para mim no mesmo acidente de carro naquele dia. Embora eu fosse sobrinha de Gary, eles nunca me viram como seu próprio sangue, mas se tornaram minha única família depois que meu pai faleceu quando eu tinha nove anos. Seja como for, em vez de me deixar para adoção, Gary concordou em me aceitar, e isso é tudo o que importa. Portanto, para responder à sua pergunta anterior, não tenho planos em relação à propriedade porque não tenho mais permissão para usá-la.

Um pouco sem fôlego e, pelo que pude ver, muito magoada, ela se levantou e colocou a bolsa no ombro.

— Ok, eu realmente não quero ser rude, mas acredito que isso foi um desperdício do nosso tempo. Fiquei um pouco curiosa quando te segui até aqui, admito, mas não tenho tempo para examinar sem motivo algum coisas que já sei. Tenho uma entrevista de trabalho à qual preciso comparecer e não posso me atrasar. Acho que terminamos aqui, certo? Foi um prazer conhecê-lo, sr. Hawthorne.

Pensando que nossa conversa havia terminado, ela estendeu a mão por sobre a minha mesa, e eu a encarei por um segundo. Antes que ela decidisse ir embora, soltei um suspiro, levantei da cadeira e olhei nos olhos dela quando peguei sua mão.

Era isso. Aquela era a parte em que eu deveria dizer *foi um prazer conhecê-la* e prosseguir com o meu dia. Mas não fiz isso.

Com uma voz calma e imperturbável, eu disse o que estava esperando para dizer:

— Você não está sendo rude, senhorita Coleson, mas, antes de partir, gostaria que se casasse comigo. — Quebrando nosso contato, enfiei as mãos nos bolsos, observando sua reação.

Após um breve momento de hesitação, ela respondeu:

— Claro, que tal fazer isso depois da minha entrevista de emprego, mas antes do jantar? Porque, você sabe, eu já fiz planos com Tom Hardy e acho que não posso adiar...

— Você está zombando de mim? — Fiquei absolutamente imóvel.

Seus olhos estreitos se moveram pelo meu rosto, buscando uma resposta, presumi. Quando ela não conseguiu encontrar o que estava procurando, sua vontade de discutir desapareceu, e, bem na minha frente, todo o seu comportamento – que se tornara mais rude no segundo em que comecei a fazer perguntas sobre seu ex-noivo – suavizou, e ela suspirou.

— Você não estava fazendo uma piada de mau gosto?

— Pareço alguém que conta piadas?

Fazendo um som indefinido, ela se remexeu.

— À primeira vista... Não posso dizer que sim, mas não o conheço o suficiente para ter certeza.

— Vou lhe poupar o esforço: não faço piadas.

Ela me lançou um olhar confuso como se eu tivesse dito algo surpreendente.

— Ok. Acho que mesmo assim vou embora agora.

Com isso, ela me surpreendeu e se virou para sair. Antes que pudesse abrir a porta, eu falei:

— Você não está interessada em saber mais sobre a minha oferta?

A mão de Rose já estava na maçaneta quando ela parou. Com os ombros rígidos, soltou-a e se virou para mim.

Depois de abrir e fechar a boca, olhou diretamente nos meus olhos, do outro lado da sala.

— Sua oferta? Só para ver se eu entendi direito e ter certeza de que não ouvi errado, você poderia repetir a tal oferta?

— Estou me oferecendo para casar com você.

Subindo a bolsa mais alto no ombro, ela pigarreou.

— Senhor Hawthorne, acho... acho que estou lisonjeada por você...

— Senhorita Coleson — eu a interrompi sem rodeios, antes que ela pudesse terminar sua frase. — Garanto que minha oferta de casamento é estritamente um acordo comercial. Tenho certeza de que não está pensando que estou expressando interesse em você. Tive a impressão de que poderia ajudá-la. Estou errado?

— Me ajudar? Eu nem te conheço e, definitivamente, não me lembro de ter pedido...

— Se aceitar minha oferta, terá tempo suficiente para me conhecer.

— Se eu aceitar sua oferta... que é um negócio disfarçado de casamento. Acho que não estou acompanhando seu raciocínio.

— Talvez, se você explicasse qual parte não entendeu, eu possa ajudá-la.

— Que tal tudo? Acho que parece um bom lugar para começar.

— Certo, é claro. Se você se sentar, ficarei *feliz* em entrar em mais detalhes. Por exemplo, posso garantir que suas economias, que você já gastou em uma cafeteria que pode nem abrir as portas, não serão desperdiçadas. — Ela certamente podia ver pela minha expressão que eu não estava nem um pouco feliz com qualquer parte da nossa conversa.

— Como você sabe que eram as minhas economias...?

— Como eu disse antes, faço as minhas...

— Pesquisas, não é? Já entendi na primeira vez. — Ela afastou o olhar de mim, seus olhos examinando o corredor do lado de fora do meu escritório. Levou alguns segundos para fazer uma escolha entre sair e ficar. Então, com relutância, voltou à minha mesa e, tão relutante quanto, sentou-se na beira do assento outra vez. Seus olhos desconfiados tinham toda a minha atenção.

— Bom... — Quando tive certeza de que ela não iria fugir, sentei-me também. — Agora que você está acomodada, gostaria que considerasse a minha oferta.

Fechando os olhos brevemente, ela respirou fundo e soltou tudo:

— Veja bem, você ainda não me explicou nada. Só continua perguntando a mesma coisa, e eu permaneço com o mesmo desejo de me levantar e sair.

— Gostaria que nos casássemos por vários motivos, mas o que mais lhe interessaria é o fato de poder abrir sua cafeteria na Avenida Madison.

Quando ela não fez nenhum comentário, ficamos em silêncio.

— É isso? — ela finalmente perguntou, em um tom impaciente. — Você quer se casar comigo... Desculpe, fazer um *acordo de negócios*, se casando comigo, para que eu possa abrir a minha cafeteria?

— Parece que você me entendeu bem o suficiente.

Depois de outro olhar perplexo, ela se recostou no assento e depois se levantou, largou a bolsa na cadeira e caminhou até as janelas que tocavam o chão para contemplar o horizonte. Um minuto inteiro se passou em silêncio, e minha paciência começou a se esgotar.

— Você só pode ser louco, então — disse ela. — Você é louco, sr. Hawthorne?

— Não vou responder a essa pergunta — falei laconicamente.

— Isso não é novidade. Você não está respondendo às minhas perguntas, não está explicando as coisas.

— Eu quero ajudar você. É simples assim.

Ela olhou para mim com seus grandes olhos castanhos, como se eu tivesse enlouquecido. Quando não prossegui, levantou os braços e logo os deixou cair novamente.

— Que simples! Poderia explicar mais, por favor? Você quer me ajudar, por algum motivo insano... A mim, alguém que, aliás, nem conhece o seu primeiro nome.

— Meu primeiro nome é Jack.

Ela me estudou por um longo momento, nossos olhares presos um no outro.

— Você está falando sério, não está? Este é um serviço que oferece a todos os seus clientes, Jack Hawthorne? Oferece ajuda casando-se com eles?

— Você é a primeira, senhorita Coleson.

— Então, eu sou a sortuda.

— De certa forma, sim.

Voltando a olhar para a janela, ela baixou a cabeça e esfregou as têmporas.

— Por quê?

— Você está me perguntando por que você é a sortuda?

Bufando, ela olhou para mim por cima do ombro.

— Não, eu não estou te perguntando isso... Você pode me dar mais informações, por favor? Frases reais que expliquem as coisas e realmente façam sentido? Tenho certeza de que não está me pedindo para me casar com você apenas para me ajudar. O que você ganha? Quais são todos os motivos que mencionou? — Ela olhou em volta do meu escritório, observando tudo, inclusive a mim, todos os móveis caros, minhas roupas, a vista, os clientes e advogados que passavam. — Vou apostar e dizer que não se trata de dinheiro, porque acho que não tenho nada a oferecer nesse quesito.

— Você está certa, não preciso de dinheiro. Como disse antes, será estritamente um negócio. Não significa mais nada para mim. Quando seguirmos em frente com o casamento...

— Você está muito certo da minha resposta, sendo que ainda estou tentando descobrir se é *você* quem está zombando de *mim*.

Ignorei a avaliação dela e continuei:

— Não será nada além de uma transação comercial entre duas pessoas. — Levantei-me e caminhei em sua direção. — Entrei na sociedade este ano, senhorita Coleson. Tenho 31 anos, o sócio mais jovem da empresa, e, para lidar adequadamente com alguns de meus clientes atuais e futuros, preciso causar uma boa impressão. Há jantares formais e informais, eventos dos quais preciso participar. Embora não seja necessário estar em um relacionamento sério ou ser um *homem de família*, como eles dizem, acredito que posso usar a ilusão que um casamento proporcionará em minha vantagem. Não quero perder nenhum dos meus clientes ou clientes em potencial para outros sócios.

Cruzando os braços contra o peito, ela me encarou e nos entreolhamos. Eu não conseguia nem começar a adivinhar o que estava passando por sua cabeça. A minha, por outro lado – maldita fosse –, estava em guerra com a minha consciência.

— Por que não se casar com alguém que você ama? Alguém com quem esteja namorando? Alguém que realmente *conheça*? Por que *eu*? Você não sabe nada sobre mim. Não somos nada além de dois estranhos. — Aparentemente tentando conter suas emoções, ela respirou fundo. — Me chame de antiquada, sr. Hawthorne, mas sou romântica. Acredito na ideia de me casar com alguém por amor e apenas por amor. Casamento é... Casamento significa algo completamente diferente para mim do que acho que significa para você. Não quero insultá-lo, porque não o conheço, mas você não me parece alguém que valoriza muito...

— Pode terminar a sua frase, senhorita Coleson. — Coloquei as mãos de volta nos bolsos da calça.

— Acho que você entendeu o que eu quero dizer.

Balancei a cabeça porque, de fato, entendi.

— Não tenho tempo para relacionamentos no momento e não vou me casar com alguém que acabará esperando mais do que estou disposto a oferecer. Não estou lhe oferecendo algo que não estou pronto para dar, e você não deve ser *tão* ingênua, não é? Não pode pensar que só quero me casar com você para ter alguém pendurado no meu braço em ocasiões apropriadas e me pagar uma pequena quantia de aluguel.

Sua coluna se endireitou, e seus olhos atiraram punhais em mim.

— Ingênua? Acredite em mim, sr. Hawthorne, eu não sou *tão* ingênua. Se eu fosse casada, meu marido seria o dono da propriedade, é o que diz o testamento. Então, se você for meu marido... — Ela fez uma pausa e depois deu de ombros. — Eu entendo que você talvez esteja interessado na propriedade também, mas ainda estou esperando para saber sobre a parte em que me ajudaria. Até agora, o que sei é que você vai conseguir tudo o que deseja. Não consigo entender como me casar com você poderá me ajudar a recuperar as economias, que certamente devem ser muito escassas para você, que já gastei para comprar tudo para a cafeteria. Onde vou abrir a cafeteria, aliás? Nesse cenário, você receberá a esposa falsa e uma propriedade, que suponho que possa comprar dos meus primos, se eles estiverem pensando em vendê-la, se é isso que você deseja.

— Não acho que eles estejam interessados em vender. Mesmo se estivessem, por que gastaria tanto dinheiro em algo que posso obter de graça? E, para lhe dar mais contexto sobre o assunto, eu não estava procurando alguém para me casar, mas, quando me pediram para ler o testamento para aconselhar sobre alguns assuntos, descobri sua situação e achei que poderíamos nos ajudar. Para esclarecer outra coisa que mencionou, não somos completos estranhos. Nós nos encontramos antes, uma vez, um ano atrás. Foi apenas um breve encontro em uma das festas do seu tio, mas já me ajudou a associar um rosto ao nome. Por mais vago que fosse, eu tinha uma ideia de quem você é e, quanto ao resto... tive tempo suficiente para descobrir o que precisava sobre você e tenho certeza de que terá a mesma oportunidade ao meu respeito.

— Nós nos conhecemos? Onde? Eu não me lembro.

Desconfortável, remexi-me e, não querendo entrar em muitos detalhes, gesticulei para que deixasse a pergunta de lado.

— Se você não se lembra, não faz sentido relembrar. Como eu disse, não passou de uma breve apresentação. Mais alguma coisa que você gostaria de saber?

— Você está realmente falando sério? De verdade?

Olhei para o relógio na parede. Eu estava perdendo tempo.

— Não vou continuar me repetindo, senhorita Coleson. Se você aceitar, nos casaremos e a propriedade será transferida para mim. Depois disso, honrarei os termos do contrato inicial e você poderá prosseguir com os seus planos.

Ela suspirou e pareceu refletir sobre minhas palavras.

— E assim? Isso é *tudo*? A propriedade, participar de eventos e agir como se estivéssemos casados na frente de outras pessoas? Nada mais?

— É exatamente isso, e apenas por dois anos. Nada mais, nada menos.

Afastando o olhar de mim, ela puxou o lábio entre os dentes.

— Dois anos? Certo, porque isso não é nada. Não é ilegal? Não *seria* ilegal?

— Por que seria?

Ela me lançou um olhar exasperado.

— Tudo bem. E Jodi e Bryan? Não tem como eles acreditarem que é um casamento real. Ele não pode contestar, desafiar ou o que quer que as pessoas façam nessa situação, para me impedir de abrir a cafeteria e de você ter a propriedade? — Com uma carranca, ela balançou a cabeça. — Não estou dizendo que vou fazer isso, mas se, por algum motivo insano, eu aceitasse a sua oferta... nem acredito que estou pensando nisso, muito menos dizendo em voz alta.

Não foi difícil enxergar o olhar esperançoso em seu rosto. Sabendo que era a hora certa, dei-lhe outro pequeno empurrão.

— Não é uma decisão difícil, senhorita Coleson. Se eu suspeitasse que poderia haver consequências, para mim ou para você, não faria essa oferta. Sou o melhor no que faço e ninguém contestará nada. Se você aceitar, cuidarei dos seus primos. Eles não serão um problema, posso garantir. — Dei de ombros, de forma despretensiosa. — Não é da conta de ninguém, só da nossa, e você não deve explicações a nenhum deles.

Seus olhos focaram no chão, e ela continuou balançando a cabeça. Eu já sabia qual seria sua resposta – ela estava fazendo perguntas, o que significava que estava considerando. Já estava sacramentado. Se eu ainda não tivesse certeza do resultado, não teria feito a oferta. Rose gastara todas as suas economias em seu sonho, o que dificultaria uma rejeição e beneficiaria a nós dois. Eu também sabia que isso não significava que receberia uma resposta sem resistência.

Assustados, nós dois olhamos para a minha assistente, Cynthia, quando esta bateu na porta de vidro e entrou.

— Seu próximo cliente já chegou, sr. Hawthorne, e o senhor pediu que eu o informasse quando a outra reunião tivesse começado.

— Obrigado, Cynthia. Vou precisar de mais alguns minutos aqui.

Quando Cynthia assentiu e fechou a porta, Rose Coleson levantou-se e pegou sua bolsa.

— Melhor eu ir agora... vou pensar em...

— Receio que precise me dar a resposta agora. — Eu não saí do meu lugar.

Ela parou de mexer na bolsa e encontrou o meu olhar.

— O quê? Por quê?

— Porque, como Cynthia nos informou, seus primos estão na sala de reuniões no momento, discutindo como lidar com as propriedades. Se você aceitar a minha oferta, vamos nos juntar a eles e anunciar nossa situação. Se não o fizer, perderá sua última chance.

— Você não pode esperar que eu decida agora. Acha que eles vão acreditar que nos apaixonamos à primeira vista? E então decidimos nos casar em uma semana?

— E como eles saberiam disso? Como eles saberiam quando ou como nos conhecemos? — Tirei as mãos dos bolsos e dei de ombros, voltando para a minha mesa. — Não é problema nosso se eles acreditarem que nos conhecemos semanas ou meses atrás.

— Meu noivo acabou de me deixar há algumas semanas, sr. Hawthorne. Sem explicações. Por nenhuma razão. Eles me conhecem o suficiente para saber que não me casaria com outra pessoa tão rapidamente.

— O que você quer dizer?

— *O que eu quero dizer?* — Frustrada, ela balançou a cabeça. — Não acredito que isso esteja acontecendo.

Oprimida e parecendo confusa, ela se lançou novamente na cadeira. Eu me senti um babaca por forçar uma resposta, mas tinha um milhão de coisas para fazer e pouco tempo para isso. Para avançarmos, eu precisava saber imediatamente, porque não me colocaria nessa situação outra vez.

— Vou precisar dessa resposta, senhorita Coleson.

— Preciso saber de mais detalhes, sr. Hawthorne. Além disso, poderia parar de me chamar de *senhorita Coleson*?

— Os detalhes não são importantes no momento. É um sim ou um não.

— Você está me pressionando. Eu não gosto disso. Eu não gosto disso.

— Não estou fazendo nada disso. Você pode sair do meu escritório a qualquer momento, depois de me dar uma resposta definitiva. Não precisa dizer sim, mas, quando responder, não esqueça que foi sua própria decisão. Não tenho nada a perder nisso. Se não ficar com essa propriedade, encontrarei outra coisa na Avenida Madison. Pode dizer o mesmo?

Com as mãos apoiadas no colo, as palmas contra o jeans, ela levantou a cabeça e olhou para mim.

— Isso é uma loucura. Se eu fizer isso, vou me considerar uma louca. Você é insano.

— Já deixou bem claro o que pensa de mim. — Meio sentado na mesa, cruzei os braços. — Isso nos beneficiará, senhorita Coleson. Se assinarmos aquele simples pedaço de papel que nos tornará casados, você poderá abrir sua cafeteria e nada mais mudará por dois anos. Se não o fizermos, você perderá todo o dinheiro que gastou em móveis e equipamentos que não poderá usar no momento. Da minha parte, não há decisão a tomar. Estou lhe oferecendo uma tábua de salvação. Se concordar em perder tudo isso, não temos mais nada a discutir.

— Não combinamos, sr. Hawthorne. Você certamente deve ver isso.

— Não, também acho que não. Concordo plenamente com você, mas, novamente, acredito que isso não será um problema para o que temos em mente. Se sua resposta for não, informe-me para que eu possa seguir para a minha próxima reunião.

Segundos se passaram enquanto eu esperava sua resposta, e pude ver o momento exato em que seu sonho de abrir sua própria cafeteria influenciou sua decisão, exatamente como eu suspeitava que aconteceria.

— Não acredito que estou dizendo isso. E nem acredito que isso está acontecendo agora, mas, se queremos que eles acreditem que vamos nos casar, acho que você deveria começar a me chamar de Rose.

— Ótimo. Discutiremos os detalhes em outra data. Enquanto isso, vou elaborar um contrato de casamento que cubra tudo. — Levantando-me da mesa, atravessei a porta e a abri para ela.

— Seis meses — ela deixou escapar.

Arqueei uma sobrancelha quando ela se levantou e se virou para me olhar.

— Seis meses?

— Sim. Quero que você me dê seis meses antes de começar a pagar o valor do aluguel discutido no contrato original. — Ela balançou a cabeça, com o cenho franzido, como se não tivesse tanta certeza do que estava dizendo. — Sei que isso não estava no contrato inicial que fiz com meu tio, mas, como você vai ficar com a propriedade de qualquer maneira, quero que os primeiros seis meses sejam gratuitos, para que eu possa pelo menos tentar obter algum lucro. — Ela fez uma pausa, enquanto pensava. — Acho que você pode pagar. E, verdade seja dita, eu não posso. Claro, o aluguel que pagarei não é nem perto do que um lugar na Avenida Madison mereceria, mas, com tudo o que está acontecendo, não terei condições. Mas esses seis meses me ajudarão a começar bem.

Eu a analisei mais de perto.

— Você está certa, posso me dar ao luxo de não receber aluguel. Combinado. Isso é tudo?

— Eu... Sim, é tudo.

— Você poderia me pedir a metade da propriedade. Se acabasse se casando com Joshua, conseguiria a metade.

— Você me daria?

— Receio que a resposta seja não.

— Foi o que imaginei. Não pagar aluguel por seis meses já vai me ajudar.

— Ótimo. Então não teremos nenhum problema. Vamos participar da reunião.

— Desse jeito?

— Você tem mais perguntas?

— Umas cem, no mínimo. — Ela parou ao meu lado e me olhou nos olhos.

Eu arqueei uma sobrancelha.

— Receio que não possamos passar por todas elas no momento. Talvez na próxima vez. Você terá tempo de sobra para me perguntar o que quiser depois que nos casarmos. Deixe-me falar na reunião e ficaremos bem.

Mais pálida do que estava quando entrou no meu escritório, e talvez um pouco chocada, ela assentiu e seguiu atrás de mim enquanto nos dirigíamos para a sala de reuniões.

Eu me amaldiçoei pelo desgraçado que eu era a cada passo que dava.

Quando estávamos a poucos passos de distância da sala de reuniões e pude ver Bryan e Jodi Coleson sentados um ao lado do outro, de costas para nós, olhei para Rose e vi que sua respiração estava um pouco fora de controle, seus olhos arregalados e inseguros.

— Pronta? — perguntei, já adivinhando qual seria a resposta dela.

— Não vou ser sincera se disser que estou.

Assenti. Para mim era o suficiente.

— Quando foi a última vez que conversou com seus primos?

Ela esfregou as têmporas antes de olhar para mim.

— Semana passada, talvez? Talvez mais? Por quê?

— Deixe comigo.

Entramos na sala. De pé, lado a lado. Ela continuava segurando a bolsa que estava pendurada no ombro com força.

— Tim — eu interrompi, e todos na sala, incluindo Jodi e Bryan Coleson, se viraram para olhar para nós. — Sinto muito por estar atrasado para a reunião.

Tim alinhou as páginas que segurava, levantou-se e tirou os óculos, com os olhos fixos em Rose.

— Olá, Jack. Senhorita Rose, fico feliz que possa se juntar a nós. Não vou te segurar por muito tempo, só precisamos que você...

— Tim — eu disse novamente e esperei até que seu olhar encontrasse o meu. — Pensei que você gostaria de ser informado de algumas coisas para poder fazer as alterações necessárias. Rose Coleson é minha noiva e vamos nos casar em alguns dias.

— Você... vai se casar com a senhorita Rose? O quê? — Enquanto Tim olhava para mim e Rose com uma expressão perplexa, Bryan lentamente se levantou e encarou Rose.

— O que está acontecendo aqui? — ele perguntou, seu olhar severo saltando de Rose para mim. — Expliquem-se.

— Bryan, Jack e eu vamos nos casar. — Ela forçou uma risada e endireitou as costas. — Eu sei que isso soa um pouco...

— Parece que você está querendo foder comigo, porque...

Dei um passo à frente e coloquei-me na frente de Bryan, forçando Rose a dar um passo para trás.

— Sei que isso é uma surpresa para sua família, sr. Coleson, então vou relevar, mas sugiro que preste atenção às suas palavras quando estiver falando com minha noiva. — Desviei o olhar dele e me dirigi ao resto dos presentes. — Fiz o pedido a Rose semana passada e achamos que seria um bom momento para compartilhar as notícias com vocês. Não pudemos fazer isso antes porque queríamos um pouco de privacidade. Tim, acredito que isso mudará a situação em relação à propriedade na Avenida Madison.

— Isso é uma mentira completa — Bryan explodiu enquanto sua irmã, Jodi, permanecia sentada e assistia a tudo se desenrolar com uma expressão entediada. — Essa situação, qualquer que seja o ato, não muda nada. Ela ainda não terá a propriedade. Quão estúpido você pensa que eu sou?

— Ah, eu não ousaria dizer, sr. Coleson. Em breve, seremos uma família, e eu não gostaria de insultá-lo. — Observei a cor de seu rosto tornar-se mais escura. — Além disso, no testamento, Gary Coleson afirma claramente que, no caso de sua morte, a propriedade na Avenida Madison será transferida para o marido de Rose. O prazo foi até 2020, acredito, mas sempre podemos verificar. Estou apenas explicando isso por sua causa, sr. Coleson, porque não vou me casar com sua prima por causa de uma propriedade. Meus sentimentos por ela não têm nada a ver com o que está acontecendo aqui.

— Jack, talvez devêssemos... — Tim começou.

— Se não tem nada a ver com o que está acontecendo aqui, você não reivindicará a propriedade — forçou Bryan, com os dentes cerrados, os olhos deslizando para Rose.

— A propriedade, até onde eu sei, é o último presente de Gary Coleson para sua sobrinha. Tenho certeza de que você não vai tentar ignorar os desejos de seu pai.

As mãos de Bryan se fecharam lentamente em punhos, e ele deu mais um passo à frente.

Tim pigarreou e esfregou os olhos com o polegar e o indicador.

— Jack, talvez não tenha sido a melhor hora para... compartilhar as boas notícias. Talvez possamos agendar outra reunião para...

— Sim, acho que seria melhor. Rose e eu esperamos notícias suas em breve.

— Vou contestar o testamento — ameaçou Bryan, seus olhos brilhando de raiva antes que eu pudesse nos tirar de lá. Ele estava falando com Rose, seus olhos nela. — Não vou deixar que fique com a propriedade. Você só está fazendo isso porque não te deixei usar o local e disse que tinha outros planos.

— Se você contestar, terá que esperar muito para obter sua parte. E eu vou recontestar, sr. Coleson — avisei.

— Bryan — disse Rose atrás de mim. — Não vou me casar com Jack pela propriedade. Eu sei que o momento é... estranho, mas não é o que você pensa. Nós nos conhecemos quando... — Ela se aproximou de mim e entrelaçou o braço no meu.

Eu me forcei a relaxar.

— Você não precisa explicar nada para ele — disse, olhando para ela.

Sua boca se transformou em uma linha fina quando seus olhos encontraram os meus.

— Sim, eu preciso, Jack. Claro que preciso.

— Não vou ouvir mais uma única palavra sua — Bryan interrompeu. — Isso não vai acontecer. Se você insistir, vou lutar contra.

Com isso, ele saiu, certificando-se de esbarrar seu ombro no meu.

Finalmente, Jodi ficou de pé.

— Ora, ora. Nossa linda e pequena Rose finalmente fez algo interessante. — Seus olhos me analisaram da cabeça aos pés quando Rose soltou meu braço. — Nada mal, priminha. Não é melhor do que o Joshua, mas, já que você o perdeu, acho que pode ser suficiente.

Quando arqueei minha sobrancelha, ela sorriu como se escondesse um segredo e deu de ombros.

— Não faz o meu tipo. Muito sério, muito rígido, mas... Oh, bem, quem sou eu para falar sobre o seu noivo?

Parando na frente de Rose, ela se inclinou para beijar sua bochecha e senti Rose enrijecer ao meu lado, recuando um pouco.

— Você sabe que eu não ligo para essa propriedade, recebi meus milhões e a casa, mas você sabia que Bryan estava de olho nisso. Não acho que esse pequeno esquema de casamento mude nada. — Ela levantou a mão e analisou as próprias unhas cor-de-rosa. — Que vença o melhor, eu acho. Vai ser divertido para mim, de qualquer maneira.

Capítulo Três

ROSE

PRESENTE

Eu estava tentando pintar a parede atrás do balcão e fazendo o possível para não cair no sono enquanto conversava com Sally, minha funcionária. Tinha sido um longo dia, assim como foram todos os outros durante a última semana e meia, mas eu não estava reclamando – como eu poderia reclamar quando se tratava do meu grande sonho de abrir minha cafeteria? Sem nem me esforçar para reprimir um bocejo, mergulhei o rolo em uma tinta verde mais escura e ignorei a dor no meu ombro enquanto continuava pintando.

— Tem certeza de que não quer que eu fique mais tempo? — Sally quis saber, vasculhando sua mochila enquanto procurava seu telefone.

— Você já está aqui há mais tempo do que deveria, e estou quase encerrando, de qualquer maneira. Só preciso de mais quinze minutos para adicionar uma última demão. Ainda vejo resquícios do vermelho de baixo. — Soltei um suspiro, e ele se transformou em um gemido. — Assim que terminar, vou para casa também.

Olhando por cima do ombro, lancei-lhe a minha expressão mais severa de: *É melhor você me ouvir* e a vi cair na gargalhada.

— O que foi? — perguntei quando ela olhou para mim com um sorriso vacilante.

— Você tem manchas verdes em todo o rosto, e eu nem vou apontar o estado da sua camiseta; ou seu cabelo, nesse caso. Só digo o seguinte: você é oficialmente uma obra de arte agora.

Eu podia imaginar a bagunça que fiz na minha camiseta, mas meu rosto era novidade para mim.

— Estranhamente, vou aceitar isso como um elogio e... bem, respingos de tinta... — murmurei com um suspiro enquanto limpava minha testa com o braço. — Até os músculos do meu rosto estão cansados. Como diabos isso aconteceu?

— Digo o mesmo. Meu rosto está bem, mas minha bunda está bem dolorida.

— Bem — comecei, fazendo uma careta. — Não tenho certeza do que você anda fazendo pelas minhas costas, mas... — Antes que eu pudesse terminar, vi a expressão de Sally e não consegui segurar minha risada.

— Deus, isso soou muito errado! — ela gemeu, olhando para o teto. — Ficamos sentadas no chão por quase duas horas seguidas, era inevitável...

— Eu sei, eu sei. Minha bunda também está doendo, e não é só minha bunda, cada centímetro do meu corpo dói. Estou caminhando em direção à insanidade, então vou rir como uma lunática, não importa se o que você está dizendo é engraçado ou não. Saia daqui para que eu possa terminar e chegar aos meus amados chuveiro e cama.

Sally era uma morena de olhos escuros sorridente de 21 anos, e fora a décima quinta candidata ao emprego de barista/tudo o mais que eu preciso que você faça. Foi um tipo de amor à primeira vista. Para me livrar da dor de cabeça, optei por não postar sobre o trabalho on-line, ou em qualquer outro lugar, na verdade. Só mencionei para alguns amigos para que eles pudessem perguntar se alguém que conheciam precisava de um emprego, e eu também pedi para algumas outras pessoas com quem trabalhei no meu último emprego, como gerente da Black Dots Coffee House, antes de eu sair quando pensei que Gary iria me deixar usar a propriedade. As notícias se espalharam, e eu acabei conversando com muito mais pessoas do que esperava. Nenhuma deles parecia a certa.

Sally, no entanto, era uma completa desconhecida que estava caminhando em direção ao seu apartamento, após um terrível encontro às cegas, e me viu lutando para levar caixas do meio-fio até a loja. Ela se ofereceu para ajudar e, em troca, no final do dia, ofereci o emprego. O fato de termos um amor quase obsessivo por café, filhotes e Nova York no inverno em comum ajudava e muito. Se essas coisas não provavam que combinávamos perfeitamente, eu não sabia mais o que poderia provar.

O que eu mais queria do Café da Esquina – minha cafeteria! – era que fosse convidativa, calorosa e alegre. Popular também não faria mal a ninguém. Mesmo sabendo que eu seria a chefe, não queria trabalhar com pessoas com as quais não conseguia me dar bem só porque seus currículos eram impressionantes. Se fôssemos felizes e cordiais, acreditava que teríamos um tipo diferente de atração para os clientes, e a personalidade e a alegria de Sally preencheram todos os requisitos para mim.

— Você conseguiu, chefe. — Ela balançou seu telefone recém-encontrado para mim, despedindo-se, e se afastou em direção à porta. — Ah, quando você quer que eu venha novamente?

Coloquei o rolo de tinta no chão e gemi quando me endireitei, com a mão na cintura, e olhei para o meu trabalho quase terminado.

— Acho que vou ficar bem sozinha esta semana, mas mando uma mensagem na próxima, se houver muita coisa acontecendo. Tudo bem para você?

— Tem certeza de que não precisa de ajuda com a pintura esta semana?

— Sim, posso lidar com isso. — Apenas acenei para ela sem me virar, porque não achava que meu corpo fosse capaz de fazer algo tão complexo no momento. — Ligo para você se algo mudar.

— Entendido. Você deveria ir para casa antes de cair morta. — Com suas adoráveis palavras de despedida, ela destrancou a porta e a abriu. Antes de fechá-la, ela chamou meu nome, e eu olhei para ela por cima do ombro, o que demandou um grande esforço da minha parte.

— Só faltam duas semanas mais ou menos agora — disse Sally, sorrindo. — Estou tão animada — ela chiou, pulando para cima e para baixo.

Lancei a ela um sorriso cansado, mas genuinamente feliz, e consegui acenar no meio do caminho. Nós só tínhamos cinco anos de diferença de idade, mas eles pareciam pesar bastante.

— Sim, com certeza! Você provavelmente não vai conseguir perceber pelo meu rosto agora, porque não posso mexê-lo muito, mas também estou animada. Mal posso esperar. Uhu!

Seu corpo desapareceu atrás da porta, e tudo que eu podia ver era a cabeça dela, enfiada pela fresta.

— Vai ser ótimo!

— Estou cruzando os dedos em minha mente porque acho que não posso fazer isso na vida real.

Depois que abriu um sorriso ainda maior, sua cabeça também desapareceu e a porta se fechou. Uma vez que as janelas estavam fechadas, eu não podia ver o lado de fora, mas sabia que já estava escuro. Alcançar meu telefone no bolso de trás provou ser mais difícil do que eu esperava, mas consegui ver a hora. Eu estava praticamente me movendo em câmera lenta, mas quem precisava de velocidade numa segunda-feira à noite?

Oito horas.

Eu sabia que não deveria fazer uma pausa, mas minhas pernas, pés, costas, pescoço, braços e tudo o mais estavam me matando. Sem outra opção, deslizei atrás do balcão, exatamente onde a caixa registradora estaria em apenas alguns dias, gemendo e choramingando durante todo o tempo que levou para a minha bunda chegar ao chão. Então eu inclinei a cabeça para trás, com um baque alto, e fechei os olhos com um suspiro pesado. Se conseguisse me levantar, terminar a última parte da parede e me certificar de que não conseguiria mais ver nenhum maldito vermelho, poderia encerrar e arrastar meus pés até o metrô, para que pudesse chegar em casa e ir direto para o chuveiro. Se eu não me afogasse nele, me jogar na cama também seria legal – e comer. Em algum momento, eu precisaria de comida.

Foi então que novamente me atingiu. Se conseguisse ignorar que estava morrendo lentamente de todos os tipos de dores, Sally estava certa: já estava muito perto o dia da abertura. Desde que consegui um emprego em uma cafeteria local aos dezoito anos, soube que queria abrir meu próprio negócio. Algo que pertencesse apenas a mim. Não só isso, mas também seria algo ao qual *eu* pertenceria. Pela primeira vez. Por mais tolo que pudesse parecer, a ideia de ter minha própria cafeteria sempre deixou meu coração mais leve quando eu sonhava com isso.

No momento em que senti que iria pegar no sono, a porta da frente se abriu e se fechou com um clique suave que me acordou. Eu tinha esquecido completamente que não a havia trancado depois que Sally foi embora. Pensando que ela havia deixado algo para trás, tentei me levantar. Quando minhas pernas não quiseram cooperar, tive que me apoiar nas mãos e nos joelhos com muito esforço e, em seguida, segurei no balcão para me erguer.

— O que você esqueceu? — perguntei, e soou metade como um gemido e metade como um choramingo.

Encontrar meu primo, Bryan, do outro lado do balcão não foi a melhor surpresa que eu poderia desejar. Diante de sua aparição inesperada, tentei pensar em algo para dizer, mas me senti completamente atada. Ele bateu no balcão com os nós dos dedos e deu uma boa olhada ao redor. Até aquele momento, eu tinha ignorado todas as suas ligações e até desligado o telefone quando suas mensagens ameaçadoras começaram a ficar um pouco fora de controle.

— Bryan.

Seus olhos só se moveram para mim quando ele terminou sua análise do local e dava para ver facilmente que ele não estava feliz.

— Vejo que já está confortavelmente instalada — disse ele, a raiva óbvia em sua voz.

— Bryan, eu não pensei que...

— Sim — ele interrompeu, dando um passo à frente. — Sim, você não pensa. Você não pensou. Não vou deixar isso passar, Rose. Certamente, isso é óbvio. Você não merece este lugar. Você não é da família, não de verdade, você sabe disso. Sempre soube. E ter esse advogado atrás de você não mudará nada. — Seu olhar caiu nas minhas mãos. — Vejo que nem está usando aliança. Quem você acha que está enganando?

Cerrei os dentes e os punhos atrás do balcão. Se eu pudesse bater nele uma vez. Só uma vez. Ah, o prazer que isso me daria.

— Estou trabalhando. Não vou usar algo tão precioso para mim enquanto estou pintando paredes. Isso não faz sentido, acho que você deveria ir embora, Bryan.

— Vou quando quiser.

— Eu não quero discutir com você. Você não me vê como família, o que nos torna estranhos um para o outro. Não preciso me explicar para um estranho.

Ele deu de ombros.

— Quem está discutindo? Eu só queria dar uma passada para informar que você não deve se sentir confortável aqui. Vamos nos ver mais vezes a partir de agora. Seu advogado pode ter conseguido me impedir de tomar este lugar, por enquanto, mas não desisto facilmente. Como já sei que seu casamento não passa de uma mentira, tudo o que tenho que fazer é esperar e provar.

— Eu sei que você pensa que...

— Boa sorte com isso — alguém disse e, com um sobressalto, virei a cabeça e prendi os olhos em Jack. Aquele que era o meu marido.

Ah, caramba.

Não era a minha noite, sem dúvida. Se Jodi acabasse aparecendo, com um buquê de rosas para me parabenizar pela cafeteria, acho que não ficaria tão surpresa. Eu continuava ignorando com sucesso a memória do dia em que me casei com *aquele* estranho em específico e, como ele estava fora da cidade há oito ou nove dias, funcionou bem – até aquele momento. Para ser justa, não deveria ser uma surpresa. Na verdade, éramos casados, então eu sabia que teria que vê-lo novamente, mas o momento era o pior. Se eu tivesse a opção de escolher, teria preferido uma ligação telefônica em que pudesse me preparar antes de nos enfrentarmos.

Antes que eu pudesse dizer qualquer coisa, ele se concentrou em Bryan.

— Como não acho que você esteja aqui para nos parabenizar, estou pedindo que deixe minha esposa em paz.

Bryan teve que dar um passo para longe do balcão quando Jack se aproximou bastante.

— Então você sabe que tem uma esposa. Pelo que ouvi dizer, você nem estava no país.

— Ah, perdão, sr. Coleson, minha culpa. Eu não sabia que, ao me casar com sua prima, também precisava compartilhar minha agenda com você. Corrigirei isso o mais rápido possível.

Eu realmente queria bufar, mas consegui me segurar.

Jack continuou:

— Já que você está aqui, aproveito a oportunidade para repetir o que disse antes. Percebi que toda vez que está próximo à minha esposa, você a deixa desconfortável e infeliz. Acho que não gosto disso, Bryan. Não sei quantas vezes precisa que eu repita, mas vou repetir: não quero ver você perto dela.

Como não conseguia ver a expressão de Jack, de costas para mim, observei o músculo da mandíbula de Bryan se contrair e então ele forçou um sorriso.

— Eu já estava indo embora, de qualquer maneira. Já falei o que vim aqui dizer, certo, Rose?

Eu não disse nada.

Jack não disse nada.

Bryan soltou uma risada falsa.

— Vou deixar vocês dois, pombinhos, em paz. E depois você e eu teremos uma conversa, Jack.

Jack seguiu Bryan até a porta e trancou-a assim que ele saiu.

Gemendo, fechei os olhos.

— Esta foi uma boa lição sobre por que eu nunca deveria esquecer de trancar a porta.

Abri os olhos e ele estava ali. Bem na minha frente, onde Bryan estivera apenas alguns minutos atrás. Eu não tinha certeza se era uma opção melhor.

— Rose — disse Jack como uma saudação. Apenas Rose.

Por um breve momento, não soube o que dizer. Eu tinha certeza de que era a primeira vez que ele me chamava apenas pelo meu nome e não pelo senhorita Coleson quando estávamos sozinhos. Quando participamos da reunião com Jodi e Bryan, eu fui apenas Rose, mas, no segundo em que ele me acompanhou até os elevadores, depois que terminamos lá, voltei a ser srta. Coleson. Supus que, já que, tecnicamente, eu não era mais uma Coleson, usar o meu primeiro nome era a escolha apropriada.

Além disso, caramba, que visão ele era para meus olhos doloridos. Apesar da hora tardia, usava um terno: calça e paletó cinza-escuros, camisa branca e gravata preta. Era simples, mas ainda um soco de riqueza no meu estômago. Considerando minha aparência naquele momento, isso também era um soco bastante doloroso.

Naquele primeiro olhar, ele não estava nem perto de fazer o meu tipo. Eu não gostava dos muito sérios e distantes, que não gostavam de gastar palavras, como se você não merecesse uma conversa, em sua opinião. Definitivamente, não era fã dos tipos sofisticados e ricos que nasceram ricos e cresceram assumindo que possuíam tudo e todos ao redor; conheci alguns deles morando com os Coleson e simplesmente não combinávamos. Fora isso, eu não tinha nada pessoal contra eles. Então, sim, Jack Hawthorne não fazia meu tipo. No entanto, isso não significava que eu não pudesse apreciar o quão bonito ele estava com barba por fazer, com aquela linha do queixo esculpida, seus olhos azuis singulares e cativantes, ou o fato de ele ter um corpo que encaixava em ternos extremamente bem. Não, meu problema com meu novo marido não era a aparência dele, era sua personalidade.

É assim que o universo funciona: te dá *exatamente* aquilo que você disse que nunca iria querer.

— Jack... você voltou. — Dado o meu estado semimorto, essa foi a melhor resposta que consegui lhe dar, apontando o óbvio. Considerando que não tinha visto ou falado com ele desde o dia em que me deixou no carro, senti como se tivesse todo o direito de parecer surpresa.

Com o olhar que ele me deu, como se eu fosse extremamente inferior, um nó de pavor se formou no meu estômago. Eu tinha muita autoconfiança, mas caras como ele sempre conseguiam me diminuir. Lidar com Bryan também não facilitara as coisas.

— Você achou que eu desapareceria? Foi a primeira vez que ele apareceu aqui? Seu primo.

Assenti.

— Bom. Ele não vai voltar.

Isso nem soou ameaçador, imagina.

— Precisamos conversar — continuou ele, completamente inconsciente do meu nervosismo.

Minhas mãos seguravam o balcão em busca de apoio, mas assenti novamente e me esforcei para ficar ereta.

O cara não fazia rodeios, sem dúvidas. Ele também não era exatamente um tagarela, pelo que descobri até o momento. Felizmente, isso funcionaria a meu favor daquela vez, porque, embora não estivesse ansiosa para vê-lo, estava me preparando para tal conversa desde as palavras de despedida dele depois da cerimônia. Muitas sessões de prática diante do espelho haviam sido realizadas. Eu tinha certeza de que ele estava lá para me dizer que queria o divórcio, e eu estava decidida a fazê-lo mudar de ideia.

— Sim, precisamos conversar — concordei quando tive certeza de que meus joelhos não cederiam.

Não sabia se era porque ele não esperava que eu concordasse tão rapidamente ou por causa de outra coisa, mas Jack parecia surpreso. Ignorei e comecei meu discurso.

— Sei por que você está aqui. Sei o que veio dizer e vou pedir para que não diga, pelo menos não antes de eu terminar o que preciso dizer. Ok, aqui vou eu. Foi você quem fez a oferta. Bem, eu fui até o seu escritório, mas tecnicamente foi você quem me atraiu até lá.

As sobrancelhas dele se ergueram lentamente.

— Atraí?

— Deixe-me terminar. Você começou essa história. Eu estava fazendo as pazes com a situação, procurando um novo emprego, mas você mudou as coisas. Sua oferta mudou tudo. Eu venho aqui todos os dias desde que fizemos nosso acordo. Tenho trabalhado sem parar e agora é real demais para desistir. Então, eu não vou conseguir. Sinto muito, mas não posso assinar os papéis. Em vez disso, tenho uma oferta diferente para você e quero muito que considere.

Com cada palavra saída da minha boca, suas sobrancelhas começaram a se franzir mais profundamente, sua expressão se tornando assassina. Decidi seguir em frente antes que ele pudesse falar alguma coisa, me chamar de louca ou estragar minha linha de raciocínio.

— Vou a todos os eventos que você desejar que eu vá, sem limites, desde que seja depois do fechamento da cafeteria, é claro. Também vou cozinhar para você. Não sei se você cozinha ou não, mas posso fazer isso e evitar problemas. Café de graça — acrescentei animadamente quando a ideia passou por minha cabeça. Como eu não tinha pensado nisso? — Café grátis por dois anos. Sempre que você entrar, o que quiser, quantas vezes por dia. Doces também serão grátis. E sei que isso vai parecer um pouco bobo, mas ouça. Você não parece ser a pessoa mais... sociável...

— Oi? — ele disse em voz baixa, me cortando.

— Não sei, talvez essa seja a palavra errada a ser usada, mas também posso ajudar. Eu posso ser uma boa amiga, se isso é algo que você precisa ou deseja. Posso fazer...

— Pare de falar.

O tom áspero que ele usou foi inesperado e me calou muito rapidamente.

— De que diabos você está falando? — ele perguntou, colocando as mãos no balcão e se inclinando.

Eu me inclinei para trás.

— Não vou me divorciar de você, Jack. — Baixei minha cabeça e soltei um longo suspiro. — Me desculpe, não posso. Eu me odeio por dizer isso, mas vou dificultar as coisas. — Deus, eu era péssima em ameaças; elas pareciam bastante fracas até para os meus próprios ouvidos.

Ele piscou para mim algumas vezes e pensei que talvez minha ameaça estivesse funcionando.

— Você vai dificultar as coisas — repetiu em um tom indiferente, e eu fechei meus olhos em derrota. Ele não estava convencido. Se um de nós iria causar problemas para o outro, seria ele tornando a minha vida miserável. Ele tinha todo o poder. — Só por curiosidade, que tipo de problema você me causaria, Rose? O que tem em mente?

Ergui os olhos para ver se ele estava tirando sarro de mim, mas era impossível ler algo em seu rosto de pedra. Quando não consegui responder, Jack se endireitou e enfiou as mãos nos bolsos.

— Se eu estava pensando em me divorciar de você, por que diria o que disse a Bryan? Eu vim aqui para perguntar por que suas coisas não estão na minha casa, por que você não se mudou.

Oh!

— Eu... o quê?

— Você deveria ter se mudado durante a minha viagem. Mas não se mudou. Mesmo que não seja um casamento de verdade, somos os únicos que sabem disso, e eu gostaria de continuar assim. Por tudo o que você disse, parece que não quer o divórcio. Se isso é verdade, precisamos morar juntos. Você deveria ter pensado nisso, especialmente com seu primo por perto.

Não era isso que eu esperava ouvir dele. Passei quase duas semanas me preocupando com nada?

— Você disse, antes de sair do carro... que não deveríamos ter feito o que fizemos e não ligou nem entrou em contato de forma alguma durante todo o tempo em que esteve fora.

— E?

Encontrei forças para me mostrar um pouco chateada.

— E o que eu deveria pensar depois dessa observação? Certamente você deveria imaginar que eu pensaria que se arrependeu de sua decisão.

— E você queria se casar naquele dia?

— Não, mas...

— Não importa. Cynthia não ligou para você para falar sobre a mudança para a minha casa?

Momentaneamente emudecida pela audácia dele, fechei os olhos e mal consegui levantar a mão o suficiente para esfregar a ponta do nariz.

— Não recebi telefonemas.

— Isso não importa mais. Eu tenho trabalho a fazer, então precisamos sair agora.

Olhando em seus olhos, fiz uma careta para ele.

— Como assim, precisamos sair agora?

— Ajudarei você a pegar algumas coisas no seu apartamento e depois voltaremos para a minha casa. Você pode levar todo o resto depois.

Meu cenho franziu, e eu balancei a cabeça.

— Você pode ir, se quiser, mas ainda tenho trabalho a fazer, como pode ver, e não vou a lugar algum antes de terminar.

Se Jack pensava que poderia me dar ordens apenas porque éramos casados, teria uma bela surpresa. Antes que pensasse em outra coisa e me irritasse ainda mais, virei as costas para ele e gentilmente me abaixei para pegar o rolo de pintura, estremecendo silenciosamente enquanto tentava não gemer ou emitir qualquer outro som, embora minhas costas estivessem realmente me matando. Assim que molhei o rolo, ouvi um ruído atrás de mim. Tentando não pensar a respeito – porque, na minha humilde opinião, se ele queria ir embora, era mais do que bem-vindo –, continuei pintando. Meu ritmo era muito mais lento do que antes, mas eu estava terminando o trabalho e, mais importante, não ia recuar.

Apenas alguns segundos depois, a palma de uma mão circulou meu pulso e impediu meus movimentos. Eu apenas senti o calor de sua pele por um segundo rápido, e então este desapareceu.

Tirando o rolo da minha mão, ele o largou e começou a arregaçar as mangas da blusa branca e extremamente cara. Sempre pensei que havia algo de irresistível em assistir a um homem arregaçar as mangas, e Jack Hawthorne era tão meticuloso a respeito que era impossível desviar os olhos.

— O que você pensa que está fazendo? — perguntei quando ele finalmente terminou sua tarefa e pegou o rolo de pintura.

Jack me deu uma breve olhada e começou a pintar.

— Obviamente, estou te ajudando a terminar o que estava fazendo para que possamos sair daqui mais rápido.

— Talvez eu tenha outras coisas para fazer aqui.

— Então eu também ajudarei com elas. — Achei estranhamente doce da parte dele. Irritante, mas de um jeito meio doce.

— Eu não preciso... — Outro olhar dele, de relance, fez as palavras morrerem nos meus lábios.

— Você está horrível. — Jack me deu as costas enquanto eu ainda estava olhando para ele, em choque. — Não gostou de como os profissionais pintaram?

Talvez ele não fosse tão gentil, afinal, apenas um velho rude. Para ser sincera, aquele comentário doeu um pouco.

— Obrigada. Me esforcei bastante para parecer horrível hoje, e fico feliz em saber que funcionou. Só que, se eu soubesse que você iria ver, teria tentado mais. Além disso, de quais profissionais você está falando? Eu mesma estou pintando este lugar.

Essa confissão me rendeu outro olhar indecifrável, um pouco mais longo.

— Por quê?

— Porque eu tenho um orçamento e não posso gastar tudo se há coisas que posso fazer sozinha. Está ruim ou algo assim? — Apertei os olhos e examinei a parede com mais cuidado. — Você consegue ver a maldita mancha vermelha por baixo?

O rolo parou de se mover por dois segundos, mas ele logo voltou a pintar.

— Não. Considerando que você pintou por conta própria, parece bom. Essa é a única parede que você vai pintar? — ele perguntou, sua voz mais tensa.

— Não. Amanhã vou dar conta do resto do lugar. Eu só ia fazer mais uma leva de verde e encerrar o dia.

Fui para frente, peguei o pequeno pincel e mergulhei-o no balde de tinta que estava no final do balcão.

— Farei as arestas, será mais rápido.

— Não — ele respondeu em um tom cortante, me bloqueando. — Parece que você está prestes a desmaiar. Eu disse que vou fazer isso. — Sem me tocar, ele arrancou o pincel da minha mão.

— Você não sabe como eu quero que seja feito — protestei, tentando pegar o pincel de volta.

— Eu acho que é um processo bastante simples, você não concorda? Sente-se antes que...

— Desmaie. Pode deixar.

Era tentador ficar de pé o tempo todo enquanto Jack pintava a minha parede, mas ele estava certo: se não me sentasse, ia acabar desmaiando. Como as cadeiras ainda não haviam chegado, a única coisa em que consegui me sentar foi um banquinho velho que encontrei na sala dos fundos e limpei naquela manhã.

Depois de alguns minutos de silêncio, em que os únicos sons que pude ouvir eram o tráfego lá fora e os sons do rolo de pintura molhado, não aguentei:

— Obrigada por ajudar, mas, sr. Hawth...

Ele parou e se virou. Mesmo com um rolo de pintura na mão, parecia atraente, não que isso fosse da minha conta. Um idiota atraente não tinha muito apelo.

— Jack — ele disse calmamente. — Você precisa me chamar de Jack.

Suspirei.

— Você está certo. Sinto muito. Ainda parece estranho. Eu só queria dizer que não posso ficar no seu apartamento, não esta noite — acrescentei rapidamente. — Estou muito cansada e preciso ir para casa, tomar banho e... não é o melhor momento para arrumar e mover minhas roupas. Me dê uma semana e eu vou...

— Você quer ficar casada? — Despreocupadamente, ele se inclinou e mergulhou o rolo em mais tinta. Não respondi; não era necessário, ele sabia a resposta. Voltou a pintar e falou em direção à parede. — Que bom. Iremos ao seu apartamento e espero que você faça uma mala. Se não quer que seu primo crie problemas no futuro, precisa se livrar do seu apartamento o mais rápido possível.

Cerrei os dentes. Eu sabia que ele estava certo, mas isso não significava que gostava do que ele estava dizendo. Ainda achava que compartilhar meus pensamentos sobre o assunto era uma boa ideia.

— Eu não gosto disso.

Isso o fez olhar para mim.

— Sério? Estou tão surpreso ao ouvir isso. E aqui estou eu, vivendo o melhor momento da minha vida.

Meus lábios tremeram, mas seu rosto estava ilegível. Como sempre. Balancei minha cabeça.

— Estou feliz de te proporcionar isso e sei que você está certo. É só que... tenho um milhão de coisas para fazer aqui nos próximos dias, e empacotar minhas coisas neste momento... não tenho certeza se vou ter energia. Então, como me sentiria mais confortável em meu próprio espaço, que tal continuar pagando meu aluguel pelo menos por mais um mês ou mais e ir e voltar enquanto estou trabalhando na cafeteria e...

— Isso não vai funcionar. Você pode levar tudo o que for necessário para alguns dias e enviarei pessoas ao seu apartamento para cuidar dos seus móveis.

Enviar algumas pessoas? Do que diabos ele estava falando?

— Eu... Os móveis não são meus. É um estúdio de um quarto, muito pequeno. Tudo o que tem é uma cama, um sofá pequeno e uma mesa de café, basicamente, e nada é meu. Além disso, não preciso de mais ninguém para arrumar minhas coisas. Vou fazer isso sozinha.

— Ótimo. Depois que formos à sua casa, voltaremos para o meu apartamento. Nos próximos dias, você levará o resto de suas coisas.

Desta forma, ele me deixou sem argumentos, então fechei minha boca e me permiti ficar de mau humor e em silêncio por alguns minutos. Durou até que ele pegou o pequeno pincel e começou a pintar as bordas.

— Eu não sei como fazer isso — afirmou Jack calmamente, com um leve toque de raiva tingindo sua voz.

Meu cotovelo estava apoiado no balcão, e eu estava descansando a cabeça na palma da mão quando ele falou. Abri os olhos para verificar o progresso.

— Parece bom daqui. Mesmo assim, você não precisa fazer isso, mas obrigada.

Seus movimentos com o pincel vacilaram por um segundo, mas ele não parou.

— Não estou falando sobre a pintura. Estou dizendo que não sei como lidar com *você*. Não sei como é ser casado.

Olhei para a parte de trás da sua cabeça, piscando meus olhos e tentando ter certeza de que o ouvi direito. Levei algum tempo tentando descobrir como responder.

— Eu nunca me casei com um estranho antes, então acho que estamos no mesmo barco. Espero que possamos descobrir juntos ao longo do caminho. Mas posso sugerir uma coisa? Acho que facilitaria nossas vidas.

— Posso te impedir? — Ele olhou para mim por cima do ombro.

Ele estava querendo dizer que eu falava demais?

— Você precisa tentar descobrir por si mesmo, mas tenho certeza de que não vai, por isso, vou seguir em frente e compartilhar. Você não é muito falador, e tudo bem. Se eu tentasse, poderia falar o suficiente por nós dois, mas, mesmo que não fiquemos perto um do outro o tempo todo, teremos que descobrir uma maneira de... nos comunicarmos, eu acho. Suponho que não estaria muito errada se dissesse que você parece um cara de poucas palavras.

Ele se virou para me olhar, com uma sobrancelha arqueada. Abri um leve sorriso e dei de ombros antes de continuar.

— Vai ser difícil se acostumar. Toda essa situação é estranha e nova. Além disso, morar com você será... para ser honesta, um pouco desconfortável para mim, sem mencionar o fato de que você também terá que morar com uma estranha em seu apartamento. Vou tentar ficar o mais distante que puder. De qualquer forma, passarei a maior parte do meu tempo aqui, então acho que você mal notará a minha presença. E estamos nos ajudando, certo? Você vai receber a propriedade e a esposa falsa, e eu terei dois anos neste local incrível. Eu prometo, farei a minha parte. — Seus olhos se prenderam aos meus, e ele me deu um pequeno aceno de cabeça. — Apesar do que você viu hoje à noite, sou muito fácil de conviver — continuei, enquanto ele se concentrava em mergulhar o pincel em mais tinta. — Você nem vai perceber que estou na sua casa. Estarei onde você precisar que eu esteja quando precisar de mim, mas, fora isso, ficarei fora do seu caminho.

— Não é com isso que estou preocupado.

Eu estava tendo muita dificuldade de manter os olhos abertos.

— Com o que você está preocupado, então?

Em vez de explicar mais, ele balançou a cabeça e voltou-se para a parede quase acabada.

— Isso está quase pronto. Se não houver mais nada a fazer, devemos ir.

— Há um milhão de tarefas para fazer, mas acho que não tenho forças para levantar o dedo. Vou pegar minhas coisas nos fundos para que possamos ir.

— Sua aliança — disse ele quando me levantei, de costas para mim. — Você não está usando.

— Eu... — Toquei meu dedo onde o anel deveria estar. — Deixei em casa porque estou trabalhando aqui. Eu não queria perdê-lo ou danificá-lo com todo o trabalho que preciso fazer.

— Prefiro que você o use a partir de agora.

Ele não se virou nem olhou para mim, mas notei que a aliança que comprei para ele estava em seu dedo.

— Claro — murmurei antes de ir para a cozinha pegar minhas coisas.

Número de vezes que Jack Hawthorne sorriu: nenhuma.

Capítulo Quatro
JACK

O trajeto de carro até o apartamento dela foi silencioso. Depois que ela cumprimentou Raymond, após entrar no carro, nenhum de nós disse uma palavra para o outro. Eu não tinha mais nada a falar, e ela não parecia ter mais forças para juntar duas palavras. Isso nos impediu de tentar iniciar uma conversa trivial, o que era algo que eu não fazia de bom grado.

Mais cedo do que eu esperava, paramos em frente ao seu antigo prédio de apartamentos no East Village. Ofereci minha ajuda, mas ela recusou educadamente. Depois de prometer que não demoraria muito, saiu rapidamente do carro – o mais rápido que conseguia, levando em consideração que mais parecia se arrastar. Pensando que ela levaria tempo para fazer as malas, não importava o que dissesse, como todas as mulheres que eu conhecia teriam feito, concentrei-me em responder alguns e-mails enquanto esperava no carro com Raymond.

Vinte minutos depois, quando eu estava prestes a enviar meu sexto e-mail, levantei os olhos do telefone e vi Rose saindo com apenas uma pequena mochila. Ela também trocou as roupas salpicadas de tinta por jeans e camiseta branca, e parecia recém-banhada com o cabelo úmido emoldurando o rosto. Se não me enganava, ela estava mancando da perna direita.

Antes que eu pudesse fazer qualquer coisa, Raymond abriu a porta e correu para ajudá-la. Após um breve empurrão e puxão entre eles, que eu assisti, confuso e inesperadamente divertido, Rose desistiu e deixou Raymond carregar sua bolsa.

— Obrigada — ela disse baixinho quando ele abriu a porta para ela depois de colocar a mochila no porta-malas.

— De nada, sra. Hawthorne.

Congelei. Com a mão em cima da porta aberta, Rose também congelou.

— Hum, isso não é necessário. Por favor, me chame de Rose.

Quando ela finalmente entrou e Raymond fechou a porta, travei meu telefone e o coloquei de volta no bolso.

— Isso será suficiente? — perguntei.

Ela olhou para mim com uma pequena carranca.

— O quê? — Apontei com a cabeça para trás. Ela seguiu meu olhar. — Ah, sim. Não vou conseguir arrumar muito mais esta noite. Vou arrumar tudo amanhã. Sinto muito se demorei, mas tive que entrar no chuveiro por causa de toda a tinta.

— Está bem. Cuidei de alguns e-mails.

Ela assentiu e ficamos em silêncio por alguns minutos, até que ela falou de novo.

— Isso foi um pouco estranho para você também, certo? Não foi só para mim. — Ergui uma sobrancelha e esperei que ela explicasse. — Sra. Hawthorne — ela sussurrou após um rápido olhar para Raymond. Colocou a mão direita no assento de couro entre nós, inclinando a parte superior do corpo em minha direção, como se estivesse compartilhando um segredo. — Esta foi a primeira vez que fui chamada assim. Vai levar algum tempo para que me acostume. Agora sou a sra. Hawthorne.

— Sim, você é — concordei secamente, depois me virei para a minha janela quando ela se afastou. Pelo reflexo no vidro, eu a vi perder o leve sorriso que tocava seus lábios e endireitar-se em seu assento. Fechei os olhos e respirei fundo. Aquele casamento falso seria mais difícil do que pensei inicialmente, especialmente porque eu parecia já estar fazendo um mau trabalho.

Só olhei para ela novamente quando Raymond parou o carro na frente da minha casa, no Central Park West. Ela olhou pela janela, e eu a vi soltar um longo suspiro.

— É aqui? — ela perguntou, olhando de volta para mim.

— Sim.

Eu saí do carro. Esfregando minha têmpora, fui para o lado de Raymond no momento em que ele abriu a porta e depois caminhou para trás para pegar a mochila de Rose. Aparentemente, o pouco de energia que lhe sobrara tinha se esvaído durante o nosso passeio de carro, tanto que ela apenas olhou para o prédio.

Depois de sorrir suavemente para o meu motorista e agradecer quando ele lhe estendeu a bolsa, ela se afastou alguns passos de nós.

— Mesma hora de sempre amanhã, sr. Hawthorne? — Raymond perguntou calmamente. Nós dois estávamos com os olhos fixos na mulher a poucos metros de nós.

Suspirando, enfiei as mãos nos bolsos e balancei a cabeça.

— Eu ligo para você de manhã.

Dando-me um aceno rápido, ele voltou para o carro e foi embora, me deixando sozinho na calçada. Diminuindo a distância que me separava da minha recém-adquirida esposa, coloquei-me ao lado dela.

— Então é isso — ela repetiu, mas daquela vez não soou como uma pergunta.

— É isso — concordei, e ficamos lado a lado, daquela forma, por alguns segundos agonizantemente lentos.

— Realmente fica bem perto do café. Eu tive medo de que você morasse em Bryant Park, mais perto do seu escritório. — Ela me deu uma rápida olhada e depois olhou para frente novamente. — Pego o metrô do meu apartamento para ir ao trabalho, mas assim é melhor, sem dúvidas.

— Eu morava perto da empresa. Me mudei para cá há dois anos. Vamos subir?

Rose assentiu. Abri a porta para ela e finalmente entramos no prédio para o qual estávamos olhando. Ignorei a saudação do porteiro e fui direto para os elevadores.

A cada segundo que levávamos para chegar ao último andar, eu quase podia senti-la se afastando mais de mim, mesmo estando fisicamente a apenas alguns centímetros de distância. Até aquele momento, toda interação que tive com ela estava se transformando em um desastre – não que eu estivesse esperando algo diferente. Aquela fora a cama que fiz para nós, e tinha chegado a hora de me deitar nela.

Enfim, as portas do elevador se abriram, e eu tomei a dianteira. Depois de destrancar a porta do apartamento, eu a abri e me virei para olhar para Rose, de verdade. O banho rápido que ela tomara ajudara com os respingos de tinta no rosto – a maioria deles –, mas não com o cansaço. Sua pele pálida apenas acentuava seus olhos grandes e escuros e seus longos cílios. Apesar de parecer exausta, de alguma forma, ainda se mantinha forte. Era determinada, e eu respeitava isso. Bastante. Segurava a alça da bolsa com uma mão e o próprio cotovelo com a outra. Seus olhos encontraram os meus, e ela me ofereceu um sorriso leve e inseguro, mas bonito.

Muito bonito.

Meu Deus, Jack.

— Por favor — murmurei, gesticulando para o interior do apartamento com a mão e dando um passo para o lado para que ela pudesse entrar. No momento em que passou por mim, peguei sua bolsa e supus que consegui surpreendê-la porque ela a soltou sem esforço.

— Obrigada — ela murmurou, olhando ao redor do espaço.

Fechei a porta atrás dela, tranquei e respirei fundo antes de encará-la novamente. Eu estava começando a sentir que, de alguma forma, o silêncio se tornara mais alto atrás das portas trancadas, agora que estávamos sozinhos.

— Você gostaria de conhecer o apartamento ou prefere ver seu quarto primeiro?

Não tinha certeza se queria um tour pelo local, embora tivesse toda a certeza de que iria querer deixar para depois qualquer coisa que eu oferecesse que a forçasse a passar mais tempo comigo, mas desejava que ela se sentisse confortável, já que, a partir dali, teríamos que conviver por dois anos.

— Obrigada, mas você não precisa fazer isso. Se puder me mostrar onde vou ficar, será o suficiente.

— Eu não ofereceria se não quisesse, Rose. Por algum tempo, esta será a sua casa também. Você precisa se sentir confortável.

— Fico feliz que pense assim, de verdade, mas, de qualquer forma, posso só conhecer o espaço por alto esta noite? Preciso voltar ao café amanhã de manhã e estou muito cansada, então...

— Claro. — Andando pelo saguão, gesticulei em direção à escada à nossa direita e a segui silenciosamente enquanto ela assumia a liderança. Sua mão segurou o corrimão de aço preto enquanto subia lenta e cuidadosamente até o segundo andar. Assim que chegamos ao patamar, ela deu um passo para o lado e esperou por mim. — Por aqui — informei, levando-a para a esquerda. A cobertura que eu havia comprado apenas dois anos antes tinha quatro quartos, três deles no segundo andar. Um foi transformado em academia. O segundo, que era o meu, ficava do outro lado do corredor, e o terceiro agora era de Rose. Poucas horas antes, havia espaço demais para apenas uma pessoa, mas, com Rose, o apartamento parecera diminuir de tamanho.

No final do pequeno corredor, abri a porta do quarto espaçoso que seria dela e pousei sua bolsa no chão antes de recuar novamente. Dando-me uma rápida olhada, ela entrou e absorveu tudo. Pedi ao decorador para mantê-lo simples e funcional, então havia apenas algumas peças de mobiliário: uma cama king-size, uma cabeceira de cor neutra, mesinhas, uma pequena área de estar com uma cadeira macia de veludo nude e outra marrom chocolate ao lado de uma luminária de chão, branca e dourada, simples.

— Você tem seu próprio banheiro na porta à direita — expliquei quando ela não disse nada. — A porta à esquerda é o closet. Se houver algo de que não goste, me avise e eu cuidarei disso.

Depois de olhar em volta por alguns segundos, ela finalmente me encarou e colocou o cabelo úmido atrás de uma orelha.

— Isto é... acho que é maior do que todo o meu apartamento. — Quando minha expressão não mudou, ela pigarreou e continuou: — Tudo parece ótimo, Jack. Espero que você não tenha tido muito trabalho.

— Acredito que todos os quartos de hóspedes têm uma cama e uma poltrona. Não fiz nada de especial.

— Claro que têm, mas considerando que o seu quarto de hóspedes é tão grande... — Ela parou. Esperei que continuasse, mas apenas balançou a cabeça. — Obrigada. É o que estou tentando dizer. É lindo, então, obrigada.

— De nada. Há mais alguma coisa que eu possa fazer por você ou gostaria de ficar sozinha?

— Acho que vou tentar dormir um pouco. Eù... — Interrompendo, ela levantou o pulso para verificar a hora. — Preciso acordar muito cedo.

— Está tudo bem até agora? Não quero te manter acordada por muito mais tempo, mas chegou a conversar com sua prima?

Balançando a cabeça, ela se aproximou de mim, segurando a porta entre nós como se não tivesse força suficiente para se manter em pé.

— Alguns dias atrás, ela ligou, mas acho que estava apenas curiosa para saber se eu tinha mesmo ido em frente ou não.

Eu fiz uma careta, sem entender.

— Ido em frente com o quê? A cafeteria?

Ela me deu um sorriso cansado.

— Não, ela não se importa nem um pouco com isso. Estava tentando descobrir mais sobre... nós, eu acho; você, eu e o casamento. Ela não é como Bryan, raramente se importa com coisas que não lhe dizem respeito. E, até agora, tudo correu bem com o café. Há muito trabalho a ser feito, como tenho certeza de que você viu, mas não estou reclamando.

Satisfeito com a resposta dela, afrouxei a gravata, percebendo a maneira como seus olhos seguiram meus movimentos.

— Bom. E você também não precisa se preocupar com Bryan, não há nada que ele possa fazer neste momento e, se fizer, cuidarei disso. Boa noite, Rose. Se precisar de alguma coisa, meu quarto fica no final do corredor, bem em frente.

Empertigando-se, ela assentiu.

— Obrigada e boa noite... Jack.

Levei um segundo para me mover. Eu não sabia por que relutava em me afastar. Não poderia ser porque queria conversar mais com ela, mas lá estava eu, parado como um idiota. Respirei fundo, tentando pensar em uma palavra de despedida para poder sair, mas tudo o que consegui fazer foi notar o cheiro dela e afogar-me nele. Coco e outras frutas misteriosas que eu não conseguia decifrar. Devia ser o xampu, já que notei desde o carro. Desisti de tentar pensar em outra coisa para dizer, acenei rapidamente e me afastei antes de fazer algo estúpido. No meio da escada, ouvi a porta de Rose se fechar suavemente.

Pela centésima vez, verifiquei o relógio na mesa de cabeceira e, finalmente, quando vi que eram quatro horas da manhã e ainda não tinha conseguido adormecer, sentei-me. Esfregando o rosto, suspirei e levantei. Não querendo me vestir ainda e muito menos descer, fiquei de calça de pijama, vesti a camiseta cinza, que já estava pendurada no encosto da cadeira no canto do quarto e fui em direção às portas de aço pretas que se abriam para o terraço. Respirei o ar puro assim que saí e visualizei a cidade.

Não era preciso ser um gênio para entender por que eu não conseguia dormir, mas ainda tentava ignorar o fato de não estar sozinho no meu apartamento, tentando pensar que tudo estava exatamente como deveria estar. O único problema era que minha mente estava decidida a não me deixar esquecer, nem esquecer a presença da minha esposa na minha casa. Desde que a deixei chorando no carro, essa imagem foi tudo o que consegui ver quando fechava os olhos à noite – *ela* era tudo que eu podia ver, o olhar em seus olhos. Tão perdido e confuso. O fato de eu tê-la praticamente empurrado – a nós, no caso – para essa situação não estava ajudando em nada. Inferno, eu nem sabia mais o que sentir, exceto culpa. Eu estava me afogando em culpa. E viver sob o mesmo teto com Rose... não melhorava as coisas.

Olhando para o Central Park, enquanto eu me apoiava no parapeito, tentei limpar minha mente para poder voltar para a cama e dormir por pelo menos algumas horas para enfrentar e sobreviver ao dia seguinte e aos próximos. Mas, depois de ficar lá fora por Deus sabe quanto tempo, decidi que seria uma tentativa inútil. Quando estava me virando, vi Rose dobrando a esquina no final do terraço e soltando um suspiro alto ao me ver

Com uma mão contra o coração e a outra no joelho, ela se abaixou. Deixando o cobertor no qual estava enrolada pendurado nos ombros, ela começou a tossir como se estivesse engasgando com alguma coisa. Sem hesitar, aproximei-me e, antes que pudesse decidir se tentaria ajudá-la ou não, ela se endireitou. Seu rosto estava completamente vermelho, o peito subindo e descendo rapidamente.

Um segundo depois, a causa de sua reação ficou mais clara quando ela abriu o punho e me mostrou uma barra de Snickers meio comida.

— Você quase me matou — ela ofegou, suas palavras quase não fazendo sentido.

— O quê?

— Eu estava morrendo — ela murmurou depois de tentar limpar a garganta novamente. Finalmente recuperando a compostura, soltou um longo suspiro e puxou o cobertor ao redor dos ombros.

— Eu percebi. — Pensando em tentar deixá-la mais confortável, eu me afastei e encarei a cidade à nossa frente.

Depois de outra respiração profunda e mais uma tosse, ela deu mais alguns passos e se colocou ao meu lado.

— Está ficando frio — ela comentou baixinho, e eu automaticamente olhei para seus pés. Estava usando meias, mas descansava um dos pés em cima do outro.

— Você pode usar meias mais grossas — comentei, e seu olhar seguiu o meu até seus próprios pés, fazendo-a se remexer. — Mas, sim, o tempo está mudando. Você não conseguiu dormir?

Pelo canto do olho, eu a vi olhar para mim e balançar a cabeça. Mantive meus olhos na cidade.

— Não. Você também? — ela perguntou, preenchendo o silêncio entre nós.

— Eu costumo acordar cedo. — Era isso que eu estava dizendo a mim mesmo e certamente não queria que ela pensasse que estava incomodado por tê-la em meu espaço.

Ela abraçou o cobertor com mais força.

— Espero que sua cama seja confortável — falei.

Outro olhar rápido para mim.

— Ela é. Muito confortável e grande. É a minha primeira noite aqui, um lugar estranho, você sabe. Pensei ter ouvido algo quando acordei e não consegui voltar a dormir.

— Compreendo. — Não pedi mais detalhes, mas ela continuou:

— Eu vou me acostumar. Consegui desmaiar por duas horas, estava cansada demais, mas então acordei e meu estômago decidiu que era uma boa hora para me lembrar que eu não comia nada há doze horas, então... — Enfiando a mão debaixo do cobertor, ela me mostrou as poucas mordidas restantes de sua barra de chocolate. — Aqui estou eu com os Snickers que encontrei na minha bolsa. Eu te daria um pedaço, mas...

— Acho que vou sobreviver. Você deveria ter me dito que estava com fome quando chegamos. Temos uma cozinha no andar de baixo.

Olhei para ela, que olhou para mim com um sorriso.

— Uma cozinha? Que novidade. Por mais tentador que pareça, se eu comer mais do que isso, ficarei acordada a noite toda e não conseguirei fazer nada pela manhã. De qualquer forma, preciso começar a me arrumar em algumas horas, então, isso vai bastar. Além disso, nada supera chocolate.

— Você deveria voltar para a cama, então.

— Eu vou — ela murmurou, concordando facilmente. — Voltarei dentro de alguns minutos.

Assenti, mas sabia que ela não podia me ver; estava olhando para o céu noturno. Caímos em outro longo momento de silêncio e, sem saber o que fazer, cruzei os braços contra o peito e encostei-me na parede ao mesmo tempo em que ela avançava e apoiava os antebraços no parapeito.

— O lago fica lindo daqui de cima — ela sussurrou. Olhando para mim por cima do ombro, esperou por uma resposta. — Você deve amar a vista. — Balancei a cabeça em concordância, e um pequeno suspiro saiu de seus lábios quando ela olhou para frente novamente. — As folhas começarão a mudar de cor em algumas semanas. Eu amo o Central Park no outono, e o lago é um dos meus lugares favoritos. É tão legal que você possa vê-lo daqui. Você tem um local favorito, Jack?

— No Central Park?

— Sim.

Como o som alto das sirenes preencheu a noite, levei alguns segundos para responder, para não precisar levantar a voz. Toda embrulhada em seu cobertor, ela me encarou, pronta para ouvir minha resposta. Ela era definitivamente insistente, minha esposa.

— Eu nunca pensei sobre isso. Acho que o lago é bom. — Ela arqueou uma sobrancelha e apenas olhou para mim.

Devolvi o olhar dela.

— Existe algo que eu possa fazer para ajudá-la na cafeteria?

Ela inclinou a cabeça e me estudou como se pudesse me desvendar se apenas olhasse com bastante atenção. Eu não fazia ideia do que ela estava pensando. Não só isso, não fazia ideia do que ela esperava, insistindo em conversar, quando decidi, no momento em que dissemos que sim, que não queria me aproximar muito dela. A única coisa que eu tinha que fazer era me lembrar que se tratava de um negócio e nada mais.

— Você já ajudou. Se não fosse por você, isso nunca aconteceria. Quando recebi a permissão de Gary para usar o espaço e assinamos o contrato, comecei a encomendar os móveis, as máquinas e tudo o mais de que preciso. Eu sabia que levaria tempo para chegarem, então achei que estava agindo com inteligência. Quando... Gary e Angela faleceram, esqueci completamente de tudo. Então as coisas começaram a chegar, mas não tinha mais uma cafeteria para colocá-las, e tive que alugar um depósito para os itens das empresas que não poderiam segurar meus pedidos para adiar a entrega, como as cadeiras, por exemplo. Algumas coisas que comprei foram de liquidação, e eles também não podiam cancelar meus pedidos. Quando cheguei ao seu escritório naquele dia, não tinha esperança de que as coisas terminassem bem. Estava a caminho de uma entrevista de emprego.

Desconfortável com a admissão dela, remexi-me no lugar e pigarreei. Antes que eu pudesse detê-la, Rose continuou. Ela não apenas era insistente, estava se revelando bastante tagarela.

— Então, por mais estranho e constrangedor que este casamento seja, e provavelmente será por algum tempo, até nos acostumarmos um com o outro, sou muito grata. Sei que fizemos um acordo e, obviamente, não será uma coisa unilateral, mas ainda estou muito agradecida por você ter decidido não se divorciar.

— Você não precisa continuar me agradecendo. É um negócio. Vou ganhar uma propriedade de graça com isso. Nós dois estamos nos beneficiando.

Com os olhos fixos em mim, ela assentiu e ajeitou o cobertor em seus ombros.

— Eu sei. Só queria que você conhecesse os detalhes também.

Eu já conhecia os detalhes a respeito da situação dela, mas não achei que seria sensato deixá-la saber disso.

— Por que *você* a quer, afinal? O que planeja fazer quando nosso acordo terminar?

Não sabia como responder a essa pergunta, então resolvi o problema.

— Prefiro não compartilhar.

— Oh. Ok.

Quando não falei mais nada, ela respirou fundo e olhou para o canto por onde tinha vindo. Depois de dar outra olhada rápida no Central Park, suspirou.

— Você provavelmente quer ficar sozinho, então vou voltar para o meu quarto. Amanhã será um longo dia de pintura. Boa noite, Jack.

Observei-a em silêncio até que ela virou as costas para mim e deu alguns passos para longe. Suspirando, desencostei-me da parede e tomei seu lugar no parapeito. Por algum motivo, eu não gostava de ser o responsável por aquele olhar magoado no rosto dela.

Levantando minha voz, perguntei:

— Você acha que vai conseguir voltar a dormir?

— Acho que não, mas vou descansar um pouco.

O mesmo comigo. Também achava que não iria conseguir dormir.

— Como você está lidando com a morte deles? — A pergunta saiu da minha boca antes mesmo de pensar no que eu poderia dizer para mantê-la no terraço por mais tempo. E eu achava que não queria conversar com ela.

A quantidade de tempo que ela levou para reaparecer ao meu lado foi inconfundivelmente menor do que o tempo que ela levou para começar a se afastar.

— Posso ser honesta? — ela perguntou, observando a noite enquanto eu estudava seu perfil.

— Geralmente, eu prefiro quando as pessoas mentem para mim, mas se você insistir...

Isso me rendeu uma olhada de soslaio.

— Não sei exatamente como me sinto — respondeu ela, finalmente. Pensei ter ouvido um pequeno tom de sorriso em sua voz quando começou a falar, mas não a conhecia o suficiente para ter certeza. — Obviamente, estou triste por isso. Não é o que quero dizer, mas simplesmente não parece real. Não conversávamos todos os dias, nem mesmo toda semana, e, depois dos dezoito anos, quando saí da casa deles, mal vi Angela. Era um desejo dela. Mas conversava com meu tio aproximadamente uma vez a cada duas semanas, e às vezes ele até tinha tempo suficiente para almoçar comigo. Sempre parecia me tolerar um pouco mais. Como você trabalhava com eles, provavelmente já conhece essa história, mas eles me aceitaram quando eu tinha nove anos. Meu pai tinha acabado de falecer. Câncer. E mesmo que Gary e meu pai fossem apenas meios-irmãos e não mantivessem contato há mais de quinze anos, Gary concordou em se tornar meu guardião.

— E a sua mãe?

— Eu não me lembro dela, porque nos deixou quando eu tinha dois anos. Acredito que a tenham procurado, mas, pelo que meu tio me disse, ela havia desaparecido. Talvez tenha mudado de nome, quem sabe? Então eles me aceitaram. Não posso dizer que sempre foram legais comigo, lembro-me de muitas noites em que chorei até dormir, mas pelo menos não entrei no sistema. Eu não tinha ninguém, na verdade.

— E seus primos?

— Bryan e Jodi. Ah, eu acho que eles apenas obedeciam Angela e ficavam na deles. São apenas alguns anos mais velhos do que eu, mas mal conversavam comigo. Eu era a sobrinha muito indesejada e incômoda.

Eu estava observando o parque quando ela começou sua história, mas meus olhos se voltaram em sua direção quando senti seu olhar em mim.

— Essa foi, provavelmente, uma resposta um pouco mais pessoal do que você estava procurando.

— Está tudo bem — respondi simplesmente, não lhe concedendo mais nada. — Acho que, para que o casamento pareça crível para todos ao nosso redor, precisamos conhecer detalhes pessoais como esses.

— Está bem, então. Para dar uma resposta mais definitiva à sua pergunta: estou lidando bem com tudo; não otimamente, mas bem. Há dias em que acordo e esqueço completamente que isso aconteceu porque eles não estão muito envolvidos na minha vida há muito tempo, mas acho que é bom admitir que tem dias em que sinto falta de ouvir a voz do meu tio. — Escutei uma pequena risada e um genuíno tom de felicidade em suas próximas palavras. — Ele costumava ler histórias de ninar para mim no início, uma ou duas vezes por semana. Se você o conhece, sabe o quanto isso não pareceria típico de sua personalidade, mas ele trabalhava bastante e eram as única vezes que eu o via. Ele era sempre um pouco ríspido e tentava ler super rápido, como se estivesse correndo contra o tempo, mas depois entrava na história e lia por mais tempo do que havia prometido. Eu realmente ansiava por esses momentos quando era pequena. *Eu só tenho dez minutos para você hoje à noite, Rose.* Ele sempre começava dizendo isso. — Ela fez uma pausa, mas, antes que eu pudesse comentar, voltou a conversa para mim. — E seus pais? Eles estão vivos?

— Sim.

— Como é o seu relacionamento com eles?

— Não somos próximos.

— Sério? Vocês brigaram?

— Mais ou menos isso. Eu não os vejo há anos.

— Eles sabem que você se casou?

— Não os informei, mas tenho certeza de que saberão por alguém em breve. — Olhei para ela, e nossos olhos se encontraram por um breve momento antes de desviarmos o olhar. — Receio que eles não aprovariam minhas escolhas, então não senti a necessidade de informá-los.

— Compreendo. — Houve uma pausa embaraçosa. — Uau. Eu realmente precisava dessa massagem no meu ego, então, obrigada por isso.

Na minha opinião, ela havia entendido errado, mas não a corrigi.

— E não é que somos farinha do mesmo saco? Olhe para nós, não temos família, não de verdade.

— Parece que sim.

Ela soltou um suspiro e se inclinou no parapeito, espelhando minha posição. Depois de um momento pacífico de silêncio entre nós, uma ambulância passou com as sirenes tocando e guinchando em algum lugar abaixo de nós, interrompendo meus pensamentos. Ter uma conversa sincera com minha esposa sob o céu noturno não era absolutamente a melhor maneira de manter distância.

— Quando você acha que vai conseguir abrir a cafeteria? — perguntei, mudando de assunto para algo mais seguro.

— Estou quase pronta, embora isso seja um pensamento otimista. Quando terminar de pintar, ainda terei muito a fazer. As cadeiras e a placa do lado de fora chegarão em breve, e preciso comprar mais algumas coisas para a cozinha. — Ela suspirou e apoiou o queixo na mão. — Acho que em três semanas. Isso depende de muitas coisas. Toda a papelada está pronta, então não há razão para não começar. Obrigada por isso também... Você sabe, por lidar com as coisas da papelada. — Notei quando ela tentou esconder um bocejo.

— Não há de quê. Você não precisa pintar para economizar dinheiro. Sabe disso, não sabe?

— Oi? Eu pinto lindamente — ela retrucou com uma careta.

— Pelo que vi hoje, estava bem irregular. Ainda dá para ver o vermelho da tinta antiga por baixo. Isso não é uma indicação de uma pintura bonita.

Ela bufou.

— Mais uma vez, desculpe-me, mas era um vermelho muito forte. Ele apareceria, não importa o que eu fizesse, com apenas uma camada de tinta para cobri-lo. Todo mundo sabe disso. A primeira demão é sempre irregular. Eu fiz a parte difícil, então, você veio no final e roubou meu trabalho.

— Todo mundo sabe disso? — perguntei com uma sobrancelha arqueada.

— Sim! Pergunte a qualquer pintor profissional.

— Quantos pintores profissionais você conhece exatamente?

— Quantos *você* conhece?

Olhei nos olhos dela e dei de ombros.

— Alguns. — Relaxando um pouco mais, esperei sua resposta.

— Tudo bem. Você venceu esta. Não conheço nenhum, mas não muda o fato de que eu sei pintar lindamente.

— Se você diz.

— Digo, sim. Você fez uma parede, mas eu vou pintar todo o resto. Depois disso, quero ver ter a coragem de dizer que não pinto lindamente.

— Na verdade, como você pintará a minha propriedade, gostaria de garantir que não estrague minhas paredes. Estarei lá amanhã para ficar de olho nas coisas.

— Você está brincando.

— Não.

— Ótimo. Fique de olho nas coisas, então. A propriedade pode ser sua agora, mas as paredes serão minhas pelos próximos dois anos. Não vou deixar você estragar nada.

Tentando cobrir meu sorriso inesperado, pigarreei.

— Obrigado pela permissão. Se você planeja continuar pintando *lindamente*, como diz, precisa descansar um pouco mais.

— Você está me provocando?

— Por que eu iria querer fazer isso? — E não era essa a verdade? Por que diabos eu iria querer fazer isso? Pena que não tinha uma resposta para a minha própria pergunta.

Ela me encarou e fui forçado a retribuir seu olhar.

— Você realmente acha que pode fazer um trabalho melhor do que o meu? — questionou.

Arqueei uma sobrancelha.

— Eu fiz um trabalho melhor do que o seu.

— Certo. Em vez de ficar de olho nas coisas, pegue um rolo e pinte, então.

Aparentemente, eu iria cancelar minhas reuniões no dia seguinte.

— Vamos ver como vai ser.

Ela fez uma pausa.

— Eu sei que parece bem vazio agora, mas espere até ver tudo pronto. Mais importante, sou muito boa com café, e os doces serão deliciosos. Se eu conseguir fazer tudo o que está em minha mente, tudo estará perfeito em cerca de uma semana ou duas.

— O que mais você tem em mente? — perguntei, genuinamente curioso, sendo capturado por seu entusiasmo.

Ela sorriu para mim.

— Acho que vou manter o resto em segredo, apenas no caso de eu estragar tudo ou não conseguir fazer a tempo.

— Parece que você tem tudo planejado e sob controle.

— Há muitas outras coisas com as quais preciso lidar, um milhão de pequenas coisas. Você vai estar lá no dia da abertura?

— Você precisa que eu esteja lá? — Não importava qual era a resposta dela, eu sabia que estaria presente, de qualquer maneira.

— Eu não diria que preciso...

Quando o vento tornou-se mais forte, bagunçando seus cabelos, ela ergueu as mãos para tirá-lo dos olhos e o cobertor começou a escorregar dos ombros. Eu me endireitei e o peguei na altura da cintura dela. De repente, estávamos próximo demais e ela ficou presa entre mim e o maldito cobertor. Meus olhos encontraram os dela, grandes e surpresos, castanhos, e eu paralisei, não tendo tanta certeza do que fazer com ela e o cobertor.

Pigarreei. Ela deixou cair as mãos depois de ter puxado todo o cabelo para um lado, e eu a permiti que pegasse as bordas do cobertor das minhas mãos.

— Obrigada — ela murmurou quando dei um passo para trás.

Drooooga!

Depois de uma breve pausa, ela voltou a responder à minha pergunta.

— Não é tão necessário, mas seria bom, caso Jodi ou Bryan aparecessem. Acho que não vão, mas, depois desta noite, quem sabe?

— Tentarei liberar minha agenda se você achar que preciso estar lá. — Uma rápida olhada no meu relógio e chequei a hora: quase cinco. Por mais que não quisesse conversar com ela, passei uma hora fazendo exatamente o oposto.

Então me empertiguei. — Vou entrar.

— Oh, ok — ela murmurou, ainda segurando o cobertor que eu quase relutantemente soltei alguns segundos antes.

— Se vou pintar uma cafeteria inteira, preciso dormir um pouco — acrescentei, diante da expressão confusa dela em relação à minha saída abrupta.

— Espere um minuto. Você estava falando sério?

— Não sei quantas vezes precisarei repetir isso, mas, se digo alguma coisa, sempre é a verdade.

— Eu pensei que você estava apenas...

Levantei minhas sobrancelhas.

— Você pensou que estava o quê?

— Deixa pra lá. Você não vai pintar uma cafeteria inteira, na verdade. Eu também vou pintar.

— Vamos ver como se sai antes de eu deixar você fazer isso.

Os olhos dela se estreitaram.

— Bem. Vou ter que mostrar a você como se faz, então.

— Te encontro lá embaixo às sete? Ou é muito cedo para você?

— Sete está perfeito.

— Certo. Boa noite, então, Rose.

— Boa noite, Jack.

Capítulo Cinco

ROSE

DUAS SEMANAS DEPOIS

Comecei a morar oficialmente com Jack Hawthorne, também conhecido como meu amado falso marido, na noite em que ele retornou de sua viagem a Londres, que também poderia contar como o começo das minhas noites sem dormir. No dia seguinte, exatamente como havíamos discutido, ele me acompanhou à cafeteria, porque não confiava em mim para pintar as paredes de sua propriedade recém-adquirida. Por mais que eu tivesse conseguido que concordasse – depois de uma conversa muito convincente e longa – que eu poderia, de fato, fazer uma bela pintura, ele acabou pintando a maior parte do lugar, azedando minha vitória.

Jack me exasperou durante o tempo todo, e eu não tinha ideia do que fazer com ele.

Ele também queria que eu esvaziasse meu apartamento no East Village imediatamente, mas ignorei seus desejos e fui empacotando tudo com calma, durante o processo de pintura. Para o inferno com as ameaças de Bryan.

Sentada sozinha no meio da cafeteria, mastigando um sanduíche que eu havia preparado nos fundos, estava esperando os entregadores da IKEA me trazerem minha estante de livros. Pouco depois, eles chegaram, mas, antes que eu pudesse enfrentar essa tarefa, as cadeiras foram entregues.

Quando tudo ficou pronto – a estante de livros montada, e as cadeiras onde eu pensava que deveriam ficar –, horas tinham se passado, e só então eu me sentei pela primeira vez. Gemi e inclinei a cabeça contra a parede. Pensei que fechar meus olhos apenas por alguns segundos não seria uma má ideia, porque minha visão estava começando a ficar assustadoramente embaçada.

É claro que isso me fez lembrar do quanto eu precisava dormir mais. Todas as manhãs, me vestia silenciosamente e, como se fosse uma intrusa, saía na ponta dos pés da pequena mansão de Jack Hawthorne para chegar à loja. À noite, escolhia desaparecer no meu quarto no momento em que entrava no apartamento dele.

Todas as minhas tentativas de conversar com meu marido fracassaram, uma após a outra, então parei após a tentativa número quatro. Quanto mais perguntas eu fazia e mais tentava falar com ele, mais rápido ele me irritava ou mais rápido se afastava de mim. A curta conversa que tivemos no terraço naquela primeira noite foi a mais longa.

No entanto... mesmo depois que a pintura estava pronta, ele aparecia todas as noites para me pegar no caminho para o apartamento. Seria para checar a propriedade?

Dizer que estava confusa em relação ao meu marido seria um eufemismo. Eu não fazia ideia do que pensar sobre aquele homem.

Foi ele quem fizera a oferta de casamento, mas, pela maneira como estava agindo, tão silencioso e distante durante o tempo todo, seria fácil pensar que coloquei uma arma invisível em sua cabeça para fazê-lo dizer *eu aceito*.

As coisas não mudariam tão cedo se eu não fizesse nada a respeito.

Também não fazia ideia de como manteríamos aquela farsa se realmente tivéssemos que ficar ao lado um do outro e conversar com as pessoas como um casal. Se alguém nos visse trabalhando na cafeteria, ou mesmo no terraço na primeira noite, pensaria que estávamos em um encontro às cegas infinito, forçados a aguentar cada minuto em vez de fugir rapidamente.

Devia estar prestes a adormecer, porque, quando ouvi uma batida forte, pulei e, de alguma maneira, consegui bater a lateral da coxa na beira da mesa à minha frente.

— Jesus Cristo! — Pressionando a mão na perna para aliviar a dor, fui pulando em direção à porta no momento em que outra batida soou na cafeteria.

Sentindo-me um pouco sonolenta e talvez um pouco nervosa também, levantei a lateral do jornal que tampava as janelas e protegia tudo o que acontecia lá dentro dos olhos curiosos. Minha frequência cardíaca diminuiu um pouco quando vi que era apenas Jack Hawthorne parado do outro lado. Erguendo meu dedo para indicar que demoraria só um segundo, prendi o jornal de volta no lugar e soltei um longo suspiro antes de começar a destrancar a porta.

Aqui vamos nós, pensei.

Quando Jack entrou, fechei e tranquei a porta atrás dele.

— Jack? — Massageando minha perna com a palma da mão esquerda, deixei meus olhos vagarem por seu corpo da cabeça aos pés. Se alguém me forçasse a dizer uma coisa positiva sobre meu marido, seria que ele nasceu para usar ternos. E eu estaria mentindo se dissesse que não gostava disso. O terno preto, a blusa branca e a gravata preta que ele usava conseguiam destacar ainda mais seus olhos azuis cor de oceano, e eu o encarei um pouco mais do que o necessário ou aceitável. — O que você está fazendo aqui?

— Essa é uma ótima pergunta. Estava me perguntando a mesma coisa, porque não é como se eu viesse aqui todas as noites ou algo assim. Te liguei uma hora atrás. Você não atendeu.

— O quê? — questionei, confusa. Esfregando a ponta do nariz, tentei sair do meu estado ainda meio adormecido. Se eu estava olhando para ele e percebendo como seu traje acentuava seus olhos intensos, como sua barba caía tão bem nele, eu ainda devia estar na terra dos sonhos. Em vez de dar uma resposta, ele surgiu com outra pergunta, parecendo muito exasperado comigo.

— Onde está o seu telefone, Rose?

Tomando cuidado para não esbarrar nele, dei a volta, passando por seu corpo perfeitamente musculoso e o rosto perfeitamente esculpido, até o outro lado do balcão, e me inclinei para chegar ao meu telefone, que eu havia deixado em uma das prateleiras mais baixas algumas horas antes.

— Eu não pego nele desde que as cadeiras chegaram, e devo tê-lo colocado no silencioso por engano. Aconteceu alguma coisa? — Olhei para a tela e vi duas ligações perdidas de Jack Hawthorne e uma de Sally. Ela teria que esperar enquanto eu lidava com meu marido.

— Você está bem? — ele perguntou com uma careta.

Olhando para ele, finalmente comecei a juntar as coisas – só que não o *suficiente* para perceber que ele havia feito uma pergunta, então não respondi. Eu apenas fiquei olhando-o. Por vários segundos, pensei que, de alguma forma, ele conseguia ficar ainda mais bonito no final do dia, todos os dias, enquanto eu sempre parecia pior. Nem um único cabelo castanho-claro estava fora de lugar. Quanto mais eu olhava, mais perfeitas suas sobrancelhas pareciam, o que acrescentava um apelo estranho a ele, algo que eu não deveria ter notado. Ele ficava muito atraente quando franzia a testa – o que acontecia muitas vezes, como pude atestar –, e eu estava começando a gostar dessa expressão cada vez mais. Jack não precisava franzir o cenho para parecer todo intenso e triste, mas definitivamente funcionava a seu favor.

— Rose?

— Humm?

— O que você tem?

Aceitando o fato de que eu havia perdido a cabeça há muito tempo, já que não conseguia parar de pensar em como ele era realmente atraente, escolhi agir como se não tivesse nada errado e assenti. Então percebi que era a direção errada para minha cabeça se mover e rapidamente voltei a balançá-la. Confusa por ter sido pega, fui para trás do balcão para colocar algum espaço entre nós. Eu não estava pensando em me jogar nele, mas ainda assim...

— Adormeci por alguns minutos, então estou um pouco aérea, só isso. Por que mesmo você disse que ligou?

— Eu estava indo jantar e queria perguntar se você poderia se juntar a mim. Mas já comi.

Bocejei.

— Ah, não. Foi algo de trabalho? Perdi sua primeira reunião de trabalho? Me desculpe se...

— Não, era só eu. Pensei que poderíamos rever algumas coisas e jantar.

Aquela foi a primeira vez que ele se ofereceu voluntariamente para conversar e jantar.

— Rever as coisas... como?

— Podemos fazer isso outra vez. Suponho que você tenha terminado aqui, já que estava dormindo.

O cara não se mexeu. Ele não sorriu. Ele certamente não riu, nem pareceu feliz, nem pareceu... nada além de carrancudo e sério.

— Eu não tinha a intenção de adormecer. Estava apenas dando um tempo, descansando os olhos, e acho que cochilei.

Olhando em volta da loja com desaprovação, ele balançou a cabeça.

— Não é seguro para você ficar aqui sozinha à noite, muito menos adormecer. E se não tivesse trancado a porta, o que já se esqueceu de fazer antes? Alguém poderia entrar e encontrar você dormindo.

— Mas não me esqueci de trancar a porta. Foi apenas aquela vez. Tenho me certificado de que ela está trancada, não importa que horas sejam — rebati. Eu não admitiria que, por um breve momento, quando ouvi sua batida forte, fiquei um pouco assustada.

Minha resposta me rendeu outro olhar de desaprovação.

— Vejo que finalmente suas cadeiras chegaram — ele comentou, seu olhar absorvendo tudo.

— Sim. A entrega foi adiada, mas finalmente as recebi algumas horas atrás. O que você acha? — Até eu podia ouvir o tom de esperança na minha voz. Ele era o primeiro a ver o local cheio de móveis e tão perto do que seria o dia de abertura. Estava desesperada para ouvir de alguém que não era apenas minha imaginação e que realmente parecia bom.

Nossos olhos se encontraram enquanto eu prendia a respiração, esperando.

— Sobre? — ele perguntou.

Eu controlei minha vontade de gemer.

Ele não conseguiria encontrar nenhuma falha – não havia como. O esquema de cores era perfeito. Elegante, chique, confortável, convidativo – tudo de bom. Então, sorri e tentei novamente.

— Tudo. As cadeiras, mesas, tudo.

Ele seguiu meu olhar, mas seus traços duros permaneceram exatamente os mesmos, nem um único sorriso à vista.

— Está terminado?

— Ainda não — eu disse lentamente, sentindo meu sorriso desaparecer. — Estou trabalhando nisso, mas estou quase lá.

Todas as onze – eu odiava que fosse um número ímpar – mesas redondas de madeira estavam exatamente onde eu as queria, e coloquei as cadeiras de veludo marrom-acastanhadas, que combinavam lindamente com o piso e as paredes recém-pintadas, em seus devidos lugares. Também tirei os banquinhos de bar, de aço pretos, e as almofadas verde-escuras da cozinha, onde os mantive empilhados. Eles eram do mesmo material das cadeiras, e eu os havia colocado na frente do balcão que percorria toda a extensão das janelas da frente. Eu achava que estava lindo, mas, aparentemente, era uma opinião apenas minha.

— Não importa — falei, quebrando o silêncio, em um esforço para evitar ouvir os pensamentos negativos de Jack. Sua linguagem corporal rígida e seu olhar de desaprovação estavam me dizendo tudo o que eu não queria ouvir. — Desculpa, você não tem que lidar com isso. Se precisar estar em outro lugar, não gostaria de mantê-lo aqui. Vou ficar por mais uma hora, acho, para arrumar algumas coisas.

Ele abriu a boca para falar, mas o impedi antes que ele pudesse começar.

— Eu sei... Vou para sua casa quando terminar aqui. Você não precisa vir todos os dias. Conheço o caminho.

Com as mãos nos bolsos, ele caminhou em direção ao grande arco que ligava as duas seções da cafeteria e virou de costas, para fora da minha vista. Eu apostaria dinheiro que ele estava balançando a cabeça depois de perceber minha estante no chão, ou, se não, provavelmente estava prestes a queimá-la com um olhar de desaprovação. Montei tudo muito bem sozinha, mas não me atrevi a levantá-la e movê-la. Esse seria o trabalho para o dia seguinte ou o próximo. Tudo dependia de como minhas costas estariam.

— Como exatamente você está planejando entrar? — ele perguntou, sua voz quase inaudível.

— Entrar onde?

— No meu apartamento... *Nosso* apartamento.

Nosso apartamento. *Meu Deus*. Quando, afinal, eu iria me acostumar com o fato de estar morando com *este* homem? E como, por duas semanas inteiras, nem me passou pela cabeça como eu iria entrar em sua pequena mansão? Por outro lado, já que ele ia ao café todas as noites para me buscar, eu não tinha motivos para pensar em chaves.

Para ser justa, ele nunca agira como se eu não fosse bem-vinda em sua casa. Claro que era seco e irritante às vezes, mas, ainda assim, todas as noites, ele se oferecia para fazer o tour que mencionara na primeira noite e perguntava se eu queria comer. Você pensaria que era gentil da parte dele, mas era o máximo que ele conseguia oferecer. Era doce, apesar de tudo.

— Tentei deixar um conjunto de chaves com você hoje de manhã, mas, quando bati à sua porta, você já tinha sumido e precisei sair para o trabalho — explicou. Surpresa, não consegui pensar em nada para dizer. Então ele reapareceu no arco e voltou a ficar na minha frente, esperando pacientemente por uma explicação.

Então a verdade me atingiu, e eu estremeci.

— Ah, é por isso que você vem aqui me buscar todas as noites? — Expirei e suspirei. — Eu estava pensando agora mesmo que não deveria ficar me desculpando com você, mas, pela última vez, me desculpe. Espero que não esteja mudando seus planos para vir até aqui só porque não tenho uma chave.

— Não precisa se desculpar. Só me lembrei da chave ontem à noite, e não, não venho aqui todas as noites só porque você não tem uma chave. Hoje, eu já estava no lado leste e, quando não consegui entrar em contato com você, pensei em vir aqui e te dar uma carona.

E nas outras noites? Eu queria perguntar, mas fiquei de boca fechada.

— Ainda estou tendo dificuldade para dormir. Não sei exatamente por que, mas sempre acordo às quatro ou cinco. Espero até seis e depois saio. Em vez de ficar revirando na cama, tento fazer algo útil por aqui. — Olhei nos olhos dele, em silêncio, sem explicações.

— Eu sei a que horas você sai, Rose.

Assim que ele terminou sua frase, começou a tirar o paletó, e minha atenção mudou novamente.

— Hum, o que você está fazendo?

— Estou supondo que a estante não irá ficar caída no chão e que você a queira de pé, certo? — Ele olhou em volta e depois apontou para o local exato onde pretendia colocá-la, bem ao lado de onde minha enorme máquina de café *espresso* iria estar em apenas alguns dias. — Ali?

— Sim, é...

Ele desabotoou os punhos, e eu baixei o olhar para seguir seus movimentos. Isso de novo? Então ele começou a arregaçar as mangas, e eu não conseguia me lembrar do que eu estava prestes a dizer – o que estava se tornando irritante, aliás –, apenas que seus dedos pareciam muito longos. Além de ter traços fortes, olhos incrivelmente bonitos, um rosto muito agradável de se olhar e um queixo que combinava *perfeitamente* com sua personalidade melancólica, ele também tinha mãos muito masculinas. Essa era uma bela característica. Elas tinham facilmente o dobro das minhas. E pareciam fortes. Do tipo que te faz olhar duas vezes, se você gosta desse tipo de coisa. Aparentemente, eu gostava. Muito.

Droga, Rose.

Eu me sacudi mentalmente, desviei o olhar, pigarreei e falei.

— Eu estava planejando fazer isso amanhã. Você não precisa sujar suas roupas, Jack. Posso lidar com isso sozinha.

Eu não era uma daquelas pessoas que rejeitavam ajuda o tempo todo, mas a ajuda de Jack... eu não queria ser grata a ele mais do que já era.

Ignorando-me, ele foi em direção à estante enquanto ainda trabalhava naquelas mangas, pelo amor de Deus. Eu o segui a passos rápidos, e meus olhos – os traidores – lançavam olhares para suas mãos, enquanto elas ainda erguiam suas mangas. Jack ainda usava seu anel; ele nunca o tirava.

— Jack, eu posso cuidar disso. De verdade, você não precisa...

— Você é que não precisa lidar com tudo sozinha. Estou aqui. Sou capaz de mover uma estante de livros.

— Eu sei disso. Claro que sim, mas estou dizendo que não precisa fazer isso. Estou acostumada a lidar com as coisas sozinha, e assim me sinto confortável.

As mangas foram arregaçadas meticulosamente, então ele ergueu a cabeça para me dar uma longa olhada. Eu calei a boca.

Ótimo.

Se ele queria sujar seu terno caro, era bem-vindo. Depois de me repreender com um simples olhar, começou a andar ao redor da estante.

— Isso pode arranhar o piso — disse ele, olhando para mim e depois para baixo.

— Não, não vai. Coloquei quatro dessas coisinhas macias embaixo dos pés, para não arranhar.

Isso o fez olhar para mim.

— Coisinhas — ele brincou.

Eu não pude evitar – meus lábios se curvaram lentamente em um sorriso, com os dentes aparecendo e tudo.

— Claro, parece ridículo quando *você* fala. — Se um de nós não relaxasse na presença do outro, eu certamente cometeria um assassinato antes que os vinte e quatro meses terminassem. Como supunha que Jack nunca relaxava na vida, eu seria a sortuda vencedora deste casamento.

Eu tentaria me soltar e ignorar o fato de que ele era o tipo de cara de quem eu sempre me afastava.

Porque éramos completamente opostos.

Porque tínhamos perspectivas muito diferentes da vida.

Porque, porque, porque...

Ele era impassível, irritadiço, arrogante, às vezes, e distante.

Ele me lançou um rápido olhar impressionado e virou as costas para mim.

— É porque é uma palavra ridícula.

Quando ele não estava mais olhando para mim, respirei fundo e olhei para o céu, embora não pudesse vê-lo.

— Seu terno vai ficar sujo — eu disse pela última vez. Quando aqueles olhos duros encontraram os meus, ergui as mãos. — Tudo bem. Não diga que não avisei. Oh, espere! — Antes que ele pudesse me dar uma resposta sarcástica, saí correndo, gritando por cima do ombro: — Me dê um segundo e vou limpá-la primeiro.

Ele não disse nada, então assumi que estava esperando que eu voltasse. Assim que peguei um pano de prato molhado, corri de volta só para ver que ele já tinha colocado a estante de pé.

— Não é grande coisa, mas quero que você conheça alguns dos sócios da minha empresa — ele começou quando me afastei com o pano na mão, e ele começou a empurrar a estante em direção ao seu novo lugar. — Amanhã haverá um jantar com dois dos sócios e um cliente em potencial, nada formal, apenas uma refeição simples. Eles sabem que nos casamos e me pediram para levá-la comigo. Sei que você está trabalhando dia e noite para abrir este local. Se não tiver tempo, não será necessário se juntar a nós. Vou explicar para eles.

Coloquei o pano sobre uma das mesas e puxei as duas cadeiras e outra mesa que estavam no caminho dele para o lado.

— Não, eu irei.

Ele parou de empurrar e inclinou a cabeça para me olhar do outro lado da estante.

— Você tem certeza? Como eu disse, não é necessário.

— Fizemos um acordo comercial, certo? E você continua me ajudando quando vem aqui. Eu tenho que fazer algo em troca — respondi enquanto agarrava a outra extremidade da estante e começava a ajudá-lo a virá-la, para que pudéssemos empurrá-la pelo resto do caminho com as costas voltadas para a parede. Um jantar não era tão ruim, desde que não congelássemos e ele não ficasse todo frio comigo na frente de outras pessoas, o que não era problema meu.

— Certo — disse ele em um tom cortante, e nós dois começamos a empurrar.

O *único* problema em sair para jantar com Jack e seus sócios era que eu mal conseguia imaginar que tipo de restaurante um sócio de um escritório de advocacia de alto nível frequentaria, e, infelizmente, eu não tinha nada bom o suficiente para usar em um lugar assim. Cada centavo que eu ganhei até aquele dia foi reservado para o café dos sonhos que eu abriria em Nova York. Agora esse sonho estava realmente se tornando realidade, e, conforme eu trabalhava o máximo humanamente possível, outras coisas acabavam sendo sacrificadas, como minhas escolhas de moda.

— Então eu irei. Ok, pare. Apenas me dê um segundo e eu moverei as mesas para que possamos avançar.

Enquanto eu movia a mesa à direita, ele cuidava da mesa à esquerda. Em seguida, afastamos as cadeiras, abrindo espaço suficiente para a grande estante de livros passar.

— Você quer que ela toque a parede? O jantar é às sete.

— Sim, encoste-a na parede. Estarei pronta antes disso. Sally virá amanhã por algumas horas para me ajudar, para que não seja um dia muito longo, como hoje.

Com um pequeno grunhido meu, começamos a empurrar novamente até que estivesse no lugar. Depois de colocar as mesas e cadeiras de volta onde estavam originalmente, paramos.

Recuei todo o caminho de volta ao arco para ter certeza de que estava centralizada na parede. Jack seguiu e silenciosamente ficou ao meu lado.

— Obrigada. Ficou perfeita ali. — Olhei para ele e vislumbrei seu leve aceno de cabeça.

— Sally? — ele perguntou, seus olhos ainda avaliando a estante.

— Minha funcionária, a segunda. Eu a contratei enquanto você estava em Londres. Ela veio aqui algumas vezes para falarmos sobre o que vamos fazer. Vai começar oficialmente no dia da abertura.

— Quem é o primeiro?

— Ah, é Owen. Nós trabalhamos juntos em um café por pouco tempo, é de onde eu o conheço. Seus doces são incríveis. Ele vai trabalhar meio período, entrará por volta das quatro e meia da manhã e começará a assar antes de eu me juntar a ele. Sally vai me ajudar no balcão.

— O que mais precisa ser feito hoje?

Mesmo que a estante de livros estivesse perfeitamente posicionada, as duas mesas na frente dela não pareciam exatamente onde deveriam estar, então, refiz meus passos para movê-las para que ficassem nas laterais da estante de livros em vez de na frente dela.

Quando olhei para cima, Jack já estava em pé na minha frente, agarrando a borda da mesa e me ajudando a levantá-la.

— O que você quer dizer com o que mais? — perguntei, enquanto colocávamos a mesa onde eu queria. Depois movemos as cadeiras.

— O que mais precisa ser feito?

Fomos até a outra mesa e repetimos nossas ações.

— Você não...

— Se você disser que não precisa de ajuda mais uma vez...

— Na verdade, eu *não* ia dizer isso. — Ia sim. — Você precisa ouvir primeiro antes de acusar alguém. Achei que, como advogado, você deveria saber disso. — Quando ele olhou para mim, abri um sorriso discreto. Ele não devolveu, é claro. Ele não era fã de comentários sarcásticos; eu já tinha entendido, e era provavelmente por esse motivo que eu gostava tanto de fazê-los. — Eu quero levantar isso. — Fui para atrás do balcão e fiquei na frente de onde eu queria que a prateleira flutuante ficasse. — Fiz os furos, os suportes estão presos e tudo o mais, mas é uma prateleira de madeira bem grande, tem quase sessenta centímetros, e eu acho que não vou conseguir levantá-la sozinha.

Ele se juntou a mim, e eu me movi para o lado para dar espaço a ele. Era uma área grande o suficiente para quatro pessoas trabalharem confortavelmente, mas, ainda assim, depois de olhar tanto para as mãos dele, não podia confiar em mim mesma.

— Você fez os furos? — ele perguntou, inspecionando os suportes.

Meus pés estavam começando a me matar de novo, então, encostei-me no balcão e esperei que seus comentários de desaprovação começassem. Eu ainda tinha alguns argumentos.

— Sim. Peguei emprestada uma broca do sujeito que montou as cadeiras e os fiz rapidamente. Vá em frente, me diga quão ruim ficou. Estou pronta para isso.

Ele suspirou e olhou para mim por cima do ombro.

— Onde está a prateleira, Rose?

Eu me endireitei e agachei. Havia muita dor envolvida nesse processo.

— Aqui. — Puxei apenas um lado da madeira de baixo do balcão para que ele pudesse vê-la. Jack segurou o outro lado e nós a levantamos, enquanto eu soltava um pequeno grunhido, e a colocamos sobre o balcão. Aquela coisa maldita era extremamente pesada, para não mencionar cara, mas ficaria perfeita com as paredes verde-escuras.

Houve alguns segundos de inspeção do seu lado, então ele agarrou a borda novamente.

— Pronta?

Soltei um longo suspiro, assenti e agarrei a minha parte com mais força.

Ele fez uma pausa e me lançou um novo olhar que não consegui interpretar.

— No três. Está pronta?

Minha exaustão estava voltando com força total, então eu simplesmente assenti novamente, levantando quando Jack disse três. Eu tinha certeza de que ele estava suportando a maior parte do peso, porque meus braços não doíam tanto quanto eu esperava que doessem. Em poucos segundos, ele deslizou a prateleira para os suportes e terminamos.

À minha frente, ele analisou meu rosto.

— Podemos ir agora? — Mais uma vez, apenas assenti.

Ele entrou na área aberta em frente ao balcão.

E eu entrei na cozinha e peguei minhas coisas no balcão. Saí dela enfiando um braço na jaqueta, enquanto lutava para colocar o outro.

Jack estava ajeitando as mangas.

— Você não tem mais nada pesado que precise ser movido, não é?

Franzindo a testa e tentando pensar enquanto o observava, balancei a cabeça.

— Não. Essa foi a última, acredito.

Depois, vestiu o paletó e voltou à aparência anterior, com exceção da gravata.

— Parece que você está prestes a falhar.

Ele nem estava olhando para mim, como podia saber?

— Acho que isso acontecerá a qualquer momento. — Sentindo-me um pouco boba após o comentário dele e pelo fato de eu ainda estar lutando com o outro braço da jaqueta, pigarreei. — Eu falhar, quero dizer. — Jack avançou e, com um longo suspiro, pegou a jaqueta, libertando meu braço. Então a segurou para mim, e eu me senti corar quando consegui vestir os dois braços com sucesso. — Obrigada — murmurei.

— Vou ligar para Raymond para que ele possa estacionar na frente da loja. — Ele estava olhando para o telefone, mas então seus olhos encontraram os meus por um breve segundo. — Você parece pior do que na semana passada.

Abri a boca e decidi fechá-la. Olhei para baixo e notei que meus joelhos estavam cobertos de poeira. *Que ótimo, Rose. Ótimo mesmo!* Limpei-me gentilmente, o tempo todo tentando imaginar que outras substâncias eu poderia ter no meu rosto ou como minha aparência poderia mesmo estar. Jack aparentemente sabia, e parecia pior do que na semana anterior. Nada de mais. Todo marido fazia comentários como aquele para suas esposas... pensei. Basicamente, estávamos nos estabelecendo na vida de casados. Enquanto eu pensava que Jack era a própria perfeição masculina, ele pensava que eu era... bem, para ser honesta, eu estava com muito medo de perguntar e ouvir sua resposta.

Suspirei e ergui os olhos para poder encará-lo nos olhos.

— Não acredito que vou dizer isso, mas acho que estou começando a considerar manter você como meu marido permanentemente, Jack. Estou gostando muito desses elogios até agora, mas preciso te avisar que não vai poder me culpar quando palavras bonitas começarem a sair da minha boca.

Pensei tê-lo visto pressionando os lábios, em um esforço para segurar um sorriso, embora talvez fosse apenas um tremor de lábios. Eu nunca iria descobrir, mas apertei os olhos para ter certeza de que estava vendo correto. Por outro lado, minha visão ainda estava meio embaçada, então eu tinha quase certeza de que fora apenas um truque dos meus olhos.

Quando ele falou logo em seguida, em seu tom profissional, tive certeza de que não haveria sorrisos envolvidos.

— Prefere que eu minta para você? Não tenho certeza se consigo agir assim.

— Ah, não. Sei que você não é assim. Como disse, estou muito satisfeita com minha escolha de marido neste momento. Estamos nos estabelecendo na vida de casados. Quando eu quiser perguntar se um jeans me deixou gorda, sempre contarei com você para me dar uma resposta honesta. Tenho certeza de que será útil.

— Se você tem tudo o que precisa, podemos sair. Raymond está nos esperando na frente da loja. — Depois de guardar seu telefone, ele me olhou nos olhos. — Você não está gorda.

E logo quando pensei que ele não estava ouvindo uma palavra do que eu disse...

Peguei minha bolsa no balcão, onde a havia deixado enquanto estava lutando para entrar na minha jaqueta, e segui Jack para fora.

— Na verdade, eu poderia perder alguns quilos; cinco, talvez sete. Chocolates são ótimos para a alma e nos deixam felizes, mas não costumam ser bons para os quadris. Você sabe como é o ditado, certo? Um momento nos lábios, para sempre nos quadris.

Ele saiu para a calçada enquanto eu apagava as luzes e acionava o alarme.

— Se não consegue desistir de chocolate, talvez possa se exercitar mais.

Depois de trancar tudo, me virei para ele e o peguei olhando para a minha bunda. Senti meu rosto queimar, mas, felizmente, o ar frio impediu que se tornasse evidente demais. Tentando ignorar para onde ele estava olhando quando disse suas últimas palavras, tentei soar calma, colocando a mão no coração e dizendo:

— Vejam só, agora você está tentando me mimar. Se continuar assim, nunca vou querer te deixar quando chegar a hora.

Seus olhos focaram na minha mão e eu *soube* o que ele ia dizer antes mesmo de abrir a boca.

— Você não está usando sua aliança.

— Está na minha bolsa. É um anel muito caro, Jack. Não quero que nada aconteça com ele enquanto eu estiver trabalhando.

Ele me lançou um olhar impressionado, depois se virou e me deixou de pé na calçada. A aliança dele estava no dedo.

Nossa vida de casados ia mesmo muito bem.

Pelo menos, eu pensava assim.

Número de vezes que Jack Hawthorne sorriu: nenhuma.

Capítulo Seis

ROSE

— Rose! Seu telefone está tocando! — Sally gritou da área principal, onde estava arrumando alguns livros antigos que eu havia comprado em uma livraria adorável naquele dia.

— Estou indo! — gritei, onde estava descarregando uma quantidade enorme de alimentos para fazer sanduíches. Largando o saco de açúcar meio vazio que eu estava prestes a despejar em uma jarra de vidro, saí da cozinha.

— Parou de tocar — comentou Sally, com os olhos ainda no livro em sua mão. Então ela voltou a cantarolar, acompanhando a música suave que saía dos alto-falantes.

Mesmo que ela não estivesse olhando para mim do seu lugar no chão em frente à estante, balancei a cabeça e vasculhei minha bolsa para encontrar o telefone. Assim que o peguei, começou a tocar novamente.

Tirando-o de lá, vi o nome dele piscando na tela.

Jack Hawthorne.

Talvez eu devesse mudar o registro do nome dele na minha agenda para *Carcereiro* em algum momento.

Verifiquei o relógio na parede e hesitei. Eu tinha certeza de que ele estava ligando para falar sobre o jantar com os sócios.

Meu dedo pairou sobre o botão verde, e um som ininteligível escapou da minha garganta. Eu não tinha certeza se realmente queria atender a uma ligação de Jack naquele momento. Cliquei no botão lateral para silenciar o telefone e colocá-lo sobre o balcão, mas fiquei olhando para ele como se Jack pudesse aparecer magicamente na tela e me lançar um olhar carrancudo.

Parou de tocar, e eu suspirei. Estava agindo como uma idiota.

Depois que voltamos para casa na noite anterior, ele me deu as chaves do apartamento, e eu fui direto para o meu quarto novamente. Desde que me levantei, às cinco da manhã, fiz o mesmo truque de desaparecimento de todos os dias anteriores. Não que ele não pudesse adivinhar para onde eu tinha ido se quisesse me procurar outra vez, mas eu estava começando a pensar que talvez estivesse sendo indelicada por não ficar por perto.

Com Jack sendo educado o tempo todo, todas as minhas ações foram... bem, eu estava agindo como uma chata. O cara posicionou minha estante de livros, me ajudou com a prateleira de madeira e pintou minhas paredes, pelo amor de Deus. Homens como Jack tinham pessoas para fazer coisas assim. Ele tinha um motorista. Sua casa era perfeita. Ele sempre usava ternos caros, dia após dia. Era distante com todos. Ainda assim, esse tipo de homem tinha outras pessoas para fazer o trabalho sujo. Morando com os Coleson, eu já tinha visto pessoas como ele várias vezes.

Quando eu era adolescente, saía com minha família quando eles queriam me mostrar aos amigos – não porque me amassem ou algo remotamente próximo a isso, mas porque queriam que seus amigos ricos pensassem que eram pessoas generosas e de grande coração.

Vejam como somos bondosos, nós salvamos essa garota.

Lembrava-me de ir a restaurantes sofisticados e jantares – em família –, mas acabava sendo completamente ignorada por todos, incluindo Gary, que era o único que se importava comigo um pouco. Tudo o que fazia era vestir o que Angela queria, aparecer, comer o que fosse colocado na minha frente, ficar quieta e parecer feliz.

No entanto, minhas lembranças mais felizes não nasceram nesses lugares, nem com essas pessoas. Eles nasceram na cozinha de sua casa, onde eu passava a maior parte do tempo quando não estava no meu quarto, e foram criadas com a governanta, Susan O'Donnell, com quem eu tomava café da manhã e jantava regularmente. Em alguns dias, Gary queria que eu me juntasse à família na sala de jantar, mas eles não eram como Susie, que me fazia rir com suas histórias. Não tinham conversas fáceis, mesmo quando eram apenas os quatro. Eles não riam com seus corações, não amavam com seus corações.

Ainda assim, havia um fato com o qual todos nós concordávamos: Gary me salvara. Relutantemente ou não. Eu era agradecida, assim como eles queriam que eu fosse, e assim seria pelo resto da minha vida.

No entanto – com *muita* ênfase no advérbio –, eu não poderia dizer que tinha me esquecido daqueles jantares, das festas na casa, das reuniões, e o jantar daquela noite com os sócios era uma das últimas coisas que eu queria fazer, mas tinha feito um acordo. Brincar de faz de conta era algo em que eu não era tão ruim.

Não que eu gostasse, mas não era ruim nisso.

Quando a tela se iluminou com uma nova mensagem de texto, peguei o telefone.

Jack: Atenda seu telefone.

Por alguma razão, aquela mensagem simples me fez sorrir mais do que um texto tão curto deveria ter feito. Definitivamente, chamou a atenção de Sally.

— O que está acontecendo? Boas notícias? — ela quis saber, seu pescoço esticado para que pudesse ver o que eu estava fazendo.

Gesticulei para ela.

— Nada. Apenas uma mensagem. — Uma mensagem muito típica de Jack Hawthorne.

— Ah! Compartilhe com as amigas, por favor. Histórias de amor são o meu tipo favorito de histórias.

— Infelizmente, não há nenhuma história de amor aqui. — Eu ainda não tinha contado a ela que era casada, não porque estivesse tentando esconder, mas porque não sabia como explicar meu marido. — Talvez você ande passando tempo demais com essas histórias aí. Quer trocar livros por açúcar e farinha?

— Claro. — Em um movimento rápido, ela ficou de pé e começou a caminhar na minha direção, seu rabo de cavalo balançando de um lado para o outro. — Você se importa se eu ligar a música lá nos fundos também?

— De modo algum. Vá em frente.

Peguei meu telefone e fui em direção aos livros que estavam espalhados no chão. Joguei-me na almofada onde ela estivera sentada, cruzei as pernas e respirei fundo. Quando Sally iniciou outra lista de reprodução no Spotify, liguei para Jack em vez de esperar que ele me ligasse mais uma vez.

Ele atendeu no terceiro toque.

— Rose.

— Jack.

Fiquei esperando que ele falasse algo mais, já que fora ele quem telefonara primeiro, mas ele não disse nada.

— Se estiver ocupado, posso ligar mais tarde.

— Não. Eu não atenderia se estivesse ocupado.

— Está bem, então. Por que você estava ligando?

Eu esperava que talvez o jantar tivesse sido cancelado.

— São quase cinco. Precisamos estar no restaurante às sete. Vou sair do escritório em um minuto. Gostaria que eu fosse buscá-la?

— Ah, sim, por favor. Por volta das seis, talvez? — Um livro que ainda estava em uma das caixas de papelão atraiu meu olhar, então, peguei-o e verifiquei a contracapa.

— Não vai dar certo. Com o trânsito, levaremos pelo menos 45 minutos para chegar ao restaurante. Acrescente a isso o percurso da sua cafeteria até o apartamento, e não chegaremos a tempo.

— Não, você pode me buscar a caminho do restaurante. — Ele não disse nada.

— Vou me arrumar aqui. Comprei o vestido hoje, então, não vou precisar passar no apartamento. Estarei pronta quando você chegar aqui.

Alguns segundos se passaram em que nenhum de nós falou. Coloquei o livro que estava na minha mão na terceira prateleira e peguei outro no chão.

— Jack?

— Por que você não me disse que não tinha um... esquece. Estarei aí às seis.

— Ok. Eu estarei pronta. — Hesitei por um momento, sem saber se eu tinha o direito de perguntar. — Está tudo bem?

— Claro. Te vejo às seis. Até lá, Rose.

— Ok. Até...

E a linha ficou em silêncio.

Seria uma longa noite, com certeza.

Quando Sally foi embora, por volta das cinco e meia, depois de conversar um pouco comigo, voltei direto para a cozinha para me arrumar. Como meu guarda-roupa não incluía um vestido chique o suficiente para combinar com um dos ternos caros de Jack, eu saí e procurei algo que pudesse usar que não parecesse barato demais. Eu não queria uma repetição dolorosa do dia em que nos casamos. Felizmente, encontrei algo na segunda loja em que entrei quando saí para o almoço.

Era tão simples quanto um vestido preto poderia ser. Mas era feito de um material fino, cujo nome eu não fazia ideia, e tinha mangas curtas. Ele abraçava meu corpo de ampulheta com suavidade, o que pude ver depois de esticar o pescoço para a esquerda e para a direita no provador, e terminava a cerca de seis a sete centímetros acima do meu joelho. O decote em V frontal era um pouco mais profundo do que eu estava acostumada, mas não era vulgar o suficiente para me fazer procurar outra coisa. Mais importante: como não era exatamente um vestido de inverno, estava em liquidação. Não teria tempo de procurar em todas as lojas da cidade algo melhor. Eu experimentei, coube, então comprei. Também era um pouco mais caro do que eu normalmente pagaria por um vestido, nada de uma marca de luxo ou algo assim, mas, ainda assim, eu estava procurando por um visual que não me fizesse sentir *extremamente* simplória ao lado de Jack. Então, aceitei que esse visual específico custaria um preço.

Consegui me preparar em vinte minutos e até consegui transformar minha maquiagem leve em algo mais adequado para a noite. Em outras palavras, um monte de corretivo cobria as olheiras, e minhas bochechas receberam um toque de blush – bem pouco, na verdade. Verificando a hora, acelerei com a parte dos olhos, aplicando um pouco de delineador preto ao longo da linha dos cílios e borrando-o com o dedo até que se assemelhasse a algo esfumado e aceitável, em vez de uma bagunça completa. Assim que terminei de aplicar rímel, meu telefone tocou com uma nova mensagem.

Jack: Abra a porta.

Bufei; meu marido tinha tanto jeito com as palavras... Olhei-me no espelho que tínhamos no interior do pequeno banheiro nos fundos. Alisando meu vestido e tentando domar meus seios, que pareciam maiores por causa do profundo V, inspecionei minha maquiagem mais de perto. Não estava um caos, o que significava que era bom o suficiente.

— Merda! — exclamei, percebendo que tinha me esquecido completamente do meu cabelo. Eu o havia trançado duas horas antes para poder ter algo que se assemelhasse a um caimento ondulado, então arranquei a presilha das pontas e comecei a desenrolar os fios com pressa. Antes que eu pudesse terminar, meu telefone começou a tocar.

Corri de volta para o balcão e, depois de confirmar que era Jack, acelerei até a porta, com as mãos no cabelo, tentando domá-lo e bagunçá-lo tudo ao mesmo tempo. Era um look muito especial.

Parando ao lado da porta, passei as mãos pela franja uma última vez, destranquei a fechadura, a abri e escapei antes que ele pudesse me dar uma boa olhada.

— Fiquei esperando por você lá fora. Você está atrasada — disse Jack assim que entrou.

— Você chegou cinco minutos mais cedo — rebati por cima do ombro, sem olhar para trás, enquanto voltava correndo para a cozinha para vestir meu casaco. Depois de amarrar o cinto fino na cintura, peguei minha bolsa e corri de volta para Jack. — Estou pronta — murmurei, um pouco sem fôlego. Meus olhos estavam baixos enquanto eu lutava para abrir o zíper frontal da bolsa para jogar meu telefone dentro. Quando tudo terminou e eu finalmente ergui os olhos, todo o ruído vindo da cidade do lado de fora da minha porta pareceu desaparecer. Não consegui pensar em nada inteligente para dizer.

Porra. Porra. Porra.

Minha palavrinha favorita foi a única coisa que me veio à cabeça e não achei que seria apropriado dizê-la em voz alta naquela situação.

Jack usava calça preta, o que não era nada surpreendente, mas era definitivamente a primeira vez que o via sem camisa de botão. Em vez disso, usava um suéter cinza fino e um blazer preto, ambos com as mangas levemente erguidas, dando-me uma visão do relógio em seu pulso.

Um simples suéter cinza, um blazer e um relógio me deixaram completamente sem palavras. Como a idiota que eu era, deixei meus olhos vagarem do suéter justo até o cinto e os sapatos pretos. Seu rosto estava como sempre: o mesmo queixo marcado, os mesmos olhos azuis profundos, a mesma barba por fazer, um olhar impassível e o cenho franzido entre as sobrancelhas. Seu cabelo parecia ter sido penteado para trás com as mãos com algum tipo de produto matte.

No geral, ele parecia... ok. Tudo bem, talvez um pouco mais do que ok.

Olhando nos olhos dele, porque achei que era mais seguro, esperei que dissesse alguma coisa. Não queria revelar que me sentia levemente atraída por ele.

— Algo errado? — ele perguntou.

Balancei minha cabeça.

Ele me analisou um pouco mais.

— Pronta, então?

Assenti, sem dizer uma palavra.

— O que você tem?

Soltei um longo suspiro.

— Não há nada errado comigo. O que há de errado com *você*?

Seu olhar se intensificou, então, antes que eu pudesse me meter em problemas, passei por ele e abri a porta, curvando-me levemente como uma idiota que não sabia como agir e gesticulando que ele passasse. Jack ficou lá por outro momento, então, balançando a cabeça para mim, saiu. Cuidando das luzes e pressionando o código para o alarme, tranquei tudo e fechei a porta. Descansando minha testa contra ela, murmurei para mim mesma e olhei para Jack, que estava me esperando com as mãos nos bolsos da calça, poucos passos à frente. Observei a rua um pouco e vi o carro dele esperando por nós.

Assim que fiquei lado a lado com Jack, ele seguiu em frente e abriu a porta para mim. Entrei e fui para o outro lado.

— Oi, Raymond. Sinto muito por fazer você esperar.

Jack entrou atrás de mim e fechou a porta. Eu tinha quase certeza de que Raymond era a única pessoa que sabia sobre o nosso casamento falso. Ele fora nossa única testemunha no cartório e, mesmo que não estivesse lá, não havia chance de ele acreditar que éramos um casal recém-casado que estava louco de amor depois de nos ver juntos nas últimas duas semanas.

Olhando pelo espelho retrovisor, vi seu sorriso leve, mas genuíno.

— Tudo bem. Não esperamos muito tempo. — Eu sorri de volta.

Olha só, pensei enquanto olhava de soslaio para Jack. *Por que você não pode ser como Raymond e sorrir para mim uma ou duas vezes?*

Ele começou a conversar com Raymond e então fomos para nosso destino. Fechei os olhos e respirei, apenas para ser inundada pelo cheiro da colônia de Jack.

Querido Deus.

Querido Deus! Era tudo o que eu conseguia pensar enquanto lentamente soltava o ar e tentava não respirar muito. A outra colônia, a que senti nele todos os dias nas últimas duas semanas, não era tão profunda e almiscarada como aquela. A nova quase derrubaria qualquer mulher e faria com que começassem a salivar, sendo uma esposa falsa ou não. Apertei o botão no apoio de braço para abaixar a janela e deixar um pouco de ar fresco me livrar dos meus pensamentos idiotas.

— A que distância estamos, Raymond? — perguntei quando consegui falar novamente. — Do restaurante, quero dizer.

— Meia hora, talvez um pouco mais, sra. Hawthorne.

Gemi por dentro e olhei para Jack.

— Você mudou sua colônia?

— Por quê?

— Não tenho certeza se gosto. — Eu amei. Amei demais.

Ele girou o relógio ao redor do pulso e desviou o olhar de mim.

— Que pena para você.

Como eu sabia que ele diria algo assim? Olhei para a janela e sorri. Ele estava começando a ganhar meu respeito. Se eu tinha aprendido uma coisa sobre Jack Hawthorne era: como ele não estava disposto a conversar, e como eu não estava ansiosa para passar meia hora em silêncio, decidi que teria que ser eu a puxar assunto. No entanto, quando olhei para Jack e o vi sentado tão relaxado e olhando pela janela, não consegui encontrar nenhum tópico interessante. Jurei que era realmente boa em provocá-lo, mas, por algum motivo, decidi que o comentário da colônia era suficiente para o nosso passeio de carro.

Desistindo de todas as ideias de assuntos triviais que surgiram depois disso, descansei a têmpora contra a janela de vidro frio e fechei os olhos. Eu não saberia dizer quantos minutos se passaram em silêncio, mas, quando ouvi a voz suave de Jack, forcei meus olhos a se abrirem com alguma dificuldade, sem nem perceber que tinha adormecido.

— Rose?

Olhei para a direita apenas para encontrá-lo me observando atentamente. O carro não estava em movimento, então, aparentemente, eu cochilei por mais tempo do que pensava.

— Chegamos? — Cobri minha boca com as costas da mão e bocejei.

Sua expressão suavizou, e ele balançou a cabeça.

— Estamos em um semáforo, quase lá. Você está cansada.

Pelo menos isso foi melhor do que *Você está horrível*. Você está cansada era apenas um fato, e eu poderia viver com isso.

— A maquiagem não escondeu o suficiente, então — murmurei. Eu estava um monte de coisas, não apenas cansada. Baixei a cabeça e respirei fundo. — Desculpe por cochilar. — O sinal ficou verde.

— Suponho que você também não tenha dormido ontem à noite.

— Eu dormi, na verdade; cinco horas dessa vez. Espero que esta seja a noite que eu durma a quantidade de sono habitual.

Dois carros da polícia com suas sirenes passaram por nós, e meus olhos os seguiram.

— Tem certeza de que está pronta para este jantar? — Jack perguntou em meio ao silêncio, ou o máximo de silêncio que Nova York conseguia manter.

Sentando ereta, virei-me para ele.

— Claro. Não vou decepcioná-lo, Jack. — Pelo menos eu não iria piorar as coisas, tinha certeza disso. Se nada desse certo, eu ficaria em silêncio e mal-humorada como Jack, e eles pensariam que éramos perfeitos juntos.

O cenho franzido voltou com força total.

— Não foi isso que perguntei.

— Não, eu sei, mas estou pronta. Eu me arrumei e estou aqui. Só queria que você soubesse... que não vou decepcioná-lo.

Depois que compartilhamos um olhar desajeitadamente longo enquanto as luzes da cidade passavam iluminando seu rosto, ficamos os dois em silêncio.

Cedo demais, Raymond parou o carro, e olhei pela janela. Estávamos estacionados em frente ao restaurante onde nos encontraríamos com os sócios de Jack.

— Tente parecer meio viva, pelo menos — disse Jack.

Seria um desastre completo. Eles nunca acreditariam que estávamos apaixonados. Não havia como.

— Que palavras bonitas. Se você quer que eu pareça meio viva, é isso que terá. Se tivesse me pedido para parecer totalmente viva, eu definitivamente o decepcionaria. Meio viva, no entanto? Você está com sorte.

As borboletas no meu estômago instantaneamente começaram um tumulto. Eu nem percebi que Jack tinha saído do carro até abrir minha porta. Saindo do meu pânico particular, apressei-me para saltar. Percebendo a bolsa volumosa em minhas mãos, parei e encontrei o olhar de Raymond.

— Tudo bem se eu deixar minha bolsa no carro?

— Claro, senhora Hawthorne.

Busquei seus olhos no espelho retrovisor novamente e lancei a ele um olhar suplicante.

— Eu realmente me sentiria muito melhor se você me chamasse de Rose. Por favor.

Ele acenou brevemente com a cabeça e deu um leve sorriso.

— Vou me esforçar. — Forcei meus lábios a se curvarem e saí do carro sem a bolsa. Alisando o tecido do meu casaco, esperei Jack fechar a porta. Então Raymond se afastou e ficamos apenas nós dois, de pé na beira da calçada, em frente às portas duplas do restaurante muito iluminado e cheio.

— Sem bolsa? — ele perguntou, notando minhas mãos vazias e nervosas.

Parei de me mexer e balancei a cabeça, meus olhos ainda fixos nas grandes portas duplas – a porta de entrada para o meu inferno.

— Eu não tinha uma que fosse elegante o suficiente. Assim é melhor. — Vislumbrei a expressão tensa de Jack antes de ele dar um passo à frente. Antes que eu percebesse, minha mão estava segurando seu braço. Lancei a ele um olhar desesperado. — Jack, esqueçamos!

As sobrancelhas dele se uniram.

— Esqueçamos o quê?

— Nós não temos uma história. Eu ia perguntar, mas sua colônia me confundiu e depois cochilei.

— Minha colônia fez o quê?

— Esqueça a colônia!

Ele suspirou.

— De que história você está falando?

Para alguém que estava prestes a mentir para um monte de colegas de trabalho, ele parecia estranhamente relaxado, o que só me deixou mais nervosa e um pouco brava.

— Uma história sobre como nos conhecemos! Como você me pediu em casamento! — explodi e depois baixei a voz. — Eles vão perguntar alguma coisa, se não essas exatas. Vão querer saber algo sobre nós, você sabe que sim. Todo mundo faz essas perguntas.

Ele deu de ombros, e daquela vez fui eu que pareci confusa.

— Nós vamos criar algo se eles fizerem isso. Apenas aja de maneira natural — ele disse. — Você está nervosa por isso?

Apenas aja de maneira natural?

Lancei a ele um olhar exasperado.

— Claro que estou nervosa. Como você pode não estar? Eles são seus colegas de trabalho. E o que quer dizer com *agir de maneira natural*?

— Eles não são meus colegas, Rose. Somos sócios. E agir de maneira natural significa agir de maneira natural. O que mais isso pode querer dizer?

Ele estava me deixando louca com seu comportamento frio.

— Que diferença isso faz? Vocês são sócios, pelo menos devem ser *cordiais* e, se vamos agir com naturalidade, quer dizer que você vai ficar carrancudo e em silêncio a noite inteira? O que devo fazer, então?

— Eu não sou carrancudo. — Ele fez uma carranca ao dizer isso.

Mas que surpresa!

Inclinei minha cabeça.

— Sério? Você vai mesmo alegar isso? Por que não damos alguns passos para que você possa olhar para uma das belas janelas de vidro e ver por si mesmo?

Ele suspirou.

— Vou conter minhas carrancas, se isso te agradar. Vai ficar tudo bem. Vamos. Eles não farão perguntas. Pare de se preocupar. Lembre-se, eu lhe disse: um cliente em potencial também irá se juntar a nós. Estarão muito ocupados com ele.

— Então será um jantar supimpa. Toda a atenção estará focada nele.

— Supimpa...

— O quê? — perguntei. — O quê?!

Ele balançou a cabeça e suspirou.

— Sua escolha de palavras me fascina. Tem certeza de que está pronta para isso?

Talvez estivesse me preocupando com nada. De qualquer forma, eu ia entrar naquele restaurante e tentar parecer a esposa feliz de um homem que nunca sorria. E comer. Eu também poderia comer. Se minha boca estivesse cheia e minha atenção, focada no jantar, eles poderiam não fazer perguntas. Não seria muito difícil fazer isso, porque eu já podia ouvir meu estômago roncar. Respirando fundo e expirando, pensei que era melhor acabar com aquilo o mais rápido possível. O primeiro seria o mais doloroso. Depois que aquele terminasse, eu me tornaria uma profissional.

— Ok. Ok, você os conhece. Eu confio em você. — Alisei as ondas sutis do meu cabelo e minha franja, enquanto Jack seguia o movimento das minhas mãos.

Quando olhei em seus olhos, ele virou e se afastou, me deixando para trás.

Eu olhei para o céu.

Deus, por favor, me ajude.

Corri para alcançá-lo até ficarmos lado a lado. Quando alguém abriu a porta para entrarmos, Jack gesticulou para que eu passasse na frente dele. Estava me esforçando ao máximo para me encaixar com a multidão, então não percebi quando Jack parou na entrada, pouco antes da hostess. Retrocedendo, fiquei ao lado dele novamente e tentei não me mexer.

Depois que ele falou com a garota sobre quem seriam nossas companhias, alguém me ajudou a tirar meu casaco, e eu comecei o processo de tentar me tranquilizar.

— Rose?

Ergui meus olhos e fui surpreendida pelo profundo olhar azul de Jack.

— O que foi? — perguntei, inclinando-me para ele.

— Eu... — Seus olhos se moveram pelo meu corpo. Por toda parte. Ele já tinha visto meu rosto cansado, mas ficou olhando por mais tempo. Meus lábios, meus olhos. Meu olhar capturou o dele e ficamos parados.

Pare de olhar, Rose. Pare de encarar.

Piscando, quebrei a conexão estranha e senti meu rosto esquentar.

Pigarreei.

— Sim?

Ele deu um passo para mais perto. Perto demais para o meu conforto.

— Você está linda — disse ele do nada, baixinho, mas alto o suficiente para que, embora houvesse risos e música suave vindo do salão, eu não pudesse deixar de ouvir esse elogio. Passei a mão no meu braço para me livrar dos arrepios que seu olhar e a voz áspera haviam causado. Pela forma como ele acabara de falar, eu não tinha certeza se ele estava esperando por um bom momento para dizer, onde outras pessoas poderiam ouvi-lo, ou se era um elogio real.

— Eu... obrigada — sussurrei.

Havia um sentimento estranho no meu peito, uma excitação irracional. Antes que eu pudesse processar a mudança inesperada entre nós e encontrar uma resposta, seu olhar baixou. Eu segui seus olhos, e meu coração começou a bater mais rápido – muito mais rápido quando vi sua mão erguida entre nós.

Inclinando minha cabeça para trás, encontrei seu olhar e, de forma lenta e incerta, coloquei a mão na palma aberta pela primeira vez desde a cerimônia. A dele estava quente quando ele gentilmente entrelaçou os dedos nos meus. E meu coração... meu coração estava em apuros.

Número de vezes que Jack Hawthorne sorriu: nenhuminha.

Capítulo Sete

JACK

Fechando minha mão em torno da muito menor de Rose, segui a hostess e tive que puxá-la um pouco quando percebi que Rose não se movia. Enquanto a mulher nos guiava através das mesas, seguindo para os fundos do restaurante, rapidamente olhei para Rose. Ela parecia um pouco corada e inquieta, com uma pequena carranca no rosto. Eu também estava inquieto. Inferno, talvez até mais do que ela. A única diferença era que eu era melhor em esconder minhas emoções. Você podia ler tudo que ela sentia só de olhar para seu rosto, para seus olhos.

O vestido e como ele caíra nela me surpreendera, isso era aparente. E não consegui manter a boca fechada. Mas aquele rubor em suas bochechas, os olhos arregalados, os arrepios que ela tentara esconder. Tais pequenas reações eram realmente interessantes.

— Você está bem? — perguntei, inclinando-me perto do seu ouvido e apertando involuntariamente sua mão quando viramos à direita, que levava à área privada do restaurante.

Sobressaltando-se com minhas palavras, ela olhou para nossas mãos entrelaçadas, depois para mim e assentiu.

— É só um jantar, Rose. Relaxe.

Antes que ela pudesse responder, chegamos à mesa redonda onde George e Fred já estavam sentados, mas não havia sinal de Wes Doyle, o cliente em potencial. Assim que nos viram, eles se levantaram.

— Aí está você, Jack — disse Fred, empurrando a cadeira para trás e contornando a mesa para chegar até nós. — Há uma primeira vez para tudo. Nunca pensei que veria o dia em que você chegaria atrasado em qualquer lugar.

— Chegamos na hora marcada — comentei e vi os olhos de Fred se voltarem para a mão de Rose entrelaçada à minha. Instintivamente, puxei-a para que ela ficasse ao meu lado. Rose me lançou um rápido olhar surpreso e, em seguida, voltou-se para Fred.

Fred mudou seu foco para ela e seu sorriso ficou maior. Aos 45 anos, Fred era o único dos sócios com quem eu conseguia suportar passar mais de uma hora.

— Geralmente, ele é o primeiro a passar pela porta sempre que há uma reunião ou jantar de trabalho — disse a Rose. — E você deve ser a esposa muito inesperada, mas bonita. Fred Witfield, prazer em conhecê-la. — Ele estendeu a mão para Rose, e eu tive que soltá-la.

Olhei para a minha mão. Ainda sentindo o calor e o formato da dela na minha pele, flexionei meus dedos.

— É um prazer conhecê-lo também, sr. Witfield. Jack disse coisas adoráveis sobre você — mentiu Rose.

Fred riu e *finalmente* soltou a mão dela.

— Oh, eu duvido disso.

Fiquei onde estava, apenas um passo atrás dela, e cumprimentei George com um breve aceno enquanto continuava ouvindo a conversa deles.

— Lamentamos muito o atraso; foi culpa minha — desculpou-se Rose.

— Não estamos atrasados. Chegamos na hora certa — repeti enquanto puxava a cadeira dela. — O cliente ainda não está aqui.

Ignorando-me, Fred puxou a cadeira ao lado da que eu tinha acabado de segurar, pensando que ela se sentaria à minha esquerda, comigo entre ela e Fred. Como ela estava de costas para mim, não viu que eu a esperava, então ela aceitou a oferta e deu um passo à frente. Antes que eu pudesse comentar, Fred já a apresentava a George. Quando todos terminaram suas apresentações e gentilezas, nós nos sentamos. Esperei até que Rose estivesse acomodada e, em seguida, tomei o assento que originalmente havia escolhido para ela. Fred sentou-se à direita dela, dirigindo-lhe toda a sua atenção. George, sendo o sócio mais velho, não estava tão curioso a respeito do meu recém-casamento quanto alguns outros da empresa.

— Então, Rose, você tem que nos dizer como convenceu Jack a se casar — George começou assim que todos se acomodaram. Talvez eu estivesse errado. Talvez todas as malditas pessoas da empresa estivessem curiosas a respeito do meu casamento.

Um garçom se inclinou entre Fred e Rose e encheu seus copos com água, fazendo a mesa ficar em silêncio.

Eu não conseguia ver o rosto dela, mas podia imaginar que estava sorrindo e tentando inventar uma mentira. Assim que terminou de encher o copo dela, o garçom veio à minha esquerda. Coloquei minha mão nas costas de Rose e falei antes que ela pudesse começar. Sua coluna se endireitou, mas ela não se afastou do meu toque inesperado.

— Na verdade, foi o contrário, George. Fui eu quem a convenci a se casar comigo. Onde está Wes Doyle?

— Ah, não perdi a grande história da pedido de casamento, perdi?

Puxei minha mão de Rose e virei minha cabeça para olhar para a dona da voz inesperada: Samantha Dennis, a única sócia na empresa e alguém que não deveria comparecer àquele jantar.

— Não sabia que você se juntaria a nós, Samantha — eu disse levemente.

— Eles chegaram apenas um minuto atrás. Você chegou bem a tempo — Fred se intrometeu.

O telefone de George começou a tocar, e ele se desculpou:

— Eu volto já.

— Você sabe como é Wes Doyle — respondeu-me Samantha. — Ele sempre tem mais perguntas e quer que todos atendam às suas necessidades. Queremos deixá-lo seguro. Quanto mais sócios ele vir, maior será a probabilidade de assinar o contrato. Além disso, meus planos para o jantar fracassaram, então eu não queria perder a chance de conhecer sua esposa. — Samantha colocou a mão no encosto da minha cadeira e olhou entre mim e Rose. — Você se incomoda com a minha presença aqui, Jack?

— Por que eu me incomodaria?

— Tudo bem, então. — Seus lábios vermelhos se curvaram em um sorriso quando ela se inclinou e deu um beijo na minha bochecha. Enrijeci o corpo, e isso não lhe escapou. — Relaxe, Jack. — Revirando os olhos, ela riu de si mesma. — Velhos hábitos, desculpe. — Colocando a bolsa preta sobre a mesa, Samantha se inclinou para frente e, no processo, seu peito esbarrou no meu ombro. Quando apertou a mão de Rose, empurrei minha cadeira para trás e me movi alguns centímetros para a direita, para mais perto de Rose, abrindo mais espaço para Samantha.

— Samantha Dennis — apresentou-se. — A quarta sócia da empresa.

Surpreendendo-me, Rose nem sequer hesitou antes de responder.

— Rose Hawthorne. Eu sou a esposa, como você já sabe.

— Sim, eu sei. Na verdade, eu não acreditei quando fiquei sabendo que ele tinha se amarrado a alguém, mas aqui está você.

O sorriso de Rose aumentou um pouco, combinando com o de Samantha.

— Aqui estou eu.

Dispensando Rose, Samantha puxou a cadeira e olhou para Fred, dando-lhe um sorriso mais genuíno.

— Fred, Evelyn não vai se juntar a nós esta noite?

— O garoto pegou uma virose no estômago de um de seus amigos, então ela ficou em casa com ele.

Eu ainda estava irritado com o beijo de Samantha, então nem pensei no que estava fazendo.

— Samantha está namorando o promotor público há um ano e meio — falei para Rose em um sussurro, então franzi o cenho para a mesa e peguei meu copo de água. Não era um casamento de verdade, então não precisava contar a ela sobre meus antigos relacionamentos. Se é que dormir com alguém algumas vezes, há quatro anos, contava como um relacionamento.

Que diabos há de errado com você?

— Isso é bom. Eu acho. Bom para ela? — Rose sussurrou, confusa.

Coloquei o braço em volta da cadeira de Rose. Ela ficou rígida ainda mais, então me inclinei para falar em seu ouvido.

— Você não está agindo de maneira natural. — Rose estava pegando seu copo, e assim que a primeira palavra saiu da minha boca, ela quase o derrubou. Talvez eu estivesse muito próximo.

— Oh, mer... — ela xingou em voz baixa. Um pouco de cor tocou suas bochechas e ela pediu desculpas a Fred, que se adiantara para pegar seu copo.

— Wes está estacionando; ele ficou preso no trânsito — explicou George, retornando e sentando-se novamente. — Samantha, que bom que decidiu se juntar a nós.

— Você está brincando comigo? Eu não perderia isso por nada neste mundo.

Quando os três começaram a conversar, Rose recuou na cadeira, encontrou meus olhos por um segundo rápido e se inclinou para o lado em minha direção. Aproximei-me até sua boca estar mais perto do meu ouvido para facilitar e para que ninguém mais pudesse ouvir o que estávamos dizendo.

— Eu *estou* agindo de maneira natural — ela sussurrou.

— Você não me olhou uma vez sequer desde que nos sentamos. Pelo menos tente agir como se se importasse com a minha empresa.

Sua cabeça estava inclinada enquanto eu sussurrava em seu ouvido, mas, assim que terminei de falar, ela se afastou um pouco e olhou nos meus olhos com surpresa.

— Fui pego pelo trânsito de Nova York. Houve um pequeno acidente a alguns quarteirões de distância, um cara bateu em um táxi. Por favor, me perdoem — disse Wes Doyle enquanto contornava a mesa. — Boa noite a todos.

Rose e eu tivemos que nos afastar um do outro para começarmos outra rodada de apertos de mão e, assim que as apresentações foram feitas, todos finalmente se acalmaram.

O garçom apareceu novamente e os minutos seguintes se passaram com todo mundo pedindo suas bebidas.

— Sem cardápio? — Rose perguntou discretamente quando todos estavam distraídos.

— Este restaurante é conhecido pelos menus com preço fixo. O chef muda todas as noites. Dizem que ele é muito bom. É noite de frutos do mar, até onde eu sei.

Ela assentiu e se afastou de mim. Antes que eu pudesse chamar sua atenção e perguntar o que havia de errado daquela vez, o primeiro prato chegou: vieiras com vinagrete de amêndoas servidos em meia concha.

Como Wes Doyle era alguém que seria considerado um peixe grande, todos à mesa começaram com suas promessas e garantias de que ele estaria na lista de pessoas que eram a prioridade número um da empresa, mas eu estava ocupado com outra coisa. Estava observando os movimentos de Rose enquanto ela colocava o guardanapo no colo e olhava as vieiras no prato. Pegando a faca e o garfo, cortou cautelosamente um pequeno pedaço e lentamente o levou aos lábios. Estranhamente fascinado, observei-a mastigar por mais tempo do que o necessário e depois forçar-se a engolir. Tossindo suavemente, ela pegou seu copo e tomou um gole de água. Para quem a olhasse, ela pareceria elegante enquanto desfrutava do jantar, mas, para mim, parecia estar sendo forçada a comer lixo.

— Jack? — George chamou, e eu tive que desviar minha atenção enquanto todos me encaravam. Todos, exceto Rose. — Você não deseja adicionar algo?

Levei um segundo para mudar de marcha.

— Acho que Wes conhece minhas opiniões sobre esse assunto. — Olhei para Wes, e este me deu um pequeno aceno de cabeça. Ele construíra uma empresa de tecnologia incrivelmente bem-sucedida do nada nos últimos anos e recentemente decidira mudar seu escritório de advocacia quando seus advogados anteriores perderam um caso que estava por toda a mídia, manchando a reputação de sua empresa. Deveria ter sido uma vitória fácil, mas eles cometeram erros enormes ao longo do caminho, erros que eu apontei para ele. — Posso garantir, assim como fiz ontem, que, se você optar por outra empresa, estará cometendo um grande erro. Acho que, depois do que aconteceu com a última, você deve estar cansado de arriscar a empresa na qual trabalhou tão duro para chegar onde está hoje.

Eu tinha explicado tudo o que eu faria por Wes e sua empresa quando ele entrou no meu escritório no dia anterior. Demorou a fazer todas as perguntas que ele queria, e respondi todas com total honestidade. Se decidisse fechar conosco, ele sabia o que iria receber de mim. Não achava necessário adicionar mais nada; ele tomaria a decisão certa ou não. Já conhecia todos os fatos, e o resto dependia dele.

Todos na mesa se concentraram em mim, embora minha esposa, não. Ela parou com o garfo a meio caminho dos lábios por apenas um segundo, uma ligeira hesitação, depois voltou a comer.

Samantha pigarreou.

— Eu acho que o que Jack está tentando...

Wes a cortou com um aceno.

— Ah, não. Você não precisa explicá-lo, Samantha. Eu gosto que Jack não retenha seus pensamentos. Preciso dessa honestidade. E, sim, conversamos muito sobre isso ontem, em seu escritório, e ele está certo. Não posso me dar ao luxo de tomar más decisões sobre as pessoas que irão proteger a mim e o que eu construí por conta própria.

Fred entrou na conversa, e eles mantiveram uma discussão inútil. Se não estava enganado, Wes já havia tomado uma decisão, mas parecia que queria ouvir mais garantias. Por mais improdutivo que fosse, eu entendia suas reservas. Todo mundo adorava ser mimado, e ele era alguém que parecia gostar de ser o foco das atenções.

Dei algumas garfadas no meu jantar e discretamente continuei observando Rose, mesmo sabendo que era uma má ideia, considerando a nossa situação. Era um jantar de trabalho, não era hora de ficar olhando para minha esposa arranjada como se ela fosse a coisa mais interessante do mundo. Mas quanto mais eu não conseguia tirar os olhos dela, mais percebia que ela estava fazendo o possível para agir como se eu não estivesse sentado ao seu lado. Então sua quietude começou a me atingir também. Ao ajudá-la na cafeteria, percebi o quanto gostava de conversar. Sobre tudo e qualquer coisa. Por mais que sempre desse o melhor de si, ainda não havia conseguido me puxar para suas conversas. Quanto mais falhava, mais ela tentava, mas, por mais que eu a admirasse por isso, ainda não tinha perdido a cabeça tanto assim.

Eu não queria me acostumar com ela. Não queria me tornar muito próximo. Não mais do que já estava. Esse *não* era o plano. De modo algum.

Quando não consegui mais ficar quieto, parei de pensar e coloquei minha mão na perna dela, meu polegar e o primeiro dedo fazendo contato com sua pele nua. Ela pulou na cadeira, o joelho batendo na parte de baixo da mesa, fazendo a louça tilintar. Forcei-me a relaxar e tentei ficar quieto. Depois de pedir desculpas a todos profusamente, ela largou a faca e o garfo e finalmente olhou para mim com um olhar assassino. Se ela tivesse alguma ideia do quanto eu gostava de suas reações, agiria de maneira diferente apenas para me irritar. Eu tinha certeza disso. Inclinei-me para ela, e nossos ombros e antebraços ficaram alinhados sobre a mesa quando ela também veio ao meu encontro.

— O que você está fazendo? — ela sussurrou severamente.

— Por que está me evitando? O que há de errado? — perguntei, tirando minha mão.

Ela se afastou um pouco, mas ainda estávamos bem próximos quando olhamos nos olhos um do outro como se fosse um desafio. As sobrancelhas dela se uniram antes que pudesse sussurrar de volta:

— Do que você está falando? Como posso te evitar quando estou sentada ao seu lado? O que deu em você?

Ela se endireitou, deu outra pequena garfada e começou o processo lento de mastigação novamente. Inclinei-me para mais perto, e meus lábios ficaram perigosamente perto do seu pescoço, tanto que pude sentir melhor o seu cheiro. Um aroma fresco e floral, misturado com uma fruta, talvez cítrica.

— Eu... — Demorei um momento para lembrar o que eu ia dizer e vacilei. — Só relaxe um pouco. Não está gostando do aperitivo? — Afastei-me e daquela vez ela se inclinou em minha direção.

— Eu não sou uma grande fã de frutos do mar. Está assim tão óbvio?

Depois de uma rápida olhada em todos os outros ao redor da mesa para garantir que não tínhamos a atenção deles, virei meu corpo completamente em direção a Rose e coloquei o braço em volta de sua cadeira. Meu peito se esfregou em seu ombro. Pensei que ela iria recuar ou até se afastar, mas daquela vez ficou parada. Deveríamos parecer recém-casados. Por mais que eu estivesse me esforçando ao máximo para ficar longe dela quando éramos apenas nós dois, ao redor de outras pessoas, eu sabia que precisávamos agir mais intimamente se quiséssemos parecer críveis como um casal.

— Sim, Rose. O cardápio inteiro é de frutos do mar. Por que você não disse nada?

— É um menu com preço fixo; não achei que pudéssemos mudar alguma coisa.

— Não significa que você precise comer algo de que não gosta. — Ainda mantendo o braço na cadeira dela, olhei em volta do restaurante. — Pare de se forçar a comer. — Não encontrando quem eu estava procurando, afastei-me de Rose, chegando a conseguir empurrar a cadeira um pouco antes que ela colocasse a palma da mão sobre a minha coxa. Fiz uma pausa e nós dois olhamos para a mão dela sobre a minha calça com surpresa. Ela imediatamente puxou-a de volta. Uma boa decisão. Realmente uma boa decisão.

No calor do momento, surpreendendo a mim e a ela, inclinei-me para frente e dei um rápido beijo em sua bochecha. Era algo que um marido faria antes de se afastar. Seus olhos se arregalaram um pouco, exatamente como quando eu a elogiei, mas ela conseguiu se recompor.

Eu me levantei.

— Algo errado, Jack? — Fred perguntou, olhando para mim.

— Por favor, continuem — eu disse ao resto da mesa. — Volto já.

Levei apenas um minuto para localizar alguém que pudesse mudar nosso pedido. Apesar de o restaurante oferecer apenas cardápios dos quais a elite de Nova York não conseguia parar de falar, com a quantidade certa de persuasão, eles concordaram em fazer uma ligeira alteração apenas daquela vez. Quando retornei à nossa mesa e me sentei, Samantha e George estavam dialogando profundamente com Wes enquanto Rose conversava com Fred, com as bochechas coradas.

— Tudo certo? — perguntei, curioso para saber do que estavam falando.

— Você não me disse que Rose era parente dos Coleson, Jack. Trabalhamos com Gary por cinco anos? Eu nem sabia da existência dela. — Rose me lançou um olhar de desculpas.

— Só morei com eles até os dezoito anos. Depois disso, não nos vimos muito mais. Apenas feriados e almoços ou jantares aleatórios. Gary estava sempre muito ocupado com sua empresa e... bem, com seus próprios filhos.

— Não pensei que fosse relevante — expliquei brevemente, querendo encerrar a conversa.

— Foi assim que vocês dois se conheceram?

Rose me deu uma olhada que eu não conseguia entender, mas parecia muito com *eu avisei*, então voltou-se para Fred.

— Sim. Quase isso.

Quando o garçom chegou e começou a pegar os pratos quase vazios, Samantha se intrometeu, aproveitando a trégua na conversa com Wes.

— Quando vamos ouvir a história do pedido de casamento? Estou esperando por isso.

— Pedido de casamento? — Wes perguntou.

— Jack e Rose acabaram de se casar — explicou George. — Apenas algumas semanas atrás, não foi? Foi uma surpresa para todos na empresa.

Wes olhou de mim para Rose.

— Parabéns! Eu não fazia ideia. Deveríamos pedir champanhe para comemorar.

— Obrigada. Ainda estamos nos acostumando um com o outro. Aconteceu tão rápido. Quero dizer, nos apaixonamos tão rápido — disse Rose.

— Conte-nos todos os detalhes — Fred pediu. — Para que possamos ignorar o fato de que nenhum de nós foi convidado para o casamento.

Rose riu e se virou para olhar para mim.

— Veja, Jack, que bom... todo mundo quer ouvir a história do pedido de casamento. — Quando olhei em seus olhos, seu sorriso se apertou e ela se voltou para Fred. — Ah, eu não posso contar. Se começar, tenho medo de não parar de tagarelar. Não tenho freio quando se trata de falar sobre Jack. — Ela se virou para mim e deu um tapinha no meu braço, um pouco forte demais, se me permite dizer. Tentando esconder meu sorriso, lambi os lábios e peguei meu uísque enquanto ela dizia: — E este é um jantar de trabalho, então eu não gostaria de ser o centro das atenções.

— Bobagem — Samantha insistiu. — Temos tempo de sobra para conversar sobre trabalho. Jack, no entanto, é um completo mistério quando se trata de sua vida privada. Estamos ansiosos para ouvir qualquer coisa que você queira compartilhar.

Recostando-me, fiquei em silêncio e esperei para ver como ela se sairia.

Rose enviou outro olhar suplicante, mas zangado, na minha direção.

— O pedido foi realmente muito especial para mim, então, se não tiver problema, eu gostaria de mantê-lo apenas entre nós. Dito isto, tenho certeza de que Jack não se importaria de contar como nos conhecemos. — Minha mão estava apoiada na mesa quando Rose a cobriu com a dela, dando alguns tapinhas. — Certo, querido?

O garçom voltou com o segundo prato – mais frutos do mar.

A mão parecia um pouco fria, ou talvez fossem apenas seus nervos, mas a aliança quase mordeu minha pele. Ela finalmente a colocara sem que eu precisasse pedir. Girando minha mão, minha palma contra a dela, entrelacei nossos dedos e nossos olhos se encontraram novamente. Eu sabia que isso não escaparia à atenção de todos e que eles me olhariam em choque.

— Não é tão emocionante quanto todos pensam — avisei. — Eu me fiz de bobo e, de alguma forma, funcionou com ela.

— Ah, agora você vai ter que nos contar mais do que isso. — Samantha colocou a mão no meu antebraço. — Especialmente depois de dizer que o frio e calculista Jack Hawthorne fez papel de bobo.

Peguei meu uísque com a mão esquerda, livrando-me do toque de Samantha no processo.

— Se Wes não se importar de interrompermos o assunto de trabalho...

Wes cortou antes de se concentrar no prato na frente dele:

— Claro. Por favor, continue.

Depois que todos os pratos de frutos do mar foram servidos, outro garçom se aproximou e se inclinou entre Fred e Rose para colocar um diferente na frente dela. Era maior e mais cheio do que os outros pratos que ele acabara de entregar.

— Fettuccine de filé cremoso com cogumelos shitake — explicou ele em voz baixa, apenas para os ouvidos de Rose.

Seu olhar surpreso voou para o meu. Não entendi se ela estava ciente do que fazia, mas seus dedos se apertaram ao redor dos meus e ela disse suavemente:

— Jack, você não precisava fazer nada. Eu é que...

Quando me serviram o mesmo prato de macarrão que ela, Rose não terminou sua frase, dando-me um grande sorriso que alcançou seus olhos cansados pela primeira vez desde que entramos no restaurante. Ela murmurou um agradecimento silencioso.

Meus olhos se voltaram para seu sorriso, e eu tive que soltar sua mão ou...

— Espero que seja uma opção melhor do que frutos do mar.

— É perfeito, de verdade. Obrigada.

Fred entrou em nossa pequena conversa.

— Vamos lá, vocês estão sussurrando a noite toda um com o outro. Terão muito tempo para flertar quando saírem daqui. Conte a história, Jack.

— Eu já disse que não é tão emocionante, certamente não como sua história com Evelyn.

Fred virou-se para Wes.

— Ele provavelmente está certo. A primeira vez que nos conhecemos, minha esposa, que também é advogada, ameaçou me colocar na cadeia, e ela quase conseguiu.

— Ah, eu adoraria ouvir mais sobre isso — interrompeu Rose, na certa tentando fazê-los parar de falar sobre nós, para que não tivéssemos que mentir.

Eu não tinha a intenção de mentir, pelo menos não sobre tudo. Além disso, eu estava curioso para ver qual seria a reação dela.

— Eu a conheci na festa de Natal do ano passado na casa dos Coleson. Se não me engano, você também estava lá, certo, George? — perguntei.

George parou o garfo no ar e franziu a testa, tentando se lembrar da noite.

— Não foi quando Gary nos chamou para falar sobre uma das startups que ele estava pensando em comprar? Foi depois do Natal, não foi?

— Sim, logo depois. Lembro-me da noite. Pensei que você tivesse saído antes de mim, logo após a reunião.

Assenti.

— Eu estava prestes a sair. — Voltei-me para Fred, já que ele era o mais curioso a respeito de como Rose e eu nos conhecemos, e Rose parecia tão interessada quanto ele em me ouvir. — Cheguei na casa deles antes de você, e acho que Rose chegou segundos antes de mim. Gary nos apresentou brevemente antes de irmos ao escritório dele para esperar por você. No final da reunião, deixei George com Gary e desci as escadas. Estava bastante lotado, na verdade, e tentei sair o mais rápido possível. Então fui atraído por algo na cozinha e parei.

As sobrancelhas de Rose se ergueram, esperando o resto. Será que ela se lembrava daquela noite?

Desviei meu olhar do dela.

— Não consegui ir embora. De todas as coisas que ela poderia estar fazendo em uma festa de Natal, Rose estava brincando com um filhote, e eu não conseguia tirar os olhos dela. Fiquei observando-a por um minuto ou dois, tentando decidir se eu deveria falar com ela ou não. Me apresentar novamente ou não. Então um garotinho veio e pegou o filhote, e ela finalmente saiu da cozinha. — A partir deste ponto, tive que mudar a minha história.

— E você falou *mesmo* com ela? — Samantha perguntou, claramente interessada.

— Sim, falei. Eu disse a ela que queria que nos casássemos. — Todos na mesa começaram a rir. Meus olhos deslizaram para Rose. — Ela não disse que sim, é claro. Eu tentei de tudo, mas ela não parecia que ia ceder.

A expressão confusa de Rose desapareceu e seu sorriso cresceu.

— Ele realmente tentou, talvez um pouco demais, e o tempo todo ficou tão sério, tão confiante, nem mesmo um sorriso no rosto — acrescentou ela, juntando-se para contar a nossa história inventada.

Coloquei a mão nas costas dela e depois mudei de ideia, puxando-a de volta.

— Ela pensou que eu era louco, continuava dizendo isso várias vezes.

Rose olhou ao redor da mesa.

— Quem não acharia? Mas eu também não conseguia afastá-lo. Por mais que não o levasse a sério, acho que alguém seria louco se dispensasse de Jack. — Ela fez uma pausa. — Meu marido.

Tomei um longo gole do uísque que estava à minha frente.

— Eu não planejava desistir. — Pigarreei e evitei seu olhar. — Eu tinha certeza de que, se apresentasse a oferta certa, ela pelo menos diria que consideraria, mas sempre me recusava. Enfim, ela concordou em me dar seu telefone, mas receio que fosse apenas para deixá-la em paz. Peguei nossos celulares e liguei para me certificar de que ela não estava me dando um número falso. No dia seguinte, liguei para ela e conversamos.

— Comecei a gostar dele. — Rose olhou para mim enquanto falava. — Era tão diferente do que eu pensei que seria. Só não sabia como agir quando estávamos próximos.

— E? — Samantha perguntou. — Foi isso?

Eu me virei para Samantha.

— Se você acha que vou contar o que aconteceu todos os dias depois disso...

— Aí está o Jack que conhecemos e amamos. — Samantha balançou a cabeça. — Meu Deus, você se casou! Ainda não consigo entender.

— Estejam prontos para contar essa história desde o início para Evelyn também. Não vou estragar o momento. Vocês precisam terminar as frases um do outro enquanto trocam olhares também, como fizeram agora. Ela vive para esse tipo de coisa, e vai ficar muito satisfeita em saber que você está feliz, Jack.

Depois disso, a mesa voltou a conversar sobre trivialidades, enquanto Rose e eu ficávamos em silêncio. Depois que ela terminou de comer, eu me inclinei para perguntar se estava tudo bem, para que todos pensassem que estávamos tendo nossa própria conversa particular, como faria um casal recém-casado muito apaixonado, mas só uma vez. Ao final do jantar, depois que a sobremesa foi servida e a noite finalmente terminou, Samantha perguntou:

— Rose, desculpe, nós a ignoramos a noite toda. Então, conte-nos mais sobre você. Você trabalha?

Lancei a Samantha um olhar de aviso, que ela ignorou completamente.

— Estou prestes a abrir minha própria cafeteria... — Rose respondeu.

— Sério? Uma cafeteria? Que fofo. Onde?

— Na Avenida Madison.

— Quando será a abertura?

— Na segunda, espero. Tudo está quase pronto, graças a Jack, é claro.

Surpreso, olhei para Rose, e ela abriu um pequeno sorriso.

— Jack? — Samantha ficou maravilhada. — O que ele fez?

— Além de lidar com toda a burocracia, ele apareceu lá todos os dias, depois do trabalho, para me ajudar com as coisas que eu não podia fazer sozinha.

Lançando-me um olhar curioso, Samantha apoiou a cabeça na mão e se inclinou para a frente.

— O que ele fez até agora?

Quando pousei o copo de uísque sobre a mesa, os olhos de Rose se voltaram para mim e depois de volta para Samantha.

— Ele pintou as paredes e me ajudou a mover algumas coisas pesadas.

— Uau. Jack pintou?

— Samantha — eu disse categoricamente, dando-lhe um segundo aviso.

— O que foi? — ela retrucou. — Estou conversando. Você não pode tê-la só para si. Então, Rose, por que não contratou profissionais para lidar com essas coisas?

— Eu tenho um orçamento, e decidi assumir coisas que posso fazer sozinha.

— Jack, por que você não está ajudando sua esposa com dinheiro, em vez de ajudá-la com trabalho braçal?

Cheguei a abrir minha boca para defender Rose, mas ela me venceu.

— Porque a esposa dele quer fazer as coisas sozinha. Jack está respeitando isso, e ele me oferecer sua ajuda com o trabalho manual significa mais para mim do que se tivesse me dado dinheiro. Sou um pouco antiquada, eu acho. Isso também significa que passamos mais tempo juntos enquanto trabalhamos.

Escondi meu breve sorriso tomando um gole de bebida. Então ela não tinha medo de mostrar suas garras quando pressionada. Essa era uma das coisas que eu gostava nela. Apenas uma das coisas. Eu já a tinha provocado muitas vezes e fui destinatário de sua extrema ferocidade.

— Jack Hawthorne, o brilhante advogado que está pintando uma cafeteria. — Samantha riu. — Eu gostaria de poder ter visto isso. Receio que o casamento já não esteja te fazendo muito bem, Jack.

Surpreendendo-me pela segunda vez, Rose entrelaçou o braço no meu e apoiou o queixo no meu ombro. Desta vez, fui eu quem enrijeci o corpo, mas Rose ignorou e manteve os olhos em Samantha. Bebi um pouco mais de uísque.

— Você realmente acha? Por favor, não me leve a mal, Samantha. Tenho certeza de que se divertiram muito enquanto estavam juntos. Quero dizer, como não? Olhe para ele... Mas fico feliz que não conheça Jack da mesma maneira que eu. Sei que ele é uma pessoa singular, e isso não é uma surpresa para ninguém, mas... nossa, estou aliviada por ele ser assim comigo. Você é linda, mas acho que fui a sortuda que levou o grande prêmio.

Comecei a tossir e peguei um pouco de água.

George pigarreou do outro lado da mesa.

— Rose, espero que você se junte a nós outra noite, quando Evelyn também estiver presente — interrompeu Fred, tentando diminuir a tensão.

Rose virou-se para ele, seu rosto suavizando.

— Eu adoraria. Estou ansiosa para conhecê-la.

Enquanto ela conversava animadamente com Fred, aproveitei a oportunidade para me concentrar em Samantha. Eu não me importava se alguém nos ouvisse.

— Pega leve.

Com um sorriso, ela se inclinou para mais perto.

— Do que você está falando? Estou apenas conhecendo sua esposa.

Meus lábios franziram.

— Você está me irritando, Samantha. É tudo o que você está conseguindo aqui, e acho que já sabe que sou a última pessoa que vai querer irritar. Não brinque comigo.

— Ah, vamos lá, Jack. Não seja tão sensível. Ela é adorável, o oposto completo do que eu esperava que você gostasse, mas eu também não esperava que você fosse se casar um dia. Pelo menos, ela parece te amar.

Apoiei os cotovelos na mesa, mas a voz de Wes me interrompeu antes que eu pudesse dizer qualquer outra coisa.

— Acho que estou pronto para encerrar a noite. Se você tiver o contrato pronto na segunda-feira, nós o oficializaremos.

Quando ele se levantou, todo mundo o seguiu. George foi o primeiro a apertar a mão dele. Rose se levantou também, mas optou por esperar. Enquanto conversava com Wes, dizendo que ele não se arrependeria de sua decisão, vi Rose passando as mãos discretamente pelos braços nus. Olhei para Samantha e notei que ela estava usando um vestido de manga comprida. Por mais quente que estivesse dentro do restaurante, o vestido de Rose ainda não era apropriado para a temperatura, dentro ou fora do local.

Separando-me do grupo, fiquei ao lado de Rose e tirei o meu blazer, colocando-o gentilmente sobre seus ombros.

Ela olhou para mim, surpresa.

— Jack, você não precisa...

— Você está com frio. Eu não estou — falei, tentando simplificar. Depois de uma breve hesitação, coloquei a mão nas costas dela e a guiei para fora da área privada e para o salão principal bem iluminado, enquanto os outros nos seguiam. Rose segurou meu blazer com mais força e não fez outros comentários. Quando estávamos esperando nossos carros na entrada, peguei o casaco fino de Rose e o pendurei no meu braço.

— Está frio lá fora — ela murmurou enquanto encostava o ombro no meu para que os outros não ouvissem. Ela começou a retirar o meu blazer, mas eu a segurei sobre seus ombros, minha mão cobrindo a dela no processo.

Trocamos olhares enquanto eu procurava as palavras certas.

— Estou bem, Rose.

Como Raymond foi o primeiro a parar na frente do restaurante, nós nos despedimos e enfrentamos o frio, depois entramos no carro.

— Senhor Hawthorne, senhora Hawthorne.

Rose suspirou.

— Olá, Raymond.

Todos nós ficamos em silêncio.

Eu estava repassando minha agenda para o dia seguinte em minha mente quando a voz de Rose me interrompeu apenas alguns minutos depois de iniciarmos nossa jornada.

— E então? — ela perguntou baixinho, me lançando um olhar expectante.

— Então o quê? — questionei, sem entender o que ela estava querendo saber.

Ela respirou fundo com os olhos fechados, soltou o ar suavemente e depois os abriu.

— Você me mata às vezes, Jack Hawthorne. Como foi? Não estraguei nada, não é? Pelo menos, não fui tão mal? Eu meio que não quero me desculpar pela... discussão que tive com Samantha. Ela estava me pressionando, e eu tive que dizer alguma coisa. Não gosto de pessoas como ela, cheias de sorrisos enquanto te insultam, e acreditam que são a última bolacha do pacote, enquanto você é a batata frita murcha de um prato infantil. Sinto muito se fui longe demais com o *eu o conheço melhor do que você*, ou com o *ele é assim comigo*.

— Você sente muito ou não?

Outra respiração profunda.

— Tudo bem, na verdade, não.

— Se não está arrependida, não precisa se desculpar. Eu não me importo. Ela merecia mais do que isso.

— Quantos anos ela tem, afinal?

— Trinta e sete.

— Bem, ela agiu como uma adolescente — Rose murmurou enquanto olhava pela janela.

Não podia discutir a respeito, então nem tentei. Destravei meu telefone e comecei a deslizar a tela para baixo, checando minha agenda.

— Você precisa relaxar mais. Da próxima vez, tente parecer mais interessada em mim.

— Eu... O que você quer dizer com isso?

Suspirei e deixei o telefone de lado.

— Toda vez que te tocava, você pulava ou se encolhia.

— Eu sei, mas você não me avisou.

Arqueei uma sobrancelha.

— Eu deveria avisar minha esposa antes de tocá-la?

— Não lá no restaurante, é claro, mas antes, quando estávamos no carro. Deveríamos ter conversado mais, analisado algumas coisas. Estávamos despreparados e não quero dizer que te avisei, mas eu avisei. Eles fizeram várias perguntas.

— Se bem me lembro, você adormeceu no carro, e qual é o problema? Nós respondemos a todas elas. — Considerei cuidadosamente minhas próximas palavras: — Você foi mais calorosa com Fred do que comigo.

Olhei para ela quando apenas o silêncio seguiu minhas palavras. Seus olhos estavam ligeiramente arregalados.

— Eu estava... tentando ser legal com seus colegas. Você não achou que eu... que eu poderia... que eu estava flertando com ele ou algo assim... Achou?

Fiz uma careta para ela.

— Do que você está falando? Claro que não. Por que eu pensaria isso?

— Você acabou de dizer...

— Eu disse que você foi mais calorosa com ele. Sorriu e falou com ele mais do que falou comigo ou sorriu para mim. Foi tudo o que eu quis dizer. Além disso, como eu disse, eles não são meus colegas.

— Só sócios, eu sei. Já entendi. — Ela soltou um suspiro mais longo e massageou a têmpora. — Se queremos manter essa farsa, precisamos desesperadamente nos comunicar mais, Jack. Você tem que falar comigo.

Olhei pela janela e fiquei quieto pelo resto do caminho de volta. Como poderia explicar que estava realmente me esforçando para falar com ela o mínimo possível? Que *tinha* que fazer isso?

Assim que chegamos ao prédio, o porteiro se levantou.

— Senhor Hawthorne, senhora Hawthorne. Bem-vindos.

— Boa noite, Steve — disse Rose, sorrindo para o homem mais velho. Para minha surpresa, ela parou ao lado de sua bancada enquanto eu chamava o elevador. — Como você está se sentindo hoje? Sua enxaqueca melhorou?

— Muito melhor. Obrigado por perguntar, senhora Hawthorne.

— Eu te disse antes, você pode me chamar de Rose. Foi uma noite movimentada?

Os olhos do porteiro dispararam na minha direção.

— Er, apenas o de sempre.

Com as mãos nos bolsos, observei a interação deles com interesse.

Os olhos de Steve dispararam para mim e depois se voltaram para Rose antes de rapidamente acrescentar:

— Sra. Hawthorne.

As portas do elevador se abriram, e ela olhou em minha direção.

— Parece que nossa carona chegou. Tenha uma boa noite, Steve. Vejo você pela manhã?

— Sim, senhora Hawthorne. Estarei aqui.

Segurei as portas abertas conforme ela acelerava os passos e entrava no elevador. Entrei atrás dela. Só conseguimos subir dois andares em silêncio antes que minha curiosidade me vencesse.

— Você conhece o porteiro?

— Sim. Eu o conheci na primeira manhã que saí para o trabalho. Sempre conversamos um pouco. Por quê?

— Você está morando aqui há apenas duas semanas.

— E?

— Eu não sabia o nome dele — admiti desconfortavelmente.

Ela abraçou meu blazer com mais força.

— Você nunca perguntou?

— Eu não. — Não queria confessar que nunca considerei necessário, porque não gostava de como isso me fazia parecer.

Um momento depois, não consegui conter a pergunta que estava em minha mente há dias.

— Você ainda fala com Joshua, seu ex-noivo? — soltei ao mesmo tempo em que as portas do elevador se abriram, surpreendendo a nós dois.

Rose congelou e me lançou um olhar assustado. Eu me amaldiçoei por trazer isso à tona, mas, depois do jantar, fiquei curioso demais para ignorar a ideia completamente.

— Não, eu não falo com ele. Não conversei mais com ele nem o vi desde que terminamos e também não pretendo fazer isso no futuro. Por quê? — ela finalmente indagou, saindo do elevador antes que eu pudesse responder. Eu a segui até a nossa porta.

— Pensei que, talvez, você ainda não o tivesse superado e por isso esta noite tivesse sido mais difícil.

— Confie em mim, eu o superei. Eu o superei rapidamente, considerando todos os fatos. Esta noite não foi difícil, Jack. Jantares estranhos não são novidade para mim. Esta noite foi... apenas a primeira. Isso é tudo. Também foi nosso primeiro jantar e, na verdade, acho que fizemos um bom trabalho, você não concorda? Ainda assim, acho que devemos tentar nos conhecer um pouco melhor, conversar sobre coisas aleatórias. O próximo deve ser mais fácil.

Além disso, achei que você ficaria distante quando estivéssemos perto de outras pessoas, por isso fiquei surpresa quando me tocou... tantas vezes. — Ela olhou para a porta. — Você não vai abrir?

Ela ainda estava com o meu blazer.

— A chave está no bolso direito — respondi, pegando a tal chave antes que ela pudesse fazer isso sozinha. Rose congelou quando minha mão deslizou para dentro do bolso e inadvertidamente tocou seu corpo através do forro. Parei quando meus dedos tocaram as chaves e vi seus olhos assustados. Ficamos parados, assim, enquanto eu lentamente puxava o molho. Sua garganta se moveu quando engoliu, e ela desviou o olhar primeiro, sorrindo sem jeito.

Destrancando a porta, recuei para que ela pudesse entrar. Lá dentro, depois de se descalçar, ela tirou o meu blazer dos ombros e a devolveu para mim.

— Obrigada. — Ela evitou meus olhos e percebi que não gostava disso.

— De nada. — Tirei-a das mãos dela e nenhum de nós se afastou.

Ela estava linda com o cabelo solto e um pouco bagunçado, os lábios sem batom e os olhos ainda brilhando. Eu devia estar em sérios apuros se começava a perceber os detalhes.

Rose sorriu levemente.

— Bem, você acha que devemos...

Meu telefone começou a tocar na minha mão, e ela parou no meio da frase. Afastando meus olhos dos seus lábios, quando seu sorriso desapareceu lentamente, olhei para a tela e meu corpo inteiro enrijeceu. Ignorando a ligação, olhei para Rose.

— Eu preciso atender. É de trabalho e talvez eu precise ir ao escritório.

— Agora? A essa hora?

Cerrei minha mandíbula.

— Temo que sim.

— Está bem, então. Espero que não seja algo grave.

— Veremos. Se não te encontrar acordada quando voltar... Boa noite, Rose.

Pegando o elevador, coloquei o blazer e tentei não me arrepender. Quando voltei ao saguão, o porteiro se levantou de novo.

— Boa noite — eu disse, esforçando-me para não parecer irritado.

Ele pareceu assustado por um segundo, me fazendo sentir ainda pior, mas depois me deu um sorriso rápido e um meneio de cabeça.

— Boa noite, senhor.

Antes que eu pudesse sair do prédio, meu telefone começou a tocar novamente. A raiva me inundou, e meus dedos se apertaram ao redor do telefone. Eu sabia que acabaria recebendo notícias, mas não imaginei que pudesse acontecer tão cedo.

Sendo saudado pela brisa fria da noite, respirei fundo e senti o perfume de Rose no meu blazer. Com o cheiro dela a me cercar e praguejando, atendi à ligação.

— O que diabos você quer?

— Que gentil da sua parte perguntar. Acho que precisamos conversar, Jack. Imagino que tenhamos muitas coisas a dizer um ao outro.

Cerrei os dentes.

— Quando?

— Que tal agora? Você acha que pode se afastar da sua linda esposa para uma bebida?

— Diga-me onde.

Ele estava a poucos quarteirões de distância de nós, o filho da puta também conhecido como Joshua Landon. O ex-noivo de Rose. Será que ele viu quando voltamos do jantar? Lívido, assim que encerrei a ligação, fui em direção ao bar onde ele estava esperando.

Capítulo Oito

ROSE

Eu sabia que os últimos dias que antecederiam a segunda-feira, meu dia de abertura, seriam agitados e talvez não tão fáceis, e eu não estava errada. Se Jack não passasse sempre para me buscar, eu provavelmente acabaria dormindo no chão, dentro da cafeteria, para ter certeza de que tudo estava pronto. Mas Jack... ele vinha sendo... Jack era... um outro assunto.

Eu poderia considerar que sexta-feira seria o grande segundo dia próximo ao de abertura. Era quando a placa da cafeteria seria colocada, e todas as pessoas de Nova York poderiam vê-la.

Os toldos listrados em preto e branco haviam sido instalados por volta do meio-dia, e a placa chegara apenas algumas horas depois disso. Eu posso ter derramado algumas lágrimas felizes olhando para aquela coisa.

Café da Esquina.

Eu sabia que estava oficialmente enlouquecendo com a abertura quando comecei a fazer listas de tudo o que eu conseguia pensar: que tipo de sanduíches feitos na hora seriam preparados, o cardápio da primeira semana, o cardápio do primeiro dia... as listas continuavam sem parar. Enquanto eu estava felizmente ocupada com tudo isso, começou uma garoa lenta de chuva, criando uma trilha sonora bonita ao fundo. Por mais que algumas pessoas odiassem o inverno em Nova York, eu o adorava.

Jack apareceu mais cedo do que o habitual. Não ficava surpresa ao vê-lo quando ele aparecia, e parecia normal tê-lo ali. Até começava a ficar ansiosa para vê-lo. Foi a primeira vez que percebi que estava começando a gostar da companhia mal-humorada dele. Fazia três semanas desde que ele voltara de Londres e começara a aparecer todas as noites. Era uma ajuda que eu não esperava ter, e pensava que em algum momento ao longo do caminho algo havia mudado entre nós.

Daquela vez, antes que ele pudesse me perguntar, pedi sua ajuda assim que ele passou do limiar.

— Que bom que você chegou. Pode me ajudar a colocar os adesivos personalizados nas janelas?

Ele hesitou apenas por um momento, como se estivesse surpreso.

— Claro. Por que não? Estou aqui de qualquer maneira — disse ele finalmente, como se não estivesse lá especificamente para me ajudar. Quando tirou o sobretudo e depois o paletó, eu me deleitei no meu show diário: a manga da camisa. E que show, todas as noites. Jurei que acabaria me acostumando, mas não. De forma alguma.

— Dia tranquilo no trabalho? — perguntei depois de limpar a baba invisível no canto da minha boca. Ele pegou a palavra *Café* das minhas mãos e subiu na escada até chegar ao canto superior esquerdo da janela voltada para o norte.

— O que você quer dizer com isso?

— Você chegou cedo.

— Eu estava no bairro, tive uma reunião rápida com um cliente antigo, então pensei em aparecer.

Sorri para ele, mas ele não estava olhando para mim.

— Você parece ter muitas reuniões por aqui. Teve outra há alguns dias, não foi? — Ele franziu a testa para mim, mas, antes que pudesse dizer qualquer coisa, continuei pressionando. — Seja como for, como sempre digo toda vez que você está aqui, agradeço a ajuda.

— Sei que sim. — Ele abriu a palma da mão, esperando que eu lhe desse o próximo decalque.

Suspirei.

— Já demarquei onde este tem que ficar.

Ele não respondeu nem comentou nada sobre minha fala, mas colocou o adesivo no exato local marcado.

Eu respirei fundo.

— Então, como você está, Rose? — comecei. — Tenho estado bastante ocupado com o trabalho nos últimos dias, e você também. Como você está? Conseguiu dormir bem ontem à noite? Está animada com a abertura? — Então eu respondi a mim mesma. — Ah, muito obrigada por perguntar, Jack. Estou com uma dor de cabeça assassina agora, mas não posso reclamar muito. Consegui dormir a noite inteira ontem, muito obrigada por perguntar. Foi um dos poucos bons sonos que tive desde que fui morar com você. Você realmente voltou ao escritório ontem à noite, então que horas chegou? Acho que estava dormindo profundamente. Além disso, teve um bom dia no trabalho hoje?

Terminado o segundo decalque, ele olhou para mim com aquele olhar de superioridade, com o arquear de sobrancelha que ele provavelmente aperfeiçoou em uma sala de reuniões ou em qualquer outro lugar. O fato de ele estar literalmente acima de mim não facilitava em nada.

— O que você está fazendo? — ele perguntou, com a mão aberta, esperando o último adesivo.

Coloquei *Esquina* na palma da mão dele.

— Apenas conversando — respondi, dando de ombros.

— Com você mesma?

— Com você. Como não me acha interessante o suficiente para conversar, estou facilitando as coisas para nós dois e fazendo isso sozinha. Dessa forma, você não terá que se incomodar em fazer perguntas aleatórias e dialogar. Além disso, você está aí em cima, o que significa que não pode fugir de mim. Então... nós dois ganhamos.

Por um longo momento, nós nos encaramos, e eu me esforcei para parecer inocente. Então, ele apenas suspirou e balançou a cabeça como se eu tivesse enlouquecido e estivesse surpreso consigo mesmo por ter se casado com uma pessoa tão estranha por vontade própria. Em seguida, voltou-se para a janela.

— Não se trata de não achar você interessante para conversar, Rose. Você é provavelmente a pessoa mais interessante que já conheci. Só acho que não devemos ter... deixa para lá, também tive um dia longo. Uma semana longa, na verdade. Só isso.

E não é que me senti uma idiota com isso?

— Oh — eu murmurei, remexendo-me no meu lugar. — Sinto muito. Não quis ser chata. Você quer compartilhar alguma coisa?

— Não precisa se desculpar. Não é nada em específico, apenas muitas reuniões e telefonemas.

— Fiz alguns brownies para testar uma receita para o dia de abertura. Você gostaria de provar? Brownies sempre me deixam feliz.

— Talvez depois que terminarmos isso aqui. Por que Café da Esquina?

Esforcei-me para manter o meu sorriso o mais contido possível, mas não sei se consegui.

— Como Tom Hanks diria, a entrada é logo na Esquina, ou seja, logo Ali na Esquina.

— Tom Hanks?

— Sou uma grande fã do filme Mensagem para Você. Amo a personagem da Meg Ryan e o nome da sua livraria, no filme, é Loja da Esquina. Além disso, é simples, elegante e doce, não por causa do filme, mas por si só. Eu gosto. Você já viu esse filme, não viu? É um clássico.

— Não posso dizer que sim.

— Não, Jack. Não faça isso. Nenhum marido meu pode responder a essa pergunta com um não. Você tem que assistir. Talvez possamos ver juntos um dia quando você estiver livre.

— Talvez. — Jack fez uma pausa e pensei que seria o fim da nossa conversa. — É bom — ele murmurou.

— O quê? — perguntei distraidamente, olhando pela janela enquanto as pessoas passavam com seus guarda-chuvas. A chuva estava começando a aumentar.

— O nome... é bom para uma cafeteria.

Isso me fez erguer as sobrancelhas e minha atenção se voltou para Jack.

— Sério? Você acha?

— Sim, combina com você, por algum motivo, e parece que tem uma boa memória relacionada. Você fez um bom trabalho por aqui, Rose. Deveria estar orgulhosa. — Ele olhou para baixo. — Era assim que você queria? — Assenti, e ele desceu as escadas. — Está bom? — ele perguntou, olhando para os adesivos.

Recuei e fiquei ao lado dele.

— Está mais do que bom. Está perfeito. Obrigada. Podemos fazer o mesmo na janela da frente?

Em vez de inventar uma desculpa como qualquer outro cara teria feito e saído conforme eu continuasse inventando coisas para ele me ajudar, como organizar algumas das mesas e cadeiras – várias vezes –, ele ficou e elogiou meus brownies. Quando estávamos prontos para sair, já estava escuro, e a chuva, mais forte. Eu ainda tinha o maior sorriso no meu rosto. Em parte por causa de Jack, em parte por todo o resto. Como mágica, Raymond já estava esperando no meio-fio quando trancamos tudo, e fomos para o apartamento de Jack.

No sábado, eu me encontrei com Owen. Sally não comparecera, então não pude apresentá-los, mas foi a primeira vez de Owen no café com todos os móveis organizados. Eu basicamente prendi a respiração o tempo todo em que ele ficara olhando ao redor e soltei o suspiro mais longo quando ele finalmente disse que estava incrível. Passamos horas conversando sobre o que queríamos fazer no primeiro mês e criamos nosso cardápio juntos.

Depois que Owen saiu, sentei-me no meio da cafeteria e comecei a trabalhar na instalação de flores na frente da loja, que eu esperava que ficasse bastante impressionante. Já tinha visto algo assim em vários estabelecimentos em Nova York e em cidades como Paris – graças ao Pinterest –, e me apaixonei completamente pelo visual e pela maneira como transformava um espaço. Como morávamos na era das mídias sociais, eu queria fazer tudo ao meu alcance e dentro do meu orçamento para tornar a minha cafeteria atraente, confortável, aconchegante e bonita.

Claro, tudo isso estava enraizado na esperança de conseguir clientes reais no dia da abertura e todos os dias depois disso.

Quando Jack chegou, eu estava esperando que ele aparecesse há pelo menos uma hora. Tinha um grande sorriso no rosto quando abri a porta, e ele, por sua vez, sustentava uma expressão confusa.

— Oi. Ei. Você está atrasado. Onde estava?

Aquelas sobrancelhas grossas e proeminentes se uniram, mas ainda não atenuaram meu entusiasmo. Aquele era Jack – franzir a testa era sua versão de olá.

— Estou atrasado?

— Você sempre chega mais cedo. Então... está atrasado.

— Você estava me esperando?

— Jack, eu espero por você todos os dias. Faz quase três semanas. — Dei de ombros, nem mesmo percebendo o que acabara de deixar escapar. — Entre, entre, está frio aí fora. — Abri a porta e agarrei seu braço, puxando-o, pois ele estava muito ocupado olhando para mim.

— O que você quer dizer com... O que é isso?

Coloquei-me atrás dele, sentindo-me inquieta. Ele me lançou outro olhar, um que dizia que achava que eu estava agindo estranha. Ignorei-o completamente.

— É o arranjo de flores que vai ficar lá fora. Vai começar no chão e se arquear por cima da porta. Também adicionarei o grupo de flores que está ali, atrás da porta, para que, por dentro, pareça que as flores meio que atravessaram o vidro e floresceram na parede interna. — Ele assentiu, e eu sorri novamente. Não conseguia me conter por algum motivo.

— Essa é realmente uma ótima ideia — disse ele.

Eu ainda estava inquieta, dando pequenos pulinhos, mas, ainda assim... eu estava pulando.

Sua testa franziu, e seus olhos me olharam de cima a baixo.

— O que você tem? — ele perguntou, e comecei a rir, incapaz de me conter.

— Nada, Jack. — Balancei a cabeça, mantendo o sorriso. — Absolutamente nada. Muito café, talvez? — Comecei a pular as flores artificiais que cobriam quase todas as superfícies disponíveis. — Vai me ajudar?

— Não tenho tanta certeza disso.

Fiquei de joelhos e peguei um buquê de rosas no chão.

— Você sempre me ajuda.

Sua mandíbula cerrou.

— Sim. Sempre, não é?

— Então? Você não vai ajudar porque mexer com flores não é coisa de homens? Não vou contar a ninguém, prometo.

Ele olhou ao redor da loja, por todo o chão, absorvendo todos os tons de rosa. Então suspirou e tirou o casaco preto, seguido pelo paletó igualmente negro.

— Você pode se sentar na cadeira — eu disse quando ele olhou em volta como se não tivesse certeza de onde deveria se acomodar. Após um momento de hesitação, ele pegou a mais próxima e se sentou à minha esquerda, de costas para a porta.

— Por que você está sentada no chão?

— Comecei na cadeira, mas vai mais rápido daqui. Você pode me ajudar fazendo um fio com todas as flores. — Peguei os fios à minha direita e os entreguei a ele. — Tons diferentes, ok? Não coloque a mesma tonalidade ou formato juntos.

Ele parecia tão perdido, com uma pequena carranca no rosto, que eu não pude deixar de sentir algo no meu peito. Ele não estava fazendo nenhuma objeção, então não senti a necessidade de deixá-lo de fora, para não mencionar que realmente precisava da ajuda dele se quisesse sair dali antes que o sol nascesse. Quando ele pegou um fio da embalagem e se inclinou para pegar uma rosa artificial – mas bonita – da pilha, pigarreei.

— Ah, você não vai...

Seus olhos encontraram os meus.

— Eu... o quê?

Eu era uma idiota.

— Suas mangas... você sempre as arregaça. — Eu era uma idiota gigantesca, mas... sempre foi uma das melhores partes do meu dia, então, por que eu estava lamentando por ele apenas ter simplesmente se esquecido? Era o meu pornô diário, e comecei a criar expectativas.

O cenho dele ficou um pouco mais profundo quando olhou para os pulsos e depois – *graças a Deus!* – ele largou a rosa e o fio e iniciou o processo. Observei-o o tempo todo sem que ele percebesse. Quando pegou a flor e o arame novamente, segurando-os, não consegui conter meu sorriso.

— Algo engraçado que eu deva saber?

— Não. — Balancei a cabeça. — Você está muito bem vestido. Foi ao escritório hoje?

— Sim.

— Você trabalha todos os fins de semana?

— Normalmente. — Ele fez uma pausa. — Eu não tenho que ir aos fins de semana. Só o faço se não tiver outros planos.

Eu peguei a flor que ele estava segurando e a prendi no galho falso com o fio, certificando-me de que não estava no mesmo nível das outras. Eu queria que algumas se destacassem e que outras ficassem mais atrás, para dar a ilusão de uma grande explosão de rosas florescendo.

— Você costuma sair com seus amigos? — perguntei, sem olhar para ele, porque tive que acelerar meu ritmo.

— Meu melhor amigo se mudou para Londres. O trabalho me mantém ocupado. E você?

— Eu?

— Não conheci nenhum dos seus amigos.

— Ah, eu normalmente também fico ocupada com o trabalho. Para economizar dinheiro, tive que passar muito tempo em casa e isso não ajuda a ter uma vida social.

Após nossas confissões, trabalhamos em um silêncio confortável e, com a ajuda de Jack, começou a ir muito mais rápido. Já tinha feito bastante antes de ele aparecer, mas parecia que sairíamos de lá em uma hora, no máximo.

— Isso não é algo que uma florista faria? — ele quis saber depois de algum tempo.

Eu olhei para ele rapidamente, depois foquei nas flores novamente.

— Sim, mas a coisa do orçamento, lembra? Olhei o Pinterest, assisti a alguns vídeos no YouTube e li algumas postagens de blogs, e acho que estou indo bem. Sei que floristas fazem isso com flores frescas às vezes, mas seria extremamente caro. *Extremamente*. E estas estão bonitas, não estão? Quero dizer, ficarão melhores quando forem erguidas e arqueadas sobre a porta, mas...

— Está lindo — disse Jack suavemente. Suave o suficiente para chamar a minha atenção e notei que seus olhos estavam em mim, não nas flores. — Para que servem? — ele continuou, gesticulando em direção às rosas amarelas que eu tinha deixado do lado, mais distantes de nós.

— Ah, vou distribuí-las nas mesas na segunda-feira. Mais uma vez, não posso comprar flores frescas toda semana, então também vou usar artificiais. Espero que, se tudo correr bem, possa mudar para rosas naturais em alguns meses e que possa comprar mais plantas.

Seus dedos roçaram os meus, e a sensação foi a mais estranha possível. Ignorando, continuei trabalhando e desfrutei secretamente de cada pequeno toque, de cada pequeno olhar.

— Você sabe que eu poderia te emprestar dinheiro, não sabe? O lugar é meu, então seria um investimento e, como você vai me pagar o aluguel após o período de seis meses, não quero que o encerre antes disso.

Lancei a ele um olhar incrédulo.

— Vamos lá, Jack. Sejamos honestos um com o outro: se eu não conseguir fazer esse lugar dar certo, isso vai funcionar a seu favor, porque vai poder tê-lo mais rápido. O que você disse que estava planejando fazer com o espaço? Um restaurante?

— Eu não disse nada.

Eu estava tão curiosa, mas ele não iria ceder.

— De qualquer forma, obrigada, mas não posso aceitar seu dinheiro.

Uma hora depois, com meus dedos doendo e um pouco arranhados, finalmente falei:

— Acho que terminamos. É isso. — Gemendo, eu me levantei.

— Você gostaria de jantar comigo, Rose? — ele deixou escapar.

— O quê? — perguntei, olhando para Jack com uma expressão confusa quando ele se levantou também.

— Você jantou? — ele indagou em vez de dar uma resposta.

— Não. Acho que a última coisa que comi foi um sanduíche pequeno. Belisquei algumas coisas, mas não uma refeição completa. Mas... — Olhei para mim mesma e me encolhi. — Eu realmente não estou vestida para sair, e minhas mãos... — Esticando meus braços, abri e fechei as mãos, olhando para meus dedos vermelhos. Eu os escondi às minhas costas e os enfiei nos bolsos traseiros, esperando que esquentassem um pouco. — Tudo bem se nós pedirmos em casa? Se você não se importar. Se tiver outros planos, não precisa me fazer companhia.

— Eu não te convidaria para jantar se tivesse outros planos.

— Isso é verdade. — Minha mente estava ficando um pouco confusa.

De olho em mim, ele ajeitou as mangas, e eu novamente apreciei a visão em silêncio. Então ele pegou o paletó do encosto da cadeira e o vestiu.

Continuei parada, em meio aos arranjos de flores, sem saber o que fazer a seguir. Estava escuro lá fora, então não havia como eu posicioná-lo e protegê-lo até o dia seguinte.

— Rose — Jack interrompeu meus pensamentos, e eu olhei para ele. — Vamos lá, vamos para casa.

— Não, eu provavelmente deveria fazer... primeiro eu deveria...

— Rose. — Olhei para ele novamente, encontrando seus olhos. — Você vai falhar em breve. Já fez o suficiente. Vamos.

Com um timing perfeito, meu estômago roncou, como se estivesse concordando com ele. Olhei em volta novamente.

— Parece um bom plano — murmurei, mas ainda não me mexi. — Mas talvez, primeiro, eu devesse limpar o local um pouco.

Ele me ignorou completamente.

— Onde está o seu casaco?

— Na cozinha. Deve estar na cozinha.

Sem palavras, ele foi em direção aos fundos, andando pela enorme explosão de rosas no meio da loja. Pensei tê-lo ouvido falar com alguém no telefone, talvez com Raymond, mas ele voltou e ordenou que eu colocasse meus braços nas mangas. Vestiu-me, apagou as luzes, até inseriu o código do alarme e trancou tudo. Com a mão quente nas minhas costas, guiou-me pela rua até o local onde Raymond estava estacionado.

Por que eu sempre me sentia tão segura quando ele estava por perto?

— Acho que fiquei inclinada um pouco demais por muito tempo. Estou apenas tonta, mas estou bem. — Assim que as palavras saíram da minha boca, tropecei em algo e Jack segurou meu braço antes que meu rosto pudesse atingir o chão. — Uau. Muito tonta.

Lembro-me de entrar no carro e talvez dizer oi para Raymond, mas não me lembro de como cheguei ao apartamento e ao sofá. Quando Jack me acordou, colocando uma mão no meu ombro, fiquei extremamente desorientada. Ele me ajudou e me deu duas fatias de pizza. Eram de queijo, calabresa e azeitonas pretas, e ele ordenou que eu comesse. Eu terminei em dois minutos e até pedi outra fatia.

Não me lembro do que conversamos, mas lembro-me de murmurar minhas respostas e depois desejar-lhe uma boa noite antes de me jogar na minha cama.

Número de vezes que Jack Hawthorne sorriu: zero.
(MAS... está chegando o momento. Eu posso sentir.)

Capítulo Nove

ROSE

Finalmente chegou a segunda-feira, o *dia da abertura* que esperei por tanto tempo e, agora que chegara, não sabia como conter minha felicidade ou minha ansiedade. Em um minuto, eu estava prestes a hiperventilar, pensando em abrir ou não as portas tantas vezes que Owen e Sally tiveram que me forçar a sentar, e, no minuto seguinte, eu não conseguia ficar parada, sentindo que estava prestes a explodir de felicidade. Porém, eu também estava me sentindo enjoada, preocupada que desse errado e as pessoas odiassem tudo.

E se ninguém aparecesse? Foi a primeira coisa que pensei no momento em que abri os olhos de manhã. E se ninguém entrasse? Meu objetivo era servir pelo menos cinquenta cafés no primeiro dia. Isso soava como um número bastante factível.

— Sinto que estou prestes a perder minha virgindade novamente — soltei enquanto Sally empurrava um copo de água nas minhas mãos.

— Foi uma boa experiência? A minha foi bem legal.

— Correu tudo bem. Nada de orgasmos, mas pelo menos não doeu muito. — Owen resmungou algo que não consegui entender. — O que você disse?

— Este lugar parece muito bom — disse Sally, ignorando-o. — O que você fez com a coisa das flores ainda me surpreende. Ficou tão bonito combinado com a fachada preta. Os móveis, as cores, tudo combinou perfeitamente bem. Você distribuiu os panfletos também. Chegaremos facilmente a cinquenta cafés.

Quando Sally me deixou sozinha e foi para a cozinha, levantei-me de uma das cadeiras na qual eles basicamente me empurraram, caminhei até a porta para girar a placa de FECHADO e descansei minha testa no vidro frio por alguns segundos. Ao realizar tal tarefa, senti como se um elefante tivesse se sentado no meu peito. Pessoas passaram. Eu até vi algumas observarem as rosas, mas ninguém se dignou a entrar.

— Ok. — Suspirei. — Agora, tudo o que precisamos fazer é esperar. — Quando me virei, Sally e Owen estavam de pé na porta da cozinha, Owen limpando as mãos em um pano de prato, e Sally sorrindo e mastigando um doce de limão. Dando a última mordida, ela caminhou até a máquina de café *espresso*.

— Gostaria de tomar o primeiro latte do dia? Vim aperfeiçoando minhas habilidades na arte do latte.

Respirei fundo e sorri.

— Quer saber de uma coisa? É uma ótima ideia. De fato, café com leite para mim. Talvez precisemos beber mais quarenta e sete hoje, mas não tem problema, certo? A morte por cafeína é algo real, mas tenho certeza de que estaremos seguros.

Brindamos com nossas canecas, e, pelo menos, Sally e eu esperamos o melhor para o resto do dia. O primeiro cliente surgiu trinta minutos depois que eu virei o sinal de FECHADO para ABERTO. Owen estava lá atrás, mas Sally e eu estávamos prontas com nossos sorrisos excessivamente animados estampados em nossos rostos.

Uma hora se passou e tínhamos mais alguns clientes. Sally estava preparando uma segunda xícara de cappuccino para a cliente que chegara mais cedo, enquanto esta examinava a seleção de alimentos no balcão. Ela já estava com seu muffin de mirtilo gratuito, então decidiu comer um sanduíche também.

Peguei um prato, levantei a cúpula de vidro e peguei um de peru embrulhado em papel vegetal e preso com barbante vermelho. A campainha na parte superior da porta tocou, mas eu estava ocupada recebendo o pagamento e não pude desviar o olhar. Depois de dar o troco e agradecer, finalmente olhei para a esquerda, animada para cumprimentar um novo cliente.

E bem ali... bem ali, com o olhar mais desconfortável no rosto, estava Jack Hawthorne. Eu nunca pensei que ficaria tão feliz em vê-lo, mas ele estava lá, tão cedo... Ele só estava lá... O sorriso que surgiu no meu rosto era embaraçoso.

— Jack, você veio — consegui dizer baixinho, e mesmo que ele não pudesse me ouvir, seu olhar caiu nos meus lábios.

Antes que ele pudesse se aproximar ainda mais, Raymond entrou com uma braçada de rosas e as entregou a um infeliz Jack. Minha respiração falhou, e meu sorriso se iluminou ainda mais, transformando-o de embaraçoso em algo mais maníaco. A expressão de Jack, no entanto, não mudou.

As flores eram para mim?

Eu implorei que meu coração se acalmasse enquanto ele caminhava em minha direção.

— Houve um problema na loja de flores, e eles não puderam fazer a entrega

— disse ele, e meu sorriso vacilou.

— Não entendi. Uma loja de flores as enviou? — perguntei, meus olhos indo das rosas para o rosto de Jack, em completa confusão.

Seus lábios se apertaram e suas sobrancelhas se uniram.

— Não.

Eu esperei. Podia sentir Sally parada logo atrás de mim, à minha direita.

Jack soltou um suspiro frustrado.

— São minhas. Você não precisa usar flores artificiais nas mesas. Vai valorizar o negócio. Só isso. — Ele se inclinou para a frente e colocou o buquê nas minhas mãos.

Sentindo algo estranho e muito inesperado no meu peito, eu o peguei. Havia umas cinquenta ou sessenta rosas de caules longos de todas as cores – cor-de-rosa, brancas, amarelas, pêssego – e todas estavam embrulhadas em papel marrom cintilante. Elas eram lindas, muito mais do que precisariam ser para as mesas, muito mais do que alguém jamais me comprou. As flores não agregariam valor ao negócio; isso era mentira, pura e simples. Elas eram para mim.

Eu ainda estava olhando as rosas, analisando todas uma por uma, sem saber o que dizer ou como dizer, quando vi Owen colocar outro prato de muffins de mirtilo recém-assados à minha esquerda. Ele assobiou ao meu lado, seu ombro mal tocando o meu.

— Estas são só minhas — murmurei, quase para mim mesma. — E elas são tão lindas, Jack. Obrigada. — Por alguma razão, me senti engasgar e meu peito apertou. Abraçando o buquê com um braço, pressionei minha palma contra o peito, onde meu coração estava realmente se perdendo. Sally pigarreou, e eu olhei brevemente para ela para ver suas sobrancelhas erguidas e um olhar cheio de expectativa em seu rosto. — Oh, me desculpe. Eu deveria apresentar vocês. Sally, Owen, este é o Jack. Jack, Sally e Owen. — Minha atenção ainda estava focada nas rosas quando ouvi a voz grave de Jack se apresentando.

— O marido de Rose — esclareceu ele, estendendo a mão primeiro para Sally e depois para Owen. Arrepios percorreram meus braços, tanto por causa do tom de sua voz quanto da própria palavra. *Marido*. Meu marido.

— Sim, desculpe. Jack é meu marido.

— Marido? — Sally deixou escapar, com uma voz levemente elevada. — Você é casada? Nunca disse nada! — Ela pegou minha mão e inspecionou meu dedo anelar nu. — Sem aliança?

Estremeci por dentro e dei um olhar de desculpas para Jack, mas ele estava com as mãos nos bolsos e os olhos fixos na comida, além de uma expressão completamente ilegível, como sempre.

Sally estava olhando entre Jack e mim, perplexa.

— Tirei antes de começar a cozinhar. Está na minha bolsa. Com tudo acontecendo, esqueci de colocá-la novamente.

Eu estava explicando para Sally, mas meus olhos se mantiveram em Jack o tempo todo. Ele olhou para cima, e eu ofereci a ele um leve sorriso.

— É tão bonita — eu disse, voltando meu olhar para Sally. — Eu sempre a tiro quando estou trabalhando aqui, porque não quero perdê-la. É por isso que você nunca a viu antes.

— Eu preciso voltar. Parabéns pelo casamento, Rose. Prazer em conhecê-lo, Jack — falou Owen antes de dar um aperto rápido no meu ombro e desaparecer na cozinha. Sally continuou lá.

Olhei para Jack, e ele estava olhando para as costas de Owen com a mandíbula cerrada, mas desviou os olhos antes que eu pudesse tentar imaginar o que ele estava pensando. Forçando-me a sair desse sentimento estranho de culpa, perguntei:

— Gostaria de beber algo? Ou comer?

— Sim. Quero quinze... não sei, *espresso*, café com leite ou apenas café preto, o que você recomendar.

— Quinze?

Finalmente, ele olhou para mim.

— Vou levar para o escritório.

— Você tem uma grande reunião ou algo assim?

— Não.

Apenas uma palavra, aquela palavr... Ele estava fazendo um pedido tão grande porque queria me ajudar – outra vez.

— Oh, Jack, você não precisa fazer isso. — Daquela vez, pude sentir as lágrimas embaçando minha visão. Estava prestes a acontecer. Os cantos dos meus lábios começaram a se inclinar para baixo, e eu soube que não seria capaz de impedir.

— Eu vou te abraçar — soltei.

Um vinco surgiu entre suas sobrancelhas, e seus olhos finalmente se voltaram para mim.

— O quê?

Gentilmente, coloquei as flores em cima do balcão e caminhei para chegar ao outro lado, passando pela pequena abertura. Antes que ele pudesse processar o que eu ia fazer e possivelmente me impedir, fechei os olhos e joguei os braços ao redor do pescoço dele, ficando na ponta dos pés. Para ser justa, meus movimentos foram lentos. Eu lhe dei tempo – tempo suficiente para me impedir, se ele realmente quisesse.

Mas ele não o fez.

Após um ou dois segundos, ele colocou os braços ao meu redor e retribuiu o abraço. Descansei a têmpora em seu ombro, senti seu cheiro maravilhoso e vertiginoso e sussurrei:

— Obrigada, Jack, por tudo. Pela cafeteria, toda a ajuda, as flores, esse pedido, tudo. Muito obrigada. — As lágrimas caíram pelo meu rosto, e eu deslizei minhas mãos do pescoço dele, parando ao encontrar as lapelas do seu paletó cinza-carvão. Ele movimentou os braços para poder tirar uma mecha de cabelo do meu rosto e colocá-la atrás da minha orelha. Um calafrio percorreu minha espinha, e eu não consegui me afastar.

Quando seus olhos pousaram no meu rosto, seu queixo estava impassível, e eu não tinha ideia do que se passava em sua mente. Apenas observei suas feições, meus olhos azuis favoritos, os lábios carnudos e retos. Ainda não havia um sorriso à vista. Voltei a ficar com os pés no chão e enxuguei as lágrimas com as costas da mão. Olhei em volta da cafeteria para as três mesas que estavam ocupadas. Ninguém olhava para nós, e Sally estava de costas.

Sorri para ele, um grande sorriso feliz.

— Ok. Se tem certeza de que deseja tantos, começaremos a prepará-los para você.

Seus olhos estavam fixos em mim.

— Eu não estaria aqui se não tivesse certeza, Rose.

Meu sorriso aumentou.

— Claro que sim. Ok. — Dando a volta no balcão, perguntei: — Você sabe o que cada um bebe ou se vamos fazer uma mistura de todos?

Ele balançou sua cabeça.

— Eu não sei o que eles bebem.

— Certo. Ok, faremos algumas coisas diferentes. Como você quer o seu?

— Só... preto com um pouco de leite, se puder.

Peguei minhas flores, sorrindo.

— Claro que eu posso. Vou recolher todos os vasos e trocar as flores artificiais por estas depois que você sair. Eu as adorei. Obrigada, Jack. Você não tem ideia do que isso significou para mim.

Ele pigarreou, mas não disse nada. Ajudei Sally e fizemos uma mistura de tudo: alguns macchiatos, alguns lattes, quatro cafés pretos e dois matcha lattes, apenas para o caso de alguém preferir. Quando Sally começou a preparar o café preto, eu gentilmente assumi. Não era necessário atenção extra, mas eu queria ser quem iria preparar o café de Jack. Quando todo o pedido estava pronto, comecei a embalar os muffins e os doces de limão.

— São grátis — expliquei sem olhar para Jack. — No primeiro dia, vou dar a todos um doce de limão ou um muffin, o que eles preferirem.

— Você não precisa... — ele começou, mas eu já estava fechando a caixa.

— São de graça, aceite-os. Caso contrário, não vou te dar o seu café. Não discuta comigo.

— As rosas ficaram ótimas na porta — disse Jack depois de um momento, e eu olhei para ele.

— Sério?

— Como você as colocou?

— Esta manhã, com a ajuda de Owen.

Seu rosto endureceu um pouco por algum motivo.

— Acordei cedo para ver se havia algo em que pudesse ajudá-la, mas você não estava mais lá. A que horas saiu?

— Por volta das cinco, eu acho.

— Como veio para cá?

Confusa, lancei-lhe um breve olhar por cima do ombro e comecei a fazer outro café *espresso*.

— Como sempre. Vim andando pelo Central Park.

— Sozinha?

— Bem, sim. É assim que sempre venho para cá. Nem sempre chego tão cedo, mas era o primeiro dia, então...

Ficamos em silêncio quando terminei o segundo copo que estava preparando.

— Está tudo pronto, Rose — disse Sally, deslizando quatro sacos em minha direção no balcão.

— Ok. Obrigada, Sally. Só mais um segundo, Jack. Espero não estar te atrasando.

— Está tudo bem — ele murmurou quando um novo cliente entrou e começou a olhar para as guloseimas e a fazer perguntas a Sally. Dei as boas-vindas ao recém-chegado e coloquei as tampas nos dois copos de café que eu havia preparado, peguei dois saquinhos de papel com o nosso logotipo na frente e rapidamente coloquei dois doces de limão dentro de cada um, juntamente com um muffin de chocolate extra em uma deles. — Ok. Está pronto — anunciei, sorrindo para Jack.

Ele estendeu um cartão de crédito para mim entre dois dedos.

— Espero que você não se esqueça de solicitar o pagamento de todos os seus clientes.

— Para o meu marido é grátis — afirmei suavemente enquanto nos encarávamos e ignorei o cartão de crédito. Sally caminhou atrás de mim em direção à máquina de café *espresso*. — Quer mais alguma coisa?

— Rose, não vou levar nada se não pagar. — Meu sorriso começou a derreter enquanto ele falava. — É o seu primeiro dia. Se começar a distribuir café de graça a todos que conhece, não conseguirá manter a cafeteria por muito tempo. — Lá se foi o resto do meu sorriso. — Eu não teria pedido tantos se achasse que não aceitaria pagamento por eles.

Ele estendeu o cartão de crédito novamente, e eu, relutantemente, o peguei.

Antes de fazer o pagamento, olhei para ele.

— Não posso receber pagamento pelo seu café, Jack. Estou... simplesmente não posso.

Travamos um embate com nossos olhares, curto, mas intenso, do qual me saí vencedora.

— Ok. Ok, tudo bem — ele concordou. — Eu não quis te chatear, Rose.

— Está bem.

Entreguei-lhe os quatro embrulhos e o cartão. Então peguei os dois copos de café e a sacola extra pequena.

— Cuidado para não derrubar os copos — avisei enquanto Jack olhava dentro das sacolas. — Eu já volto, Sally!

Eu o segui até a calçada, onde Raymond estava esperando. Ele saiu correndo assim que nos viu chegando com as mãos cheias. Abriu a porta para Jack e esperou.

— Você deve colocar as sacolas no chão, Jack, mantê-las entre os pés, para que não estraguem o carro. — Jack se inclinou e organizou tudo cuidadosamente quando me virei para Raymond. — Sinto muito, não sei como você toma seu café, mas fiz o mesmo que fiz para Jack, preto com um pouco de leite, e se você quiser, também há outros na sacola. — Entreguei a ele o copo e o pequeno saco de papel. — E há um doce de limão aqui. Eu mesma fiz. Está bom.

— Obrigado, Rose, e parabéns pelo seu negócio. Está incrível.

Foi a primeira vez que ele me chamou de Rose.

— Muito obrigada, Raymond, e de nada. — Eu sorri, enquanto ele voltava para o lado do motorista.

— E estas são suas — eu disse, enquanto entregava ao meu marido o outro café e o saco de papel, sentindo-me um pouco tímida de repente. — Coloquei um doce de limão e um muffin de chocolate no seu, porque não tinha certeza da sua preferência, mas se você não gostar de nenhum...

— Você fez os muffins também? — ele perguntou, espiando dentro da bolsa.

— Não, Owen os assou. Fiz os de limão e os sanduíches. Ele é... — Eu precisava dar uma explicação? Ele não tinha perguntado, mas eu queria. — Owen, quero dizer, ele é meu amigo. Nem chega a ser um amigo. Trabalhamos juntos em um café há dois anos e conversamos algumas vezes depois disso. Então, eu só queria que você soubesse. Ele é apenas um amigo.

— Eu não preciso de uma explicação sobre seus amigos, Rose.

Apesar de sua resposta dura, pensei ter visto seus ombros relaxarem um pouco. Eu poderia viver com isso.

— Ok. — Não tendo certeza do que fazer com as mãos, fiquei apenas parada.

— Alguém indesejado apareceu hoje?

Arqueei uma sobrancelha.

— Alguém indesejado? Você está se referindo a Bryan? Não, ele não apareceu. Jodi também não.

— Que bom. Tive uma conversa rápida com ele. Ele não vai incomodá-la novamente.

— O quê? Quando?

— Depois que ele apareceu aqui. Não importa agora.

Ele tinha um copo de café em uma mão e o saquinho na outra. Com seu terno feito sob medida e um olhar que dizia: *não tenho certeza do que estou fazendo aqui*, ele parecia tão... tão mal-humorado e adorável que consegui me conter em lhe dar outro abraço.

Como suas mãos estavam cheias, ele não podia fazer nada além de enrijecer o corpo daquela vez. Antes que eu percebesse o que estava fazendo, me vi pressionando a mão em seu rosto e beijando-o do outro lado. Senti sua surpresa pelo meu ato repentino, mas não recuei. Quando o soltei e me afastei, ele estava olhando diretamente nos meus olhos. Corei, mas consegui sorrir.

— Obrigada pelas flores e pelo pedido do café. Que você tenha pensado em comprar café para seus colegas de trabalho, que nem são seus amigos, só por ser o meu primeiro dia... significou muito para mim.

— Eu não estou fazendo isso por você.

— Continue dizendo isso a si mesmo. Você está odiando cada minuto, mas está começando a se acostumar comigo. — Quando seu olhar firme se tornou inquietante demais, dei-lhe um aceno estranho e murmurei algo como: — Tenha um bom dia de trabalho. — Depois corri de volta para a cafeteria.

Minhas bochechas coraram levemente – talvez pelo frio lá fora, ou talvez por causa do olhar que Jack me lançou – e eu voltei para o lado de Sally. Quando a coisa que flutuava loucamente dentro do meu peito se tornou grande demais para ignorar, olhei para fora e vi Jack parado no meio-fio, olhando para dentro da cafeteria.

Eu *realmente* o tinha beijado? E depois fugi como uma adolescente?

Minhas bochechas coraram ainda mais. Então, para esquecer tudo, passei a recolher todos os pequenos vasos das mesas, levei minhas rosas para a cozinha e comecei a tornar minha cafeteria ainda mais colorida e bonita com um grande e permanente sorriso no meu rosto.

Quando o relógio bateu sete da noite, eu estava exausta. Estava feliz, mas a emoção me desgastara. Owen saíra logo após o almoço, quando terminou seu trabalho, e Sally havia saído apenas meia hora atrás. Tínhamos vendido bem mais de cinquenta xícaras de café, superando minhas expectativas. Na verdade, ultrapassamos a marca de cem.

Uma batida na porta me fez parar o que estava fazendo, que era colocar os últimos pedaços de produtos assados em recipientes e depois na geladeira. Apaguei as luzes da cafeteria logo depois que Sally saiu e virei a placa de ABERTO, além de trancar. Segurando o batente, espiei em direção à porta. Quando vi Jack parado na chuva, coloquei o prato de brownies sobre o balcão e corri para a frente da cafeteria.

— Jack, o que você está fazendo aqui? — perguntei assim que abri a porta.
— Está chovendo.

— Sério? Não tinha notado.

Respirei fundo para me impedir de revirar os olhos para ele.

— Você deveria ter ligado do carro para que eu pudesse abrir a porta para você.

— Eu liguei, na verdade, mas você não atendeu.

Estremeci e fiquei parada na frente dele, sem saber o que fazer agora que ele estava bem diante de mim e estávamos sozinhos.

— Sinto muito, o celular está na minha bolsa. Não o verifiquei o dia inteiro. Mas, ainda assim, não esperava vê-lo aqui. — Eu o observei enquanto ele passava a mão pelos cabelos molhados, e de alguma forma a chuva parecia tê-lo modelado para ele, enquanto eu, no minuto em que saísse naquela chuva, começaria a parecer um rato afogado.

— Certo, porque eu nem venho aqui todas as noites — disse ele antes de olhar a loja. Aparentemente, aquela era toda a explicação que ele estava pronto para dar. — Você vai me deixar entrar ou quer que eu fique aqui fora, no frio?

— Ah, droga, entre. Desculpe. — Abri mais a porta, e ele entrou. — Já que você veio de manhã, pensei que talvez não viesse me buscar hoje. — Eu sorri enquanto ele limpava a chuva dos braços do casaco.

— Aparentemente estou aqui. — Eu apenas olhei para ele. — Pronta para partir? — questionou, os olhos voltados para mim.

— Você vai mesmo me obrigar a perguntar?

Distraído, ele continuou tirando a chuva do casaco enquanto a testa se enrugava.

— Perguntar o quê?

Ergui minhas sobrancelhas.

— O café, o doce de limão? Todo mundo gostou? Mais importante, *você* comeu? Gostou?

Esperei, com a respiração suspensa, o que era estúpido. Quase todos os clientes comentaram o quanto amaram tudo: o espaço, o café, a comida, as rosas do lado de fora. Mesmo assim, ouvir o que Jack achava era importante. Eu me importava com sua opinião.

Ele finalmente parou de mexer no casaco e deu uma boa olhada em mim.

— Todo mundo adorou.

— Essa é a única resposta que você vai me dar? Está falando sério?

Os vincos na testa dele ficaram mais profundos.

— Estou sempre falando sério.

Eu ri.

— Sim, está. Acho que você adorou, mas é orgulhoso demais para dizer em voz alta. — Não lhe dei a oportunidade de responder. — Você se importaria de sentar e esperar alguns minutos? Preciso fazer mais algumas coisas na cozinha, mas depois podemos sair. Posso fazer um café para você enquanto espera? — Ainda com os olhos nele, comecei a recuar em direção à cozinha.

Ainda vestindo o casaco, ele puxou a cadeira mais próxima e sentou-se, seus olhos em mim.

— Eu estou bem. Pode cuidar de tudo o que precisa.

Dei a ele outro sorriso radiante e desapareci pela porta. Pegando o prato de brownie do balcão, levantei minha voz para que ele pudesse me ouvir.

— Você teve um bom dia?

Parei de transferir os brownies e esperei sua resposta.

— Tudo bem — ele disse finalmente. — Ocupado e longo, como sempre. Fred pediu que eu te parabenizasse por ele.

— Foi? Que gentil da parte dele.

Esperei mais alguns segundos e, quando a pergunta em retribuição não chegou, respondi por mim mesma.

— O meu foi bom. Muito obrigada por perguntar. Foi exatamente como o seu, na verdade, ocupado e longo. — Fiz uma pausa por um segundo. — Ah, muito obrigada, Jack. Espero que isso se torne corriqueiro mesmo. Você está tão certo.

Mais alguns segundos de silêncio, e então sua deliciosa voz surgiu de muito perto.

— O que você pensa que está fazendo?

Não, não era deliciosa – não deliciosa no sentido *literal*, mas a sensação era deliciosa, como se tocasse a minha pele. Era apenas uma voz masculina normal, nada excitante, apenas um pouco grossa, rouca e suave ao mesmo tempo.

Eu sabia exatamente onde ele estava, mas, ainda assim, olhei em sua direção e o vi encostado no batente da porta. Não usava mais o casaco, mas mantivera o paletó, as mãos nos bolsos da calça. Talvez fosse melhor que não arregaçasse as mangas, porque, se isso tivesse acontecido, eu não tinha certeza de como reagiria.

— Só estou falando com você.

— O que significa que está falando consigo mesma.

— Não, é com você mesmo. Gosto de conversar com você, de verdade. — Ele olhou para mim corajosamente e eu caí na armadilha azul.

— Posso ajudá-la com alguma coisa? — ele perguntou.

Por alguma razão, eu corei. Era um espaço bem pequeno para duas pessoas. Claro, eu trabalhava muito bem com Owen, mas ficávamos de costas, e eu não estava nem um pouco atraída por ele. Não conseguia exatamente manter Jack à distância se começássemos a carregar doces para a geladeira.

— Não. Eu estou bem. — Quero dizer, não era a primeira vez que ele oferecia ajuda, e se ele ajudasse, ele realmente iria... mas... não. Não, melhor pular o arregaçar de mangas. Era a escolha mais inteligente. Definitivamente. — Só mais algumas coisas que eu preciso... eh... fazer, então estarei pronta. Se você precisar ir a algum outro lugar, não quero te fazer esperar. Vou terminar em...

Ele cruzou os braços, o ombro ainda apoiado contra o batente da porta.

— Não. Estou bem aqui.

Nem tentei conter o sorriso que crescia no meu rosto e, para ser sincera, aquela estranha sensação de prazer que suas palavras haviam causado era completamente desnecessária. Mordi meu lábio inferior apenas para impedir que minha boca se curvasse. Considerando que não tinha conseguido roubar um único sorriso genuíno dele, eu estava entregando o meu com muita facilidade para o meu gosto. Quando terminei com os brownies, segurei minhas bochechas e as pressionei.

— Sorri tanto hoje que minhas bochechas estão doendo.

— Foi tão bom assim?

— Humm? — murmurei distraidamente, mantendo meus olhos nos últimos brownies.

— Seu dia foi bom? Ainda está feliz?

Ele estava conversando. Tudo bem que eu já tinha respondido à pergunta, mas ele estava conversando sem que eu precisasse pressionar. O desejo de sorrir e perder a cabeça aumentava a cada palavra que saía gratuitamente de sua boca.

No caminho para a geladeira, meus olhos se voltaram para ele, e eu afastei minha franja da testa com a parte de trás do braço.

— Estou exausta, como você provavelmente pode ver pela minha aparência, mas é um tipo gostoso de exaustão. Ainda estou nas nuvens, um pouco entorpecida. — Peguei os dois cookies de chocolate restantes e coloquei em outro recipiente.

— Eu ia perguntar se você gostaria de sair para jantar, mas acho que você não conseguiria, especialmente se ainda estiver entorpecida.

— Seria muito bom, mas concordo com você. — Estendi meus braços e olhei para mim mesma.— Provavelmente não é a melhor noite para sair em público, de qualquer maneira.

— Do que está falando? Você está exatamente como estava pela manhã.

Tentei esconder minha careta, mas não tinha certeza se consegui.

— Beeeem, isso não quer dizer muita coisa.

— Na verdade diz — ele murmurou, mas, antes que eu pudesse perguntar o que queria dizer, ele se endireitou da porta e começou a andar em minha direção. Concentrei-me em minhas mãos, que estavam alcançando os dois últimos doces de limão com a pinça. Peguei um deles, coloquei em um pequeno recipiente e estava pronta para pegar o outro quando o peito de Jack roçou no meu ombro.

Parei de respirar. Meu corpo praticamente congelou, mas meus olhos estavam se movendo. Ele não estava me encurralando, mas encostado em mim o suficiente para que seu peito continuasse roçando no meu ombro – seu peito largo, quente e convidativo.

— Posso roubar? — ele murmurou bem próximo ao meu ouvido, não muito perto, mas mais perto do que eu esperava que ele ficasse.

Pigarreei para parecer tão séria e normal quanto ele.

— Você pode roubar o quê?

— O último doce de limão.

Isso me fez olhar por cima do ombro e... que péssima ideia, péssima. Nossos olhos se encontraram, e eu meio que fiquei presa naquele tom azul oceânico, constante e cheio de expectativa. Então olhei para os lábios dele, porque estavam ali, tão cheios. Em minha defesa, eu estava olhando para que pudesse entender suas próximas palavras, mas elas não vieram.

— Humm? Ah! Você gostou, então? — Forcei meus olhos de volta para Jack e estendi a pinça em sua direção. Ele pegou. — Gostaria de um prato? — Ele encontrou meus olhos novamente e apenas balançou a cabeça. Olhei para frente. *O que está acontecendo?* — Eu não pensei que eles iriam desaparecer quase por completo até o final do dia, mesmo estando gratuitos.

— Eles são bons o suficiente para fazer as pessoas voltarem todos os dias, Rose. — Antes que eu pudesse processar aquelas palavras e, ao mesmo tempo, tentar não analisá-las demais, ele continuou: — Você vai assar mais amanhã?

— Posso fazer alguns para você, no apartamento, se quiser — ofereci enquanto começava a organizar as coisas aleatoriamente, esperando manter a conversa.

— Não me importo de vir aqui.

Finalmente, virei-me para encará-lo, encostando o quadril no balcão. Se eu apenas me inclinasse um pouco para a frente, cairia em seus braços com muita facilidade.

— Só pelas flores que você trouxe esta manhã, teria direito a doces de limão grátis por uma semana inteira.

Ele mordeu seu doce, já na metade do processo, e assentiu.

Forçando-me a desviar o olhar dele, porque não tinha ideia do que havia de errado comigo e de por que, de repente, comecei a ter problemas até para parar de observá-lo, iniciei o processo de guardar tudo na geladeira.

Voltei para o último recipiente.

— Podemos sair em um minuto.

Minha mão direita estava segurando a borda da ilha quando a ponta do seu dedo tocou o meu anelar. Congelei.

— Você finalmente está usando a aliança — ele murmurou, e meus olhos se fecharam por conta própria.

Ele está se aproximando?

Concentrei-me na minha respiração, conforme ele pegava minha mão e brincava com o anel, movendo-o da direita para a esquerda, da esquerda para a direita, exatamente como fizera no dia do nosso casamento. Talvez eu tivesse cambaleado, mordido meu lábio ou estremecido. Não me lembro do que fiz, mas sabia que estava prestes a fazer *algo*.

— Coloquei logo depois que você saiu — sussurrei, minha mão ainda na dele. Então ele gentilmente a pousou sobre o balcão novamente.

— Que bom.

Forcei meus olhos a se abrirem, mas não olhei para ele. Ainda estava sentindo o fantasma do seu toque na minha pele.

— Pronta para partir?

Assenti.

— Mhmm. — Guardei o último recipiente e silenciosamente me recompus, afastando meus olhos dos dele.

No entanto, não me escapou o fato de que meus movimentos estavam ficando mais lentos a cada minuto. A adrenalina estava escapando do meu corpo muito rapidamente também.

Quando dei uma última olhada no café antes de fechar a loja, senti um imenso prazer ao saber que voltaria no dia seguinte e faria tudo de novo.

Pensando em Jack e na situação entre nós, decidi seguir por outra estrada também, a do ex-noivo: Joshua Landon. Fiquei um pouco surpresa comigo mesma por não pensar mais nele. Tivemos dias bons. No início. Ele me arrebatou. Foi perfeito; disse tudo o que eu nem sabia que precisava ouvir, agia como se eu fosse seu mundo inteiro e foi lentamente me conquistando quando eu não estava interessada em algo sério. Depois que disse sim ao seu pedido de casamento, as coisas começaram a mudar. Ele começou a mudar. Se tivéssemos nos casado, se ele não tivesse desaparecido depois de terminar o noivado por uma mensagem estúpida, será que eu teria isso? Será que ele apareceria todos os dias depois do trabalho para me ajudar? Acho que não. Fiquei com Joshua por um ano inteiro e não conseguia me lembrar de uma vez que ele tinha se esforçado para me ajudar com alguma coisa, a menos que quisesse algo em troca. Eu não precisava da ajuda dele; eu nem me lembrava de ter pedido ajuda. Esse não era o problema, no entanto. Eu também não precisava da ajuda de Jack. Nunca pedi sua ajuda, mas ele estava lá, de qualquer maneira, dia após dia.

Pela primeira vez, eu não disse uma única palavra no carro, não tentei envolver Jack em conversa trivial enquanto Raymond nos levava de volta ao apartamento. Ele pediu comida chinesa, e eu fui tomar um banho rápido antes que fosse entregue. Quando a campainha tocou, eu estava descendo as escadas. Quando ele pagou e fechou a porta, eu estava ao lado dele. Peguei uma das sacolas e fomos em direção à cozinha.

— Você está quieta esta noite. Nem disse nada no carro. — Só percebi o quanto estava com fome quando os deliciosos cheiros vindos dos recipientes fizeram meu estômago roncar. Um pouco envergonhada, afastei-me dele para colocar alguma distância entre nós e abri a geladeira para pegar duas garrafas de água.

— Estou com um pouco de dor de cabeça — murmurei. O fato de eu estar com dor de cabeça não era uma mentira em si, mas havia algo mais. Eu não fazia ideia do que tinha acontecido, mas estava me sentindo ainda mais estranha ao lado dele do que antes. Talvez tivesse sido o beijo prolongado ou os múltiplos abraços, ou talvez o fato de eu ter pensado em Joshua.

Seus olhos se voltaram para os meus, mas evitei seu olhar quando ele pegou dois pratos e começamos a nos servir com um pouco de tudo.

— Arroz?

Balancei a cabeça, e ele colocou um pouco no meu prato. Então, pegando nossos dois pratos, saiu da cozinha.

— Vamos comer à mesa. Estou cansado de ficar sentado sozinho na ilha da cozinha.

Sem palavras, eu o segui e fiquei na porta enquanto ele parava ao lado da mesa de jantar. Eu o observei pousar nossos pratos, puxar uma cadeira e olhar para mim com uma sobrancelha erguida.

— Você vai se juntar a mim?

Quando criança, como sempre fiz a maioria das minhas refeições na cozinha, uma mesa da sala de jantar sempre me lembrava uma coisa.

Família.

O que eu nunca tive.

Fui em direção a ele e me sentei, deixando-o empurrar minha cadeira para frente.

Ele se sentou à minha frente, pegando seus pauzinhos.

Eu estava olhando diretamente para seus olhos azuis profundos.

Balançando a cabeça, levantei-me e, no momento em que passei por ele, sua mão gentilmente segurou meu pulso, e seu polegar começou a deslizar suavemente para cima e para baixo, efetivamente impedindo que eu avançasse. Minhas palavras ficaram presas na garganta, e eu apenas olhei para ele, para seus olhos.

— Rose — ele falou suavemente, como se estivesse conversando com uma criança. — Você tem certeza de que está tudo bem?

— Eu esqueci a água.

Profundamente consciente da maneira como sua presença e sua mão na minha pele estavam me fazendo sentir, esperei que ele me soltasse. Demorou alguns segundos, mas, quando o fez, eu quase corri para a cozinha.

De volta ao meu assento, mantive minhas mãos debaixo da mesa e esfreguei meu pulso, tentando me livrar dos formigamentos estranhos.

O silêncio e a familiaridade me acalmaram, e percebi que era normal agora estar com ele assim. Éramos apenas dois estranhos que se casaram pelas razões erradas, sentados a uma grande mesa de jantar para dez pessoas, e parecia algo bom.

Assim que comi, levantei-me, e Jack levantou-se comigo, embora ainda não tivesse terminado.

— Você já vai? — ele perguntou, e senti algo que assemelhava muito a decepção em sua voz.

— Eu deveria ir para a cama. Amanhã será outro dia longo. Tenho tido essas pequenas dores de cabeça recentemente, então seria melhor, eu acho, se...

— Compreendo.

Peguei meu prato e tentei passar por ele, mas ele me tocou novamente.

— Vou cuidar disso.

— Eu posso...

— Vá, Rose. Descanse um pouco.

Eu sorri para ele. Quando foi exatamente que meu nome se tornou tão... tão eficaz em me causar arrepios?

Senti o fantasma do seu toque e o calor dos seus dedos na minha pele quase até adormecer.

Número de vezes que Jack Hawthorne sorriu: nem mesmo uma.

Capítulo Dez

JACK

Para dois estranhos que se conheceram e se casaram há cerca de um mês e meio, entramos em uma rotina mais rápido do que eu esperava. Dia após dia, eu me via ajudando Rose em sua cafeteria. Mesmo quando não pretendia ir lá, ou, digamos, mesmo quando sabia que não deveria ir, ainda me vi diante da porta dela. Perdi a conta de quantas vezes menti e disse que tinha uma reunião por perto ou encontrei outras mentiras convenientes. Acho que ela não acreditava mais nelas. Talvez eu precisasse das mentiras por minha causa.

Desde que sua cafeteria abrira, ela parecia ter destruído a pequena barreira que eu tentei ao máximo colocar entre nós. Algo mudou. Ficava óbvio no jeito como ela olhava para mim, ou às vezes no jeito como *não* olhava para mim. Eu ainda não tinha certeza se foi uma mudança boa ou o que exatamente significava, mas, mesmo assim, foi uma mudança.

Acordei mais cedo do que estava acostumado. Após ter recebido outra mensagem de Joshua Landon, depois que Rose foi dormir, tive alguns problemas para pegar no sono. Suspirei e levantei, indo direto para a academia no cômodo ao lado. Não consegui pensar em outra maneira de resolver minhas frustrações comigo e com a situação. Aquele negócio, Rose, aquele casamento foi a pior decisão que tomei na minha vida porque estava perdendo o controle muito rápido. Eu estava fazendo tudo o que pensei que não faria. No entanto, era tarde demais para desistir. Era tarde demais para desistir desde que a encontrei no cartório.

Eu odiava correr, mas corri naquela maldita esteira por mais de uma hora, vendo o céu noturno mudar lentamente de cor enquanto o sol substituía a lua. Quando saí dela, ainda estava com raiva e frustrado a ponto de estar pronto para arriscar tudo e confessar, mesmo sabendo que não era a hora certa, que talvez nunca fosse.

Eu parei e ouvi. Por mais que não quisesse admitir, estava fazendo isso desde que acordei, mas até aquele momento não tinha ouvido um único ruído vindo do lado de Rose no segundo andar ou no andar de baixo. Ficava me dizendo que não era o motorista dela; se ela queria caminhar para o trabalho quando ainda estava escuro lá fora, ela podia muito bem fazer isso. Eu tinha que me importar com meus próprios assuntos. Ela fora a lugares sem mim antes de termos feito esse maldito acordo e nos casarmos.

No entanto, meus ouvidos ainda procuravam os sinais reveladores de que ela saíra do quarto e descia correndo as escadas como fazia todas as manhãs.

Tirando a camisa, fui até a pequena geladeira no canto e peguei uma garrafa de água. Tomando tudo de uma só vez, joguei-a no chão.

A culpa era um oponente muito forte para entrar em guerra, e eu não conseguia me livrar do receio que sentia. Quando você adicionava ex-noivos na história...

Comecei a pegar pesos até pingar de suor.

O que havia com ela? Por que não conseguia ficar longe? O que diabos eu ia fazer?

Quando terminei, voltei para o meu quarto para tomar um banho rápido. Talvez tivesse sido bom eu não ter conseguido dormir. Se, quando eu estivesse vestido, Rose não tivesse se levantado, eu teria que acordá-la. Com uma toalha enrolada nos quadris, verifiquei a hora assim que saí. Ela estava atrasada. Eu me vesti o mais rápido que pude e fui para o quarto dela, xingando-me por me preocupar o tempo todo. Eu estava nesse casamento pela propriedade. Estava nesse casamento para parecer um homem de família. Tudo o que eu precisava fazer era continuar repetindo isso para mim mesmo.

Ainda um pouco preocupado, não estava exatamente calmo quando bati na porta dela.

— Rose? Eu não sou seu maldito despertador.

Provocá-la e assistir suas reações era, provavelmente, uma das minhas coisas favoritas na vida no momento.

Silêncio. Depois de hesitar por um segundo ou dois, abri a porta apenas para ver sua cama arrumada e que ela já tinha saído. Será que tinha saído enquanto eu estava malhando ou quando estava no chuveiro? Peguei meu telefone no quarto e desci as escadas. Fiquei tentado a ligar e perguntar se tinha chegado bem no trabalho, mas pensei melhor. Deixei meu telefone na sala e fui para a cozinha preparar uma xícara de café. O que eu fazia em casa era muito bom. Não precisava ir ao café dela todos os dias só porque era minha esposa ou porque gostava de olhar para ela. Meu café era bom o suficiente.

Enquanto eu ainda estava esperando o café ficar pronto, que com certeza não teria um sabor tão bom quanto o dela, ouvi meu telefone tocar na sala de estar. No momento em que o peguei, ele parou. Não era um número que eu reconhecesse, então deixei por isso mesmo. Mantendo-o onde estava, voltei para a cozinha, apenas para parar no meio do caminho quando começou a tocar novamente.

— Sim?

— Jack?

— Sim. Quem é?

— Jack, sou eu, Rose. Eu... estou ligando para você de... um... telefone de outra pessoa.

Sem saber o que estava acontecendo, fiquei tenso quando ouvi o quanto a voz dela tremia.

— Eu estava pensando se... Jack, você está aí?

Quando ela começou a conversar com outra pessoa, perdi a paciência.

— Rose, me diga o que está acontecendo. Onde você está?

— Oh, você está aí. Ok. Certo. Eu... eu sofri uma pequena queda e...

— Você está bem?

— Sim. Sim, estou bem. Bem, eu não estava, mas agora estou... Henry? — Eu a ouvi falar com outra pessoa. — Seu nome é Henry, certo? Sim, eu... — Ela soltou um longo suspiro. — Henry estava correndo e me viu tropeçar e cair. Ele fez a gentileza de me ajudar. Meu telefone voou da minha mão e caiu, então não está funcionando. Fiquei me perguntando se você poderia vir e me ajudar a ir para o trabalho. Henry se ofereceu para esperar comigo até que você chegue. Eu iria sozinha, mas acho que...

Em algum momento em meio às suas divagações, eu já tinha aberto a porta e estava em pé na frente dos elevadores.

— Onde você está? Diga-me sua localização exata.

Ela mal conseguia me dizer onde estava, por isso, perguntou a Henry e relatou suas palavras exatas para mim. Desliguei na cara dela. Então coloquei o maldito telefone de volta no ouvido, como se ela ainda pudesse me ouvir e eu pudesse me desculpar depois de perceber que fui rude.

Na rua, pensei em pegar um táxi, mas, pelo que me disseram, eles não estavam nem perto da rua. Antes que eu pudesse perder mais tempo pensando na melhor maneira de chegar lá, me vi correndo pela rua, ignorando as buzinas dos carros, tentando evitar ser atropelado. Entrei no parque na altura da 79ª e corri o mais rápido que pude, mesmo de terno. Se Henry tivesse descrito o local corretamente, ela estava em algum lugar entre o Ramble e o Boathouse.

Eu diminuí a velocidade para uma caminhada rápida quando havia quase quinze metros nos separando e vi Rose erguer a cabeça e olhar diretamente para mim. Ela cuidadosamente se levantou, com a ajuda do homem ao seu lado. Meus olhos correram por seu corpo, mas não notei nenhum ferimento visível. Meu coração estava batendo forte da corrida, ou talvez fosse apenas preocupação, ou – que diabos – talvez fosse apenas por vê-la, mas felizmente meu cérebro ainda estava trabalhando o suficiente para lembrar que éramos marido e mulher e poderíamos e *deveríamos* agir como um casal perto de outras pessoas.

— Rose.

Fui direto para ela e, antes que pudesse tentar pensar no que poderia fazer ou o que seria apropriado, me vi dando um passo para trás quando seu corpo colidiu com o meu. Ela estava bem e já estava em meus braços. Um pouco sem fôlego, não hesitei em abraçá-la, apertando-a delicadamente, pois não tinha certeza de onde estavam seus ferimentos. Fechei os olhos por um segundo e soltei um longo suspiro. Ela estava bem.

— O que aconteceu? — perguntei, dirigindo-me ao cara ao lado dela, mas Rose respondeu antes que ele pudesse falar, pensando que eu estava falando com ela.

— Eu não deveria ter ligado para você. Agi como uma idiota, me desculpe — ela sussurrou contra o meu ombro e se afastou. Minhas sobrancelhas se uniram enquanto eu estudava seu rosto. Se ela não achou que deveria ter me ligado, o que estava fazendo pulando nos meus braços? Relutantemente, eu a soltei. Seu olhar caiu para as mãos, então eu olhei para baixo também para vê-la olhando para a tela quebrada do telefone. — Funciona o suficiente para encontrar o seu número nos meus contatos, mas não está completando chamadas. Não tenho certeza do que há de errado.

— Está quebrado em pedaços, isso é o que há de errado.

— Henry achou que eu deveria ligar para alguém vir me buscar.

Eu finalmente me virei para Henry. Ele devia ter uns quarenta ou quarenta e cinco anos, mechas brancas nos cabelos, vestia calça preta e um moletom preto com zíper. Estendi minha mão.

— Obrigado por ajudar minha esposa. Existe algo que possamos fazer por você?

Apertamos as mãos enquanto ele dava uma olhada de novo em Rose.

— Não foi nada. Estou feliz por poder ajudar. — Ele olhou no seu relógio. — Eu preciso ir, mas ela sofreu uma queda forte, então talvez seria melhor levá-la ao...

Cerrei meu maxilar.

— Vou cuidar dela. Obrigado de novo.

Rose se aproximou de mim.

— Eu tenho uma cafeteria na Avenida Madison, Café da Esquina. Se passar por lá, por favor, eu gostaria de te dar uma xícara de café para agradecer.

— Certo. Não é seguro você andar pelo parque de manhã tão cedo, por isso tome cuidado no futuro.

— Tomarei. Mais uma vez, obrigada.

Dando-nos um aceno de cabeça breve, Henry correu para o lado oeste.

Rose respirou fundo e suspirou. Eu a olhei da cabeça até o dedo do pé mais uma vez, tentando avaliar a situação.

— Estou melhor agora, mas, quando Henry insistiu que eu deveria ligar para alguém, não pude protestar. Quero dizer, eu ia ligar para Owen, mas ele provavelmente já começou a assar e eu não queria tirá-lo de...

— Rose, pare de falar. — Peguei sua mão, a que estava segurando o telefone, e ela estremeceu. Eu fiz uma careta, gentilmente pegando o telefone para que eu pudesse segurar sua mão e avaliar os danos. A palma estava arranhada e havia um pouco de sangue.

— Me dê sua outra mão.

— Está tudo bem.

Minha boca se apertou e eu mantive minha mão aberta, esperando pela dela.

Relutantemente, ela ergueu a palma da mão – os mesmos arranhões, mais sangue.

— A aliança está intacta.

— Acha que me importo com a porra de um anel? — rebati, muito ocupado virando a mão dela e pressionando suavemente seus pulsos para ver se ela estava com dor.

— Não, não acho. Como você chegou aqui tão rápido?

— Eu corri.

Ela ficou quieta por alguns segundos enquanto eu examinava sua pele.

— Você correu?

Lancei a ela um olhar longo que fez seus lábios tremerem, o que quebrou minha concentração.

— São apenas alguns arranhões superficiais. Vai ficar tudo bem quando eu lavar e limpar, Jack. Estou bem. De verdade. Não precisa se preocupar.

— Eu não estou preocupado.

Passei o polegar pela palma da mão, deslocando algumas pequenas pedras que estavam grudadas em sua pele. Ela estava certa – não eram tão ruins que eu precisasse considerar levá-la para o hospital, mas eu tinha considerado. Havia mais sujeira em seus jeans, então assumi que havia mais arranhões em lugares que eu não conseguia ver.

Soltei suas mãos, meus olhos examinando seu corpo novamente.

Vi quando ela levou as mãos ao peito, esfregou e estremeceu.

— Como você conseguiu cair?

Movendo os pés, ela olhou para mim por sob os cílios.

— Eu estava me sentindo um pouco tonta e tropecei em alguma coisa. Nem sei o que era, não estava prestando atenção, e, em seguida, meu tornozelo girou e caí com força sobre os joelhos e as mãos. Henry me ajudou, e eu estava um pouco trêmula, então ele me fez ligar para alguém. Não consegui pensar em ninguém além de você. Não é nada, só preciso de uma ajudinha para andar, só isso.

Não conseguia pensar em ninguém além de você.

Isso me calou por um segundo ou dois enquanto eu a olhava.

— Você está bem? — perguntei com as sobrancelhas erguidas. Peguei suas mãos e as segurei gentilmente entre nós. Não estavam pingando sangue, mas os arranhões também não eram nada. — Isso não é nada. Como estão seus joelhos?

— Tenho certeza de que estão bem. Dói um pouco quando os dobro, mas apenas porque caí pesado sobre eles, não porque estão arranhados.

Ajoelhando-me, olhei para o pé no qual ela estava se esforçando para não descansar o peso. Enrolei seu jeans uma vez e gentilmente envolvi minha mão em torno do seu tornozelo. Até isso. Até um toque inocente como aquele estava começando a me afetar.

— Jack? — Rose sussurrou e me tirou dos meus pensamentos.

Quando apertei um ponto que estava levemente vermelho, ela se desvencilhou.

— Sim? — eu disse secamente quando me levantei. — Você está completamente bem. Consegue andar?

— Sim.

— Ok. Vamos ver como você está andando. — Tirando a bolsa do seu ombro, virei à esquerda, mas ela virou à direita. Parei. — Aonde você pensa que está indo?

— Trabalhar, é claro — ela respondeu com uma pequena carranca se formando entre as sobrancelhas.

— Não vai, não.

— Desculpe?

— Rose, eu preciso dar uma olhada no que mais está machucado. Nós vamos para casa.

— Nem pensar. Eu já estou atrasada, então, se você não vai ajudar, posso muito bem andar sozinha.

Ela se virou, preparando-se para ir embora.

— Porque deu muito certo da última vez, certo? — perguntei, impedindo-a de continuar antes que ela pudesse dar mais um passo.

Seus olhos se estreitaram quando ela me encarou novamente.

— Sim, na verdade, deu certo nas últimas semanas. Então, acho que tudo ficará bem agora também.

Cerrei os dentes e mantive a boca fechada. Rose não me deu a chance de dizer nada antes de se virar para sair novamente. Seu primeiro passo parecia normal, mas o segundo não foi bom o suficiente. Ela estava mancando da perna esquerda. O que eu ia fazer? Mesmo sem perceber, ela acabara de derrubar outra barreira que eu tentara manter de pé.

Ainda a poucos passos de distância, eu a chamei.

— Sua bolsa.

Ela parou e olhou para mim por cima do ombro, com uma expressão impaciente.

— O quê?

Ficando em silêncio, ergui a sobrancelha e mostrei a bolsa na minha mão. Ela mancou de volta os poucos passos que dera e levantou a mão, os olhos perfurando os meus.

Ela era indescritível.

Estudei seu rosto, pensando que talvez pudesse intimidá-la, mas ela não estava dando a mínima. Eu a conhecia muito bem e sabia que não iria desistir, não importava o que eu dissesse ou fizesse. Balançando a cabeça, joguei a bolsa dela no meu ombro esquerdo e coloquei seu braço em volta dos meus ombros.

Ela ficou rígida ao meu lado e tentou se afastar. Segurei sua mão para mantê-la imóvel.

— Eu não vou voltar para o seu apartamento, Jack — disse ela entre dentes, enquanto um grupo de corredores e seus dois cães nos obrigavam a desviar para a beira da rua.

— Não é mais meu apartamento, é? — perguntei distraidamente. — É para ser nosso. Acostume-se com isso para não falar algo assim para seus primos ou outras pessoas.

— Você está me levando para trabalhar ou...

— Nós vamos para o seu precioso café, caramba — explodi, e então me esforcei para suavizar minha voz. — Você ligou para que eu te ajudasse, e eu estou ajudando. Pare de discutir comigo e tente andar.

Isso a calou. Ela me lançou outro olhar e mordeu o lábio enquanto segurava meu braço com a mão esquerda também. Depois de alguns passos lentos, descansou um pouco mais do seu peso em mim.

Ela era tão teimosa quanto uma mula. Outra coisa que me fazia gostar mais dela.

— Como estão seus joelhos? — indaguei, completamente consciente do quão grosseiro eu soava.

Outro olhar fugaz para mim.

— Um pouco tensos. Tenho certeza de que voltarão ao normal em algumas horas. Estamos mais perto da cafeteria do que do *nosso* apartamento.

Cerrei os dentes, olhando para as pessoas que passavam por nós.

— Certo. — Depois de alguns minutos sentindo-a arrastando os pés, descansando e estremecendo, eu não aguentava mais. — Coloque seu braço em volta do meu pescoço — pedi. Quando ela hesitou, suspirei e fiz isso sozinho.

— Sou mais baixa do que você, não podemos andar assim... Jack!

— O quê? — grunhi baixinho quando a peguei no colo.

— Você perdeu a cabeça?

Comecei a andar em um ritmo normal, segurando-a firmemente contra o meu peito enquanto ela deslizava a outra mão em volta do meu pescoço.

— Jack, você não precisa me carregar, eu posso andar. Coloque-me no chão.

— Não. Você não pode colocar peso na perna esquerda. Vai piorar as coisas.

— Posso, sim. Estava conseguindo andar com sua ajuda. Jack, eu posso.

— Com a velocidade que estávamos indo, você chegaria à cafeteria ao meio-dia. Qual é o problema? Estou fazendo todo o esforço aqui e achei que você estava com pressa de chegar lá.

— Jack — ela rosnou, seus olhos atirando punhais em mim. Mantive os meus voltados para frente e continuei andando. — Jack, estou avisando, você não vai me carregar até a cafeteria.

— Não vou? Se você está dizendo, tenho certeza de que deve ser verdade.

— Todo mundo está olhando para nós — ela sussurrou.

— Só passaram duas pessoas.

— E as duas olharam para nós como se fôssemos loucos. Não vou ficar no seu colo enquanto atravessamos a Quinta Avenida com todas aquelas pessoas ao redor. Todo mundo vai olhar para nós. O trânsito! E a Avenida Madison!

— Vai sim.

— Estou começando a lamentar por ter ligado para você.

— Quem diria.

Eu estava adorando.

Quando tentar me empurrar para que ela pudesse descer não funcionou, gentilmente deu um tapa no meu ombro com a mão machucada e depois estremeceu.

Cerrei minha mandíbula para não sorrir.

— Pare de se contorcer. Você não é a única que gosta de chegar no trabalho pontualmente.

— Tudo bem, faça do seu jeito. Você vai me colocar no chão assim que sairmos do parque. — Já que estávamos quase fora dele, muito mais pessoas começaram a passar por nós, algumas delas rindo, outras lançando-nos olhares de desaprovação. Eu as ignorei, mas Rose não era exatamente boa nisso.

— Oi! — ela gritou para uma estranha que passava e olhava para nós. — Eu machuquei minha perna, é por isso que ele está me carregando. É meu marido. Está tudo bem. — A mulher apenas balançou a cabeça e acelerou os passos. — Jack — ela gemeu, sua voz abafada pelo rosto que enterrava em meu pescoço. — Eles acham que somos loucos. Nunca mais poderei passar por aqui.

Eu a ajeitei nos braços e, com um chiado surpreendentemente satisfatório, ela segurou mais forte no meu pescoço. Estava divertido.

— Se não quer que pensem que você é louca, sugiro parar de gritar com eles. E você não vai voltar a passar por aqui, então pare de reclamar.

Ela levantou a cabeça do meu peito.

— De que diabos você está falando?

— Vou falar com Raymond. Ele vai vir mais cedo para levá-la, depois vai voltar e me levar para o trabalho. Foi estúpido da sua parte atravessar o parque enquanto mal havia luz. Teve sorte de não ter quebrado a perna ou ser assaltada.

Eu podia sentir seus olhos em mim, mas não olhei para ela.

— Tenho spray de pimenta na bolsa. E não preciso de motorista. Não sou o tipo de pessoa que tem um. Sem ofensas a Raymond, eu gosto dele e ele é um cara legal, mas não sou como você.

Finalmente chegamos à Quinta Avenida, onde havia muito mais pessoas.

— Obrigado por mencionar isso. Eu não tinha notado.

— Passei a vida inteira cuidando de mim, Jack — ela disse suavemente.

— Eu sei, e você fez um ótimo trabalho. Só porque pode cuidar de si mesma, não pode deixar mais ninguém te ajudar? Me desculpe por cometer essa atrocidade contra você.

— Você é louco.

— Acho que já descobrimos isso no primeiro dia em que nos conhecemos. Não há necessidade de repetir tudo.

— Você também é inacreditável, sabia disso? — ela falou mais suave.

— Eu posso imaginar — murmurei, um pouco distraído. Parado ao lado de um grupo de pessoas, esperei que a luz do sinal mudasse.

— Ele é meu marido — anunciou Rose ao grupo. — Eu caí.

Ouvi algumas risadinhas das garotas da escola à nossa esquerda quando eu a ajeitei de novo no colo, e Rose chiou.

Quando atravessamos, ela começou a reclamar de novo e eu suspirei.

— Estamos quase lá...

— Então você pode aguentar por mais alguns minutos.

— Jack!

— Rose. Você sabe que algumas mulheres achariam isso romântico.

— Eu não sou como as outras mulheres.

— Como se eu não soubesse disso — resmunguei.

Felizmente, houve silêncio depois disso até chegarmos à porta da frente de sua linda cafeteria. Gentilmente a coloquei sob as rosas e entreguei a bolsa para ela. Mantendo o olhar sério, ela procurou uma chave e abriu a porta. Eu podia ver a luz na cozinha de onde estávamos, ou seja, o cara, que trabalhava meio período já estava lá. Com movimentos bruscos, ela abriu a porta e entrou.

— Vamos dar uma olhada nos seus joelhos enquanto eu...

Antes que eu pudesse terminar minha frase e segui-la, Rose bateu a porta na minha cara e ligou o alarme. Enquanto eu a observava, ela nem olhou para trás. Ainda mancando, desapareceu na cozinha.

Chocado e absurdamente divertido, fiquei ali olhando para a cafeteria vazia por mais dez segundos. Então, virando-me, com as mãos nos bolsos, andei um quarteirão ou dois. Finalmente peguei um táxi e voltei para casa para ir trabalhar. Não tinha certeza do que sentir sobre o sorriso que ficou no meu rosto a manhã inteira.

Mais tarde, entrei no meu escritório e cumprimentei Cynthia.

— Bom dia, Jack.

Eu me inclinei contra a borda da minha mesa.

— Bom dia. Alguma mudança na minha agenda para hoje?

Sua testa ficou franzida e ela olhou para o tablet.

— Não, não há mudanças.

— Então eu preciso que você cancele tudo entre... — Cheguei meu relógio, tentando decidir que horário seria melhor. — Onze e meia e duas e meia. Algumas horas serão suficientes, eu acho.

— O suficiente para quê?

— Tem uma coisa que preciso resolver.

— Jack, não consigo cancelar esses compromissos.

— Por que não?

— Você esqueceu? Tem as negociações com Morrison e Gadd.

— Os documentos com as alterações necessárias estão prontos?

— Um associado está encarregado, e isso será feito a tempo da reunião.

— Pegue-os com ele.

— Mas...

— Eu vou fazer isso mais rápido. Pegue-os para mim.

— Pode deixar.

— Que bom, e jogue as negociações para duas da tarde. O outro lado, Gadd, não queria se encontrar tão cedo assim, então informe-os primeiro. — Levantei-me e fui me sentar atrás da minha mesa.

— E Morrison? O que devo dizer a ele?

Suspirei e passei os dedos pelos cabelos.

— Você leu o e-mail dele? O que ele enviou esta manhã? — Ela assentiu. — Bem, diga a ele que precisamos fazer mais pesquisas sobre a nova empresa na qual ele quer investir vinte milhões. Quero que as negociações e o novo acordo de investimentos sejam resolvidos hoje. Ele não se importará com o atraso se tivermos tudo pronto.

— Ok. E o resto da sua agenda? Precisamos reagendar tudo. Você tem uma conferência às cinco da tarde com Gilbert. Não pode perdê-la.

— Tudo bem. Vou deixar o escritório às onze. Já terei terminado minha conferência das dez e meia e volto em torno de 13h30 para a reunião, então jogue-a para este horário. Dessa forma, já terei terminado com Morrison e Gadd quando precisar estar on-line com Gilbert. Se tudo correr como planejado, Gadd assinará os documentos no final da reunião e estarei pronto para a ligação com Gilbert. Vou ficar até tarde e me atualizar, não se preocupe.

— Ok, posso fazer isso. Para onde você disse que estava indo?

— Eu não disse. Feche a porta, por favor, e não se esqueça de me trazer os documentos.

Quando levantei a cabeça do meu laptop, Cynthia já tinha sumido.

Uma hora depois, quando eu estava examinando os documentos, certificando-me de que tudo estava pronto para a reunião, Samantha apareceu na minha porta. Olhei para a mesa de Cynthia, mas ela não estava em lugar algum.

Querendo acabar logo com isso, fui eu que falei primeiro:

— O que você quer, Samantha? Tenho coisas a fazer antes de sair.

Ela deu de ombros e aceitou minha pergunta como um convite para entrar e se sentar à minha frente.

— Há algo de errado com você? Ou talvez eu deva dizer que algo mudou.

— De que diabos você está falando?

— Você tem saído cedo.

— E isso é da sua conta porquê...?

— Você sempre foi o último a sair daqui todos os dias.

— E agora não sou. — Coloquei os papéis que estavam nas minhas mãos sobre a mesa. — O que você quer?

Ela levantou as mãos em sinal de rendição, os lábios vermelhos se curvando.

— Nada. Estou apenas conversando e compartilhando minhas observações.

— O que te deu a impressão de que eu estaria interessado em suas observações? Não vou me explicar para você. Precisa de algo de mim?

— Na verdade, não. Tenho um pouco de tempo livre, então estou apenas conversando com você. Como está sua adorável esposa?

Se houvesse outra pessoa sentada à minha frente, ela já teria enfiado o rabo entre as pernas e saído, mas Samantha não era como as outras pessoas. Ela nunca teve medo de mim e pensei que talvez fosse hora de mudar isso.

— Se você começar com a mesma merda do jantar, teremos problemas.

— O quê?

— O que você fez no jantar. Se acontecer novamente, teremos problemas.

— Vai ser assim, hein?

— Pare com essa merda e não aja como se você se importasse com a minha vida ou com a minha esposa. Já nos conhecemos muito bem, eu acho. Você sabe que não gosto de ter pessoas se metendo na minha vida, então fique fora disso.

Cynthia enfiou a cabeça na fresta da porta, interrompendo antes que Samantha pudesse dar uma resposta.

— Você me chamou, Jack?

Eu não tinha chamado, mas Cynthia conhecia o truque. Se houvesse alguém no meu escritório que ela tinha certeza de que eu não queria que estivesse lá, ela sempre fazia uma interferência.

— Sim, eu preciso que você me traga o...

Samantha ficou de pé, e eu parei no meio da frase.

— Vou deixar você com o seu trabalho. Não fiz nada por mal, Jack, na verdade, nem naquela noite nem agora. Estou apenas apontando que você mudou e não tenho certeza se isso é uma coisa boa. Além disso, eu estava curiosa, obviamente.

Quando ela percebeu que eu não ia responder, soltou um longo suspiro, virou-se e deu um sorriso a Cynthia antes de sair do meu escritório.

— Você precisa de alguma coisa? — Cynthia perguntou, e eu balancei a cabeça. Ela saiu sem dizer qualquer outra coisa. Era a melhor assistente de toda a empresa.

Quando terminei com os papéis, atendi minha ligação das dez e meia e terminamos às onze e quinze. Levantando-me, coloquei meu paletó e liguei para Raymond para que ele pudesse levar o carro para a frente do prédio.

Saindo do escritório, parei em frente à mesa de Cynthia e deixei os documentos.

— Você pode ter as cópias prontas quando eu voltar?

— Claro.

— Além disso, você se lembra daquele evento de caridade que mencionou há algumas semanas? Algo para crianças? — Tentei lembrar onde seria realizado, mas não conseguia me recordar do nome. — Seria na Décima, eu acho. Não tenho certeza.

— Sim, eu lembro. O que tem?

— Eu quero doar, então vou participar com a minha esposa. Você pode cuidar de tudo?

— Você vai a um jantar de caridade? — Sua voz ficou mais aguda a cada palavra enquanto suas sobrancelhas se elevavam.

— Tente não parecer tão surpresa. Pode cuidar disso?

Ela afastou a expressão de descrença.

— Claro que posso. Passarei as informações necessárias quando você voltar.

— Ok. Obrigado, Cynthia. Vejo você mais tarde.

Consegui dar alguns passos para longe da mesa dela antes que sua voz me parasse.

— Jack.

Eu me virei e esperei. Ela brincou com os óculos e desviou os olhos de mim.

— Vou me atrasar. O que você quer?

— Jack... não é da minha conta, e eu sei disso, então não morda minha cabeça por dizer isso, mas... — Eu sabia que nada que começasse com essas palavras poderia ser algo que eu gostaria de ouvir.

— Eu não vou morder a sua cabeça.

Ela sorriu, relaxando em seu assento.

— Só todos os dias.

— Certamente não todos os dias — eu disse seriamente, mas seu sorriso cresceu, e então ela lentamente voltou a ficar séria.

— Você tem que contar a ela, Jack.

— Eu tenho que contar o quê a quem? Samantha?

Ela me encarou.

— Não. Não Samantha. Conheço você há anos, não tente se fazer de idiota comigo. Você tem que contar a ela. É tudo o que vou dizer sobre o assunto.

Abri minha boca, mas ela levantou o dedo e me impediu.

— Você tem que contar a ela.

Finalmente me ocorreu do que diabos ela estava falando. Claro que estava falando de Rose. Se havia uma pessoa que eu toleraria que falasse aquele tipo de coisa era Cynthia, e mesmo com ela, eu tinha um limite, mas não respondi da maneira que responderia se fosse qualquer outra pessoa.

— Não é a hora certa — forcei através dos meus dentes cerrados.

— Nunca será a hora certa, Jack.

Como se eu ainda não soubesse disso. Como se eu não soubesse que estava condenado. Saí antes que ela pudesse dizer mais alguma coisa.

Sem saber ao certo o que eu enfrentaria – porque sempre parecia uma surpresa quando se tratava de Rose –, entrei pela porta. No dia anterior, cheirava a baunilha; agora, cheirava a canela e café. Com o barulho da campainha, Rose olhou na minha direção enquanto ainda atendia a um cliente. O sorriso dela vacilou, mas não o perdeu completamente. Em vez de ir até ela, peguei a mesa ao lado de sua pequena biblioteca e me acomodei. Meu assento estava de frente para ela, então olhei em volta e notei que, das doze mesas, nove estavam ocupadas. Em seu segundo dia, ela estava se saindo incrivelmente bem. Até os assentos do balcão tinham alguns clientes conversando enquanto olhavam para a rua, bebendo seus cafés. Dois novos clientes entraram, e eu me pus a esperar. Pegando meu telefone, comecei a checar os e-mails.

Nas poucas vezes que olhei para cima para ver se ela estava me evitando ou se estava simplesmente ocupada, meus olhos se voltaram para ela, fazendo com que eu perdesse minha linha de pensamento. Ela sempre parecia tão animada, tão vivaz e confiante. Entre os clientes, seus olhos deslizaram na minha direção. Prendi seu olhar para ver o que ela faria, mas conseguiu agir como se eu nem estivesse lá.

Segurando um sorriso, eu esperei. Alguns minutos se transformaram em dez e, finalmente, ela surgiu ao meu lado, esperando. Ergui uma sobrancelha e abaixei meu telefone.

— Eu estava começando a pensar que você estava me evitando.

— Eu não esperava vê-lo aqui. Posso te servir alguma coisa?

— Por que você sempre fica tão surpresa em me ver? — perguntei, genuinamente curioso para ouvir sua resposta. Sua expressão não mudou, o que me dizia que ainda estava irritada comigo; não que eu pudesse entender seu raciocínio. Sua perna estava machucada, então eu a ajudei, ponto final. Por que importava o que outras pessoas que ela provavelmente nunca veria novamente ou se lembraria pensavam? Eu sempre tive a impressão de que as mulheres achavam romântico quando os homens as carregavam. Aparentemente, aquela ali não.

— Não estou mais surpresa. — Ela olhou por cima do ombro quando um dos clientes soltou uma risada alta e se voltou para mim. — Eu posso...

— Você esperava me ver hoje à noite? — perguntei novamente, apenas por curiosidade. Inclinei-me para frente e coloquei meu telefone em cima da mesa.

Ela lambeu os lábios, olhando em direção à cozinha. Segui seu olhar e vi a garota que ela me apresentou antes – Sally, se não estava enganado – encostada no batente da porta, conversando com alguém na cozinha, provavelmente o outro funcionário, o cara. Meus olhos se voltaram para Rose, e esperei ouvir sua resposta.

— Sim. Você sempre vem — ela disse, encolhendo os ombros como se fosse um fato que eu estaria lá. Supus que era o momento.

— Você se juntaria a mim, por favor?

Ela olhou o assento na minha frente, mas não se sentou.

— Posso te servir alguma coisa antes de fazer isso? Café? Chá?

— Eu não diria não ao café se for você quem irá preparar.

Ela pareceu um pouco surpresa, depois assentiu e se afastou lentamente. Não estava mancando exatamente, então provavelmente estava certa de que não fora uma lesão grave, mas também não caminhava perfeitamente. A propósito, seu tornozelo parecia estar doendo. Ainda não entendia sua mágoa, já que eu tinha apenas tentado ajudá-la.

Em vez de voltar para o meu telefone e terminar a resposta que tinha começado, eu a observei preparar café para nós dois, discretamente olhando para mim de vez em quando. Alguns minutos depois, voltou com uma pequena bandeja e a colocou sobre a mesa antes de se sentar à minha frente. Estendendo a mão, posicionou uma das canecas diante de mim e segurou a outra. Entre nós, havia um prato cheio de doces de limão.

Lancei-lhe um olhar interrogativo, mas ela estava ocupada bebendo da caneca, com os olhos arregalados.

— Não trabalha hoje? — ela perguntou por sobre a borda da caneca.

— Eu preciso voltar em breve.

Ela assentiu, e nós ficamos em silêncio.

— Então, não vamos conversar — concluí. — Não pretendo me desculpar por tentar ajudá-la, se é isso que está esperando que eu faça.

— Não, você não é o tipo de pessoa que pede desculpas, é? — Ela levantou seus grandes olhos castanhos até os meus. — Você já se desculpou? Por qualquer coisa?

— Eu tento não fazer nada que acabe tendo que me desculpar — respondi honestamente. *Tentar* era a palavra-chave aqui.

Ela suspirou e tomou outro gole longo de café.

— Eu não estou com raiva de você por me ajudar. Preferia andar sozinha, mas não vou ficar com raiva por ter me carregado. Fiquei um pouco irritada com o seu último comentário, só isso. Ainda assim, me desculpe — ela murmurou.

Um pouco divertido, inclinei-me para frente, apoiando os cotovelos na mesa.

— Desculpe? Não ouvi o que disse, já que estava olhando para o seu café.

— Eu disse... — Ela olhou para cima e encontrou meus olhos. — Você ouviu.

Por que eu gostava tanto de provocá-la?

Por que eu gostava tanto quando ela retribuía?

— Por que está pedindo desculpa? — perguntei, pegando meu café.

Outro suspiro longo.

— Por bater a porta na sua cara e deixá-lo lá fora. Foi imaturo, mas, em minha defesa, você sabe exatamente como me provocar.

Eu não poderia argumentar contra isso.

— Ok. Agora você vai me dizer qual dos meus comentários te fez ficar irritada comigo?

— Não é importante.

— É, para mim.

Nós nos entreolhamos por um tempo.

— Eu disse que não sou *uma mulher como as outras* e você *concordou* com isso.

Escondendo meu sorriso atrás da caneca, mantive os olhos nela, que escolheu olhar para qualquer lugar, menos para mim. Ela parecia estar ao mesmo tempo irritada, mal-humorada e desafiadora, é claro – definitivamente não alguém arrependida de bater a porta na minha cara.

— Era um elogio, Rose. — Os olhos dela voltaram para mim.

— Eu... bom. Isso é ótimo, então. Obrigada?

— Como está seu tornozelo? — mudei de assunto.

— Está melhor. Não inchou, mas ainda estou pegando leve.

Pelo menos a rigidez em seus ombros suavizou um pouco.

— Como estamos? Também estamos bem?

O sorriso dela era o mais doce possível.

— Sim, Jack.

— Você fez doces de limão de novo — comentei na esperança de mudar a conversa para um terreno mais seguro conforme me sentia atraído por ela ainda mais.

Ela se mexeu na cadeira.

— Na verdade, foi por isso que quis chegar cedo. Prometi a você que faria mais deles ontem e levaria alguns para o apartamento, talvez, porque também gosto deles. Pensei em fazê-los antes de abrir.

— Você fez para mim?

— Eu prometi. — Ela deu de ombros e pousou as mãos sob as pernas. — E depois pensei que seria um bom pedido de desculpas por bater a porta na sua cara.

Ergui uma sobrancelha e tomei outro gole de café antes de pegar um dos doces. Dando uma mordida, eu a flagrei me analisando.

Sentindo os olhos em mim, olhei por cima do ombro de Rose, vi Sally nos observando com interesse e perdi o final da frase de Rose. Eu duvidava que parecêssemos um casal de verdade, e muito menos casados.

Talvez devêssemos fazer algo para consertar isso.

Meu foco voltou para Rose.

— Então nós tivemos nossa primeira briga de casados, hein? Como você se sente sobre isso?

— O estágio da lua de mel acabou para nós, receio — concordei de imediato.

Ela assentiu.

— Fomos rápidos nisso. Não prevejo coisas boas para o futuro do nosso casamento.

— Nunca se sabe. Talvez sejamos um daqueles casais que brigam sem querer, mas nunca se divorciam. Você pode estar presa comigo.

— Oh, isso parece exaustivo e irritante para outras pessoas. Não vamos ser como eles. Vamos encontrar exemplos melhores e tentar imitá-los.

— Como quem?

Seu olhar deslizou para o teto enquanto ela tentava dar um exemplo.

— Na verdade, acho que não conheço muitos casais. Você conhece?

— Receio que as pessoas que conheço não sejam pessoas que gostaria de imitar.

— Evelyn e Fred?

— Eles mais parecem sócios do que qualquer outra coisa.

— Ah, pelo jeito que Fred falou sobre ela naquela noite, presumi que estavam apaixonados.

— Eles se amam, mas acho que, se não tivessem um filho, não teriam muito em comum além do trabalho.

— Seus pais? E eles? Ainda são casados? Têm um casamento feliz?

Depois de beber quase metade do café, movimentei-me e recostei-me.

— São as últimas pessoas que você gostaria de imitar, confie em mim. Basta ver no que eu me transformei.

— Eu não sei. Acho que eles fizeram um bom trabalho com você. Então, que tal não imitarmos ninguém e apenas fazermos nossas próprias regras?

— Que tipo de casal você quer ser, então?

Ela pensou um pouco, tomando goles de café de vez em quando.

— Eu não quero ser um daqueles casais que fica jogando o sentimento na cara de todo mundo. Poderíamos ser mais sutis, entende o que eu quero dizer?

Balancei a cabeça, e ela continuou.

— Deixe-me dar um pequeno exemplo, apenas por precaução. Digamos que estamos de pé e conversando com alguém. Você pode segurar minha mão ou colocar o braço em volta da minha cintura, de forma simples, e... talvez um beijo rápido. Eu não sei, algo leve... simples.

— Tem alguma outra dica para mim? — perguntei com uma sobrancelha levantada.

— Não era exatamente uma dica. Você perguntou que tipo de casal eu queria que fôssemos, então só estou dizendo. Eu gosto desse tipo de casal.

— O que mais?

— Quero ser o tipo de casal que tem tradições. Tipo... talvez segundas-feiras sejam noites de pizza. Quinta-feira, dia de massas. Esse tipo de coisa.

— Só isso?

— Ok, me dê um minuto. Vou ao Google ver o que podemos fazer. Deixe-me pegar meu telefone.

Antes que eu pudesse detê-la, ela se levantou e correu para a cozinha. Seus movimentos estavam um pouco trêmulos, e ela tentou andar na ponta dos pés com o pé esquerdo, mas, em essência, eu poderia chamar de pequena corrida. Ela acenou para Sally quando esta pareceu alarmada, e seu retorno foi mais calmo, desta vez sem correr.

Suspirando, ela se sentou novamente e focou na tela do telefone.

— Tudo bem, deixe-me ver... tudo bem, há tipos mais formais: como tradicionais, desengajados, coesos, perseguidores, distantes... não seremos assim. Eu odeio esses tipos. Operacionais... os que têm brigas acaloradas seguidas por sexo apaixonado. — Ela ergueu a cabeça e me olhou de relance, depois voltou a se concentrar rapidamente no telefone. — Não. Casal romântico. Isso não parece muito ruim, não é? Ok, deixe-me tentar encontrar algo mais informal...

Eu bebi o resto do meu café.

— Ok. Exibicionistas... Foi isso que eu quis dizer. Não gosto de ser exibicionista. Além disso, não vejo você como alguém que gostaria de fazer demonstrações públicas de afeto — ela murmurou. — Casal distante... acha que somos assim? Por que se somos casados... não podemos ser isso. Eu não sou assim. Mesmo que nosso casamento seja falso, não quero ser assim. Se estamos interpretando um papel, vamos fazer o que é certo.

— Esses seriam os meus pais. — Ela levantou a cabeça novamente.

— Sério? — Eu assenti. — Caramba! Ok, o que mais... o que mais...? Casal em eterna lua de mel. Droga, nós acabamos de brigar, isso não vai funcionar para nós. Em seguida, casal chorão... não. Sempre juntos... quero dizer... — Ela olhou para mim por sob os cílios, mas nenhum de nós fez um comentário. — O resto é uma porcaria. — Ela deixou o telefone de lado. — Algo específico que você queira ser?

— Vamos continuar fazendo o que precisa ser feito no momento.

— Isso deixa aberto a muitas interpretações.

Passei a mão pelo rosto.

— Que tal sermos nós mesmos e agirmos de maneira natural?

— Você é muito divertido. Sermos nós mesmos individualmente não é o problema. Como seremos nós mesmos como casal, isso é difícil.

— O quê? Você quer praticar o fingimento? — Ela olhou para mim com estranheza, mas não respondeu. Eu mudei de tática, porque fingir não seria uma boa ideia. Não com a forma que as coisas estavam indo. Era falso e temporário. Ponto final. — Posso perguntar sobre o seu relacionamento com seu ex-noivo? Que tipo de casal vocês eram? Por que terminaram?

Ela olhou para trás, mas pelo menos respondeu.

— De onde veio isso?

— Estou curioso.

— Você nunca é curioso.

— Parece que hoje estou.

Parecendo desconfortável, ela suspirou.

— Não éramos um tipo específico de casal, eu acho. Nós fazíamos nossas próprias coisas. Às vezes, ele demonstrava afeto mesmo quando eu não gostava, o que me incomodava, mas, fora isso, era um relacionamento fácil. Olhando para trás agora, talvez tenha sido fácil demais. E nós apenas... Deus, eu odeio isso. Fiquei chocada quando ele terminou as coisas. Saiu do nada, só me enviou uma mensagem. Mal pude acreditar que estava tão errada a respeito dele. Não conseguia acreditar que não queria mais se casar comigo. Fiquei telefonando por dias, tentando entrar em contato. Nunca tive resposta. Fui ao apartamento dele e o vizinho disse que ele havia se mudado. Bem assim, ele simplesmente desapareceu. — Ela ergueu um ombro e depois o deixou cair. — Fiquei perdida por alguns dias. Então a tristeza deu lugar à raiva. Eu me permiti chorar e xingá-lo por uma semana, mas não vale a pena chorar por quem terminou comigo por mensagem. Parei de chorar no quarto dia. Não podia me dar ao luxo de me apegar a alguém que não me queria. Ele tinha esse jeito de me diminuir sem que eu percebesse que estava fazendo isso. Era estranho. Eu definitivamente pensei que ele era minha alma gêmea, até que terminou comigo, mas, quando não estava mais por perto, a venda saiu dos meus olhos muito rapidamente. Ele era muito bom em me fazer dizer sim a tudo, mesmo quando eu não queria. Todo mundo o amava, especialmente Gary.

— Eu pensei que você não se encontrava muito com o Gary.

— E é verdade, mas Joshua realmente queria conhecê-lo, então eu meio que... Ele sabia exatamente o que dizer para fazer você gostar dele, e por ser meu noivo... ele me pediu em casamento, mas nunca me deu um anel ou algo assim, então, agora que estou pensando nisso, talvez ele nunca tenha pretendido seguir em frente. Quem sabe?

— E agora? Você sente algo por ele agora?

Ela fez uma careta.

— Claro que não. Às vezes, tudo o que você precisa é de um tempo para analisar as coisas sob uma nova perspectiva. Joshua e eu parecíamos uma ótima ideia no papel, mas, na realidade, não acho que teríamos funcionado a longo prazo. Não havia muita faísca entre nós, eu acho. Não estou triste por ter acabado. Enfim... Jack, por que você disse que veio aqui mesmo?

Deixei que o assunto de Joshua morresse.

Era um casamento falso. Temporário.

— Queria ver se você precisava de alguma coisa. E para ver se estava bem.

— Isso foi... muito gentil da sua parte, Jack.

Antes que eu pudesse dizer alguma coisa, a porta atrás de mim se abriu e o ar frio entrou quando a campainha tocou, um toque suave e acolhedor para os novos clientes.

Olhei por cima do ombro e vi quatro mulheres ainda admirando as flores quando Rose se levantou. O sorriso com o qual eu começava a me familiarizar já estava estampado em seus lábios e não era mais apenas para mim.

— Eu volto já. — Sua mente estava obviamente focada nas recém-chegadas enquanto elas avançavam lentamente, seus olhos curiosos absorvendo tudo.

Ela se virou para o grupo de clientes.

— Bem-vindas — disse Rose quando as mulheres tagarelas finalmente se aproximaram dela. Meus olhos caíram para seus lábios quando seu sorriso se alargou conforme as mulheres sorriam de volta e diziam olá.

— Se você tem trabalho a fazer, posso ir embora. Tenho uma tarde e um início de noite lotados — comentei, distraído.

Seu olhar voou de volta para mim.

— Você não vem hoje à noite? Não precisa, é claro, mas eu...

— Adiei uma reunião para poder vir aqui agora, então terei que ficar até mais tarde para participar de uma conferência. Vou mandar o Raymond. Vai conseguir chegar ao apartamento inteira?

— Ah, isso foi engraçado, sr. Hawthorne. Eu...

— Rose! — Sally chamou, capturando sua atenção.

Em vez de ir para trás do balcão para trabalhar ao lado de Sally, Rose ficou ao lado das clientes, conversando com elas e apontando para a comida dentro das cúpulas de vidro. Esperei por alguns minutos, me sentindo impaciente; esperar não era meu forte. Eventualmente, após uma longa discussão e várias decisões alteradas, todas fizeram seus pedidos. Comi outro doce de limão que Rose havia preparado e me levantei. Pegando minha carteira no bolso de trás, tirei de lá algum dinheiro. Ela não me notou até que eu estava ao lado dela.

— Oh, Jack, já vou...

Os olhos de todos estavam em nós, especialmente os de Sally, então tentei ser cuidadoso.

— Eu preciso ir. — Ofereci uma nota de cem dólares a Sally e, em vez de ser uma boa funcionária e tirá-la de mim antes que Rose pudesse ver, seu olhar saltou de mim para Rose.

— Hummm... Rose — ela murmurou, fazendo Rose tirar os olhos de mim e olhar para ela e depois para o dinheiro que eu estava segurando.

— Para que é isso? — Rose perguntou, totalmente voltada para mim.

Suspirei e, depois de lançar a Sally um olhar frio, encontrei os olhos de Rose.

— Não vamos fazer isso de novo. Pegue — pedi, estendendo a nota para ela.

— Não me faça machucá-lo, Jack Hawthorne — disse ela lentamente, e meus lábios tremeram involuntariamente. Eu poderia imaginar que ela estava falando sério. Não tinha dúvidas de que poderia me machucar.

— Eu preciso ir — repeti. Então, pensando que seria uma boa distração, um bom show para a funcionária e até uma espécie de prática para o evento de caridade do qual iríamos participar, passei o braço pela cintura dela. Seus olhos se arregalaram um pouco, alarmados, e seu corpo enrijeceu, mas pelo menos ela não ficou nervosa como esteve no nosso primeiro jantar em público. Lentamente, seu corpo relaxou e ela arqueou as costas para poder olhar para mim com aqueles olhos grandes.

Um toque simples teria que ser representado de maneira mais natural em algum ponto do nosso casamento falso; tocá-la ou beijá-la na frente de outras pessoas precisava se tornar comum. Era bom praticarmos.

— Obrigado pelo café. É sempre o melhor — murmurei, tendo problemas para desviar o olhar. Então me inclinei e hesitei pelo tempo de um batimento cardíaco antes de dar um beijo prolongado em sua testa enquanto ela ainda olhava para mim, confusa. Aquele ponto do seu corpo parecia ser o mais inofensivo, então tomei meu tempo, respirando seu perfume doce e fresco. Quando me afastei, uma das mãos dela estava encostada no meu peito, a outra segurava meu braço. Seu peito subia e descia, e ela piscou para mim.

Pegando a mão dela que estava no meu peito, abri seus dedos, e as pontas dos meus pegaram sua aliança. Por que será que uma coisa tão simples e, levando em consideração nossa situação, me dava tanto prazer em ver? Ela não era minha, mas a ideia disso... a possibilidade... Coloquei o dinheiro em sua mão ainda vermelha dos arranhões, antes de fechar delicadamente os dedos em torno da nota. Surpreendentemente, ela não disse uma palavra, apenas ficou olhando para mim como se estivesse perdida. Será que estava tão afetada quanto eu por fingirmos?

— Não tire isso, ok? Gosto de vê-la no seu dedo — sussurrei.

Já tinha me esquecido das pessoas ao nosso redor. Não disse isso para elas, mas mais para mim, apenas para que eu pudesse ver aquele olhar suave. Segurei seu rosto e me inclinei o suficiente para poder sussurrar em seu ouvido:

— Essa foi a quantidade certa de demonstração de afeto para o nosso casamento falso? Um suave beijo íntimo, você disse, certo? Braço em volta da cintura? Corpos próximos, mas sem se tocar? — Levantei minha cabeça o suficiente para poder encontrar os olhos dela e, em uma voz mais alta, disse: —

Não fique de pé por muito tempo, você ainda está mancando.

Ela não parecia prestes a dizer nada, então eu a pressionei um pouco mais.

— Você pode, pelo menos, dizer adeus ao seu marido?

— Hum... eu deveria, não deveria? Adeus?

Depois de desejar um bom dia a todos que não tinham a decência de cuidar de suas próprias vidas, saí.

Sim, era bom praticar.

Capítulo Onze
JACK

Quase uma hora depois, eu estava de volta ao meu escritório, almoçando e respondendo e-mails quando meu telefone vibrou na mesa com uma nova mensagem de texto.

Rose: Devolverei o seu dinheiro assim que te vir de novo.

Suspirando, larguei meu garfo e faca e peguei meu telefone.

Jack: Você não falou nada por tempo suficiente. Já faz uma hora. Ainda está pensando nisso?

Rose: Era hora do almoço. Você não vai me pagar por uma xícara de café. Além disso, a contagem atual de clientes é de 68. Todos os sanduíches acabaram. Oba!

Jack: Eu não vou continuar falando sobre dinheiro com você. Parabéns pelos novos clientes. Você está contando cada um?

Rose: Claro que estou contando. Quem não contaria? E sabe o que as outras pessoas pensam sobre o dinheiro? Sally fez uma tonelada de perguntas sobre você depois que saiu. Qual marido pagaria pelo café na cafeteria da esposa?

Eram pequenas coisas assim que estavam lentamente quebrando minha determinação em evitá-la. Ninguém mais contaria os clientes. Ninguém mais abriria sorrisos tão grandes e bonitos como ela quando me via, simplesmente porque apareci. Ninguém mais trabalhava duro todos os dias e noites e ainda encontrava uma maneira de me afetar. Ninguém mais ousaria bater a porta na minha cara, mas ela fizera todas essas coisas, e por causa disso – por causa *dela* – eu não tinha certeza de por quanto tempo mais seria capaz de manter minha parte da farsa.

Jack: E eu deveria me importar com Sally porquê...? Seu marido paga pelo café porque quer que a esposa seja bem-sucedida.

Rose: Espero que não me entenda errado, mas às vezes não sei o que dizer.

Sorri para o meu telefone.

Jack: Veja, estamos indo muito bem como um casal falso. Isso se parece muito com o que uma esposa diria ao marido. Além disso, você não ficou nervosa quando coloquei minhas mãos em você desta vez. Eu chamaria isso de progresso.

Rose: Sim, porque você veio até mim como uma tartaruga.

Eu estava bebendo água quando o texto dela chegou, e a leitura me fez tossir. Durou tempo suficiente para que Cynthia entrasse para ver se estava tudo bem. Eu a mandei embora e peguei meu telefone de volta.

Jack: Vou tentar trabalhar nisso.

Rose: Acho que deveria haver um meio-termo, mas foi um bom começo. Definitivamente mais perto do tipo de casal que eu gostaria de ser se fosse casada de verdade.

Jack: Certo. Espero que não tenha te envergonhado muito.

Rose: Não, correu tudo bem. Todos acharam muito romântico. Todo mundo adora um bom beijo na testa.

Jack: Acho que você não.

Verifiquei meu relógio. Tinha mais meia hora antes de precisar ir para a sala de reuniões e me arrumar, e meu almoço ainda não havia terminado, sem mencionar que ainda tinha e-mails para os quais precisava voltar. Não tinha tempo de mandar uma mensagem para ninguém, muito menos entrar em conversa por texto, mas, quando era Rose do outro lado dessas mensagens, parecia que não conseguia me conter.

Rose: Quero dizer, não há nada de errado com isso, eu acho. Às vezes, é um pouco estranho. Por que não me beija nos lábios? Com o cara certo, mesmo um simples beijo na bochecha pode fazer as coisas acontecerem, ou um beijo na testa, ou um no pescoço ou na pele logo abaixo da orelha. Eu simplesmente não entendo a hesitação.

Jack: Pode fazer que tipo de coisas acontecerem?

Ela levou mais tempo para responder.

Rose: Coisas.

Jack: Entendo.

Rose: Não estou querendo dizer que preferiria que você me beijasse nos lábios em vez de na testa. Da próxima vez, quero dizer, quando for necessário fazer esse tipo de coisa novamente.

Jack: Posso tentar, se você quiser ver como as coisas funcionam.

Rose: Quero dizer, a escolha é sua. Você deve fazer o que parecer certo.

Seus lábios, então. Da próxima vez, seriam seus lábios que eu provaria.

Rose: Eu só não quero que você pense que eu estava querendo um beijo ou algo assim.

Jack: Existe algum motivo pelo qual ainda estamos mandando mensagens e não falando ao telefone? Isso não é eficiente.

Rose: Como eu disse, às vezes, não sei o que dizer.

Jack: Acho que você está indo bem, considerando o número de mensagens enviadas nos últimos cinco minutos. Esqueci de lhe dizer uma coisa quando estive aí.

Ultimamente, tudo começava a desaparecer da minha mente quando ela estava por perto.

Jack: Há um evento de caridade que precisamos participar neste fim de semana. É neste sábado. Você acha que pode comparecer?

Rose: Esse foi o nosso acordo. Você cumpriu a sua parte, eu farei o mesmo.

Eu pensei que seria o fim da nossa conversa de texto improvisada, mas mais mensagens continuaram chegando.

Rose: Então, o que você está fazendo?

Jack: Almoçando. Eu tenho uma reunião em meia hora.

Rose: Você saiu para almoçar?

Jack: No meu escritório.

Rose: Você está almoçando sozinho em seu escritório?

Jack: Sim.

Rose: Por que não me contou? Eu faço ótimos sanduíches.

Olhei para o meu almoço caríssimo e desejei estar comendo um dos sanduíches dela.

Jack: Da próxima vez.

Rose: Ok. Vou deixar você em paz para que possa terminar de comer antes da reunião.

Eu não tinha certeza do que havia de errado comigo, porque ligar para ela não era o que eu deveria fazer em seguida. Ela atendeu no segundo toque quando eu a coloquei no viva-voz.

— Jack? Por que você está ligando?

— Depois de receber todas essas mensagens, eu diria que você não está mais irritada ou com raiva de mim, correto?

Sua voz soou um pouco envergonhada quando ela respondeu.

— Não no momento. Não sou boa em guardar rancor, como você pode ver.

Vou ter que lembrá-la disso quando chegar a hora.

— Acho que as coisas não estão ocupadas na cafeteria, já que você pôde ficar enviando mensagens de texto por tanto tempo.

— E acho que você odeia mandar mensagens. — Ela estava certa; eu realmente odiava. — Temos clientes — continuou ela. — Espere, deixe-me verificar. — Houve um silêncio por alguns segundos, depois sua voz voltou à linha. — Oito mesas cheias e mais quatro pessoas no balcão. Estou atendendo e conversando com você. Oh, espere, o cliente número 69 acabou de entrar.

— Vou desligar, então.

— Por quê? Não. Fique na linha, já volto.

Eu deveria ter desligado. Em vez disso, fiquei ouvindo-a anotar um pedido.

— Jack, você está aí?

— Você me disse para esperar.

— Ótimo. Estou preparando dois macchiatos. Eles estão indo embora. Vamos fazer alguma coisa hoje à noite?

— Como o quê?

— Como quaisquer eventos, jantares de trabalho, reuniões de clientes.

— Eu estava pressupondo que você não era fã deles.

— Eu não sou, mas a última vez não foi tão ruim. Podemos nos divertir ou tornar divertido, essa coisa toda de faz de conta, especialmente porque te conheço melhor agora.

— Você acha que me conhece?

— Oh, sim, Jack Hawthorne. Eu já te desvendei. Um segundo.

Ela voltou para o cliente e, como um tolo, fiquei esperando, ansioso para ouvir o que ia dizer a seguir.

— Estou de volta. O que eu estava dizendo?

— Você acha que me desvendou.

— Ah, sim. Na verdade, tenho uma boa ideia de que tipo de pessoa você é.

— Você vai compartilhar ou vai me fazer esperar pela explicação?

— Oh, eu vou fazer você esperar. Acho que você vai gostar mais assim.

— Eu não vou. Diga-me agora.

A risada dela ecoou nos meus ouvidos, e eu fechei os olhos, absorvendo-a.

— Não. Os clientes 70 e 71 acabaram de entrar. Vejo você hoje à noite, Jack. Sorria para alguém por mim. Tchau!

Assim, ela desligou, me deixando querendo mais. *Minha vida vai ser assim agora?*

Meu humor só se tornou mais sombrio quando tentei me concentrar nos documentos à minha frente e não consegui. Tudo o que eu conseguia pensar era em como poderia me desenterrar da sepultura onde me enfiei. Quando chegou a hora, saí para a reunião. Felizmente, tudo estava pronto, então, depois de fazer uma verificação rápida nos documentos, apenas para confirmar que tudo estava em ordem, saí do meu escritório.

Cynthia me cumprimentou, levantando-se.

— Se você estiver pronto, vamos lá.

Ela pegou seu tablet e me seguiu.

— Bryan Coleson ligou. Duas vezes. — Cerrei os dentes, mas não respondi.— Você contou a ela?

Parei de me mover. Ela deu alguns passos, mas, percebendo que eu não estava mais andando, parou e voltou atrás.

— Você vai parar de me fazer essa pergunta? — forcei, tentando o meu melhor para não soar muito rude.

— Tenho muito respeito por você, Jack. Você sabe que sim. Trabalho com você há anos e nunca fiz isso, mas agora você precisa de alguém para lhe dizer que está cometendo um erro. Eu sou esse alguém. Por mais estranha que seja a ideia, você sabe que está cometendo um erro.

— Estamos atrasados para a reunião. Se você quiser...

— Não, não estamos. Morrison telefonou dez minutos atrás para dizer que chegaria atrasado. Gadd está esperando com seus advogados.

Eu tentei novamente.

— Eu também te respeito, Cynthia. Como você disse, está comigo há anos, mas isso não é da sua conta, e acho que, depois dos anos que passamos juntos, você deveria saber que não adianta insistir nisso.

— Eu me preocupo com você, então acho que deveria, sim.

Comecei a andar novamente, passando silenciosamente por alguns dos associados seniores enquanto eles me cumprimentavam. Cynthia acompanhou o meu ritmo, sem pronunciar outra palavra. Pensei que ela iria finalmente ficar calada, mas isso mudou quando ninguém mais estava à vista e ficamos apenas nós novamente.

— Apenas diga a ela. Não é tão tarde.

Fiz outra parada abrupta. Já prevendo meu movimento daquela vez, ela parou ao meu lado, um pouco sem fôlego. Depois de olhar para trás, puxei-a para o pequeno escritório de um dos associados e fechei a porta. Nossas vozes ainda seriam ouvidas do lado de fora, mas pelo menos soariam abafadas e haveria alguma sensação de privacidade.

— Não vou ter essa mesma conversa com você novamente. Este é o meu último aviso.

— Você me dizer para não falar sobre isso novamente não é ter uma conversa sobre o assunto.

— O que diabos aconteceu com você hoje? — perguntei, frustrado e sem saber como lidar com esse lado da minha assistente.

— No dia que você entrou nesse acordo ridículo, eu te disse para não fazer isso. Foi a ideia mais estúpida que você já teve.

— Porra, você acha que não sei disso? — rosnei, sentindo minha raiva ferver. — Você acha que não percebi isso no segundo em que ela concordou com o meu plano?

— Então qual é o problema? Apenas conte a ela.

— Contar a ela o quê, pelo amor de Deus? Dizer a ela que a persegui basicamente e que, quanto mais descobria sobre ela, mais me interessava? Ou devo dizer a ela que não dou a mínima para a propriedade da Avenida Madison?

— Você não a perseguiu, Jack. Estava tentando ajudá-la. Ela entenderá quando você explicar.

— Tentando ajudar me casando com ela? Havia várias outras coisas que eu poderia ter feito para ajudá-la, Cynthia. Casar-me não estava no topo da lista; não deveria sequer estar na lista. Eu estava agindo como um bastardo egoísta.

— Mas você acabou...

Minha voz tinha se elevado o suficiente para que George, que estava passando, parasse e abrisse a porta.

— O que está acontecendo aqui? Posso ouvir suas vozes a um quilômetro de distância. Você não deveria estar na reunião com Morrison e Gadd?

— Estou indo para lá agora. — Cerrei os dentes. — Acabamos de pegar um arquivo que precisávamos.

Franzindo a testa para nós, George aceitou a mentira e, dando-nos um olhar final confuso, se afastou.

Cynthia prosseguiu antes que eu pudesse pronunciar outra palavra.

— Você me fez investigá-la há um ano. Por que esperou tanto tempo para se apresentar?

— Só vou falar mais uma vez, Cynthia: se você disser outra palavra sobre esse assunto, vou despedi-la na hora e nem vou pensar duas vezes. Não me importo se você é a melhor ou não.

Sem esperar que ela reconhecesse o que eu acabara de dizer, saí da sala e fui direto para a reunião.

Quando a reunião terminou, minha cabeça latejava e eu estava pronto para encerrar o dia e sair. Mas eram apenas cinco da tarde, então fiquei preso no escritório por mais algumas horas, analisando mais uma papelada.

Cynthia era inteligente o suficiente para ficar fora da minha vista o tempo todo. Lancei todas as minhas frustrações no trabalho e nem pensei em mais nada pelo resto do dia, e foi por isso que, quando encerrei meu último telefonema e levantei a cabeça, fiquei tão surpreso ao ver Rose parada do lado de fora da porta do meu escritório, conversando com minha assistente. Tentando manter a raiva de Cynthia sob controle, lentamente me levantei de trás da mesa e caminhei em direção a elas.

Quando abri a porta de vidro um pouco rápido demais, Rose sobressaltou-se, e sua mão voou para o peito.

— Você me assustou. Como chegou aqui tão rápido? Você estava sentado à sua mesa quando eu olhei.

— O que está fazendo aqui? — cuspi, meus olhos indo dela para Cynthia.

Cynthia balançou a cabeça em desaprovação; algo que escolhi ignorar.

Os olhos de Rose se arregalaram um pouco, e eu praguejei.

— Eu sinto muito. Se for um momento ruim, não preciso...

— Entre. — Quando ela não se mexeu, tentei suavizar meu tom. — Por favor, entre, Rose. — Quando ela passou por mim, dei uma longa olhada para Cynthia. — Você já terminou por hoje. Pode ir.

— Eu estava pensando que deveria mesmo fazer isso — ela respondeu friamente, e eu cerrei os dentes.

Fechando a porta e esperando que Cynthia saísse o mais rápido possível, virei-me e encontrei Rose parada no meio da sala.

— Por favor, sente-se — eu disse, apontando para uma das cadeiras de couro em frente à minha mesa.

— Jack, se você estiver ocupado...

— Eu terminei minha última ligação. Não estou mais ocupado.

Mantendo os olhos em mim, ela se sentou lentamente, seus olhos me estudando.

— Você parece mais mal-humorado do que de costume. Eu posso ir embora.

Suspirei e passei a mão pelo rosto, tentando me recompor.

— Mais mal-humorado do que de costume? — perguntei, erguendo as sobrancelhas. Ela mordeu o lábio inferior e deu de ombros. Tive que forçar meu olhar para longe de sua boca antes de me esquecer de tudo e apenas agir. — Não, você não precisa ir embora. Muitas reuniões, muitas conferências, isso é tudo. Eu não quis ser rude lá fora, só não esperava vê-la.

— Essa fala geralmente é minha. Você sempre aparece quando não estou esperando. — Não consegui sorrir de volta. — Ray veio ao café quando eu estava me preparando para fechar. Quando ele perguntou se deveria me levar de volta ao apartamento ou vir te buscar primeiro, pensei que seria uma boa mudança de ritmo; eu vir buscá-lo, quero dizer.

Seus lábios se curvaram um pouco, e meus olhos focaram neles. Fora seu sorriso que me colocou nessa bagunça na primeira vez que fomos apresentados.

Eu ainda estava olhando para ela quando uma carranca substituiu seu sorriso.

— Jack, tem certeza de que está tudo bem? Tem algo que eu possa fazer para ajudar?

Infelizmente, não estava tudo bem. Eu estava perdendo o controle, e era tudo por causa dela, tudo por causa da culpa da qual não conseguia me livrar. Se eu continuasse seguindo o mesmo caminho, tudo o que eu conseguiria seria fazê-la me odiar. As palavras de Cynthia voltaram à minha memória e eu as considerei por um segundo, pensando em contar a Rose. Talvez, se ela escutasse tudo, talvez, se soubesse o que havia acontecido e o que eu estava pensando – não, eu não podia. Ainda não estava pronto para perdê-la.

Se eu pudesse encontrar a coragem de contar a ela um dia e esperar que ainda ficasse comigo, as coisas teriam que mudar drasticamente.

Eu precisaria de todo o tempo possível para tentar fazê-la sentir algo por mim, e talvez, ao longo do caminho, encontrasse uma boa maneira de admitir que a enganei desde o início, de admitir que o motivo pelo qual me ofereci para me casar com ela não era para ter alguém para participar das festas. Eu odiava todo e qualquer evento; raramente comparecia a eles. Não precisaria parecer um homem de família para agradar os clientes, e, definitivamente, não era porque eu estava interessado na propriedade. Eu poderia comprar dez delas, se realmente as quisesse.

Mas, para poder contar tudo isso a ela, precisaria esquecer a culpa que me consumia por dentro e me concentrar em obter e manter a atenção dela.

Chegando a uma decisão concreta, concentrei-me em Rose.

— Está tudo bem. Você está livre para jantar comigo hoje à noite?

Isso despertou seu interesse.

— Em casa?

— Se você quiser.

— Podemos comer pizza de novo?

— Se você me deixar dar uma olhada em seus joelhos, posso pensar nisso.

O olhar que ela me deu...

— Isso soou um pouco excêntrico, Jack.

Lá estava o doce sorriso em seus lábios, aquele que ansiei por receber por tanto tempo... Eu estava arruinado.

No final, comemos a pizza, mas ela não me deixou ver os danos nos joelhos.

Quando se tratava de Rose, eu sabia que não tinha moral nenhuma.

Ainda bem que, depois de conhecê-la e passar tanto tempo com ela, eu não tinha mais intenção de recuar.

Ao pegar meu telefone, encontrei o número de Bryan Coleson na minha lista de contatos e liguei, finalmente retornando sua ligação.

Capítulo Doze

ROSE

Casar-me com Jack Hawthorne acabara por ter suas próprias vantagens – além do colírio para os olhos e o quase diário arregaçar de mangas que era quase um pornô. Por mais que eu não gostasse da ideia de ter um motorista me levando para o trabalho, não discuti quando Jack me forçou a ir com Raymond pela manhã em vez de caminhar pelo Central Park e me meter em *situações complicadas* – palavras dele, não minhas – porque eu sabia que era mais seguro.

Ainda argumentei baixinho só para que a ilusão de uma briga me fizesse parecer mais impressionante e destemida aos olhos dele, o que soou estúpido quando pensei a respeito, mas foi o que fiz.

Agindo como o cara irritadiço e nada brincalhão que ele era, com uma mão nas minhas costas – literalmente –, ele me empurrou por todo o caminho do apartamento até o carro onde Raymond estava esperando, ao lado da porta do passageiro, como se eu fosse fugir dele como uma criança, caso não mantivesse a mão em mim. Só continuei com a atuação porque gostava de sentir a mão firme dele nas minhas costas. Então, apenas prossegui. Consegui murmurar e praguejar o caminho inteiro no elevador, e ele nem disse uma palavra.

Havia algo sobre sua rudeza que eu simplesmente amava. Isso afastaria algumas pessoas – definitivamente teria me afastado –, mas, quanto mais eu o conhecia, mais achava adorável.

Enquanto Raymond me levava à cafeteria, tive um sorriso divertido estampado no rosto o tempo todo, porque Jack parecera muito triunfante quando fechou a porta do carro na minha cara.

Fui conversando com Raymond para esconder minha tontura e descobri mais sobre ele. Um assunto em particular que surgiu alguns dias em nossos passeios matinais foi ele experimentar o namoro on-line pela primeira vez em sua vida depois de se divorciar de sua esposa, que ele pegara traindo-o com um de seus amigos. Graças a Deus eles não tiveram filhos. Nós dois estávamos felizes com isso, e o relato de seus encontros horríveis e constrangedores proporcionou muita diversão no início da manhã.

No final da semana, sabíamos quase tudo um sobre o outro, e paramos de parecer que ele era meu motorista e passamos a conversar como amigos. Também ajudava o fato de ele ser a única pessoa que sabia sobre o nosso casamento falso e nunca ter sequer mencionado o quão estranho era.

Houve muitas ocasiões em que eu queria lhe perguntar sobre Jack, apenas algumas perguntas aqui e ali, mas questionar há quanto tempo ele trabalhava com Jack foi o mais longe que cheguei.

Ele olhou para mim através do espelho retrovisor de uma maneira estranha.

— Seis anos. Ele não deixa muita gente entrar em sua vida, mas, quando você o conhece, não é tão ruim quanto parece.

Eu achava que ele parecia muito gato, mas tinha certeza de que Raymond não estava falando sobre sua aparência. Ele certamente possuía uma grande quantidade de informações sobre o homem que era meu marido, mas não parecia certo enchê-lo de perguntas, então eu nem tentei. Depois de alguns dias, aceitei que teria que experimentar pessoalmente a alegria suprema de descobrir sobre minha falsa alma gêmea que odiava compartilhar qualquer tipo de informação pessoal de bom grado, a menos que você zombasse dele por um bom tempo.

Uma coisa que descobri foi que ele odiava quando eu fazia e respondia perguntas sozinha, como se estivesse conversando por ele. Mas era uma boa maneira de deixá-lo carrancudo e fazê-lo falar por conta própria. Ele não ficava muito feliz comigo quando fazia isso, mas, ainda assim, jurava que ele não gostava muito de mim na maioria das vezes.

Gostava de pensar que ele me tolerava, e achei que era, pelo menos, um bom ponto de partida.

Eu, por outro lado, estava me acostumando com seus modos de Grinch. No dia que ele me desse um sorriso caloroso e genuíno, eu comemoraria com bolo. Ainda havia coisas sobre ele que eu não gostava, como mal conseguia cumprimentar as pessoas e talvez algumas outras coisas, mas não tínhamos um relacionamento real, então não me sentia no direito de repreendê-lo. Para ser justa, comecei a pensar que era apenas um traço da personalidade dele. Ele não se esforçava para ignorar as pessoas. Ele não podia evitar fazer essas coisas, uma vez que tinha sido criado em uma família rica e esnobe.

A única vez que o odiei um pouco foi na semana inteira que antecedeu o fim de semana em que teríamos que ir ao nosso primeiro grande evento como casal, quando ele me entregou seu cartão de crédito na cozinha, na quarta-feira.

— Sobre o evento no sábado, é importante — ele começou quando entrou na cozinha, me assustando quando eu estava pegando os copos para viagem nas prateleiras mais altas.

— Jesus! — exclamei quando um deles chegou perto demais de bater no meu rosto antes de cair no chão. — O que você está fazendo acordado tão cedo? — perguntei quando nós dois nos agachávamos para pegar o que caiu. Foi como nos filmes. Eu fui mais rápida que ele por um segundo e fechei a mão em volta do copo antes de ele envolver sua mão grande em torno da minha. Minha cabeça se ergueu, e eu consegui bater em seu queixo. Tudo o que ouvi foi um grunhido e então minhas bochechas estavam em chamas. — Peguei — resmunguei, estremecendo e massageando minha cabeça onde eu havia atingido sua mandíbula quadrada, surpreendentemente forte e perfeitamente em forma, enquanto ainda estava de joelhos no chão.

Quando olhei novamente, ele estava esfregando a mandíbula também. Eu não sabia mais o que acrescentar à conversa quando meus olhos pousaram nele – ele parecia bonito demais para ser verdade, mesmo tão cedo, mesmo que provavelmente tivesse acabado de sair da cama. Eu, no entanto, tive que acordar pelo menos meia hora antes do que deveria para que pudesse parecer um pouco apresentável ao mundo.

Por dentro, me xinguei por ter ficado mais dez minutos na cama naquela manhã e decidido fazer minha maquiagem na cafeteria. Afastei meus olhos dele e fiquei de joelhos. Ele estendeu a mão para me ajudar a levantar. Assim que peguei sua mão e nossa pele fez contato, experimentamos um pequeno choque elétrico entre nós. Pensei que, só por segurança, eu deveria me levantar por conta própria, mas ele ainda estava estendendo a mão, então eu tentei de novo.

— Gostaria de sobreviver a este dia, não me assuste — murmurei, lentamente pegando sua mão e deixando-o me puxar para cima. Quando fiquei de pé, percebi que estava um pouco perto demais dele, o suficiente para sentir seu corpo esquentar.

— Você está bem? — ele perguntou, olhando diretamente nos meus olhos com o que parecia preocupação.

Um pouco confusa com a proximidade e a cor hipnotizante de seus olhos, lembrei-me de que provavelmente deveria soltar sua mão.

— Sim. Certo. — Eu dei um passo para trás, colocando-me contra a beira do balcão. — Bom dia. Oi.

— Bom dia.

— Você nunca acorda tão cedo. A que devo o prazer?

— Eu *geralmente* acordo cedo. — Ele olhou o relógio. — Você está quinze minutos atrasada. Normalmente não te vejo na cozinha. Você gosta de descer as escadas e sair direto pela porta todas as manhãs. Consigo ouvi-la enquanto estou tomando meu café.

— Oh, eu não sabia disso. Se soubesse que você estava aqui, diria bom dia antes de sair.

— Isso seria bom.

Com sua admissão inesperada, eu não soube o que fazer. Assentindo e pigarreando sob seu olhar firme, desviei o olhar. Quando notei que ele estava fechando a porta do armário, eu o impedi, colocando a mão em seu braço.

— Eu preciso do outro copo para viagem.

— Para quê? — ele questionou, olhando para a minha mão em seu braço antes de alcançar o copo. Puxei-a e a mantive atrás das costas para não me meter em mais problemas.

Agradeci-lhe baixinho quando ele colocou o copo ao lado do outro no balcão, perto da máquina de café *espresso*.

— O outro é para Raymond.

— Vocês dois parecem se dar bem — ele comentou casualmente, talvez um pouco casualmente demais.

Lancei-lhe um olhar interrogativo antes de tentar me concentrar novamente no café.

— Nos vemos todas as manhãs, então, sim. Quero dizer, conversamos. Isso é um problema?

— Claro que não. — Parecendo um pouco desconfortável, ele se remexeu, surpreendendo-me. — Eu estava apenas tentando puxar assunto.

Sentindo-me uma idiota, baixei a cabeça e senti algo fazendo cócegas no nariz. Achando que estava sangrando, porque algo estava escorrendo, inclinei a cabeça para trás.

— Oh, Jack, Jack... toalha de papel. Acho que meu nariz está sangrando.

Mantendo a cabeça inclinada para trás, tentei encontrar cegamente a toalha de papel. Em vez disso, coloquei a mão no que parecia ser seu antebraço e segurei.

Eu *não* gostava de ver sangue. Não desmaiava nem nada dramático assim, mas também não me consideraria fã da cena.

— Aqui — Jack murmurou, e eu o senti gentilmente tocar a parte de trás da minha cabeça. — Fique parada. — Então ele empurrou a toalha de papel na minha mão e eu enrolei meus dedos em torno dela.

Com sua mão segurando minha cabeça e minha mão segurando seu ombro, eu coloquei a toalha de papel no meu nariz e, lentamente, com a ajuda dele, comecei a me endireitar. Algo definitivamente escorrera pelo meu nariz, mas, quando olhei para o papel, senti-me uma completa idiota.

Meu rosto estava em chamas e meus ouvidos zumbiam. Afrouxei o aperto das minhas mãos em seus ombros incrivelmente musculosos e virei de costas para ele, desejando que o chão se abrisse e eu pudesse simplesmente desaparecer.

— O que foi? — ele perguntou, e sua voz soou por cima do meu ombro, sua respiração fazendo cócegas no meu pescoço.

Meu bom Deus. Fechei os olhos.

— Nada. Não está sangrando. Alarme falso — resmunguei e parei novamente, diante da máquina de café *espresso*, fungando constantemente, porque algo ainda estava escorrendo, e tentando esconder meu rosto corado o tempo todo.

— O que há de errado com sua voz?

O coaxar não fora apenas por causa do meu constrangimento. Minha garganta doía um pouco quando eu engolia, mas pensei que não era nada quando acordei. Adicione meu nariz escorrendo à mistura, no entanto, e talvez fosse algo mais.

— Minha garganta está doendo um pouco. Provavelmente não é nada, só um resfriado.

— Você vai ficar doente?

— Não é nada. Eu estarei bem para o evento. — Não era atraente eu ter que fungar algumas vezes no final de cada frase.

— Não foi por isso que perguntei, Rose.

Olhei rapidamente para ele antes de tocar na tela para o café *espresso*.

— Oh, bem, ainda assim... eu estou bem. Eu vou ficar bem.

— Você está trabalhando demais.

— Você trabalha duro também. Se tranca no seu escritório, mesmo depois que voltamos para cá todas as noites. O que isso tem a ver com alguma coisa? — Dei de ombros, ainda tentando manter a cabeça levemente inclinada para trás para evitar qualquer líquido escorrendo pelo meu nariz. — Provavelmente é o frio. Eu nunca fico doente por muito tempo. Vai desaparecer em um dia ou dois. — O café parou de pingar, então comecei a esquentar o leite. — Você estava dizendo algo sobre o evento no sábado quando entrou na cozinha? — Levantei a voz para que Jack pudesse me ouvir, mas ele já estava um passo à minha frente porque chegara ainda mais perto e estava bem atrás de mim.

Seu peito tocou minhas costas quando ele se inclinou para frente e empurrou algo na minha direção. Uma mão segurou o jarro de leite no lugar, olhei para baixo e vi um cartão de crédito.

— O que é isso?

— Meu cartão de crédito.

— Estou vendo. Para que está me entregando? — Quando o vapor cessou, eu girei um pouco para que as bolhas diminuíssem. Colocando o café nos copos para viagem, segui com o leite no vapor. Protegendo o topo, virei-me para Jack, esperando sua resposta.

— O evento será grande, então gostaria que você comprasse algo apropriado para a noite.

Ouvi-lo dizer coisas desse tipo, com a expressão ilegível, era o que me fazia não gostar dele às vezes.

— Eu não estava apropriadamente vestida na última vez? No jantar com seus sócios? — perguntei, evitando seu olhar.

— Não. Pare de colocar palavras na minha boca.

— Então o que é isso? — Empurrei o cartão de crédito de volta para ele.

A testa dele franziu, e, quando desviei o olhar de seus olhos, vi um músculo em sua mandíbula se contrair.

— Para você comprar um vestido para um evento do qual vai participar por minha causa. Não precisa gastar seu dinheiro. Guarde para o aluguel que você eventualmente vai me pagar. — Ele empurrou o cartão preto de volta para mim.

— Posso comprar meu próprio vestido e pagar o aluguel, Jack.

— Eu não disse que não, Rose, mas estou dizendo que gostaria de te dar este de presente.

O fato de não poder argumentar foi o que mais me atingiu. Sabia que realmente não tinha dinheiro para comprar um vestido apropriado para alguém que caminharia de braços dados com ele em um grande evento de caridade. Éramos de mundos opostos. Se tivéssemos nos conhecido em circunstâncias diferentes, não teríamos nada em comum. Um "nós" não teria sido uma possibilidade. Então... realmente estávamos fingindo, e eu tinha que colocar isso na minha cabeça sempre que olhava nos olhos dele e começava a nutrir sentimentos.

Não poderia mais haver frio na barriga quando ele chegasse à cafeteria – o que acontecia com frequência.

Não poderia mais haver coração acelerado quando ele entrava pela porta.

Não poderia haver mais aquelas pequenas borboletas animadas, das quais todo mundo sempre falava, vibrando no meu estômago.

Este era um acordo comercial entre dois adultos, nada mais, nada menos.

Logicamente, ele estava certo. Eu não iria a um evento de alto nível se não fosse por causa dele, então fazia sentido que comprasse o vestido, mas não pude ignorar o quão pequena isso me fez sentir ao seu lado.

— Ok, Jack.

Sem dizer mais nada, peguei o cartão de crédito.

Eu estava mais do que pronta para sair para o trabalho e ficar longe dele. Passei silenciosamente por Jack quando sua mão no meu braço parou meu movimento. Esperava que ele me fizesse sua pergunta favorita: *o que há de errado com você?* Estava tentando encontrar uma resposta que me deixasse sair da cozinha mais rápido quando a outra mão dele gentilmente tocou meu queixo, e meus olhos surpresos encontraram os dele. Seu polegar delicadamente deslizou de um lado para o outro na minha mandíbula, como se ele não tivesse controle. Então parou, e sua mão segurou meu rosto lentamente.

Meu coração pulou no meu peito – embora eu tivesse decidido há poucos momentos que não era permitido fazer isso – e então lentamente começou a ganhar velocidade, quando percebi que não conseguia desviar o olhar do dele. Meus lábios se abriram porque eu queria dizer o nome dele, queria dizer a ele para... não me olhar com tanta intensidade, como se não fôssemos tão falsos quanto deveríamos ser. Eu queria dizer que não poderia aguentar mais.

Sua expressão suavizou, e os vincos na testa desapareceram.

— Compre o que quiser para mim.

Para ele? Eu assenti, incapaz de formar duas palavras. Seu olhar se moveu pelo meu rosto, parando nos meus lábios, e eu simplesmente esqueci como respirar. O que ele estava fazendo? Que bruxaria era aquela?

Primeiro você expira e depois inspira. Não, você precisa inspirar primeiro. Você precisa de ar nos pulmões primeiro para poder expirar.

— Algo branco, talvez, ou nude — continuou ele, sem perceber meu estado de confusão. — Você fica bem nessas cores.

Eu fico?

O que no mundo estava acontecendo?

Tentei ligar meu cérebro para lembrar se ele já tinha me visto de branco, mas, além de uma blusa branca que usei com um jeans preto, não conseguia pensar em uma única roupa.

Engoli em seco e consegui outro aceno de cabeça.

Se naquele momento ele tivesse sorrido para mim, podia jurar quase com certeza de que teria me tirado do transe, porque eu saberia que se tratava de uma cópia de Jack Hawthorne – uma maravilhosa, mas apenas uma cópia –, mas ele não o fez. Quando não cambaleei depois que ele soltou meu braço, pensei que poderia sobreviver a qualquer coisa, mas então ele colocou a parte mais longa da minha franja atrás da orelha e começou a se inclinar em minha direção. Daquela vez, ele agiu um pouco mais rápido do que uma tartaruga, mas ainda me deu tempo para me inclinar um pouco para trás, com os olhos arregalados.

— O que você está fazendo? — sussurrei.

Ele ignorou completamente minha tentativa de me proteger e gentilmente me beijou bem abaixo da mandíbula, no meu pescoço.

Eu esqueci como respirar, como existir neste novo mundo.

— Ligue-me para me atualizar da contagem de clientes em algum momento. Me mande uma mensagem.

Se eu inclinasse a cabeça mais para trás, acabaria tombando.

— Mas você disse que não gosta de enviar mensagens de texto.

— Me mande uma mensagem mesmo assim.

Respirar ainda era difícil, porque, quando ele tirou as mãos do meu corpo, eu não soube o que fazer comigo mesma. Deveria sair? Deveria ficar e continuar olhando? Ele provavelmente percebeu que eu paralisei, mas não fez nenhum comentário enquanto eu estava um pouco chocada – ainda tentando descobrir o que tinha acabado de acontecer.

Ele casualmente olhou para o relógio, e percebi o quanto estava se controlando.

— Raymond deve estar esperando por você — comentou ele, virando-se para a máquina de *espresso*, provavelmente para fazer seu próprio café. Eu finalmente consegui me mexer.

— Er... certo. Sim. Estou atrasada, não estou? Você deveria, humm, tenha um bom dia no escritório. — Ele me encarou, encostado no balcão, as mãos segurando a borda do mármore branco. — Tenha um dia feliz! — eu adicionei no final, como se isso melhorasse alguma coisa, e então me virei.

Fechei os olhos e desejei morrer de forma rápida quando saí rapidamente dali. Eu estava a apenas três passos da cozinha quando sua voz me parou.

— Rose.

Eu não respondi. As palavras ainda eram raras, no meu caso.

— Você esqueceu o café.

Fechei os olhos, virei-me, coloquei um pé na frente do outro e voltei para a cozinha, mantendo meus olhos em segurança, longe dos dele.

Murmurei um rápido agradecimento quando ele me entregou os copos de aço inoxidável. Esforcei-me ao máximo para não tocá-lo no processo, mas era inevitável, e meus olhos voaram para ele quando seus dedos roçaram nos meus.

Ele inclinou a cabeça, os olhos no meu dedo. Eu sabia para onde ele estava olhando.

— Você está usando.

Eu trouxe as canecas para mais perto do meu peito, tentando esconder meu dedo anelar.

— Eu tenho usado o tempo todo. Você sabe disso.

— Que bom — ele murmurou, seus olhos prendendo os meus.

— O que está acontecendo aqui? — perguntei desconfiada, porque realmente não sabia o que dizer e precisava saber o que estava acontecendo para que, de alguma forma, pudesse me proteger.

— Nada. Tenha um bom dia, Rose.

Ainda mais desconfiada e um pouco desequilibrada, virei-me e saí sem dizer mais nada. Ocupada demais com meus próprios pensamentos, não falei muito com ninguém pelo resto da manhã.

Número de vezes que Jack Hawthorne sorriu: nenhuma.
(Perdi a esperança. Socorro!)

Capítulo Treze

ROSE

O resto dos poucos dias que antecederam o evento foram tão estranhos quanto naquela manhã. Estávamos muito ocupados e não nos víamos tanto assim, mas, à noite, quando vinha me buscar, se havia pessoas por perto, ele fazia um show e me tocava. Não era nada grandioso, nada que me fazia pular de seus braços em pânico, mas até um simples beijo na bochecha como cumprimento ou uma mão na parte de baixo das minhas costas me atingia. Ele casualmente puxava meu cabelo para fora do casaco e me oferecia a mão quando havia uma poça no meu caminho, enquanto estávamos andando para o carro, como se eu pudesse escorregar e me afogar naquela pequena poça de água se ele não estivesse por perto para me segurar. Eu poderia muito bem ter escorregado realmente, mas esse não era o problema. Ele abria portas para mim, dava um empurrão suave nas minhas costas quando eu apenas o olhava com uma pequena carranca, e o jeito como dizia meu nome enquanto olhava nos meus olhos, o jeito como este saía de seus lábios... o jeito como ele me ouvia tão intensamente sempre que eu conseguia dizer alguma coisa... ele sempre me ouvira daquela forma ou eu começava a imaginar coisas?

Eu não tinha certeza.

Quase toda noite ele perguntava se eu estava livre para jantar, e quase todas as noites comíamos na sala de jantar, onde ele realmente fazia um grande esforço para conversar comigo, e eu aproveitava cada minuto, mas se dissesse que não estava confusa seria uma mentira. Isso não mudava nada; mesmo quando recebia respostas monossilábicas, ele continuava. Eu geralmente ia para a cama assim que o jantar terminava, não porque estava fugindo dele, mas porque estava tendo dores de cabeça cruéis quase todos os dias.

Comprei o vestido no dia anterior ao evento. Adiei o máximo que pude, mas deixá-lo até o último dia foi uma pressão até para mim. Escolhi o vestido mais barato que eles me mostraram, embora isso não dissesse muito, porque equivalia a dois meses do meu aluguel.

Por mais que eu odiasse a experiência, o vestido era lindo e valeu a pena – tão lindo, de fato, que você desejaria tirá-lo aleatoriamente do armário e usá-lo em casa enquanto assiste The Office. Dizer que eu estava nervosa por sair em público usando-o era um eufemismo.

Era um vestido de tule com um forro curto por baixo, que terminava um pouco acima dos joelhos. As mangas em sino e a região lombar eram um deslumbre por si só, mas minha parte favorita era o corpete que combinava com a saia cheia e o fino cinto de metal dourado. A saia fazia você querer se balançar de um lado para o outro, como uma criança de cinco anos com uma nova roupa de princesa. Quase me lembrou de um vestido de noiva dos sonhos.

Eu o adorei, mas estava principalmente preocupada com o que Jack pensaria. Seria demais? Seria muito simples? Quando Raymond me pegou no sábado, havia começado a chover e, devido ao tráfego impossível, levamos mais tempo do que o normal para chegarmos ao apartamento. Quando perguntei onde Jack estava – porque me acostumei a Jack sempre ir me buscar –, Raymond disse que tinha trabalho a fazer, mas que estaria no apartamento a tempo.

Deveríamos sair às sete e meia. Eram sete e quarenta, e, além de Jack já ter chegado, ele também havia batido na minha porta duas vezes. Esforcei-me ao máximo para puxar meu cabelo para cima em um rabo de cavalo, que pareceria elegante e bagunçado, mas meu cabelo não estava de bom humor. No final das contas, tive que fazer algumas ondas com o babyliss e deixá-lo solto. Minha maquiagem era a mais simples possível. Só adicionei um pouco de corretivo no que já estava usando. Esfumei a sombra marrom nas minhas pálpebras com os dedos, depois acrescentei mais blush e finalmente passei um batom cor de vinho, novamente com o dedo. De pé em frente ao elegante espelho de corpo inteiro, coloquei o vestido e me vi olhando para o reflexo.

Para ser justa, eu não estava tão mal, mas me sentia desconfortável, como se estivesse muito longe da minha zona de conforto. Um acordo era um acordo, porém, então, tentando não pensar demais, vesti o casaco cinza-escuro na altura do joelho e voei para fora do meu quarto. O salto alto não era meu melhor amigo, então corri descalça pelas escadas e coloquei o único par de saltos que possuía no saguão.

Encontrei Jack bem no meio da sala, olhando para o telefone. Não fiz barulho quando o vi. A barba por fazer estava em ótima forma, como sempre, e exigia sua atenção quando você o via pela primeira vez, mas adicione um smoking à mistura, e Jack Hawthorne se tornava fatal. Engoli meu gemido e pigarreei. Meu marido olhou para cima e encontrou meu olhar.

Não lhe dei a chance de comentar.

— Sim, eu sei que estamos atrasados e desculpe, mas estou pronta agora, podemos sair.

Ele me deu um meneio de cabeça, os olhos subindo e descendo enquanto colocava o telefone no ouvido.

— Raymond, estaremos aí em um minuto.

Meu casaco estava todo abotoado, e eu tinha as mãos nos bolsos, então a única coisa que ele podia ver eram alguns centímetros da bainha da minha bela saia. Ele não fez comentários quando se juntou a mim. Tentando evitar seu olhar, tomei a dianteira e pegamos o elevador.

— Boa noite, Steve — eu disse quando passamos pelo porteiro e agora meu amigo.

Ele piscou para mim e, por mais nervosa que eu estivesse, não pude segurar meu sorriso.

— Divirta-se esta noite, sra. Hawthorne. — Ele sempre me chamava de sra. Hawthorne quando Jack estava por perto, mas, pela manhã, quando éramos apenas eu e ele, conversando por um minuto ou dois, enquanto eu esperava que Ray chegasse, sempre era apenas Rose. A mão de Jack encontrou minhas costas, e eu me empertiguei.

— Tenha uma boa noite, Steve — acrescentou Jack, e meu olhar surpreso voou até ele. Desde quando ele começou a falar com Steve? Evidentemente era uma coisa relativamente nova, porque, por um momento, Steve não soube o que dizer.

— Ah... o senhor também.

Então saímos no ar frio da noite; a chuva era apenas uma garoa. Estava muito consciente da mão de Jack nas minhas costas até que entrei no carro e deslizei até o outro lado. Nada mudou depois que ele entrou atrás de mim. Eu ainda estava muito ciente de sua presença, seu cheiro, seus olhos, se ele estava me tocando ou não.

— Olá novamente, Raymond.

Ele olhou por cima do ombro para me dar um sorriso.

— Você está linda, senhora Hawthorne.

Corei e, pelo canto do olho, notei Jack tenso.

— Já estamos atrasados. Vamos lá — ele ordenou em tom áspero, me cortando antes que eu pudesse responder a Raymond.

Eu me desculparia novamente por nos atrasarmos, mas ele estava sendo um idiota com Raymond, então, escolhi não dizer nada durante todo o trajeto de carro até o local onde o evento aconteceria no centro. Levamos uma hora para chegar lá, e ficar quieta em um carro por uma hora inteira exigiu muita paciência da minha parte.

Saindo do carro, ficamos lado a lado na escada que levava ao prédio bem iluminado.

— Por que você parece estranha? — Jack perguntou em meio ao silêncio.

— Você e seus elogios. Sempre me arrebatando — eu disse distraída, meus olhos ainda no prédio.

— Estou falando sério, Rose.

Surpresa com o tom tenso de sua voz, olhei para ele.

— O que foi?

— Sua voz está diferente. O resfriado piorou?

— Oh. — Toquei a lateral do meu nariz e olhei para a frente novamente, um pouco envergonhada por ele ter notado. — O resfriado, sim. Na verdade, não está muito pior, mas estou com uma pequena bola de algodão no nariz. Pensei que seria uma ideia melhor do que ficar fungando o tempo todo.

— Você precisa ir ao médico.

— Eu vou.

— Pronta? — Jack perguntou, estendendo a mão entre nós.

Olhei para ela por alguns segundos e, em seguida, sem outra escolha, tive que colocar a mão na dele, muito maior. Respirei fundo e dei um passo à frente apenas para ser puxada de volta gentilmente. Quando ele uniu nossos dedos, fazendo com que minha aliança se movesse levemente, tive que fechar os olhos por um segundo e ignorar o forte golpe no meu peito. Toda vez que ele tocava minha aliança, meu coração dava um pequeno salto feliz.

Estávamos prontos para ir, mas nenhum de nós dava o primeiro passo. Com nossas mãos unidas, ficamos imóveis.

— O que houve, Rose? — ele indagou suavemente, e fechei os olhos com mais força dessa vez. Ele estava muito perto, cheirando muito bem e sendo gentil novamente.

Eu não conseguia pensar em uma mentira plausível, então, em vez de simplesmente admitir que sua presença estava me afetando, soltei a primeira coisa que me veio à mente. Pelo menos eu estava dizendo a verdade.

— Eu não gosto quando você age como um idiota.

Quando eu disse as palavras em voz alta, não estava olhando para ele. Quando um casal passou por nós, subindo as escadas e, pelo que parecia, discutindo, tive que esperar pela resposta de Jack, pois não tinha a intenção de encontrar seu olhar para ver o que ele estava pensando.

Ele só falou quando as vozes do casal sumiram e também não podíamos ser ouvidos.

— Quando eu agi como um idiota?

Isso me fez olhar para ele.

— Não é possível que não tenha percebido. Você foi um idiota completo com Raymond, Jack.

— Foi por isso que você não me disse uma única palavra durante o trajeto?

Perplexa, apenas olhei para ele.

— Você foi grosseiro com ele sem motivo.

— Ele elogiou minha esposa — argumentou. — Não tínhamos tempo para ficarmos de conversinha.

— Sua esposa falsa, e ele sabe disso.

Fascinada, observei quando o músculo de sua mandíbula começou a pulsar.

— Isso muda alguma coisa? Eu acho que...

— Ele disse uma frase enquanto ligava o carro. — Ergui um dedo para argumentar. — Ele estava sendo gentil e é meu amigo. Você foi quem agiu como um idiota. Acho que é um pouco óbvio que eu não queira falar com você.

— Ótimo — ele retrucou.

— Ótimo — rebati.

Ele olhou nos meus olhos, e eu o olhei de volta, sem recuar. Devo ter imaginado a contração dos lábios, porque um segundo depois ele vociferou outra ordem para entrarmos e logo começamos a subir as escadas.

Ainda de mãos dadas.

Era um grande problema que eu não me importasse de segurar a mão dele.

No segundo em que entramos pelas portas, a música clássica suave atingiu meus ouvidos, substituindo todas as buzinas e sirenes.

Aqui vamos nós.

Paramos em frente à chapelaria, e o casal que acabara de passar por nós ainda estava no canto, discutindo em voz baixa.

— Sinto muito — Jack resmungou, parando ao meu lado, os olhos focados no casal. — Não era minha intenção agir como um idiota. Me perdoa?

Chocada com suas palavras e a suavidade que ouvi em sua voz, minha cabeça se voltou para ele, e captei seu perfil. Deus, ele era tão bonito. Eu realmente não tinha chance, não desde o primeiro dia.

— Tudo bem — murmurei, ainda um pouco surpresa com o que senti quando o olhei, e sua mão apertou suavemente a minha. Justamente quando chegava à conclusão de que seria mais fácil não gostar dele, ele fazia algo assim e me deixava sem palavras.

— Você não trouxe bolsa? — ele perguntou, aproximando-se do meu ouvido. Tive que me afastar um pouco para não me enterrar no peito dele. Por essa pequena idiotice, culpei sua respiração, que senti no meu pescoço, causando um arrepio na minha espinha.

Ele soltou minha mão e segurou no meu ombro, pronto para me ajudar a tirar o casaco.

— Eu não tenho nenhuma que combine — respondi suavemente, inclinando a cabeça para a esquerda para que ele pudesse me ouvir enquanto eu lentamente começava a desabotoar meu casaco com dedos frios e, em seguida, o retirava.

— Por que você não comprou uma?

— Você disse para eu comprar um vestido, e não preciso de uma bolsa. Não se preocupe, só o vestido já custou uma fortuna.

Ele entregou meu casaco para a garota e, quando se esqueceu de agradecer, falei por nós dois e abri um pequeno sorriso. Um segundo depois, ouvi Jack resmungar um obrigado também, enquanto tirava o próprio casaco.

Isso me fez sorrir, e segui em frente.

Felizmente, dentro do salão de baile, onde o evento estava sendo realizado, estava muito mais quente, então não achei que iria congelar com o meu vestido.

Discretamente, toquei meu nariz para garantir que a bolinha de algodão ainda estava lá. Quão divertido seria se meu nariz começasse a escorrer de novo? Puxando as mangas do meu vestido e tentando deixá-las bonitas, fiquei parada e esperei Jack se posicionar ao meu lado novamente.

Quando ele reapareceu ao meu lado, eu o peguei olhando para mim. Dei uma olhada em mim mesma.

— O quê? Exagerei?

— Rose.

Arqueei uma sobrancelha para contemplar seu olhar penetrante e esperei que ele prosseguisse, mas ele apenas continuou observando. Começando a me sentir preocupada, tentei puxar o forro por baixo do meu vestido.

— Não. Não, não é — ele sussurrou. — Você está incrível — disse, e meus olhos se voltaram em sua direção.

Daquela vez, quando ele ofereceu sua mão, foi uma distração bem-vinda.

— Eu... você está incrível também, Jack. Sempre está — murmurei, sentindo-me corar um pouco.

Ele abriu a boca para dizer alguma coisa, mas, naquele momento, um homem mais velho colocou a mão em seu ombro e desviou sua atenção de mim.

Jack nos apresentou, mas, após o choque inicial de descobrir que Jack tinha se casado, o cara não se interessou por mim. Eles começaram a conversar sobre uma empresa que eu acreditava que Jack estivesse representando. Mantendo o sorriso fixo, me desliguei deles, aproveitando a oportunidade para olhar ao redor.

Quando vi duas mesas cheias de crianças no fundo do salão, não consegui esconder minha curiosidade. Algumas delas estavam conversando, enquanto outras apenas olhavam maravilhadas. Suas roupas não se encaixavam nessa multidão sofisticada, então eu duvidava que fossem de qualquer pessoa que estivesse por perto. Parecia que cada mesa tinha um adulto sentado com elas.

Quando Jack terminou sua conversa com o cara, Ken alguma coisa, eu me inclinei para mais perto, para que ninguém pudesse nos ouvir. Ele se inclinou ao mesmo tempo, para facilitar para mim, e meu nariz absorveu o cheiro muito bom de sua colônia quando tocou seu pescoço. Era o que eu odiava, porque me fazia ficar toda vulnerável a ele – não era nada bom.

— Para que tipo de caridade é este evento? — perguntei, conseguindo me concentrar após o choque inicial do seu cheiro.

— Uma organização que apoia crianças adotadas.

Afastei-me e olhei para ele, surpresa.

— Você não me disse isso.

— Não?

Lentamente, balancei a cabeça.

— Pensei que tinha dito. Algum problema?

Toda a minha infância passada com os Coleson foi difícil. Eu não era desejada. Para uma criança daquela idade, essa certeza era uma pílula difícil de engolir. Eu sabia o que essas crianças estavam passando, como se sentiam sozinhas, abandonadas, e às vezes inúteis. Eu sempre teria um fraquinho por crianças, e provavelmente seria assim pelo resto da minha vida.

Fortalecendo minha voz, sussurrei:

— Eu também gostaria de doar. Onde eu posso...

Jack pigarreou e desviou os olhos de mim, movendo-os através da multidão.

— Eu já estou doando.

— Entendo, mas gostaria de doar também.

— Estou doando, então você não precisa.

Ele começou a andar, mas, daquela vez, o fato de estarmos de mãos dadas trabalhou a meu favor e fui eu quem o puxou de volta. Ele me lançou um olhar incrédulo quando ergui as sobrancelhas e esperei que ele me desse a resposta que eu estava procurando.

Eu não sabia por que ele escolhera se inclinar e sussurrar no meu ouvido, mas não consegui afastá-lo. Antes que pudesse me impedir, já estava inclinando minha cabeça para o lado e fechando os olhos. Saboreando o momento.

— Nós somos casados, Rose. Minha doação está nos dois nomes. Deixe-me fazer isso.

Ouvi suas palavras não ditas como se ele as tivesse falado em voz alta.

Por você.

Deixe-me fazer isso por você.

Quando ele se afastou, estendi a mão livre e segurei seu pescoço para que ele ficasse parado e escutasse.

— Casados ou não, o dinheiro é seu, Jack. Amo que você esteja fazendo isso em ambos os nossos nomes, isso significa muito para mim, mas também quero ajudar. Nós dois podemos doar.

Por um longo momento, não houve resposta, mas ele ficou curvado, olhando nos meus olhos. Depois de mais alguns segundos se passarem em silêncio, nos quais me senti desconfortável, comecei a soltar minha mão do seu pescoço, mas ele capturou meu pulso antes que eu pudesse perceber e o manteve em seu ombro.

Engoli em seco quando percebi que estávamos basicamente nos abraçando na frente de todos, embora não me importasse muito se alguém estava assistindo ou não. Quando senti o nariz de Jack roçar no meu pescoço, meus dedos apertaram seu ombro e um pequeno arrepio percorreu meu corpo. Eu sorri.

— Tudo precisa ser motivo de discussão entre nós? Você me despreza tanto assim? Estou cuidando disso, Rose. Confie em mim. Vou doar cento e cinquenta mil dólares em nossos nomes.

Ele finalmente se afastou e começou a me observar. Como um peixe, eu abri e fechei os olhos. Desprezá-lo? De onde ele tirou essa ideia?

— Eu nunca poderia te desprezar, Jack — sussurrei, sentindo-me fora de mim.

Satisfeito, ele assentiu uma vez.

— Vamos encontrar a nossa mesa.

Fechei os olhos por um segundo rápido, confiando nele para me afastar de quaisquer obstáculos, e soltei um suspiro profundo. Naquele momento, interpretar o papel de marido e mulher iria bagunçar um pouco a minha mente, e eu não tinha certeza se conseguiria lidar com tudo isso tão bem no final da noite.

Abri os olhos e notei que estávamos passando pela mesa das crianças. Uma das garotinhas – ela não podia ter mais de oito anos – estava olhando para nós com os olhos arregalados, então pisquei para ela e a observei rapidamente voltar o olhar para o colo, enquanto brincava com a borda da toalha de mesa branca.

Quando olhei para frente novamente e Jack parou, eu ainda tinha um sorriso no rosto. *Talvez esta noite não seja tão ruim*, pensei, mas, quando vi quem estava na nossa frente, não tive mais tanta certeza disso.

Bryan sorriu para nós, não um sorriso feliz, como você esperaria de alguém que praticamente fez parte da sua família por longos anos, mas, sim, de zombaria.

— Que grande coincidência encontrar vocês dois aqui! — Bryan exclamou, olhando de mim para Jack. — Ah, esta é realmente uma boa noite.

— Bryan — Jack respondeu com firmeza.

Não pude dizer nada porque vi o casal em pé atrás dele, conversando com uma mulher mais velha. Fiquei paralisada.

Quando Bryan se inclinou para frente, para dar um beijo na minha bochecha, Jack me puxou ligeiramente contra ele, então meu ombro ficou encostado na lateral do seu corpo. Eu não reagi. Fiquei chocada, em silêncio.

— Parabéns pelo seu casamento novamente. Sei que começamos com o pé esquerdo, mas não podemos deixar que pequenas coisas assim atrapalhem a família, certo, Jack? — O sorriso falso de Bryan escorregou do seu rosto quando nem eu nem Jack respondemos, e ele seguiu meu olhar e olhou por cima do ombro. — Jodi, veja quem eu encontrei aqui.

Jodi se virou para encarar seu irmão, e seu... acompanhante se virou com ela.

Senti o sangue que restava desaparecer do meu rosto e, enquanto eles vinham em nossa direção, a mão de Jack apertou a minha. Fiquei agradecida por estar encostada nele, porque, caso contrário, não achava que poderia ficar em pé por muito tempo.

Jodi e meu ex-noivo, Joshua, que estava com a mão em volta da cintura dela, pararam em nosso pequeno círculo e nos cumprimentaram como se não houvesse nada de errado. Era a primeira vez que o via depois que ele terminou comigo por mensagem. Parecia que fazia anos, e agora ele estava em um evento de caridade com Jodi.

Mesmo que eu não tivesse mais sentimentos pelo meu ex-noivo, senti meu coração se partir em pedaços. Jodi sorriu para mim como se tudo estivesse normal, me parabenizou pelo meu casamento e pediu desculpas por ter perdido a abertura da minha cafeteria, assim como Bryan. Parecia tão falso e forçado. Eu nem consegui assentir em resposta, porque não conseguia tirar os olhos de Joshua. Ele me lançou apenas um olhar, mas depois começou a olhar para qualquer lugar, menos para mim.

Acho que Jack e Bryan trocaram mais algumas palavras, pois pude ouvir o tom cortante e nada feliz de Jack, mas o pulsar nos meus ouvidos me impediu de entender palavras específicas. Começando a ficar um pouco tonta, desviei meus olhos chocados de Joshua quando Jodi se inclinou e sussurrou algo em seu ouvido, ganhando uma risada baixa dele. Eu já havia recebido aquela risada antes e adorava o som cálido. Naquele momento, ela fazia meu estômago revirar.

Apoiei-me ainda mais em Jack, agradecida por ele ser tão grande e forte perto de mim. Ele moveu nossas mãos unidas de entre nossos corpos e passou o braço em volta da minha cintura, minha mão ainda muito presa à dele, meu braço dobrado.

Eu não sabia exatamente o que fazer comigo mesma, então, quando senti os lábios quentes de Jack contra minha têmpora, olhei para ele com um olhar atordoado.

— Você quer procurar a nossa mesa?

Estudei seu rosto, seus lindos, mas furiosos, olhos. Tão lindo de smoking, tão inatingível, mas lá estava ele, não era meu, mas me segurava ainda assim.

— Sim — sussurrei. — Por favor.

Jack deu boa-noite aos meus primos e a Joshua, e eu consegui forçar um leve sorriso. Jodi e Joshua já estavam se afastando.

— Estou ansioso para receber notícias suas, Jack — Bryan disse e tocou meu braço, o que me fez instintivamente recuar, mas logo depois ele se afastou também. Eu não conseguia entender suas palavras.

— Do que ele está falando, Jack?

— Não se preocupe com isso. Você gostaria de ir embora? — Jack perguntou, e eu virei os olhos sem foco de volta para ele.

— Sim.

Meu marido, o homem forte que ainda estava me segurando, começou a me virar gentilmente em direção à porta pela qual tínhamos acabado de entrar. Dois passos depois, coloquei minha mão em seu braço e o parei.

— Não. Não, espera. Fizemos um acordo. Eu sinto muito. Não vou embora.

Eu estava falando contra seu peito, mas ele segurou e ergueu meu queixo, olhando profundamente na minha alma.

— Não existe acordo, Rose.

— Sim, existe. Isto é um negócio. Não há razão para sairmos.

— Rose... — ele começou, mas eu o interrompi.

— Era Joshua, meu ex-noivo, com minha prima.

Os lábios dele se apertaram.

— Eu sei quem ele é.

— Fiquei surpresa, só isso. Estou bem agora.

— Eu não sabia — ele disse depois de passar alguns segundos buscando algo nos meus olhos. Deus, os dele eram lindos. — Se eu soubesse que eles estariam aqui, seus primos, eu... eu não sabia, Rose.

Sorri de leve.

— Sei disso. O que havia de errado com Bryan? Ele me ligou alguns dias atrás, ainda ameaçador. Por que falaria como acabou de falar?

— Você não me contou que ele ligou.

— Não era importante.

— É sim. Se ele te incomodar de novo, me diga.

Assenti.

— Rose... achei que você gostaria deste evento, pela causa. Foi por isso que o escolhi.

Meu sorriso aumentou, parecendo um pouco mais genuíno.

— Você está certo. Vou gostar deste pela causa.

Ele balançou a cabeça, mantendo uma expressão dura.

— Estou estragando tudo a cada passo que dou, não estou?

Eu não tinha certeza do que havia acontecido comigo, mas algo em seu tom não me soava bem. Então, como se fosse a coisa mais natural, ainda olhando em seus olhos, fiquei na ponta dos pés, pousei a mão em sua bochecha e beijei o canto dos seus lábios. Isso foi tudo que me permiti fazer. Sua mão apertou minha cintura, me puxando pelo menos alguns centímetros para mais perto. Não diminuiu o espaço entre nós, mas podia sentir a mão dele me tocando o tempo todo.

— Obrigada — sussurrei quando coloquei meus pés totalmente no chão, ocupando-me em ajeitar sua gravata borboleta.

Ele soltou minha cintura.

— Por quê?

Eu não tinha uma resposta direta para isso.

— Apenas obrigada.

Ele cerrou a mandíbula perfeitamente esculpida e suspirou.

— Você tem certeza de que quer ficar?

Eu não tinha certeza, mas não iria embora. Não daria a eles essa satisfação, por mais que quisesse enfiar o rabo entre as pernas e fugir.

— Sim. Completamente.

Quando saímos da nossa pequena bolha, comecei a ouvir tudo o que estava à nossa volta: risadas robustas de um homem, pratos tilintando, alguém tossindo, uma risadinha de mulher e a música clássica baixa. Jack nos guiou como sempre fazia, com uma mão gentil nas minhas costas, e eu tive o cuidado de não olhar para qualquer outro lugar, exceto para a frente. Era muito difícil não vacilar a cada ruído mais alto, enquanto andávamos em volta das mesas e finalmente parávamos em frente a uma mais ao canto.

Jack puxou uma cadeira, e eu me sentei. Obviamente, não conhecia ninguém na mesa, mas também não achava que Jack conhecesse. Por um longo tempo, ficamos em silêncio. Então cometi o erro de olhar para a direita, apenas para ver se conseguia enxergar as crianças de onde estava sentada, mas meus olhos se encontraram com os de Joshua. Eles estavam duas mesas à nossa direita e um pouco atrás. Não parecia que Jodi estava com ele naquele momento, mas Bryan estava lá, sentado à sua direita, conversando com alguém à mesa. Joshua não quebrou o contato visual comigo, seus olhos castanhos observando, calculando. Então, tão sutilmente que quase perdi o movimento, ele ergueu o champanhe como se brindasse a mim.

Eu me virei, sentindo um nó no estômago e prometendo a mim mesma que não voltaria a olhar por cima do ombro durante todo o evento.

— Como você está se sentindo? — Jack perguntou, e meus olhos deslizaram em sua direção. Ele estava olhando para frente, com o queixo trêmulo.

De certa forma, eu sabia que ele não estava perguntando como eu me sentia sobre a situação como um todo. Acreditava que estava perguntando como eu estava sentindo em relação ao meu ex-noivo.

Respondi honestamente, com uma voz firme.

— Enjoada. — Era exatamente assim que eu me sentia, embora, de alguma forma, também me sentisse aliviada por não ter cometido o erro de me casar com alguém como Joshua; alguém que dizia o quanto me amava tão facilmente e com tanta frequência e, no final, aparentemente, não era verdade. Eu não conseguia nem entender como ele podia estar com Jodi. Eles se conheciam através de mim. Jantamos juntos algumas vezes com a família, quando Gary o convidava, e eles conversavam de vez em quando, quando nos encontrávamos, mas nunca poderia imaginar... isso. Nem mesmo vindo de Jodi, e definitivamente não de Joshua. Ele sempre me disse que achava que Jodi era como uma princesa do gelo e que esse tipo de mulher não o atraía.

Minhas mãos estavam no meu colo, quase congeladas, então, quando a mão de Jack cobriu a minha, baixei os olhos, observando-o lentamente entrelaçar nossos dedos novamente, exatamente como ele havia feito tantas vezes na última hora. Fiquei fascinada por isso o suficiente para deixar de lado todos os pensamentos sobre Jodi e Joshua evidentemente estarem juntos, focando na única coisa que me aquecia de dentro para fora.

— Suas mãos estão frias — Jack murmurou baixinho, e eu percebi o quão perto estávamos sentados um do outro.

Ele tinha se movido? Manteve nossas mãos sobre a minha coxa, a minha firmemente agarrada à dele, e eu decidi que gostava da sensação, do peso, do calor. Então apertei-o com mais força.

— Eu sei.

Seu polegar começou a girar a aliança ao redor do meu dedo.

De um lado para o outro.

De um lado para o outro.

Era uma sensação tão estranha sentir sua pele na minha. Será que ele sentia o mesmo? Aqueles formigamentos?

Ele assentiu uma vez e eu olhei para ele sob meus cílios, tentando não ser muito óbvia. E daí se ele estava apenas fingindo? Eu poderia fazer o mesmo. Poderia absorver a sensação de conforto que ele me transmitia e me deixar sentir amada. Poderia parar de pensar e aproveitar meus segundos e minutos com ele. Não precisava analisar todos os meus movimentos. Eu poderia ser o que quisesse com Jack enquanto estivéssemos em público. Poderia me iludir, felizmente, antes que tivéssemos que voltar ao mundo real e cruel.

Erguendo a cabeça, olhei para ele. Dois lugares estavam vagos na nossa mesa, à esquerda de Jack, os outros quatro estavam ocupados por duas mulheres e dois homens que conversavam entre si.

— Jack, fale comigo — insisti quando o mestre de cerimônias subiu ao palco e as luzes diminuíram um pouco. Um silêncio caiu sobre a multidão, mas ainda havia conversas silenciosas aqui e ali, e foi por isso que não me senti culpada por minha falta de atenção.

Os olhos de Jack estavam fixos no palco, mas eles se viraram para mim, e eu repeti minhas palavras.

— Apenas fale comigo.

Ele suspirou.

— Sobre o que você quer falar?

Dei de ombros, feliz por ele não ter hesitado muito.

— Qualquer coisa. Tudo. O que você quiser.

Um vinco formou-se entre suas sobrancelhas enquanto ele me estudava por um momento.

— Quantas xícaras de café você vendeu hoje? Não enviou mensagens de texto.

Eu sorri, meu coração se acalmando um pouco mais. Embora ele insistisse que não era bom em conversas informais, eu sempre gostava da companhia dele. Ele tinha seu próprio jeito de fazer as coisas. Raramente se desfazia daquela carranca, por um lado, mas, aos meus olhos, isso apenas o fazia parecer mais atraente. Ele poderia franzir a testa para mim uma noite inteira, e eu ainda não me importaria. Relaxei um pouco, sentindo-me derreter.

— Cento e oitenta e seis.

— Foi um pouco mais do que ontem, não foi? — Assenti. — Você está feliz, então?

Abri um sorriso ainda maior.

— Estou. Vai ser a semana da canela na próxima semana e estou muito empolgada com isso. Você tem um pedido especial? Posso realizá-lo.

Seu olhar se afastou do meu por um breve momento, quando o salão inteiro explodiu em gargalhadas e depois aplausos. Notei um exército de garçons vagando em volta das mesas, dois deles rodeando a nossa, segurando pratos. Jack soltou minha mão e recostou-se para que o garçom pudesse fazer seu trabalho. A ausência do seu toque se apossou de mim, e eu não tinha certeza de como deveria me sentir sobre isso. Eles pegaram nossos pedidos de bebida: vinho branco para mim e uísque para Jack.

Assim que nos deixaram sozinhos com nossos risotos de cores estranhas e foram buscar os pedidos de bebida, eu me inclinei de volta.

— Algum pedido específico com canela?

Eu preferia que ele agarrasse a minha mão novamente, mas, em vez disso, casualmente passou o braço pelas costas da minha cadeira e virou o corpo na minha direção.

— Qualquer coisa que você fizer, guarde um pouco para mim.

— Eu faço um doce trançado de canela. É uma receita sueca, e eu adoro. Posso fazer, se você quiser.

— Eu gostaria muito — ele disse simplesmente, e tivemos que nos afastar um pouco quando nossas bebidas chegaram. Eu não era fã de álcool e raramente bebia, mas parecia que seria uma necessidade naquela noite.

Tomei um gole do meu vinho, e ele tomou um gole do seu uísque.

— Você conhece muitas pessoas aqui? — perguntei, empurrando minha taça para longe.

Ele olhou por cima do ombro, e suas feições endureceram. Curiosa, segui seu olhar e vi Joshua olhando novamente, mesmo que Jodi estivesse sentada ao seu lado. O braço dele estava em volta da cadeira dela, quase exatamente como o de Jack estava na minha. Afastei meus olhos e coloquei a mão no rosto de Jack novamente. Aplicando um pouco de pressão, virei sua cabeça para mim.

— Jack, você conhece muitas pessoas aqui? — repeti enquanto ele bebia o resto do uísque de uma só vez. — Vamos ser nós dois hoje à noite, ok? Não vamos nos concentrar em mais ninguém. Precisamos parecer um casal feliz, então temos que ser só nós dois. — Parecia que, se eu repetisse aquilo várias vezes, talvez acabasse acreditando.

— Algumas. Conheço algumas pessoas — ele respondeu finalmente, sua voz rouca do álcool.

Quando o garçom estava perto o suficiente, ele pediu outro. Tomei um pequeno gole do meu vinho e tentei uma pequena garfada no risoto. Não era a pior coisa que eu já tinha comido. Olhei para as pessoas sentadas à nossa frente e notei que nenhuma delas estava interessada no que acontecia no palco.

Quando percebi algo pingando do meu nariz na toalha da mesa, todo o meu rosto esquentou, e rapidamente peguei o guardanapo, amaldiçoando-me por não ter uma pequena bolsa na qual eu poderia guardar algumas coisas.

Mortificada, esperava que Jack – e mais ninguém, aliás – não tivesse visto meu nariz escorrendo. Tentando ser discreta, passei o guardanapo no lábio superior e levemente no nariz. Já podia sentir minhas bochechas corando quando comecei a entrar em pânico. Olhei para o guardanapo e só vi líquido limpo manchando o pano. Empurrando minha cadeira para trás, levantei-me e Jack se levantou comigo.

Funguei baixinho, minha mão indo na direção do meu nariz. Nossa diferença de altura funcionou a meu favor, pois eu conseguia manter minha cabeça inclinada para trás enquanto olhava para ele.

— Só vou ao banheiro. Você não precisa ir comigo, Jack.

Ele não ouviu e me seguiu até o fundo do salão. Corri para dentro do banheiro e, agradecida por não haver mais ninguém lá, fiquei na frente do espelho. Estendendo a mão, puxei o algodão do nariz e apenas o encarei. Estava molhado ao ponto de poder apertá-lo e vê-lo pingar. Eu não tinha ideia do que estava acontecendo exatamente, mas tinha certeza de que não era apenas um nariz escorrendo. Devia ser alguma alergia a algo. Eu já tinha uma consulta com o médico na segunda-feira para que ele pudesse me dar um spray nasal para impedir que isso acontecesse, mas até então eu teria que ter cuidado para não pingar em outras pessoas.

Quando uma batida soou na porta, eu a abri até a metade e enfiei a cabeça na fresta.

— Está tudo bem aí? — Jack perguntou, tentando olhar por cima da minha cabeça.

— Sim, claro. Vou sair daqui a um minuto.

Não lhe dei a chance de dizer mais nada e deixei a porta se fechar. Depois de rasgar um papel higiênico e enrolá-lo de forma que eu poderia tampar meu nariz, rapidamente me olhei no espelho e notei o quão pálida eu estava. O batom vinho se destacava muito em contraste com a minha pele. Pegando um pouco mais de papel higiênico, tirei um pouco, transformando-o em apenas uma leve tonalidade de cor. Finalmente saindo do banheiro, eu me juntei a Jack.

— Nós podemos voltar — murmurei enquanto tentava passar por ele, mas ele me segurou.

— O que há de errado?

— Nada. Nós podemos ir.

— Você estava chorando?

Eu fiz uma careta para ele, confusa.

— Por que eu choraria?

— Seu ex-noivo está aqui.

— Percebi.

— Com sua prima — acrescentou ele, prestativamente.

— Sério? Onde? — indaguei em fingida indignação.

Ele suspirou e passou a mão pelo cabelo, de forma casual.

— Nós deveríamos ir embora.

— Você continua dizendo isso, mas não precisamos.

— Por que não? E se disser que fizemos um acordo mais uma vez, vou jogá-la no meu ombro e carregá-la para fora daqui.

Suas palavras inesperadas arrancaram uma risada de mim.

— Você pode tentar e aceitar as consequências. — Dei-lhe um pequeno sorriso.

Ele não sorriu de volta.

— Você tem certeza disso?

— Por que deveria ser eu a sair? Eu não fiz nada de errado, então não vou dar satisfação a eles. Pare de me perguntar. Eu gostaria de tentar aproveitar esta noite.

— Eu não quero que você se machuque, Rose.

Olhei para ele. Não era justo. Não era justo que estivesse dizendo coisas daquele tipo quando eu estava me sentindo tão afetada por ele.

— Você não vai deixar — eu disse, com a voz embargada e tendo problemas para encontrar as palavras certas. — Você não vai deixar ninguém me machucar. — Eu sabia, de alguma forma, que ele não deixaria nada me machucar.

Ele soltou um suspiro.

— Como quiser. Pronta para voltar? — Balancei a cabeça e hesitei depois de alguns passos.

— Sinto que todo mundo está olhando para nós.

— É porque eles estão. — Os olhos de Jack se moveram pelo meu rosto, depois pelo meu corpo. Senti minhas bochechas esquentarem. — Olhe para você. Como poderiam não olhar?

Oh, puxa!

Enquanto eu tentava encontrar algo para dizer, ele cobriu minha mão com a dele. Um pouco surpresa, olhei para baixo e depois para ele, mas Jack estava olhando para a frente. Quando outra salva de palmas eclodiu no salão, retornamos à mesa. Por causa de todos os garçons que andavam de um lado para o outro, caminhamos muito devagar, e foi assim que senti uma pequena mão na minha perna enquanto passava por uma mesa.

— Jack, que surpresa vê-lo aqui! — alguém disse à esquerda, bloqueando nosso caminho de volta. Enquanto Jack apertava a mão do homem, olhei para trás e vi uma garotinha rapidamente virar a cabeça quando nossos olhos se encontraram.

Quando tentei afastar minha mão da de Jack, ele parou de falar e olhou para mim interrogativamente.

— Eu já volto — sussurrei, sorrindo para o amigo dele antes de voltar para perto da menina. Ela estava me olhando de relance e, quanto mais eu me aproximava, mais ela não conseguia desviar o olhar. Quando eu estava ao lado dela, ela olhou para mim com aqueles grandes e lindos olhos azuis. Não era tão profundo quanto o azul de Jack, mas uma tonalidade mais clara, mais doce.

Gentilmente fiquei de joelhos, segurando a cadeira dela com a mão.

— Oi — sussurrei, inclinando-me para ela.

Ela mordeu o lábio e olhou para alguém que eu supunha ser uma assistente social, que estava lá para manter as crianças na linha, ou apenas uma acompanhante, mas a mulher estava ocupada ouvindo quem estava no palco e não nos notou conversando.

Com as duas mãos no assento da cadeira, a garotinha se inclinou para mais perto e sussurrou:

— Oi.

Eu sorri para ela, que me deu um sorriso torto.

— Eu adoro seu vestido. É novo? — perguntei. Ela olhou para si mesma. Usava um vestido rosa simples de mangas compridas. Não era nada de especial, mas a dona era, e isso era tudo o que importava.

— Eles me deram hoje — explicou ela. — É rosa. É meu agora, eu acho.

— Está maravilhoso em você. Eu gostaria de ter um lindo vestido rosa assim também.

— Você gostaria?

Assenti com entusiasmo.

— Só que eu não tenho cabelos loiros lindos como os seus, então não tenho certeza se ficaria tão bem de rosa, mas estou com inveja da mesma forma.

Ela gentilmente tocou meu braço com um único dedo, mas o puxou rapidamente de volta.

— Meu nome é Rose. Qual o seu?

— Madison, mas meus amigos me chamam de Maddy.

— Prazer em conhecê-la, Maddy. — Estendi meu braço para que ela se sentisse livre para me tocar novamente. — Você acha que meu vestido está bonito em mim? Não tenho certeza.

— É tão bonito — ela sussurrou ansiosamente, e daquela vez se sentiu confiante o suficiente para deslizar a mão pelos enfeites nas minhas mangas. Ela olhou para mim e depois para sua acompanhante, e quando viu que a mulher ainda não havia nos notado, torceu o dedo para mim. Tive que dar dois passos de joelhos para me aproximar e então ela se inclinou para ainda mais perto, falando no meu ouvido. — Sinto muito por ter tocado em você. Não posso tocar em ninguém esta noite.

Tentei forçar um sorriso ainda mais radiante no meu rosto.

— Tudo bem. Não vou contar a ninguém.

— Ok. Obrigada.

A garota sentada à sua direita, que só poderia ser alguns anos mais velha que Maddy, virou-se para nós também.

— Ei, o que você está fazendo no chão?

— Olá! — eu disse, sorrindo. — Só estou conversando com sua amiga.

— Gosto do seu cabelo.

— Sério? Obrigada. Eu amo o seu. Gostaria de ter cachos assim.

Ela balançou a cabeça de um lado para o outro, seus cachos minúsculos e mal tratados voando por toda parte.

— Não preciso fazer nada para o meu ficar cacheado assim.

— Você é tão sortuda.

— Às vezes, outras crianças tiram sarro dele.

Meu coração doeu. Eu também tive outras crianças zombando de mim quando tinha a idade dela. As crianças podem ser brutais.

— Não dê ouvidos. Confie em mim, elas só estão com inveja.

— Qual o seu nome? — ela perguntou, inclinando-se contra as costas da cadeira.

— Rose.

— É um nome bonito. Você é bonita também.

Meu coração derreteu.

— Obrigada. Você é tão doce. Qual o seu nome?

— Sierra.

— Sério? Eu tinha um amiga chamada Sierra na faculdade. É um nome bonito, assim como você.

A linda Madison de olhos azuis tocou meu braço, e eu me virei para ela.

— Eu realmente gosto do seu vestido. Foi muito caro?

— Foi um presente. Talvez, quando você for um pouco mais velha, possa comprar algo assim, algo bem brilhante.

— Quem te deu?

Pensando em apontar para Jack, olhei por cima do ombro. Jurei que ele estava de costas para mim, pois foi assim que o deixei, mas ele trocou de lugar com o amigo e estava conversando de frente para mim. Ele olhou por cima do ombro do homem e nossos olhos se encontraram.

Mordi meu lábio inferior e me virei para Madison.

— Está vendo aquele cara ali conversando com o homem de terno azul-marinho?

As duas garotas esticaram o pescoço para ver de quem eu estava falando.

— Qual? O velho? — Sierra sussurrou.

Olhei para trás novamente e fui pega pelo olhar de Jack. Como ele já estava olhando em nossa direção, mesmo que eu pudesse ver sua boca se movendo enquanto ele falava com seu amigo, apontei em sua direção com o dedo para que as meninas pudessem vê-lo.

— Não é o mais velho, o que está na frente dele. De olhos azuis, que está olhando para nós. — Voltando a elas, perguntei: — Viram? — As meninas riram alto.

Voltei-me novamente para Jack, mas ele estava focado no amigo. Eu também notei algumas outras pessoas das mesas ao nosso redor me lançando olhares de desaprovação. Eu não conseguia entender o porquê, então as ignorei.

— O que foi?

— Ele piscou para nós — disse Maddy, ainda sorrindo. — Ele é tão grande.

— Ele é seu namorado? — Sierra perguntou, agora sentada de lado na cadeira.

— Ele é meu marido. — Toquei o nariz dela com o dedo.

O sorriso dela aumentou.

— Eu não tenho namorado — Maddy falou. — Eu sou muito nova.

— Acredite, você não está perdendo nada.

— Os meninos podem ser estúpidos às vezes — acrescentou Sierra, assentindo.

— Sim, muito estúpidos e idiotas também — admiti. Era algo que elas descobririam em breve.

Quando começaram a rir novamente, ri com elas, não me importando que mais cabeças tivessem virado na nossa direção dessa vez.

— Você diz ao seu marido que ele é estúpido? — Maddy sussurrou.

— Eu disse que ele era um idiota hoje à noite, pouco antes de entrarmos aqui.

Os olhos de ambas ficaram enormes.

— Você não fez isso!

— Eu fiz. — Dei de ombros. — Ele estava agindo como um idiota, então disse a ele para parar com isso.

— Mas ele é muito maior do que você.

— Ele é bem grande, não é? Mas isso não importa. Só porque ele é grande, não significa que pode agir como um idiota.

Sierra assentiu com entusiasmo.

— Ele é fofo.

— Sim, muito fofo — Maddy murmurou.

Quando eu estava prestes a dizer algo, senti uma mão agarrar meu pulso e me puxar para cima sem gentileza. Surpresa, ofeguei e quase perdi o equilíbrio.

— Você está nos envergonhando — Bryan sibilou, inclinando-se para perto e me puxando para ele ao mesmo tempo.

Tentei afastar minha mão, mas ele me segurava com força e estava começando a me machucar. Minhas sobrancelhas se uniram quando encontrei seus olhos.

— O que você está fazendo? — sussurrei, confusa, quando consegui falar novamente. Antes de receber uma resposta, senti um peito largo pressionando minhas costas e, assim, a mão de Jack foi parar no pulso de Bryan. Eu não sabia quanta pressão ele estava aplicando, mas Bryan me soltou imediatamente.

Agindo como se nada tivesse acontecido, meu primo olhou em volta e sorriu.

— Tente controlar sua esposa, Hawthorne. — Então, enfiando uma mão no bolso da calça, ele se afastou de nós.

Confusa, magoada e mais do que um pouco surpresa, apenas massageei meu pulso.

Aquele peito largo e quente que estava colado atrás de mim se moveu um pouco para que ele pudesse se inclinar e sussurrar no meu ouvido.

— O que ele disse? — ele rosnou, e aquela voz grave mexeu comigo. Muito.

Soltei meu pulso e involuntariamente me inclinei para trás, absorvendo mais do seu calor para que eu pudesse sussurrar de volta.

— Nada.

— Rose... — ele começou em voz baixa, a palma da mão pressionada contra o meu estômago, me mantendo no lugar. Me mantendo presa a ele.

— Está tudo bem — interrompi, olhando por cima do ombro e nos olhos dele. Sua mandíbula estava cerrada, mas ele não disse mais nada.

Lembrei-me de onde estávamos – ou mais importante, com quem eu conversava alguns segundos antes –, então voltei-me para as meninas, que estavam olhando para nós, confusas.

— Sinto muito por isso — pedi, mudando de posição e encarando-as novamente. Jack ficou colado às minhas costas, movendo seu corpo comigo.

Provavelmente sua proximidade deveria me incomodar, mas eu mentiria para mim mesma se dissesse que sim. Sua mão apertou minha cintura. — Hum... — Era tão difícil não se mexer sob seu toque. — Meninas, eu gostaria que vocês conhecessem meu marido, Jack. Jack, essas são minhas novas amigas, Maddy e Sierra.

As duas acenaram para ele, e eu o olhei novamente para vê-lo acenando para elas com uma expressão séria no rosto.

— É um prazer conhecê-las, meninas — disse ele tão suavemente que meu coração acelerou. Aquelas borboletas chatas também estavam de volta ao meu estômago.

Mas as meninas estavam sorrindo de novo, então tudo estava bem.

— A Rose realmente te chamou de idiota esta noite? — Sierra perguntou corajosamente, olhando para ele.

Coloquei a mão sobre a de Jack, que ainda estava na minha cintura, e olhei para ele também. Ele suspirou e conseguiu mudar sua expressão para uma realmente culpada. Não pude segurar meu sorriso.

— Infelizmente, sim.

— Você não ficou com raiva? — Maddy arregalou os olhos.

— Ela estava dizendo a verdade. Eu estava agindo como um idiota, então não pude ficar com raiva dela.

— Rose disse que os meninos são estúpidos e idiotas — Sierra acrescentou.

Fingi uma expressão chocada.

— Você está me dedurando para o meu marido, Sierra? Eu te contei isso em segredo.

As risadas começaram de novo, e não consegui me manter séria. Meu sorriso aumentou quando Jack desempenhou seu papel perfeitamente, inclinando-se e dando um beijo suave na minha bochecha.

— Lamento, mas tenho que concordar com a minha esposa. Garotos são estúpidos. E, às vezes, idiotas, infelizmente.

Deus, quem era esse homem exatamente?

Ambas encaravam Jack com olhos apaixonados. Eu estava com medo de estar olhando para ele da mesma forma.

— Tudo bem se eu roubar a minha esposa por um tempo? — Jack

perguntou às meninas. Eu não queria ir embora, mas elas precisavam jantar, e eu não queria atrair nenhuma atenção para mim e envergonhar Jack de alguma forma.

— Você vai voltar? — Maddy perguntou, e eu assenti.

— Eu vou. Prometo.

— Ok. Tchau!

Acenamos mais algumas vezes e, então, com o braço ainda em volta da minha cintura e minha mão na dele, Jack me guiou de volta para a nossa mesa. Percebi que o mestre de cerimônias não estava mais no palco e não havia outros oradores. Eu senti e, mais do que isso, percebi olhos curiosos em nós, alguns deles provavelmente desaprovadores, mas mantive um pequeno sorriso no rosto e tomei o cuidado de não olhar para a mesa onde Joshua e os outros estavam sentados.

Quando chegamos à nossa mesa, em vez de se sentar como eu imaginava que faria, Jack me puxou um pouco para a esquerda, fora do caminho dos garçons que trocavam pratos e entregavam mais pedidos de bebida. Ainda estávamos à vista, podendo ser observados claramente por todos.

— O que ele disse para você? — ele perguntou assim que ficou em pé à minha frente. Nenhuma de nossas partes do corpo estava mais se tocando. Eu não podia falar por ele, mas certamente senti um vazio.

— Ele não disse nada importante, Jack — assegurei, colocando a mão no braço dele e depois recuando. — Não precisa ficar zangado.

— Então você pode dizer o que ele falou.

— Mas isso não importa.

— Deixe-me julgar isso.

Inclinei minha cabeça e suspirei.

— Jack... — Ele apenas esperou com a mesma expressão impassível em seu rosto, e eu soltei um longo suspiro. Por conhecê-lo, sabia que ele poderia manter essa expressão por um longo tempo. — Se você prometer que não vai dizer nada a ele, posso te contar. — Recebi um balançar de cabeça e nada mais.

Suspirei, desta vez com mais força.

— Ele disse que eu os estava envergonhando. As meninas estavam rindo, e acho que algumas das pessoas nas mesas próximas se incomodaram. Acho que não fiz nada para envergonhá-lo, mas, se fiz, me...

Seus olhos se fixaram nos meus quando sua mandíbula apertou.

— Nem termine essa frase, Rose. Você não envergonhou ninguém. Você fez duas meninas ganharem a noite. — Ele desviou o olhar por um momento, e eu vi suas feições suavizarem. Então ele levantou a mão, acenando, e, curiosa, segui seu olhar para ver as meninas acenando para nós com entusiasmo, com grandes sorrisos no rosto. Eu sorri de volta e me virei para Jack, ainda radiante.

— Eles acham que você é grande e fofo, e Sierra acha que sou bonita.

— Você é bonita. — Seus olhos ainda estavam nas meninas, e ele nem percebeu que estava fazendo meu coração dar uma cambalhota. — Mas fofo? — ele indagou quando seus olhos se voltaram para mim com minha carranca favorita no rosto. — Estou ofendido.

— Ah, não fique. Você é fofo, de um jeito mal-humorado.

Eu ri, e seus olhos caíram na minha boca, me fazendo morder o lábio inferior quando meu grande sorriso rapidamente desapareceu. Seus olhos se voltaram para os meus, e o tom de azul dos dele, de alguma forma, pareceu ainda mais profundo na parca iluminação do salão, então seu olhar voltou direto para os meus lábios. Completamente hipnotizada, eu assisti um sorriso curvar os cantos de sua boca.

Perdi o ar por alguns segundos e só fiquei ali, olhando boquiaberta para ele, extasiada.

Finalmente, *finalmente*, sua boca se curvou em um sorriso. Levou apenas pouco mais de um mês. Provavelmente foi minha culpa, mas, meu Deus! Fora uma longa espera, uma longa espera que valera a pena, porque quando ele sorriu... quando a pele ao redor de seus olhos suavemente se enrugou, transformando sua expressão em algo completamente diferente do que era quando ele franzia a testa... eu simplesmente não consegui parar de olhar. Meu coração disparou como se eu tivesse acabado de realizar algo grande e, para mim, era grande – tão grande que eu não conseguia parar de sorrir para ele.

— Foi um sorriso o que eu acabei de ver, sr. Hawthorne? — perguntei, ainda um pouco perplexa. — Esta é a primeira vez que você sorri para mim. Tenho tentado contar sorrisos desde a primeira semana, e agora é o número um. Um sorriso... não acredito. Eu gostaria de ter meu telefone aqui para poder capturar esse momento. Precisamos fazer um bolo para comemorar.

Olhei para a direita e para a esquerda para confirmar que não era a única a testemunhar, mas, mesmo olhando para os lados, não vi ninguém. O salão inteiro poderia estar olhando para nós, incluindo Joshua, mas não via uma única pessoa além de Jack Hawthorne. Na verdade, aquelas não eram boas notícias para mim, a esposa falsa, mas não me importei nem um pouco. Consideraria a situação mais tarde, muito mais tarde, quando superasse aquele sorriso.

Seu sorriso suavizou, mas ainda estava lá.

— Você tem contado meus sorrisos?

— Tenho *tentado*, é claro, já que você gosta de guardá-los como um esquilo guarda suas nozes.

— Eu já sorri para você, Rose. — Ele levantou a mão e colocou uma mecha do meu cabelo atrás da orelha. Não pensei muito nisso porque estava ocupada balançando a cabeça para ele.

— Você não sorriu.

— Talvez você não estivesse olhando.

— Você está brincando comigo? Eu tenho olhado sem parar. — Ergui um dedo entre nós, e seu olhar caiu para ele. — Uma vez. Houve uma vez que pensei ter visto seus lábios se contorcerem, mas era um alarme falso, e só.

Eu ainda estava sorrindo, mas, quando olhei para os lábios dele, ele perdeu o sorriso e a expressão em seu rosto tornou-se muito mais intensa. Ele deu um passo à frente e meu pulso acelerou. Quando sua mão grande e quente segurou meu rosto, cobrindo quase toda a metade esquerda, notei a mudança no ar e paralisei.

Oh, isso não é bom.

Com os olhos presos nos meus, ele baixou a cabeça, colocando-a a apenas alguns centímetros de distância dos meus lábios, e sussurrou:

— Eu vou te beijar agora, Rose. — Seus olhos ainda estavam abertos e fixos nos meus.

Engoli em seco.

— O quê? — resmunguei e depois pigarreei, paralisada, olhando para as profundezas de seus olhos. Seu olhar deslizou dos meus olhos para os meus lábios. — Eu sabia que era uma possibilidade esta noite, é claro — sussurrei. — Mas alguém está olhando? — Precisávamos fazer um show, e eu supunha que chegara a hora, mas por que eu estava surtando de repente? Não era como se fôssemos devorar a boca um do outro no meio de um evento de caridade.

— Você se importa se alguém está olhando?

Quero dizer... essa era a razão do beijo, não era? Mas eu me importava? Na verdade, não, eu supunha. Um selinho nos lábios não era nada. Respirei fundo e assenti, deixando escapar um suspiro.

— Ok. Certo. Vamos lá. Vamos fazer isso. — Quando seus olhos passaram pelo meu rosto, reforcei minha voz. — Um pouco mais rápido do que isso — sussurrei, mantendo a voz o mais baixa possível. — Não como uma tartaruga, lembra?

Um sorriso dançou em seus lábios novamente, como se ele achasse o que eu disse extremamente engraçado, mas ele conseguiu encostar sua testa contra a minha e nossos narizes se tocaram.

Meu coração começou a pulsar mais forte quando o braço dele rodeou a minha cintura e ele me puxou um pouco mais para perto. Fazia sentido também, eu supunha, porque não conseguiria apenas manter meu rosto próximo, enquanto meu corpo estivesse longe. Fechando os olhos, engoli em seco. Minhas mãos instintivamente descansaram em seu peito. Seria um selinho épico, e eu esperava que as pessoas ao redor, que estivessem assistindo – quem quer que fossem –, apreciassem nossa atuação.

Sua mão ainda estava cobrindo minha bochecha.

— Você está pronta para mim, Rose? — Jack sussurrou em voz baixa e insistente, e eu senti o aroma do uísque e de hortelã em seu hálito.

— Você ainda está demorando muito, precisa...

Não tive a chance de pronunciar outra palavra porque os lábios de Jack assaltaram os meus, e não compartilhamos um beijinho romântico. Não, sua língua já estava massageando e provocando a minha. Por um momento, não tive certeza do que deveria fazer. Nós não nos beijamos daquela forma nem no dia em que dissemos "sim". Meus olhos ainda estavam abertos, e eu me senti um pouco desesperada para terminar o que quer que ele tivesse começado. Até tentei pensar duas vezes. *Ok, é isso, ele vai parar agora, então você precisa parar também*, mas quanto mais ele me provocava, com a maneira como lentamente me incentivava a beijá-lo, me puxando para mais perto, mais eu me sentia perdida. Finalmente, meus olhos começaram a se fechar por conta própria. Não que eu não estivesse correspondendo – eu estava, desde o momento em que seus lábios tocaram os meus –, mas, até aquele momento, sentia-me relutante, pensando que terminaria no próximo segundo, pensando que ele pararia depois do tempo de mais uma batida do meu coração. Eu estava me esforçando para me segurar, esforçando-me para não desfrutar do nosso beijo.

Então, quando ele parou de repente, senti vontade de chorar. Não tinha certeza se de alívio ou tristeza. Felizmente, ele não se afastou completamente e eu apenas me inclinei um pouco em sua direção. Forcei-me a abrir os olhos.

— Estou indo bem? — ele perguntou contra meus lábios já inchados, seus olhos olhando diretamente nos meus. Os pelos dos meus braços se ergueram, e seus olhos se tornaram meu foco inteiro. Eles pareciam mais escuros, mais profundos, e aquele tom de azul profundo, do oceano, se tornou minha nova cor favorita.

Pigarreei e tentei mover minha cabeça, assentindo.

— Quero dizer, depende do que você estava querendo, mas muito melhor do que uma tartaruga... eu acho.

— Você acha? — Sua voz grave fez minhas pálpebras caírem, e a maneira como ele usou a mão esquerda para tirar um pouco da franja do meu rosto, as costas dos dedos roçando suavemente na minha têmpora...

Mordendo o lábio para não fazer nada estúpido, respirei fundo, assenti e forcei meus olhos a se abrirem. No mesmo segundo, ele veio aos meus lábios novamente. Embora tivesse iniciado tão lento e doce como começara o primeiro, com aquele, quanto mais sua língua girava dentro da minha boca, mais ele inclinava a cabeça e tentava se aprofundar, e mais eu entrava em um buraco escuro do qual nunca queria sair. Sua mão nas minhas costas me puxava para frente, um centímetro ou dois, quase imperceptíveis, mas tornava impossível, para mim, não arquear as costas e ajudá-lo. Nunca gostei de demonstrações públicas de afeto, mas me esqueci de todas as pessoas que estavam naquele salão enorme conosco. Eu poderia estar parada, no meio de um estádio, nos braços de Jack, com força total, e provavelmente ainda não me importaria.

Foi um pouco rude o nosso beijo, e de alguma forma acho que sempre soube que seria assim com ele. Áspero, exigente e possessivo. Soube disso antes mesmo dessa loucura começar.

Quando minha língua tomou o controle e começou a se interessar mais, levantei-me na ponta dos pés, basicamente escalando-o com os braços para conseguir mais dele, daquele homem irritadiço e áspero que aparentemente seria meu pela maior parte dos próximos dois anos. Inclinando-se porque queria mais, sua mão deslizou da minha bochecha para segurar meu pescoço. Senti o outro braço dele em volta da minha cintura, me deixando colada ao seu peito. Talvez ele não fosse tão bom em se comunicar comigo, mas com certeza era bom beijando.

Algo que eu não conseguia identificar exatamente estava vindo à tona dentro de mim e, para ser honesta, mais do que feliz por estar tão próxima, passei meus braços em volta do pescoço dele e um gemido escapou dos meus lábios. Foi quando ele parou de repente e se afastou. Ele não estava tão sem fôlego quanto eu, mas definitivamente respirava com dificuldade. Corada, eu apenas olhei para ele, maravilhada. O que diabos tinha acontecido? Ele estava tentando ganhar um Oscar ou algo assim? Será que sentira o que eu senti, mesmo que por um segundo? Um minuto? Ou já fazia uma hora?

Eu silenciosamente pigarreei e abaixei meus braços, ajeitando meu vestido sob seu olhar. Virando a cabeça levemente para a direita, limpei a boca com os dedos, porque não achei uma boa ideia continuar lambendo os lábios tentando prová-lo novamente.

Diante dele, comecei:

— Jack, eu...

— Seu ex-noivo está olhando — disse ele com uma voz calma. Sua respiração não parecia mais tão ofegante, completamente oposta ao que eu estava sentindo.

Eu me enrijeci, mas não olhei para trás, para onde sabia que Jack tinha acabado de olhar ou provavelmente continuara olhando enquanto estava me beijando. Então fora apenas um show. Meu estômago se revirou, e deixei de lado o que eu estava prestes a dizer. Seu beijo fora apenas um show. Quero dizer... é claro que fora um show. Eu já sabia disso – ele me dera um aviso, pelo amor de Deus. Não era como se tivesse sorrido para mim e depois perdido o controle e me beijado porque simplesmente não conseguira se conter. Não. Ele me dera muitos avisos, mas... por um segundo, eu me perdi no beijo e esqueci. Por um segundo, pensei que ele estivesse realmente, talvez... Provavelmente fora apenas um acaso. Balancei minha cabeça, tentando me livrar da névoa que nublava meu cérebro e voltar à realidade. Jack beijava bem, e daí? Talvez eu pudesse simplesmente esperar pelo próximo evento público, quando ele pensasse que deveríamos unir os lábios novamente, e apenas aproveitar a sensação e não pensar muito.

Quando Jack puxou minha cadeira para que eu me sentasse, analisei-o com mais cuidado pelo canto do olho. Seu rosto estava como sempre: impassível e distante; sua expressão, fria e ilegível. Se os lábios dele não estivessem um pouco mais avermelhados por causa do meu batom, eu nem imaginaria que ele tinha acabado de beijar alguém – me beijado. Não havia absolutamente nenhuma evidência do que havíamos acabado de compartilhar.

Sentindo-me confusa, peguei meu garfo e nem percebi que meu prato havia sido trocado por algum tipo de frango quando comecei a comer sem dizer mais nada. Jack e eu ficamos calados por um longo tempo, deixando outras vozes preencherem o pesado silêncio entre nós.

— Você acha que foi melhor do que uma tartaruga? — ele perguntou depois de quase quinze minutos em silêncio. Os sons do evento estavam muito altos, e ele teve que se inclinar em minha direção para que eu pudesse ouvi-lo. Os outros dois casais sentados à nossa frente não estavam exatamente calados, rindo alto de uma maneira que me fazia estremecer toda vez que recomeçavam. Eu tive que me inclinar para Jack, enquanto o fazia repetir suas palavras. Meu estômago ainda não havia se assentado após a coisa toda.

— Ah, sim, foi muito profissional. — Estremeci e tentei salvar o momento. — Acho que fizemos um bom trabalho para que as pessoas acreditem que há algo real entre nós. — Quase me enganou também. Quase. — Espero que eu não tenha me saído tão mal também — falei sutilmente, fingindo-me de indiferente, mas ao mesmo tempo lamentando as palavras assim que elas saíram da minha boca, porque eu estava curiosa, caramba!

Dividi um pedaço de pão ao meio e enfiei tudo na boca.

— Não, você se saiu bem.

Minha mastigação desacelerou enquanto processava suas palavras, então me forcei a engolir o pão, que tinha gosto de papelão.

— Ótimo — murmurei, baixo o suficiente para ele não me ouvir. Eu tinha me saído *bem*.

Ele se inclinou novamente, pendurando descuidadamente seu braço nas costas da minha cadeira.

— O que você disse?

Eu me inclinei, nada óbvio, só um pouquinho, enquanto pegava minha segunda taça de vinho branco. Uma enorme dor de cabeça estaria esperando por mim quando acordasse na manhã seguinte. Eu sabia disso.

— Nada — murmurei enquanto bebia meu vinho, e Jack se inclinou para mais perto, encostando seu ombro nas minhas costas. Não pude me afastar porque a maldita taça de vinho já estava na minha mão.

— Você precisa parar de falar enquanto bebe. Está tudo bem?

Larguei a taça de vinho, respirei fundo e depois foquei os olhos em sua mandíbula.

— Está tudo bem, só um pouco cansada depois de toda a emoção; não pela parte dos beijos, obviamente. Isso não foi muito cansativo. Mole, mole. — *Pare de mexer seus lábios, Rose.*

— Por que você não está olhando para mim?

— Estou olhando para você. — Olhei para as calças dele e depois para a mesa, onde sua mão esquerda estava descansando, girando e girando o copo de uísque, olhando para qualquer lugar, menos seus olhos. Então fiquei chateada comigo mesma e olhei diretamente nos olhos dele, erguendo minha sobrancelha.

Jack ficou me olhando em silêncio por uns bons vinte segundos, e eu olhei de volta. Nada estava acontecendo entre nós. Aquele era Jack. Aquilo era temporário. Era eu quem estava complicando as coisas, tentando encontrar algum significado por trás de algo que não... bem, que não significava nada. Ele me disse que estava prestes a me beijar e depois me beijou. Não havia nada de diferente. Todas as pessoas se beijavam com suas bocas e línguas; nós não fizemos nada de especial.

Sua mandíbula apertou, e ele se levantou.

— Preciso falar com alguns clientes antes que possamos sair.

Abri minha boca para dizer algo, mas ele já tinha se afastado. Quando o garçom serviu a sobremesa, dei-lhe um sorriso forçado. Parecia uma espécie de bomba com três pontos de algo verde na lateral. Uma geleia? Molho? Eu não fazia ideia. Certificando-me de que certas pessoas não estavam olhando para mim, olhei por cima do ombro direito e encontrei Maddy e Sierra; elas estavam seis ou sete mesas atrás de nós. Quando capturei os olhos de Maddy, sorri calorosamente e acenei para ela. Ela acenou com entusiasmo de volta.

Meu olhar procurou por Jack em seguida, e eu o encontrei conversando com um homem idoso, a algumas mesas das meninas. Olhei para frente e acidentalmente encontrei os olhos de um dos caras sentados à nossa mesa. As senhoras estavam ausentes, e o outro homem estava ocupado, falando alto ao telefone. O primeiro me lançou um sorriso malicioso e ergueu sua taça de vinho tinto em uma saudação. Desviei o olhar.

— Você está se divertindo? — ele perguntou. Estava sentado mais perto de mim, à minha direita, e, como o outro cara ainda estava no telefone, ele não poderia estar falando com ninguém além de mim.

Forcei um pequeno sorriso e assenti para ele.

— Eu sou Anthony.

Só porque eu era a pessoa mais inteligente possível, agi como se não o tivesse ouvido, empurrei minha cadeira para trás, peguei meu prato com as duas mãos e me vi voltando para a mesa onde as meninas estavam sentadas. Eu nunca poderia deixar minha sobremesa para trás. Quando elas me notaram chegando, os rostos discretos de Maddy e Sierra começaram a sorrir.

Daquela vez, porque não queria envergonhar Jack, perguntei a um garçom se ele poderia me trazer uma cadeira e, enquanto estava entre as meninas com um prato de sobremesa na mão, perguntei à acompanhante se ela se importaria se eu me juntasse a elas. Quando peguei a cadeira, sentei-me entre elas e comecei a conversar.

Quando me perguntaram se meu marido havia me deixado para trás, encontrei Jack no salão, ocupado, e apontei para ele. Este estava de pé, com as mãos nos bolsos novamente. Estava mesmo muito bonito de smoking. Seus olhos encontraram os meus e, tendo sido pega em flagrante, rapidamente desviei o olhar.

Quando percebi que as meninas estavam pensando em como poderiam comer os doces em seus pratos, peguei o meu com os dedos. Era mais fácil, e eu também tinha deixado tudo na minha mesa e não tinha nada para usar. As meninas relaxaram quando me viram e atacaram seus doces com tanta alegria que sorri para elas. Enquanto conversávamos sobre coisas aleatórias e comíamos nossas sobremesas, olhei furiosamente para Jack, ciente de onde ele estava o tempo todo.

Quando ele finalmente voltou para o meu lado, foi difícil dizer adeus às meninas. Beijei as duas nas bochechas e acenei em despedida enquanto elas riam atrás de nossas costas. Eu tinha certeza de que as risadas eram todas para Jack, que beijou suas mãozinhas e lhes deu boa noite, roubando mais pedaços do meu coração no processo.

Enquanto esperávamos que nossos casacos fossem entregues, Jack apontou para os meus lábios com os dedos. Ele estava sorrindo suavemente.

— Há chocolate ao redor dos seus lábios.

Fechei os olhos quando senti uma onda de calor atingir minhas bochechas.

Muito bem, Rose. Muito bem.

— Volto já!

— Rose, não, precisamos...

— Só um minuto! — gritando para ele por cima do ombro, corri para o banheiro e olhei no espelho. Com certeza, no canto esquerdo da minha boca havia sinais reveladores de chocolate e, pior ainda, meu nariz escorrendo estava começando a se tornar aparente novamente. Pelo menos ele não tinha percebido isso no escuro.

Puxando o papel higiênico completamente encharcado – mais uma vez – do nariz, inclinei a cabeça para trás quando senti uma onda de líquido escorrendo. Gemendo, fiz outra bola de papel e empurrei-a no nariz, esperando que desse para aguentar até chegarmos ao apartamento. A última coisa que eu queria era que Jack me visse com o nariz pingando.

Quando terminei, corri de volta para ele.

— Desculpe, desculpe.

— Você não precisa se desculpar comigo. Está tudo bem — ele murmurou.

Muitas coisas estavam *bem* naquela noite.

Ele levantou meu casaco e, quando hesitei por um segundo, ele ergueu uma sobrancelha e apenas esperou. Enfiei meus braços nele e deixei que repousasse o tecido pesado sobre meus ombros. Virei-me para encará-lo, para que pudéssemos sair, e me enrolei mais apertado no casaco, sabendo que minha bunda estaria prestes a congelar no segundo em que saíssemos.

Jack estava bem ao meu lado quando abriu a porta e eu dei o meu primeiro passo na noite fria e movimentada. Com a mão direita, segurei a gola fechada e respirei fundo, observando o ar formar uma nuvem à minha frente. No meu terceiro passo, uma mão quente deslizou suavemente para dentro da minha esquerda, sem uma palavra, e desci as escadas de mãos dadas com meu marido, como se fosse a coisa mais natural do mundo.

Número de vezes que Jack Hawthorne sorriu: três.
(A VITÓRIA É MINHA.)

Capítulo Quatorze

ROSE

Acordei no meio da noite com um suspiro alto e um leve brilho de suor cobrindo meu corpo. Estava difícil respirar, e meu batimento cardíaco parecia um pouco mais acelerado do que eu gostaria. Sentindo-me atordoada e sem saber exatamente onde eu me encontrava, olhei em volta. O quarto estava escuro, mas, quando meus olhos se ajustaram à lasca de luz que entrava pelas portas do terraço, graças à lua, percebi onde estava: no meu quarto, no apartamento de Jack, onde eu tinha dormido, mas... eu fechei os olhos e gemi, deixando-me cair de volta no travesseiro. Virei para o lado, de frente para as portas do terraço, e apenas olhei para o nada. Era... domingo, a noite após o evento de caridade.

E eu tinha acabado de sonhar com Jack.

Estava incrivelmente consciente de que o que acabei de ver não era real, mas parecia real – real o suficiente para que eu sentisse um vasto vazio dentro de mim. Engoli em seco e virei de costas, olhando para o teto escuro, tentando controlar minhas emoções. Eu ainda podia sentir seus braços em volta de mim, seu toque, podia sentir e ouvir sua voz bem perto do meu ouvido. Não conseguia me lembrar das palavras, mas me lembrava daquele som baixo e áspero, e, quando olhei por cima do ombro, Jack estava ali, sorrindo para mim.

Ergui a mão e toquei minha bochecha, onde ainda podia sentir a sensação espinhosa e remanescente de sua barba por fazer esfregando na minha bochecha. Parecia tão real que tive que fechar os olhos e tentar sentir o fantasma do seu toque.

Eu estava ferrada.

Tudo parecia tão real.

No meu sonho, eu estava apaixonada por Jack e tinha certeza de que ele também estava apaixonado por mim. Quando ele me beijou, apenas um lento arranhar de seus lábios nos meus, não havia ninguém por perto. Éramos apenas nós. Então ele sorriu contra os meus lábios. Nós dois sorrimos, e eu passei meus braços em volta do pescoço dele e o forcei a um beijo mais longo e gratificante. Nunca senti uma felicidade como aquela. Quando voltamos a respirar, nós dois estávamos sorrindo, ele tirava o cabelo do meu rosto com as mãos, nossas testas descansando uma contra a outra enquanto recuperávamos o fôlego.

Não havia ninguém por perto.

Ninguém para quem nos mostrarmos.

Só nós.

Meus sentimentos não haviam desaparecido repentinamente, como acontecera com o sonho. Eles não mudaram. Ainda conseguia me lembrar do que senti. Eu ainda o queria, e isso, mais do que tudo, me assustava muito, porque não era real, mas, mesmo assim, eu podia sentir.

Inspirei e expirei, e chutei as cobertas para longe. Estava muito quente dentro do quarto.

Depois de alguns minutos apenas olhando para a escuridão do teto, fechei os olhos e tentei desesperadamente voltar a dormir, na esperança de que pudesse continuar o sonho exatamente de onde parei.

Tentei e não deu certo.

Quando percebi que não conseguiria, deixei minhas pernas se voltarem para a lateral da cama e agarrei a borda do colchão, ficando sentada por alguns minutos, tentando limpar a mente.

Tudo isso estava acontecendo por causa daquele beijo maldito, de todos aqueles toques e os sorrisos no evento de caridade. Eu sabia disso, mas o sonho fora demais. Sentir-me tão bem com alguma coisa, sentir-me tão feliz e saber que esse sentimento era apenas uma mentira? No momento em que acordei, senti a perda física dele intensamente.

A noite de sábado terminou assim que voltamos para o apartamento. Jack desaparecera em seu escritório ou como diabos ele chamava aquele lugar, e nosso trajeto de carro foi igualmente sem intercorrências. Ele não mencionou o beijo nem Jodi, Bryan e Joshua. E eu... em vez de me sentar e tentar processar o fato de que Joshua estava agora com a minha prima e talvez – provavelmente – tivesse me deixado por ela, eu estava presa ao beijo que havia compartilhado com Jack. Joshua não ocupou minha mente por mais do que alguns minutos fugazes.

Só conseguia pensar em Jack.

Domingo de manhã, quando acordei, pensando que talvez pudéssemos tomar café juntos, já que não iria abrir a cafeteria, eu o procurei. Até cheguei a bater na porta e entrar no quarto dele, apenas para perceber que ele já tinha saído. Se alguém perguntasse, eu não admitiria, mas esperei até as duas da tarde e, quando ele não apareceu, decidi ir ao café e passar o tempo na cozinha, preparando doces. Peguei meu telefone inúmeras vezes, pensando que, talvez, enviar uma mensagem rápida perguntando o que ele estava fazendo não seria uma péssima ideia, mas acabei não fazendo isso.

Ele também não havia me contatado.

Voltando ao apartamento às oito da noite, nada havia mudado. Não achei que tivesse algo específico para dizer, mas *queria* muito vê-lo e estar perto dele. Quando fui para a cama, às onze, ele ainda não havia chegado.

Massageando minhas têmporas, suspirei e peguei cegamente o meu telefone na mesa de cabeceira. Não sabia por que meu batimento cardíaco estava tão acelerado quando dei uma olhada rápida na tela e passei algumas mensagens de Sally. Não havia nada de Jack, nenhuma ligação, nenhuma mensagem – e por que ele me ligaria ou me mandaria mensagem? Nós não éramos assim. Nunca seríamos, não importava quais sonhos eu tivesse.

Completamente irritada comigo mesma por ter sido tão afetada por apenas um sonho simples, levantei-me e procurei algo que pudesse usar sobre a calcinha. Vesti uma camiseta cinza fina de mangas curtas e saí silenciosamente do quarto. A única coisa positiva daquela noite era que meu nariz não estava escorrendo naquele momento específico, e parecia que qualquer reação alérgica ou gripe que tivesse cruzado o meu caminho já havia passado.

Quando cheguei à escada, parei e olhei em direção ao quarto de Jack, mas não me atrevi a chegar perto. Desci as escadas lentamente, e decidi que um copo de água gelada seria a melhor escolha para me acordar de sonhos estúpidos e inúteis, mas então vi a luz saindo de baixo da porta do escritório de Jack e me virei para lá.

Capítulo Quinze
JACK

As últimas quarenta e oito horas foram um inferno. Passei o domingo inteiro no escritório lidando com uma crise inesperada que me afastou de Rose e, quando me enchi de esperanças de que conseguiria voltar para casa, enfrentei uma situação muito mais irritante chamada Bryan Coleson. Mas estava feito. Rose não precisaria mais se incomodar com eles. Eu tinha certeza.

Como se isso não bastasse, durante o dia, antes que eu pudesse sair do escritório, Joshua havia aparecido. Tudo começava a se acumular, e eu estava lentamente sendo soterrado.

Então, eu estava no meu escritório, às três da manhã, sem fazer nada além de me sentir infeliz, em vez de ir para a cama... a poucas portas dela.

Quando ouvi uma batida hesitante na porta, fui arrancado dos meus pensamentos.

— Entre.

Primeiro, a cabeça espiou, enquanto os ombros e o corpo ficaram escondidos atrás da porta.

— Oi, Jack.

— Oi.

— Estou te incomodando? Posso entrar?

Se eu tivesse certeza de que não a assustaria, teria rido alto. Ela nunca me incomodava – esse era o problema.

Por precaução, fechei meu laptop, ocultando o e-mail que acabara de receber.

— Por favor, entre — repeti, e ela finalmente mostrou seu corpo inteiro e entrou, fechando a porta e encostando as costas nela. Eu não tinha certeza de quanto tempo poderia manter minhas mãos longe dela ou o quão sábio era estar em um lugar isolado juntos assim, mas não me importei.

— Eu acordei — disse ela, sorrindo suavemente para mim. — Não consegui voltar a dormir.

Rose usava uma camiseta cinza-clara que não escondia o sutiã de renda amarelo por baixo. Eu havia tirado a gravata em algum momento quando entrei em um apartamento silencioso, mas ainda estava usando a camisa branca de botões e a calça preta que vesti naquela manhã. Ela estava linda, mesmo desgrenhada, enquanto eu deveria estar parecendo um caos.

— O que você está fazendo? — ela perguntou quando eu não disse nada.

— Surgiu um problema com o qual eu tive que lidar.

Ela se afastou da porta, aproximando-se lentamente com a mão atrás das costas.

— Você ainda tem trabalho a fazer? — Assenti. — Eu não te vi hoje.

Ela tinha querido me ver? Eu achava que não.

— Estava no escritório. Houve uma crise com um cliente, mas lidei com ela.

— Achei que você não trabalhasse todo fim de semana. — Ela estava alguns passos mais perto, e eu estava ciente de cada um deles. Seu olhar lentamente analisou tudo dentro da sala, menos a mim.

Levantando, contornei a mesa e me sentei na beirada dela. Tive que enfiar as mãos nos bolsos para não agarrá-la, mas precisava estar mais perto. Fiquei quieto onde estava e observei seus movimentos lentos enquanto ela caminhava até as estantes de livros e passeava por eles, parando uma ou duas vezes para verificar um título, as pontas dos dedos roçando suavemente cada lombada.

— Não, não todo fim de semana. Você precisa de algo?

Ela parou de ver os livros e se concentrou em mim.

— Se estou te incomodando...

— Você não está me incomodando, Rose. Quer conversar sobre alguma coisa?

Ela levantou um ombro, encolhendo-o, e manteve os olhos nos livros.

— Nada em particular. Como eu disse, não consegui dormir.

— Ok.

Ela se virou para mim, mantendo as costas contra a estante.

— Você vai dormir?

— Em algum momento, sim.

— Boa. Isso é bom. Dormir é bom.

Com passos ainda mais lentos, ela se aproximou de mim, seus olhos se movendo ao redor da sala.

— Você tem um apartamento bonito — ela murmurou, e eu fiz uma careta para ela.

— Rose, você está bem?

Ela odiava quando eu fazia essa pergunta. Eu sabia disso, mas amava demais suas reações para deixar de perguntar.

Ela suspirou.

— Sim, claro. Por quê?

— Você está agindo de forma estranha.

Ela gesticulou, descartando minhas palavras. Então, ao meu lado, colocou a mão na mesa.

— É uma mesa bonita — disse ela.

Definitivamente havia algo de errado com ela.

— É uma mesa — concordei em um tom frio.

Seus lábios tremeram, e meu olhar se concentrou naquele pequeno movimento. Eu estava enlouquecendo. Estar tão perto, mas tão longe dela, causava estragos no meu autocontrole.

Ela soltou um suspiro profundo e finalmente olhou nos meus olhos, sem um único traço do sorriso que me deixara tão apaixonado.

— Então... no evento... nós... fizemos um bom trabalho, não fizemos?

— Um bom trabalho? Em relação a quê?

— Em fingir sermos marido e mulher. Eu preciso tentar algo, então você pode ficar parado?

Minhas sobrancelhas se ergueram em confusão, mas eu simplesmente assenti, sem ter ideia de aonde ela queria chegar com aquilo.

Ela lambeu os lábios e estufou as bochechas antes de soltar um longo suspiro. Então deu mais dois passos à frente até que seu peito estivesse a apenas um centímetro ou dois de distância do meu ombro.

Eu me empertiguei, sentindo minhas mãos tremerem nos bolsos. Não tendo certeza do que ela estava prestes a fazer, tive que usar a mão direita para segurar na borda da mesa. Seu foco estava nos meus lábios, e eu a vi morder o inferior e depois se inclinar para perto.

Seus olhos voavam entre os meus olhos e meus lábios.

— É só que... eu vou...

Então ela se inclinou para a frente, e eu diminuí o espaço restante entre nós até que seus lábios finalmente tocaram os meus, pressionando um beijo suave no canto da minha boca. Ainda com os olhos fechados, ela se afastou e emitiu um som indefinido.

— Hum.

Dizer que fiquei surpreso seria um eufemismo, mas não ousei me mexer, com medo de quebrar o feitiço do que estava acontecendo. Apenas mantive meus olhos em seu lindo rosto e tentei ler o que ela estava pensando. Então ela deu outro passo à frente, e juro por Deus que senti seus mamilos pressionarem meu peito.

Ela engoliu em seco e tocou minha bochecha.

— O que você está fazendo, Rose? — perguntei, incapaz de me conter. Minha voz soou áspera aos meus ouvidos.

— Estou apenas tentando algo. — Ela olhou nos meus olhos. — Você poderia fechar os olhos?

Ergui uma sobrancelha questionadora.

— Só vai durar um segundo. Prometo.

Suspirei, um pouco irritado por ela não querer que eu a observasse, para captar suas feições quando ela estava tão perto de mim. Meus dedos agarraram a mesa com mais força, mas fiz como ela pediu.

— É só que... você me deixa nervosa quando me olha assim. Isso só vai demorar um segundo, eu prometo.

Minha boca se abriu para lhe dar uma resposta, mas nenhum som saiu, porque seus lábios encontraram os meus novamente. Eu correspondi ao seu beijo gentil e abri meus olhos de qualquer maneira para poder observá-la. Ela já tinha fechado os dela, e sua mão tremia levemente contra a minha bochecha. Inclinando a cabeça, aprofundou o beijo, a mão esquerda pressionada contra o meu peito enquanto ela se erguia na ponta dos pés. Baixei a cabeça e fechei os olhos, sentindo-me bêbado com o beijo.

Ela se afastou antes que eu pudesse assumir o controle completamente, e nós apenas ficamos ali, a alguns centímetros de distância, sua respiração entrecortada. Meu coração batia forte no peito, enquanto eu a estudava conforme seus olhos se abriam lentamente e ela fazia uma careta como se algo não estivesse certo.

Coçando o nariz, ela me lançou um olhar que eu não consegui interpretar.

Pigarreei.

— Não foi bom?

Ela ergueu a mão entre nós, balançando de um lado para o outro.

— Ehhh.

— Entendi. Tartaruga de novo?

Outro som indefinido.

— Certo. E isso foi importante... por quê?

Ela bufou e pensou em sua resposta por um segundo.

— Algum tipo de ensaio, talvez? Sábado foi um pouco estranho, então eu pensei que poderíamos trabalhar no beijo, para parecer mais natural.

— Então sábado foi ruim? Eu não sabia que você não tinha gostado do meu beijo. Você parecia não se importar, mas agora acha que devemos ensaiar?

— Quero dizer... eu não tinha nada melhor para fazer, então...

— Certo.

Esperei, com meus olhos fixos nela.

— Talvez mais uma vez? Só para... você sabe, ver o que estamos fazendo de errado.

— Certo. Alguma sugestão que você gostaria de dar?

Ela me levou a sério e pensou um pouco mais. Eu estava tendo problemas para manter uma expressão impassível, mas decidi entrar no jogo. Não acreditei nas besteiras que ela dizia, mas, se queria me beijar, eu não discutiria.

— Um pouco mais de língua seria estranho para você? — ela perguntou.

Meus lábios tremeram, e eu sorri.

— O quê?

Pigarreei, balançando a cabeça.

— Nada. Não tenho certeza a respeito da língua — arrisquei. — Mas, se você acha que é uma boa ideia, vou ter que tentar.

— Ok. — Ela suspirou e colocou a mão no meu ombro. — Então... sim. Ok, vamos tentar.

Depois de outra respiração profunda, Rose deu um pequeno passo. Seus olhos já estavam fechados, então ela não viu o meu sorriso. Tirando minha outra mão do bolso, afastei sua franja, relaxei os dedos que estavam agarrando a mesa, como se fosse um caso de vida ou morte, e gentilmente os coloquei na parte de baixo de suas costas para que pudesse aproximá-la em uma ordem silenciosa. Ela obedeceu e lambeu os lábios, os olhos ainda fechados, o rosto levemente inclinado para cima.

— Me avise se ficar pior assim — sussurrei contra seus lábios, e ela assentiu rapidamente. — Relaxe. — Minha voz estava ainda mais baixa dessa vez, e a mão dela apertou meu ombro, os dedos afundando na minha camisa.

Havia apenas o espaço de uma respiração nos separando, e a dela já estava bem ofegante. Beijei a borda dos seus lábios primeiro. Eles se separaram e a ponta da língua dela tocou o inferior. Soltei um suspiro. Eu estava muito encrencado.

Impaciente, peguei seu lábio superior entre os meus e deslizei minha língua, lambendo e chupando suavemente, me familiarizando com sua boca. Ela deu um passo à frente e colidiu com o meu peito. Agarrei a camiseta dela com meus dedos e fiquei mais ereto, meu pau já se avolumando na calça enquanto eu a puxava mais contra mim. Não havia dúvidas de que ela podia sentir minha ereção.

Sua boca se abriu mais, com um gemido selvagem, e inclinei minha cabeça para a direita enquanto ela seguia para a esquerda, o beijo se tornando algo mais em apenas um segundo. Ergui a mão até o pescoço dela, sentindo sua pele contra a minha, sua pulsação acelerada logo abaixo da ponta dos meus dedos. Pressionei e absorvi o máximo que pude de Rose, com sede por mais, por tudo o que poderia obter dela. Queria que ela se afogasse em mim como se nunca tivesse se afogado em outra pessoa antes. Se eu pensasse que era a hora certa, a teria erguido e a colocado sobre a minha mesa para fodê-la até que ela não aguentasse mais.

Sua mão deslizou do meu ombro até o pescoço, e seus dedos agarraram meu cabelo, enquanto sua outra mão segurava meu bíceps. Acho que ela não percebia o que estava fazendo nem que estava gemendo e se derretendo contra mim, pressionando e puxando ao mesmo tempo em que eu possuía sua boca sem piedade. Eu estava com muita fome por seu toque e gosto.

Quanto mais eu exigia, mais rápido ela respondia com mais. Talvez essa coisa de casamento não tivesse sido a pior ideia que já tive. Talvez as coisas funcionassem bem.

Nós dois estávamos chegando ao ponto em que precisávamos respirar, mas eu não tinha certeza se conseguiria parar. Ela se afastou abruptamente, decidindo por mim quando soltou meu cabelo e apoiou as duas mãos no meu peito. Ainda estávamos perto o suficiente para respirarmos o ar um do outro, nossas cabeças inclinadas, ainda próximas a ponto de eu poder capturar seus lábios e puxá-la de volta para o beijo, para que ela não tivesse tempo de pensar a respeito.

— Sim. — Ela pigarreou. — Este foi melhor, eu acho — resmungou, seu peito subindo e descendo rapidamente enquanto seus seios e mamilos endurecidos se esfregavam contra mim a cada respiração. Eu estava a segundos de levantá-la e colocá-la sobre a mesa, para levar seu pequeno experimento ainda mais longe.

— Você quer tentar de novo? — perguntei, minha voz tão áspera quanto a dela. Usei meu polegar para acariciar seu queixo.

— Hum... — Ela engoliu em seco e infelizmente lembrou que estava me tocando. Deu um passo seguro para trás, fazendo-me relutantemente soltar a parte de trás da sua camiseta. — Acho que já entendemos agora. Vamos ficar bem, eu acho. Acho que sim.

Enfiei as mãos nos bolsos para não agarrá-la e puxá-la para mim, iniciando algo que teríamos ainda mais dificuldades para parar. Percebi que os olhos dela caíram na minha virilha, onde ela podia ver claramente a minha ereção, e foi então que se afastou. Tive que proibir meu corpo de se mexer para me impedir de segui-la e pedir outra tentativa.

Ela pigarreou.

— Eu tenho que acordar cedo amanhã, então vou tentar dormir um pouco mais. Você vai ficar acordado até mais tarde?

Forcei meu corpo a relaxar e me endireitei, voltando para trás da mesa. Sentei-me. Era a única maneira de me impedir de ir atrás dela.

Abri meu laptop.

— Eu vou me deitar assim que terminar aqui.

— Vejo você amanhã, certo?

Olhei por cima da tela, voltando-me para seus olhos enormes. Sim, ela me veria no dia seguinte e, esperançosamente, todos os dias depois disso. Garantiria que terminássemos o que começamos em breve. Faria tudo ao meu alcance para me certificar de que ela não quisesse se afastar. A culpa que eu sentia por enganá-la ainda existia, mas contaria toda a verdade quando chegasse a hora, sem mais me conter. Eu seria qualquer coisa e tudo o que ela gostaria e precisava que eu fosse.

— Sim, Rose — respondi suavemente. — Nos vemos amanhã.

Ela assentiu e, enquanto ainda tentava se afastar sem quebrar o contato visual, esbarrou na luminária de chão ao lado da porta. Quando ela estremeceu, eu me levantei.

— Você está bem?

A mão dela se ergueu.

— Não, sente-se. Estou bem.

— Tem certeza?

— Sim. Sim, estou bem. Já te incomodei o suficiente, pode voltar ao trabalho.

— Você nunca me incomoda, Rose.

Ela congelou e riu e, pela primeira vez, pareceu forçado. Suas pálpebras caíram, e ela olhou para o chão. Tateando a parede atrás de suas costas, ela moveu a mão até conseguir agarrar a maçaneta da porta e abri-la. Com os olhos em mim, ela saiu do meu escritório.

— Boas palavras. Parece muito com algo que um marido diria. Então, boa noite.

— Bons sonhos — eu disse, e ela hesitou enquanto fechava a porta.

— O que você disse?

— Bons sonhos.

— Essa pode ser uma ideia muito, muito ruim, então vamos todos ter sonhos normais; sonhos normais e solitários.

Inclinei minha cabeça e estreitei os olhos, estudando sua expressão.

— Você tem certeza de que está bem?

— Perfeita. De certa forma, confusa, na verdade, porque beijar você é um pouco estranho, então me desculpe pelo meu comportamento louco.

Ergui uma sobrancelha, confuso.

— Me beijar é estranho?

— Sim. Você sabe, você é meu marido, blá blá blá, mas também não é, blá blá blá. — Fungando, ela ofegou e de repente inclinou a cabeça para trás. — Eu vou espirrar. Ok. Tchau. — Ela bateu a porta, deixando-me olhando para ela, ainda confuso.

Atravessei o escritório e abri a porta, ouvindo-a subir as escadas e outra porta se fechar.

Voltei para a minha mesa com passos controlados e me sentei. O e-mail ainda estava aberto, esperando que eu enviasse uma resposta. Estava me sentindo muito melhor do que cinco minutos antes. Minha mente estava consumida por Rose, então, levei um tempo para me recompor o suficiente para formar uma frase simples e pressionar enviar.

**Se você sequer pensar em me ameaçar de novo,
vou transformar sua merda de vida em um inferno, Joshua.**

Capítulo Dezesseis

ROSE

Era semana do caramelo, e Owen assara quatro doces diferentes desse sabor, enquanto eu tratava do nosso básico: sanduíches, brownies e muffins de frutas silvestres. Até nosso básico tendia a mudar dia a dia, porque nosso negócio era muito novo, mas, em um mês mais ou menos, teríamos um cardápio mais definido depois de conhecermos nossos clientes e descobrirmos do que eles mais gostavam.

Na segunda-feira, fiz o meu trajeto habitual com Raymond às cinco da manhã e me juntei a Owen na cozinha assim que entrei. Sally chegara uma hora depois de mim, mais cedo do que o horário habitual. O mistério foi resolvido quando ela começou a tentar flertar com um Owen muito sério.

— Você acha que poderia me ensinar como fazer este pão de banana com caramelo salgado? É tão bom. — Owen apenas grunhiu e continuou trabalhando a massa. Ele estava fazendo pãezinhos de canela, meu favorito absoluto.

Sally me lançou um olhar arregalado e revirou os olhos. Ela era implacável. Apoiando os cotovelos na área de trabalho de mármore que dominava o centro da cozinha, decidiu pressioná-lo um pouco mais.

— Eu vou cozinhar algo para você. Qual a sua comida favorita? Não que eu seja uma exímia cozinheira, mas sei cozinhar.

— Se você não é boa cozinhando, o que te faz pensar que vai conseguir fazer pão de banana? — Owen perguntou, seus olhos e mãos bem ocupados.

Sally apenas chegou um pouco mais perto dele.

— Você pode me ensinar. Tenho certeza de que, se me ensinar, vou pegar o jeito e, pelo que entendi, o pão de banana não é tão difícil de fazer.

— Você pode recuar um pouco? Vai ficar coberta de farinha se chegar mais perto.

Mal contendo minha gargalhada antes de atrair a carranca feroz de Owen, afastei-me da porta e me concentrei em organizar os sanduíches sob a cúpula de vidro. Owen não gostava que ninguém bagunçasse sua rotina. Ele mal tolerava que eu trabalhasse ao lado dele por algumas horas de manhã, então, embora parecesse rude, era apenas o jeito dele, sem mencionar que também era uma pessoa muito reservada.

— Você gostaria que eu fizesse seu café? — Ouvi Sally continuar, ignorando sua grosseria.

Como Owen grunhiu uma resposta não verbal que não alcançou meus ouvidos, não pude deixar de me inclinar para trás e dar uma espiada na cozinha. Sally havia sido dispensada.

— Que tal pãezinhos de canela, então? — Sua voz ainda soava otimista e positiva.

— O que tem eles?

— Você pode me ensinar como fazer pãezinhos de canela? Parece muito divertido, com essas coisas de rolinhos e toda a canela.

— Coisas... Você não tem trabalho a fazer lá na frente? Está quase na hora de abrir.

Mordi o lábio e voltei ao meu próprio trabalho. Owen era parecido com Jack – na essência, não gostava de usar muitas palavras. Falando em Jack... eu ainda estava experimentando os efeitos do meu sonho e de tudo o que acontecera depois dele. Eu não tinha exatamente certeza do que estava pensando quando decidi ensaiar nossos beijos, mas, naquele instante, quis ver se o que havia sentido no evento de caridade fora algo de momento ou não, então, parecera uma boa ideia. Talvez o meu sonho tivesse sido a força motriz por trás da coragem de enfrentá-lo, mas não podia reclamar. O segundo beijo fora tão bom quanto o primeiro, talvez até melhor porque estávamos sozinhos no escritório dele, longe de todos os olhares curiosos. Ainda era temporária aquela coisa entre nós, mas o sonho havia mudado algo dentro de mim – eu sentia isso com cada fibra do meu ser.

Por um segundo, pensei que havia sentido sua ereção contra minha barriga quando ele agarrou a parte de trás da minha camiseta e me puxou para mais perto. Não era um produto da minha *imaginação*. Eu poderia ter imaginado – por causa do maldito sonho – que ele também estava realmente apaixonado, mas não tinha evocado aquela ereção em minha mente.

Ele beijava muito bem; não havia como discutir isso. Era um pouco rude e completamente dominador, exatamente como eu imaginava que seria, e eu comecei a ter ideias bem diferentes sobre demonstrações públicas após o fim de semana. Como julgava que ele não iria cair na história de *ensaio* novamente, então eu teria que transformar o beijo em público... bem, em uma coisa nossa – apenas para tornar nosso casamento mais crível, não porque queria ou qualquer coisa assim.

Mas quem eu estava querendo enganar? Tudo sobre Jack estava começando a se tornar muito atraente para mim. Eu ficava ansiosa para ver sua expressão dura e às vezes distante no final do dia... todos os dias. Eu conversava mais do que ele, mas ele falava também, muito mais do que falara no começo. Eu quase não precisava mais "falar comigo mesma como se fosse Jack", e quando o fazia, era pela diversão de ver sua expressão perturbada como se ele estivesse considerando suas escolhas na vida ao ter um casamento falso comigo. A intenção não era tirar sarro dele nem nada remotamente parecido com isso. Eu apenas gostava do jeito como ele me encarava.

Era o ponto alto do meu dia.

E aquele sorriso... Deus, ele finalmente sorrira, e valera a pena esperar para ver seu rosto se transformar. Era um tipo de rosto e de sorriso pelos quais se apaixonar, mesmo que o pacote viesse com a carranca e a personalidade espinhosa. Eu simplesmente não conseguia decidir qual de suas expressões era a minha preferida, porque a expressão de pedra e rabugenta era igualmente apaixonante. Por outro lado, do jeito como estava me sentindo depois daquele sonho, minha atração inesperada por Jack triplicara da noite para o dia. Claramente, não podia confiar em estar perto dele até que os efeitos passassem.

— Por que você está sorrindo? Foi um desastre completo — Sally murmurou enquanto se aproximava, lambendo os dedos, presumivelmente depois de comer um pão de banana molhadinho.

Parei de sonhar acordada com Jack e tentei me concentrar em Sally. Ela não estava exatamente fazendo beicinho, mas quase lá.

— Eu não sabia que você estava interessada nele — respondi, ignorando sua pergunta.

Ela pegou uma bala de hortelã em uma tigela pequena ao lado da caixa registradora, abriu a embalagem e a colocou na boca.

— Pode ser um pouco tarde para perguntar, pelo que acabou de testemunhar, mas você tem uma regra contra funcionários namorarem?

Arrumando o último sanduíche de peru, coloquei a cúpula de vidro no lugar e me virei para Sally, pensando na minha resposta por um momento.

— Levando em consideração que vocês dois são meus únicos funcionários, obviamente, nunca pensei nisso. Você gosta tanto assim dele? Pensei que estivesse apenas se divertindo.

— Por que eu faria isso?

— Porque é divertido deixá-lo irritado?

Às vezes, eu achava divertido irritar Jack.

— Não. — Ela balançou a cabeça e olhou para a cozinha por cima do meu ombro. — Quero dizer, ele é bastante atraente, você não acha?

Olhei por cima do ombro para tentar enxergar o que ela estava vendo. Owen estava enrolando a massa, seus bíceps flexionados. Na verdade, ele era atraente quando se olhava com atenção, não como Jack, mas de uma maneira... diferente. Ele parecia mais um francês sem a parte romântica e encantadora. Seus cabelos castanhos eram encaracolados e caíam sobre a testa, e era possível ver as bordas das tatuagens nos braços fortes dele se curvando sob a camisa. Ele era mais magro do que Jack, mas ainda era musculoso. Jack era mais forte. Quando olhava para Owen, não pensava: *Nossa, que vontade de abraçá-lo*. Ele era apenas... Owen, um amigo. Quando olhava para Jack, tudo o que eu queria era abraçá-lo e ficar em seus braços pelo maior tempo possível.

Sally balançou a mão na frente do meu rosto.

— Terra chamando Rose.

Fui arrancada da minha névoa de Jack.

— Desculpe. Eu acho que ele é atraente.

— E ele tem esse ar intenso. Parece estar funcionando comigo. Não sei, não diria não a um encontro.

— Bem, acho que terá que ser você a convidá-lo neste caso.

Peguei os brownies e os empurrei na frente dos bolos de chocolate, reorganizando as coisas para que os sanduíches ficassem na extrema esquerda ao lado da caixa registradora, tentando os clientes.

— Então você não tem nenhum problema com isso? Eu realmente gosto de trabalhar com você, e não arriscaria isso por um cara, mas, se estiver tudo bem, talvez eu realmente o convide um dia desses.

Como diabos eu poderia decidir sobre algo assim?

— Desde que isso não afete o seu trabalho, acho que tudo bem por mim. Você tem certeza disso? Não quero que ele se sinta desconfortável se não estiver interessado. — Provavelmente não era uma das minhas melhores ideias, mas não sabia como dizer não. Eu ainda tinha um coração romântico, apesar do meu estado civil.

— Ah, não. Ele ainda não está pronto. Vou ter que trabalhar nisso aos poucos, o que é divertido, para ser sincera. — Ela abriu um sorriso ofuscante, dando dois pulinhos. — Ok, vou lavar minhas mãos, organizar o último lote de copos de café e preparar todo o resto.

Antes que eu pudesse dizer tudo bem, ela já estava de volta à cozinha, com os olhos em Owen enquanto passava por ele.

Se eu quisesse algo real com Jack, teria que trabalhar nisso pouco a pouco? Não que não parecesse divertido. Mas será que eu gostaria de complicar as coisas? Ele não era do tipo romântico; era um tipo totalmente diferente. Claro, ele era meu marido, mas isso era apenas um ato, nada mais, e a ereção... bem, deveria ser praticamente involuntário quando se beijava alguém. Ele não teve uma ereção especial para mim. Não foi uma ereção especial.

Houve uma batida forte na porta de vidro que me afastou dos meus pensamentos, então me virei para encontrar um rapaz, talvez com vinte e poucos anos, olhando para dentro da cafeteria com um enorme buquê de rosas nos braços.

Com um grande sorriso surgindo no meu rosto, corri para a porta e a abri, e o ar frio atingiu minhas bochechas, refrescante e bem-vindo, depois de todos os meus pensamentos sobre Jack Hawthorne e sua ereção não tão especial.

— Rose Hawthorne? — o cara perguntou. Ele vestia uma jaqueta azul e estava dando alguns pulinhos, provavelmente para se aquecer.

— Sim, sou eu. — Eu mal conseguia manter as mãos quietas enquanto ele verificava algo em seu bloco de notas e finalmente me entregava as flores embrulhadas em papel marrom, mas não havia cartão. — De quem são?

— Aqui diz Jack Hawthorne.

O sorriso ainda estava firme no meu rosto, enquanto eu as abracei contra o peito e assinei onde ele estava apontando.

— Tenha um bom dia — ele desejou antes de correr de volta para a van branca que aparentemente estava esperando por ele.

— Você também! — gritei, acenando, mesmo que ele não estivesse olhando para trás.

Empurrei a porta com o quadril e tranquei-a novamente, meus olhos fixos nas rosas enquanto eu voltava para a cozinha e Sally aparecia na porta.

— Eu ouvi alguém ba... Oh, Rose! Olhe para elas!

Eu estava olhando. Olhando e tentando conter meu sorriso enquanto buscava ignorar a leveza que sentia no meu coração.

— Elas são lindas — murmurei, quase para mim mesma, enquanto tocava alguns botões de rosas. Naquela semana, elas eram roxas e brancas.

— Ok, estou oficialmente apaixonada pelo seu marido. Ele é muito fofo.

Eu ri, sentindo-me feliz da cabeça aos pés.

— Ele não gosta quando as pessoas pensam que ele é fofo, mas, sim, concordo plenamente. — Ainda sorrindo, olhei em volta da cafeteria. Algumas das rosas que ele levara na semana anterior ainda estavam firmes e fortes, mas eu havia trocado as que começaram a morrer pelas artificiais apenas meia hora antes. Eu ia trocar todas elas pelas novas.

— Você quer que eu ajude? — Sally perguntou, inclinando-se para cheirar as rosas.

Não sabia por que estava me sentindo protetora, mas eu mesma queria lidar com as rosas, então apenas me contive antes de afastá-las do nariz de Sally. Por mais estúpido que pudesse parecer, tentei não pensar muito nisso. Elas eram todas minhas.

— Não, vou fazer isso, mas você pode pegar as artificiais e levar os mini vasos para os fundos, para que eu possa trocá-las?

— Claro.

Levei dez minutos para colocá-las todas nas mesas, e as doze restantes foram colocadas no balcão ao lado da caixa registradora para que eu pudesse vê-las constantemente e talvez colocar um leve sorriso no rosto dos meus clientes também. Posicionando a última sobre a mesa em frente à estante, alcancei meu bolso de trás e peguei meu telefone. Ainda tínhamos oito minutos antes de eu abrir as portas e dar as boas-vindas aos nossos primeiros clientes.

Não querendo esperar mais, digitei rapidamente uma mensagem.

Rose: Oi.

Jack: Algo errado?

Eu ri e me sentei na cadeira mais próxima.

Rose: Não, só queria dizer oi e obrigada.

Jack: Oi. Obrigada pelo quê?

Rose: As flores. Ainda não consigo parar de sorrir.

Jack: Que bom que gostou delas.

Rose: Eu amei, mas talvez eu tenha gostado mais das da semana passada.

Jack: Eles erraram o pedido novamente? Vou ligar para eles.

Rose: Não! Espera.

Rose: Eles não estragaram. É que... na semana passada, você as trouxe, e foi mais... especial, eu acho.

Fechei os olhos e gemi alto. Eu não poderia ser mais brega do que isso e estava oficialmente flertando com meu marido, cutucando a colmeia, sabendo que não iria terminar bem.

Jack: Entendo.

Entendo. Isso foi tudo o que ele respondeu. Respirei fundo e lentamente soltei o ar.

Rose: Você vai aparecer aqui antes de ir para o trabalho? Eu faço um bom café grátis.

Jack: Infelizmente já estou no trabalho. Uma reunião foi antecipada.

Tentei não me sentir decepcionada, mas era difícil.

Rose: Ah, tudo bem. Sinto muito, eu sei que você não gosta de trocar mensagens de texto, então vou calar a boca. Espero que você tenha um bom dia. Mais uma vez, obrigada pelas flores. Elas são lindas.

Bati na minha testa com a lateral do telefone algumas vezes. Eu precisava me controlar. Não estava apaixonada por Jack Hawthorne, e ele definitivamente não estava apaixonado por mim também. Fora apenas um sonho muito, *muito* convincente, beijos e toques e... só. Além disso, eu apenas o achava atraente – qualquer mulher acharia. Isso não era um crime. No fundo, por mais irritadiço e frio que parecesse, ele era, na verdade, uma pessoa muito boa.

Quando me levantei para finalmente destrancar a porta da frente, meu telefone tocou na minha mão, anunciando outra mensagem. Olhando para a tela enquanto caminhava, meu coração disparou quando vi o nome dele e parei ao lado da caixa registradora.

Jack: Você quer me ver?

Rose: O quê?

Jack: Você disse que gostou mais das outras flores porque fui eu que levei e me ofereceu café grátis. Estou assumindo que...

Ele estava flertando também. Por incrível que pudesse parecer, eu ainda tinha esperanças. E estava achando tudo aquilo – *ele* – estupidamente encantador, por isso, rapidamente escrevi de volta.

Rose: Bem, você é meu marido, então estou fadada a ter que te olhar. Felizmente, você não é tão feio, então eu não cobriria meus olhos se você aparecesse.

No instante em que apertei enviar, quis retirar o que disse, excluir e escrever algo mais... inteligente e espirituoso, mas era tarde demais.

— Ei, novamente, Terra chamando Rose. Está me ouvindo? — Sally gritou de algum lugar atrás de mim. — Temos dois clientes esperando. Talvez devêssemos abrir alguns minutos mais cedo.

Olhei, surpresa, e só então notei as duas garotas esperando que eu abrisse a porta. Corri para a frente da loja e as convidei a entrar, pedindo desculpas.

Quando Sally foi preparar o café, servi um sanduíche e um muffin de mirtilo. Quando os próximos clientes começaram a entrar, meu telefone tocou duas vezes no bolso, deixando-me irracionalmente excitada enquanto tentava ignorá-lo e conversava com os clientes.

Quando o último cliente da fila saiu, Sally e eu olhamos ao redor do lugar. Alguns estavam com seus laptops, outros apenas conversavam com seus amigos. Uma pessoa estava lendo um livro que pegara na estante, e nove mesas já estavam cheias.

— Este é um ótimo começo de semana — comentou Sally enquanto limpava o balcão.

— É, não é? Acho que estamos indo muito bem. Ah, e, a propósito, eu esqueci de lhe dizer. Tenho uma consulta médica às duas da tarde, então pedi a Owen que ficasse até eu voltar. Acha que vocês dois podem cuidar de tudo? Volto assim que terminar.

Ela parou e virou seu olhar preocupado para mim.

— Algo errado?

Então seus olhos se arregalaram comicamente.

— Você está grávida?

Eu fiz uma careta para ela.

— Não! Acabei de me casar! Do que você está falando? — Com uma carranca se aprofundando, olhei para minha barriga. — Pareço grávida ou algo assim?

— Não, você não parece grávida. Erro meu. Mas, com aquele seu marido, você pode engravidar só por ele olhar para você, então eu teria cuidado.

Apenas olhei para ela, parecendo horrorizada, e ela riu.

— Bem, finja que não disse nada. Claro que podemos cuidar de tudo. A hora do almoço já terá terminado quando você sair, por isso ficaremos bem até você voltar. Está tudo certo? Ainda resfriada?

— Sim. — Toquei meu nariz com cuidado, feliz por não estar escorrendo no momento. Mas estava quando eu acordei. — Acho que é apenas uma alergia, se não for um resfriado estranho. Eu só preciso de um spray nasal ou algo assim. Não vou demorar muito.

— Ok. Faça o que precisar. — O sorriso dela se transformou em uma risada. — Isso vai me dar tempo para começar os trabalhos com Owen, com um ótimo *timing* da sua parte.

Assim que Sally foi para a cozinha, peguei o telefone para ler as mensagens.

Jack: Estou feliz por não ser tão ruim de se olhar.

Jack: Você está livre para jantar hoje à noite?

Ele não parecia estar flertando, porque perguntou se eu estava livre para jantar, como sempre fazia todas as noites. Minha empolgação começou a diminuir lentamente e, antes que eu pudesse digitar algo de volta, um novo cliente entrou.

Depois que saí do consultório médico, peguei o trem para Midtown em vez de voltar direto para a Avenida Madison. Eu ainda estava um pouco tonta, mas, se fosse sincera comigo mesma, assumiria que comecei a me sentir tonta no momento em que o médico começou a falar.

Uma vez, aos vinte anos, precisei tomar antibióticos para dor de garganta e acabei na sala de emergência. Como foi descoberto, eu era alérgica a penicilina. Doar sangue foi uma experiência totalmente diferente. Dizer que não gosto de agulhas, médicos e hospitais de qualquer tipo seria um eufemismo. Por tudo isso, não consegui fazer nada além de me sentir tonta, pensando o pior.

Quanto ao motivo de eu estar em frente ao prédio de Jack, perto do Bryant Park, não havia uma resposta para isso. Passei pela segurança, entrei no elevador com outras seis pessoas e desci no andar de Jack. Fui até a recepcionista de cabelos loiros e olhos azuis, a mesma que vi nas únicas duas vezes em que estive lá.

— Oi. Eu queria ver Jack.

— Olá, senhora Hawthorne. Você não precisa parar aqui; pode ir direto ao escritório dele.

Atordoada, assenti e agradeci. Tinha esquecido por um segundo que eu era a esposa. Enquanto seguia para o escritório dele, encontrei Samantha, que estava andando ao lado de dois outros homens de terno.

— Rose?

Parei de mover minhas pernas uma na frente da outra.

— Ah, oi, Samantha. Estou aqui para ver o Jack.

Suas sobrancelhas delineadas e perfeitamente arqueadas se uniram.

— Você está bem?

Segurei a bolsa no meu ombro com mais força.

— Sim. Estou bem. Obrigada. Você acha que Jack está no escritório?

— Acho que ele está fora, na verdade, mas verifique com Cynthia e ela informará. — Os dois homens de terno continuaram conversando e andando sem ela, então ela olhou para eles por cima do ombro e depois me encarou novamente. — Você tem certeza de que está bem? Parece um pouco pálida.

Surpresa por ela parecer genuinamente preocupada, forcei um sorriso.

— Ah, sim. Só um pouco doente. Foi muito bom rever você. — Sem esperar por outra pergunta, caminhei em direção ao escritório de Jack, virando à esquerda no final do corredor. Cynthia estava em uma ligação, então olhei rapidamente para o escritório quando me aproximei; Jack não parecia estar lá.

— Olá, Rose. Que bom te ver por aqui. — A voz de Cynthia me fez olhar para ela.

— Oi, Cynthia. Eu precisava de alguns minutos com o Jack. Ele está por aqui?

— Ele teve uma reunião de almoço com um cliente. — Ela olhou para o pulso, verificando a hora. — Ele sabia que você vinha?

— Ah, não. Eu só apareci. Preciso voltar ao trabalho em breve. Se você acha que ele vai demorar muito, eu vou embora. Posso falar com ele à noite.

— Ele deve estar aqui em cinco ou dez minutos. Pode esperar no escritório dele. Deseja que eu leve um chá ou café enquanto você espera?

Balancei minha cabeça e consegui oferecer a ela um pequeno sorriso.

— Eu estou bem. Obrigada.

Quando ela abriu a pesada porta de vidro para mim, fui direto para as duas cadeiras confortáveis em frente à sua mesa meticulosamente organizada e me sentei.

Quando olhei para trás, Cynthia já tinha desaparecido.

Tendo um momento para mim mesma, peguei um lenço de papel limpo da minha bolsa e, segurando-o firmemente na mão, recostei-me e fechei os olhos, tentando me acalmar e dar uma pausa na minha mente louca.

Eu não podia acreditar que isso estava acontecendo. Nem sabia quantos minutos tinham se passado quando a porta do escritório atrás de mim se abriu e olhei por cima do ombro. Nem sei como me senti quando Jack levantou a cabeça do telefone em sua mão e percebeu que eu o estava esperando.

— Rose? — As sobrancelhas dele se contraíram em confusão quando parou com um pé na porta. — O que você está fazendo aqui?

Ergui minha mão, em um aceno fraco, e depois a deixei cair.

Cynthia apareceu atrás dele, um pouco sem fôlego.

— Eu tentei te ligar para avisar que Rose estava te esperando. Quer que eu ligue para George e adie a reunião?

— Ah, não. Por favor, não — eu a interrompi, levantando-me antes que ele pudesse responder. — Eu apareci sem avisar. Não quero bagunçar a agenda dele. Já vou embora. — Abaixei-me e peguei minha bolsa do chão. Mantendo meus olhos baixos e sentindo que estava prestes a desmoronar a qualquer segundo, principalmente depois de ver Jack realmente na minha frente, tentei passar por ele, mas ele usou seu corpo para me bloquear e gentilmente agarrou meu pulso antes que eu pudesse fazer qualquer outra coisa.

Jack virou a cabeça em direção a Cynthia, mas manteve o olhar em mim.

— Dê-nos alguns minutos antes de fazer isso, ok?

— Claro.

Meus olhos encontraram os de Cynthia, e ela me deu um pequeno sorriso logo antes de Jack me arrastar para dentro e ela fechar a porta.

— O que está errado? — Jack perguntou assim que ficamos apenas nós dois no escritório espaçoso.

Afastei minha mão de seu aperto quente e gentil, massageando meu pulso. Qualquer tipo de toque me faria desmoronar mais rápido.

— Nada. Eu só decidi aparecer. Seria melhor eu ir embora. — Chequei meu relógio e depois foquei meu olhar em seu ombro, em vez de em seus olhos. — Está muito tarde. Owen está me cobrindo com Sally, mas acho que devo voltar para que ele possa sair. Então, eu vou embora.

Apesar das minhas palavras repetitivas, não consegui ir e Jack não saiu do meu caminho. Alguns segundos depois, senti dois dos seus dedos gentilmente inclinarem meu queixo e permanecerem lá.

Nós ficamos nos olhando por alguns instantes. Eu realmente fui afetada pelo sonho que tive na noite anterior. Ainda parecia que havia algo real entre nós, e era possivelmente o pior momento para sentir os efeitos colaterais de estar apaixonada por ele – ou, mais precisamente, os efeitos de ele estar apaixonado por mim.

— Diga-me o que há de errado, Rose — ele disse simplesmente, sua voz suave e preocupada. — Você estava chorando?

Estremeci um pouco enquanto ele esperava pacientemente.

— Só um pouco, mas não é nada de mais. Eu só fui ao médico e... — Minha voz começou a falhar, então parei.

— Quando? Por quê? — Ele soltou meu queixo.

— Agora. Quero dizer, vim para cá direto do consultório médico. Estava marcado. Eu queria um spray ou algo parecido para a alergia. — Toquei meu nariz e seu olhar seguiu meus dedos. — Para o meu nariz. Obviamente. — Eu sorri, mas o sorriso não chegou aos meus olhos.

— Para o resfriado, certo?

Nos últimos tempos, eu sempre andava com um lenço de papel na mão ou tinha algum por perto, para o caso de o nariz começar a escorrer quando eu não estava esperando.

— Sim, a dor de garganta que durou um dia e a... hum, coriza e as dores de cabeça. De qualquer forma, não parecia um resfriado normal. Eu me sinto completamente bem, se não contar as dores de cabeça e o nariz, e foi por isso que pensei que, de repente, tivesse começado a me tornar alérgica a alguma coisa. É como água pingando do meu nariz. — Soltei um pequeno gemido e desviei o olhar. — Falar sobre meu nariz não é o que eu quero fazer com você.

Ele ignorou meu desconforto.

— Eu nunca vi você ter nenhum problema assim além de algumas vezes.

— É porque não pinga o tempo todo. Às vezes, está tudo bem se eu estiver de pé, mas, quando me sento, começa a pingar. Deitar de costas é tranquilo, assim como manter a cabeça inclinada para trás, mas, às vezes, quando durmo de bruços, acordo no meio da noite porque consigo sentir algo se arrastando e... Você entendeu. Além disso, quando estou trabalhando ou quando estávamos no evento de caridade, tenho que colocar uma bola de algodão ou algum lenço de papel no nariz, *algo* para não ter que ficar com um lenço debaixo do nariz o tempo todo. — Lamentei minhas palavras quando tive que segurar o lenço de papel na minha cara novamente. — De qualquer forma, o que quer que eu faça, fica encharcado muito rápido.

— Por que você não me contou tudo isso antes, Rose? Por que esperou?

— Eu estava trabalhando e pensei que iria desaparecer por conta própria. Além disso, não gosto de médicos. Às vezes, começa a escorrer e não para por horas. Às vezes, desaparece depois de meia hora. Eu me esforço para não inclinar a cabeça para baixo, porque isso também desencadeia. Felizmente, de manhã, é lento, por algum motivo, por isso não tem sido um grande problema quando estou cozinhando, mas nunca sei quando vai acontecer. Falando nisso...

Eu senti escorrer novamente, e o lenço de papel na minha mão já estava pronto. Segurando a cadeira, eu lentamente me ajoelhei, voltando meus olhos para o teto. Cegamente, tentei pegar minha bolsa, mas, de repente, Jack também estava de joelhos, segurando minhas mãos. Senti meus olhos embaçarem um pouco.

— Você pode pegar um lenço de papel para mim, por favor? — pedi, mantendo meu queixo para cima e longe do seu olhar.

Ele me soltou e se levantou.

— Espere, eu tenho alguns na minha...

Ele saiu do escritório, antes que eu pudesse lhe dizer que tinha mais um pouco na minha bolsa. Levantei-me. Ele voltou com uma bonita caixa de lenços de papel e a estendeu para mim. Puxei um e, fungando, segurei-o debaixo do nariz.

— Você está bem? — ele questionou novamente, olhando diretamente nos meus olhos. Balancei a cabeça e inclinei um pouco mais para trás para conter o fluxo. Às vezes, isso ajudava. Depois de descobrir o que poderia ser, a sensação daquele fio quente estava me assustando mais do que apenas algumas horas antes.

Jack massageou a têmpora, deu alguns passos para longe e depois voltou para ficar na minha frente.

— Ok. Ok, me diga o que o médico disse. Suponho que não seja alergia, a julgar pela sua expressão.

— Não. Acontece que provavelmente não é alergia ou resfriado. Ele quer fazer alguns exames, uma tomografia computadorizada e uma ressonância magnética, mas acha que eu posso ter vazamento de líquido cefalorraquidiano, especialmente porque é proveniente apenas de um lado do meu nariz. — Torci meus lábios e tentei o meu melhor para segurar as lágrimas. Seus olhos estudaram meu rosto, e, quanto mais eu o olhava, mais sua imagem começava a embaçar.

— Não faça isso — ele ordenou, com o rosto ilegível.

Assenti. Pelo tipo de cara que ele era, provavelmente não gostava de lidar com uma mulher chorando, mas ouvir sua voz grave estava quebrando o controle que eu tentava manter desde que saí do consultório médico.

Eu tinha pousado minha bolsa na cadeira, enquanto estava em pé, então a agarrei e a prendi mais alto no meu ombro, depois assenti para mim mesma. Apertando meus dedos em volta do lenço em minhas mãos, deixei o braço cair.

— Eu deveria ir embora. Deveria voltar ao trabalho, em primeiro lugar. Só pensei em aparecer e dizer que talvez não seja capaz de te acompanhar... — Quando a primeira lágrima deslizou lentamente pela minha bochecha, furiosamente tentei afastá-la com as costas da mão. — Talvez eu não consiga te acompanhar nos eventos por um tempo. Acho que eles vão precisar fazer uma cirurgia, então não tenho certeza se vou...

Ele ficou olhando para mim por um longo tempo, enquanto as lágrimas que eu prometi a mim mesma que não derramaria começaram a aparecer mais rapidamente após a palavra cirurgia. Senti a sensação familiar de que algo estava escorrendo pelo meu nariz, então eu rapidamente inclinei minha cabeça para trás. A última coisa – a *última* coisa que eu queria era que ele realmente visse algo descendo pelo meu nariz. Era algo que eu não conseguia conceber.

— Ok. — Ele esfregou a ponta do nariz, seu comportamento frio desaparecendo um pouco diante dos meus olhos. — Ok. Vamos nos sentar por uma porra de um segundo. — Foi a primeira vez que o ouvi xingar. — E pare de dizer que precisa ir embora. Você não vai a lugar algum.

Balancei a cabeça o máximo que pude, com ela inclinada para trás, porque o que mais eu poderia ter feito? Não queria interrompê-lo em seu trabalho, mas não queria sair também. Quando me virei para voltar para as cadeiras, ele me impediu com uma mão no meu braço e abriu a porta do escritório novamente com a outra.

— Cynthia, ligue para George e diga que não vou conseguir participar da reunião. Envie a ele a associada júnior com quem trabalhei; ela deve ter os detalhes de que ele precisa. Falo com ele mais tarde.

— Jack — eu interrompi quando ele fechou a porta sem sequer esperar para ouvir a resposta de Cynthia. — Não quero te prejudicar no seu trabalho...

— O que eu acabei de dizer? — Jack me puxou em direção ao sofá que ficava próximo às janelas que iam do chão ao teto e sentou-se ao meu lado. Ele ainda estava segurando a caixa de lenços de papel. Eu não sabia por que me concentrava tanto nisso, mas ele segurando a caixa, junto com a expressão intensa e um pouco assustadora no rosto, enquanto usava um de seus muitos ternos caros, sempre seria uma boa memória para se guardar depois que todo aquele negócio de casamento acabasse.

— Acho que não sei como fazer isso.

— Fazer o quê?

— Confiar em alguém. Me apoiar em alguém. Sinto que estou estragando tudo.

— Eu quero ser essa pessoa para você, Rose. Quero ser a pessoa em que você irá se apoiar. Você e eu somos iguais. Não temos ninguém além de um ao outro. Você vai se apoiar em mim, e eu farei o mesmo. Vamos aprender como. Estamos nisso juntos.

Eu fiquei sem palavras.

— Agora me diga o que diabos é um cerebro...

— Vazamento cerebrospinal — terminei por ele.

— Seja lá o que diabos é. Diga-me o que precisa ser feito. Como isso aconteceu? Para quando você marcou a ressonância magnética e a tomografia computadorizada? Me conte tudo, Rose.

Consegui conter as lágrimas, mas meu nariz ainda estava vazando.

— Você pode me dar outro lenço de papel, por favor?

Ele pegou um e me entregou. Murmurei obrigada e rapidamente o segurei debaixo do nariz enquanto empurrava o usado para dentro da minha bolsa. Já havia muitos lá dentro. Ele virou o corpo para ficar sentado na beira do sofá de couro, encostando o joelho na lateral da minha coxa e, finalmente, colocou a caixa na mesa quadrada de vidro à nossa frente. Fungando, limpei meu nariz e tentei controlá-lo.

— Tem certeza de que está se sentindo bem?

— Eu estou bem, só é estranho.

— Ok. Agora me conte tudo o que ele disse, desde o começo.

— Então, eu entrei e contei a ele o que estava acontecendo, e ele apenas olhou o meu nariz e depois a minha garganta, porque eu disse que tive dor de garganta há uma semana ou mais atrás, mas agora acho que isso não tem nenhuma relação. Então, ele me perguntou se eu sofri um acidente recentemente ou se fiz algum tipo de cirurgia, um trauma na cabeça, um forte golpe... Não é o caso, e eu disse isso a ele. Então ele perguntou sobre o sabor do líquido e eu disse que não tinha ideia, porque não provei, obviamente. Eu estava bem no consultório, então não consegui mostrá-lo, mas disse a ele que começa a pingar sempre que me inclino por muito tempo, olho para baixo ou quando durmo de bruços à noite, o que acontece sempre.

— Ele te disse exatamente o que é? Explique o vazamento cefalorraquidiano para mim.

Soltei um suspiro e engoli em seco.

— Ele não me contou muito, disse que queria agendar uma ressonância magnética e uma tomografia computadorizada imediatamente para ter certeza, mas eu continuava perguntando e, aparentemente, o vazamento do LCR, líquido cefalorraquidiano, ocorre quando há um buraco ou uma ruptura na membrana que envolve e amortece o cérebro. Também pode estar ao redor da medula espinhal. Ah, enfim... então o líquido, apenas um líquido claro, da membrana que protege o cérebro, começa a vazar pelo nariz. Como não tive um trauma na cabeça, não sei como aconteceu. — Meus olhos começaram a lacrimejar novamente. — E eu me sinto tão nojenta só de falar sobre isso. Tinha certeza de que eram alergias, embora nunca tivesse acontecido comigo.

— E ele tem certeza de que isso é LCR?

Balancei a cabeça.

— Não, é por isso que ele quer agendar a ressonância e a tomografia. Então vão poder ver de onde vem o vazamento, se houve um buraco e coisas assim.

— Quando você vai fazer os exames?

Esta era a parte ruim, ou a pior parte. Estremeci.

— Ainda não agendei. — Meu nariz pareceu dar um tempo, então descansei as mãos no colo.

A testa dele franziu.

— Como assim você não agendou?

— Posso fazer uma tomografia computadorizada, Jack. Pesquisei no Google e leva só um minuto, e apenas minha cabeça entraria na máquina. A ressonância magnética, que é o que ele disse que eu precisava fazer, para ver se existe um buraco e onde está, é o exame que não posso fazer.

Ele olhou para mim, confuso.

— Do que você está falando?

— Eu não fico bem em espaços fechados.

— Você é claustrofóbica? Você nunca entra em pânico no elevador.

— Não tenho problemas com elevadores, desde que não fique presa. Além disso, eu consigo me mover. Não preciso ficar parada. Conversei com uma enfermeira quando saí do consultório médico e, ao que parece, o aparelho de ressonância magnética é antigo, e o tipo de exame que ele quer que eu faça leva mais de quinze minutos, e não vou poder me mexer durante o procedimento, tipo não terei permissão de me mexer ou mexer em qualquer parte do meu corpo. Se fizer isso, eles terão que começar tudo de novo. — Eu podia sentir meus olhos ardendo de lágrimas. Era tão estúpida. — Pensar nisso já está me deixando ansiosa, e ela disse que eles precisarão fechar uma gaiola na minha cabeça, porque precisa ficar estável. — Balancei a cabeça com mais veemência. — Confie em mim, eu sei o quão estúpido isso soa, mas não posso, Jack. Eu não posso.

Ele me olhou por alguns instantes, e eu esperava que ele entendesse.

— Existem aparelhos de ressonância magnética abertos. Você não precisaria ficar fechada.

Uma lágrima escapou dos meus olhos, e eu deixei para lá.

— Ela disse que o escaneamento que ele quer é complicado e que essas máquinas não fazem esse tipo de coisa. Tem que ser fechado.

Ele assistiu à lágrima escorrer pela minha bochecha e subitamente levantou-se do sofá enquanto passava a mão pelo rosto. Ele parou e respirou fundo.

— Espere. — Abrindo a porta do escritório, ele se inclinou na direção de Cynthia. — Ligue para Benjamin, diga a ele que é urgente. — Lançando um rápido olhar para mim, ele se dirigiu para sua mesa e pegou o telefone assim que começou a tocar. — Ok. Ótimo.

Então eu o ouvi falar com Benjamin, que aparentemente era médico, pelo que eu pude perceber pelo lado de Jack da conversa. Alguns minutos depois, após explicar minha situação, ele marcou uma consulta para mim no dia seguinte com um especialista em otorrinolaringologia recomendado por Benjamin. Mais médicos – exatamente o que eu não precisava.

Quando Jack desligou, levantei-me. Ele me encontrou no meio do caminho quando eu estava indo em direção à porta.

— Vamos encontrá-lo às onze amanhã de manhã e ver o que ele tem a dizer. Talvez possamos sair disso sem uma ressonância magnética.

— Ok — murmurei, tentando passar por ele. — Eu realmente preciso ir. — Quanto mais eu pensava em médicos e exames, mais ansiosa começava a ficar, e precisava sair e respirar ar fresco.

— O que está errado? — Sua mão se fechou no meu pulso novamente, me parando.

— Nada — eu disse, em um tom um pouco mais severo do que o necessário.

— Eu preciso ir. Já estou atrasada.

— Ei. — Soltando meu pulso, ele cobriu minha bochecha com a palma da mão, e meus lábios começaram a tremer. Eu era o tipo de pessoa que não sabia lidar com gentileza quando já estava chegando ao limite, e o tom suave de sua voz era a pior coisa que ele poderia me oferecer naquele momento. — Você vai morrer? — Sua pergunta era muito contraditória com o tom de sua voz e com a sensação de sua mão cálida descansando no meu rosto, e foi por isso que não consegui falar por um momento.

Pisquei para ele.

— O q-quê? — gaguejei, engasgada com minhas lágrimas.

— Eu perguntei se você vai morrer. — Ele afastou a mão de mim e a deixou cair na lateral do corpo. — É algo como câncer? — continuou. — O médico disse algo assim? Não é tratável? Se for esse o caso, podemos nos sentar, chorar juntos e quebrar coisas.

Eu apenas fiquei ali parada, piscando para ele, buscando minha resposta em um espaço em branco. Alguns segundos depois, caí na gargalhada. Ele provavelmente estava pensando que eu tinha perdido a cabeça, mas não poderia estar mais longe da verdade. Jack realmente devia estar pensando nisso, porque a linha entre as sobrancelhas dele ficava mais profunda a cada segundo.

— Algo engraçado?

— Ah, as coisas que você me diz, Jack Hawthorne. — Suspirei, limpando lágrimas de riso dos meus olhos. — Eu acho que, talvez, seja por isso que me vi diante do seu prédio, porque provavelmente sabia que você não iria me abraçar e me permitir cair em autopiedade. Se eu ligasse para algum dos meus amigos ou fosse direto para a cafeteria, ficaria sentindo pena de mim mesma o dia inteiro.

Quando a expressão dele não se iluminou, decidi ir em frente e responder à pergunta.

— Não, acho que não vou morrer. Espero que não, pelo menos. Ele disse que não era algo tão ruim, se eu tiver mesmo o que ele acha que eu tenho. Sempre há a possibilidade de acabar sendo operada e morrer na mesa, mas ele pode ter pulado essa parte porque não acho que seria uma coisa muito positiva para se dizer a um paciente.

Jack inclinou a cabeça e me lançou um olhar impressionantemente exasperado.

— Que tal não chegarmos a nenhuma conclusão? Não sabemos se é LCR ou outra coisa. Vamos consultar o otorrinolaringologista amanhã e só depois começar a nos preocupar com exames e cirurgias.

Balancei a cabeça e respirei fundo, conseguindo lidar melhor com minhas emoções, graças à sua demonstração de ternura desajeitada.

— Eu não sou boa com médicos — disse a ele, repetindo minha confissão anterior. — Não sou boa com coisas assim.

— Eu realmente não sabia. — Seu sorriso bonito e gentil foi a gota d'água para mim, e as lágrimas começaram a cair pelo meu rosto.

Ele deve ter entendido mal as minhas lágrimas, porque se apressou em se explicar.

— Você tem que parar de chorar. Eu não aguento. Nós vamos lidar com isso juntos, se for o caso, mas não vamos nos preocupar antes de sabermos exatamente o que é. Não faz sentido. De acordo?

— Agora você sorri para mim? — soltei, ignorando seu apoio. Seu rosto já estava embaçado quando meus olhos começaram a se encher de lágrimas, mas consegui bater em seu peito uma vez levemente. — Agora? — Nem percebi que minha voz tinha subido uma oitava, mas senti todo o seu comportamento mudar quando manteve minha mão em seu peito e me puxou para mais perto, o que só piorou as coisas.

Descansei a testa em seu peito, perto do seu coração, e tentei me recompor. Quando seu perfume profundamente masculino começou a mexer comigo, agarrei a lapela do seu paletó e me afastei para que eu pudesse olhar para ele.

— Este é o pior momento, Jack. Se realmente for algo no cérebro, vazamento de líquido da medula espinhal ou o que diabos for, ele disse que eu vou precisar fazer uma cirurgia. Tenho medo de agulhas! Agulhas, pelo amor de Deus. Cirurgia? E perto do meu cérebro ou medula espinhal? — Respirei fundo e continuei: — Eu sei que vai parecer extremamente vaidoso e me odeio por isso, mas isso significa que vão cortar o meu cabelo? Perfurar o meu crânio? Como funcionaria? Eu ia pesquisar no Google, mas nem consegui.

As mãos dele subiram para as minhas bochechas desta vez, enquanto limpava minhas lágrimas com seus polegares.

— Nós não vamos fazer isso. — Ele se inclinou para que pudesse estar ao mesmo nível dos meus olhos. — Não vamos começar a nos preocupar antes de saber o que está acontecendo. Já te disse isso, e você não está me ouvindo.

— Eu sei que é LCR. — Olhei nos olhos dele. — Com a minha sorte, eu sei que é. — Para ter algo em que me agarrar ou talvez porque queria mantê-lo conectado comigo o máximo possível, ergui as mãos e as coloquei nos pulsos de Jack. — Eu não quero isso, Jack. Eu tenho o café. Depois de anos sonhando, eu o tenho e não posso fechá-lo se precisar fazer uma cirurgia. Acabamos de abrir.

Ele deu um passo mais perto, e eu soltei seus pulsos.

— Quem está falando em fechar? Você tem funcionários; eles podem cuidar disso. Caso contrário, contrataremos outra pessoa para ajudar. Você está ouvindo o que estou dizendo? Ainda não sabemos o que está acontecendo, Rose. Vamos ver o que eles dirão amanhã e depois começaremos a pensar na cafeteria.

Minha respiração parou quando consegui assentir, segurando meu próprio rosto. Eu devia estar um caos e sabia que me sentia como um. Esforcei-me para parar de agir como uma estúpida e ouvi-lo, mas meu coração estava apertado e eu estava começando a ter problemas para respirar. Forcei-me a respirar fundo quando Jack inclinou minha cabeça para trás para que pudesse olhar nos meus olhos.

— Você não está sozinha nisso. Estou bem aqui, Rose. Nós vamos resolver juntos. Temos um ao outro agora.

Verti mais lágrimas, porque aquele Jack estava muito próximo do Jack do meu sonho. Como resultado, não pude deixar de me inclinar para frente e descansar a testa em seu peito novamente. Suas mãos saíram do meu rosto enquanto eu me afundava mais nele. Ambos os meus braços estavam apoiados contra o peito dele, mas os dele permaneceram flácidos ao lado do corpo. Eu não disse nada, apenas inspirei seu perfume, perdida por um bom tempo nisso. Como minha respiração foi lentamente voltando ao normal, ele também não disse nada.

Fechei meus olhos com força. Se ele não me abraçasse nos próximos segundos, eu teria que me afastar, caso contrário, seria muito estranho. Então eu senti seus braços me rodearem.

— Estou bem aqui, Rose — ele sussurrou, e sua voz áspera tocou-me como uma carícia, fazendo algo disparar dentro de mim. — Posso não ser o que você queria ou precisava, mas você me tem de qualquer maneira. Eu estou bem aqui.

Senti um aperto no peito ao responder.

— Você disse, no começo, que não era bom nesse tipo de coisa. Está indo muito bem, Jack. — Consegui me aproximar ainda mais dele quando seus braços se apertaram ao meu redor.

Talvez eu comece a ser gananciosa com esse homem.

Eu não sabia por quanto tempo ficamos assim, bem no meio do escritório dele, mas, quando ouvimos uma batida suave na porta, eu relutantemente dei um passo para trás e me esforcei para secar meus olhos. Eu só podia imaginar como deveria estar minha aparência. Olhei para os meus dedos e segurei um gemido quando vi as manchas negras do que restava do meu rímel.

Jack se virou para olhar para o recém-chegado, então ele não viu quando peguei um lenço de papel e comecei a limpar furiosamente o meu rosto. O estrago estava feito, e ele já tinha visto o pior, mas isso não significava que precisava continuar olhando para algo assim.

Quando ouvi a voz de Samantha perguntando se estava tudo bem, gemi baixinho, ainda me escondendo atrás da grande figura de Jack.

— Sim. Você precisa de algo? — Jack disse, seu tom muito mais profissional.

— Não, eu vi Rose mais cedo e fiquei preocupada...

— Obrigado, Samantha, mas gostaria de ficar sozinho com a minha esposa se não houver mais nada que você precise.

Fiz uma pausa na minha tarefa quando um pesado silêncio seguiu suas palavras.

— Claro — concordou ela secamente, e então a porta se fechou com suavidade.

Apressei-me e enfiei o lenço de papel no bolso da calça jeans antes que Jack pudesse me encarar novamente.

— Sente-se melhor? — ele sondou, os olhos se movendo pelo meu rosto. Eu esperava que estivesse, ao menos, parecendo mais humana.

— Hummm.

Quando ele diminuiu a distância entre nós, com um sorriso inesperado no rosto, fiquei surpresa.

— Por que você veio aqui, Rose? — ele indagou, afastando o cabelo do meu rosto arruinado. — Só para me dizer que não poderia participar de eventos comigo? Só porque sabia que eu não deixaria você desmoronar?

Fiquei parada quando ele estendeu a mão, e seu polegar começou a acariciar meu rosto suavemente, enquanto minha pele se perdia em arrepios.

Não podia responder a uma pergunta para a qual não havia uma resposta real.

— Não sorria para mim. Agora não é a hora certa. Não quero perder a conta — falei, e ele riu.

Ele realmente *riu* – uma risada baixa, profunda e viril que causou um arrepio lento na minha espinha quando combinada com seu toque.

— Você está horrível — disse ele em voz baixa, os olhos fixos nos meus.

Repeti a mesma resposta que lhe dei na primeira vez que ele me deu esse elogio específico:

— Obrigada. Me esforcei bastante para parecer horrível hoje, e fico feliz em saber que funcionou.

Com a mão esquerda, ele afastou meu cabelo novamente e colocou-o atrás da minha orelha. Quando baixou a cabeça e deu um beijo na minha testa por cima da franja, eu parei.

— Ok, Rose — ele murmurou. — Ok.

Enquanto eu ainda estava tentando processar as consequências do som baixo e profundo de sua risada, meus olhos se arregalaram lentamente quando ele se inclinou mais e pressionou um beijo suave nos meus lábios molhados de lágrimas. Meus olhos se fecharam por conta própria e minha boca se abriu – em parte em choque, em parte porque a resposta foi automática. Ele não me beijou como na noite anterior, não me deixou com fome de mais, mas, assim que teve a oportunidade, moldou nossos lábios e me beijou por mais tempo, gentil e suave. Inclinei minha cabeça, meu coração martelando no peito, e correspondi. Enquanto seguíamos em frente e o beijo se tornava mais do que gentil, pouco a pouco, comecei a me levantar na ponta dos pés para aprofundá-lo.

Minhas mãos encontraram seus pulsos novamente porque eu precisava me sentir ancorada em algo – que era ele, especificamente. Quando o senti se afastar, relutantemente o soltei. Mordendo meus lábios, engoli um protesto e, com um pouco de dificuldade, consegui abrir os olhos.

— Alguém está assistindo? — A pergunta era nada mais que um sussurro saído dos meus lábios.

Com os olhos atentos nos meus, ele balançou a cabeça.

Engoli em seco, não tendo certeza se queria ouvir a resposta para a pergunta que estava prestes a fazer.

— Então por que...?

— Você está livre para jantar hoje à noite?

— O quê? — perguntei, franzindo a testa para ele, sentindo a névoa que seu beijo havia causado lentamente se dissipar. Eu estava com alguns problemas para seguir sua linha de raciocínio, apenas isso.

— Você não respondeu minha mensagem.

Mensagem dele... *Oh.*

— Ficamos ocupados e então eu... Jack, não acho que seria uma boa companhia hoje à noite. É um jantar importante?

— Seríamos apenas nós dois.

— Não é um... jantar de trabalho?

— Não.

— Então eu prefiro pedir comida como sempre ou eu posso cozinhar algo no seu apartamento como agradecimento por ter cuidado de mim.

— Nosso apartamento. Pare de chamá-lo de meu. E eu gostaria de levá-la para jantar fora, Rose. Já pedimos comida muitas vezes. Se você não estiver disposta esta noite, pode ser amanhã?

Minhas sobrancelhas se uniram enquanto eu tentava entender o que ele estava dizendo.

— Você... você não está me chamando para um encontro, está? — Eu ri nervosamente, procurando uma resposta em seus olhos e talvez esperando que ele dissesse que estava falando sério.

Ele me deu seu quinto sorriso, e eu me distraí.

— Pode ser chamado de encontro. Ou de jantar. Pode usar as palavras que quiser.

Eu não sabia exatamente o que dizer ou o que pensar. Paralisada, eu apenas fiquei olhando para ele.

— Quero dizer... — eu murmurei, dando um passo para trás. — Como um encontro na vida real?

Ele ficou olhando para mim por um longo instante e percebi que o sorriso em seu rosto havia desaparecido. Sua expressão voltou a ser ilegível.

— Se interpretei alguma coisa erradamente e você não estiver interessada...

— Não. Não, não. — Eu estava. Eu realmente, realmente estava. — Eu só... você acha que seria uma boa ideia?

Ele arqueou uma sobrancelha.

— Quem se importa se é uma boa ideia ou não? — Essa não era uma resposta que eu esperava ouvir de um cara como Jack. — É um jantar, Rose. Diga sim. Pedir comida em casa ou ir a um restaurante não é muito diferente. Podemos apenas tentar, e se você achar...

— Ok — soltei antes que ele pudesse falar mais alguma coisa.

— Ok?

Eu assenti para ele.

— Sim. Sim. Ok.

Ele abriu a boca, mas meu nariz já tinha me dado folga suficiente. Inclinei instantaneamente a cabeça para trás, olhos no teto, mas minha mão trancada no braço dele.

— Jack... Jack! Está voltando. Lenço de papel!

Em menos de três segundos, eu tinha outro em minhas mãos.

— Obrigada.

— Vamos. Vou te levar para casa.

— O quê? Não. Preciso voltar ao trabalho e esquecer tudo isso até amanhã.

Ele me lançou um olhar severo, que eu só consegui ver pelo canto do olho enquanto mantinha a cabeça inclinada para cima.

— Quero dizer o vazamento, não... nem todo o resto.

Seu olhar suavizou apenas um pouco.

— Deixe-me levá-la para casa, Rose.

Por mais gentil que soasse, eu não podia simplesmente ficar sentada, sozinha no apartamento, sem nada para fazer.

— Eu não posso. Preciso trabalhar, Jack. Não posso ficar sentada e obcecada com o que o médico vai dizer amanhã.

Ele balançou a cabeça e suspirou.

— Então eu vou com você.

— Você não precisa me levar. Vou pegar um táxi ou um Uber. Vai ficar tudo bem.

Ignorando-me, ele foi até sua mesa, fechou o laptop e pegou o telefone. Enquanto eu o observava, ele se voltou para mim e, para minha surpresa e prazer, pegou minha mão. Eu tive que apertar meus dedos ao redor dos dele para acompanhar seus passos antes de pararmos em frente à mesa de Cynthia.

— Estou saindo. Ainda vou atender chamadas, mas não estarei aqui para o cliente das quatro horas da tarde. Vamos tentar reagendá-lo, ou, se ele puder, pode me encontrar no Café da Esquina. Você sabe o endereço. Vou com Rose ao otorrinolaringologista às onze amanhã, então tente entrar em contato com Fred e peça para ele cuidar do que quer que tenha marcado. Melhor ainda, ligo para você quando estiver no café e reagendaremos as coisas.

Os olhos de Cynthia se moveram de mim para Jack e se voltaram para nossas mãos unidas.

— Tudo certo?

Ele olhou para mim.

— Sim. Está tudo bem agora. — Tudo parecia bom. Apesar do meu nariz.

Enquanto estávamos parados no elevador, descendo para o saguão com outras cinco pessoas, ele ligou para Ray para pedir que levasse o carro até a frente do prédio. Quando guardou o telefone no bolso, eu não aguentava mais.

Encostada a ele, tentei fazer com que minha voz soasse baixinha e perguntei:

— Jack?

A mão dele apertou a minha, que interpretei como: *eu estou ouvindo*. Minha frequência cardíaca acelerou, e eu sussurrei:

— Isso está mesmo acontecendo, não está? Você quer... você quer que a gente namore? Tipo namorado e namorada?

Ele me lançou um olhar bem longo.

— Mais como marido e mulher, você não acha?

Capítulo Dezessete

JACK

Os resquícios de qualquer culpa que eu ainda nutria, que pareciam me impedir ou me fazer hesitar quando se tratava de Rose, tinham desaparecido durante a noite. Não importava o que eu teria que fazer para ficar com ela. Eu sabia a verdade, e isso era suficiente.

Rose estava sentada ao meu lado no sofá espaçoso, inclinando-se sobre um copo pequeno que segurava. Ela não queria que eu a visse daquela forma, mas eu não pretendia sair do lado dela, não importava o que dissesse. Então, como resultado disso, eu estava assistindo gotas de um líquido claro – que possivelmente era líquido cerebral ou de sua medula espinhal – caindo muito lentamente no copo. Já fazia vinte minutos que a enfermeira nos deixara lá e ainda tínhamos pelo menos mais cinco centímetros para preencher antes de chegar ao ponto em que seria suficiente para eles testarem a amostra.

— Se eu tocar no outro lado do meu nariz, sai mais rápido. — Inclinei-me para a frente, apoiando os cotovelos nas coxas, observando seu nariz atentamente enquanto seus olhos voavam para mim e depois de volta para o copo que enchia lentamente. Eu estava tão consumido por meus pensamentos que não entendia o que ela queria dizer, então não pensei em detê-la até ver o que estava fazendo. Quando percebi que poderia estar se machucando, peguei sua mão esquerda antes que começasse a bater no nariz de novo.

— Pare de fazer isso.

Ela deu um longo suspiro e recostou-se, a mão direita, que estava segurando o copo, tremendo levemente, a esquerda segurando firmemente a minha. Ela não se afastou, e eu não planejava soltá-la.

— O que há de errado? Está doendo? — perguntei, tentando entender o que estava acontecendo.

Seus olhos se voltaram para mim e depois de volta para o teto.

— Minha cabeça está girando demais, Jack. Acho que preciso de um tempo. Quanto tempo faz?

— Você escolheu isso em vez da ressonância magnética. Era um ou outro.

— Nossos ombros roçaram quando soltei sua mão e estendi a minha para pegar o copo.

— Eu sei, Jack. Não quis dizer nada com isso. Sinto muito.

Fechei os olhos e respirei fundo. Ela não tinha ideia de como eu estava com raiva, de como me sentia impotente e inútil, porque não havia nada que eu pudesse fazer para ajudá-la nessa situação além de sentar minha bunda ao seu lado e fazê-la entender que eu estaria presente, não importava o que acontecesse, o que não parecia fazer diferença alguma para ela.

— Tem certeza de que não precisa ir para o escritório? — ela perguntou com a cabeça voltada para o teto.

— Eu não vou embora, então você pode parar de tentar me expulsar. Vamos. Só mais um pouco e poderemos sair daqui. — Olhei para ela, esperando com o copo na mão. Eu queria sair dali tanto quanto ela, se não mais.

— Isso não é uma alergia, Jack. Estou vazando LCR. Você sabe disso, não sabe?

Eu concordei com ela. Nunca tinha visto alguém passar por algo assim antes, mas era inteligente o suficiente para manter minha boca fechada.

— Ainda não sabemos com certeza. Você ouviu o que o médico disse.

Ela balançou a cabeça de um lado para o outro lentamente.

— Na verdade, eu não ouvi. Parei de escutar quando você começou a fazer todas aquelas perguntas.

Estendi a mão e coloquei seu cabelo atrás da orelha.

— Vamos lá, só um pouco mais. Então poderemos ir. — Ela lambeu os lábios e eu notei seus olhos brilhando novamente. — Se você começar a chorar, vou perder o controle e teremos um problema.

Ela riu, enxugando os olhos.

— Eu não estou chorando. Não vou chorar.

Ela tentou tirar o copo de mim, mas o segurei, meu braço apoiado na perna.

— Deixe-me segurá-lo para você. Vamos.

Seus olhos encontraram os meus, e eu gesticulei para o copo com minha cabeça. Ela inclinou a cabeça para a frente e as primeiras gotas começaram a cair. Alguns segundos depois, sua mão esquerda se prendeu no meu pulso. No começo, pensei que talvez estivesse tentando alinhar o copo embaixo do nariz, mas, quando olhei atentamente, ela estava com os olhos bem fechados e mordia o lábio.

Eu me amaldiçoei por não saber lidar com uma situação como aquela. Minha família não era melhor do que a dela. Talvez não fosse tão ruim, mas ainda não era melhor. Eu tinha uma família, mas não de verdade. Não sabia exatamente como cuidar de alguém porque não tinha visto nada parecido em minha história. Era como tentar encontrar um trajeto no escuro. Mas era Rose. Eu não me importava se colidisse com tudo enquanto tentava encontrar o meu caminho, a única coisa que importava era estar com ela. Ela me teria inteiro naquele momento.

Eu a queria – isso estava claro para mim. Na primeira vez que a vi na festa, fiquei intrigado, mas fora diferente na época. Não foi amor à primeira vista. Como ela disse no dia em que lhe propus o acordo, eu não era romântico o suficiente para isso, mas, naquela primeira noite, ao vê-la com seu noivo, e nem isso... só de vê-la sorrir para ele – eu quis que aquele sorriso fosse ser meu. Era isso. Isso era tudo.

Foi assim que tudo começou, eu a desejando em minha vida, mas, depois do nosso casamento falso, as coisas começaram a mudar. Era mais do que apenas: *ter o dever de ajudá-la a sair daquela situação.* Eu estava começando a conhecê-la – suas peculiaridades, seus gostos, desgostos, a maneira como reagiu às coisas que eu dizia. Agora era mais do que apenas querer tê-la na minha vida. Eu queria que ela *desejasse* estar na minha. Por mais que soubesse que era um babaca por mentir para ela e por saber que continuaria mentindo, desejei poder ser alguém diferente, alguém que saberia todas as coisas certas a dizer para mantê-la comigo.

Eu sabia que não seria o caso quando nosso tempo terminasse, porque eu não era esse cara. Ela merecia alguém cálido e de coração aberto, e, no entanto, o bastardo egoísta que eu era não conseguia nem pensar em vê-la com outra pessoa. Eu cresci em meio a pessoas frias e distantes, então, frio e distante foi o que me tornei. Não me incomodava em nenhuma outra parte da minha vida, mas com Rose, sim.

Quando o cabelo dela caiu e atingiu seu rosto, eu o empurrei de volta e o coloquei atrás da orelha. Instintivamente, corri as costas dos dedos ao longo de sua face, e seus dedos se apertaram ao redor do meu pulso. Minha mandíbula apertou, e eu movi minha mão para trás do pescoço dela, tentando massagear seus músculos e ajudá-la a relaxar. Quanto mais nossas peles ficavam em contato, mais eu tinha problemas para me controlar e não puxar a cabeça dela para poder beijá-la novamente. Nas duas vezes em que nos beijamos, não consegui me saciar do seu gosto. De alguma forma, ela me deixou querendo mais, todas as vezes, e ela era assim com tudo, não apenas no jeito como beijava. Era assim mesmo com seus sorrisos. Desde aquela primeira noite, tudo começou porque eu quis mais. Será que algum dia teria o suficiente?

— Uma gota a cada dezessete segundos — ela murmurou, arrancando-me dos meus pensamentos. — Uma única gota vem a cada dezessete segundos. Ficaremos aqui por horas.

O aperto firme no meu pulso não afrouxou nem um pouco.

— Vai acabar logo — murmurei, minha mão ainda em seu pescoço.

— Minha cabeça está girando muito — ela sussurrou, sua voz quase inaudível.

Eu não pude evitar. Cheguei mais perto dela e me vi pressionando um beijo prolongado em sua têmpora. Sua cabeça inclinou-se para a direita e perdemos uma gota no chão. Quando ela capturou meus olhos, olhou para baixo novamente, pigarreando.

— Fale comigo, Jack.

Suavizei minha voz o máximo que pude.

— Sobre o que você quer que eu fale?

— Apenas deixe-me ouvir sua voz. Distraia-me. Você nunca fala sobre sua família.

— Não há muito o que falar. Nós não conversamos.

Não era que eu ficasse desconfortável falando sobre a minha família, é que simplesmente não entendia o porquê. Rose tornou-se mais próxima de mim nas últimas semanas do qualquer um deles. Eu não mentiria nem diria que nunca desejei ter uma família mais unida, embora não tivesse o desejo de mudar nada.

— Por quê?

— Nenhuma razão específica. Todos trabalhamos muito, e nenhum de nós tem tempo de sobra ou vontade.

— O que eles fazem?

— Minha mãe é psicóloga e meu pai é banqueiro de investimentos.

— Sem irmãos, certo?

— Sem irmãos.

— Por que você quis se tornar advogado?

Pensei bastante e percebi que não tinha uma resposta direta.

— Eu não sei. Sempre foi algo que achei intrigante. O pai de Lydia, minha mãe, era advogado criminal, e eu costumava pensar no mundo dele, então pareceu natural entrar no ramo das leis. Além do mais, sou bom nisso.

— Você chama sua mãe pelo primeiro nome?

— Sim. Ela preferiu assim depois de certa idade.

— Você não quis entrar no Direito penal como seu avô?

— Considerei isso por um tempo, mas acontece que não combina comigo.

— Seu avô ainda está vivo?

— Infelizmente, não. Ele faleceu quando eu tinha treze anos.

— Oh, desculpe, Jack. Você não é muito íntimo da sua família?

— Não. Como eu disse, nós não nos falamos. — Alguns minutos se passaram em silêncio.

— Quanto mais? — Rose perguntou.

— Só um pouco. Você está indo bem.

Ela bufou, e quanto mais líquido descia, mais forte o aperto de sua mão se tornava.

— Você não tem ideia do quão estranho isso é.

— Eu posso imaginar.

Mais vinte minutos se passaram da mesma maneira. A cada um que passava, após a marca de uma hora, ela começava a ficar mais pálida.

— Como você está? — indaguei, minha voz saindo mais rouca do que eu queria.

— Não muito bem. Sinto náuseas e estou começando a ter dor de cabeça.

— Isso é normal. Você está com a cabeça abaixada há uma hora. Quer fazer outra pausa?

Como resposta, ela levantou a cabeça e eu tive que soltar seu pescoço para que ela pudesse descansar contra as costas do sofá.

Estudei o copo enquanto ela respirava fundo algumas vezes.

— Mais dez minutos e estará terminado.

Abrindo os olhos, ela também examinou o copo, que estava quase três centímetros cheio.

— Quando você acha que eles terão o resultado?

Fiz uma careta para ela.

— Você não ouviu o que o médico disse? — Quando ela me lançou um olhar vazio, continuei: — Ele vai apressar as coisas para nós. Felizmente, poderão fazer os testes aqui, então voltaremos amanhã e descobriremos o que está acontecendo.

Fungando, ela assentiu e pegou o copo de mim.

— Sua mão deve estar ficando dormente. Eu seguro.

— Estou bem. Não me importo.

— Eu sei, mas eu me importo. — Fechando os olhos, ela respirou fundo e se abaixou novamente, certificando-se de que o copo estivesse alinhado corretamente.

Quando a mão esquerda dela se fechou em torno do joelho, sem pensar, eu a segurei e entrelacei nossos dedos. Dessa vez, Rose não olhou para mim e também não tentou se afastar. Nós apenas esperamos.

Eu não tinha certeza de qual de nós estava segurando a mão do outro com mais força, mas ficamos assim pelo resto dos dez minutos e, finalmente, o copo estava cheio o suficiente para parar.

— Ok. Ok, Rose. Acabou.

Ela abriu os olhos.

— Terminamos?

— Sim. — Peguei o copo e bati na porta da sala onde nos deixaram. Beijei as costas da mão dela, mas tive que soltá-la quando me levantei. — Descanse por alguns minutos que vou levar isso para a enfermeira. — Sem dizer nada, ela assentiu e recostou-se.

Levei alguns minutos para localizar a enfermeira e entregar o copo para ela. Quando voltei para a sala e fechei a porta suavemente, os olhos de Rose se abriram.

— Podemos ir, Jack?

— Eu acho que você deveria ficar sentada por mais alguns minutos. Aqui, tome alguns goles. — Entreguei-lhe a garrafa de água que havia comprado para ela.

Ela bebeu um terço.

— Que horas são? — ela perguntou com uma voz áspera enquanto voltava a fechava a garrafa.

— É uma da tarde.

Antes que eu pudesse detê-la, ela se levantou e, quase com a mesma rapidez, cambaleou para frente e para trás.

— Uau.

— Pelo amor de Deus, sente-se! — resmunguei quando peguei seus braços antes que ela pudesse cair. — Você ficou sentada com a cabeça entre as pernas por mais de uma hora. Não pode se levantar e começar a correr. — Tentei suavizar minha repreensão. — Acalme-se por um segundo. Por mim, pelo menos.

Ela apenas manteve os dedos em meus antebraços e, como sempre, ignorou o que eu tinha acabado de dizer. Buscamos um ao outro ao mesmo tempo.

— Eu preciso voltar. Não quero manter Owen na loja por mais do que o necessário.

— Eu sei, e você vai voltar, mas agora precisa se sentar e melhorar antes de tentar trabalhar pelo resto do dia. — Por mais que eu admirasse o quanto ela trabalhara para colocar aquele lugar em funcionamento, não era hora de se apressar e ficar ainda mais doente.

Ela olhou para mim e assentiu. Aquela luz habitual, faísca – chame como quiser –, desaparecera de seus olhos. Rose parecia assustada e cansada, e isso me irritava ainda mais.

Ajudei-a a se sentar e se inclinar para trás quando tomei meu lugar ao lado dela e consegui arrancar a garrafa de água de suas mãos.

— Eu ia beber isso.

— Você a terá depois de descansar o suficiente para poder ficar de pé e segurar uma garrafa de água ao mesmo tempo.

Isso me rendeu um olhar de soslaio que eu ignorei. Esperava que ela retrucasse como sempre fazia. Era por isso que eu sempre a provocava, porque adorava ver aquele calor em seus olhos, mas ela não respondeu e, em se tratando de Rose, até aquele olhar de canto era muito fraco.

Enquanto ela descansava com os olhos fechados, eu também me inclinei para trás, meu ombro roçando no dela. Passei a mão pelo rosto, minha barba por fazer pinicando minha mão, já que tinha crescido mais do que de costume. Agora, teríamos que esperar vinte e quatro horas. Não parecia muito, mas eu ainda não sabia como conseguiria sobreviver ao resto do dia.

Rose se inclinou para a esquerda e hesitantemente descansou a cabeça em algum lugar entre o meu ombro e o peito. Meu corpo congelou pelo tempo de um batimento cardíaco rápido. Quando ela estava acomodada, eu gentilmente puxei meu braço para que ela pudesse ficar mais confortável e descansei-o na parte de trás do sofá.

— Como estou, Jack? — ela perguntou.

Eu não conseguia ver os olhos dela, então mantive meu olhar na parede branca com o pôster vermelho.

— Como a morte, se esta tivesse um corpo quente — eu disse.

Pude ouvir o sorriso em sua voz quando ela respondeu alguns segundos depois:

— Sempre posso contar com você para elogios, não posso?

— É para isso que estou aqui, não é?

Eu não sabia por quanto tempo ficamos ali sentados assim, eu respirando seu perfume, mas, depois de alguns minutos, meu pau começou a se remexer na minha calça. Não era a primeira vez que acontecia com ela, e eu tinha certeza de que não seria a última também, mas era o momento errado, como sempre era quando se tratava dela. Eu não sabia se os olhos dela estavam abertos ou não, mas, por segurança, descansei o braço esquerdo sobre o colo, na esperança de esconder a crescente dureza que eu sabia que era perceptível na minha calça.

Quando a mão dela veio por sobre a minha, adicionando mais peso ao que já era uma situação dolorosa para mim, eu gemi e fechei os olhos. Estava ciente de cada centímetro dela pressionado contra o meu corpo, e eu não podia fazer nada dentro daquela sala.

Ela girou o relógio o suficiente para poder ver a hora e começou a brincar com minha aliança, assim como eu já tinha brincado com a dela muitas vezes.

— Você nunca tirou — Rose sussurrou.

Fechei os olhos e tentei ignorar o que estava sentindo.

— Não, nunca tirei. Não *quis* tirá-la.

— Estou me sentindo um pouco melhor. Deveríamos ir — ela disse depois de alguns minutos.

Quando ela estava por perto, sentia como se não tivesse controle sobre mim mesmo. Então, ir embora seria bom para mim também – se ela realmente estivesse se sentindo melhor, é claro.

— Você tem certeza? — Senti a cabeça dela subir e descer no meu peito em um assentir, porque tê-la esfregando o rosto e seu cheiro em mim era exatamente o que eu precisava, para que não pudesse pensar em nada além dela quando voltasse ao escritório. — Vou deixá-la no Café da Esquina e preciso voltar ao escritório.

— Jack?

— Humm. — Finalmente, ela ergueu a cabeça e olhou para mim. No momento em que ela se afastou, senti-me mais frio. Engolindo o nó na garganta, me dei permissão para tocá-la, só para ajudá-la. Afastei o cabelo que não parecia querer ficar no lugar, posicionando-o atrás da sua orelha. — Estou ouvindo.

— Este não era o acordo.

Minha testa franziu.

— Que acordo?

— Nosso acordo de casamento — disse ela lentamente.

Ótimo. Minha ideia brilhante.

— O que tem isso?

— Estou ciente de que não foi para isso que você fez a proposta. Não vamos nos enganar, é provavelmente o que eles pensam. Dois médicos, um deles especialista em otorrinolaringologia, pensam que é LCR, então não sei como ou quando poderei acompanhá-lo aos seus eventos de trabalho e jantares, mas, pelo menos, se o café se mantiver cheio, você conseguirá a propriedade mais rapidamente e não terá que manter o aluguel gratuito...

— Não vamos nos preocupar com isso agora. Posso me afastar dizendo que minha esposa está com problemas de saúde e vamos continuar de onde paramos quando você melhorar. — Eu não planejava ir a jantares, mas ela não precisava saber disso.

Ela olhou para longe de mim.

— Ok. Só sei que estou violando as regras e, se houver mais alguma coisa que eu possa fazer para compensar isso, você pode...

Levantei-me e, de costas para ela, rapidamente me recompus para esconder minha ereção desconfortável. Virando-me em sua direção, encontrei seu olhar confuso enquanto oferecia minha mão. Ela a pegou depois de uma breve pausa.

— Não estabelecemos nenhuma regra, Rose. Se necessário, criaremos algumas ao longo do caminho. Vamos nos concentrar na sua saúde por enquanto. Eu não a levaria a lugar algum deste jeito, mesmo se quisesse.

Ela levantou-se com a minha ajuda e depois me encarou com seus olhos penetrantes, um sorriso surgindo em seu rosto, o que não ajudou em nada na situação da minha calça. Fiz uma careta mais acentuada.

— Acho que, às vezes, você é pura arrogância, mas também acho que posso ter conseguido me dar melhor do que você com nosso casamento.

Arqueei uma sobrancelha para ela quando abri a porta do corredor.

— Jack Hawthorne, ajude-me a terminar meu dia com algo bom. Deixe-me chegar aos seis. Mostre-me um sorriso. Você pode fazer isso, sei que pode. Está quase lá.

Não poderia conter minha risada, mesmo se tentasse. Então ela apenas ficou olhando para mim quando começamos a andar. Seu sorriso era torto, mas bonito e cheio de expectativa, enquanto tentava acompanhar meus passos. Foi isso que eu quis desde o primeiro dia, não foi? Ser merecedor desse sorriso?

Eu lutaria por ela quando chegasse a hora. Lutaria com todas as minhas forças.

— Pare de sorrir e ande mais rápido. Não posso esperar por você o dia inteiro, está me atrasando para o trabalho.

Quando saímos do prédio, Raymond estava esperando por nós. Levamos quase uma hora para levá-la ao trabalho, e quando finalmente chegamos, acompanhei-a até a porta.

— Parece que temos casa cheia — comentou ela, olhando para dentro antes de se voltar para mim. — Então... eu já te fiz se atrasar. Você deveria ir.

Eu tinha as mãos nos bolsos, minha melhor proteção contra o desejo de tocá-la. Assenti.

— Sim. Eu preciso ir.

Nós não nos mexemos.

— Como você está se sentindo? — perguntei, tentando ficar mais tempo.

Ela estremeceu e respirou fundo.

— Ainda um pouco enjoada, para ser sincera, mas melhor. A dor de cabeça parece uma coisa permanente agora. — Ela tocou suavemente o nariz. — Isso parou por enquanto.

— Quando tivermos certeza amanhã, você se sentirá melhor. Coma algo assim que entrar.

— Farei isso.

Quando a porta se abriu atrás dela e dois clientes saíram, tivemos que nos mover para o lado, à direita de todas as flores que ela colocara. Os olhos de Rose se voltaram para o arranjo.

— Estão bonitas, não estão? Eu queria que as pessoas tirassem fotos na frente delas e postassem nas redes sociais para que gerasse alguma publicidade.

— Isso é inteligente.

Ela sorriu timidamente, e até isso parecia bonito nela. Abraçou o casaco com mais força.

— Vai nevar em breve. Está ficando mais frio. Quero trocar as rosas por um tema de inverno com grandes e bonitas guirlandas em todas as janelas, e algo para a entrada também. Ficaria lindo no inverno e no Natal, mas se eu acabar tendo que fazer uma cirurgia...

— Existem maneiras mais fáceis de pedir a minha ajuda. Você não precisa recorrer ao sentimentalismo.

Ela riu e, finalmente, um pouco de calor voltou aos seus olhos.

— Ok. Você vai me ajudar? Eu gostaria que fizéssemos isso juntos novamente. Talvez também possa se tornar uma tradição nossa. Não para mostrarmos para os outros, mas para nós.

— Eu vou ajudar.

Olhei por cima do ombro dela e vi seus dois funcionários nos observando com rostos preocupados. Eles provavelmente estavam ansiosos para saber o que havia acontecido.

Apontei para a loja com a cabeça.

— Sally e seu outro funcionário estão nos observando.

— Owen. O nome dele é Owen.

Como se eu já não soubesse.

Ela olhou para trás e deu-lhes um aceno rápido com um sorriso.

— Então você tem que trabalhar, hein?

Ela queria que eu ficasse? Se pedisse, eu ficaria.

Chequei meu relógio.

— Remarquei as reuniões de ontem para hoje, então preciso voltar para elas.

— Ah, tudo bem. Sim. Então não devo te manter aqui.

Eu queria que ela me mantivesse para sempre.

Ela tirou as mãos dos bolsos do casaco cinza e deu um passo à frente. Colocando uma das mãos no meu ombro, ela ficou na ponta dos pés e deu um beijo na minha bochecha.

— Obrigada por hoje. Significou muito para mim — sussurrou no meu ouvido.

— Eu não fiz nada.

Meu controle, desgastado como estava, não aguentou nem o doce beijo nem o sussurro. Passei o braço em volta da cintura dela e a segurei contra o meu corpo antes que pudesse recuar.

Seus olhos arregalados estavam olhando diretamente nos meus enquanto ainda segurava meu ombro, então eu a beijei. Segurei sua cintura com força, abri seus lábios com a língua e a beijei até que ela relaxou lentamente em meus braços, entregando-se. Quando inclinei minha cabeça e devorei sua língua, um pequeno suspiro escapou de sua garganta e ela fechou os olhos, pressionando seu corpo no meu ainda mais. Então sua língua deslizou contra a minha, e ela ficou ansiosa. A onda de prazer começou a se tornar intensa demais para um beijo ao ar livre, mas as pessoas passavam por nós, então tive que desacelerar, mas, mesmo assim, tomei meu tempo e beijei seus lábios inchados mais algumas vezes, apenas beijinhos, apenas para me conter até a próxima vez que pudesse prová-la.

Quando seus olhos se abriram preguiçosamente, expliquei:

— Seus funcionários...

— Estão assistindo — ela interrompeu, um pouco sem fôlego, e corou.

— Imaginei. Bom beijo. Você está ficando cada vez melhor. A prática parece estar funcionando. Nem sinal de tartaruga, mas talvez você também quisesse me beijar?

Eu ri, e seus olhos caíram nos meus lábios.

— Sim, não foi apenas para seus funcionários — admiti, deixando assim.

Foi só porque eu queria beijá-la. O que eu estava prestes a dizer era que havia pessoas esperando por ela.

— Seis. — Foi apenas um sussurro suave, mas mais do que suficiente para atiçar meu pau ainda mais depois do nosso beijo de curta duração.

— Entre, Rose. Tente se sentar um pouco antes de voltar a trabalhar.

Assentindo, ela se virou.

— Não trabalhe muito — acrescentei.

— Falo com você mais tarde? — Ela abriu a porta até a metade e olhou para mim.

— Sim.

O sorriso que me lançou era outro dos meus favoritos, doce e feliz.

— Está bem, então.

Quando voltei para o Café da Esquina, duas horas depois de deixá-la, o sorriso que ela me deu – aquele que fazia seus olhos brilharem de surpresa e felicidade – tornou-se outro dos meus favoritos quando guiei meu cliente para uma das mesas de canto, para a minha reunião, sentindo os olhos de Rose em mim o tempo todo.

Eu não estava mais conseguindo ficar longe dela.

No dia seguinte, fomos novamente ao consultório do otorrinolaringologista, e ele nos deu mais informações sobre a doença de Rose. Ele repetiu tudo o que o outro médico havia dito antes, e sempre que eu olhava rapidamente para onde ela estava sentada ao meu lado, seus olhos estavam vidrados. Eu não sabia o quanto ela realmente estava ouvindo. Suas mãos seguravam os braços da cadeira fortemente, então não achei que meu toque fosse bem-vindo. Em vez disso, fiz todas as perguntas que me vieram à mente sobre sua cirurgia inevitável.

— Depois de ver os resultados da ressonância magnética e da tomografia computadorizada, agendaremos a sua cirurgia.

Rose pigarreou e interrompeu o médico.

— Sinto muito por interrompê-lo, mas sou claustrofóbica. Há alguma maneira de evitar as ressonâncias magnéticas se já soubermos pelas amostras que isso é um vazamento no LCR e que vou fazer uma cirurgia?

— Receio que não, senhora Hawthorne. Como você não sofreu traumatismo craniano ou outras lesões que possam causar vazamento no LCR, precisamos da ressonância magnética para verificar se... — Os olhos do médico se voltaram para mim e depois para Rose novamente. — Precisamos ver se existem tumores que estejam criando pressão na membrana, causando o vazamento. Também precisamos ver onde exatamente está o vazamento. Precisamos saber tudo antes de podermos entrar.

Meu corpo ficou tenso, e minha raiva fervia. Um tumor cerebral?

Rose cruzou os braços contra o peito.

— Posso fazer uma ressonância magnética aberta? Isso é possível?

— Receio que, para a varredura específica de que precisamos, as ressonâncias magnéticas abertas não possam ser realizadas.

— Ok, eu entendo.

— Vejo você amanhã e teremos um plano melhor sobre qual será o próximo passo.

Para o horror de Rose e o meu, eles conseguiram pressioná-la a fazer a ressonância e a tomografia assim que saímos do consultório médico.

Descemos pelo elevador e chegamos ao departamento de radiologia em completo silêncio. Eu não precisava perguntar se ela estava bem; já sabia que não estava. Eu também não, mas ainda sentia a necessidade de ouvi-la dizer algo... qualquer coisa. As portas se abriram e saímos depois de um casal mais velho de mãos dadas.

— Rose...

Seus olhos deslizaram na minha direção e então ela rapidamente olhou para baixo.

— Tumor cerebral parece divertido, não é? Isso era algo que eu não tinha pensado. Ah, lá está a radiologia.

Ela nem me deu a chance de dizer alguma coisa, e em poucos minutos foi guiada para uma pequena sala onde a radiologista, uma jovem de óculos redondos e um sorriso simpático, pediu que ela tirasse os sapatos, sutiã, joias e cinto, juntamente com quaisquer objetos de metal, e os colocasse no armário. Quando ela saiu depois de alguns minutos, parecia mais pálida do que quando entrara. Seu cabelo caía em ondas suaves ao seu redor; o laço que o segurava havia desaparecido.

Eu só conseguia focar no jeito como suas mãos estavam tremendo. Quando ela percebeu, escondeu-as atrás das costas. Tentei captar seu olhar mais do que algumas vezes, mas parecia que ela estava me evitando propositalmente. O brilho de lágrimas nos olhos dela era outra questão, e meu peito se apertava ao vê-la tentando ser corajosa.

Ela seguiu a técnica para a sala, e seus passos vacilaram quando viu a máquina em forma de túnel. Assisti enquanto ela abraçava a si mesma com um braço e depois acelerava os passos.

A técnica estava com uma engenhoca estranha nas mãos, esperando Rose ao lado da máquina.

— Você pode se deitar na mesa agora. Precisamos colocar isso na sua cabeça para que possamos mantê-la estável na máquina.

Rose ficou parada no lugar.

— Eu... eu sou um pouco claustrofóbica. Existe alguma maneira de pular essa coisa se eu prometer que não vou mexer a cabeça?

— Sinto muito, mas temos que usá-lo.

Uma gaiola – era uma gaiola para a cabeça dela.

Rose assentiu, mas não se moveu para chegar à mesa.

A técnica avançou.

— Levará apenas quinze minutos para concluir o exame, e eu estarei do outro lado do vidro. — Ela levantou um pequeno botão conectado a um longo fio. — Você estará segurando isso aqui e, se começar a entrar em pânico, poderá pressionar e nós pararemos e a tiraremos de lá de dentro.

— Mas então teremos que começar de novo, certo?

— Temo que sim. Pronta?

Minha mandíbula apertou, e minhas mãos formaram punhos por conta própria. Eu não gostava disso, e Rose não estava se mexendo.

Ela riu, um som quebrado e estranho.

— Vou me mexer a qualquer momento, prometo.

A técnica sorriu.

— Posso ficar na sala com ela? — A raiva na minha voz era alta e clara, só que eu não estava com raiva de ninguém. Odiava que minhas mãos estivessem atadas e, por mais que quisesse, não poderia ajudá-la. Ficar na sala não mudaria o fato de que ela teria que entrar naquela máquina, mas achei que isso ajudaria a mim, se não a ela.

A cabeça de Rose levantou-se para mim, seus lábios se abrindo.

— Jack, você não precisa fazer isso.

Eu a ignorei.

— É seguro? — perguntei à técnica, esforçando-me para não rosnar para ela. Acho que não obtive sucesso porque seus olhos se arregalaram e ela nervosamente estendeu a mão para empurrar os óculos pelo nariz.

— Eh, sim. É seguro, mas você precisa tirar o seu...

— Entendi. — Eu me virei e saí da sala para cuidar de tudo. Menos de um minuto depois, estava de volta.

Rose ainda estava de pé e não sobre a mesa.

— Tudo bem? — indaguei quando estava muito perto, mas não o suficiente.

Ela respirou fundo, soltou o ar e assentiu. Ofereci-lhe minha mão e esperei enquanto ela passava as mãos pelas próprias pernas e depois pelos meus dedos, lentamente. Estava frio. Eu a ajudei a levantar e, exatamente quando estava deitada de costas, a técnica a deteve.

— Ah, eu vou precisar que você se deite de bruços.

Rose endireitou-se para uma posição sentada imediatamente, uma de suas mãos ainda na minha, seu aperto o mais firme possível.

— O quê? — ela se espantou.

— O exame que o seu médico deseja é feito com a face para baixo.

— Mas meu nariz, está... está... — Seus olhos se voltaram para mim quando seu rosto começou a desmoronar, sua respiração muito rápida. — Jack, eu não vou conseguir respirar, não de bruços. Eu não posso...

Apertei a mão de Rose, e ela parou de falar. Sem desviar os olhos dos dela, eu me dirigi à técnica.

— Você poderia nos dar um momento, por favor?

O olhar de Rose seguiu a técnica quando ela saiu da sala e fechou a porta. Ela estava prestes a hiperventilar, e o exame ainda nem havia começado.

— Você vai se atrasar para a cafeteria e, além disso, está me atrasando também. Temos que fazer isso, certo? Você ouviu o médico.

Ela engoliu em seco.

Peguei seu queixo entre meus dedos e forcei-a a olhar para mim. Arqueando uma sobrancelha, pedi novamente:

— Temos que fazer isso. Preciso que você esteja bem, não podemos evitar.

Lambendo os lábios, ela assentiu.

— Não vou conseguir ver nada. A sala está toda girando mesmo agora.

Seu peito estava começando a subir e descer mais rápido; ela estava a segundos de um ataque de pânico, então eu me inclinei até nossos olhos ficarem nivelados.

— Você pode fazer isso, Rose. *Vai* fazer isso e depois sairemos daqui. Levará apenas quinze minutos. Você com certeza pode suportar esse tempo. Estarei aqui o tempo todo e, assim que terminar, vou tirá-la daqui.

Ela diminuiu a distância entre nós e descansou a testa na minha.

— Eu sei que estou sendo idiota. Sinto muito. Estou com medo, só isso. Eu... — Ela respirou fundo e fechou os olhos. — Vou fazer uma cirurgia, pelo amor de Deus. Se estou surtando com o exame, como vai ser...

Minha mão esquerda, a que não estava sendo espremida até a morte por Rose, se fechou em punho.

— Vamos nos preocupar com esse primeiro obstáculo e depois podemos começar a surtar com a cirurgia. Aproveite o tempo para pensar em sua cafeteria. Fazer planos.

Afastando-se de mim, ela fungou e assentiu, os olhos suspeitosamente molhados.

— Você está pronta agora? — perguntei.

— Você vai mesmo ficar aqui?

— Eu disse que sim, não disse?

Os cantos de seus lábios se ergueram.

— Sim, você disse. — Outra respiração profunda. — Se não me preocupasse com o que você pensaria de mim, tentaria escapar daqui agora mesmo.

Lancei-lhe um longo olhar.

— Posso correr mais rápido do que você. Vou chamar a técnica para finalizarmos logo isso.

Ela assentiu mais uma vez e soltou-se de mim, apoiando a mão na coxa.

Chamei a técnica, e ela surgiu, colocando-se do lado esquerdo de Rose.

— Tudo pronto?

Quando Rose não respondeu, assenti para a garota.

— Como você estava preocupada com o vazamento, colocaremos esse papel embaixo do seu nariz para que não a distraia demais. Além disso, o som é alto, então aqui estão seus protetores de ouvido. Os sons são completamente normais, então não deixe que eles te façam entrar em pânico.

A técnica me ofereceu outro par quando Rose pegou o dela sem dizer uma palavra e o colocou em seus ouvidos.

— Pronta? — a garota perguntou, seu olhar se movendo entre mim e Rose.

Rose pigarreou.

— Sim.

Ela segurou a cabeça na engenhoca, e eu a ajudei a deitar-se de bruços. Os olhos dela já estavam bem fechados.

Antes que a técnica pudesse desaparecer atrás da porta, chamei a atenção dela.

— Posso tocá-la?

— Sim, mas tente não movê-la.

A porta se fechou, e Rose e eu ficamos sozinhos – se não contássemos todos os outros do outro lado do vidro, é claro.

Alguns segundos depois, a voz da técnica preencheu a sala enquanto ela falava em um microfone do outro lado.

— Ok, estamos prestes a começar, Rose. Vou conversar e informar quantos minutos restam. Aqui vamos nós.

Assim que a máquina ligou, coloquei a mão na única parte do corpo dela que consegui alcançar sem empurrar seu corpo no túnel: o tornozelo. Forcei-me a relaxar para que meu aperto não fosse doloroso, mas não tinha certeza se estava tendo sucesso com isso. No começo, conseguia ouvir sua respiração irregular enquanto ela tentava inspirar e expirar, em um esforço para se acalmar, mas, quando os barulhos começaram a ficar cada vez mais altos, não consegui ouvir mais nada.

Enquanto os minutos se passavam e eu começava a ficar mais ansioso a cada segundo, tudo o que eu podia fazer era deslizar o polegar suavemente para cima e para baixo em suas pernas. Fechei os olhos e tentei ignorar a maneira como meu coração estava batendo. Eu não deveria me sentir assim. Era apenas uma ressonância magnética simples e indolor, mas o pânico dela me afetou também, e eu estava com dificuldade para ficar parado quando tudo o que queria fazer era puxá-la para fora para que não se machucasse e eu não tivesse que ver seus olhos assustados novamente.

Quando os sons estrondosos da máquina aumentaram, e todas as batidas e bipes começaram a incomodar até mesmo a mim, apenas fechei meus dedos em torno do seu tornozelo gelado e segurei, esperando que ela estivesse bem lá dentro, que soubesse que eu estava aguardando-a.

— Ainda temos alguns minutos. Você está indo bem.

— Está quase acabando, Rose — eu disse em uma voz normal. Não achei que ela pudesse me ouvir, por causa dos sons enlouquecedores e pelos tampões nos ouvidos, mas, para o caso de conseguir, continuei conversando com ela, dizendo a mesma coisa várias vezes. — Está quase acabando. Eu estou bem aqui. Você está quase pronta. Estou bem aqui com você.

— E pronto — a garota disse alegremente através dos alto-falantes. — Vou te tirar daí.

O barulho alto no meu crânio parou, e eu percebi que a máquina também. A técnica abriu a porta e entrou. Soltei o tornozelo de Rose e abri e fechei minha mão algumas vezes enquanto recuava para deixar a técnica fazer seu trabalho e tirar Rose de lá para que eu pudesse chegar até ela.

No momento em que a mesa começou a deslizar para fora da máquina, Rose se moveu. Assim que a cabeça dela surgiu pela abertura e eu vi seu perfil, meu coração afundou. Ela parecia pior do que eu esperava, e eu já esperava que fosse muito ruim. Dei um passo à frente e depois parei, fechando os punhos ao lado do corpo. No instante em que pôde, ela ficou de quatro, apoiada nos joelhos e mãos, os olhos arregalados, as lágrimas escorrendo rapidamente pelo rosto em riachos. Seu corpo inteiro estava tremendo, sua respiração, frenética, como se ela não conseguisse se lembrar de como respirar. Além da respiração superficial e áspera, ela não emitia um único som. Sentando-se nos calcanhares, ela começou a retirar a gaiola de sua cabeça antes que a técnica a ajudasse e a libertasse.

— Dê-me um minuto e nós vamos ajudá-la.

Rose não a ouviu. Duvido que pudesse ouvir qualquer coisa. Lançou as pernas para baixo e tentou colocar o pé na pequena escada, mas as pernas não a sustentaram e ela tropeçou. Corri para frente e a peguei antes que pudesse cair de cara. Ela segurou minha camisa de botão, mas, com os olhos nadando em lágrimas, duvidava que conseguisse enxergar minhas feições.

Com a mandíbula cerrada, coloquei um braço sob seus joelhos e a ergui da mesa, em meus braços. O fato de ela não protestar apenas aumentou o aperto no meu peito. Seus braços envolveram meu pescoço, e ela enterrou o rosto no meu pescoço, suas lágrimas escorrendo pela minha pele.

Sem dizer uma única palavra a Rose ou à técnica, saí rapidamente da sala com ela se agarrando a mim e voltei para o pequeno espaço onde havíamos nos preparado. Fechei a porta atrás de nós com o ombro e me sentei gentilmente no banco ao lado da parede, com ela no colo. Fiquei quieto até que sua respiração finalmente começou a voltar ao normal.

— Acabou agora. Acalme-se.

Sua cabeça se moveu apenas uma fração, mas ela ainda ficou parada. Fechei meus braços um pouco mais apertado ao redor dela, segurando-a bem perto.

Ela pressionou a palma da mão no meu peito e a manteve lá.

— Eu não consigo... não consigo recuperar o fôlego, Jack.

Fechei os olhos. Sua voz estava áspera e me incomodou demais.

— Você está indo bem. Continue respirando, e isso é o suficiente por enquanto.

Seu peito se moveu contra o meu quando ela bufou de leve.

— É o suficiente?

— É o suficiente.

Ela se aninhou ainda mais.

— Sinto muito, por envergonhá-lo, por enlouquecer, por não ser capaz de me mover no momento, mesmo que sua camisa e sua pele estejam encharcadas com minhas lágrimas e alguns fluidos cerebrais.

Ainda com os olhos fechados, inclinei a cabeça, colidindo contra a parede com um baque. Ela estava me matando.

— Eu estava bem nos primeiros dez minutos — ela sussurrou, pressionando a testa contra a minha pele. — Mas então não consegui mais respirar. Minha cabeça começou a girar como louca e as lágrimas começaram a cair por conta própria. Eu estava com medo de que eles parassem e tivessem que recomeçar tudo, então nem sei como parei de tremer.

Beijei sua têmpora.

— Você se saiu bem e pronto.

— Eu deveria me levantar.

— Sim.

Nós não nos mexemos, e eu beijei sua têmpora novamente. Não conseguia me conter. Ela ainda estava tremendo um pouco, mas, quando uma batida soou na porta, ela se mexeu nos meus braços.

— Dê-nos um segundo — vociferei, levantando a voz apenas o suficiente para que quem estivesse lá fora pudesse me ouvir.

Pressionando a mão no meu peito, Rose se afastou de mim antes que eu estivesse pronto para soltá-la e lentamente se levantou. Colocando o cabelo atrás das orelhas, ela abriu o armário e pegou o lenço de papel que aparentemente deixara lá dentro, limpando rapidamente o nariz e inclinando a cabeça para trás. Segurando o lenço e fungando ao mesmo tempo, começou a pegar o resto de suas coisas. Ainda sentado, vi os olhos dela se revirarem, o rosto manchado e molhado. Vi seu sutiã azul de renda e me levantei.

— Vou esperar você lá fora.

Enquanto eu me movia para pegar minhas coisas – meu relógio, cinto e carteira – da mesa, sua voz me parou.

— Jack?

Apertei meus lábios e olhei para ela por cima do ombro, esperando que continuasse. Ela estava em pé diante do armário, com meias calçadas, abraçando o sutiã e o casaco contra o peito. Pela primeira vez, ela realmente parecia doente, sem mencionar perdida e desamparada, e essa imagem não me fazia bem. Não, isso me irritava.

— Não é suficiente, eu sei, mas obrigada. Obrigada por estar aqui quando sei que... Obrigada.

— Eu não fiz nada — murmurei, meu tom mais severo do que eu gostaria, antes de lhe dar um breve aceno de cabeça e sair da sala.

Quando ela saiu alguns minutos depois, parecia melhor. Até ofereceu um sorriso à técnica antes de sair pela porta. Tinha lambido as feridas e estava pronta para o que viesse. Eu acreditava que era por isso que estava começando a me apaixonar por ela.

Coloquei minha mão nas costas dela, mantendo qualquer contato que pudesse por todo o caminho até o carro.

Eles agendaram a cirurgia para a terça-feira seguinte após a ressonância magnética. Aquela semana foi um inferno na terra para nós dois. Na segunda-feira, eles precisavam que comparecêssemos para que pudessem fazer os últimos exames necessários para a cirurgia transcorrer sem problemas. Um exame oftalmológico, um ecocardiograma e uma pré-avaliação com o anestesiologista foram apenas algumas das coisas que nós – *ela* fez. Rose achou tudo divertido. Essa era sua palavra-chave nos últimos dias que antecederam a cirurgia, e ela estava envolvida em sarcasmo. Para mim, fora tudo, menos divertido.

Ela estava toda sorridente enquanto trabalhava – dando boas-vindas aos clientes, rindo e brincando com Sally e o outro – mas assim que fechou a cafeteria comigo, ao lado dela, ficou muda.

Mal conversou com Raymond e não perguntou sobre o último encontro dele, que eu deduzi que era o assunto favorito dela, tanto de manhã quanto à noite, enquanto ele nos levava de volta ao apartamento. Ela mal disse olá para o porteiro, Steve, e deixou esse papel para mim

Logo eu.

Nos dias após a ressonância magnética, assim que chegamos em casa, ela desapareceu em seu quarto, murmurando algumas coisas que soaram como algo sobre sentir dor de cabeça e estar cansada. Eu acreditei nela. Sabia que estava mesmo cansada, podia ver que sentia dores de cabeça com mais frequência, mas, na segunda-feira, quando voltamos do hospital e ela correu direto para o quarto sem dizer uma palavra, finalmente cheguei ao meu limite e não aguentei mais.

Eu não deixaria que ela voltasse a ser o que éramos quando ela se mudou.

Consegui convencê-la a não ir ao café um dia antes da cirurgia. Seria o primeiro dia de folga de muitos até que ela se sentisse bem o suficiente para se levantar.

Seu coração parecia partido quando a guiei gentilmente em direção ao carro, com a mão na parte de baixo de suas costas, enquanto ela olhava para a cafeteria por cima do ombro, como se fosse a última vez que iria vê-la. Eu senti como se a estivesse afastando do seu bebê. Quando ela foi direto para o quarto, lhe dei um pouco de espaço.

Tirei meu paletó, arregacei as mangas e fui direto para a cozinha.

Uma hora depois, quando eram seis da tarde e a mesa estava pronta, peguei meu telefone e enviei uma rápida mensagem para Rose.

Jack: Você pode descer as escadas?

Rose: Eu não me sinto tão bem, Jack. Se não é nada importante, eu gostaria de ficar na cama.

Além do simples fato de que eu não queria que ficasse sozinha, ela também não tinha comido nada o dia inteiro e, não importava o que dissesse, eu não deixaria que passasse as próximas horas com fome. Ela tinha três horas antes de precisar parar de comer.

Jack: Eu realmente gostaria da sua ajuda com uma coisa, se você puder descer.

Eu sabia que isso a faria se mexer, porque provavelmente fora a primeira vez que pedi ajuda para ela em alguma coisa. A curiosidade por si já funcionaria.

Obviamente, dois minutos depois, ouvi a porta abrir e fechar. Então passos começaram a descer as escadas e ela entrou na sala de estar. Seu cabelo estava em um rabo de cavalo simples, com algumas mechas emoldurando seu rosto pálido. Usava um suéter cor de areia grande e grosso que passava dos quadris e, por baixo, vestia o que pareciam simples leggings pretas e meias fofas. As mangas do suéter foram puxadas para baixo e, com uma mão, estava segurando um lenço de papel, algo que se tornou uma constante para ela nas últimas semanas.

Assim que me viu de pé ao lado da mesa de jantar, com as mãos enfiadas nos bolsos, seus passos diminuíram de velocidade, e seus olhos dispararam entre a mesa e mim.

— Jack? Você precisa da minha ajuda com alguma coisa? — ela perguntou, segurando o lenço de papel contra o nariz e fungando.

— Sim. — Andei ao redor dela e puxei a cadeira que estava ao seu lado. — Preciso da sua ajuda para terminar esta comida.

Ela olhou para mim por cima do ombro, inquieta.

— Jack...

— Você não comeu nada hoje, Rose. — Suavizei meu tom e olhei nos olhos dela. — Você tem apenas três horas e não poderá comer nem beber nada depois disso. Não quero comer sozinho, então você vai comer comigo.

Ela prendeu o lábio entre os dentes e assentiu.

— Você está certo, eu deveria comer alguma coisa. Apenas me dê um minuto para que eu possa fazer algo com o meu nariz.

Virando de meias com um *whoosh*, ela correu para o banheiro.

Quando voltou com uma bola de algodão no nariz, sentou-se na cadeira, e eu a ajudei a se aproximar da mesa.

Sentei-me à sua frente e peguei seu prato, apenas para que ela o agarrasse no ar.

— O que você está fazendo? — ela perguntou.

— Estou tentando arrancar o prato de você. — Dei um puxão suave no prato e ela o soltou. — Hoje à noite, você será mimada.

Finalmente, o sorriso que tocou seus lábios era genuíno.

— Com pena de mim esta noite, hein?

Dei de ombros. Eu não chamaria assim, mas, se ela quisesse pensar nesses termos, manter minha boca fechada seria uma opção melhor. Peguei a grande travessa e comecei a servir uma porção grande de espaguete no prato dela.

Rose se inclinou para a frente e pegou minha mão, colocando os dedos no meu pulso quando eu estava prestes a pegar mais. Um pequeno sorriso florescia em seu rosto.

— Eu acho que é mais do que suficiente para mim, você não acha?

Dei outra olhada no prato dela e decidi que estava bom. Eu sempre poderia colocar um pouco mais em seu prato enquanto ela terminava. Soltei a colher de espaguete e peguei o molho à bolonhesa. Ela tentou me parar depois da segunda colherada, mas coloquei outra.

Quando levantei meus olhos, ela estava sorrindo para mim. Estava muito mais perto do que era o sorriso habitual dela, então comecei a relaxar.

— Tomilho fresco?

Seu sorriso ficou maior, e ela assentiu novamente.

— Eu gosto deste lado seu.

— Qual lado? — perguntei distraidamente.

— Este lado doméstico. Combina com você.

Quando o prato dela estava pronto, eu o entreguei, e ela teve que segurá-lo com as duas mãos antes de poder colocá-lo à sua frente. Inclinando-se sobre a comida, fechou os olhos e respirou fundo.

— O cheiro está incrível. Você estava certo, estou morrendo de fome.

Eu não conseguia tirar os olhos dela, até quando peguei meu prato e comecei o mesmo processo.

— Estou sempre certo.

Ela arqueou as sobrancelhas para mim, seu sorriso se tornando mais brincalhão.

— Calma aí. Eu não diria sempre.

— Eu diria. Vamos, o tempo está passando. Comece a comer.

— Você é sempre mandão, e isso é definitivamente verdade.

Depois de lhe lançar um olhar aguçado, esperei que começasse, e ela demorou um pouco, remexendo-se para ficar mais confortável em sua cadeira e, finalmente, começou a comer.

Depois de mastigar por alguns segundos, fechou os olhos e gemeu antes de finalmente engolir. Satisfeito por ela continuar comendo, comecei a fazer o mesmo.

— Onde você comprou isso? Está incrível.

— Estou feliz por ter gostado.

— É um restaurante secreto? Deus! Está tão bom, Jack!

Continuei mastigando e depois engoli sob seu olhar expectante.

— Eu fiz. Não é de delivery.

Ela parou com o garfo a alguns centímetros da boca e o abaixou.

— Você cozinha?

— Às vezes, se eu tiver tempo.

Isso me rendeu outro sorriso lindo, e decidi que sempre cozinharia para ela às segundas-feiras, macarrão ou o que ela quisesse.

— Você é incrível. — Ela começou a mastigar, mas parou. — Quer dizer, isso é incrível, o macarrão.

— Vou cozinhar às segundas-feiras.

Ela engoliu em seco.

— Você cozinha às segundas-feiras?

Balancei a cabeça e peguei meu copo de água.

— Não, vou começar a cozinhar para nós às segundas-feiras. Gosto de passar tempo na cozinha.

— Posso assistir? Na próxima segunda? Ou você não gosta de companhia? Ah, claro, se a cirurgia correr bem e...

Meus olhos encontraram os dela.

— Você não quer terminar essa frase. Não gosto de companhia, mas gosto de você. Você pode assistir.

— Jack, acredito que estamos flertando.

Eu resmunguei.

— Toda segunda, promete?

Eu olhei nos olhos dela.

— Quando você quiser, Rose.

— Então eu deveria escolher um dia para cozinhar também.

Continuamos comendo.

— Se a sua comida for tão boa quanto seus doces, eu topo.

— Gosto de cozinhar quando não é só para mim. As segundas serão o dia das massas?

— Você quer que seja o dia das massas?

Ela sorriu, sua cabeça balançando para cima e para baixo.

— Eu acho que gostaria disso. Será a nossa primeira tradição.

Seu tom de voz mudou com suas últimas palavras, então levantei os olhos do meu prato para encontrá-la sorrindo para mim. Minha noite já estava perfeita.

— Será dia das massas, então — decretou.

— Então, amanhã...

— Não. Não quero falar sobre amanhã hoje à noite, se estiver tudo bem. — Lentamente, ela largou o garfo e fixou os olhos em mim. — Tenho completa ciência de que estou sendo uma completa... não, deixe-me corrigir isso, *tenho* agido como uma diva em relação a toda essa coisa de doença. Também sei que, em comparação com algumas doenças, isso não é nada, mas meu problema é que estou bem assustada. É muito perto do meu cérebro para o meu gosto e está realmente me incomodando. Não gosto de ser anestesiada e não vou saber o que está acontecendo, não que eu prefira saber ou estar acordada, mesmo que isso seja uma opção... Sou especialmente grata por ser uma cirurgia endoscópica em vez de precisarem abrir o meu crânio como costumavam fazer antigamente, porque *isso* provavelmente me mataria, mas... ainda estou com medo. Já te disse que tenho medo de doar sangue, então uma cirurgia... — Ela balançou a cabeça com veemência. — E o momento não poderia ter sido pior.

Abri a boca, mas ela me impediu de dizer o que eu estava pensando.

— Como eu disse, hoje à noite, quero agir como se amanhã fosse apenas mais um dia normal. Só quero aproveitar esse jantar incrível que você preparou muito sorrateiramente para nós e depois tentar ver o que mais eu posso extrair dessa situação. Posso lidar com o resto amanhã.

— *Nós* vamos lidar com o resto amanhã — eu a corrigi e recebi um aceno em resposta. — O que mais você quer extrair da sua situação? — Tentei parecer apenas levemente curioso, mas já sabia que faria o que quer que ela quisesse.

O sorriso dela voltou com força total.

— Pensei que você nunca perguntaria. Então... — Ela se arrastou para frente em seu assento, girando o espaguete no garfo, os olhos nos meus. — Lembra que você disse que nunca assistiu Mensagem para Você? Eu pensei que assistirmos a um filme aconchegante seria perfeito para esta noite. Também não é um filme chato. Eu prometo que você não vai ficar entediado. Qualquer filme que tenha Tom Hanks é incrível, e sua química na tela com Meg Ryan é absolutamente perfeita. Tenho certeza de que você...

— Ok — concordei, mantendo minhas mãos na mesa e meus olhos nela.

— Podemos assistir?

— Eu disse ok, não disse?

O riso dela me pegou de surpresa, mas eu nunca seria contra isso.

— Feliz? — Sorri de volta para ela.

Seu olhar caiu para os meus lábios.

— Sim, Jack. Muito. Obrigada.

— De nada. Agora pare de falar e continue comendo.

Ela manteve um grande sorriso o tempo todo durante a conversa e me puxou para conversar mesmo depois do jantar. Por mais que eu fosse bom em não mostrar o que estava pensando ou sentindo, não tinha certeza se fiz um bom trabalho naquela noite. Estava muito preocupado com o que o dia seguinte traria e o que faria se algo acontecesse com Rose quando ela estivesse fora do meu alcance.

Capítulo Dezoito

JACK

Levantamos da mesa de jantar por volta das sete e meia da noite. Foi um dos jantares mais longos que já tive, mas Rose parecia feliz, então eu nem reclamei. Ela insistiu em colocar todos os pratos na máquina de lavar louça, e eu a acompanhei até que terminasse. O sorriso dela nunca vacilou, e fiquei feliz em vê-lo.

Preparei um chá para ela e fiz uma xícara de café para mim. Comprei algumas trufas na sexta porque conhecia sua fraqueza por chocolate, mas não encontrei o momento certo para entregá-las, então levei a elegante caixa comigo e coloquei tudo na mesa de centro.

Peguei o controle remoto da Apple TV e comecei a procurar o filme. Quando o encontrei, carreguei na minha conta e pressionei play.

— Espera, espera. — Rose pulou e correu para apagar as luzes. — Assim é melhor.

Ela voltou, sentou-se e imediatamente colocou as pernas sobre o assento, enquanto pegava o grande cobertor de malha que trouxera do quarto. Entreguei-lhe a caneca de chá.

Ela agarrou meu pulso e me puxou para perto dela.

— Está começando, sente-se.

Consegui pegar minha caneca de café e sua caixa de trufas.

Sentindo-me um pouco desconfortável, coloquei a caixa na mão dela e me recostei no sofá. Quando ela olhou para mim, confusa, eu me concentrei no filme que tinha acabado de começar e tomei um gole do café.

— O que é isso? — Equilibrando sua caneca na superfície plana do sofá, ela me deu um olhar rápido e começou a abrir a caixa. — Chocolate? Pra mim? — ela perguntou, sua voz soando aguda.

— Um cliente levou para mim na sexta e ficou no escritório, então pensei que você poderia querer. — A mentira saiu dos meus lábios tão facilmente que me surpreendi.

Pelo canto do olho, eu já podia vê-la mordendo uma delas.

— Você quer uma? — ela ofereceu, depois de me deixar louco ao gemer enquanto mastigava. Ela estendeu a caixa na minha direção. — Não gosta de trufas? Vamos, pegue uma.

Lancei a ela um olhar exasperado e peguei uma, segurando-a na minha mão.

— Você vai me deixar assistir ao filme ou vai conversar o tempo todo?

Ela estremeceu.

— Ah, você é assim. Esteja preparado para eu falar. Vou continuar apontando coisas que você pode ver por si mesmo. Estou empolgada porque você nunca viu. Já passou das nove?

Mantive meus olhos na tela quando a personagem de Meg Ryan começou a correr em direção ao laptop para verificar seu e-mail.

— Ainda não. Vou avisar quando você precisar parar. São apenas oito.

Ficamos em silêncio e apenas assistimos ao filme. Por volta dos dez minutos, Meg Ryan finalmente chegou à sua loja. A Loja da Esquina.

Coloquei meu braço na parte de trás do sofá, em direção a ela.

Alguns minutos depois, olhei para Rose. Na caixa, seis trufas já tinham sumido, e ela ainda estava segurando a caneca de chá com força nas mãos, como se tentasse aquecê-las.

— Está com frio?

— Só um pouco. Você gostaria de compartilhar? — ela disse, e minhas sobrancelhas se uniram.

Então eu percebi que ela erguera a ponta do cobertor.

Não estava frio, o apartamento estava muito quente, mas aproveitei a oportunidade para me aproximar um pouco mais dela, que o colocou sobre as minhas pernas. Quando inclinou a cabeça para trás, quase a descansou na dobra do meu braço.

Ela respirou fundo e soltou o ar.

Sua voz estava baixa quando ela falou novamente:

— Obrigada por esta noite, Jack.

Inclinando-me, dei um beijo em sua têmpora.

— De nada, Rose.

Às dez para as nove, tirei a caneca de chá fria de sua mão e a coloquei sobre a mesa. Depois de um pouco mais da metade do filme, ela adormeceu e sua cabeça caiu no meu ombro. Eu assisti ao filme até o fim sem me mexer um centímetro para que ela pudesse descansar.

Quanto mais ela se aproximava, mais difícil se tornava não acordá-la e tomar sua boca. Parecia que ela havia invadido o apartamento inteiro, e eu não conseguia sentir o cheiro de mais nada além dela.

Gostei de cada segundo, o filme e o corpo quente de Rose contra o meu.

Erguendo-a nos meus braços, eu me endireitei, deixando o cobertor cair.

Ela começou a despertar quando estávamos no meio da escada.

— Jack? — Suas mãos apertaram o meu pescoço. — Que horas são? — ela murmurou.

— Um pouco depois das dez.

Suspirando, ela descansou a cabeça no meu ombro.

— Você gostou do filme?

Eu não precisava mentir.

— Sim, você estava certa, é bom.

— Não se fazem mais filmes assim — ela murmurou.

Abri a porta do quarto dela e entrei, colocando-a gentilmente na cama. Ela se encolheu de lado e eu puxei as cobertas sobre seu corpo.

— Boa noite, Jack — ela sussurrou. — Vejo você amanhã.

— Vou te acordar às seis e meia. Precisamos estar no hospital às sete e trinta.

— Ok.

Eu estava enraizado no lugar, mas não sabia mais o que dizer que me permitisse ficar com ela por mais tempo, para passar a noite, pelo menos *aquela* noite com ela.

— Boa noite, Rose. — Inclinei-me e dei um beijo em sua testa e depois em sua boca. Foi algo tão natural para mim que nem sequer hesitei. Ela fechou os olhos com um sorriso nos lábios. Eu tinha certeza de que ela não chegara a acordar completamente.

De olho nela, saí e fui para o meu quarto.

Mais tarde, na mesma noite, horas se passaram e eu ainda estava acordado. Minha mente agitada parecia correr em todas as direções, principalmente na direção de onde Rose estava dormindo, a algumas portas de distância, e foi por isso que fiquei surpreso quando meu telefone tocou com uma nova mensagem.

Rose: Você está dormindo?

Jack: Não.

Rose: Eu também não.

Respirei fundo e passei a mão pelo rosto.

Jack: Está tudo bem?

Rose: Sim. Apenas não consigo dormir.

Rose: Por que *você* ainda está acordado?

Jack: Também não consegui dormir.

Rose: Ainda posso abusar da minha situação ou perdi minha chance?

Jack: Depende do que você quer.

Rose: É estranho.

Jack: Tente.

Rose: Eu queria saber se posso te beijar.

Rose: E antes que você diga não, não precisa significar nada além disso, apenas um beijo. A verdade é que você lentamente se tornou um ótimo beijador e acho que não me importaria de beijá-lo agora. Eu gostaria de chamar de um beijo de misericórdia. Se você não quiser, já que ninguém estaria por perto para ver, eu vou entender.

Ela ainda estava digitando mais alguma coisa, mas deixei meu telefone na mesa de cabeceira e me levantei. Escolhi não bater na porta e apenas entrei no quarto dela.

Ainda estava com o telefone na mão, mas parou quando me viu. Limpando a garganta, ficou sentada, prestes a sair da cama, mas aproximei-me antes que ela pudesse fazer isso.

— Como você quer fazer isso?

Não dei tempo para ela terminar a frase. Na respiração seguinte, eu estava segurando sua nuca depois de empurrar seus cabelos para trás. Suas bochechas estavam cálidas e um pouco molhadas.

— Eu não quero mais que você chore — murmurei com um tom de raiva colorindo minha voz. Aquela era a última coisa que eu queria para ela. — Vou te beijar, mas apenas se prometer não chorar mais. Não aguento, Rose. — Ela assentiu.

Inclinei-me na direção dela, abri seus lábios com os meus e observei seus olhos quando eles se fecharam no segundo em que nossos lábios se tocaram. Ela colocou as mãos sobre as minhas, em suas bochechas, e inclinou a cabeça, aprofundando o beijo. Eu lentamente caí de joelhos na cama, segurei seu rosto com mais força, mergulhando os dedos em seus cabelos enquanto seus braços se moviam entre nós para envolver meu pescoço. Tomei sua língua na minha boca e engoli felizmente seu gemido silencioso.

Se eu tivesse que descrever o nosso beijo, diria que foi uma violência suave. Eu nunca conseguia me saciar dela o suficiente, nem perto disso. Deixei uma das minhas mãos viajar por suas costas, memorizando cada centímetro e como seu corpo curvava em sua cintura. Quando segurei sua blusa, puxei-a contra mim. Ela resmungou, mas não parou, nem me pediu para parar.

Eu podia sentir seu peito subindo e descendo contra o meu, seu calor já me queimando. Segurei a blusa dela e aprofundei o beijo, forçando-a a arquear as costas ao mesmo tempo, segurando sua cintura com força com a outra mão. Sua cabeça recuou com a força do meu beijo, sua língua brincando com a minha.

Então suas mãos se apoiaram no meu peito e senti um leve empurrão.

Consegui me afastar, e ela rapidamente pulou dos meus braços e da cama, correndo direto para o banheiro.

Meu corpo inteiro estava tenso. Sentei-me na beira da cama e deixei a cabeça cair nas mãos. Minha respiração estava pesada, e meu coração pulsava na garganta como se eu fosse um adolescente beijando a namorada em sua casa.

Enquanto eu pensava em me levantar, sair ou ficar, Rose ressurgiu do banheiro, o rosto corado, os lábios vermelhos e inchados, o cabelo todo bagunçado.

Perfeita.

Ela lentamente voltou, parando na minha frente quando seus joelhos estavam quase tocando os meus.

Eu não queria me desculpar por atacá-la como uma fera, mas tinha esquecido completamente que ela estava doente.

— Desculpe — ela murmurou, a voz rouca. O dedo indicador bateu na lateral do nariz. — Estava começando de novo, então eu tive que...

Soltei um suspiro de alívio e assenti. Engoli o nó na garganta e estava prestes a me levantar para sair, mas Rose colocou as duas mãos nos meus ombros e subiu no meu colo, sem sentar, mas colocou uma das pernas entre as minhas e apoiou os joelhos na cama. Minhas mãos se apoiaram em seus quadris, e eu a segurei, imóvel.

— O que você está fazendo? — perguntei em um sussurro severo enquanto olhava em seus olhos sedutores.

Ela sorriu para mim.

— Estou cobrando o resto do meu beijo de misericórdia — ela sussurrou também, em uma voz baixa e firme, muito mais firme do que a minha, o que me surpreendeu. — Ainda não terminei com você. — Suas mãos jogaram meu cabelo para trás quando seus olhos se fecharam por conta própria e sua cabeça se inclinou.

Eu a encontrei no meio do caminho e capturei sua boca em um beijo profundo e quente, fazendo minha língua dar voltas enquanto seus dedos vasculhavam meus cabelos e ela agarrava meu pescoço para me segurar. Eu a beijei assim por um longo tempo, tentando ser mais gentil e mais atencioso do que eu estava me sentindo, mas ela me desarmou. Seu gosto, seus pequenos gemidos, suas mãos apertando meu pescoço, seu corpo se movendo inquieto contra o meu – tudo nela me desarmou.

Quando ela moveu os lábios para a direita e tentou respirar contra a minha bochecha, observei todas as emoções tocando seu rosto. Sabendo que não conseguiria parar, segurei sua cintura e puxei-a para que se sentasse. Seus olhos se abriram e encontraram os meus. Movendo a perna para me montar, ela silenciosamente seguiu minha liderança, sentando-se bem no meu pau. Meus olhos se fecharam e um gemido escapou dos meus lábios. Quando olhei para ela, Rose estava mordendo o lábio, olhando para mim atentamente. Coloquei meus braços ao seu redor, deixando uma das minhas mãos deslizar lentamente pelas costas para segurar seu pescoço, e mergulhei para outro beijo. Eu a beijei uma vez e depois me afastei, de novo, de novo e de novo. Era enlouquecedor o jeito como seus lábios se encaixavam nos meus.

Com a outra mão, agarrei sua cintura. Ela inclinou a cabeça e empurrou a língua na minha boca. Eu mal conseguia pensar, mas a encontrei explorando a língua com a minha e me inclinei para a frente, forçando-a a arquear, aprofundando-se, tentando tomar mais e mais.

A dor e o prazer que queimavam através de mim, quando senti o calor deslizar pelo meu pau através do seu fino pijama, triplicaram com a maneira como ela estava me beijando, tão fora de controle e com fome.

Nós nos puxamos até o limite como se estivéssemos morrendo de fome um do outro. Agarrei suas coxas e tentei puxá-la ainda mais para perto. Quando ela se movimentou contra mim, algum senso começou a retornar à minha mente. Com as mãos ainda segurando-a com força, ela conseguiu se afastar e, em um instante, tirou a blusa. Seus olhos vidraram, suas respirações soaram rasas, e ela se inclinou para mim novamente, mas, quando meus olhos caíram em seus seios cheios em um sutiã azul pálido, eu me inclinei para trás e a deitei gentilmente de costas.

— Jack? — ela ofegou, surpresa.

Certifiquei-me de não olhar para ela, porque, se fizesse isso, iria me esquecer que ela estava doente, esquecer tudo. Peguei sua camiseta e a devolvi. Ela a segurou contra o peito, cobrindo-se.

— O médico disse que você não pode fazer sexo. Não pode ter muita pressão na sua cabeça. — Ouvi minha própria voz, rouca e crua. Ousei olhar em seus olhos. Eles ainda estavam atordoados, mas ela estava voltando a si. Lambeu os lábios, e meu estômago se retorceu por não ser minha língua neles.

— Mas, Jack, eu...

— Você vai fazer uma cirurgia em algumas horas, Rose. Vou te acordar quando for a hora de ir.

Ela voltou a si e rapidamente colocou a camiseta de volta, enfiando-se debaixo das cobertas.

— Você não precisa fazer isso. Vou acordar quando chegar a hora.

— Rose...

— Boa noite, Jack. Obrigada pelo beijo.

Cerrei os dentes e me afastei. Antes que pudesse fechar a porta, ela já havia desligado o abajur, e eu mal conseguia distinguir sua forma na cama. A porta se fechou e eu soltei a maçaneta, deixando algo muito importante para mim para trás.

Capítulo Dezenove

ROSE

Na manhã seguinte, acordei sozinha, como havia dito que faria, e encontrei Jack lá embaixo. Talvez pelo nervosismo por causa da cirurgia ou por causa do que acontecera na noite anterior, nenhum de nós disse uma palavra para o outro.

Quando Steve, o porteiro, me desejou boa sorte e me disse que mal podia esperar para me ver novamente com todas as boas notícias, fiquei com vergonha de admitir que fiquei com um pouco de vontade de chorar e só consegui abrir um pequeno sorriso e acenar com a cabeça. Ele entendeu que eu não estava tentando ser rude; pude ver isso em seu sorriso. O trajeto de carro foi igualmente silencioso. Quando Raymond parou em frente ao hospital, Jack saiu e abriu a porta para mim. Mas, antes que pudesse sair, a voz de Raymond me parou com um pé no carro e o outro na calçada.

Ele jogou o braço sobre o banco do passageiro e virou o corpo para poder encontrar meus olhos.

— Você vai ficar bem — ele me assegurou, sua voz suave e calma. Foi a segunda vez que chorei naquela manhã. Todo o resto tinha sido automático. Acordei, tomei um banho muito rápido, me vesti, peguei minha bolsa de hospital e saí do apartamento de Jack. Quase parecia que eu estava viajando para algum lugar que não queria necessariamente ir.

— Ok — respondi.

Raymond arqueou as sobrancelhas.

— Você pode fazer melhor do que isso.

— Eu provavelmente vou ficar bem.

— Nada de provavelmente. Eu vou aparecer quando você terminar a cirurgia para dizer oi, certo?

Eu não tinha certeza se queria que alguém me visse após a cirurgia, mas não disse isso.

— Seria ótimo. Obrigada, Ray.

— Te vejo em breve.

— Ok. Até breve.

Saltei e, com Jack ao meu lado, entrei no hospital. Lancei olhares rápidos para ele, mas seu rosto parecia duro como pedra, como no primeiro dia em que o conheci. Eu não sabia o que dizer. Isso não era verdade – eu realmente sabia o que dizer, mas não era o momento. Depois que fizemos o check-in, e eles confirmaram o horário da cirurgia, uma enfermeira nos levou para um quarto; aparentemente não o em que eu ficaria, mas outro.

Jack ficou no canto com as mãos nos bolsos. Agora eu sabia o que aquilo significava: ele estava nervoso com algo, infeliz.

A enfermeira me deu a camisola do hospital e me fez muitas perguntas: nome, idade, peso, as coisas às quais eu era alérgica – todas as coisas que eles já sabiam, mas verificar mais uma vez não matava. Eu era alérgica à penicilina. Essa foi a única coisa que eu lembrei e que continuava dizendo. Ela colocou a faixa de identificação em mim, relatou o que ia acontecer a seguir e me deixou com Jack para que eu pudesse trocar de roupa.

Eu era como um robô. Entrei no banheiro e tirei as roupas, exceto a calcinha, e coloquei a camisola. Com o coração batendo forte no peito, saí do banheiro e encontrei o olhar duro de Jack.

Abrindo os braços, tentei parecer alegre quando perguntei:

— Como estou?

Ele não respondeu, apenas olhou nos meus olhos.

Dei um passo em sua direção, porque era a hora de dizer o que precisava a ele. A mesma enfermeira que nos visitara alguns minutos antes enfiou a cabeça pela porta, e eu e Jack olhamos para ela.

— Ela está vestida? Oh, bom, você está pronta. Estou enviando alguém para levá-la na cadeira de rodas.

— Eu posso ter apenas um minuto rápido com meu marido?

Seus olhos dispararam para Jack, então ela olhou para o relógio.

— Apenas um minuto. Precisamos levá-la à sala de cirurgia a tempo, ok?

Eu concordei, e ela saiu.

Soltando um suspiro profundo, fui até onde Jack estava encostado na parede, com os braços cruzados contra o peito.

— Eu tenho algumas coisas que quero dizer para você — comecei, me sentindo um pouco nauseada e muito pequena na frente dele. Poderia ser a camisola fina do hospital, a cirurgia, os nervos ou simplesmente por causa do que eu estava prestes a dizer. Deslizei as mãos para cima e para baixo em meus braços, e seus olhos seguiram meus movimentos.

Ele ficou em silêncio por um minuto inteiro, enquanto nos observávamos.

— Ok — ele finalmente disse, parecendo angustiado.

— Jack, eu quero que nós...

— Sinto muito, mas eles precisam levá-la agora — interrompeu a enfermeira, entrando no quarto com outra pessoa atrás dela com uma cadeira de rodas.

Oh, caramba! A coisa se tornou real.

O pavor que se instalou em mim não foi muito diferente do meu ataque de pânico na máquina de ressonância magnética, e olhei para Jack com medo nos olhos. Eu realmente queria falar com ele.

Ele se endireitou contra a parede.

— Precisamos de mais um minuto.

— Nós já estamos atrasados. Ela...

Jack se aproximou e pegou a cadeira de rodas das mãos da outra mulher e depois se virou para a enfermeira, rangendo os dentes.

— Eu preciso de apenas um momento com a minha esposa. Por favor.

Um arrepio percorreu meu corpo quando o ouvi me chamar de esposa, o que era estúpido por si só, mas, saindo de sua boca, com aquele tom agressivo, era inesperado.

Não foi uma surpresa que eles tivessem nos deixado sozinhos com apenas um olhar de desaprovação em direção a Jack. Ele levou a cadeira de rodas em minha direção e gesticulou com a cabeça para que eu me sentasse.

Se ele não falasse comigo, teríamos problemas.

Antes que a enfermeira pudesse voltar, apressei meu discurso improvisado. Eu já podia sentir que não seria elegante.

— Jack, eu quero parar de fingir.

Ele deu a volta e se ajoelhou na minha frente, suas mãos descansando nas minhas coxas. Seu rosto parecia um pouco mais suave; a expressão severa que ele exibira para as enfermeiras não estava mais lá, mas também não havia um sorriso à vista.

Ele abriu a boca, mas eu me inclinei para frente e balancei a cabeça.

— Quando eu acordar, quero que paremos de fingir.

Aqueles lindos olhos azuis para os quais eu não conseguia parar de olhar sempre que tinha a chance estavam fixos nos meus castanhos, comuns. Eu não tinha ideia de como isso iria acontecer, mas não tínhamos muito tempo.

— Você gosta de mim — continuei, e ele arqueou uma sobrancelha. Prossegui, apesar disso. — Você provavelmente não quer admitir em voz alta, mas gosta de mim. Eu sei, então não minta, e eu gosto de você. Então, Jack Hawthorne, você me convidou para um encontro, que ficou perdido com tudo o mais acontecendo, mas ainda estamos fingindo, e quero que paremos de fazer isso, ok?

Ele olhou para mim por um longo momento, e eu comecei a pensar que isso realmente não acabaria como eu queria.

— Como você sabe que eu gosto de você?

— Você tem que gostar. Ontem... aquele beijo não foi apenas um beijo de misericórdia. Um beijo de misericórdia seria rápido, nos lábios, ou duraria apenas um minuto ou um pouco mais, talvez. Nem foi como o beijo no seu escritório, em casa. — Balancei a cabeça. — Mesmo que não levemos em consideração esse beijo, são as coisas que você faz. O jantar de ontem, as flores que você envia toda semana, tudo. Você deve ter começado a gostar de mim em algum momento durante os últimos dois meses. Não sou burra e gosto mais de você a cada dia que passa.

— Não, você não é burra. Você gosta de mim, então?

— Sim. Então... eu quero parar de fingir e começar... algo real. Mais do que apenas um encontro. — Por mais tolo que soasse, eu queria ouvi-lo responder. Ele era meu marido no papel, mas só isso. Eu queria uma reivindicação real sobre ele.

— Ok.

— Eu o quê? Ok? Apenas ok?

Ele sorriu para mim e estendeu a mão para colocar minha franja atrás da orelha. Era o sorriso número dez ou talvez vinte, e era tão bom. Hesitante, retribuí seu sorriso, com o coração disparado.

— Eu já te convidei para sair, não foi? Você só gosta de roubar minhas ideias. Por que parece tão surpresa?

— Você não estava realmente comprometido com a ideia de namoro quando me convidou para jantar. Você disse que poderíamos tentar ver se havia algo entre nós. Estou sendo ousada e dizendo que há. Pensei que você negaria gostar de mim.

— Por que eu faria isso quando tudo que quero é você? Quero que paremos de fingir também.

A enfermeira voltou com uma expressão severa.

— Hora de ir, senhora Hawthorne.

O sorriso de Jack derreteu, e ele olhou para a enfermeira que estava com a cadeira de rodas. Ele agarrou os braços da cadeira e me puxou em sua direção enquanto a enfermeira tentava me levar de volta.

— Senhor Hawthorne! — ela exclamou em choque. — Solte sua esposa, por favor.

— Ainda estamos conversando aqui.

Risadas nervosas borbulharam de mim enquanto eles continuavam a empurrar e puxar por alguns segundos. Coloquei a mão fria em sua bochecha, e ele parou.

— Está tudo bem, Jack. — Inclinando-me para a frente, beijei sua bochecha e respirei fundo pelo nariz para que eu pudesse manter seu perfume comigo o máximo possível, e então a enfermeira me levou para longe.

Jack caminhou conosco até os elevadores.

Olhei para ele, de onde estava, e ele estendeu a mão para segurar a minha.

— Você vai voltar para cá do trabalho antes que eu acorde, ou...?

— Não seja estúpida. Não vou a lugar algum — Jack rosnou, suavizando suas palavras com um aperto em minha mão. Ele ainda estava encarando a enfermeira.

— Ok. Estava apenas testando você. Eu realmente gostaria de vê-lo quando sair. — Jack deve ter ouvido o tremor na minha voz, porque seus olhos encontraram os meus e ele se abaixou ao meu nível enquanto esperávamos o elevador chegar. Ele parecia tão ridículo em um hospital com seu traje perfeito, rosto perfeito e barba perfeita. Meus olhos começaram a brilhar, e ele se tornou um borrão na minha frente. Então suas mãos estavam em concha no meu rosto, e ele enxugava minhas lágrimas. Em seguida, descansou a testa na minha.

— Jack, estou com um pouco de medo, eu acho — admiti calmamente, para que apenas seus ouvidos pudessem ouvir.

Ele suspirou.

— Não sei quais são as palavras certas a usar, porque também estou com um pouco de medo, mas sei que você vai ficar bem. Tem que ficar. Vai ficar tudo bem, Rose. Estarei esperando por você quando sair, e então seremos apenas nós.

Mordi o lábio e deixei que ele limpasse mais lágrimas das minhas bochechas.

— Ok. — Minha voz não passava de um coaxar. Olhei para minhas mãos. — Oh, aqui. — Tirei meu anel e abri sua palma, colocando a aliança no meio dela. — Guarde-a para mim. — Mais lágrimas começaram a cair, e eu não conseguia olhar nos olhos dele.

— Rose — Jack começou, suas mãos segurando meu rosto.

As portas do elevador se abriram e houve um longo suspiro.

— Senhor Hawthorne, por favor, solte sua esposa.

Ele obedeceu – com relutância – logo depois que deu um beijo suave, mas de alguma forma ainda rígido e desesperado, nos meus lábios.

Olhei para Jack por cima do ombro quando estava no elevador e o encontrei de pé. Ele era tão bonito. Tentei sorrir, mas mais lágrimas embaçaram minha visão.

— Estarei aqui quando você acordar, Rose. Estarei esperando por você, *bem aqui*, então volte para mim, ok? Certifique-se de voltar para mim.

Eu sabia que estava sendo infantil, mas não me importei. Pressionando meus lábios com força, assenti e as portas se fecharam, afastando-o de mim.

Tudo depois disso foi um grande borrão. Fui levada para a área de cirurgia. Eles examinaram a pulseira no meu pulso e me levaram para outra sala de espera, onde me disseram para deitar em uma cama. Mais perguntas vieram.

Eu as respondi distraidamente. Os anestesistas entraram e novamente fizeram mais perguntas. Eu nem sabia dizer quantas vezes repeti meu nome, data de nascimento, peso, alergias e de que lado do nariz saía o fluido, e nem tive certeza de quanto tempo fiquei naquela sala antes de eles me levarem para a de cirurgia. Quando cheguei lá, já estava cheia de todo tipo de pessoas: anestesistas, assistente cirúrgico, enfermeira anestesista, meu médico e mais algumas pessoas que eu não fazia ideia do que estavam fazendo ali.

Sorrindo para mim o tempo todo, a enfermeira anestesista colocou meu intravenoso e me assegurou que tudo ficaria bem. Percebi que havia começado a chorar novamente em um ponto, então, com raiva, enxuguei as lágrimas e tentei tirar sarro de mim mesma. Ela apenas sorriu para mim.

Quando seguraram minhas mãos e pernas, senti tontura e minha visão começou a escurecer. Eu não sabia que isso iria acontecer. Ninguém me disse. Comecei a entrar em pânico de verdade, minhas respirações tornando-se mais rápidas. Ouvi a enfermeira dizer que estava aplicando a anestesia e, alguns segundos depois, comecei a sentir um nó no estômago, fugazmente pensando que era um momento muito, muito ruim para vomitar. Pensei em abrir a boca para que soubessem que não estava me sentindo muito bem, mas, de repente, tudo ficou preto.

Capítulo Vinte

JACK

Era uma da tarde, e ela ainda não tinha saído. Eu já estava naquela sala de espera há várias horas, e ela ainda não estava de volta. Eu me senti como um animal enjaulado, não apenas naquela sala, mas dentro da minha própria pele.

Andei por cada centímetro do espaço, parando ao lado das janelas e olhando através delas sem ver nada. Sentei-me nas cadeiras verdes que agora odiava, fechei os olhos e recostei-me... abri os olhos, apoiei os cotovelos nas pernas e coloquei a cabeça nas mãos... mas ela ainda não estava de volta.

Uma família de três estava esperando comigo, um pai e dois filhos. Uma era uma menina pequena que não soltava a mão do pai, e o garoto, de talvez nove ou dez anos, batia na cabeça da irmã de vez em quando e tentava fazer o pai e a garota rirem. Quando eles receberam a boa notícia de que sua mãe estava fora da cirurgia, senti uma onda de alívio por eles, mas, quando ninguém veio me contar sobre Rose, afundei-me mais no meu assento.

À uma e quinze, olhei para a porta, esperando por uma enfermeira, mas, para minha surpresa, Cynthia entrou.

— O que você está fazendo aqui? — perguntei quando ela se aproximou.

Ela se sentou em uma das feias cadeiras verdes e se acomodou.

— Queria saber como você está. — Uma perplexidade deve ter aparecido no meu rosto porque sua expressão suavizou e ela deu um tapinha no meu braço. — Alguma novidade?

— Não — resmunguei, descansando os cotovelos nas pernas separadas. — Apenas esperando.

— Essa é a parte mais difícil.

Com os olhos na porta, assenti.

— Você não deveria estar no trabalho?

— Meu chefe não foi, por isso estou fazendo uma pausa para o almoço muito longa e tardia. Quer que eu compre algo para você comer? — Balancei a cabeça.

— Rose vai ficar bem, Jack. Você vai ver. Só fique firme para poder cuidar dela quando ela sair.

Não tinha ideia do que ela estava falando. Eu estava bem.

Nós não conversamos por pelo menos trinta minutos. Finalmente, ela suspirou e se levantou.

— É melhor eu voltar. Estou tentando passar todas as coisas urgentes para os sócios.

Apertando e soltando as mãos, olhei para ela do meu assento, tirando os olhos da porta.

— Alguém está dificultando as coisas para você?

Ela deu um tapinha na minha bochecha, e nós dois ficamos surpresos com o gesto.

— Preocupe-se com você e com Rose. Posso cuidar dos sócios.

Balancei a cabeça, assentindo.

— Obrigado, Cynthia. Agradeço sua ajuda com tudo nos últimos dias. Sei que deixei tudo nas suas costas.

— Ela está te mudando, você sabe.

Minhas sobrancelhas se uniram.

— Do que você está falando agora? — Distraidamente, meu olhar capturou o grande relógio na parede logo acima da porta: duas da tarde.

Começando a ficar com raiva, levantei e comecei a andar ao lado das janelas.

— Nada — ela murmurou com um sorriso estranho no rosto.

Eu apenas parei tempo suficiente para dar uma olhada rápida nela e continuei com o meu ritmo.

— Você vai abrir um buraco no chão.

Outro olhar lançado em sua direção, dessa vez mais ameaçador – pelo menos, eu esperava que fosse.

— Então eu vou abrir uma porra de um buraco no chão.

— Ok, eu vou deixar você no seu ritmo agora. Jack?

Parei, com um suspiro frustrado, e a encarei.

— O quê?

— Tente não perdê-la, ok? Não espere para contar até que seja tarde demais.

Cerrei os dentes para manter a boca fechada. Meu olhar deve ter finalmente funcionado porque ela levantou as mãos no ar e começou a vestir seu casaco, luvas, cachecol e, finalmente, o sobretudo vermelho.

Quando ela colocou a bolsa no ombro, virou-se para mim.

— Eu apreciaria se você pudesse me informar como foi a cirurgia quando ela sair.

Para meu próprio horror, murmurei:

— Se ela sair. — Felizmente, Cynthia não me ouviu e finalmente foi embora.

Passei mais uma hora em minha própria companhia indesejada, e mais pessoas saíram correndo da sala enquanto recebiam boas notícias para que pudessem estar com seus entes queridos.

Por volta das três da tarde, Raymond entrou com balões. Balões. Eu não sabia como me sentia sobre isso, mas meu corpo tensionou a ponto de eu não poder me mexer, mesmo que quisesse. Eu sabia que ela tinha um bom relacionamento com ele, já que ele dirigia para ela quase mais do que para mim nos últimos tempos, mas ainda não sabia como me sentia por ele estar lá por ela.

Com *balões*.

Eu não tinha levado nada e não achei que fosse capaz de sair do hospital. O fato de ela querer ficar comigo e parar de fingir esfriou minha cabeça o suficiente para que eu não exigisse que ele saísse no segundo em que seus olhos se voltaram para mim, ficando ao meu lado com seus balões ridículos.

Ele deixou um assento vazio entre nós e sentou-se.

Eu não consegui ficar de boca fechada.

— Balões, Raymond? — As palavras saíram como um rosnado baixo, sem querer... ou talvez não.

Ele limpou a garganta.

— Não são meus.

Entrelacei minhas mãos, olhando para ele e depois para os balões. Havia um grande, azul, que dizia Melhore logo e mais alguns coloridos ao seu redor.

— Eu passei no Café da Esquina. — Ele empurrou um saco de papel marrom para mim com o pequeno logotipo da loja de Rose.

Curioso, peguei e chequei: um copo do que cheirava a café, um sanduíche e um muffin. Coloquei-os no chão. Rose preparava os sanduíches todas as manhãs. Ela usava uma receita que inventara sozinha, como havia me dito inúmeras vezes. Saber que ela não preparara aqueles, mesmo que não tivesse comido nada desde o jantar na noite anterior, me fazia não conseguir comê-los. Peguei o café, pois precisava de um pouco mais de energia para ganhar mais ritmo.

Raymond continuou:

— Pensei em dar uma passada e ver se eles precisavam de ajuda com alguma coisa, e a garota, Sally, eu acho, mandou os balões quando soube que eu viria para cá em seguida.

Resmunguei algo ininteligível. Assim era melhor.

— Como está lá? Eles estão cheios? — perguntei um momento depois.

— Sim. Havia uma fila no caixa. Ela está indo muito bem. Ah, eles também disseram que virão aqui assim que fecharem, para ver como ela está.

Eu assenti; já esperava por isso. Como ela queria ficar comigo, não precisava mais me preocupar com o outro que trabalhava com ela no início da manhã, qualquer que fosse o nome dele.

Nós ficamos em silêncio.

— Alguma novidade? — ele indagou depois de alguns momentos.

Passei a mão pelo rosto.

— Porra nenhuma.

— Quando eles a levaram?

— Às oito. Não sei quando começaram. Ainda deve ter demorado um pouco.

— Quanto tempo essa cirurgia deve durar?

Era isso que estava me assustando. Quando conversamos com o médico e perguntei a ele quanto tempo essas cirurgias geralmente duravam, ele não me deu uma resposta direta, o que era esperado, mas disse que outras, anteriores, duraram entre quarenta e cinco minutos e três horas. Havíamos ultrapassado a marca de três horas há um tempo, então eu sabia que algo devia ter dado errado.

Esfreguei a mão sobre o coração quando senti um aperto doloroso.

— Ela já deveria ter saído.

Raymond olhou para mim e não disse mais nada.

Tudo o que eu pude fazer foi brincar com a aliança dela, que era um peso morto no meu bolso, e esperar que ela estivesse bem e firme. Ficamos assim por mais duas horas até que finalmente uma maldita enfermeira se aproximou de nós, em vez de ir falar com outra pessoa.

Eu me levantei, meus membros formigando por todas as horas que passei sentado naquela cadeira desconfortável.

— Ela saiu da cirurgia, está na sala de recuperação. — A enfermeira sorriu para nós, como se tudo estivesse perfeitamente bem. Ela deveria ter saído horas atrás.

— Quando eu posso vê-la? — rosnei.

— Vamos para o quarto dela agora, e você pode esperar lá.

— Eu acho que já esperei o suficiente — rebati. — Leve-me para vê-la.

A enfermeira perdeu o sorriso e fez uma careta para mim. Melhor assim.

— Ela está em cirurgia há algum tempo, então estamos ansiosos para vê-la — falou Raymond. — Esperá-la no quarto seria ótimo, obrigado.

A mulher, provavelmente na casa dos cinquenta, com base em seus cabelos naturais grisalhos, perdeu parte de sua aparência severa, com a qual eu não me importava, e então ela suspirou.

— Eles a levarão para o quarto assim que ela estiver pronta. Eles precisam ficar de olho nela até que comece a voltar da anestesia.

— Ela está bem? — apressei as palavras, dando um passo à frente. — Algo deu errado?

— Tenho certeza de que ela está bem. O médico irá ao quarto para verificar as coisas mais tarde e poderá fornecer mais informações. Agora me siga, por favor.

No quarto dela, nada mudou. Eu mal observei os arredores enquanto entramos no quarto privado pelo qual paguei. Havia uma grande TV presa à parede, do outro lado da cama, um sofá de couro embaixo da grande janela onde a cidade inteira se mostrava à sua frente e, em seguida, duas cadeiras confortáveis o suficiente no lado esquerdo da cama. Havia também uma porta para o que parecia ser um banheiro privativo no lado esquerdo, assim que você entrava no quarto. Raymond ficou mais perto da porta, com seus balões ridículos e alegres, e sabiamente fora do meu caminho quando eu comecei a andar de novo.

— Amarre essas coisas estúpidas a uma cadeira ou algo assim. Você parece ridículo, pelo amor de Deus — rosnei ao vê-lo ali parado. Ignorei a contração dos lábios de Raymond.

Uma hora – eles levaram mais uma hora para levá-la. Assim que começaram a trazer a cama, corri para o lado dela. Tive problemas em manter distância enquanto eles a transferiam para a cama.

Seus olhos mal estavam abertos, ela tinha algo que parecia um absorvente interno no nariz e uma leve contusão no olho direito. Movi meu olhar por cada centímetro do rosto e do corpo dela, mas, fora isso, não via nada de errado. Ela aparentava cansada e desgastada, mas parecia estar bem.

— Como você está se sentindo? — perguntei assim que os enfermeiros que a levaram deixaram o quarto.

Ela pegou minha mão, e meu maldito coração pulou uma porra de batida. Agarrei-a com as duas e segurei firme.

Os olhos dela estavam suspeitosamente molhados.

— Sinto-me muito cansada. Minha cabeça dói e meu estômago está doendo, mas acho que estou bem. Como foi? Que horas são? — ela resmungou, sua voz quase inaudível.

Tirei a franja bagunçada do seu rosto e me inclinei para pressionar um beijo em sua testa.

— Você tirou dez anos da minha vida, Rose — sussurrei próximo à sua orelha, descansando minha têmpora contra a dela. — Não sei como você vai me compensar por isso, mas é melhor pensar em alguma coisa.

Ela tentou franzir a testa, mas não parecia conseguir controlar os movimentos completamente.

— O quê? Do que você está falando?

— Você ficou em cirurgia por sete, quase oito horas.

— Oh. Tanto tempo? Eu não percebi.

Ela lentamente levantou a mão, que ainda tinha uma pequena agulha presa, e tocou cautelosamente a lateral do nariz.

— Acho que há um tampão aí — comentei desnecessariamente.

Seus olhos percorreram o quarto e avistaram Raymond um momento depois.

— Oh, Ray. Oi. — Ela fez uma pausa como se estivesse esperando as palavras certas surgirem. — Eu sinto muito. Não vi você.

Ray.

Agarrei a grade da cama, me perguntando o que diabos havia de errado comigo, porque, de repente, eu estava agindo de maneira irracional, especialmente porque não era a primeira vez que ela o chamava de Ray.

Ele se adiantou com os malditos balões, e o sorriso de Rose ficou maior.

— Você me trouxe balões? Muito obrigada. — Ela olhou para mim. — Jack, ele me trouxe balões.

Eu não tinha levado merda nenhuma. Lancei outro olhar assassino a Raymond.

— Não são meus, infelizmente — começou Raymond. — Passei na sua loja antes de vir para cá, e Sally queria que eu os trouxesse para você, para que pudesse vê-los quando acordasse. Como você está, garotinha?

Eu relaxei com o apelido de Raymond para Rose e vi o sorriso dela ficar todo vacilante.

— Eu estou bem, acho... um pouco tonta, e me sinto um pouco aérea. Minha cabeça dói... eu disse isso? Mas estou me sentindo melhor do que eu esperava. Devo estar horrível — ela murmurou e tentou rir, o som nada parecido com seu riso cálido de sempre.

Apertei a mão dela, e seus olhos se voltaram para mim quando eu disse suavemente:

— Você está linda.

Ela gemeu, tentando se sentar um pouco mais ereta.

— Uh... Oh, eu realmente devo estar horrível. — Ela olhou de volta para Raymond. — Os elogios habituais de Jack são mais como "Você está horrível", "Você parece cansada", "Você parece um inferno", ou "Você parece um caos". — Fiz uma careta, e ela abriu um sorriso suave e cansado. — Perdi alguma coisa?

— Acrescentarei novos elogios à sua lista assim que você sair daqui. Não se preocupe.

— Obrigada por tentar me fazer sentir melhor.

O riso reprimido de Raymond chamou minha atenção, e eu olhei para ele por cima de Rose.

Ele deu um tapinha na perna dela, bem suave.

— Ele não está mentindo. Para alguém que acabou de sair de uma cirurgia de sete horas, você está ótima. Vou deixar vocês dois sozinhos. Só queria dizer oi e ver como você está. — Seus olhos encontraram os meus. — Se precisar de alguma coisa, estarei esperando por perto. — Balancei a cabeça e, depois de outro olhar para Rose, ele saiu.

Seus olhos estavam começando a se fechar, mas, quando dei um aperto suave em sua mão, ela virou a cabeça na minha direção.

— Jack...

— Como estamos indo? — Uma enfermeira ruiva mais velha chamada Kelly entrou e começou a verificar a pressão arterial de Rose. — Tudo certo? — ela perguntou com um sorriso generoso.

— Acho que sim — respondeu Rose.

— Sua pressão está boa. Vamos ver se você está com febre.

— O médico está vindo? — questionei, e ela virou o sorriso para mim.

— Ele estará aqui em breve. Precisamos iniciar outro intravenoso em você, para que possa se sentar e relaxar. Se sentir dor, eu lhe darei um analgésico depois do jantar. Pode ser?

— Ok.

— Você não está com febre, o que é ótimo. Voltarei e verificarei tudo de hora em hora. Ok?

A enfermeira saiu e a cabeça de Rose girou em minha direção contra o travesseiro.

— Oi, Jack.

Olhando nos olhos dela, estendi a mão direita e passei as costas dos dedos por seu rosto.

— Ei.

— Quão ruim é a minha aparência? Você não precisa mentir. — Sua voz ainda estava rouca.

— Ruim o suficiente.

Seus lábios se curvaram um centímetro mais ou menos, e seus olhos se fecharam.

— Parece mais com algo que você diria.

A enfermeira entrou com a bolsa intravenosa, então tive que tirar a mão do seu rosto.

O médico chegou duas horas depois, após Rose tirar pequenos cochilos com a boca aberta, entre a medição da pressão arterial e a febre. Toda vez que ela acordava, olhava ao redor e dizia meu nome quando seus olhos encontravam os meus. Todas as vezes eu me levantava e ia para o lado dela para lhe garantir que eu não havia ido embora.

Minha aparência era um inferno. Mais do que isso, eu sentia como se estivesse vivendo *no* inferno. Não estava preparado para coisas assim. Não sabia as palavras certas a dizer. Era mais provável que estragasse tudo.

— Como estamos indo? — Martin perguntou.

Rose tinha acabado de acordar, então ela se sentou na cama.

— Não tão mal — disse ela. — Meu estômago está doendo um pouco.

— Sim. Você se lembra do que falamos antes, certo? Para consertar o vazamento, precisávamos de cartilagem e outros tecidos do nariz, do estômago ou da parte de trás da orelha e...

— Eu pensei que você tinha dito que seria do nariz — interrompi.

— Sim, esse era o plano inicial, mas o vazamento era maior do que esperávamos.

— Foi por isso que durou mais de sete horas?

— Sim. O vazamento era maior e mais afastado do que esperávamos, por isso demorou um tempo para remendá-lo e, se tivéssemos tirado o tecido só do nariz, não seria suficiente. Também não esperava que a operação demorasse tanto tempo. Como discutimos antes, normalmente leva poucas horas, no máximo, mas foi bem-sucedida, e é isso que importa.

— Eu realmente não consigo respirar pelo nariz — disse Rose, chamando a atenção do médico.

— Isso é normal. Está com ele selado e terá que ficar assim por pelo menos dois, talvez mais três dias.

— Quando terei alta?

Ele deu um sorriso para Rose.

— Tentando fugir de nós tão rápido?

— Não, eu apenas...

Ele deu um tapinha no braço de Rose.

— Isso é bom. Você será nossa hóspede por mais alguns dias, talvez uma semana. Precisamos ficar de olho em você por um tempo e ver como estão as coisas.

Eles haviam operado tão perto do cérebro dela e, devido ao rasgo na membrana, não havia proteção.

— A infecção é uma preocupação? — perguntei.

— Infecções sempre são uma preocupação com qualquer operação. Como chegamos muito perto do cérebro, precisamos ficar de olho para garantir que tudo se recupere bem.

— Quando saberemos se ainda está vazando? — Rose perguntou.

— Solicitarei outra tomografia em alguns dias, depois de retirar os curativos e ver como estão as coisas. Depois que você sair daqui, precisarei que faça outra ressonância magnética em algumas semanas. — Rose ficou rígida na cama. — Eu sei que você tem problemas com isso, mas precisamos ver se está tudo bem.

Ela assentiu, e eu peguei sua mão. Parecia que eu não conseguia mais me controlar.

— Ok. Virei verificar você todos os dias, mas há algumas coisas que necessita saber antes de partir: preciso que você tome alguns comprimidos de manhã e à noite. A enfermeira os trará antes das suas refeições. Além disso, haverá um xarope para constipação que precisará tomar duas vezes ao dia. — Rose gemeu, e eu segurei seus dedos com mais força. — Você não pode se esforçar de forma alguma. Precisa continuar tomando o xarope mesmo depois de nos deixar, provavelmente por cerca de um mês. Não se incline para a frente porque não queremos pressão no seu crânio. Depois que sair do hospital, você precisará permanecer na cama por pelo menos mais duas semanas e manter a cabeça erguida com dois ou mais travesseiros. Enquanto isso, vai nos visitar para fazer check-ups e falaremos sobre tudo isso com mais profundidade quando estiver pronta para sair. Por enquanto, não incline a cabeça para baixo, nem espirre.

— Não vou poder dormir de bruços, então?

— Não. Receio que isso não seja possível por um bom tempo. Alguns meses. Se você não tiver mais perguntas, te vejo amanhã.

Outra rodada de verificação de pressão e febre aconteceu pouco antes de seus funcionários, e agora amigos, aparecerem com pãezinhos de canela, brownies e dois sanduíches.

Quando Sally se aproximou, Owen ficou para trás, ao pé da cama. Eu estava de pé no lado esquerdo dela.

— Oi — Rose sussurrou para uma sorridente Sally.

— Ei — ela respondeu. — Desculpe, não pudemos vir antes. Recebemos todas as boas notícias de Raymond. Como você está?

Ela balançou a mão em um gesto de mais ou menos.

— Como foi no café?

— Tudo ocorreu bem. Nem se preocupe com nada a respeito disso.

Os olhos dela foram para Owen.

— Obrigada por aceitar o trabalho em tempo integral, Owen. Não sei o que faria se você não aceitasse.

— Nós encontraríamos outra pessoa — interrompi, mas ela parecia me ignorar.

Eles ficaram por mais dez minutos e saíram depois de prometer ligar algumas vezes no dia seguinte com atualizações sobre como as coisas estavam indo.

O jantar dela chegou alguns minutos depois.

— Eu não quero nada — protestou Rose.

— Você precisa comer para poder tomar os remédios. Ouviu o médico.

— Só um pouco, então.

— Sim, apenas um pouco. — Abaixei os trilhos e me sentei na beira da cama depois que a ajustamos para que ela pudesse ficar na vertical o suficiente para comer algumas garfadas do ensopado de carne e arroz. Ela mal conseguia levantar os braços, muito menos se alimentar. — Como você está se sentindo?

— Ainda um pouco zonza, eu acho, e muito, muito cansada.

— Você quer comer um pouco do sanduíche que Sally trouxe?

Ela torceu o nariz.

— Acho que não conseguiria comer um sanduíche agora. Algo macio é melhor.

Cortei um pequeno pedaço de batata e gentilmente o coloquei em sua boca aberta. Ela mastigou muito lentamente.

— Não consigo respirar pelo nariz, Jack.

— Dr. Martin disse que isso era normal.

Em seguida, dei-lhe um pedaço de carne, seguido de um pouco de arroz.

Eu me senti um verdadeiro idiota, porque havia algo em alimentá-la que estava me afetando. Era uma intimidade que não tínhamos compartilhado antes.

— Você gostaria de um pouco de água?

— Me desculpe — disse ela, ainda mastigando quando desviou o olhar de mim pela primeira vez.

— Desculpe pelo quê?

— Você está fazendo muito mais do que acordamos.

Tentei não ficar tenso e continuei alimentando-a em pequenas porções.

— Eu pensei que tínhamos combinado de não fingir mais. Ou você esqueceu o que disse antes da cirurgia?

— Eu... — Coloquei outra garfada de arroz e batatas em sua boca antes que ela pudesse responder. — Claro que eu lembro, mas, ainda assim, isso é...

— Se você se lembra, pare de dizer coisas estúpidas e continue comendo.

Um sorriso apareceu em seus lábios.

— Ok.

Eventualmente, as enfermeiras mudaram de turno e, após a última verificação, apaguei as luzes.

Os olhos de Rose me seguiram enquanto eu voltava para o lado dela, seu corpo ligeiramente virado para a direita, a cabeça voltada para cima.

— O que há de errado? — perguntei, puxando as cobertas mais alto para que seus ombros ficassem cobertos.

— Meu nariz está um pouco sensível. Dói quando toco.

— Pare de tocá-lo, então. Você quer água?

— Um pouco.

Eu a ajudei a se levantar, e ela tomou um gole de canudinho, muito pouco.

— Suficiente?

Ela assentiu e se acalmou.

Eu me virei para colocar a garrafa de água na mesa de cabeceira.

— Jack?

— Estou bem aqui, Rose.

— Talvez devêssemos conversar mais.

— Sobre?

— Você sabe...

— Em alguma outra hora.

— Você vai ficar?

— O quê?

— Você vai ficar esta noite?.

Não estava completamente escuro no quarto, mas ainda era difícil para mim ver seus olhos e tentar entender o que estava acontecendo em sua mente. Seus olhos sempre revelavam suas emoções.

— Você não trouxe nada, nem roupas, nem bolsa, então eu não tinha certeza se ficaria esta noite. Você trabalha amanhã, então se não puder... tudo bem.

Tudo que eu conseguia ouvir pelo seu tom de voz era que ela queria que eu ficasse com ela. Eles não poderiam me expulsar, mesmo se tentassem.

— Eu esqueci de trazer uma bolsa. Não estava pensando — murmurei.

Ficamos em silêncio por alguns momentos.

— Então você vai ficar?

Inclinei-me, pressionando um beijo suave no canto dos seus lábios quando ela fechou os olhos.

— Sempre — eu disse, minha voz soando bruta. — Mesmo quando chegar a hora de você não me querer mais por perto.

Ela sorriu um pouco.

— Eu gosto de ter você por perto, então duvido que isso aconteça.

Queria que isso fosse verdade.

— Ok. Agora cale a boca e descanse um pouco.

Capítulo Vinte e Um

ROSE

Os próximos dias que passei no hospital foram difíceis. Tive mais exames e consultas médicas, e senti que estava prestes a perder a cabeça. Nunca apreciei o ar livre tanto quanto naquele quarto de hospital.

Os únicos bons momentos aconteciam à noite, com Jack.

Eu não tinha certeza se estava me sentindo mais vulnerável por causa da cirurgia e da minha doença, mas o que eu estava começando a sentir por ele parecia triplicar todas as noites que passávamos juntos naquele espaçoso quarto de hospital que eu não poderia pagar sozinha.

Era a segunda ou terceira noite, e eu estava tendo problemas para dormir por precisar respirar pela boca, e simplesmente não conseguia me sentir confortável com o fato de não poder respirar pelo nariz.

O quarto estava escuro quando ele falou, e o mundo fora dali estava silencioso, a não ser pelos passos das enfermeiras que verificavam os pacientes de vez em quando.

— Você não está dormindo — disse Jack calmamente. Não era uma pergunta.

Eu estava de costas para ele, porque queria que ele dormisse um pouco e não tivesse que se preocupar comigo. Ele se preocupava bastante, e perceber esse fato me deixava extremamente feliz. Girei devagar, certificando-me de não ficar completamente deitada e minha cabeça, inclinada em direção ao teto.

Não estava totalmente escuro no quarto, não com todas as luzes da cidade e a luz que deslizava por baixo da porta do corredor, mas também não estava tão claro como o dia. Ele estava deitado no sofá, com as pernas cruzadas nos tornozelos. Usava calça e um suéter fino azul-marinho, que eram suas roupas casuais. Não sabia por que ele não usava algo mais confortável.

— Não — respondi. — Mas estou tentando.

— Precisa de alguma coisa?

— Não. Obrigada. Você está bem aí?

— Estou bem. Tente dormir.

Ficamos em silêncio por um longo tempo. Eu estava olhando para o teto quando ele falou novamente.

— Começou a nevar.

Virei a cabeça e olhei pela janela. Com certeza, dava para ver os flocos brancos voando. Era bonito e, se continuasse daquela forma, a cidade seria coberta de branco. O inverno em Nova York era minha época favorita do ano, e o Natal chegaria em breve – eu não estaria plenamente recuperada, mas, ainda assim... o Natal estava chegando.

— Primeira neve do ano... é sempre tão linda. Eu gostaria que pudéssemos sair e realmente senti-la. Eu amo neve.

— Teremos mais oportunidades.

— Jack? Posso pedir uma coisa?

— Claro.

Antes que eu pudesse dizer o que queria, ele estava de pé e ao meu lado. Olhei para ele no escuro. Não conseguia definir claramente seus traços, mas tinha certeza de que ele estava incrível. Ele sempre estava. Era sempre tão elegante, e, mais do que isso, havia algo sobre o modo como se comportava, tão confiante e distante. Era fascinante. O fato de ele parecer uma estrela de cinema – uma bem mal-humorada – era apenas um bônus.

— Você precisa de água?

Passou os dedos pelos meus cabelos e esperou que eu respondesse. Ele vinha fazendo muito isso nos últimos dias, e foi por isso que não achei que me recusaria quando fiz meu próximo pedido.

— Você poderia se deitar comigo? — Seus dedos pararam de mexer no meu cabelo. — Eu sei que não seria confortável, mas apenas por um tempo.

— Você está com frio?

— Não.

Antes que ele pudesse negar, eu me afastei para lhe dar um pouco de espaço. Graças ao quarto privativo, a cama não era tão pequena quanto as normais de hospital. Sem dizer mais nada, ele se deitou ao meu lado.

Eu me virei de lado.

— Você deveria se deitar de costas, não de lado.

— Obrigada por me lembrar, doutor, mas a parte de trás da minha cabeça está formigando e mal consigo senti-la. Vou ficar assim por alguns minutos, só isso.

Ele finalmente virou a cabeça para olhar para mim.

— Como está se sentindo?

— Melhor. Não sinto muita dor, o que é surpreendente. As dores de cabeça também não são tão ruins. Acho que já poderia ir para casa.

Notei seus lábios se curvando um pouco.

— Não tão rápido. Vamos ficar aqui mais alguns dias.

Então a tentativa não funcionou.

— Você não está indo trabalhar.

— E?

— Você pode tirar tantos dias de folga assim?

— Eu posso fazer o que eu quiser.

— Mas você não tem clientes e coisas para as quais precisa voltar?

— Você está tentando se livrar de mim, Rose?

Cheguei mais perto dele e coloquei a mão em seu rosto.

— Não. — Eu não queria me livrar dele. Puxei a coberta sobre a qual ele estava deitado e, assim que se moveu para o lado e consegui tirá-la, joguei-a sobre ele, me inclinando e me certificando de que ele estava coberto.

— O que está acontecendo?

— Só para você não ficar com frio — murmurei, segurando-o ao meu lado. Era como se eu quisesse dizer *Só assim você não pode sair daqui*.

Ele virou de lado também, olhando diretamente para a minha alma.

— O que está acontecendo? — ele repetiu, mais suave.

— Por favor, me diga que isso é real — sussurrei. — O que estou começando a sentir por você... o que acho que temos. Por favor, me diga que é real e não estou apenas imaginando.

Minha mão direita estava apoiada no meu quadril e, um segundo depois, estava em seu peito largo, nossos dedos entrelaçados.

— Você não está imaginando.

— Você acha que é uma boa ideia?

— Você e eu?

Assenti.

— Quem se importa se é uma boa ideia. Nós já estamos casados, então... não há razão para não fazermos isso.

— Sério? — Fiquei animada. — Eu estava pensando a mesma coisa. Seria um desperdício de casamento.

— E se você achar que não está funcionando ou que eu não sou o que você quer, podemos voltar ao início.

— O mesmo vale para você, é claro. Às vezes, eu posso ser difícil. Sei disso.

Jack riu, e isso aqueceu algo dentro de mim. Ele soltou minha mão e segurou meu rosto. Os pelos dos meus braços se arrepiaram, e eu não pude fazer nada além de diminuir a distância entre nós, precisando me aproximar dele. Apenas alguns centímetros foram deixados entre nós.

— Eu sou o difícil neste relacionamento, e nós dois sabemos disso — disse ele.

Gentilmente, encostei a cabeça em seu ombro, mas ele levantou o braço para que eu pudesse me deitar em seu peito. Nós nos acomodamos melhor depois disso.

Ele moveu a mão sob as cobertas e algo surgiu entre os dedos.

Meu coração pulou no peito quando vi o que ele tinha para mim.

— Minha aliança!

— Pensei que só deveria entregar quando você estivesse se sentindo melhor — explicou.

— Eu estou bem. Estou bem. — Ergui a mão entre nós, impaciente para que ele a colocasse novamente. As pontas dos dedos alisaram ao longo do meu dedo anelar e ele deslizou o anel até que estivesse firmemente no lugar. Fiquei olhando para ele por algum tempo no escuro.

Fechei os olhos e soltei um suspiro profundo.

— O que você acha de quintas-feiras?

— O que devo achar sobre elas?

— Pizza, talvez? Podemos fazer massas às segundas e pizza nas quintas.

— Podemos diversificar os recheios.

— Parece divertido.

— Ótimo. Agora durma.

Com um sorriso no rosto, me aconcheguei mais nele.

— Tenho um bom pressentimento, Jack Hawthorne. Tenho um pressentimento muito bom sobre isso.

Eu sorri ainda mais quando ele sussurrou:

— Vai dar certo. Eu prometo a você, Rose.

Jack e eu permanecemos ali, em uma cama de hospital desconfortável, sussurrando nossos segredos, sonhos e promessas um para o outro. Estávamos nos abraçando como se o que tínhamos, o que estávamos formando e construindo, pudesse ser tirado de nós assim que surgisse a luz do sol.

Quatro dias depois da cirurgia, eles finalmente tiraram o curativo do meu nariz, e dizer que foi uma experiência e tanto seria um eufemismo. Não tenho vergonha de admitir que chorei por dez minutos depois que tudo terminou, quando Jack me deixou abraçá-lo com força e me disse para parar de chorar. Parecia que eu estava finalmente caindo na real, e, então, quando tiraram aquela maldita coisa – que eu pensava ter apenas alguns centímetros, mas na verdade chegava até a minha testa, se não mais alto –, eu não consegui me controlar por mais tempo. Eu não tinha chorado desde a cirurgia, então me sentia vitoriosa.

As noites com Jack continuavam sendo os destaques do meu dia. Eu estava secretamente esperando que dormíssemos na mesma cama quando voltássemos para o apartamento dele, porque eu já estava me acostumando a sentir seu corpo ao lado do meu.

Quando conheci e me casei com esse homem, eu não o havia entendido, mas ele me surpreendera a cada momento desde o primeiro dia. Eu não conseguia acreditar que tinha pensado que o homem deitado ao meu lado era frio e desapegado. Ele provara o contrário com suas ações inúmeras vezes.

Com tudo isso em mente, fiquei surpreendentemente arrasada por deixar o hospital, com medo de que as coisas mudassem assim que voltássemos ao mundo real, enquanto o dr. Martin me dava as últimas recomendações no dia em que recebi alta.

— Você precisa ficar de repouso por duas semanas, Rose.

— Posso voltar ao trabalho depois disso?

— Você tem um café, certo? — ele perguntou.

— Sim. Não vou trabalhar muito, mas gostaria de voltar o mais rápido possível.

— Bem. Você pode voltar ao trabalho, mas não pode trabalhar como costumava. Não exagere. Fique sentada e supervisione, e apenas algumas horas no início. Escute o seu corpo. Se ele estiver cansado, você para o que estiver fazendo. Nada de levantar peso, nada além de alguns quilos. Nenhum espirro. Sem sexo, sem álcool. Você tem que ir com calma.

Eu só me agarrei a uma coisa.

— Sem sexo? — Eu podia sentir os olhos de Jack queimando em mim, mas mantive contato visual com o médico.

— Sim, sem sexo por um bom tempo.

— O que é exatamente um bom tempo? — insisti, provavelmente surpreendendo a todos no quarto.

— Pelo menos três meses. Sem álcool por pelo menos três meses e sem viagens de avião, porque esse tipo de pressão pode desfazer nosso trabalho. Qualquer coisa que possa criar pressão no seu crânio deve ser evitada.

— Ok. Nada de sexo por três meses.

O dr. Martin soltou uma risada alta, e eu não pude deixar de sorrir para ele.

— Quero vê-la na próxima semana e, em mais duas, tiraremos os pontos do seu estômago. — Ele voltou sua atenção para Jack. — Você tem meu número pessoal se acontecer alguma coisa ou tiver alguma dúvida, e não hesite em ligar para mim. Vejo vocês na próxima semana.

O médico foi embora e ficamos sozinhos mais uma vez. Jack virou-se para mim com uma carranca no rosto.

— Sinto muito — comecei antes que ele pudesse dizer qualquer coisa. — Eu sei que você não consegue tirar as mãos de mim, então vai ser difícil para nós. Depois de todo o sexo que tivemos até agora em nosso casamento, três meses parecerão uma eternidade. Espero que você possa sobreviver.

— Espertinha — ele murmurou. Balançando a cabeça, ele foi até o pequeno armário e pegou minha bolsa para que eu pudesse trocar de roupa. Deslizei para a beira da cama e peguei-a da mão dele, mas somente depois que me inclinei e o beijei na bochecha. Havia algo em poder beijá-lo quando não havia ninguém por perto que me encantava. Ele devia pensar que eu era ridícula, mas não o vi tentar me impedir nem uma vez. Ele sempre colocava a mão ao redor da minha cintura, me segurando por mais tempo. Eu tinha certeza de que ele também gostava.

— Como prendo um espirro, a propósito? — perguntei enquanto vasculhava minha bolsa sem olhar para ela, tentando encontrar as meias.

— Não faço ideia, mas você não tem permissão para espirrar, por isso sugiro que descubra rapidamente.

Depois de uma hora esperando e assinando coisas, finalmente saímos do hospital e fomos recebidos pelo frio. As calçadas estavam lamacentas e molhadas com neve derretida, mas o ar... Deus, estar finalmente livre de hospitais e do lado de fora, segurando a mão de Jack até o carro... era indescritível.

Depois de dar um olá rápido a Raymond, a primeira coisa que pedi para ele foi que me levasse até o Café da Esquina.

Capítulo Vinte e Dois

JACK

Tínhamos acabado de entrar no apartamento. Deixei a bolsa cair ao lado da porta e a ajudei a tirar o casaco. Então não aguentei mais. Segurei sua cintura e a puxei em minha direção gentilmente. Ela se apoiou com as palmas das mãos no meu peito, mas não me afastou.

Olhei nos olhos dela.

— Oi.

Os lábios dela se contraíram.

— Oi de novo. Estou zangada com você.

— Eu sei. — Ela ficou chateada comigo porque não a deixei dar uma olhada rápida no Café da Esquina. Antes que um protesto pudesse deixar sua boca, eu não hesitei, apenas a tomei na minha e roubei seu fôlego, novamente sendo gentil. Seus dedos se curvaram lentamente, e ela segurou meu suéter. Facilitando o beijo ainda mais, suguei sua língua e depois me permiti dar pequenos beliscões em seus lábios para que ela pudesse recuperar o fôlego. Eu sabia que ainda estava tendo problemas para respirar pelo nariz. — Eu meio que gosto quando você está com raiva de mim. — Seus olhos fechados se abriram lentamente.

— Isso não melhora as coisas.

Eu a soltei e ela cambaleou um pouco.

— Eu imagino que não. Tartaruga demais?

— Na verdade, a quantidade certa de tartaruga, mas não esqueci o fato de que você não me deixou dar uma olhada rápida na minha loja.

Ela parecia estar adorando brigar comigo, e quanto mais isso me frustrava, mais ela parecia gostar. Eu apenas aproveitava cada minuto que passava com ela.

Decidi mudar de assunto.

— O que você acha de trocar as flores da loja por algo mais verde e natalino? Chegou a hora, não é? Em breve será dezembro.

Ela ficou parada, e eu vi seus olhos se arregalarem, então, ela levou a mão ao nariz.

Minha adrenalina aumentou e eu voltei para o lado dela, segurando seu rosto para inspecioná-lo.

— O que está errado? O que está acontecendo, Rose?

Ela levantou a mão e me fez esperar mais dez segundos.

— Acabei de aprender a não espirrar.

Engoli em seco, e meu batimento cardíaco lento acelerou novamente.

— Você vai ser uma paciente difícil, não é?

— O quê? O que eu fiz?

Eu não conseguia ficar distante nem manter minhas mãos e lábios longe dela por muito tempo, ao que parecia. Voltei e segurei seu rosto, pressionando um beijo prolongado em sua têmpora.

— Vamos lá, vamos carregar você lá para cima. Ou você consegue subir as escadas?

— Você tem trabalho a fazer?

— Sim.

— Se for trabalhar na sala, posso me deitar no sofá e te fazer companhia. Fico quieta, prometo.

Em vez de seguir para as escadas, eu a guiei para a sala e a ajudei a deitar-se no sofá.

— Tudo ok? — perguntei quando notei que ela estava um pouco sem fôlego.

— Sim, estou bem. Como é que me sinto tão cansada depois de um passeio de carro e subir de elevador?

— Além de caminhar pelos corredores do hospital, você não se moveu muito na semana passada e fez uma grande cirurgia. Isso é normal. Fique aqui enquanto vou pegar alguns travesseiros para manter sua cabeça erguida e algo para te cobrir.

Inclinei-me e toquei seus lábios com os meus.

Os olhos dela estavam parcialmente fechados, os lábios curvados.

— A propósito, não acredito que a palavra *natalino* saiu da sua boca.

— Só saiu da minha boca porque eu estava repetindo suas palavras.

— Claro, continue dizendo isso a si mesmo.

Ela conseguiu ficar quieta por uma hora e meia antes de começar a falar comigo, e dormiu oitenta dos noventa minutos. Acontece que eu podia trabalhar tão bem na sala de estar enquanto ouvia e conversava com Rose quanto no meu escritório.

Passamos mais uma semana enfiados no apartamento. Fui trabalhar, e Rose ficou em casa. Segundo ela, fez muito planejamento para sua cafeteria. Ela queria guirlandas nas janelas – grandes. Aparentemente, nenhuma parecia perfeita o suficiente. Eu disse a ela que a levaria lá e as colocaria bem na sua frente. Também disse que só poderíamos fazer isso na semana seguinte, se ela estivesse se sentindo melhor, e entramos em uma discussão sobre como ela ficaria louca dentro de casa e que poderíamos lidar com o trabalho por apenas algumas horas para verificar as coisas. Eu amei cada segundo e, se o nosso beijo após a breve discussão era algo a se levar em conta, ela concordava comigo. Logo depois, ela adormeceu, provando meu argumento de que não estava pronta para ir a lugar algum.

Nos primeiros dias depois de voltarmos do hospital, ela ficava tonta e sem fôlego só de subir as escadas. Depois disso, começou a passar a maior parte do tempo no sofá até eu terminar o trabalho – que eu ainda estava colocando em dia – e depois a carregava para o andar de cima.

No final daquela primeira semana, fomos ao hospital, e eles limparam o nariz dela. Ainda havia sangue escorrendo, mas, apesar disso, Rose estava cada vez melhor.

No final da segunda semana de descanso, começou a chorar pelo menos uma vez por dia.

— Jack. Eu quero sair, *por favor*.

— Você nem percebe o quanto está partindo o meu coração com todo esse choro?

Ela me beijou depois disso. Ela me beijou por um longo tempo.

Georgie e Emma, duas de suas amigas, vieram visitá-la e ver como ela estava. Senti falta delas no hospital, mas as encontrei quando foram ao apartamento. Eu me senti como um idiota apaixonado por pairar ao redor de Rose, caso precisasse de algo, e fui trabalhar enquanto elas lhe faziam companhia. Todo dia que eu saía para o trabalho mal podia esperar para voltar, sabendo que a veria sorrir assim que me visse e se levantar para me receber no meio da sala.

Assim que suas duas semanas de descanso passaram, ela exigiu ir verificar as coisas no café.

— Você ouviu o que o médico disse: duas semanas de descanso na cama, então eu poderia ir trabalhar.

— Rose, você ainda não consegue subir as escadas sozinha sem ficar tonta. Como acha que pode ir trabalhar?

— Talvez eu goste de você me carregando lá para cima. Já pensou nisso?

— É isso? — perguntei, erguendo a sobrancelha.

— Eu gosto quando você me carrega...

— Mas...

— Eu não vou me sobrecarregar, Jack. Confie em mim. Não vou arriscar passar pelo mesmo tormento novamente. Só vou me sentar atrás do balcão, só por algumas horas.

— Se você quiser voltar, ligue para mim e eu vou buscá-la ou posso enviar Raymond para isso.

— Combinado.

Ela se aproximou de mim, agarrou as lapelas do meu paletó e fez o possível para me puxar para baixo. Depois de me dar um beijo rápido que não ajudou em nada a saciar a sede sem fim que eu tinha por ela, sussurrou contra os meus lábios:

— Acho que gosto quando você se preocupa comigo. É muito sexy, Jack.

Com um novo brilho nos olhos, ela mordeu o lábio, e eu percebi que estava me seduzindo e se afastando de mim ao mesmo tempo. Querendo parar aquele jogo bobo, eu a puxei de volta e tomei seus lábios com um beijo melhor e mais longo do que ela havia me dado. Nós dois estávamos sem fôlego, e meu pau tinha ideias muito diferentes sobre como deveríamos passar o dia. Forcei-me a soltá-la e a levei para sua amada cafeteria.

Durante a hora do almoço, eu me vi na porta dela com três malditos buquês de rosas. Ela estava sentada atrás da registradora, conversando e rindo com Sally. A loja estava cheia de pessoas, tanto nas mesas quanto no balcão. Ela ganhava vida naquele lugar, parecia perfeita com um sorriso no rosto, e eu fiquei feliz por ter contribuído para que ela pudesse ter sua cafeteria – não importa *como* eu tivesse participado.

Foi então, naquele momento, que decidi que não ia contar nada a ela, porque não suportava a ideia de perdê-la, não quando podia ver que ela estava começando a se apaixonar por mim ao mesmo tempo em que eu estava começando a me apaixonar por ela também. Eu esconderia a verdade alegremente e sem me arrepender, se isso significasse fazê-la feliz e mantê-la em minha vida.

Algumas pessoas que estavam ocupando a mesa em frente à sua pequena biblioteca saíram do café, passando por mim, e finalmente saí do transe. No instante em que a campainha no topo da porta tocou, sua cabeça girou levemente e seus olhos se voltaram para mim. Eu sorri para ela, e seu sorriso aumentou. Então ela notou as flores nos meus braços. Gentilmente, deslizou pelo banquinho e deu a volta no balcão, me encontrando no meio do caminho. Mesmo que tivéssemos nos separado apenas algumas horas antes, eu mal conseguia tirar os olhos dela. Eu nunca me cansaria daquele sorriso.

Estávamos a poucos centímetros de distância quando ela parou e sussurrou, insegura:

— Tudo bem se eu te beijar?

Eu perdi meu sorriso e franzi a testa para ela.

— Que tipo de pergunta é essa?

— Nós não nos beijamos em público desde que decidimos... — Ela movimentou suas mãos entre nós. — Isto.

Eu segurei a parte de trás da sua cabeça e me inclinei para sussurrar em seu ouvido:

— Que tal experimentar e ver o que acontece? — Quando nossos olhos se encontraram, os dela estavam sorrindo para mim. Finalmente, ela inclinou a cabeça para trás, seus lábios tocaram os meus e ela abriu a boca. Alguns segundos depois do beijo, exatamente quando estava ficando ainda melhor, tivemos que parar porque um novo grupo de clientes entrou.

— Pronto — eu disse, com a voz rouca.

— Pronto — ela ecoou, sua voz também rouca. Ela sorriu para mim e me puxou para o lado, enquanto Sally cuidava dos recém-chegados. — As rosas são para mim, eu suponho — ela falou, cambaleando um pouco.

Finalmente me lembrei daquelas coisas malditas e as entreguei. Ela as pegou dos meus braços com uma gentileza que partiu meu coração. Na primeira vez que eu trouxe flores para ela no dia da abertura, ela fez a mesma coisa, com uma expressão que dizia que mal podia acreditar que todas eram para ela. Isso me irritou e partiu meu coração. Eu teria comprado flores para ela todos os dias se isso significasse que aquele olhar desapareceria do rosto dela com o tempo.

Fechando os olhos, ela cheirou uma rosa branca.

— Esta pode ser nossa tradição de segunda-feira? Se você quiser me comprar flores todas as segundas-feiras, é claro. Quero dizer, se topar, pode ser você mesmo a trazê-las? Em vez da floricultura?

— Se é o que você quer, posso fazer isso, Rose — eu disse suavemente.

Rose assentiu devagar; eu sabia que ela não gostava muito de sacudir a cabeça.

— Você pode esperar um segundo? Vou deixá-las na cozinha e volto logo. Espere, está bem?

— Eu não vou a lugar algum.

Ela se apressou em um ritmo mais lento do que o habitual e voltou um momento depois.

— Basta colocá-las na água. Além disso, eles entregaram uma encomenda esta manhã. As guirlandas e outras coisas para a porta da frente, para substituir as rosas, serão entregues amanhã.

Olhei para as janelas, mas não vi nada pendurado.

— Ainda não as coloquei — ela esclareceu.

Eu me concentrei nela.

— E você não vai colocá-las.

Ela riu.

— Não, não vou. Eu sei. Quis dizer que não deixei Owen colocá-las. Pensei que talvez você e eu pudéssemos...

Eu não pude evitar. Me inclinei e a beijei novamente.

— Sim. Você e eu. Seremos sempre você e eu a partir de agora.

Para minha surpresa, ela ficou na ponta dos pés e me abraçou. Cuidadosamente, pousei as mãos em volta da sua cintura e a puxei contra o meu corpo, segurando firme. Seu cabelo cheirava a peras, do seu novo xampu, e eu me vi fechando os olhos e respirando seu perfume. Muito cedo, ela soltou-se e voltou a ficar normalmente de pé.

— Por que isso?

Ela passou as mãos pelo meu peito, ajustando minha gravata enquanto encolhia os ombros.

— Porque sim. E eu me sinto bem. Você não precisa me levar de volta para o apartamento ainda. Sally e Owen estão fazendo todo o trabalho de verdade.

— Não foi por isso que vim — menti. Eu tinha *mesmo* ido para checá-la e ver se ela queria voltar para casa. Caso ela quisesse ir embora ou não se sentisse bem, eu queria cuidar dela, não Raymond.

— Ah, não?

— Eu queria almoçar com você, mas se estiver ocupada...

As sobrancelhas dela se ergueram e o sorriso se alargou.

— Não, não estou ocupada. Pode ser como um encontro. Nosso primeiro encontro.

— Encontro? — perguntei em um tom incerto. Eu não tinha tanta certeza disso.

A campainha acima da porta tocou, e seus olhos sorridentes mudaram de direção. Em apenas um segundo, bem na minha frente, toda a cor do seu rosto se esvaiu e sua expressão ficou pálida até que ela não se parecia em nada com a minha Rose. Olhei por cima do ombro.

Joshua Landon.

Ele estava olhando para Rose, e ela estava olhando de volta.

Eu não podia acreditar no que estava vendo. Raiva como eu nunca senti começou a se avolumar em mim. Precisei de muito esforço para eu não esmurrá-lo ali mesmo.

Quando Rose se moveu, minha mão disparou e eu segurei seu cotovelo. Ela olhou nos meus olhos, sua mão cobrindo a minha.

— Está tudo bem, Jack.

Não. Não, não estava tudo bem.

Joshua aproximou-se.

— Hawthorne. — Ele inclinou a cabeça para mim e voltou todo o seu foco para Rose. Quando minhas mãos estavam começando a se fechar, formando punhos, tive que soltar o braço de Rose antes que meu aperto pudesse machucá-la. Em vez disso, entrelacei nossos dedos e encarei Joshua. Ele percebeu isso, como eu queria que acontecesse, mas sua única reação foi um sorriso fugaz que eu estava ansioso para apagar do seu rosto presunçoso.

— Rose.

— O que você está fazendo aqui, Joshua? — ela perguntou, apertando meus dedos tão firmemente quanto eu.

— Ouvi dizer que teve um pequeno problema de saúde. Queria ver como você estava, e, bem... — Com as mãos nos bolsos, ele olhou para a cafeteria com um sorriso de apreciação e deu de ombros. — Eu também queria ver sua cafeteria. Foi um sonho seu por tanto tempo e estou feliz que finalmente tenha feito acontecer, querida.

Comecei a respirar lenta e firmemente. A palavra carinhosa vinda de seus lábios continuou ecoando no meu cérebro. Ele estava me provocando. E estava com sorte por eu conseguir me segurar quando, na verdade, queria matá-lo.

— Fiz uma cirurgia e estou bem. Como você soube disso?

— Aqui e ali.

Os dedos de Rose apertaram os meus.

— Se eu tivesse sabido antes, teria visitado você no hospital. Eu odeio pensar que estava passando por isso sozinha. Mas você gosta de ficar sozinha, não é?

Rose deu um passo para o lado e apoiou o ombro no meu braço. Parecíamos uma unidade inquebrável na frente dele, e eu gostei disso.

— Obrigada pela sua preocupação, mas eu não estava sozinha. Meu marido estava comigo.

O filho da puta inclinou a cabeça e me observou de cima a baixo. Quando o bastardo presunçoso sorriu, cerrei a mandíbula, e, mesmo sem perceber o que estava fazendo, dei um passo à frente, apenas para sentir o braço de Rose em volta do meu para me manter no lugar.

— Seu marido. Claro. Estou vendo — ele murmurou, divertido.

— Como está minha prima, Joshua? — Rose perguntou, surpreendendo a mim e a Joshua, ao que parecia.

— Ela... — Ele vacilou, os olhos voando em minha direção. — Ela está bem.

Rose, quero que você saiba que nunca planejamos o que aconteceu e não teve nada a ver com...

— Não preciso nem quero sua explicação. Não é da minha conta o que qualquer um de vocês faz.

Mais clientes chegaram, e Sally chamou Rose. Depois de uma rápida olhada, ela foi ver o que Sally queria, deixando-me sozinho com Joshua.

Fechei a mão, meus olhos fixos nele.

— Seu filho da puta — sussurrei.

Ele riu e balançou a cabeça.

— Se eu fosse você, tomaria cuidado com as minhas palavras. Na próxima vez que eu aparecer, você pode não estar aqui, e quem sabe o que eu posso fazer? Então, se eu fosse você, atenderia às minhas ligações.

Antes que eu pudesse responder, Rose retornou para o meu lado.

Joshua voltou sua atenção para ela.

— Você parece estar ocupada, então não vou mais prendê-la aqui. Só queria ver se estava bem com meus próprios olhos. Sei que cometi um erro no final, Rose, mas você nem imagina o quanto foi difícil para mim.

Ele se inclinou para frente e todos os músculos do meu corpo ficaram tensos.

Rose se recostou antes que ele pudesse alcançá-la, e Joshua, de alguma forma, fingiu uma expressão de dor muito crível quando suspirou e disse:

— Eu mereci isso.

Rose riu, e eu virei meu olhar confuso para ela.

— Você é uma piada. É sério? Quero dizer... é sério mesmo? Deus, você não tem ideia de como sou grata por ter me dispensado. Tenha um bom dia — disse Rose, com gelo em seu tom de voz.

— Eu também mereci isso — Joshua murmurou, mas havia uma dureza em seus olhos. Ele não gostou do que ouviu.

Acenou para ela uma vez e depois para mim. Sem outra palavra, saiu porta afora. O sangue nas minhas veias estava fervendo. Ele aparecer fora um show para mim. Um aviso.

Se Rose não estivesse me segurando, eu o teria seguido.

— Espere por mim — Rose ordenou com firmeza. — Eu volto já.

Olhei para ela, confuso.

— Sally precisa da minha ajuda. Você não tem que ir embora ainda, não é? — ela perguntou, confundindo meu silêncio com outra coisa.

— Não — resmunguei e depois limpei a garganta. — Não, vou esperar.

Depois que os novos clientes pegaram seus pedidos e estavam indo para a mesa vazia, Rose voltou para mim.

— Eu não quero falar sobre isso. Nem sei por que Joshua pensou que vir aqui seria uma boa ideia, mas não me importo. Não vou gastar um segundo sequer falando sobre ele.

— Eu não ia dizer nada — menti. — Só... eu não quero que você fale com ele novamente.

— Não vou argumentar sobre isso. Bom. Então... você quer esperar uma mesa vagar ou quer comer comigo na cozinha?

— O que você quer fazer?

O sorriso que tinha desaparecido desde que Joshua Landon apareceu voltou para mim novamente.

— Cozinha. Eu gosto de ter você só para mim.

Foi uma das melhores coisas que ouvi em toda a minha vida, se não for a melhor em absoluto.

Nos dias seguintes, Rose e eu nunca conversamos sobre a aparição repentina do seu ex, mas tive uma conversa particular com ele, sem o conhecimento dela, pela última vez.

Nossa véspera de Natal não teve nada de especial em comparação com a forma como os outros a celebravam. Passamos apenas nós dois, pois nenhum de nós tinha família para comemorar. Houve uma festa no escritório, para a qual eu poderia tê-la levado, mas ela ainda não estava completamente curada, ainda tinha dores de cabeça se pulasse o remédio, e eu não a queria de pé por mais do que algumas horas.

Como surpresa de última hora, consegui uma pequena árvore de Natal e enfeites suficientes para decorar toda a maldita casa, se quiséssemos. Era uma tradição que eu queria compartilhar com ela. O sorriso que floresceu em seu rosto quando ela viu a mim e a Steve levando a árvore para o apartamento foi impagável. Seu riso que ecoou pelo apartamento enquanto a decorávamos juntos tornou aquele um dos melhores dias da minha vida.

Então, éramos apenas nós na frente da TV, depois de cozinharmos juntos e comermos juntos. Ela adormeceu com a cabeça no meu ombro por volta das nove da noite, vinte minutos depois de começar o filme que ela escolhera para assistirmos. Quando terminou, eu a acordei com um beijo em seu pescoço.

Ela caminhou na minha frente até as escadas, e eu a segui. Nós dois estávamos calados. Enfiei as mãos nos bolsos e fiquei na frente da porta do seu quarto, enquanto ela se recostava na parede.

Nenhum de nós queria se despedir, então ficamos ali, trocando olhares e esperando o outro fazer ou dizer algo que nos manteria juntos por mais tempo.

— Foi um bom dia. Eu realmente gostei de cozinhar com você.

— Você não cozinhou, Rose. Você se sentou no balcão e roubou minhas cenouras e batatas assadas.

— Mas você as preparou para mim!

— Você roubou mais do que as que eu te dei.

— Eu compartilhei minhas castanhas assadas com você.

Eu assenti e meus olhos caíram nos lábios dela.

— Foi mesmo.

— Então você quer transformar isso em uma rotina?

— Você quer dizer... eu cozinhando para você e você roubando durante os preparativos?

Ela sorriu e assentiu com entusiasmo.

— Claro. Por que não?

Nós nos encaramos por alguns segundos. Eu não tinha ideia do que ela estava pensando, mas havia algumas coisas passando pela minha cabeça.

— Eu deveria entrar — ela murmurou, mas não se mexeu para se afastar.

— Feliz Natal, Jack Hawthorne. — Ela se inclinou, colocou a mão no meu peito e beijou meus lábios suavemente. Durou apenas três segundos. Breve demais.

— Feliz Natal, Rose Hawthorne. — Então foi a minha vez de beijá-la. Talvez tivesse durado cinco, seis segundos.

— Boa noite, Jack. — Ela se inclinou novamente e nós trocamos outro beijo enquanto eu tentava esconder meu sorriso e beijá-la de volta ao mesmo tempo. Naquela rodada, ela deixou sua língua se emaranhar com a minha e segurou meu rosto. Quando abri meus olhos, os dela ainda estavam fechados. Ela suspirou e lambeu os lábios.

Eles já estavam vermelhos. Eles eram perfeitos.

Eu sorri para ela, mas ela não viu.

Ela agarrou minha blusa com uma mão e encostou a testa no meu peito. Meu sorriso aumentou e passei uma das minhas mãos em volta de sua cintura, usando a outra para inclinar seu queixo para cima.

— No que você está pensando, Rose?

Ela soltou um longo suspiro e depois fez uma careta.

— Que eu realmente quero você.

Arqueei uma sobrancelha, e a admissão súbita fez meu estômago se remexer.

— E nós somos casados, mas ainda não saímos em um encontro real e oficial. Eu realmente quero fazer sexo com você, mas ainda não estou autorizada a isso. Sinto que tudo está indo mal conosco. Está tudo atrasado e está me frustrando muito.

— Você quer fazer sexo comigo? — perguntei, focado nisso. Evidentemente, estávamos pensando a mesma coisa. Ela mal se deu conta de que dei um passo à frente, encostando-a na parede.

— Quero muito. Demais.

Meu coração martelava no peito, então, inclinei minha cabeça e sussurrei em seu ouvido:

— Diga-me o quanto.

Ela se inclinou para longe dos meus lábios, e eu notei os arrepios na pele dos seus braços. Imitando-me, ela colocou as mãos no meu pescoço e me puxou para baixo para que pudesse sussurrar de volta.

— Acho que nem consigo encontrar as palavras, Jack.

Ocorreu-me que, embora estivéssemos sozinhos naquele grande

apartamento, agíamos como se estivéssemos rapidamente ficando sem espaço. Éramos apenas nós dois, ainda assim estávamos sussurrando como se quiséssemos garantir que ninguém pudesse ouvir nossos pensamentos.

Ninguém podia ouvir nossos desejos.

Ninguém *além* de nós. Não queríamos compartilhar nada.

Queríamos que fosse apenas nós dois.

Rose e Jack.

— Seus ternos me deixam louca. Sua carranca? — Ela soltou um pequeno gemido e me puxou para baixo ainda mais, até que seus lábios estavam roçando na minha orelha a cada palavra saída da sua boca. — Sua carranca me mata, Jack. Toda vez que você franze a testa, faz miséria comigo, e, quando você arregaça as mangas, sinto que estou assistindo a um filme pornô feito especificamente para os meus olhos. Você me beija... você me beija e não é mais uma tartaruga. Você é tão bom nisso que, sempre que me beija, sempre que penso em você me beijando, fico tão molhada que não quero parar. Eu nunca quero parar de beijar você.

— Rose — rosnei, meu pau já duro.

Ainda com o braço em volta da sua cintura, puxei-a contra o meu corpo. Seus ombros ainda estavam pressionados contra a parede, então ela arqueou as costas e continuou sussurrando no meu ouvido.

— Isso não é nem metade, Jack Hawthorne. Sempre que estamos andando em algum lugar ou apenas andando um ao lado do outro, você coloca a mão nas minhas costas, e mesmo esse pequeno gesto me excita. Sinto arrepios só porque você está me tocando.

Minha mão estava descansando nas costas dela, então, eu fechei meus dedos, agarrando seu suéter macio até ouvi-la ofegar. Acariciei seu rosto, e ela moveu as mãos do meu pescoço para o meu cabelo, me mantendo no lugar. Nós dois estávamos respirando com dificuldade e, quando peguei seus lábios, nosso beijo não foi nada como os inocentes que havíamos compartilhado apenas alguns minutos antes. Nós dois possuímos um ao outro, com nossas línguas vorazes, nossa luxúria interminável.

Quando engoli seu gemido, coloquei a mão debaixo da sua bunda, e ela levantou as pernas, uma por uma, envolvendo-as em meus quadris. Depois que tive certeza de que não se soltaria, coloquei uma das mãos atrás da sua cabeça, para que ela não se machucasse, e nos esmaguei contra a parede, meu pau pressionado bem entre as pernas dela.

Ela virou a cabeça, sua respiração quase tão irregular quanto a minha. Eu a beijei e a mordi, traçando seu queixo e pescoço, e depois chupando suavemente sua pele. Ela moveu os quadris, e eu tive que empurrá-la com mais força para que ela não fizesse isso, o que não adiantou nada. Meu controle foi disparado para o inferno, e eu tinha medo de que, se ela revirasse os quadris mais uma vez, eu não tivesse escolha a não ser mandar o que o médico disse para o inferno.

— Jack — ela gemeu meu nome como se tivesse feito isso a vida inteira, e eu enterrei a cabeça em seu pescoço para que pudesse pelo menos tentar controlar minha respiração.

— Pare de falar — pedi.

Ela não ouviu. Acho que ela nunca me ouviu.

— Você está tão gostoso assim — ela sussurrou, deslizando sua têmpora contra a minha, adicionando mais combustível ao meu fogo.

Involuntariamente, remexi meus quadris, e seu gemido me estimulou. Ela estava nos meus braços, eu podia sentir o cheiro da necessidade dela, sentir o cheiro da pele dela e ainda não podia tê-la, não ainda. Parecia que aquela era a história da minha vida quando se tratava de Rose.

— Quantos meses desde a cirurgia? — consegui dizer com uma voz rouca.

— O quê? — ela perguntou, atordoada.

Eu olhei nos olhos dela, e eles já estavam vítreos, muito parecidos com o que eu imaginava que estavam os meus. Peguei sua boca em outro longo beijo até que não conseguia mais me lembrar do meu próprio nome.

— Quantos meses, Rose?

— Ainda não se passaram três — ela sussurrou, sem fôlego. — Não se passaram.

Minhas respirações saíram em rajadas curtas, então, pressionei minha testa contra a dela e tentei recuperar algum tipo de controle. Ela não permitiu.

— Você me traz flores toda segunda-feira. — Ela ofegou, um braço em volta do meu pescoço, o outro segurando meu cabelo. — E toda vez que entra na cafeteria com os braços cheios de rosas tão bonitas, eu só quero pegar sua mão, largar as flores e levá-lo ao banheiro dos fundos para que você possa... para que eu possa...

— Não diga outra palavra — rosnei.

— Tudo o que você faz está começando a me deixar louca. Eu te vejo nos meus sonhos e acordo tão frustrada porque parece real e não posso ter nada disso no mundo real. Eu não posso ter você.

Me afastei, meu peito arfando. O dela também estava, mas eu não tinha certeza se minha respiração pesada era por causa de suas palavras ou de sua língua e gosto.

— Você me pegou, Rose. Você me teve o tempo todo. — Ela nem sabia quão verdadeiras eram minhas palavras.

Ela emitiu um som gutural do fundo da garganta, um som frustrado e cheio de luxúria.

— Eu não tenho você. Eu não tenho nada. Sou sua esposa, mas não posso ter você.

— Só mais um pouco — sussurrei, pressionando beijos duros contra seus lábios. — Só mais um pouco, Rose. Então você terá tudo e mais.

— Não. Agora. Por favor.

— Não.

— Jack...

— Não.

Gemendo, eu a beijei com força, uma última vez, e gentilmente a coloquei em pé. Minha mão ainda protegia a parte de trás de sua cabeça, então eu deixei minha testa contra a dela e apenas respirei seu ar, tentando me acalmar. Avolumando-me sobre ela, invadindo seu espaço, não havia outro lugar onde eu preferisse estar naquele momento.

— Eu quero você — disse ela, sua voz tão frágil que eu podia sentir algo quebrando dentro de mim. — Eu quero você mais do que qualquer coisa que já quis na minha vida.

— Isso é muita coisa, sra. Hawthorne. — Segurei suas bochechas com as palmas das mãos e fechei os olhos. — Estou ansioso por você há tanto tempo que não sei mais o que fazer comigo mesmo.

Ela foi a primeira a falar depois que nossas duas respirações voltaram ao normal.

— O que você quer fazer no Ano Novo? Deveríamos repetir a dose.

Apesar da situação dolorosa em que eu estava, já que meu pau não tinha desistido tão facilmente, eu ri e dei um passo para trás.

— Vou passá-lo com a minha linda Rose — falei, e então finalmente me afastei.

Depois de passar dez minutos no terraço, no frio congelante, eu estava deitado na cama quando meu telefone tocou.

Rose: Você está acordado?
Jack: Sim.
Rose: Eu também. Obrigada por perguntar.
Jack: Rose...
Rose: Tudo bem. Você precisa dormir comigo.
Jack: Rose...
Rose: Você não precisa ficar repetindo meu nome. Eu não estou com segundas intenções. Desde o hospital, eu quis pedir que você dormisse comigo. Acabei me acostumando a dormir ao seu lado, mas quando você não se deitou comigo na primeira noite que voltamos...
Rose: Eu não consegui pedir. Agora estou pedindo.

Não senti a necessidade de responder.

Ela só não sabia que não precisaria ter pedido. Uma vez já bastava. Não pretendia passar minhas noites em uma cama diferente da dela.

Levantando-me da cama, abri a porta e fiquei cara a cara com a minha Rose.

— Oi, que bom te ver aqui. No meu quarto ou no seu? — ela perguntou como se isso fosse completamente normal.

Suspirei e balancei minha cabeça.

— Ficaremos no seu, então.

Assim que ela estava acomodada na cama, virou-se para me observar.

Erguendo a outra extremidade das cobertas, entrei logo depois dela. Ela se deitou de costas e olhou para o teto.

Eu estava na mesma posição, a única diferença era que ela tinha dois travesseiros para manter a cabeça erguida durante a noite e eu só tinha um. Levantando meu braço direito, coloquei-o embaixo da cabeça e descansei a mão esquerda no estômago.

— Nós vamos dormir — disse Rose.

— Sim — concordei. — Nós só vamos dormir. Assim como fizemos no hospital.

— Sim — ela ecoou em voz baixa.

Segundos se passaram em silêncio.

Ela se aproximou um centímetro e se virou de lado, colocando as mãos sob o rosto. Ela havia conseguido a aprovação do médico para dormir do lado apenas uma semana antes, e ficou feliz por isso por dois dias inteiros.

— Jack?

Fechando os olhos, suspirei. A cama cheirava a ela, o travesseiro cheirava a ela, o quarto cheirava a ela, e ela estava muito perto para que eu conseguisse me manter distante por muito tempo – não que eu quisesse, era mais como se precisasse.

— Hummm.

— Nós não dormimos tão distantes no hospital.

— Era uma cama pequena; eu não tinha como me afastar.

— Por que você quer se afastar?

Ótima pergunta.

Rose chegou ainda mais perto. Então, antes que eu pudesse fazer algo sobre isso, ela se virou e me deu as costas, ajustando-se contra a curva do meu corpo. Eu girei e joguei meu braço sobre sua barriga, colocando a mão sob sua cintura, mantendo-a o mais perto possível.

Quando eu estava perto dela, não havia conceito de autocontrole.

Escondi meu rosto em seu pescoço e inspirei seu cheiro.

— Assim está melhor?

— Está perfeito. Obrigada.

Alguns minutos se passaram em silêncio, então ela retornou.

— Jack? Você está com sono?

Suspirei, com certeza não haveria sono num futuro muito próximo. Mas eu não me importava.

Ela pegou minha mão e a colocou em sua barriga. Sua camiseta havia subido e minha pele se conectou com dela, quente e macia. Ela não me afastou.

— Rose — gemi.

— Você pode repetir meu nome quantas vezes quiser, Jack — ela sussurrou. — Eu amo sua voz, então, por favor, continue.

Sorrindo, beijei seu pescoço e pressionei minha testa contra a parte de trás da sua cabeça.

— Você não tem ideia do que faz comigo, não é?

Eu fiz questão de manter meus quadris longe dos dela, mas ela moveu a parte inferior do corpo para trás até que sua bunda estivesse aninhada contra o meu pau duro.

— Estou te sentindo.

Não era apenas meu pau, era tudo. Ela estava causando estragos em todos os lugares.

Sua mão ainda estava sobre a minha, mas ela começou a empurrá-la para baixo e, quando meus dedos tocaram a borda da sua calcinha, pressionei minha mão com mais força em sua barriga e impedi a descida. Quando foi que ela tirou a legging? Como eu não tinha percebido antes?

— O que você está fazendo, Rose?

— Nada. Você me mostrou a sua, e eu estou lhe mostrando a minha.

— Do que você está falando? — sussurrei, meus dedos se agarrando à sua pele macia.

Para se aproximar, ela se encostou mais em mim, esclarecendo:

Eu estava morrendo de vontade de tocá-la, então, quando ela empurrou com mais força a minha mão, não tive uma razão boa o suficiente para impedi-la pela segunda vez.

Prendendo a respiração, eu a deixei mover minha mão para onde ela quisesse. Ela estava com piedade de mim – ou isso ou queria me torturar. Em vez de empurrar minha mão por baixo da calcinha, levantou a perna um pouco e a levou até fazê-la descansar bem onde eu queria me enterrar profundamente. Sua calcinha estava encharcada. *Ela* estava encharcada, para mim.

Fechei meus olhos com mais força. Eu não conseguia parar de querer mais, não quando estávamos assim.

— Você não me quer, Jack? — ela sussurrou no quarto escuro, e isso quebrou o controle que eu estava mantendo.

Segurei sua calcinha arruinada com força e apenas a rasguei.

Seu pequeno suspiro chocado não fez nada além de me estimular.

— Eu não quero você? — perguntei, com uma voz rouca e áspera. Joguei a calcinha agora completamente arruinada de lado, tocando sua pele sensível. Descansando a palma da minha mão em seu monte, deixei meus dedos separarem suas dobras e comecei a fazê-los correr preguiçosamente para cima e para baixo, sentindo sua umidade.

— Feliz agora? — indaguei, com mais rudeza do que eu esperava.

— Você está franzindo o cenho?

— Está tirando sarro de mim?

— Nunca — ela sussurrou, empurrando a perna para trás e por cima da minha, abrindo-se para mim, deixando-me ter o que eu estava desejando. — Adoro quando você franze o cenho para mim.

Mordi seu pescoço, arrastando meus dentes por sua pele. Ela estremeceu, fazendo sua bunda pressionar mais forte os meus quadris.

— Eu não vou te foder, Rose. Não vou te dar mais do que isso. — Encontrei seu clitóris e movi a ponta do dedo em torno dele, apenas roçando.

— Eu aceito — ela ofegou. — Tudo o que você puder me dar, eu aceito.

— O que você quer, então? Diga.

— Você... Eu quero você.

Meus dedos pararam de se mover, e eu a segurei.

Rose virou a cabeça, os ombros quase apoiados na cama, e olhou nos meus olhos. Ela estava quase lá; eu podia ver por seu olhar, no que eu conseguia ver em suas bochechas coradas. Empurrei dois dedos dentro dela, e seu corpo se enrijeceu, os olhos se fechando. Deus, ela era lisa, tão lisa e apertada.

— Quero sentir seus lábios nos meus, Jack — ela sussurrou.

Diminuí a distância entre nós, mas não a beijei.

— O jeito que você me beija me faz perder a cabeça — sussurrei de volta. Eu não tinha certeza se minhas palavras eram audíveis ou se só existiam na minha cabeça, mas meus lábios estavam contra os dela e eu era apenas um homem. Puxei meus dedos e os mergulhei de volta, lentamente, capturando seu pequeno suspiro e afogando-a em meu beijo. A ponta da língua dela tocou a minha, e eu me perdi. Queria agarrar seu queixo e segurar sua boca onde eu queria que ela ficasse, mas minha mão estava ocupada entre as pernas dela, e eu já tinha perdido demais a cabeça.

Quando seus dedos agarraram meu antebraço com um aperto implacável, suas unhas roçando na minha pele, eu soube que ela estava se aproximando, e ainda não tinha se passado nem um minuto. Curvei meus dedos e encontrei o ponto que a levou a me beijar cada vez mais forte, o ponto que a fez gemer mais selvagem. Eu respondi da mesma forma, perdido em tudo o que Rose significava.

Rose estava uma bagunça lá embaixo, sua umidade escorrendo pelos meus dedos. Ela abriu mais as pernas, me dando mais espaço para brincar. Meu polegar encontrou seu clitóris e eu o pressionei com força.

Ela arrancou sua boca de mim, ofegando.

— Mantenha-os aí dentro — ela gemeu. — Por favor, ainda não. Apenas mantenha seus dedos em mim. Mais fundo, por favor.

Eu pressionei até onde meus dedos podiam chegar, o que era *bem fundo*.

Ouvi os sons que ela fez, hipnotizado – como não ficaria assim?

Por que não ficaria?

— Meu cérebro está formigando — ela murmurou, claramente metade fora de si.

Eu estava movendo meus dedos nela em pequenos movimentos leves, mas parei com suas palavras.

— Rose, nós deverí...

Ela cobriu minha mão com a dela antes que eu pudesse pensar ou reunir forças para tirá-la.

— Se você parar, eu vou te matar enquanto você dorme, Jack Hawthorne. Não ouse.

— Rose, se você sentir...

— Estou falando sério, Jack. Eu mato você. Por favor, me faça gozar nos seus dedos. Por favor. Por favor.

— Você é uma coisinha cruel, não é? E toda minha.

Tomei seus lábios suplicantes e a fodi com meus dedos como não podia transar com ela com meu pau. Ainda estava sendo o mais gentil possível, mas fui bem fundo, e seu corpo ficou mais e mais tenso contra mim.

E quando ela gozou...

Deus, quando ela gozou, foi a coisa mais linda que eu já vi na minha vida. Seus pequenos suspiros e gemidos estavam me matando, mas eu absorvi todos até que as únicas coisas que ouvíamos no quarto eram nossas respirações pesadas e o som que sua boceta, agora ainda mais encharcada, estava fazendo.

Seu corpo derretia lentamente em meus braços. Ela contorceu seu tronco em minha direção, segurou minha cabeça e me beijou com mordidas lentas e enlouquecedoras. Seus quadris ainda estavam tremendo quando eu tirei meus dedos e limpei minha mão nos lençóis. Quando ela se virou completamente, eu a ergui contra mim e reiniciei o beijo até que estávamos prestes a desmaiar.

Descansamos nossas testas juntas, apenas respirando. Pesadamente.

— Como está a sua cabeça? — consegui perguntar.

— Perfeita.

— Você tem certeza?

— Sim. Obrigada, Jack. Se você não tivesse me feito gozar, acho que eu ia morrer.

Eu estava morrendo lentamente, então entendi o que ela queria dizer.

Sua mão esgueirou-se entre nós, dentro do meu pijama. Eu não pretendia detê-la. Não tinha mais forças.

Sua palma roçou a cabeça lisa do meu pau, e ela deslizou para cima e para baixo por toda a extensão, seus olhos perfurando os meus. Mordeu a borda do lábio e eu não pude fazer nada além de olhar. Ela era realmente minha? Era realmente minha esposa?

— Faça-me gozar também — sussurrei, e ela se apressou em obedecer, usando a outra mão para puxar meu pijama para baixo.

Ela engoliu em seco quando começou a cuidar de todo o meu pau.

— Você não vai tentar me impedir?

— E adianta? Você nunca me escuta e nós já estragamos tudo. Quero suas mãos em mim demais para tentar resistir.

— Você está dizendo que não pode resistir a mim?

— Não consegui até agora.

Ela esfregou o nariz no meu e soprou meu nome.

— Jack... eu quero você em mim.

Agarrei sua cabeça e dei um beijo duro em sua testa.

— Não.

Ela me segurou com mais força, mas sua mão não estava fechada completamente.

— Seja rude — sibilei.

Havia um fogo queimando em seus olhos, e eu não poderia ter desviado o olhar, mesmo que quisesse.

— É assim que você vai me foder? Com força e bem fundo?

— Se é assim que você gosta, sim, o mais fundo que conseguir chegar.

Ela moveu seu aperto firme até a base e depois subiu com uma lentidão agonizante até o topo. Após o segundo puxão, tentou deslizar para baixo das cobertas, mas eu a impedi.

— Não.

— Por quê?

— Por mais que eu fosse adorar ter sua boca em mim, você não pode fazer isso ainda.

— Você está me matando, Jack Hawthorne.

— Você já me matou quando gozou na minha mão. Ficaremos quites.

Ela deu um puxão que chegou a ser doloroso, e eu adorei. Ela acelerou o ritmo, olhando diretamente nos meus olhos.

— Eu mal posso esperar para estar dentro de você — sussurrei, segurando a cabeça dela. — Mal posso esperar para fazê-la gozar de todas as maneiras que puder, para fazer amor com você por horas até saber que você está realmente satisfeita e fazê-la gemer e gritar meu nome. Mal posso esperar, Rose. Mal posso esperar para tê-la, entrar em você e senti-la em volta de mim.

Ela gemeu.

— Devemos fazer isso agora.

— Não. Você vai amar. Eu vou me certificar disso. — Com meus olhos nos dela, eu sussurrei: — Mais rápido, Rose. Bem desse jeito. Vamos. Me faça gozar.

Ela diminuiu a velocidade, o polegar roçou a cabeça e meus olhos se fecharam.

— Eu quero tanto te provar.

— Mais um mês — forcei-me a falar. — Mais um mês e eu deixo.

Com movimentos lentos, mas precisos, comecei a investir, e de repente ela colocou as duas mãos em volta de mim para apertar com mais força.

— Sim — sibilei e arrastei meus lábios ao longo da sua mandíbula. Ela virou a cabeça e começou outro beijo. Suguei sua língua e continuei movendo meus quadris. Terminando o beijo, ela manteve os olhos já vidrados em mim, me observando atentamente enquanto eu perguntava: — Você quer que eu goze?

Ela soltou um gemido vindo da garganta e assentiu.

— Sim? Então continue — eu gemi, já no limite. Envolvi minha mão na dela e ela soltou a outra. Eu diminuí a velocidade dos nossos movimentos, apertando mais e puxando com mais força. Um segundo depois, gozei na barriga dela com um gemido alto e foi mais do que jamais senti. Soltei meu pau assim que terminei, mas ela não o fez. Manteve as estocadas leves até que eu tive que tirar a mão dela porque, em vez de ficar mole, eu estava começando a ficar duro novamente.

— Acho que já tivemos o suficiente — sussurrei contra seus lábios.

— Acho que nunca será suficiente. — Ela me deixou inspirar e expirar em silêncio por um momento enquanto recuperava o fôlego. — Vou contar os dias até que você possa me pegar, Jack.

Minha contagem regressiva já havia começado.

Capítulo Vinte e Três

ROSE

Fazia dois meses e vinte e cinco dias desde a minha cirurgia e era uma sexta-feira.

Então, finalmente chegamos ao final dos três meses. Em alguns dias, pensei que nunca chegaria, e disse exatamente isso a Jack. Nunca na minha vida disse a outro cara que queria fazer sexo com ele tanto quanto disse a Jack. No começo, pensava que minha pressão constante o afetava e ele logo desistiria, mas não. Jack era firme no controle de suas emoções.

Ele dormia ao meu lado todas as noites sem que eu tivesse que pedir. Se eu fosse dormir mais cedo, ele sempre deitava na minha cama, mas não me tocou do jeito que eu estava morrendo de vontade de ser tocada novamente. Ele dizia *não* e nada mais.

Voltei à Terra quando Sally estalou os dedos na frente do meu rosto.

— Você está aqui?

— Sim. Sim, desculpe. Eu apenas me distraí. O que você estava dizendo sobre Owen mesmo?

Owen estava na cozinha naquele momento, então não havia como ele nos ouvir, mas Sally ainda se inclinou para mais perto.

— Eu acho que ele gosta de mim.

— Pensei que ele não estava falando com você.

— Tecnicamente não está.

Eu ri.

— Sua lógica me assusta às vezes.

Um casal entrou de mãos dadas, então tivemos que sair da nossa pequena bolha de fofoca. Subitamente, eu não tinha tanta certeza se fora uma boa ideia dar o aval a Sally sobre Owen. Eu meio que sentia pena dele.

Recebi os pedidos dos recém-chegados e cortei dois pedaços de torta de maçã para eles, enquanto Sally preparava um cappuccino e um macchiato. Eles pegaram seus pedidos e sentaram-se na última mesa disponível, na parte esquerda da cafeteria.

— Estou pensando em conseguir mais duas ou três mesas. Na maioria dos dias, mal temos espaço, e acho que podemos facilmente espremer mais três. Mais uma deste lado, talvez até duas, e outras duas do outro lado.

Sally apoiou os cotovelos no balcão, cantarolando.

— Eu acho que você está certa. Desde que aquele blogueiro postou sobre nós no Instagram, começamos a atrair ainda mais clientes e, mesmo que não entrem, continuam tirando fotos do lado de fora, na porta da frente.

Naquele momento, a campainha tocou, e nossas cabeças viraram para lá.

— Jack! — gritei, talvez com um pouco de entusiasmo demais, e ele parou na porta. Metade dos clientes que não usavam fones de ouvido se viraram para mim.

Ignorando o bufo e a risada de Sally, abri um sorriso de desculpas aos clientes e corri para o lado de Jack quando ele fechou a porta e me encontrou no meio do caminho. Eu estava meio correndo, meio tentando parecer que não estava correndo, e ele estava andando, sem pressa.

— O que está acontecendo? — ele perguntou com uma sobrancelha arqueada e um olhar desconfiado, observando os arredores da cafeteria. Até aquele olhar e aquela sobrancelha levantada me excitavam. Para ser honesta, ultimamente, tudo o que Jack fazia me excitava. Ele me dava uma olhada, uma expressão forte que dizia que ele não me achava nada divertida, e eu me derretia em uma poça no chão. Estava se tornando complicado para mim.

— Vem, vem. — Eu peguei sua mão e, quando ele entrelaçou nossos dedos, meu sorriso aumentou, me fazendo parecer uma idiota. Só que eu nem me importava.

— Oi, Sally — cumprimentou Jack enquanto eu o levava para trás do balcão.

Ainda com aquele sorriso malicioso no rosto, Sally acenou para ele. Ela pensava que eu iria transar com Jack. Eu também achava isso.

— Ele vai me roubar por alguns minutos — eu disse a Sally e o puxei para os fundos.

— Quem disse que eu queria roubar você? — Jack murmurou no meu ouvido, divertido. Mal consegui parar um arrepio.

— Estou dizendo isso porque você *deve* querer me roubar. O tempo todo. Regularmente. Apenas um lembrete amigável de uma esposa para um marido.

Owen levantou os olhos do papel em que estava rabiscando e se endireitou.

— E aí, cara?

Jack assentiu, e eles formalmente apertaram as mãos. Por alguma razão, ele ainda não havia se acostumado com Owen.

Apoiei-me no braço de Jack, nossas mãos ainda firmemente entrelaçadas.

— Podemos ficar sozinhos por um minuto, Owen? Eu disse a ele um milhão de vezes que não é apropriado fazermos algo no café, mas é só ele olhar para mim... — Virei para Jack e observei aquele rosto carrancudo com um coração feliz. — Bem desse jeito. Está vendo essa carranca? Então, sim, não consigo resistir a ele quando ele está olhando para mim. Além disso, Sally pode precisar de ajuda se alguém entrar.

Owen nem sequer piscou com a minha declaração.

— Sim, claro. — Ele pegou o papel no qual estava trabalhando: outra lista.

— Por que você não gosta do Owen? — perguntei assim que ele estava fora do alcance da minha voz.

— Quem disse que não gosto dele?

— Eu estou dizendo. Você mal lhe dirige a palavra.

— Ele passa dias inteiros com você aqui.

— E...?

— E eu não — ele resmungou, inclinando-se, sua boca muito perto da minha.

— Jack? — sussurrei, meu nariz batendo no dele.

— Humm.

— Essa pode ser a coisa mais doce que você já me disse. Vamos nos pegar lá nos fundos. Precisamos disso depois desse comentário.

Ele se endireitou, afastando aquela boca linda e me lançando um olhar vazio.

— Não.

Puxei Jack para frente e parei de costas contra a ilha.

— Pelo menos me ajude a subir aqui, ou isso é demais para você?

Com seus lábios tremendo, ele balançou a cabeça.

— Sempre me dando ordens — ele murmurou, enquanto colocava as mãos em volta da minha cintura. Senti arrepios instantâneos quando ele me levantou e me sentou na bancada, e o puxei entre minhas pernas.

Minhas mãos agarraram as lapelas do seu paletó, enquanto eu o puxava para mais perto e pressionava minha testa contra a dele.

— Oi. Como você está? Senti sua falta.

Suas mãos apertaram minha cintura uma vez, descendo para os meus quadris, puxando-me um centímetro ou dois para frente.

— Você me viu algumas horas atrás, quando te deixei aqui de manhã.

— Eu sei. Faz muito tempo. — Ele me deu aquele sorriso precioso do qual eu não conseguia me cansar, e meus próprios lábios espelharam os dele. — E você deveria dizer que sentiu minha falta também. É o que dizem os maridos.

Ele cantarolou, e o som quente viajou por todo o meu corpo.

— É isso que eu devo dizer? — Sua mão desceu pela minha coxa e ele tirou minha perna da sua cintura, que eu nem percebi que tinha colocado lá... ou quase isso. Seu rosto suavizou e ele segurou minha bochecha. — Você parece um pouco cansada.

Inclinei-me um pouco para frente para compensar o fato de ele ter me afastado. Eu queria estar o mais próxima possível.

— Você sabe o quanto eu amo quando você elogia a minha aparência. Me diga mais.

Ele se afastou e me lançou um olhar aguçado que praticamente disse que eu não iria ganhar aquela briga.

Eu retribuí.

— Estou bem. Juro que sempre me sento antes de ficar tonta e também estou sentada agora. Além disso, não cozinhei nada. Gostaria de saber o que mais bons maridos fazem?

— Bons maridos — ele murmurou, suas mãos subindo e descendo nas minhas costas. Esforcei-me para não me contorcer.

— Eles beijam suas esposas quando as veem.

— Beijam?

— Sim. Disseram que é uma tradição.

Ele lambeu os lábios, e porque eu estava tentando me fundir a ele, sua língua tocou os meus também. Soltando seu paletó, antes que eu pudesse amassá-lo demais, passei meus braços em volta do seu pescoço, já tendo problemas para lembrar de como respirar como uma pessoa normal.

— Ainda bem que eu não sou seu verdadeiro marido.

Minha boca se abriu, e eu o soltei, fingindo choque.

— Jack Hawthorne, você acabou de fazer uma piada?

— Espertinha — ele murmurou com um sorriso, seus olhos dançando. Parecia que eu o estava fazendo feliz. Toda vez que ele sorria, algo se derretia dentro de mim.

— Você pode me beijar agora — sussurrei, pronta para isso, desesperada e impaciente, e então ele finalmente o fez. Rapidamente coloquei meus braços ao redor dele e alegremente retribuí seu beijo. Infelizmente, ele o finalizou em pouco tempo.

— Olá, minha linda esposa — sussurrou, e eu me senti um pouco melhor por perceber que ele estava sem fôlego também. Eu não era a única afetada.

Ouvi o toque da campainha e mais conversas romperam nossa pequena bolha particular. Não estávamos sozinhos, embora eu continuasse esquecendo disso quando ele estava por perto.

— Assim é um pouco melhor — comentei, minhas mãos em seus ombros.

— Você está pronta?

— Vou comprar novas mesas — anunciei em vez de responder à pergunta dele.

Ele franziu a testa.

— O quê?

— Novas mesas. Estamos precisando. Estamos sempre cheios e também temos espaço, então vou comprar novas mesas. — Eu sorri largamente. — Oba!

— Isso é bom, baby, mas...

Aquela palavra, aquele *baby* – ouvir pela primeira vez de seus lábios causou um calafrio no meu corpo inteiro. Havia algo em sua voz que adicionava mais coisas ao carinho. Eu nunca pensei que adoraria ser chamada de baby, mas... *aquele* som específico, vindo daquele cara específico, me deixou paralisada. Eu poderia passar o resto da minha vida apenas sendo chamada de baby por Jack Hawthorne.

— Hummm — gemi na esperança de distraí-lo. Inclinei-me e acariciei seu nariz com o meu, sussurrando contra seus lábios. — Será que eu devo te dizer o quanto amo sua voz? Ou a maneira como meu nome soa quando vem dos seus lábios? — Eu gentilmente beijei seu lábio superior, depois o inferior, e então fui para um beijo mais profundo, procurando por sua língua. — Esse *baby* quase me matou, Jack.

— Você está tentando me distrair — ele murmurou, e eu sorri porque era exatamente o que eu estava fazendo e estava funcionando perfeitamente. Inclinei minha cabeça para o lado e respirei fundo antes de entrar em sua boca novamente.

Ninguém nunca me beijou como Jack Hawthorne, e eu acho que nunca queria descobrir se havia alguém que era capaz.

— Por que eu faria isso? — sussurrei, meus lábios ainda tocando os dele. Mordi minha boca. — Não fique com raiva, não estou dizendo que devemos fazer algo em relação a isso, mas eu realmente quero você, Jack. Só para você saber.

Senti seu sorriso contra a minha boca e depois sua risada quente. O som fez meu coração suspirar de felicidade.

— Sério? Eu não fazia ideia. Você só diz e envia mensagens de texto todos os dias, algumas vezes por dia.

— E você nunca diz, nem envia mensagens, nem faz nada.

— Porque eu posso me controlar.

Eu o beijei novamente, indo devagar, persuadindo-o.

— Você é muito bom nisso.

Ele sorriu em nosso beijo, beliscando meus lábios.

Inclinei-me para a frente até meus lábios estarem próximos do ouvido dele.

— Mas eu quero ouvir você dizer que me quer. Diga que me quer, Jack. Pelo menos, me dê isso.

Recuei e olhei nos olhos dele. Eu podia ver o brilho em seus lindos olhos.

— Você acha que eu não quero você?

Mantendo meus olhos nos dele, lentamente dei de ombros. Sua mandíbula se apertou, e ele olhou em direção à porta, onde eu podia ouvir Sally esquentando leite e Owen conversando com um cliente. Eu não me importava com onde estávamos, não de verdade, não quando eu estava com Jack. Sempre que ele estava perto de mim, eu me sentia no topo do mundo, e o fato de ele sempre me afastar, porque estava genuinamente preocupado com minha saúde, só intensificava a minha necessidade por ele. Não o achava indiferente, mas gostava de pressioná-lo. Gostava especialmente de ver seus olhos brilharem toda vez que eu lhe dizia que o queria.

— Você me faz esquecer meu nome quando me beija — ele sussurrou no meu ouvido. — Querer você é tudo o que tenho feito, e quando finalmente te foder como eu quero...

Toda vez que ele dizia foder com aquela voz áspera dele, meus olhos se fechavam por conta própria. Antes que eu pudesse descobrir o que iria acontecer quando eu finalmente fosse fodida por meu marido, Sally nos encontrou.

— Rose, você acha que poderia... Desculpe. Desculpe. Ah, vou esperar aqui fora.

Descansei a cabeça no ombro de Jack e gemi.

Ele pigarreou e levantou meu queixo.

— Precisamos ir ao hospital em uma hora.

— Mas eu pensei que hoje...

Ele arqueou uma sobrancelha.

— Eu te lembrei hoje de manhã, antes de sair do carro, então, não tente agir como se não soubesse do que estou falando. Eles agendaram sua ressonância magnética e seu antibiótico para hoje. Precisamos estar lá em uma hora.

Segurei seu rosto com as duas mãos. Estava na ponta da minha língua dizer a ele que o amava, e nem sabia de onde vinha o pensamento. Eu sabia que estava me apaixonando por ele, mas não tinha percebido que já havia acontecido.

— Ok. Piadas à parte, eu amo que você esteja cuidando de mim — falei sério. — Nunca tive isso antes. Me desculpe se estou te pressionando demais. Você sabe que nunca tive família, mas você...

Ele me beijou, um beijo rápido, duro e feroz.

— O que você pensa que eu sou? Um cristalzinho? Você nunca poderia me pressionar demais. Nunca pare de me pressionar.

Eu sorri e o deixei me colocar de volta de pé.

— Vou ver o que Sally quer e então vou pegar a minha bolsa para que possamos sair.

— Sinto muito, Rose.

Algo em sua voz me fez voltar para ele.

— Por quê?

— Eu sei que você não quer a ressonância magnética, mas eles precisam ver se está tudo bem. *Eu* preciso saber se está tudo bem.

Aproximei-me dele e fiquei na ponta dos pés para poder lhe dar a minha versão de um beijo forte e duro em seus lábios, e me derreti um pouco quando ele colocou a mão nas minhas costas e me puxou contra seu corpo.

— Você vai ficar comigo de novo?

— Sempre.

— Então tudo ficará bem. Eu sei que estou sendo boba. Mas ajuda saber que você estará lá para me carregar quando terminar.

O trajeto de carro foi divertido, e eu me esforcei para parecer que não estava pirando com o fato de que iria voltar àquele caixão novamente. Ficamos de mãos dadas o tempo todo, e Jack até fez um comentário ou dois sobre a vida amorosa de Raymond enquanto conversávamos muito seriamente sobre esse assunto. Pena que eu estava ansiosa demais para aproveitar os momentos.

Mas então a ressonância magnética... não foi melhor do que da primeira vez. Mesmo sendo obrigada a me deitar de costas, eles ainda colocaram a gaiola na minha cabeça, e daquela vez fiquei muito mais tonta do que da primeira. Tive que manter os olhos fechados o tempo todo, enquanto tentava me concentrar apenas no toque de Jack no meu tornozelo. Assim que me tiraram e me livrei da coisa na minha cabeça, ele me carregou para a pequena sala e, assim como na vez anterior, ele me deixou chorar por uns bons dois minutos. Na última vez em que fiz isso, não éramos reais. Daquela vez, nós éramos, e isso me fez sentir melhor, porque ele beijou cada uma das minhas lágrimas, roubando mais pedaços do meu coração no processo.

— Para onde você quer que eu te leve? — Jack perguntou uma vez que estávamos de volta ao carro.

A parte da agulha também não foi divertida; doeu como o inferno, o que você poderia facilmente ver pelo meu rosto pálido e pela mão que eu continuava pressionando no meu braço. Como meu cérebro foi exposto ao vazamento, a prevenção contra infecções era importante. Era o que eles ficavam me dizendo, então eu sabia que não havia como escapar disso – não que eu tivesse tentado ou algo assim. Nunquinha.

— Rose?

Daquela vez, não estávamos sentados tão perto.

Eu olhei para ele.

— Casa. Eu quero ir para casa. Vou mandar uma mensagem para Sally e Owen. Não acho que vá ajudar lá e não quero diminuir a energia.

— Tudo bem — ele disse simplesmente e depois informou a Raymond para onde nos levar.

De volta ao prédio, Jack cumprimentou Steve e perguntou como ele estava. Eu não pude evitar abrir meu primeiro sorriso pós-ressonância magnética. E pensar que fui eu quem lhe disse qual era o nome do seu porteiro...

— Como está a sua filha? — perguntei, passando o braço em torno de Jack e parando na frente de Steve.

— Ela está bem, de volta à nova escola.

— Sem mais problemas, espero.

— Até agora está tudo bem.

— Isso é bom.

A filha de Steve, Bella, era uma garota bonita e inteligente de quinze anos que havia sofrido bullying na antiga escola e foi para uma nova no meio do ano.

— Por favor, diga a ela que estou ansiosa para vê-la novamente.

— Ela adorará ouvir isso. Ela te adora.

Embora eu tivesse ouvido sobre a situação dela por Steve e seu coração partido e obviamente já saber um pouco sobre ela, só nos vimos duas vezes quando ela veio visitar o pai por algumas horas. Nós nos entendemos por conta do nosso amor por doces e chuva, além de outras coisas, porque estava chovendo em Nova York nos dois dias. Descobrimos mais de vinte e cinco razões pelas quais amamos a chuva durante os dias chuvosos em que saí do apartamento de Jack porque estava completamente entediada por ficar apenas sentada, sentada e sentada.

Jack me encontrou no chão com Bella e me levou de volta para o andar de cima porque estava "frio" e eu não era saudável o suficiente para sentar minha *bunda* em pisos gelados. Fora algo original, especialmente ouvir a palavra bunda saindo de sua boca.

— E eu a adoro. Ela é uma doçura e tão inteligente. Se estiver tudo bem para você, eu adoraria que ela pudesse ir ao meu café. Talvez pudéssemos cozinhar juntas, se ela quiser. Então eu a traria de volta, é claro.

— Você não precisa fazer isso. Sei como está ocupada.

— Claro que não *preciso* fazer isso. Eu *quero*. Vamos cozinhar e passar algumas horas juntas. Vai ser divertido.

— Obrigado, senhora Hawthorne. Ela vai amar.

De volta ao elevador, Jack foi o primeiro a quebrar o silêncio.

— Ele te chama de sra. Hawthorne toda vez que vocês conversam ou é apenas a minha presença que muda as coisas?

Abri um sorriso tímido, e ele apenas balançou a cabeça.

— Eu gosto de como soa, no entanto.

— O som de quê?

— Sra. Hawthorne. Gosto quando você me chama assim também.

As portas se abriram em seu andar antes que ele pudesse responder, e entramos no apartamento.

Tudo o que eu queria era subir, tomar um banho, para me sentir como um ser humano normal novamente, e tirar uma soneca bem longa. Então, foi o que eu decidi fazer. Tirei os sapatos, deixando-os ao lado da porta, e fui direto para as escadas.

— Vou pular no chuveiro e tentar me recompor. — Eu me virei e comecei a andar para trás, meus olhos em Jack. — Você gostaria de se juntar a mim?

— Rose.

Uma palavra, meu nome, que ganhara um novo significado nos últimos tempos. Significava não.

— Eu quis dizer apenas para fins de limpeza, mas você que sabe, amigo. Tem trabalho a fazer? Você foi ao hospital comigo e agora está aqui, então acho que precisa colocar as coisas em dia por minha causa.

— Estarei no escritório.

— Ok. Vou incomodá-lo assim que terminar.

Acenando para ele, eu finalmente me virei e trotei pelas escadas.

— Rose?

Olhei para Jack, para meu marido que, na verdade, não era meu marido, que segurou meu tornozelo durante toda a ressonância magnética e depois me envolveu em seus braços enquanto sussurrava que eu estava bem, que estávamos bem de novo e de novo na privacidade de um pequeno quarto de hospital. Eu não acho que ele entendia o quanto isso significava para mim. A cada dia que passava, ficava cada vez mais difícil me segurar e não contar a ele o que estava sentindo, o que vinha sentindo por ele há um bom tempo.

— Sim?

— Você está bem.

Não era uma pergunta. Também não tinha certeza se era uma declaração.

Ele queria que eu estivesse bem, então eu estaria bem para ele, para que ele se sentisse bem.

Dei a ele um pequeno sorriso.

— Nunca estive melhor.

— Você precisa se esforçar mais. Não parece estar funcionando.

Meu sorriso ficou maior, e eu o saudei, desaparecendo de sua vista.

Houve uma pequena batida na minha porta antes que ela se abrisse.

— Rose?

— Se você não quer fazer sexo comigo, não entre — avisei à única pessoa que poderia estar batendo na minha porta.

Apesar do meu aviso, ele abriu e surgiu no quarto em toda a sua glória. A mesma elegância, o mesmo tudo, cara e carranca... e tudo.

Fiquei ali, usando apenas meu conjunto de sutiã e calcinha azul-celeste. Eu estava de pé, com a toalha nas mãos, e fiquei parada, enquanto seus olhos famintos contemplavam cada centímetro do meu corpo seminu. Eu tinha quadris, mas gostava deles. Gostava de ter curvas, curvas que amavam o toque de suas mãos. Embora meus peitos não fossem nada espetaculares, Jack não parecia concordar. Nunca fiquei tão feliz por ter seios pequenos, em formato de xícara, como quando via seus olhos neles uma ou duas vezes. De qualquer forma, ficamos parados assim, ele na porta, com os olhos colados em mim, eu no meio do quarto, com o meu corpo aquecido. Acho que ninguém poderia me descrever como tímida, mas senti um calor nas bochechas quando os segundos passaram e Jack não disse nada.

— Oi? — consegui falar, soando como um coaxar.

Seus olhos se voltaram para mim e sua mandíbula estava rígida, tornando-o ainda mais sexy. Eu realmente amava quando o rosto dele ficava todo irritado, frustrado, zangado e arrogante, quente e faminto, aborrecido e *tudo* o mais.

— Oi — ele se forçou a falar.

Engolindo em seco, peguei a toalha que estava usando para secar meu cabelo e tentei esconder um pouco a minha nudez. Não ajudaria muito, porque era apenas um pouco maior do que uma toalha de mão.

— Como posso ajudá-lo? — Grunhi por dentro. Estar com tanto tesão era tudo culpa do médico. Nunca na minha vida perguntei a nenhum dos meus namorados se eles estavam com vontade de fazer sexo, muito menos implorei que alguém fizesse sexo comigo tanto quanto estava implorando a Jack.

Havia algo nele. Talvez, se fizéssemos apenas uma vez, eu parasse de pensar e falar sobre isso o tempo todo. Talvez ele fosse terrivelmente ruim na cama, mas eu sabia que ele não seria. Eu sabia o que ele faria comigo e mal podia esperar.

— Você está livre para jantar? — Sua voz ainda estava tensa, assim como o aperto na maçaneta, e essa era uma pergunta que eu não ouvia há um tempo.

— Vou ter que verificar minha agenda.

Não me mexi, mas sorri, aproximando-me dele. Não era um sorriso sedutor ou algo assim; eu não estava tentando ser sexy. Sinceramente, nem sabia como ou o que fazer para começar a seduzir alguém como Jack. Imaginava que, para um cara como ele ficar impressionado, você teria que fazer todas as paradas, talvez um strip-tease leve enquanto caminhava em direção a ele e depois seguir em frente. Ou, o que seria ainda melhor... eu ser tão espetacular que ele simplesmente não conseguiria se controlar e acabaria vindo até *mim*.

Ele não veio atrás de mim, por isso eu continuei me aproximando. Basicamente, eu estava tentando seduzi-lo, instigando-o sobre o assunto, e esperava que ele ficasse frustrado o suficiente para realmente fazer isso só para calar minha boca, porque achei que funcionaria também.

Parei na frente dele, observando-o e sorrindo.

— Já cheguei.

Ele arqueou uma sobrancelha, seus olhos nem mesmo mergulhando nos meus seios uma vez, o que achei nada reconfortante.

— E?

— Eu estou livre. Estou livre todos os dias.

— Finalmente. Vista-se. Vamos sair para um encontro.

Assim que ele pronunciou essas palavras, deu um passo para trás e bateu a porta na minha cara. Olhei para a porta, em choque, e comecei a rir, feliz.

Abri a porta para vê-lo recuar.

— Nosso primeiro encontro oficial? — gritei atrás dele antes que ele pudesse descer as escadas.

— Sim — ele gritou de volta, sua voz irritada. Um calafrio percorreu meu corpo.

— Aonde vamos? Posso perguntar?

— Não.

— Aonde você vai? Posso pelo menos perguntar isso? — Eu tive sorte que ele não estava olhando para trás porque meu rosto exibia o sorriso mais ridículo do mundo.

— Sair — ele retrucou, descendo as escadas.

— Sair? Aonde você vai? E o nosso encontro?

Ele parou no último degrau e finalmente olhou para mim. Eu estava pendurada no corrimão, o rosto corado e feliz.

Seu olhar era penetrante.

— Vou esperar você lá embaixo.

— Mas por que você está saindo?

— Porque você está me pressionando. — Fiquei boquiaberta.

— Estou te pressionando? — Dei um passo, descendo as escadas. — Eu não disse nada.

— Não desça aqui, Rose.

Parei.

— Estou pressionando você? — Comecei a descer de novo. — Que tal você entrar no meu quarto e me encarar assim?

— Como eu... não importa. Estou te esperando lá embaixo. Não confio em você.

Comecei a rir muito, tão feliz, feliz, feliz. Vi o lábio dele estremecer.

— Leve o tempo que precisar. Vou te esperar lá embaixo.

— Ok. Prometo que não vou demorar. Você pode fazer companhia ao Steve.

— Sim. Como não pensei nisso? Vou fazer isso. — Quando não consegui mais vê-lo, gritei atrás dele do meu lugar na escada.

— O que eu devo vestir? Que tipo de encontro será?

— É um encontro. O que mais você precisa saber? E não me importo com o que você vai vestir, desde que se cubra, do pescoço aos pés.

Eu fiz exatamente isso. Usei um vestido preto que não era muito chamativo. Mangas curtas, decote em V aberto, um tecido leve que gentilmente abraçava meus peitos e quadris e terminava quatro ou cinco centímetros acima dos joelhos. Sequei grosseiramente meus cabelos fartos e endireitei minha franja, porque não estava interessada em pegar um resfriado ao sair com os cabelos molhados em uma noite de neve em Nova York. Fiz minha maquiagem, focando fortemente nos olhos. Eu usava meu grosso casaco preto e enrolei um cachecol no pescoço, também calçando minhas luvas de couro preto. Pegando a boina creme da prateleira superior do meu armário, coloquei-a na cabeça e saí do apartamento às pressas. Ainda não conseguia correr, exatamente por causa do cérebro e do nariz, mas cheguei perto disso.

Meu coração pulava no peito e minha barriga se enchia daquelas borboletas empolgadas. Senti como se estivesse saindo para o primeiro encontro com um garoto por quem tive uma queda por anos. Era uma sensação estranha estar tão empolgada com um simples encontro, mas aquele era Jack Hawthorne, meu marido falso que sabia como me beijar exatamente do jeito certo. Como eu poderia não estar animada?

Quando as portas do elevador se abriram, eu me forcei a dar pequenos passos, caso Jack estivesse me esperando no saguão. Ele não estava. Parei na frente de Steve.

— Como estou?

Ele sorriu para mim, e eu sorri de volta para ele.

— Tão bonita como sempre.

— Talvez eu deva suavizar um pouco a expressão feliz?

Ele soltou uma gargalhada.

— Nunca diminua o prazer, Rose. Combina bem com você.

Eu me derreti um pouco com as palavras dele.

— Você é o melhor, Steve.

Ele inclinou a cabeça.

— Então? Qual é a ocasião especial?

— Meu marido vai me levar a um encontro — eu disse com orgulho.

— Moça de sorte. Isso é realmente muito especial.

— Ah, você não faz ideia.

— O senhor Hawthorne disse que estaria esperando por você lá fora.

— Ok.— Passei as mãos enluvadas pelo casaco, sentindo um nervosismo inesperado surgir. — Obrigada, Steve. Vejo você mais tarde?

— Eu estarei bem aqui. Divirta-se.

Dizendo um adeus rápido ao amável porteiro que se tornara meu amigo, saí para a rua. Começou a nevar novamente, aumentando a neve e a lama nas calçadas. Olhei para o céu e fechei os olhos, sentindo pequenos flocos de neve derretendo no meu rosto, me fazendo cócegas. Eu sorri, me sentindo tonta e livre. Olhei em volta para encontrar Jack, e ele estava ali, no lado esquerdo do prédio. Encostado no carro, bem ao lado de Raymond, me observando.

Meu coração disparou ao vê-lo, como sempre acontecia ultimamente, e eu realmente sentia como se nunca tivesse sido mais feliz na minha vida. Eu não pude evitar – corri para perto dele quando ele ficou alerta e se endireitou. Disse algo para Raymond e, depois de acenar para Jack, Raymond abriu a porta e sentou no banco do motorista, deixando Jack comigo.

Eu parei bem na frente dele, apenas um pouco sem fôlego.

Ele empurrou minha franja para longe dos meus olhos, as pontas dos dedos suavemente deslizando pelos contornos do meu rosto.

— Você não deveria correr, Rose.

Movi a cabeça para cima e para baixo, e ele suspirou enquanto sorria.

— E...?

— O que eu vou fazer com você?

Dei de ombros.

— Ficar comigo?

Jack pegou a boina e a ajeitou na minha cabeça, então, com as mãos em concha no meu rosto, ele se inclinou e me beijou. Suas mãos estavam quentes nas minhas bochechas, seus lábios ainda mais quentes e mais viciantes. Agarrei seus pulsos para segurá-lo por mais um pouco. Quando provamos um ao outro, não de forma suficiente, mas uma pequena amostra, ele se afastou e olhou nos meus olhos.

— Você vai ser a minha morte — disse ele com toda a seriedade do mundo.

E eu acho que te amo, queria dizer, mas, em vez disso, dei a ele o meu maior sorriso.

Sua risada foi tudo para mim. Meus olhos e coração aqueceram só de olhar para ele.

Ele era todo meu.

— Entre no carro.

Eu repeti suas palavras para ele:

— Sempre me dando ordens.

Ele me lançou um olhar vazio, com uma sobrancelha arqueada, e eu sorri docemente. Ele abriu a porta e entrou logo atrás de mim. Eu raramente me sentava muito distante. Normalmente, ele queria que eu ficasse ao lado dele, e é óbvio, eu também. Naquele momento, minha coxa estava descansando contra a dele. Estávamos sentados tão perto, e eu não poderia estar mais feliz.

Estremeci um pouco quando ele fechou a porta e corri minhas mãos para cima e para baixo em meus braços.

— Está muito frio hoje à noite.

Uma de cada vez, ele pegou minhas mãos enluvadas e as esfregou entre as suas.

Ah, eu realmente queria ficar com ele.

O trajeto de carro não demorou muito e, quando fomos deixados em frente ao pequeno restaurante italiano fofo, fiquei agradavelmente surpreendida. Para ser sincera, eu não estava ansiosa para ir para um lugar cheio de gente. Aquele lugar, no entanto, era tudo menos chique. Jack segurava minha mão enquanto descíamos dois degraus para entrar no restaurante. Todas as mesinhas fofas tinham aquelas toalhas de mesa quadriculadas vermelhas, todas as ocupadas tinham duas pequenas velas acesas, e eu mal podia esperar para ter as minhas próprias velas. Jack conversou com a mulher que se apresentou para nos cumprimentar e ela nos levou a uma das mesas em frente à grande janela. Na mesa ao nosso lado, sentava-se um avô e seu neto, que estavam comendo suas primeiras fatias de pizza.

Eu podia ouvir meu estômago roncar. Tirei minhas luvas primeiro, depois a boina e o cachecol e, finalmente, meu casaco. Jack puxou minha cadeira, mas parou de se mover. Apertei meus lábios e tentei manter o sorriso. Ele limpou a garganta e saiu do transe. Sentei-me e ele tomou seu lugar à minha frente.

Ele olhou para mim por um longo momento antes de soltar um longo suspiro.

— Você tira o meu fôlego, Rose Hawthorne.

Whoosh – lá se foi o meu fôlego. Aquele era o mais real e perfeito momento possível.

— Este é um daqueles momentos?

— Sim.

Limpando a garganta, apoiei os cotovelos na mesa e descansei a cabeça nas mãos.

— É um bom começo. Continue.

Ele sorriu, então seus olhos caíram lentamente para os meus seios.

Finalmente!

— Eu pensei que tinha dito para você se cobrir, do cotovelo aos pés.

— E eu ouvi você — concordei facilmente. — Eu estava de casaco, com cachecol, luvas e boina. Usei tudo o que podia vestir.

— Boa tentativa — ele respondeu, balançando a cabeça. — Está congelando lá fora. Você vai ficar doente.

— Não vou. Está aconchegante, quente e perfeito aqui dentro.

Um garoto que mal parecia ter dezesseis anos trouxe os cardápios, interrompendo nossa conversa. Pousei os cotovelos sobre a mesa e comecei a verificar as opções. O garoto ao nosso lado estava tagarelando e fazendo seu avô rir, e isso aumentou meu bom humor ainda mais. Levantei os olhos do cardápio e olhei ao redor do restaurante, observando os outros poucos clientes e percebi que estávamos bem-vestidos demais.

Inclinei-me na direção de Jack, e ele olhou para mim interrogativamente.

— Venha aqui — sussurrei.

— Por quê?

Ele parecia tão desconfiado e adorável de uma maneira mal-humorada que eu tive que rir.

— Apenas incline-se para mais perto. — Ele fez isso com cuidado.

— Acho que estamos um pouco bem-vestidos demais.

Seus ombros relaxaram antes que ele olhasse em volta, e eu tive que morder meu lábio para segurar minha risada. Ele pensou que eu pularia nele?

— Mas eu gosto — continuei antes que ele tivesse a chance de dizer alguma coisa, e seus olhos se voltaram para mim. — Eu me sinto especial. Sei que esse não é o tipo de lugar que você frequenta, então aprecio ainda mais que esteja fazendo isso por mim. Obrigada.

— Você não precisa me agradecer, Rose. É tanto para mim quanto para você, e é apenas um jantar. Não importa onde estamos, contanto que estejamos juntos.

— Ah, você acabou de me matar, e isso é verdade. Isso é mesmo verdade.

— Ainda assim, fico feliz que tenha aprovado.

— Sim, você fez bem. Acho que vai ter muita sorte esta noite. Quem sabe?

Outro balançar de cabeça quando ele abaixou o cardápio.

— Você não desiste, não é?

Eu gemi e escondi meu rosto atrás das mãos.

— Não sou eu, eu juro. É o médico.

— Como assim, é o médico? — Ele estendeu a mão e puxou as minhas para baixo, como se não conseguisse manter seus olhos no meu rosto. Pelo menos, era o que eu gostava de pensar.

— Eu quero você, não vou mentir, mas não sou assim. Eu nunca sou assim. Isso só está acontecendo porque ele disse... — Olhando para o avô e neto ao meu lado, sussurrei: — É porque ele disse que não posso fazer sexo. Agora eu quero todo o sexo. Você não pode me dizer que não posso fazer algo. Ou vai se tornar tudo o quero fazer... bem, isso. É o fascínio do proibido. Você não é assim?

— Você quer algo ou não. O que as outras pessoas dizem tem algo a ver com isso?

Eu me inclinei para trás.

— Claro que você diria isso.

— O que isso deveria significar?

Gesticulei no ar.

— Você é... você. Você é muito disciplinado. Não acho que alguém ou alguma coisa possa afetá-lo. Como você gosta de dizer, consegue se controlar.

— *Você* me afeta.

Eu sorri. Um sorriso lento e feliz.

— Você me afeta também.

— Então, corrija-me se estiver errado: se o médico tivesse dito que não havia problema em fazer sexo, você...

— Jack! — rebati, estendendo a mão para colocar a minha sobre sua boca.

— O que foi? — ele murmurou.

Inclinando a cabeça para o lado, indiquei a dupla sentada ao nosso lado com os olhos.

Jack olhou para cima e suspirou. Eu supunha que foi a forma que encontrou para pedir perdão divino.

— Apenas troque a palavra, mas continue — solicitei quando me sentei.

— Se ele dissesse que não há problema em... fazer, você não estaria me pedindo para fazer isso todos os dias?

— Bem, imagino que ainda iria querer você, mas não tenho certeza se diria isso em voz alta e, com certeza, não tantas vezes. Dois meses após a cirurgia... bem, desde então, eu estou com muito... tanto faz. — Sentindo meu rosto corar, pressionei as costas da mão na minha bochecha.

— O que há de errado?

— Nada, está apenas um pouco quente aqui.

— Termine sua frase.

Fechamos os olhos e eu consegui segurar seu olhar intenso por dez segundos.

— Tesão — eu disse, minha voz frustrada e talvez um pouco mais alta do que eu esperava. — Tesão — repeti, mais para mim mesma dessa vez.

A hostess, a garota que nos acompanhou até a nossa mesa, voltou.

— Oi. Bem-vindos. O que posso trazer para vocês?

Jack e eu ainda estávamos olhando um para o outro, e eu não queria ser a primeira a quebrar o contato visual. O fato de ele fazer coisas assim era o que me deixava apaixonada cada vez mais. Seu olhar intenso conseguia me tocar por inteiro, e quando ele me olhava daquela maneira, eu perdia um pouco a cabeça.

— Oi — falei finalmente, e Jack finalmente desviou o olhar para a garota. Suspirei de alívio e afundei na cadeira. Eu tinha acabado de dizer a ele que estava com tesão.

Boa escolha de palavras, com certeza.

— Você quer compartilhar uma pizza ou prefere macarrão?

Voltei rapidamente a mim.

— Pizza.

— Qual você quer?

— Cogumelos — soltei. — E talvez alcachofras também.

— É isso?

— Não, adicione algo também. O que você quer?

— Pepperoni. Você vai beber água?

Fiz que sim com a cabeça e deixei que ele terminasse nosso pedido. Assim que a garota saiu, depois de prometer pegar nossas bebidas o mais rápido possível, meu olhar focou em uma cabine vazia nos fundos.

— Você teve notícias dos seus primos?

Quando lhe lancei um olhar confuso, ele continuou:

— Sobre sua cirurgia. Eles ligaram para saber de você?

— Não. Nem tenho certeza se quero notícias deles. Estou surpresa que Bryan não tenha aparecido novamente. Ele ligou para você? Sinto que desistiu com muita facilidade.

— Não.

Como eu queria que esta noite fosse sobre nós, mudei de assunto e não pensei muito em sua expressão de raiva.

Apontando com o dedo para a cabine na parte de trás, esperei que ele seguisse minha direção.

— Sim... aquilo é uma mesa, acredito.

— Ha, ha. — Dando-lhe um olhar de reprovação, ignorei seu comentário seco. — Podemos nos sentar lá?

— Você não gosta daqui?

— Não. Não... Sim, mas uma cabine... não sei, parece mais íntimo.

Jack chamou a atenção da garota quando ela estava trazendo um refrigerante para a criança bonitinha ao nosso lado e depois me ajudou a sair do meu lugar e carregou meu casaco. O toque de sua mão na parte de baixo das minhas costas praticamente me queimou através do vestido. Eu entrei primeiro e me afastei.

Em vez de se sentar ao meu lado, como eu supus que ele faria, e o que eu queria que ele fizesse, ele se sentou à minha frente outra vez.

— O que você está fazendo? — perguntei, perplexa.

— Como assim o que eu estou fazendo?

— Jack, você vai se sentar aqui. — Dei um tapinha no assento ao meu lado. — Foi por isso que eu quis uma cabine.

— Para que eu me sentasse ao seu lado.

Assenti lentamente.

— Poderíamos aproximar nossas cadeiras uma da outra.

— Não é a mesma coisa. Vamos. Mexa-se.

— Sem nos tocarmos, Rose. Estou falando sério. Não me deixe louco em público. — Ouvir que eu exercia *algum* tipo de poder sobre ele era emocionante. Feliz e animada, eu ri e levantei as mãos. — Sem nos tocarmos. Entendi. Vamos lá, eu não vou morder. Prometo.

Assim que ele se sentou ao meu lado, pegou minha mão e apertou-a firmemente, brincando com minha aliança o tempo todo. *Ele* que não parou de me tocar, e eu amei cada segundo disso. Conversamos por horas naquele pequeno restaurante, acompanhados por algumas músicas românticas italianas. Se Jack não estava tocando meu rosto, ele segurava minha mão. Se não estava segurando minha mão, me oferecia pedaços de pizza enquanto eu falava com ele. Quando não estava me fazendo rir com seus comentários secos, estava descansando nossas mãos unidas sobre sua perna. Quando eu não estava sorrindo ou rindo, sentia-me derreter.

Ele também me beijou. Não sabia por que fiquei surpresa, mas ele me beijou tantas vezes. Toda vez que se inclinava e eu sentia seus lábios se movendo contra os meus, pedindo entrada, meu coração perdia seu ritmo constante e eu sentia uma excitação borbulhando dentro de mim, o tipo de excitação que você não sabe segurar, um excesso de felicidade. Eu amei. Apaixonei-me completamente por ele no nosso primeiro encontro.

Foi o primeiro encontro mais perfeito que já tive na minha vida.

Meu marido era perfeito. Com toda a sua arrogância e respostas afiadas, Jack Hawthorne era perfeito para mim.

Ele não era o que eu tinha em mente ou mesmo o que sempre quis para mim, mas era perfeito e já era meu, realmente meu. Não tinha dúvidas sobre isso.

Capítulo Vinte e Quatro

ROSE

Foi depois do primeiro encontro oficial, não dias depois, apenas algumas horas, que acordei com uma sensação estranha.

Era muito difícil dormir na mesma cama que Jack depois que comecei a me sentir melhor da cirurgia. Por mais que eu falasse sobre desejá-lo nu naquela cama, eu nunca fiz nada a respeito, pelo menos não quando estávamos na cama daquela forma.

Dito isto, não fiquei surpresa ao encontrar Jack me abraçando de conchinha – isso acontecia muito. Acordava em muitas posições diferentes pela manhã, geralmente com meu rosto sob seu queixo, minha mão sobre seu peito. Às vezes, meu rosto estava em seu peito, com seus braços em volta de mim, e havia alguns casos em que acordávamos fundidos um com o outro, exatamente como naquele momento.

Totalmente de conchinha.

No hospital, aquela foi a única posição em que dormimos, mas isso ocorrera apenas porque a cama não era grande o suficiente para qualquer outra opção. No hospital, sexo fora a última coisa em minha mente, mas fora de lá... nos últimos dois meses, as coisas tinham sido diferentes. Nos casos em que havíamos acordado com a frente do corpo de Jack pressionada nas minhas costas, ele geralmente saía da cama o mais rápido possível e eu me despedia silenciosamente de sua adorável ereção que me pressionava por trás.

Aquelas manhãs eram as minhas favoritas, porque era maravilhoso acordar envolta em seus braços. Eu me sentia protegida, cuidada e, talvez pela primeira vez em muito tempo, como se pertencesse a algum lugar: nos braços dele. Naquela época, eu não era corajosa o suficiente para provocá-lo, então apenas fechava os olhos e me satisfazia.

Quando estávamos ambos na vertical e vestindo roupas de verdade, foi quando eu prosperei em fazê-lo se contorcer. Ponto para a minha coragem.

— Jack? — murmurei, espiando por cima do ombro. Seus lábios estavam ali, a apenas centímetros de distância, e eu tremi quando aqueles mesmos lábios cheios pressionaram um beijo no meu ombro nu. Ele já estava acordado, aparentemente. Tentei virar de costas para poder olhá-lo, mas, com o corpo dele cobrindo o meu, não era possível. Eu só consegui me virar até metade do caminho, esticando o pescoço para trás. — Está tudo bem? — resmunguei, minha voz pesada com o sono. Além da iluminação da cidade projetando uma sombra em seu rosto, não havia luzes acesas, apenas nós.

— Volte a dormir — ele sussurrou.

A mão de Jack encontrou a minha e eu a segurei, palma contra palma, sua pele quente contra as pontas dos meus dedos.

— O que há errado? — perguntei.

— Nada.

Observando nossas mãos dançarem enquanto ele gentilmente batia seus dedos contra os meus sob a parca luz, entrelacei os meus aos dele, com força, e o ouvi soltar um longo suspiro.

— Você quer que eu acredite que acabou de acordar para ficar de mãos dadas comigo?

— Conversei com seu médico hoje.

Virei meu corpo um pouco mais para ele e observei seu rosto com cautela.

— Quando?

— Depois do jantar. Liguei para o telefone particular dele.

— E? — indaguei ansiosamente quando ele não continuou. Estava começando a odiar a palavra médico.

— Ele enviou o e-mail hoje com os resultados, e eu pensei que era uma conta, então abri. A ressonância estava limpa. A cirurgia funcionou. Não há mais rasgo na sua membrana.

Fechei os olhos e joguei a cabeça no travesseiro, soltando o maior suspiro do mundo. Eu estava me sentindo um pouco tonta de alívio. Um peso foi tirado do meu peito com suas palavras, o equivalente a um bebê elefante. O mundo parecia mais leve.

— Mas você ainda precisa tomar cuidado. Sabe disso, não é? — Jack me lembrou.

Eu sabia sim. O médico havia me avisado que, geralmente, quando um vazamento do LCR ocorre do nada, há uma grande chance de que o mesmo problema possa aparecer em uma parte diferente da membrana. Se a pressão é constantemente alta, é realmente inevitável.

Abri os olhos e olhei para Jack com um grande sorriso.

— Eu sei, eu sei, mas mesmo assim estou feliz por ter boas notícias. — No entanto, Jack não parecia tão feliz. Baixei os olhos. — Está tudo bem? Você não parece muito animado. — Toquei o espaço entre as sobrancelhas dele com a ponta do dedo depois que soltei minha mão da dele. — Por que essa carranca?

Pegando meu dedo em sua mão, ele se inclinou e deu um beijo suave na minha têmpora, que fez meus olhos se fecharem e meu corpo inteiro acordar e perceber o homem que estava me olhando com uma expressão tão intensa.

— Jack — murmurei. Meu cérebro estava gritando *Perigo!*, mas do tipo bom.

— Perguntei se fomos liberados para fazer sexo.

Isso me calou. Minha frequência cardíaca acelerou lentamente e de repente o quarto ficou mais quente.

— E?

Engoli em seco e prendi a respiração.

Seus dedos indicador e médio encontraram uma maneira de se ligarem aos meus novamente, e ele os apertou enquanto olhava nos meus olhos.

— Ele disse que, se a gente fosse devagar, tudo bem.

— Hum.

Isso foi tudo o que pude dizer. *Hum*. Eu era um gênio, com certeza.

Eu lhe dei as costas, mas mantive meu aperto firme em sua mão, então ele foi forçado a me abraçar novamente.

— Por que você não me contou antes?

— Pensei que deveríamos esperar os últimos cinco dias.

— Agora? Agora você não parece pensar da mesma forma.

— Não, acho que não devemos.

— No que você está pensando?

Ele sussurrou no meu ouvido com uma voz rouca, fazendo todos os cabelos dos meus braços subirem:

— Eu pensei que você estava esperando por isso. Pensei que você queria.

Mordi meu lábio inferior. Eu podia ouvir cada barulho no quarto. Sua respiração era baixa e profunda, e o som que os lençóis emitiram quando ele colocou as pernas atrás das minhas era um suave *swoosh*, acariciando meus sentidos.

Eu estava prestes a choramingar como uma garotinha quando senti sua língua no meu pescoço, me beijando, me provando.

— Eu quero — sussurrei, meus olhos se fechando como se eu estivesse com medo de que ele me ouvisse.

O silêncio seguiu minhas palavras por pelo menos um minuto inteiro.

— Está tudo bem, Rose. Volte a dormir — ele sussurrou de volta.

Como eu podia, quando o tesão dele estava ficando cada vez mais difícil de ignorar? Fechei os olhos e fui em frente.

— Eu não achei que você me pediria.

— Pediria o quê?

Gemendo, virei a cabeça e a enterrei no travesseiro, tentando tomar cuidado com o meu nariz.

— Parece estranho quando digo em voz alta.

— Como você saberia disso se não dissesse? Vamos lá, diga.

Soltando o fôlego, abri os olhos e olhei pelas janelas que davam para a sacada.

— Pensei que, quando fosse para acontecer, iria acontecer...

Sua mão soltou a minha e ele começou a acariciar minha cintura e depois meu braço.

— O que você quer dizer exatamente?

Como eu podia pensar em algo quando ele estava me tocando?

— Não tenho certeza se você percebeu que falo muito, Jack, mas não sou exatamente uma especialista quando se trata de sexo. Não estou dizendo que sou ruim ou algo assim, estou apenas dizendo que não sou nada de especial quando se trata disso. Eu só estive com três pessoas e meia...

— Meia? Não, eu retiro a pergunta. Eu não quero saber. Já quero matar todos os três e meio.

— Fofo. Você sabe que eu sou romântica, então pensei que, quando chegasse a hora, você me acordaria no meio da noite e me pegaria, você sabe, porque não podia esperar mais... ou iríamos caminhar no apartamento e você iria me levantar e envolver minhas pernas em torno da sua cintura, dizer *que se foda* e nós iríamos em frente, ou você poderia me empurrar contra uma parede e iria acontecer. Não achei que fosse pedir minha permissão para fazer sexo comigo. Isso está me deixando nervosa.

— Parece que você está pensando sobre a logística da coisa.

— Claro que estou.

— Eu não pedi sua permissão.

— Estava implícito.

— Você está nervosa com alguma coisa? Eu não acreditaria nem se visse com meus próprios olhos.

Franzindo a testa, virei a cabeça para poder olhá-lo enquanto seus dedos pressionavam minha pele, me segurando pela cintura.

— Você está tirando sarro de mim?

Consegui ver seu sorriso logo antes de ele capturar meus lábios em um beijo profundo e meus olhos se fecharem por conta própria. Eu lentamente deslizei minha língua, tocando a dele quando me virei de costas para que pudesse beijá-lo mais profundamente. Daquela vez, ele me permitiu, e sua resposta foi gloriosa. Seus dedos levantaram a parte de baixo da minha camiseta e, sem hesitar, ele enfiou a mão pela minha calcinha, indo direto para o meu núcleo.

Eu gemi contra sua boca e deixei minhas coxas se abrirem. Ele rosnou de volta e empurrou um dedo dentro de mim, então lentamente adicionou outro. Meu corpo não ofereceu resistência, já molhado para ele. Emiti um som baixo no fundo da minha garganta quando ele empurrou os dedos o mais profundo possível, movendo-se dolorosamente devagar.

Apenas continuei beijando-o, segurando seu rosto com as duas mãos, mais faminta a cada segundo. Eu estava tão pronta para isso, para nos tornarmos algo real, e isso estava selando o acordo. Nós tínhamos feito tudo ao contrário – eu até me apaixonei por ele antes de ter um primeiro encontro oficial –, mas isso... isso iria acertar as coisas.

Quando tive a certeza de que ele não iria terminar o beijo antes que eu quisesse, minhas mãos conseguiram encontrar o caminho para dentro de sua calça, e o beijo se transformou em algo muito diferente quando coloquei a mão em torno da base do seu pau.

Ainda beijando-o incontrolavelmente, respirei fundo pelo nariz e choraminguei em sua boca quando ele começou a me dedicar sua total atenção, seu polegar pressionando firmemente meu clitóris. Movi meus quadris o máximo que pude, sua mão me tirando o foco.

Com meu corpo queimando e formigando ao mesmo tempo, afastei a boca da dele e mordi meu lábio para segurar um gemido embaraçosamente longo e alto. Minha mão apertou seu pau. Eu podia ouvir todos os barulhos conforme ele me tocava, e isso estava me deixando mais excitada.

— Você está pingando na minha mão novamente — murmurou, e fiquei feliz ao ver que ele estava tão sem fôlego quanto eu. Ele mordeu minha mandíbula, meu pescoço, minha orelha.

Tudo o que eu consegui, em resposta, foi segurar seu pau, dando-lhe um puxão muito áspero de vez em quando, quando me lembrava de fazê-lo.

Todo o meu foco estava em seus dedos, e então seus lábios deslizaram ao longo do meu pescoço, mordendo suavemente e lambendo. Eu estava há segundos de gozar em seus dedos. Revirei meus quadris, arqueando-os para baixo, para que seus dedos chegassem mais fundo, mesmo que ele estivesse me dando tudo. Eu queria mais, mais fundo, mais forte.

Eu só percebi que estava repetindo meus pensamentos em voz alta quando ele disse:

— Ok. O que você quiser, Rose, eu darei a você. — Quando ele tirou os dedos, eu voltei a mim.

— Mas...

— Shhh.

Fechei minhas pernas, tentando encontrar algum tipo de alívio, e comecei a puxar seu pau grosso um pouco mais rápido, agora que conseguia usar meu cérebro de novo, mas ele parou rapidamente, sentando-se ereto e tirando minha mão das calças dele suavemente.

Quando tentei me sentar também, ele delicadamente pressionou a mão no meu ombro e me manteve no lugar.

— Fique parada por um segundo.

Bufei, mas parei de me contorcer quando ele pegou minha calcinha e a tirou.

— Merda. — Quando seus dedos me abriram e senti o ar frio entre minhas pernas, eu já estava ofegante. Todo o meu foco estava em Jack e no que ele faria em seguida. Ele colocou as mãos grandes em minhas coxas e me abriu mais para lhe dar espaço.

Dois dedos possessivos me penetraram novamente, e então os dois rapidamente se transformaram em três dentro de mim. Nem se minha vida dependesse disso, eu conseguiria ficar parada, e, quanto mais ele não tirava os olhos de onde seus dedos estavam desaparecendo, mais quente e incandescente o fogo dentro de mim queimava. Ele se inclinou e começou a lamber meu clitóris e ao redor dele com a língua firme.

— Jack — murmurei embaraçosamente.

— Certo — ele murmurou, e, depois de uma deliciosa lambida final, ele parou novamente.

Eu gemi e tentei fechar as pernas com seus dedos ainda dentro. Eu tinha certeza de que isso me ajudaria a conseguir algum alívio.

A palma da mão pressionou a pele sensível no interior da minha coxa.

— Não, mantenha-as abertas.

— Eu quero ver você também — admiti. — Não me sinto particularmente paciente no momento.

— Nem eu — ele concordou, seus olhos me devorando. A próxima coisa que aconteceu foi que seus dedos me deixaram e ele tirou a camisa. Eu ainda estava tentando superar seus peitos e abdominais, que estavam fora do meu alcance. Ele insistira em permanecer completamente vestido o tempo todo quando estava na cama comigo. Eu discordei veementemente, mas ele vencera. Ele saiu da cama. Sentei-me ereta e me ajoelhei no meio dos lençóis.

— Jack — comecei, mas não cheguei longe, pois ele se livrou da calça de pijama em seguida. Eu não conseguia tirar os olhos enquanto seu pau grosso balançava no ar, quase atingindo o umbigo.

Oh, isso ia realmente acontecer, e eu era totalmente a favor.

Segurando seus olhos com os meus, peguei a parte de baixo da minha camisa e a tirei. Roupas eram superestimadas, de qualquer maneira. Então alcancei minhas costas e tirei o sutiã, jogando os dois no chão. Um segundo depois, Jack soltou um longo gemido e estava de volta na cama comigo, agarrando-me e indo direto para a minha boca.

Comparado ao primeiro beijo que me dera, todos os que tínhamos compartilhado até aquele momento seriam considerados inocentes. Inclinei a cabeça para o lado e o deixei entrar mais fundo. Uma das mãos dele segurou a parte de trás da minha cabeça, e a outra segurava minha cintura em um aperto quase violento. Eu não me importava. Tudo o que importava era que ele estava me segurando para que ele pudesse aguentar o quanto quisesse. Seu pau estava pressionado entre nós, a cabeça molhada e inchada tocando meu estômago. Sua outra mão soltou minha cintura e foi deslizando, o contato de sua pele na minha me levando ainda mais ao delírio quando ele encontrou meu peito e o tomou em sua mão, apertando e puxando meu mamilo até que eu estivesse gemendo e fazendo todos os tipos de barulhos.

No segundo em que seus lábios deram uma pausa nos meus, ele foi para os meus ouvidos, lambendo e beliscando o caminho da minha garganta até meus seios. Eu arqueei minhas costas, oferecendo-me a ele. Ele agarrou meu mamilo com a boca e começou a chupar com profundos puxões sensuais enquanto a segunda mão se movia para acariciar e amassar o outro, preparando-o para receber o mesmo tratamento. Deixei minha cabeça cair para trás e enredei meus dedos em seus cabelos, segurando-os com força.

Meu coração parecia estar pulsando na garganta, em todo lugar. Havia uma coisa que eu tinha certeza: nunca me esqueceria de Jack Hawthorne e seu toque naquela vida.

Quando ele chupou meu mamilo mais profundo e com mais força do que eu esperava, tive que me firmar com uma mão em volta do músculo duro do seu ombro, enquanto tentava o meu melhor para recuperar o fôlego. Eu nunca na minha vida gozei só por causa desse tipo de estímulo, mas estava surpreendentemente perto.

— Jack — murmurei, respirando profundamente, quando ele girou a língua e chupou meus mamilos, enviando eletricidade por todo o meu corpo. Eu não tinha certeza de como eu estava conseguindo permanecer firme de joelhos. — Jack — repeti. — Eu quero você. Mal posso esperar. Eu não quero esperar.

Quando ele levantou a cabeça para olhar nos meus olhos, eu ainda estava gemendo, meu corpo tremendo. Eu não gozei, mas estava bem perto disso.

— Hummm — ele murmurou, me beijando novamente, emaranhando sua língua com a minha. Mesmo nua, senti um calor, um formigamento. — Você tem certeza de que não é só *conversa*? Você realmente quer que eu te foda?

Estendi a mão entre nós e dei-lhe alguns puxões luxuriantes que, tanto quanto eu podia dizer, ele gostou, já que mordeu meu lábio inferior. Usei meu polegar para espalhar o líquido quente pela cabeça e, antes que eu pudesse fazer qualquer outra coisa, ele se afastou e estendeu a mão na direção da mesa de cabeceira. Assisti com admiração quando ele rasgou um pacote de preservativo e lentamente o colocou em si. Eu mesma colocaria, se ele quisesse. No segundo em que estava pronto, Jack posicionou-se ao meu lado. Ele virou meu corpo até que eu fiquei de frente para a cabeceira da cama e ele de joelhos logo atrás de mim.

— Abra suas pernas o máximo que puder para mim, baby — ele murmurou, lambendo e mordendo meu pescoço. Todo beijo causava arrepios no corpo inteiro, e eu tinha certeza de que morreria feliz depois disso. — Segure a cabeceira da cama, se precisar.

Eu estava excitada como nunca. Faria o que ele quisesse. Fiquei novamente de joelhos e abri mais as pernas, equilibrando-me com uma mão na cabeceira da cama. Quando ele colocou as duas mãos na parte interna das minhas coxas e me abriu ainda mais, as pontas dos dedos roçando minha umidade, jurei que tinha experimentado um orgasmo muito pequeno.

Minha garganta já estava seca quando ele finalmente se acomodou entre minhas pernas abertas, seus joelhos descansando ao lado dos meus, me mantendo aberta.

— Incline a cabeça para trás — ele sussurrou em meu ouvido, causando outro arrepio pelo meu corpo.

— Jack — gemi. Parecia que eu não conseguia encontrar nenhuma outra palavra.

— Preciso tanto de você — ele sussurrou, seus lábios se movendo contra a minha pele enquanto falava, seu hálito quente me mantendo tensa. Eu aceitaria. Aceitaria ouvi-lo dizer que precisava de mim a qualquer momento.

Senti a palma da sua mão esquerda cobrindo meu estômago e, em seguida, a mão direita guiando seu pau entre as minhas pernas, movendo-o para cima e para baixo na minha fenda, espalhando minha umidade por todo o seu eixo.

— Jack — repeti novamente.

— Hummm.

— Por favor... chega.

— Você me quer.

— Eu quero.

— Diga-me. Diga as palavras.

— Eu quero você como louca, Jack.

— Só a mim, Rose. Diga que sou o único.

Fechei os olhos. Ele queria que eu morresse lentamente.

— Eu nunca quis ninguém tanto quanto quero você. — Isso pareceu satisfazê-lo.

— Me beije, então. Me dê sua boca antes que eu te faça gozar — ele disse.

A parte de trás da minha cabeça já estava apoiada em seu ombro, então eu virei para a esquerda, e sua boca pegou a minha em um beijo áspero. O que aconteceu depois, antes que conseguisse respirar fundo, foi que ele investiu em mim em um deslizar lento e interminável. Afastei meus lábios dos dele e soltei um gemido longo, minha cabeça se inclinando para trás, meus olhos fechados.

— Tudo bem? — ele perguntou, e tudo o que pude fazer foi morder meu lábio e assentir. — Você é tão gostosa — ele murmurou, empurrando o resto do seu pau. Ele estava me alongando, e eu adorava isso. Meus músculos tremiam, e meus gemidos reiniciaram.

Eu já podia ver cores dançando na frente dos meus olhos.

— Isso é tão bom, Jack.

— É?

Sua palma esquerda pressionou mais forte minha barriga, me puxando contra ele, e finalmente eu o tomei por inteiro. Tentei abrir mais as pernas para ficar mais confortável, porque minha coxa direita começou a tremer, mas o pouco de dor combinado ao tamanho dele e nossa posição fez tudo parecer cem vezes melhor.

Ele começou a se afastar e eu agarrei seu antebraço para segurá-lo. Uma das minhas mãos ainda estava segurando a cabeceira da cama, mas eu precisava sentir sua pele contra as pontas dos meus dedos.

— Calma — gemi.

— Você quer que eu pare? Tão cedo?

— Eu vou te matar se você parar — ofeguei.

— Então o que foi? Estou te machucando? — perguntou, seu nariz acariciando meu pescoço.

— Uma dor boa — consegui deixar escapar.

— Bom saber.

Lentamente, ele se afastou apenas um pouco e depois estocou novamente. Daquela vez, eu o suportei mais facilmente. Nunca tinha feito sexo tão devagar, nunca soube que poderia ser tão bom e também deliciosamente doloroso de certa forma.

— Está bom para você também? — indaguei, me sentindo corajosa.

— Você não tem ideia — ele gemeu, iniciando movimentos constantes enquanto me sentia mais confortável com seu tamanho. Ele parecia mergulhar na minha umidade. — Eu poderia te foder assim por horas.

Sentindo-me oprimida, eu ri, mas então ele investiu até o fundo, e o riso se transformou em outro gemido.

— Acho que morreria de prazer.

— Eu nunca deixaria você morrer, estou apenas tentando te foder bem.

— Eu adoraria morrer assim.

Ele começou um ritmo lento, que me fez gemer constantemente. Toda vez que minha cabeça caía para a frente, ele me avisava para mantê-la inclinada contra ele, e sua preocupação por mim ajudava a aumentar meu prazer cada vez mais.

— Foi assim que você imaginou todas as vezes que me provocou?

— Está melhor — sussurrei, e seus dedos se apertaram mais fundo na minha barriga. Com minha respiração e meu coração fora de controle, também segurei em seu antebraço com mais força. Nós dois deixaríamos marcas um no outro quando terminássemos, e eu não gostaria que fosse de outra maneira.

— Jack — ofeguei, sentindo um pouco de pânico escorrer por minha voz apenas alguns minutos depois que ele começou a me foder com força.

— O quê? Vamos parar de novo? — ele perguntou, não diminuindo a velocidade. Eu segurei seu pulso esquerdo, que ainda estava pressionando minha barriga.

— Não, não, não — cantarolei, e seus impulsos começaram a ir mais fundo e mais rápido. Recuei meus quadris, tentando de alguma forma levá-lo ainda mais fundo. Sua mão direita me envolveu também, agarrando meu quadril quando minha bunda ricocheteou na parte superior das suas coxas. — Jack...

Jack, eu vou. Não pare.

— Vamos lá, Rose. Goze no meu pau inteiro. Deixe-me sentir o quanto você me quer. — Ele mordeu meu lóbulo da orelha, e então me perdi. — Sim, baby. Bem desse jeito. Monte-o. Tome o meu pau.

Fechei os olhos e, ouvir sua voz áspera me elevou e me levou ao limite. Ofegando seu nome, senti o calor explodir entre as minhas pernas, e todos os músculos do meu corpo se apertaram. Soltei a cabeceira da cama e joguei minha mão direita para trás, segurando o cabelo de Jack, puxando-o involuntariamente. Eu gemia longamente e alto enquanto meu corpo tremia em seus braços e ele continuava me cavalgando forte através do meu orgasmo, seus lábios traçando uma linha invisível no meu pescoço.

Quando meu corpo começou a relaxar ao redor dele, ele diminuiu a velocidade.

— Foi bom o suficiente?

Eu não pude fazer nada além de assentir. Estava muito entorpecida e tinha gozado com força. Meu corpo queimava em cada ponto que ele me tocava, mas eu senti o calor no meu rosto ainda mais.

— Você sente o quanto está escorregadia? O quanto gozou no meu pau?

Era impossível não sentir. Minha única resposta foi outro aceno de cabeça. Ele se aprofundou em mim enquanto eu choramingava. Sua mão direita segurou o peso do meu seio, e eu descaradamente me arqueei contra ele.

Luxúria queimou minha pele. Quando ele acelerou o ritmo apenas um pouco, eu respirei fundo.

— Merda.

— Você vai gozar novamente.

— Sempre dando ordens — murmurei, todo o meu foco no ponto onde nos tornamos um.

— Não é uma ordem, Rose, estou apenas apontando o óbvio.

Ele enterrou o rosto no meu pescoço e beliscou meu mamilo, seus impulsos intransigentes. Soltei algo entre um suspiro e um gemido.

Deus, a força com que me segurava era tão poderosa quanto seus impulsos. Afrouxei meu aperto em seu pulso e joguei a mão em cima da dele, silenciosamente dizendo que queria mais pressão.

— Eu vou te deixar marcada — ele sussurrou.

— Eu quero que me marque — sussurrei de volta, virando a cabeça e pressionando a testa em sua garganta quente.

— Por quê?

— Quero tudo de você, Jack, tudo e muito mais. Quero que deixe uma marca em mim. — Era nada mais do que uma declaração ofegante que tinha um duplo significado quando percebi que estava a segundos de outro orgasmo.

— Abra sua boca — ele ordenou, movendo a cabeça para trás.

Levantei a cabeça e o deixei invadir minha boca em um beijo ardente no mesmo momento em que seus impulsos se tornaram requintadamente exigentes. O gosto dele e sua fome tomaram conta de mim quando comecei a gozar novamente. Ele moveu a mão direita pelo meu corpo, e a sensação de sua pele contra minhas áreas sensíveis me fez tremer em seus braços enquanto ele investia em mim. Ele não fez nada além de cobrir minha boceta com a mão, a palma dela pressionando com força o meu clitóris.

Através da neblina que preencheu meu cérebro, eu o senti ficar impossivelmente mais profundo conforme choramingava em sua boca, meu corpo tremendo. Os pequenos grunhidos de prazer que escapavam dele fizeram meus dedos do pé se contraírem. Ele estocou profundamente mais duas vezes e depois parou dentro de mim. Gemi baixinho quando meus músculos internos tremeram em torno do seu membro. Eu estava perdida em sua fome, sua fome por mim.

Ele investiu mais algumas vezes, de forma preguiçosa e luxuriante, e elas me acariciaram por dentro enquanto as duas mãos dele descansavam em cima das minhas coxas. Tive a sensação de que ele não queria me soltar, o que foi bom para mim. Eu não queria que ele me soltasse também.

— Isto é real? — perguntei, sem fôlego, quando ele começou a sair de dentro de mim.

Ele paralisou.

— O que você quer dizer?

— Eu não estou sonhando com isso, estou? — Deslizei as mãos em seus antebraços, minha cabeça ainda descansando em seu ombro largo. Girando-a, olhei para ele através dos olhos atordoados e provavelmente meio perdidos.

Ele deu o sorriso mais doce e sexy e beijou meus lábios.

— Isso, nós, somos tão reais quanto parece. — Suas mãos se moveram, e ele as envolveu em torno de mim em um aperto forte, seus antebraços sustentando o peso dos meus seios. Depois de um longo abraço, que eu amei, ele sussurrou no meu ouvido: — Eu preciso me livrar da camisinha, baby. Solte-me.

Soltei minhas mãos e segurei um pequeno gemido quando ele saiu. No entanto, eu não conseguia parar o tremor do meu corpo quando a palma de sua mão se moveu na curva da minha bunda.

— Deite-se, você está tremendo.

Eu fiz isso felizmente.

Quando ele voltou, eu estava escondida debaixo das cobertas, a cabeça apoiada no travesseiro e as mãos enfiadas sob a bochecha. Rastreei todos os seus movimentos e secretamente me cumprimentei quando notei que ele ainda estava nu.

Seu pau era impressionante, mesmo quando não estava fazendo coisas comigo.

Ele se deitou de frente para mim.

— Oi — sussurrei.

Ele inspirou fundo e depois soltou.

— Olá, Rose. — Seus lábios encontraram os meus, e eu sorri através do nosso beijo curto. — Por que esse sorriso? — ele perguntou, seus lábios se movendo contra os meus enquanto nossos narizes se tocavam.

— Eu dividiria minha porta com você a qualquer momento, Jack Hawthorne.

Suas sobrancelhas se estreitaram.

— Do que você está falando?

— Se você nunca viu Titanic, não posso me casar com você — eu disse seriamente.

Infelizmente, a confusão não saiu dos seus olhos, mas um sorriso tocou seus lábios.

— Acho que é um pouco tarde para isso.

— Você não viu. Jack e Rose... o Titanic...

— Conheço o filme, mas acho que não o vi.

— Se eu estivesse confiante de que conseguiria sair deste quarto, forçaria você a assistir agora, mas, como isso não vai acontecer, marque na sua agenda. Vamos assistir amanhã.

Sua mão afastou o cabelo do meu rosto.

— Ok. Como você está se sentindo?

Deixei meus lábios se curvarem.

— Por um minuto, meu cérebro formigou.

Sua expressão ficou séria, e seu corpo ficou tenso.

— Você está se sentindo bem? Foi demais?

Levantei a mão e alisei sua carranca.

— Estou bem, mas com certeza senti um formigamento lá em cima. — Inclinando-me para frente, eu o beijei. Fechando os olhos, sentindo meu coração na garganta, sussurrei contra seus lábios: — Foi o melhor sexo da minha vida, Jack.

— Ótimo.

Recuei e olhei nos olhos dele, que estavam escondidos nas sombras escuras do meu quarto.

— Só isso? É melhor você dizer algo mais.

As sobrancelhas dele se ergueram.

— Você quer saber que também foi o meu melhor?

— Sim, e mais do que isso. Por favor.

Então ele riu e, se os sons que fez quando estava gozando eram os mais sexy que eu já tinha ouvido, o som dele rindo na cama comigo era o mais doce. Ele ficou sério rapidamente, mas isso não me impediu de ouvir o tom de sorriso e a diversão em sua voz.

— Você é a melhor que já tive também, Rose.

Eu esperei. Ele também.

— Mais — eu disse. — E torne mais crível.

Uma sobrancelha ergueu-se, e, em seguida, sua mão se escondeu atrás de mim e ele me puxou para si até ficarmos pele com pele novamente. Seu pênis semiduro pressionou-se contra a minha barriga, e ele olhou nos meus olhos, sem nenhum sinal de sorriso em seu rosto.

Eu já estava sem fôlego, caramba!

— Você é a única mulher com quem quero dormir abraçado e que quero acordando ao meu lado, Rose Hawthorne. Eu nunca vou te deixar. Nunca vou te esquecer.

O calor correu pela minha pele, meu batimento cardíaco soando alto nos meus ouvidos. Pigarreei.

— Não foi tão ruim. Acho que é bom que você não seja tão ruim na cama.

Eu nunca vou te deixar.

Aquela declaração tirou meu fôlego. A alegação facilmente assustaria uma mulher diferente, mas eu mergulhei em cada palavra bruta e deixei que elas me preenchessem. Nunca pertenci a ninguém, não daquela forma, não como Jack estava me oferecendo.

— Sexo? — brinquei. — Novamente? Você sabe, só para ver se a primeira vez foi por acaso?

Sua resposta foi sussurrada contra meus lábios, com um sorriso, enquanto seus olhos capturavam meu olhar vulnerável.

— Sim, baby. Novamente.

No dia seguinte, eu parecia exatamente com alguém que havia transado. Havia sorrisos em abundância no café e eu estava andando nas nuvens. Owen não se importava de garantir que eu soubesse o que ele pensava de mim conforme eu continuava sorrindo para mim mesma do outro lado da ilha da cozinha.

Quando vi o rosto de Jack piscando na tela do meu telefone, pouco antes de abrirmos, minha manhã chegou ao ápice.

— Oi.

— Minha Rose. — Havia a sugestão de um sorriso, que eu adorava ver em seus lábios, quando ele falou. — Como você está se sentindo?

— Perfeita — sussurrei, indo para um canto enquanto olhava para as ruas movimentadas de Nova York. Tínhamos feito sexo de novo após a primeira vez e depois novamente pela manhã, o que elevou nosso total a três. Não era um número ruim quando se pensava bem, e saber que a primeira vez não fora um mero acaso foi a cereja no topo do bolo. Eu tinha todos os tipos de hematomas para mostrar, mas amava especialmente os do quadril e os das laterais da cintura.

Quando fechava os olhos, ainda podia sentir seus dedos marcando minha pele.
— Como você está se sentindo?

Sua resposta foi suave e gentil, tão oposta a ele.

— Perfeito.

Olhei para os meus sapatos e sorri.

— Nós fizemos um bom sexo.

— Fizemos mesmo.

— Você quer me dizer alguma coisa?

— Não posso ligar para a minha esposa só porque quero?

— Pode, e deve também. Sempre que ela surgir na sua cabeça, você deve ligar ou mandar uma mensagem. Acho que ela gosta de conversar com você.

— Você acha?

— Sim, eu com certeza acho que sim.

— Me diga mais. Do que mais ela gosta?

Olhei por cima do ombro para me certificar de que Sally ainda estava ocupada empilhando os sanduíches e não conseguia me ouvir.

— Ela gosta quando você sussurra em seu ouvido. — Minha voz tornou-se um sussurro áspero quando meu corpo estremeceu só de pensar na noite anterior e naquela manhã.

Ouvi Jack limpar a garganta e murmurar algo para alguém que aparentemente estava em seu escritório com ele. Esperei até ele voltar para mim.

— Desculpe. Tinha um associado júnior comigo. Estou sozinho agora.

Eu balancei a cabeça, esquecendo de que ele não podia me ver.

— O que você está fazendo?

— Estou me preparando para uma reunião.

— E estamos prestes a abrir.

— Sei disso.

— Acho que senti sua falta — admiti em voz baixa. Fazia apenas algumas horas desde que roubei um último beijo quando nos juntamos a Raymond em nosso pequeno trajeto matinal. Ele disse que queria estar no escritório cedo para examinar algumas coisas, e eu disse que ele não queria se afastar de mim. Ele me beijou então, bem na frente da cafeteria. *E se for?*, disse, deixando-me sem fôlego e com fome de novo.

— Você acha? — ele perguntou, parecendo divertido.

— Eu sei.

— Você gostaria de almoçar comigo, então?

— Rose? — Olhei para o lado e vi Sally sorrindo para mim. — Devo abrir a porta?

— Sim, sim. Desculpe, vou ajudá-la em um segundo.

Ela acenou para mim.

— Deixa comigo. — Então, com um sorriso ainda maior, ela abriu a porta e deu as boas-vindas aos nossos dois primeiros clientes do dia.

Eu nem tinha notado que eles estavam esperando lá fora no frio.

Basicamente me escondendo no canto da cafeteria, concentrei minha atenção em Jack.

— Se você está sentindo tanto a minha falta que não pode continuar seu dia sem me ver durante o almoço, consideraria essa opção... mas como não é o caso...

— Você sempre me provoca, não é?

— Eu acho que você está certo.

— Que bom. Bem, se você não for almoçar comigo, meu dia inteiro será arruinado, porque não poderei pensar em nada além de você e seu gosto na minha boca.

Eu corei. Ele definitivamente conhecia o meu gosto.

— Tudo bem. Eu vou almoçar com você. Terei que cancelar todos os meus outros planos, mas só porque você insistiu muito.

Enquanto sorria, olhando para os meus sapatos, houve um silêncio pesado do outro lado da linha.

— Jack?

— Eu vou te fazer feliz, Rose. Prometo.

As palavras ficaram presas na minha garganta por um breve momento.

— Eu vou fazer você feliz também, Jack.

Antes que ele pudesse responder, ouvi uma voz inesperada e indesejada atrás de mim.

— Rose?

Meu sorriso desapareceu antes mesmo de eu olhar para ele. *Joshua*. Seu cabelo estava penteado para trás, o que o fazia parecer um idiota total, e ele usava um terno – nada tão bom quanto os de Jack, mas, ainda assim, um terno preto. Ele parecia perfeito para alguém tão rico quanto Jodi. Quando estávamos juntos, ele não era assim – sem cabelos extremamente penteados, sem ternos. Era como se ele tivesse se moldado em uma pessoa diferente, ou talvez minha prima o tivesse moldado em uma pessoa diferente. De qualquer forma, não era da minha conta.

— Jack — eu disse, ainda segurando o telefone no meu ouvido. — Eu... uh, acabamos de abrir. Eu tenho que ir. Vou te enviar uma mensagem quando desacelerarmos um pouco. — Depois de um rápido adeus, desliguei o telefone. — O que você está fazendo aqui, Joshua? Outra vez.

— Gostaria de conversar, se você tiver alguns minutos.

Eu fiz uma careta para ele. Não tínhamos nada para conversar. Olhei por cima do ombro, irritada por ele estar quase bloqueando meu caminho de fuga.

— Acabamos de abrir — repeti as palavras que disse a Jack. — Não tenho tempo para conversar, preciso trabalhar.

Ele sorriu, uma pequena expressão íntima que só me deixou mais irritada porque estava estragando meu dia feliz. Ele não pertencia àquele momento.

— Não me importo de esperar.

Como o local estava começando a ficar cheio de clientes, eu não conseguia fazer uma cena e expulsá-lo. Então, dei de ombros e, afastando-me ao máximo para não esbarrar, passei por ele.

Eu o fiz esperar mais de uma hora, torcendo para que ficasse entediado e partisse por conta própria. Não conseguia me lembrar de uma única vez em que tivesse me esperado por mais quinze minutos, mas agora parecia que tinha todo o tempo do mundo. O que mais me incomodou foi o fato de nem sequer ter pedido um café simples, enquanto ocupava uma mesa que eu poderia ter oferecido a clientes pagantes.

Foi por isso que fui até ele quando o movimento da manhã começou a desacelerar. Isso e o fato de que ele estava me deixando extremamente desconfortável com a maneira como tentava chamar minha atenção.

Imaginei que não precisava me sentar para ouvir o que ele precisava dizer, então fiquei ao lado do seu assento e, tentando parecer o mais quieta possível, fui direto ao ponto:

— Não tenho certeza de como dizer isso de outra maneira, mas não quero que você volte aqui. Não quero te ver nem falar com você.

— Eu pensei que íamos conversar.

Ele estava mesmo me ouvindo?

— E eu pensei que você entenderia a deixa e sairia antes que isso acontecesse.

— Rose, acho que você vai querer ouvir o que...

— Não. Eu não quero ouvir e não quero ver você. Não tenho ideia do que...

— Vim te contar uma coisa ou duas sobre seu marido.

Minhas unhas curtas cravaram nas minhas mãos enquanto eu tentava manter um rosto sorridente por causa dos clientes ao nosso redor.

— Saia.

Ele se mexeu na cadeira, inclinando-se.

— Eu o conheci enquanto ainda estávamos apaixonados. Você e eu... Ele me pagou para terminar com você, Rose. Ele foi muito insistente, não me deixou recusar. Eu tinha medo do que faria comigo. Se eu soubesse que te forçaria a se casar com ele e que brincaria com você assim, eu teria...

A cada palavra que saía de sua boca, sentia meu corpo cambalear mais. O mundo começou a girar ao meu redor. Meus joelhos enfraqueceram, e eu tive que me sentar em frente a Joshua.

Depois que ele terminou de falar, não havia mais felicidade dentro de mim.

Ele me pagou para terminar com você.

Capítulo Vinte e Cinco

JACK

Depois de termos encerrado uma longa reunião com um cliente antigo que estava pensando em vender sua empresa, eu ainda estava na sala de reuniões com Samantha e Fred, tentando descobrir detalhes da situação, quando Cynthia entrou após uma batida rápida. Eu deveria ter adivinhado pela sua expressão. Eu deveria ter imaginado que meu tempo tinha acabado e que tudo estava prestes a desabar sobre mim.

Rose entrou, seguindo a minha assistente antes que eu pudesse terminar meus pensamentos, e não havia nada além de desgosto estampado em todo o seu rosto. Algo estava realmente errado. Será que estava se sentindo doente de novo? Minha mente acelerou com essa possibilidade.

— Sinto muito interromper assim — Rose começou com uma tristeza silenciosa em sua voz, seus olhos em mim. Ninguém mais na sala importava. Éramos apenas nós. — Podemos conversar?

Ergui minha cabeça e me levantei.

— Por favor, me deem licença. — As vozes de Fred e Samantha não passavam de um murmúrio ao fundo.

Contei cada passo que dei até ela - Rose, minha esposa. Foram doze no total. Se eu pudesse ter desacelerado o tempo, teria feito isso. Nunca voltaria atrás. Nunca mudaria um segundo do que tínhamos juntos. Antes que eu pudesse chegar ao seu lado, ela se virou e saiu da sala de reuniões, parando do lado de fora da porta.

Apertando minha mandíbula, apressei-me para colocar a mão nas costas dela, por hábito e necessidade.

Limpando a garganta, ela deu um passo para longe de mim. Rose não estava no meu escritório para o nosso almoço. Me matava vê-la daquele jeito, e foi então que eu soube o motivo de sua visita. Saber que eu era responsável por isso – saber que tinha feito isso com ela – destruía algo dentro de mim.

Minha mão caiu na lateral do meu corpo, dedos formando um punho. Coloquei as mãos nos bolsos enquanto ela me observava para não sentir vontade de tocá-la.

— Meu escritório? — perguntei em meio ao silêncio entre nós.

Ela assentiu e caminhou na minha frente enquanto eu a seguia.

Finalmente chegamos ao meu escritório e, em vez de se sentar, ela agarrou os cotovelos e ficou bem no meio da sala. Antes que eu pudesse me virar e fechar a porta por algum senso de privacidade, Cynthia apareceu. Soltando um suspiro, ela olhou para mim e depois para Rose.

— Posso pegar alguma coisa, senhora Hawthorne?

Eu gostaria de poder tirar meus olhos dela, porque talvez eu não a visse se encolher. Ela balançou a cabeça e seus lábios se ergueram apenas por um segundo.

— Não. Obrigada, Cynthia.

A porta se fechou e finalmente estávamos sozinhos.

Seus olhos encontraram os meus enquanto eu me movia para ficar na frente dela.

— Você não está aqui para almoçar.

— Não.

Eu me preparei.

— Estou ouvindo.

Houve aquele silêncio novamente quando alguns segundos se passaram e seus ombros caíram em derrota, sua expressão se modificando, tornando-se uma careta diante dos meus olhos.

— Diga-me que é mentira, Jack. Diga-me que é uma mentira para que eu possa respirar novamente. — Soltando os braços, ela encostou um punho no coração, como se isso pudesse aliviar sua dor.

Cerrei os dentes, apertando as mãos nos bolsos.

— Você precisará ser mais específica.

Ela tirou a mão do peito e levantou o queixo, os olhos já brilhando com lágrimas não derramadas.

— Diga-me que você não pagou a Joshua para terminar comigo. Diga-me... — Sua voz falhou, causando uma dor no meio do meu peito. — Diga-me que você não mentiu para mim sobre tudo.

Suspirei, tentando me controlar, tentando me manter impassível.

— Eu não posso te dizer isso, Rose — admiti, minha voz soando mais dura do que eu pretendia.

Ela olhou para mim como se estivesse olhando para um estranho e sua primeira lágrima caiu, marcando uma linha em sua bochecha.

Então a segunda veio.

Depois a terceira.

A quarta.

Ela não emitiu um único som. Além de piscar os olhos enquanto as lágrimas continuavam caindo, não se mexeu nem um centímetro.

— Você se divertiu?

— O quê?

Sua voz ficou mais forte quando ela a aumentou.

— Eu perguntei se você se divertiu.

— Do que você está falando?

— Você se divertiu com seu joguinho?

— Você não sabe o que está...

Ela enxugou as lágrimas com as costas da mão, a coluna reta. Assim era melhor. Eu poderia lidar com ela se preparando para me machucar. Deus sabia que eu merecia.

— Você está certo, eu não sei. Eu não sei de nada. Você pagou meu noivo para terminar comigo. — Em seguida, ela começou a empurrar meu peito com as duas mãos. Estava tremendo, e eu recuei um passo quando ela perguntou: — Quem diabos você pensa que é?

Quando ela me bateu pela segunda vez, agarrei seus braços logo acima dos cotovelos antes que repetisse pela terceira vez. Se pensasse que isso a ajudaria, eu a deixaria me bater inúmeras vezes, mas não mudaria o que eu havia feito.

— Acalme-se.

— Me acalmar? — Ela estava chorando muito, tentando se desvencilhar de mim, tentando escapar do meu toque. — Você mentiu para mim desde o primeiro momento em que nos conhecemos. Você arruinou *tudo*.

Segurei seus braços com mais força, puxando seu corpo para mais perto do meu quando sua respiração começou a ficar agitada.

— Eu salvei você dele — deixei escapar através dos dentes cerrados. — Suponho que ele tenha voltado à sua cafeteria, já que foi com isso que ele me ameaçou quando eu disse que não iria mais lhe dar dinheiro.

— Me salvou? Você me salvou? — Sua respiração falhou, mas ela parou de lutar nos meus braços. — Solte-me, Jack.

— Para que você saia daqui sem me ouvir? Não.

— Ah, não vou a lugar algum antes de ouvir uma explicação. Quero que você me solte porque não quero que me toque nunca mais.

Seus olhos queimaram nos meus. Eu nunca esqueceria a dor, a mágoa, a raiva, o ódio que via neles. Sabendo que merecia ouvir, sabendo que ela estava certa, eu a soltei e ela se afastou de mim, esfregando os braços onde eu os havia segurado.

— Você está bem? — consegui perguntar, pensando que a tinha segurado com mais força do que eu imaginava.

— Ah, nunca estive melhor. — Ela colocou mais distância entre nós. Estava parada a poucos passos de distância e eu ainda podia sentir o seu perfume, mas ela poderia muito bem estar a quilômetros de mim. — Você pode parar de fingir que se importa comigo. Vá em frente, Jack, me conte mais mentiras. Diga-me o que você fez. Estou ouvindo.

Minha mandíbula apertou. Eu merecia isso, mas não significava que doía menos.

— Eu não tenho ideia do que ele te disse, Rose, mas ele mentiu.

— Claro. Certo, porque você nunca faria algo assim.

— Não. Eu menti para você também. Não estou dizendo o contrário. Eu menti desde o começo.

— Quão nobre da sua parte admitir isso agora depois que descobri tudo.

Minha paciência se esgotou.

— O que você acha que sabe? Ele explicou que estava com você apenas por causa do dinheiro do seu tio? Como só se aproximou porque achou que você tinha um relacionamento melhor com eles? Se ele fez isso, por favor, aceite minhas desculpas. Você deveria retomar esse relacionamento.

Ela olhou para mim, seus olhos perfurando os meus.

— Você ofereceu dinheiro para ele terminar comigo. O que te deu esse direito?

— Essa é a única coisa em que concordo com você. Eu não tinha o direito, mas fiz de qualquer maneira. Ele não passa de um vigarista, Rose. Eu estava tentando ajudá-la.

— Quem pediu sua ajuda? Eu nem te conhecia. Antes do dia em que você me trouxe ao seu escritório, eu nem te conhecia. Ele terminou comigo dias, *semanas* antes disso.

— Eu disse que te conheci antes.

— E eu disse que não me lembro! — ela gritou de volta. Supus que nós dois estávamos perdendo a paciência. Eu não me importava se toda a empresa ouvisse; tudo o que importava era que Rose ainda estivesse lá. Por mais chateada que estivesse, ainda queria que me ouvisse. Talvez ela não estivesse escutando tudo o que eu estava dizendo, mas estava ouvindo e, naquele momento, era o suficiente.

— Não muda o fato de que *eu* me lembro. Eu te conheci naquela festa, brevemente. Entendo por que você não se lembraria; não via ninguém além dele.

O filho da puta que estava planejando partir seu coração, informação que só descobri mais tarde.

E eu era apenas mais um babaca com um nome diferente que havia feito o mesmo, que havia aceitado o fato de que esse dia acabaria por chegar antes mesmo de dizermos "eu aceito".

Ela mordeu o lábio como se tentasse manter a dor dentro, os olhos brilhando com mais lágrimas.

— Diga-me o que você fez, Jack. Diga-me exatamente o que você fez.

— Eu não conseguia tirar você da minha cabeça depois de te conhecer. Estava interessado, mas, quando soube que ele era seu namorado, recuei, pensando que talvez, no futuro, se as coisas não dessem certo, eu poderia ressurgir; não importa o que eu pensava. Algum tempo depois, Gary mencionou que você ficou noiva e que ele assinou um contrato com você. Foi adicionado ao testamento como todos os outros contratos, mas ele adicionou uma cláusula. Quando li, achei estranho que não fosse apenas dar o lugar para você, então eu investiguei Joshua. Só estava curioso.

— Por quê? — ela gritou, erguendo os braços e deixando-os cair ao lado do corpo. — Por que você faria algo assim?

— Porque eu queria descobrir mais sobre ele. Queria saber quão sérios vocês dois eram. Faça sua escolha. — Esperei que ela me perguntasse o que eu tinha descoberto, mas ela nem sequer piscou. — Usei o investigador que temos aqui na empresa. Ele descobriu que Joshua nunca frequentou Harvard. Ele havia roubado dinheiro de outras três mulheres. Tudo começou com pequenas quantias, mas foi aumentando com o tempo. Ninguém apresentou queixa por sentir vergonha, e uma delas temia que o marido descobrisse o caso. Aquelas três mulheres, ele descobriu em apenas uma semana. Não pedi ao investigador que cavasse mais porque seu tio havia falecido. Nós sabíamos o que ele era e não havia tempo para fazer muita coisa. Eu sabia o motivo para ele estar com você.

— Por que você não me contou? Por quê?

— Você acreditaria em mim? Eu era um estranho. E não havia tempo para fazer muitas coisas. Antes que ele pudesse descobrir sobre o testamento, eu o paguei para se afastar.

Rose respirou trêmula e se distanciou até que suas pernas atingiram o sofá e ela se sentou. A cabeça inclinada, os olhos fechados, ela estava pressionando os dedos na têmpora.

Eu me aproximei dela.

— Você está bem? Está se sentindo tonta?

— Pare com isso — ela ordenou com uma voz quebrada, olhando para mim com olhos vermelhos e inchados, mas secos. — Pare de agir como se você se importasse.

— Eu não me importo? — perguntei, num tom de voz irônico. — Você acha que eu não me importo e é por isso que paguei a ele para te deixar em paz? Por isso me casei com você? Porque eu não me importo?

— Você acha que cuidar de alguém é o mesmo que forçá-la a se casar com você?

Meu corpo travou.

— Eu não forcei você a nada, Rose.

— Mas você não me deixou escolha, deixou, Jack? Tudo estava perfeitamente configurado para o seu jogo. Você não é melhor do que ele.

Agachei-me na frente dela, minhas mãos ansiosas para tocá-la, para ter certeza de que ela estava bem.

— Você sabe que isso não é verdade — sussurrei, suas palavras cortando meu coração mais fundo do que eu esperava. — Diga-me que sabe que isso não é verdade. Ele não sabia que conseguiria a propriedade quando o paguei para terminar com você. Ele pegou o dinheiro sem questionar, Rose. Disse que não iria se casar com você de qualquer maneira, que estava apenas tentando tirar o melhor proveito da situação e ver se poderia obter algo de Gary, tornando o relacionamento mais sério. Você está ouvindo o que estou dizendo? Quando seu tio faleceu e Joshua soube da cláusula no testamento, voltou para pedir mais dinheiro. Paguei a ele mais de uma vez, mais de duas vezes. Quando percebeu que o havia enganado, voltou para pedir mais dinheiro. Só foi até você agora porque eu disse a ele que não lhe daria mais nada depois que ele apareceu na sua cafeteria da última vez. Não achei que ele faria isso. Pensei que o tinha assustado. Joshua não estava com você porque a amava. Eu não sou como ele.

Ela olhou nos meus olhos por um momento, sem fôlego.

— Você mentiu para mim, Jack. Suas mentiras estão me machucando mais agora. O que quer de mim? Não me diga que precisa de alguém para participar de jantares. Era realmente a propriedade que você estava buscando? Assim como ele? E nem pense em me dizer que isso não passa de uma transação comercial entre duas pessoas. Não minta mais para mim.

Era você. Eu não sabia na época, mas era apenas você que eu queria.

— Nada. Eu não queria nada de você. Estava tentando ajudar.

— Você queria ajudar uma estranha. Eu sou o caso de caridade deste ano?

Eu cerrei os dentes e me levantei. Ela se levantou também, ficando a poucos centímetros de distância. Minhas mãos queriam embalar o rosto dela como eu havia feito tantas vezes, mas não tinha mais o direito de tocá-la.

— Você me mudou. Você fez isso. Me fez amar você. Me mostrou esse cara, um cara em quem eu podia confiar e amar e com quem eu não precisaria ter medo de ser eu mesma. Você me mostrou que eu poderia ter uma família em que pudesse confiar. Você me deu uma ilusão. Toda a sua ajuda com a cafeteria... e então, quando eu estava doente, você estava ali, mas estava interpretando, brincando comigo. Era tudo mentira, Jack. Você não passa de uma mentira e nunca saberá o quanto me dói saber disso. Eu queria algo real. Você sabia o que Joshua havia feito comigo, mas o que você fez? Foi em frente e fez exatamente a mesma coisa, apenas de uma forma diferente.

Algumas lágrimas escaparam de seus olhos, rolando sobre sua pele antes que ela rapidamente as enxugasse com raiva. Eu não fiz nada além de assistir, meu pulso acelerado e meu sangue rugindo em minhas veias, impotente.

— Espero que você tenha conseguido o que queria. Espero que tenha valido a pena.

— Eu arrisquei te perder para ter uma chance com você, Rose. Faria de novo em um piscar de olhos.

Ela balançou a cabeça e, quando seu ombro roçou o meu, se afastou.

Colocando as mãos nos bolsos, me virei para vê-la me deixar.

Ela parou com a mão na porta, a cabeça inclinada.

— Diga alguma coisa, Jack. Peça desculpas. Alguma coisa. Por favor, diga alguma coisa.

Suas palavras eram um sussurro que me cortou ao meio. Dei um passo à frente, mas depois parei. Agora que ela sabia algumas coisas, eu não mentiria sobre o resto. Eu não diria algo que sabia que ela não acreditaria.

— Paguei o dobro do valor da propriedade a Bryan depois que ele apareceu em sua cafeteria antes da abertura. — Ela virou a cabeça para trás, sua expressão horrorizada. — Ele não gostou do fato de termos puxado o tapete dele. Ia contestar o testamento, me ligou inúmeras vezes, ameaçou você. Não que não acreditasse no casamento, acho que acreditou depois que você foi morar comigo, especialmente depois que ele nos viu juntos no café e depois no evento. Ele simplesmente não queria que você ficasse com o lugar. Paguei a ele depois daquela noite no evento de caridade. Por isso ele deixou passar e eu mandei que não aparecesse na sua frente de novo. Ele seria um problema, então chegamos a um acordo. Eu paguei a ele.

— Como ele pôde acreditar que o que tínhamos é real? Por que Joshua não contou a ele que você o pagou?

Tínhamos. Pretérito.

— Eu acredito que, como ele está saindo com sua prima, não poderia admitir o que é. Ele não contou.

— Por que você não comprou o maldito lugar antes de se casar comigo, Jack? Por que não alugar o lugar para mim se tudo o que você queria era se aproximar?

— Você aceitaria a oferta? Você nunca concordaria em me pagar um aluguel baixo. Essa não é você. Nem importa, eu ainda pensei em fazê-lo, mas, como eu lhe disse no primeiro dia, Bryan foi inflexível quanto a não vender. Você ia perder tudo e perder a cafeteria. Eu pensei que, se pulasse direto para o casamento, você pensaria que meu interesse era na propriedade, por outras coisas. Você nem consideraria que eu estava interessado em você. E foi o que aconteceu. Você nem gostava de mim.

Por um segundo, ela parecia estar sem palavras, então eu segui em frente.

— Não vou me desculpar por algo que não lamento. Não estou feliz com o andamento das coisas, mas não pretendia fazer nada depois de me casar com você. Eu não iria sequer chegar perto, e tentei ficar longe. Me esforcei muito, Rose, confie em mim, mas, quanto mais tempo passava com você, mais te conhecia... não *conseguia* ficar longe. Quando percebia que não queria ficar longe, não podia ficar longe, decidi que tentaria ser o que você gostaria, o que você merece. Tentei ganhar seu coração. Não minto quando digo que tudo o que queria fazer era ajudá-la quando me ofereci para me casar. No fim de dois anos, iríamos nos divorciar e você nunca mais me veria. Esse era o plano, mas, em algum momento, eu me apaixonei por você e, por isso, não me desculpo. Eu faria de novo. Eu não mudaria um único momento que tive com você.

Ela se virou para olhar para mim e, pela sua expressão, eu sabia que ela iria me deixar.

— Eu nunca vou te perdoar por isso — disse ela.

— Eu sei — sussurrei. — Eu te amo, de qualquer jeito.

Sua postura endureceu ainda mais, e ela ergueu os ombros como se estivesse tentando se proteger das minhas palavras. Ela devia saber que eu estava me apaixonando por ela. Eu sabia que ela estava se apaixonando por mim, então ela também devia saber. Não poderia ter sido só eu. Eu sabia disso.

— Me ama? — Os lábios dela se curvaram, mas não era o sorriso que eu tanto amava. — Você não me ama, Jack. Não acho que você seja capaz de amar alguém.

Eu nunca saberia se foram as últimas palavras que ouvi dela que me feriram mais ou se foi assisti-la me deixar. Quando ela estava fora de vista, fui até minha mesa, peguei um peso de papel de vidro e joguei-o contra a parede.

Fiquei no escritório até meia-noite trabalhando. Terminei as propostas e liguei para os clientes, fazendo tudo o que não precisava para passar o tempo e não ir para casa, mas não havia onde me esconder. Eu sabia o que estava fazendo desde o começo. Decidi conscientemente não contar a Rose o que havia feito.

Dei dinheiro a Joshua mais três vezes, e ele ainda a procurara.

Verdade fosse dita, a razão pela qual eu estava evitando ir para casa era porque sabia que ela não estaria mais lá, e eu não estava disposto a ter essa verdade me dando um tapa na cara. Rose agiu exatamente como eu esperava que fizesse. Tudo que ganhei foi sua despedida. Nem eu pensava que seria capaz de amar alguém como a amava antes que isso acontecesse. Por que ela acreditaria em mim agora?

À meia noite e quinze, entrei no meu carro.

— Senhor, vamos para casa?

— Você pode me chamar apenas de Jack, Raymond. Você chama minha esposa pelo nome dela e não vejo uma razão pela qual não possa me chamar pelo meu nome.

Seus olhos encontraram os meus no espelho retrovisor e ele assentiu.

— Casa? Ou para outro lugar primeiro?

— Para o apartamento, por favor.

Olhei para fora, meu olhar perdido nas ruas vazias. Estava mais silencioso do que o habitual, pois os semáforos passavam um a um. Alguns minutos depois, Raymond quebrou o silêncio entre nós.

— Ela quis caminhar.

Meus pensamentos se espalharam de uma só vez.

— O quê?

— Rose. Tinha começado a nevar, então me ofereci para levá-la para casa, mas ela disse que queria andar.

Eu imaginava que sim.

O resto do trajeto foi silencioso até que ele parou em frente ao nosso prédio – *meu* prédio. Ele desligou o motor e ficamos ali por um longo momento. Não sabia ao certo por que achava que ficar sentado no carro e prolongar a dor que sentia no peito era uma boa ideia quando sabia o que encontraria lá em cima, mas ainda havia uma pequena parte de mim que teimava em ter esperança.

— Ok — eu disse em voz alta e passei a mão pelo rosto. — Está bem, então. Boa noite, Raymond.

— Você gostaria que eu esperasse aqui?

Minhas sobrancelhas se uniram.

— Para quê?

— Caso você queira ir para outro lugar. Talvez para o Café da Esquina?

Nossos olhos se encontraram e me dei conta de que ele já sabia. Claro que sabia. Eles passaram as manhãs juntos por meses. É claro que ela diria a ele o que estava acontecendo depois que terminasse comigo.

— Não. Não acho necessário. Tenha uma boa noite.

Eu saí do carro, e sua resposta caiu em meus ouvidos surdos.

Entrei no prédio e vi quando nosso porteiro confiável se levantou para me cumprimentar. Fiquei tentado a passar com apenas um aceno de cabeça para reconhecer sua presença, mas não parecia mais certo.

— Olá, Steve. Como você está?

— Muito bem, senhor. Obrigado. Como foi sua noite?

Eu bufei.

— Não foi a melhor noite, receio. — Ele levantou uma sobrancelha, esperando que eu continuasse, mas decidi mudar de assunto para evitar subir. — Parece uma noite tranquila hoje.

— Sim, senhor. Está frio lá fora, então todo mundo parece estar em casa.

— Sim. Será a neve?

— Eu acredito que sim.

— Sua filha... Bella, certo? — Ele assentiu. — Como ela está na nova escola? Tudo bem?

— Sim, senhor. Ela está... mais feliz. Obrigado por perguntar.

— Que bom. Fico feliz em ouvir isso.

Eu não conseguia pensar em mais nada para dizer, então acenei de volta, bati meus dedos em sua mesa e fui em direção aos elevadores.

Destrancando a porta, forcei-me a entrar e me afogar no silêncio. Verifiquei a cozinha primeiro, porque às vezes ela assava ou cozinhava. O creme para as mãos que ela usava havia desaparecido da sala, o que cheirava a pera. Subi as escadas e entrei no quarto dela, que se tornara nosso. O banheiro estava vazio, o armário... tudo parecia sem graça e errado. Em poucas horas, ela conseguira se apagar completamente da minha vida. Se eu não tivesse encontrado o anel que lhe dera sobre a mesa de cabeceira, aquela do meu lado da cama, estaria inclinado a acreditar que sonhei com ela. Peguei o anel e o coloquei no meu bolso.

Desci as escadas e me servi de uísque. Depois de terminar meu terceiro copo, segui meus passos de volta para o quarto dela e saí para o terraço. A neve começara a cair mais forte. Não conseguia sentir frio, não do jeito como estava me sentindo. Apoiei meus braços na grade e olhei para o Central Park. Não tinha certeza de quanto tempo fiquei lá como um idiota, mas tudo o que fiz depois foi sair do nosso apartamento e pegar um táxi.

Se Raymond achara necessário mencionar sua cafeteria, havia uma boa chance de ele já ter verificado e saber que ela ainda estava lá. O taxista me deixou a algumas lojas de distância, e eu caminhei até ficar em frente à grande janela ao lado da porta da frente, bem embaixo da guirlanda que eu tinha colocado enquanto ela sorria para mim com olhos felizes. Fiquei parado na calçada vazia, fria e molhada, sozinho, exceto por algumas pessoas barulhentas que passavam de vez em quando, e eu podia ver um toque de luz vindo da cozinha.

Meu coração se dilacerou ao saber que ela passaria a noite sozinha e longe de mim, e em sua cafeteria, mas eu soube, desde o momento em que saí do apartamento, que acabaria ficando lá até Owen aparecer de manhã cedo e ela não estar mais sozinha. Apoiando as costas contra a lateral do prédio, inclinei a cabeça para trás e recebi a mordida suave de frio que a neve deixava no meu rosto.

Eu merecia muito pior, e ela merecia muito melhor.

Mas... eu estava apaixonado por aquela mulher, mais do que eu jamais poderia imaginar quando criei o mais ridículo "acordo" que eu poderia imaginar. Ela tinha meu coração em suas mãos. Era a única para mim; simples assim. Eu poderia ficar sem Rose. Eu poderia passar a vida inteira sem nunca mais falar com ela e viveria miseravelmente, mas viveria melhor se soubesse que ela era mais feliz. A vida sempre seguia em frente, independentemente de você optar por seguir em frente ou ficar parado, deixando que as coisas acontecessem ao seu redor, mas eu não queria fazê-lo sem ela.

Essa foi a minha escolha. Eu não queria passar o resto da minha vida sem ela, apenas observando à distância. Eu precisava e queria estar ao lado dela, segurando sua mão, sussurrando o quanto a amava contra sua pele até que meu amor se tornasse parte dela, uma necessidade que ela não podia deixar de obter.

Eu queria ser o ar, o coração dela. Eu queria tudo o que não merecia ter.

Mas isso era a melhor coisa para ela?

Eu era a melhor coisa?

Infelizmente, eu sabia que não, mas isso não mudava o fato de que eu ainda tentaria.

Capítulo Vinte e Seis

ROSE

Eram cerca de duas horas da manhã quando saí com cuidado da cozinha.

Eu poderia pegar um livro da biblioteca. Ainda estava pensando que, se conseguisse parar de pensar por um minuto, talvez pudesse adormecer e esquecer tudo o que havia acontecido nas últimas quinze horas. No começo, apenas quis espreitar pela porta da cozinha para ter certeza de que não havia ninguém lá fora nas ruas que me notasse. Levei só alguns segundos para notá-lo.

Jack Hawthorne.

Ele estava encostado no poste de luz bem na esquina, com os braços cruzados contra o peito. Olhei em volta para ver se Raymond estava esperando por ele nas proximidades, mas não vi rostos ou carros conhecidos; ele parecia estar sozinho. Confuso, zangado, excitado e um pouco surpreso, meu coração pulou no peito, e eu não soube o que fazer por um segundo, pois minhas emoções travaram uma guerra no meu coração. Fiquei olhando para ele, sem saber o que fazer.

Mostrar que o vi?

Ir lá fora e exigir saber o que ele estava fazendo?

Nenhuma resposta que ele pudesse me dar mudaria qualquer coisa, no entanto.

Jack estava olhando para seus sapatos, e, mesmo que eu estivesse brava com ele como nunca, ainda achava que ele parecia perfeito sob o luar. Quando ele moveu a cabeça e me notou parada na porta, minha respiração congelou no peito. Nós olhamos um para o outro, mas nenhum de nós deu um passo à frente. Foi então que percebi que ele não entraria. Ele não me pressionaria nem tentaria explicar ou se desculpar. Não, Jack Hawthorne não faria nada disso. Ele estava dizendo a verdade absoluta quando falou que não estava arrependido do que havia feito.

Engoli minhas emoções, nem mesmo certa do que eu deveria sentir mais, e aquela pequena voz que gritava para que eu saísse para encará-lo se soltou. Evitando olhar para ele e ignorando seus olhos me seguindo, rapidamente fui para a biblioteca. Não consegui pegar um livro aleatório e desaparecer de vista; nem sabia o que deveria fazer com um livro, e muito menos como tentar escolher um. Lutei contra as lágrimas porque não havia motivo para chorar. Estava acabado.

Estava tudo bem, mas eu sabia que eu não ficaria. Deixei as lágrimas caírem e apenas peguei um maldito livro que estava ao meu alcance, então, com a maior calma possível, voltei para a cozinha. Assim que estava fora de vista, eu me recostei na parede e enxuguei minhas lágrimas.

Eu ainda estava muito chateada e magoada. Travei uma discussão para descobrir de quem eu estava com mais raiva: dele ou de mim. Meu coração estava partido, substituído por uma dor constante. Eu era tão idiota por pensar que ele fora honesto comigo a cada passo do caminho. Eu pensei que ele era sério demais para o contrário. Minhas palavras, minhas últimas palavras para ele ecoaram em minha cabeça, junto com o olhar surpreso e magoado em seu rosto quando eu as falei. Eu sabia que tinha estragado tudo no final, mas quis machucá-lo. Quis que ele fosse ferido como eu fui, porque a angústia é vingativa.

Dei outra espiada e vi que ele ainda estava no mesmo lugar. Ele não se mexera nem um centímetro. Deveria parecer esquisito, vê-lo do lado de fora, vestindo um casaco preto enquanto se apoiava no poste de luz, mas não parecia. Meu coração doía ainda mais por vê-lo ali sozinho na neve.

Ele não estava feliz.

Eu não estava feliz.

Eu gostaria que pudéssemos estar infelizes juntos, sob o mesmo teto, mas não conseguia. Eu não conseguia olhar para o rosto dele e ignorar que havia mentido para mim tão monumentalmente. E se eu o odiasse, odiasse tudo nele?

Casamento para um, por favor! É pra já!

Mas então...

Mas então... foi quando as coisas começaram a ficar complicadas. Por mais que eu odiasse admitir, se ele não estava mentindo e o que havia dito sobre Joshua fosse verdade, Jack *realmente* havia me salvado. Ele me presenteara com o meu sonho, e em uma bandeja de prata. Não apenas com um café, mas uma família. Alguém em quem eu poderia me apoiar. Ele fizera tudo só por uma chance comigo, por mim. Ele estava apaixonado por mim, e essa certeza ameaçou puxar o tapete de baixo dos meus pés.

Ele estava apaixonado por mim.

Mas eu já sabia disso. Via em seus lindos olhos azuis, dia após dia. Soube o momento exato, a primeira vez que percebi, a possibilidade de dar certo: naquele quarto escuro do hospital quando ele deitou na cama comigo. Aquela foi a primeira noite em que pensei: *sabe, Rose, talvez ele realmente goste de você. Apesar de seu jeito rabugento e sua arrogância, apesar de toda a expressão carrancuda, talvez ele realmente se importe com você.*

Sentindo tontura, deslizei pela parede e deixei minha cabeça encostar nela. Eu não sabia quantos minutos se passaram, mas, quando me senti bem o suficiente para me mover novamente, olhei para o canto, para me certificar de que não estava visível para ele, caso ele ainda estivesse ali.

Ele estava.

Tínhamos terminado da mesma forma como começamos.

Eu o observei da segurança da porta da cozinha, o livro que escolhi esquecido no chão ao meu lado. Devo ter adormecido em algum momento depois das quatro da manhã e pulei em pânico quando Owen entrou pela porta com um olhar confuso no rosto.

— O que diabos você está fazendo no chão?

Minha boca estava seca, meus olhos ardiam, e minha voz saiu áspera quando tentei falar.

— Bom dia para você também, flor do dia. Apenas de olhos fechados, como você pode ver.

— Certo, porque é isso que você faz no chão. O que Jack estava fazendo lá fora?

Depois de algumas tentativas de ficar de pé, desisti e me ajoelhei para poder me segurar na beira da ilha e me levantar.

— Do que você está falando?

Owen me ofereceu sua mão e me ajudou.

— Ele estava do lado de fora, meio congelado. Disse bom dia e depois saiu. Esta é a sua versão de apimentar seu casamento, vocês brigaram ou algo assim?

Afastei meu cabelo do rosto.

— Ou algo assim — murmurei.

Enquanto Owen passava por mim, balançando a cabeça, eu cuidadosamente olhei pela porta, meus olhos procurando por ele. Quando não consegui encontrar o que estava procurando, saí completamente da cozinha e caminhei pelas mesas até ficar em frente à janela, olhando para fora.

Assim como Owen havia dito, ele se fora.

Na noite seguinte, fiquei na casa de Sally, trocando o conforto da ilha da cozinha da cafeteria e as cadeiras alinhadas por um sofá. Passei horas com o telefone na mão enquanto cogitava mandar uma mensagem de texto para ele. Eventualmente, adormeci com o telefone no peito e não enviei nada. Acho que dormi por cerca de três horas no total, e ele me fez companhia nos meus sonhos o resto do tempo, o que foi ainda pior do que não dormir, porque, quando acordei, eu o tinha perdido novamente.

Sally vira as duas malas que eu possuía empilhadas na pequena sala de escritório nos fundos e já imaginara que algo estava muito errado. Como pensei que perderia a droga da cabeça se não contasse a pelo menos uma pessoa o que estava acontecendo, contei tudo a ela. Admiti que todo o nosso casamento não passara de um acordo comercial e que estávamos errados ao supor o contrário. Então eu a atualizei no resto.

Ela ficou tão horrorizada quanto fiquei na primeira vez que ouvi toda a verdade, mas depois decidiu que achava tudo muito romântico.

— Então, o que vai acontecer agora? Ele ligou para você?

— Acabou — repeti, provavelmente pela centésima vez. — Ele não tem motivos para me ligar.

Deixei de fora o fato de ter esperado que ele fizesse exatamente isso na noite anterior.

— E esse lugar? O que acontecerá com a cafeteria?

— Eu não sei — murmurei.

Eu realmente não sabia.

A hora mais corrida do almoço começou e não tivemos tempo para fazer nada, a não ser trabalhar o resto do dia. Foi por volta das seis da tarde que ela se aproximou de mim com um olhar estranho no rosto.

— Rose, você disse que Jack esperou por você naquela primeira noite lá fora?

— Sim. Por quê?

— Acho que ele começou seu turno novamente.

Esforçando-me para parecer que estava ocupada na cozinha enquanto Owen estava no balcão – embora não estivesse fazendo nada de útil, é claro –, decidi manter minhas mãos ocupadas e comecei a verificar os armários, procurando por nada em específico. Parecer que você não estava interessado no que a outra pessoa dizia sempre era uma ideia divertida.

— Do que você está falando?

Ela esperou até ter toda a minha atenção, e meu coração começou a bater rápido demais para ignorá-la até que ela desistisse sozinha.

— Estou falando sobre ele estar encostado no carro e parado ali, agora.

Eu não tinha uma única palavra a dizer além de correr até a porta e tentar localizá-lo.

— Você vai falar com ele? — Sally perguntou, ficando ao meu lado, ao ar livre, como uma pessoa normal. Owen olhou para nós e, depois de nos ver esticando o pescoço, balançou a cabeça e continuou conversando com um cliente, falando sobre os horários que o café estava menos cheio.

— Não.

— Tenha coração, mulher. Não parece que ele vai se mexer.

— Será uma noite longa e fria para ele, então. — Apertei os lábios para esconder meu sorriso ridiculamente satisfeito.

— Ah, vamos lá. Posso pelo menos oferecer um café para ele? Está congelando lá fora.

— A cafeteria é dele. Ele pagou por ela, afinal. Se quiser entrar, não posso impedi-lo, mas também não vou estender o tapete vermelho. Eu não me importo se você vai levar café para ele ou não.

— Rose...

— Eu o amo, Sally — admiti, cortando o que ela estava prestes a dizer. — Eu o amo, mas não estou pronta para agir como se o que ele fez não me machucou ou que não foi errado. Eu preciso que ele entenda o que fez. Preciso que ele reserve um tempo para refletir e, se isso significa que ele quer vir e esperar do lado de fora ou algo assim, ele é livre para fazer o que quiser.

— Então não acabou. Acabou por enquanto, mas não acabou.

Pensei nas palavras dela enquanto observava Jack conversando com alguém no telefone. Ele não me viu olhando-o, mas seus olhos estavam definitivamente fixos na cafeteria.

— Eu sinto falta dele — confessei em meio ao silêncio.

Sally passou o braço pelo meu e descansou a cabeça no meu ombro.

— Owen.

Ele olhou para nós por cima do ombro.

— Eu preciso que você comece a ser romântico agora — ordenou Sally, e meus lábios se curvaram. Ela ainda não tinha desistido dele, e eu achei que Owen secretamente apreciava sua atenção.

Limpei minha garganta antes que eles começassem o jogo de gato e rato.

— Se você decidir oferecer um café a Jack, não se esqueça de Raymond. Jack gosta dos meus... doces de limão, e Raymond gosta dos brownies triplos de chocolate.

Sally bufou.

— Certo. Dou uma semana até você ceder.

Lancei a ela um olhar assassino.

— Continue sonhando.

Uma hora depois, eu não tinha certeza se estava mais irritada comigo mesma, porque meu olho continuava vagando para onde Jack estava, ou se estava apenas irritada com ele por ter desviado meu foco no trabalho. Decidi ir para a casa de Sally e preparar o jantar para agradecer por me deixar ficar com ela.

No segundo em que saí, meu coração começou a bater forte. Jack se endireitou no momento em que me viu. Eu fiquei a poucos metros dele enquanto nos estudávamos. Se ele tivesse avançado e dito alguma coisa, eu não tinha certeza do que faria. Talvez, como Sally disse, eu teria cedido, mas ele não o fez. Então, eu passei, ainda deixando uma quantidade saudável de espaço entre nós, o suficiente para caberem quatro pessoas facilmente, na verdade.

— O que você está fazendo aqui, Jack? — indaguei, levantando um pouco a voz.

— Queria vê-la.

Abri meus braços.

— Já viu. Adeus.

Ele estava prestes a dar um passo adiante quando um grupo de meninas caminhou entre nós, bloqueando-o com sucesso.

— Como você está se sentindo? — ele perguntou quando éramos apenas nós novamente.

— Ah, perfeita. Simplesmente perfeita. Vivendo o melhor momento da minha vida.

— Eu quis dizer sua cabeça, seu nariz. Você ainda está ficando tonta? Dores de cabeça? Você parece cansada.

Inclinei a cabeça para o lado, estreitando os olhos.

— Obrigada. Como você sabe, é o meu padrão ter uma aparência ruim. Você parece péssimo também.

Sua mandíbula apertou, um músculo pulsando visivelmente.

— Você precisa se cuidar melhor — ele se forçou a dizer, os olhos brilhando, como se tivesse o direito de ficar com raiva de mim.

— Não. — Com meus olhos ainda fixos nele, balancei a cabeça. — Não faça isso. Não aja como se estivesse preocupado comigo, Jack. — Olhei para a esquerda e depois para a direita. — Não há ninguém por perto que nos conheça, então você pode parar de fingir.

Estudamos um ao outro em silêncio. Não tinha certeza se seria a última vez que o veria. Ele poderia simplesmente acordar no dia seguinte e dizer: *Que diabos, ela não vale* - ou pior ainda - *ela não valia a pena. Eu me diverti com o acordo de casamento. Agora é hora de seguir em frente.* Pensar nisso me assustou, mas eu não estava pronta para ignorar tudo e agir como se ele não tivesse me machucado. Aí residia o nosso problema.

— Vá para casa, Jack — eu disse calmamente. — Você não tem motivos para estar aqui.

No grande esquema das coisas, éramos nada mais do que duas pessoas que haviam esbarrado uma na outra enquanto caminhavam por suas vidas. Casais terminavam todos os dias, e nós não éramos especiais. A gente chorava até dormir, acordava e ia trabalhar. Quando se repetia o ciclo várias vezes, um dia, se acordava e, de repente, não importava tanto. Novas pessoas caminhavam ao seu lado e, eventualmente, você esquecia as que deixou para trás.

Quando ele não negou o que eu disse, soltei um longo suspiro, olhei para os olhos dele por mais um momento e finalmente me virei para sair.

— Eu não tenho mais um lar, Rose. — Eu parei, mas não olhei para ele. — Você é a minha casa — ele terminou.

Com meus olhos se enchendo de lágrimas, eu me afastei.

E ele me deixou.

Então terminamos como começamos, nada além de dois completos estranhos.

Mais perto da meia-noite, depois que Sally fora para a cama e eu estava me preparando para começar outra noite sem dormir, abri as cortinas e a janela para poder respirar o ar frio. Alguém estava atravessando a rua e, por um momento, pensei que fosse Jack, mas depois a pessoa andou sob a luz e percebi que era apenas um estranho.

Por um momento fiquei chocada. Por que doía não vê-lo? Por que eu ficava decepcionada?

Durante a semana, ele foi ao café duas vezes na hora do fechamento. Ele se encostava no carro e, quando Ray saía, apoiava-se no poste de luz. Toda vez que aparecia, ficava mais difícil lembrar por que eu estava com tanta raiva dele. Ele apenas esperou. Quando saí com Sally, mas não parei para falar com ele, ele foi embora.

Então desapareceu por vários dias.

Era o oitavo dia do nosso rompimento e estávamos nos preparando para fechar quando ele apareceu novamente. Nós três estávamos na frente da loja. Owen e eu limpávamos a louça no balcão e a levávamos de volta para a cozinha, e Sally estava empilhando canecas de café limpas e as xícaras ao lado da máquina de café *espresso*. Tínhamos apenas dois clientes na loja, e os dois eram assíduos que sempre trabalhavam em seus laptops.

A campainha tocou. Eu olhei para cima e vi alguém embrulhado em seu casaco e cachecol entrar e ir direto para um dos clientes, então voltei ao trabalho.

Sally foi a primeira a notar Jack.

— Rose.

Olhei para ela por cima do ombro.

— Sim?

— Ele está aqui — ela sussurrou com urgência, e eu olhei em volta, confusa, até que meus olhos pousaram nele. Meu pulso acelerou e meu coração começou a ficar todo animado, mas algo estava errado. Eu não sabia o que ele estava pensando com sua expressão facial, porque se havia uma coisa em que Jack Hawthorne era bom era em esconder seus sentimentos. Pavor e emoção por vê-lo se apossaram de mim de qualquer maneira, enquanto meu coração me traía.

Ele estava do outro lado do balcão, e eu não fiz nada além de olhar para ele, meu coração batendo forte, pulsando em meus ouvidos.

Ouvi Sally pigarrear.

— Oi, Jack.

Ele não tirou os olhos de mim quando respondeu:

— Olá, Sally. Espero que esteja tudo bem com você.

— Sim. Tudo ótimo.

Então ele ficou em silêncio novamente.

Sentindo meu peito apertar, engoli em seco e limpei as mãos no meu jeans, conseguindo desviar o olhar do seu.

Vi sua mão se fechar em torno de uma pilha de papéis que ele estava segurando, criando um tubo.

— Hum, Owen, você pegou o... — comecei com uma voz baixa e áspera, mas Jack me interrompeu antes que eu pudesse terminar minha frase.

— Posso falar com você em particular, Rose?

Olhei de volta para ele, esforçando-me para não demonstrar que tinha esquecido como respirar como uma pessoa normal no último minuto. Pigarreei e assenti.

— Cozinha?

Eu balancei a cabeça novamente e vi quando ele se moveu em torno do balcão e caminhou direto para lá. Sally esbarrou o ombro no meu e sorriu quando lancei a ela um olhar assustado.

— Você está com saudade dele. Seja legal. Eu acho que já o fez sofrer por tempo suficiente. Você já sofreu o suficiente.

Não respondi, apenas me virei para Owen.

— Voltarei em um minuto. Se você puder apenas...

— Eu tenho muitas coisas para fazer aqui. Vão fazer o que têm que fazer para que possamos respirar novamente.

Eu bati em seu ombro enquanto passava por ele na cozinha. Só tive tempo suficiente para respirar fundo antes de estar em frente a Jack novamente, dessa vez, com o balcão entre nós. Observei seu terno cinza-escuro, camisa branca e gravata preta. Ele fora feito para vestir ternos e partir meu coração.

Peguei uma toalha de cozinha só para ter algo em minhas mãos e desviei o olhar. Enquanto me ocupava tentando encontrar as palavras certas para me desculpar pelo que havia dito em seu escritório, Jack falou:

— Você nem consegue me olhar, não é?

Assustada com suas palavras, olhei em seus olhos. Era isso que ele pensava?

— Jack, eu...

— Não importa agora — continuou. — Eu vim te entregar isso pessoalmente. — Ele desenrolou os papéis em suas mãos e o colocou sobre a ilha, bem ao lado dos brownies triplos de chocolate, depois empurrou-os em minha direção.

Com os olhos fixos nele, perguntei:

— O que é isso? — Minha voz saiu como um sussurro.

Quando ele não respondeu, olhei para baixo e virei a primeira página.

Chocada com o que estava lendo, meus olhos voaram para ele.

— Documentos de divórcio — disse ele calmamente.

Eu estava tudo, menos calma. Minha mente girava em redemoinhos, meus olhos tentavam seguir as palavras e frases, mas era tudo uma bagunça confusa na minha frente.

— Você quer o divórcio? — resmunguei, sentindo os papéis tremerem levemente. Apertei-os com mais força para esconder dele minha reação.

— Sim. É a coisa certa... para você.

Minhas sobrancelhas se uniram e um pouco de calor começou a voltar aos meus membros. Eu me forcei a largar os papéis no balcão e dar um passo para trás, como se eles pudessem ganhar vida e morder meus dedos.

Dessa vez, eu o encarei diretamente, o medo e a emoção se transformando em raiva.

— Para mim. E quanto a você? O que você ganha com isso?

Ele inclinou a cabeça para o lado, os olhos estreitando-se levemente de maneira calculada.

— É a coisa certa para mim também.

Um pouco atordoada, assenti. Incapaz de falar através do nó na minha garganta, eu disse:

— Entendo. — Escolha impressionante de palavras, eu sei.

Eu estava tão mal que nem percebi quando ele tirou uma caneta do paletó e ofereceu-a para mim.

Eu olhei para ele como se tivesse nascido outra cabeça sobre seu pescoço.

— Você quer que eu assine... agora.

Não era uma pergunta, mas ele a tratou como tal.

— Sim. Eu gostaria de fazer isso agora.

— Você gostaria de fazê-lo agora — repeti.

— Preferencialmente.

Aquela palavra – aquela palavra irritante me levou ao limite da preocupação e culpa pela raiva.

Preferencialmente.

Decidi, naquele momento, que era a palavra mais ridícula e irritante do mundo. Eu não toquei na caneta. Não peguei os papéis.

Cruzei os braços contra o peito.

— A coisa certa a fazer seria ter sido sincero comigo desde o início.

Frio como um pepino, ele enfiou as mãos nos bolsos da calça enquanto a fúria em brasa lambia minha pele.

— Você está certa, e é por isso que gostaria que você assinasse os papéis.

— Não.

Suas sobrancelhas se uniram quando ele olhou para mim do outro lado do balcão.

— Não?

— Não. — Eu era muito boa em ser teimosa. Eu era como uma vaca: se não quisesse me mexer, você não conseguiria me mover, não importava quem ou o que viesse.

— Rose...

— Não.

Ele rangeu os dentes.

— Por quê?

Dei de ombros, fingindo indiferença.

— Acho que não quero assinar nada hoje. Talvez outra hora.

— Rose, precisa ser hoje.

— Sério? — perguntei, fazendo uma cara pensativa e depois uma careta. — Ah, sinto muito. Estou ocupada hoje. Talvez outra hora.

Ele parecia verdadeiramente surpreso.

— Por que você está fazendo isso? Eu pensei que era isso que você queria.

Não é de admirar que eu tenha pensado que ele era um bloco de cimento no começo – ele não apenas não demonstrava emoções, como também não as compreendia nem quando elas o esbofeteavam na cara.

Algo molhado deslizou pela minha bochecha e, chocada comigo mesma por chorar, limpei a lágrima com raiva com as costas da minha mão. Foi quando o rosto de Jack mudou e seu corpo inteiro ficou tenso. Ele perdeu a carranca, a raiva, a descrença e se escondeu atrás da máscara novamente.

Limpei outra lágrima rebelde e levantei meu queixo bem alto.

Jack balançou a cabeça e esfregou o alto do nariz. A próxima coisa que percebi foi que ele estava se aproximando de mim. Esforcei-me para inspirar e expirar normalmente e fiquei parada. Mesmo quando ele estava bem ao meu lado, seu peito quase descansando contra o meu ombro, eu não me mexi. Parei de respirar também.

— Rose — ele começou em voz baixa, sua cabeça inclinada para mais perto da minha.

Parei de tentar limpar as lágrimas. Eram apenas lágrimas de raiva, e talvez estresse, nada mais, e as mesmas razões também se aplicavam ao tremor.

Quando senti seus lábios contra minha têmpora, fechei os olhos.

— Você está partindo meu coração, baby, tentando se apegar a algo que nunca deveria ter acontecido. Assine os papéis do divórcio, Rose. Por favor.

— Eu não vou assinar — sussurrei.

— Por quê? — ele perguntou de novo.

— Porque não.

Senti o toque suave das pontas dos seus dedos quando ele agarrou meu queixo e virou minha cabeça. Abri os olhos e olhei diretamente nos olhos azul-escuros do homem por quem irrevogavelmente me apaixonei.

Eu queria dizer isso a ele.

— Tudo bem. Vou enviar alguém para pegar os papéis assinados.

Ele segurou meu queixo e pareceu mapear meu rosto em sua mente enquanto seus olhos tocavam cada centímetro. Então sua mão deslizou para frente, segurando a lateral da minha bochecha.

Meus olhos se fecharam por conta própria enquanto ele pressionava um beijo na minha testa, e no segundo seguinte desaparecia. Eu estava com muito medo de abrir os olhos, de encarar a realidade do inferno que fora minha vida na última semana.

Ele poderia enviar sua empresa inteira para a minha porta, se quisesse. Eu não ia assinar aqueles malditos papéis.

— Rose? Não correu tudo bem, não foi?

Respirei fundo algumas vezes e abri os olhos, me sentindo mais determinada do que nunca.

Sally estava exatamente onde Jack estivera momentos antes. Peguei os papéis, estendendo-os para que ela os pegasse.

— Ele quer o divórcio.

Ela pareceu arfar antes de pegar as folhas da minha mão.

— Mas ele disse... Como ele pôde... Você assinou?

Eu balancei minha cabeça.

— Não.

— Mas vai?

— Não.

Naquela noite, quando fechamos a cafeteria, por mais difícil que parecesse, não consegui encontrar Jack em lugar algum e tomei a ausência dele como um convite.

Capítulo Vinte e Sete

JACK

Ela não assinou os papéis.

Eu sabia disso porque o cara que enviei para buscá-los retornou de mãos vazias. Então, saí para vê-la – de novo – e, quando a encontrasse, daquela vez, não iria embora até conseguir uma maldita assinatura. O divórcio tinha que acontecer, e tinha que ser o mais rápido possível.

Mas, antes que eu pudesse lidar com Rose, precisava fazer uma parada rápida.

Bati na porta e esperava que ele estivesse lá dentro.

Ele abriu depois de alguns segundos e pareceu chocado ao me ver.

— Como você sabe onde eu moro? — Joshua Landon perguntou com uma expressão furiosa no rosto.

Sorri para ele e bloqueei a porta com o pé antes que pudesse fechá-la na minha cara.

— Você não conseguiu ficar longe dela, não é? Sua ganância vai te custar caro, Joshua.

— Escute aqui...

Eu não estava lá para ter uma conversa amigável. Eu tinha melhores maneiras de fazer isso, então, em vez de desperdiçar meu tempo, agarrei-o pela camisa antes que ele pudesse recuar e ignorei seus protestos altos quando o soquei direto no rosto.

Pelo menos isso conseguiu calá-lo. Ele cambaleou e uma mão agarrou o nariz, a outra segurou a parede atrás dele, enquanto mal conseguia ficar de pé.

— Seu filho da puta — ele rosnou.

— Este é seu último aviso. Se eu souber que você partiu o coração dela novamente, ou qualquer coisa assim, vou te matar.

Antes que pudesse cumprir minhas palavras, me virei e me forcei a ir embora.

Após a rápida visita a Joshua, fui direto para a Avenida Madison, porque sabia que Rose ainda estaria na cafeteria, trabalhando às 16h, mas ela não estava onde deveria estar. Em seguida, tentei o endereço que Sally me deu, onde Rose estava ficando. Também não a encontrei lá.

O apartamento ficava no primeiro andar de um prédio antigo, onde qualquer pessoa que passava podia ver o interior com facilidade e entrar com facilidade, se quisesse. Ela seria a primeira coisa que eles veriam, dormindo no sofá, bem em frente à porta, o que me deixou impossivelmente zangado. Eu já me considerava um perseguidor, por que não esperei aqui à noite? Teria conquistado oficialmente esse título, pelo menos.

Sentindo um misto de preocupação e mágoa, voltei para o café. Quando entrei, Owen e Sally voltaram a atenção para mim.

Então eles me deram mais mentiras.

— Ela não voltou desde que você saiu.

— Se soubéssemos onde ela está, diríamos.

— Ah, espero que ela esteja bem. Ela não parecia bem quando saiu.

Não importava o quão incisivo eu fosse, eles não se mexiam. Como não queria assustar seus clientes, também não poderia exigir uma resposta. Bom para Rose, pois parecia que ela fizera boas escolhas de funcionários, mas infelizmente não era tão bom para mim.

Até andei pelo maldito Central Park para o caso de ela pensar que se esconder lá, no frio congelante, seria uma boa ideia. Não me surpreenderia nem um pouco. Eu não podia procurar outros amigos dela, pelo menos até que nosso investigador descobrisse seus endereços para mim, mas sabia que não chegaria a esse ponto. Ela mal os via, de qualquer maneira. Não importava onde estivesse escondida, ela voltaria para sua preciosa cafeteria de manhã e, se isso significasse que eu teria que esperar do lado de fora ou em um carro até que ela aparecesse antes de o sol nascer, que assim fosse. Contanto que aparecesse, eu não me importava com o que teria que fazer. Eu ia conseguir uma maldita assinatura naquele papel.

Sem outras opções, Raymond me levou de volta ao apartamento.

— Boa noite, Steve. Está tudo bem?

Ele sorriu para mim.

— Boa noite, senhor. Sim, é uma boa noite. Como foi o seu dia?

— Simplesmente perfeito — murmurei baixinho.

— O que, senhor?

Tentando mudar meu mau humor, balancei a cabeça.

— Nada. Como está sua filha?

O sorriso dele aumentou.

— Ela está muito bem. Obrigado por perguntar.

— Claro. — Esfregando meu pescoço, suspirei. — Vou subir, então.

— Tudo certo?

Eu estava prestes a começar a falar sobre Rose e dizer a ele como eu estava frustrado, zangado e preocupado, mas me contive. Em apenas alguns meses, ela me transformou nisso.

— Tenha uma boa noite, Steve.

— Você também.

Certo. Assentindo algumas vezes, peguei o elevador e entrei no apartamento. No momento em que fechei a porta, percebi meu erro.

Ela era esperta. Tinha me esquecido disso, de alguma forma. Ela era diferente de qualquer pessoa com quem estive. Claro que estaria onde eu menos esperava que estivesse. Claro que se esconderia de todos.

Dez pontos para ela.

Fechei os olhos, respirei fundo e soltei o ar.

Aliviado por finalmente tê-la encontrado, segui os barulhos suaves da cozinha e notei que a TV estava ligada no mudo. Demorei a desligá-la para me acalmar.

Cruzei os braços e me encostei no batente da porta da cozinha. Algumas maçãs estavam alinhadas no balcão, ao lado de onde Rose trabalhava em alguma massa. Então, ela estava assando uma torta de maçã no meu apartamento quando deveria estar em qualquer lugar, menos ali.

— O que você está fazendo aqui?

Vi quando seus ombros tensionaram e ela endireitou a coluna. Antes de se virar, foi até a pia e lavou as mãos, ganhando tempo. Eu fiquei quieto. Quando pensei que iria se virar, ela pegou as maçãs e começou a lavá-las uma a uma. Contei quatro frutas, e, a cada segundo que passava, seu corpo ficava mais rígido.

Então ela desligou a água, pegou um pano de prato e finalmente me encarou enquanto secava as mãos.

— Cozinhando.

Assenti.

— O que você está fazendo cozinhando no meu apartamento? Você veio aqui para entregar os papéis e começou a cozinhar aleatoriamente?

O queixo dela se ergueu levemente, os olhos brilhando com algo que lembrava raiva. Isso a fez parecer mais letal do que já era para mim.

— Como foi o seu dia... marido?

Eu me apoiei contra o batente da porta.

— Diga-me que você assinou os papéis.

Sua cabeça inclinou-se para o lado, e ela colocou o pano de prato sobre o balcão, sua postura espelhando a minha enquanto cruzava os braços.

— Não assinei. — Lá se foi o queixo dela, erguendo-se um pouco mais.

Eu a estudei, um milhão de pensamentos correndo pela minha mente.

— O que está acontecendo aqui?

Ela descruzou os braços e segurou a beira do balcão da cozinha. Ela estava vestindo seu jeans preto favorito, que abraçava cada centímetro de suas curvas, e um suéter grosso que caía em um dos ombros. Metade do cabelo estava em um coque bagunçado no topo da cabeça, o resto caindo pelo ombro nu.

— Você está saindo com alguém?

Minhas sobrancelhas se estreitaram.

— O quê?

— Você está saindo com alguém? É por isso que quer o divórcio?

Saí do meu estupor e dei alguns passos em sua direção. Seu corpo ficou rígido, mas ela não perdeu a postura.

— O que diabos está acontecendo aqui? — repeti.

— Eu fiz votos.

Essa foi sua resposta, e minhas sobrancelhas se uniram mais.

— Votos falsos — rebati, minha voz soando mais dura do que eu pretendia. Peguei a vacilada dela, mas não sabia como reagir. Não fazia ideia do que diabos estava acontecendo ou o que ela pensava que estava fazendo. Até onde eu sabia, ela queria terminar tudo.

— Eu não diria isso. Eles foram bem reais para mim. Dissemos sim na frente do oficiante. Assinamos os papéis, e eu tenho a prova. Isso é o mais real possível.

Parei quando estávamos frente a frente e olhei para ela. Meus olhos voaram para suas mãos e notei o quão firmemente ela estava segurando o mármore.

— Aonde você quer chegar com isso?

— Eu não quero ir a lugar algum. Essa é a questão.

— Entendo. Então, o que você está dizendo é que se recusa a assinar os papéis do divórcio?

— Exatamente. — Ela remexeu os ombros, sem perceber que empurrara os seios em minha direção. Meus olhos desviaram dos seus apenas por um momento. Dei um passo para trás.

— E estou voltando para cá. — Ela soltou o balcão e abriu os braços. — Surpresa, estou em casa! Eu respondi suas perguntas. Você não respondeu a minha.

Confuso com o que estava acontecendo, eu a encarei.

— Tem certeza de que está se sentindo bem?

— Você está saindo com alguém? É do trabalho? Samantha, talvez?

— Você *realmente* perdeu a cabeça.

Suas mãos voltaram a agarrar a borda da bancada.

— Pare de evitar a pergunta. Você está me traindo, Jack?

Diminuí o espaço que criei entre nós e coloquei as mãos no balcão ao redor dela, prendendo-a entre meus braços. Inclinei-me até o rosto dela estar a poucos centímetros do meu e pude olhar em seus lindos, lindos olhos.

— O que você está fazendo, Rose? Não me faça perguntar novamente.

Ela não se irritou com minhas palavras severas. Em vez disso, seu rosto suavizou, e seus olhos se voltaram para os meus.

— Estou tentando brigar.

Esperei que ela continuasse.

— Você nunca facilita nada, não é?

Ela suspirou.

— Eu acho que um pouco de briga é saudável em um casamento. Antes de tudo, nunca é bom guardar as coisas, por isso é necessário manter as linhas de comunicação abertas se quisermos durar. Sei que você não é muito bom nisso, mas vai conseguir aprender. Tenho certeza.

— Explique por que você não vai assinar os papéis — insisti.

Ela começou a morder o lábio inferior, presumivelmente tentando encontrar as palavras certas. Esperei pacientemente. A resposta dela foi importante.

— Porque não quero me divorciar.

— Não era um casamento de verdade. Eu menti para você. Te enganei. Você não precisava se casar comigo. Eu poderia comprar a propriedade e alugá-la para você.

— Eu nunca aceitaria. Você sabia disso, você mesmo disse. Por que fez isso?

— Eu já respondi essa pergunta no dia em que você foi ao meu escritório.

— Para ter uma chance comigo. Você nunca se desculpou.

— E agora também não vou me desculpar. Disse que não me arrependia do tempo que passei com você.

— No entanto, você quer o divórcio.

Assenti. Movendo-me apenas um centímetro mais perto, meus olhos caíram para seus lábios, que estavam começando a ficar vermelhos com a forma como os mordia.

— Quero.

— Por quê? — ela perguntou.

— Você mesma disse que acha que estou saindo com outra pessoa.

Rose assentiu, seus olhos caindo para minha boca e depois voltando aos meus. Seu peito começou a subir e descer mais rápido. Ela balançou a cabeça, um movimento muito discreto. Os ombros dela também tremiam levemente.

— Eu não acho que você teria tempo, já que ficou me perseguindo e tudo o mais.

As coisas que ela me dizia... Meus lábios se contraíram, chamando a atenção do seu olhar.

— Muito trabalho acumulado no escritório por sua causa.

— Eu posso imaginar. Vida difícil a de stalker.

— Diga-me por que você não vai assinar os papéis, Rose.

— Se eu disser, você vai me dizer por que quer se divorciar depois de se dar ao trabalho de me enganar para se casar comigo?

Assenti, meus olhos fixos nos dela.

— Está bem, então. — Ela se endireitou um pouco e eu dei a ela espaço suficiente para fazê-lo. — Vai ser longo, mas não me culpe. Você pediu.

— Acho que posso lidar com isso. Continue.

— Eu... eu não tive a melhor infância, obviamente. Morei em uma casa. Não era um lar. Eu tinha parentes ao meu lado, mas não tinha família. Não tinha ninguém em quem pudesse me apoiar. Não tinha ninguém que cuidasse de mim se eu precisasse. Só eu mesma. Fiz tudo sozinha. Por muito tempo, fui apenas eu contra o mundo. Então cresci e tive outras pessoas para segurar as mãos, mas elas não eram as certas. Eu sabia que elas não iriam ficar, por isso nunca me deixei vulnerável. Nunca deixei ninguém cuidar de mim. Até você chegar. Você, seu grande idiota. Até você me dar tudo o que eu ansiava desde os nove anos. Você me deu uma família para chamar de minha. Nós dois contra tudo e contra todos. Você quebrou todas as paredes que eu tinha erguido e então... quer saber de uma coisa? Deixa pra lá. Eu te amo. Feliz agora? Mas não gosto de você no momento, mas amei você antes. Muito mesmo. Então, sim, eu amo você. Não te quis no começo. Mal gostava de você. Você não faz o meu tipo. É arrogante às vezes, embora não o tempo todo. Na verdade, quem estou tentando enganar? Você é, embora eu ache que nem percebe que está sendo arrogante. Você é irritadiço. Não percebe as pessoas. Você melhorou, mas nem sabia o nome do seu porteiro quando cheguei aqui.

— Eu falo com ele todos os dias.

— Agora você fala, mas não falava antes. Além disso, tem o fato de você ser rico. Eu sei que isso é um problema meu. Não é com você, mas geralmente não gosto de pessoas ricas. Você é rude. Você foi rude, o que é a mesma coisa, na minha opinião. Você é mal-humorado. Carrancudo. Você já sabe que eu costumava contar seus sorrisos. Você nunca sorria! Nunca. Isso é muito importante pra mim. Eu gosto de sorrir, de rir. Eu gosto que as pessoas sorriam para mim, riam comigo.

Agora que ela ganhara força, sua voz começava a subir lentamente.

Arqueei uma sobrancelha, mas ela não percebeu porque só me olhava nos olhos de vez em quando. Estava ocupada pensando, respirando com dificuldade, com a testa toda enrugada enquanto citava todos os motivos pelos quais não gostava de mim.

— Agora eu sorrio — falei antes que ela pudesse continuar. Ela me olhou nos olhos por um breve momento.

— Não interrompa.

Dessa vez, não escondi meu sorriso.

— Peço desculpas. Continue, por favor.

— Você não sorri. Não falava no começo, muito menos sorria! Que tipo de pessoa não fala? Você me ajudava todos os dias no café, aparecia todas as noites para me buscar, mas mal conversava. Se queria ter uma chance comigo, estava fazendo um trabalho péssimo.

— Eu disse que estava tentando ficar longe para que você pudesse...

Ela me deu um tapa no peito e manteve a mão exatamente onde estava, com a palma no meu coração.

— Viu? Você não seria capaz de me elogiar nem se fosse para salvar a sua vida. Você franze a testa demais.

Ela parou, parecendo estar pensando um pouco mais.

— Você já disse isso. O que mais? — perguntei.

— Estou pensando.

Estendi a mão e coloquei uma mecha de cabelo atrás da sua orelha, as pontas dos dedos persistindo na pele do pescoço e ombros.

— Você é a coisa mais preciosa do mundo para mim, Rose.

Ela estremeceu.

— Você é todas essas coisas. Você fez todas essas coisas — ela sussurrou.

— Eu posso mudar para você. Eu mudei para você.

— Eu não deveria te querer. Eu não deveria querer a *nós*.

— Você não deveria, mas queira mesmo assim.

Ela colocou a outra mão no meu peito também, segurando as lapelas do meu paletó.

— Você mudou, e eu te amo, apesar de todas as coisas que não gosto em você. Eu provavelmente te amo mais por causa delas. Não sei. Adoro quando você franze a testa para mim sem nenhuma razão. Eu acho isso tão divertido. Acho que enlouqueci. Eu gosto de fazer você franzir a testa.

— Eu geralmente tenho um bom motivo.

— Sim, você fica pensando demais. E consegue ser gentil às vezes, tão gentil e atencioso. O Café da Esquina não seria uma realidade para mim se não fosse por toda a sua ajuda antes da abertura. E eu nem gostava de você naquela época.

— Acho que já entendi que você não gostava de mim.

— Você me leva flores toda segunda-feira, para que eu não use as artificiais. Você me compra rosas lindas, de verdade, e depois fica desconfortável com isso. Eu amo flores. Você sabe que eu amo flores.

— Eu sei. Sempre as levo para você. — Dessa vez, estendi a mão para pegar a lágrima que deslizou do olho dela. — Conte-me. O que mais?

— Eu vou dizer. Não quero que a florista as leve; você precisa levá-las por conta própria.

— Combinado. O que mais?

— Eu adoro que você fale com Steve. Adoro que você faça parte da conversa quando Raymond e eu estamos conversando em vez de ficar de mau humor.

— Eu não ficava de mau humor.

— Você sabe que sim, mas tudo bem, porque acho isso divertido também. — Ela bateu na minha gravata, deslizando a mão para cima e para baixo algumas vezes. Então seus dedos agarraram minha camisa. — E, quando eu estava passando mal, você segurou meu tornozelo. Percebe o quão estúpido isso soa? Mas, de alguma forma, é a coisa mais doce e romântica que alguém já fez por mim. Você não me abandonou nem por um segundo. Acho que não poderia ter passado por tudo aquilo sozinha. Você sempre esteve ao meu lado, a cada passo do caminho, e me fez te amar. Então, agora, não posso voltar atrás, e não é mais culpa sua. Eu não vou me divorciar de você.

— Ok. — Segurei sua cabeça entre minhas mãos e beijei sua testa.

— Ok?

— Você tem um bom argumento.

— Não tire sarro de mim, Jack. Não estou no clima.

— Eu não ousaria.

Parecia que ela não sabia exatamente o que dizer, então eu assumi.

— Você não se lembra de me conhecer, mas eu me lembro, Rose. Você nem olhou para mim quando Gary nos apresentou. Então fomos ao escritório do seu tio e eu nem pensei nisso, em você. A reunião terminou e, quando desci e vi você com aquele maldito cachorrinho na cozinha, rindo, dançando, não consegui desviar o olhar. Eu não conseguia me mover de onde estava. Então Joshua surgiu. O jeito como você o abraçou, como olhou para ele, como sorriu para ele, era diferente de todos os outros sorrisos que você deu a todas as outras pessoas, e eu fiquei com ciúmes. Por um segundo, desejei que fosse para mim que você estivesse olhando daquela forma... como se eu fosse a pessoa mais importante da sua vida. No entanto, ele estava mais interessado em outras pessoas. Eu não me importei com ele. Não seria o cara que eu imaginaria ao seu lado. — Acariciei seus cabelos e beijei sua testa novamente. Eu não sabia como não fazê-lo, não quando ela estava nos meus braços.

— Você se imaginava ao meu lado, eu acho. Então, o que aconteceu? — ela perguntou, olhando nos meus olhos com curiosidade.

— Não. Se eu pudesse escolher, gostaria que encontrasse alguém melhor do que eu. Então não fiz nada. Estava interessado, claro, e se você não tivesse um namorado, eu teria me arriscado, mas você tinha, então, não pensei muito a respeito. Você não fazia o meu tipo, de qualquer maneira.

— Seus elogios... eu vivo por eles. Você gosta das frias, arrogantes e bonitas, certo? Como Samantha.

— Algo assim, mas, por um momento, fiquei imaginando você comigo. Eu queria uma chance como nunca quis com mais ninguém. Então Gary me contou sobre o contrato, que entrou no testamento, e você sabe o resto. Quanto mais eu descobria sobre Joshua, mais eu não conseguia ficar sentado e não fazer nada, então fiz alguma coisa. Não hesitei em ligar para ele e oferecer-lhe dinheiro se ele a deixasse em paz, mas hesitei quando estávamos nos casando porque sabia que estava estragando as coisas e dando um passo longe demais. Não senti nada além de culpa nas primeiras semanas.

— Você tem algo a ver com ele estar com Jodi?

— Não. Eu juro para você. Descobri sobre eles na mesma noite que você. Quando ele soube que tínhamos nos casado e que paguei a Bryan pela propriedade, me contatou novamente para pedir dinheiro e me ameaçou de contar tudo. Paguei-lhe quantias maiores, vez após vez. Na noite depois do evento de caridade, na noite em que ele nos viu juntos. Você se lembra? Eu lhe disse que ia para o escritório, mas ele me mandou uma mensagem, então fui encontrá-lo. Àquela altura, eu soube que estava me apaixonando por você e não queria que ele estragasse todas as chances que tivéssemos. Na última vez que nos encontramos, eu disse que não pagaria mais nada por causa daquela expressão que ele colocou em seu rosto no dia em que apareceu e, se insistisse muito, eu contaria a Jodi quem ele realmente era. Ele deu de ombros e disse que havia muitas Jodis para ele, mas apenas uma Rose para mim.

— Não minta para mim, Jack. Você não me amava. Você não foi nem um pouco legal comigo no começo. Eu não sou alguém que acredita que você pode se apaixonar por alguém sem conhecer. Não me faça engolir essas baboseiras.

Eu tirei a franja dos olhos dela.

— Você vai calar a boca? Eu não estava apaixonado quando nos casamos, nem mesmo na primeira vez que te vi. Não estou dizendo que era amor. Era apenas interesse, talvez uma paixão, mas, quanto mais eu te conhecia, mais me apaixonava por você. Se eu não soubesse que você comprou todo o equipamento para abrir sua loja, que gastou seu dinheiro, se não houvesse contrato, ainda pagaria a Joshua para protegê-la dele, mas, depois disso, eu teria abordado você como um cara normal. Eu te conheceria, te convidaria para sair, nada além disso.

— Por que você era tão rude comigo? Mal conversávamos, e não pense que eu esqueci o que você me disse depois do casamento. Você me disse que foi um erro, eu fui um erro e disse que não deveríamos ter feito o que fizemos.

Eu sorri, mas não havia humor no meu sorriso.

— Era a minha culpa. Eu não sabia o que fazer com você e, no final das contas, sabia que, quando você soubesse o que eu tinha feito, isso arruinaria qualquer chance que poderíamos ter. Não sabia como superar isso. Confie em mim, foi uma reação inesperada. Se algo fosse acontecer entre nós, tinha que vir de você. Eu não deixaria você me acusar de forçar o amor, mesmo tendo manipulado a parte do casamento. Então, decidi deixar para lá, te deixando com o café, mantendo uma distância saudável. Não queria te ajudar a montar o local. Não queria tanto estar perto de você. Até pensei em contar tudo. Foi por isso que pedi que saísse para jantar comigo, mas não consegui. Eu ia esperar a hora certa. Então você ficou doente e eu não me importei com o que aconteceria, se você iria descobrir o que eu tinha feito ou não. Não dei mais a mínima para a culpa, e você estava me fazendo tão bem, então...

— Você me ama agora — ela sussurrou.

Segurei sua cabeça e descansei minha testa contra a dela.

— Você é o amor da minha maldita vida — sussurrei de volta, com a voz rouca. — Em algum momento entre todos os fingimentos, eu me apaixonei completamente e não consigo nem pensar na minha vida sem você nela.

Ela segurou meu rosto também.

— Você quer se divorciar de mim, Jack.

Pressionei meu corpo contra o dela até ouvir um pequeno suspiro e ter suas costas descansando contra o balcão.

— Sim. Quero começar do zero e mostrar que posso ser o que você precisa. Quero começar de novo, fazer certo desta vez, convidá-la para sair como uma pessoa normal.

Ela pareceu pensar sobre isso enquanto eu prendia a respiração e esperava.

— Eu não quero. Não quero começar de novo. Não quero me divorciar de você. Eu quero continuar.

— Ok. Então não vamos.

— Mas você tem que me prometer, Jack. Você precisa me prometer que nunca esconderá nada de mim. Preciso confiar em você. Não importa o quanto eu te ame, não posso fazer isso se não confiar em você. Você precisa me fornecer todas as informações e me permitir tomar uma decisão quando for algo que me envolve.

— Eu prometo. Prometo que farei tudo para ganhar sua confiança novamente.

— Então não vamos nos divorciar. — Ela abriu um pequeno sorriso. — Você me acha bonita?

Eu sorri de volta.

— A mulher mais bonita que eu já vi.

— Você é um homem de sorte, então.

— Eu sou o filho da puta mais sortudo.

Ela assentiu com entusiasmo.

— Você definitivamente é. Não há mais nada que eu precise saber, certo? Quero que fiquemos bem, mas não há mais surpresas, certo?

— Você leu os papéis do divórcio?

Seu queixo teimoso se ergueu novamente.

— Não. Eu os rasguei.

Controlando o sorriso, balancei minha cabeça.

— Eu dei o café para você. Você iria consegui-lo se assinasse o divórcio. Eu nunca quis a loja, de qualquer maneira.

Seu corpo paralisou, suas mãos caíram do meu rosto.

— É tarde demais para mudar de ideia sobre o divórcio?

— Temo que sim.

Ela suspirou.

— Ah, tudo bem. Eu fico com você, você fica com a cafeteria. Acho que é um bom negócio.

— Eu tenho que concordar.

Nós nos encaramos.

— E agora? — ela sussurrou.

— É segunda-feira, então eu preciso preparar um macarrão para você. Nós temos tradições.

Eu não consegui conter um sorriso discreto.

— Eu amo tradições de casal. Esse era o acordo.

— Seu coração sempre terá um lar comigo, Rose. Não importa o que aconteça, nunca se esqueça disso.

— E o seu sempre terá uma casa comigo. Certas pessoas são feitas uma para a outra, e você foi feito para mim, Jack. E eu fui feita para você.

— Sim, sou seu. Apenas seu.

Algo mudou em seus olhos.

— O que você acha sobre sexo?

Meus lábios se curvaram.

— Em geral, eu aprovo.

— Mas e agora, especificamente?

Sob seu olhar pesado, pensei por um momento – por um momento muito curto –, depois me inclinei para sussurrar em seu ouvido:

— Eu definitivamente aprovo o sexo se, e somente se, eu estiver enterrado profundamente dentro de você, Rose Hawthorne.

Quando me inclinei para olhar nos olhos dela, percebi que já estava corada.

Capítulo Vinte e Oito

JACK

— Você quer que eu te foda?

— Quero dizer, não é uma necessidade, mas talvez possa selar... — Meu olhar se voltou para seus lábios e eu não pude mais me conter.

Nós colidimos um com o outro, e no momento em que nossas bocas se tocaram, ela soltou um longo gemido e deslizou os braços em volta do meu pescoço. Agarrei seus quadris e a puxei contra mim até que minha ereção dolorosamente dura estava espremida entre nossos corpos.

Em resposta, ela arqueou as costas e sorriu contra os meus lábios.

— Feliz?

Seus olhos se fecharam e, ainda sorrindo, ela assentiu.

— Este é um bom casamento.

— Qualquer coisa que você quiser será sua — sussurrei e, em seguida, persegui sua boca e língua novamente. Ela enroscou os dedos no meu cabelo e me deixou prová-la como eu queria. Soltando seus quadris, cheguei à bainha do suéter e tive que me forçar a parar de beijá-la. Sem fôlego, ela se afastou, então, mantendo meus olhos nos dela, lentamente tirei sua blusa e a joguei no chão.

— É você que eu quero — ela sussurrou. — Só você.

Seu olhar estava concentrado em mim quando olhei para baixo e deixei meus olhos vagarem por seus seios perfeitos e a pele impecável. Ela tinha uma pequena marca de nascença logo abaixo do ombro esquerdo, em direção ao peito. Eu não a tinha visto da primeira vez que a toquei daquela forma. Mas não aconteceria de novo. Eu decoraria cada centímetro do corpo dela até conseguir imaginá-lo perfeitamente quando fechasse os olhos. Toquei seu pescoço com as pontas dos dedos e os deixei deslizar em direção a seus seios pesados. Quando cheguei ao sutiã lilás, peguei as alças finas de renda e as puxei para baixo.

— Olhe para você — sussurrei.

Rose estava respirando pesadamente, seus mamilos subindo e descendo, me fazendo perder a cabeça. Olhei para o rosto dela e vi seus olhos ardendo de antecipação. Soltei um suspiro profundo, sentindo puro alívio por ela finalmente ser minha de verdade. Não havia mentiras, nada entre nós.

Descansei a testa contra a dela para que pudesse respirar por um segundo.

Ela segurou meu rosto com a palma da mão, deixando-me absorver o momento.

— Senti sua falta — eu disse com voz rouca.

— Senti sua falta — ela repetiu.

Beijei sua bochecha e, em seguida, me abaixei e deslizei um beijo quente no lado de sua garganta.

— Você é minha.

Ela não respondeu, mas seu corpo estremeceu com minhas palavras e sua garganta se moveu enquanto ela engolia. Continuei me movendo mais baixo, provando sua pele com meus lábios até chegar ao seu mamilo. Fechei minha boca e o chupei com força.

Seu corpo ficou rígido, e ela agarrou meus ombros ao mesmo tempo em que soltou um gemido. Com as mãos em sua cintura, mudei para o outro, chupando e puxando-o.

Então seus dedos tocaram minha mandíbula, e ela afastou meu rosto.

— Você me ama. Você realmente me ama — ela ofegou, sem fôlego. Foi uma pergunta silenciosa.

— Eu te amo, Rose — repeti com uma voz firme, meus dedos se mexendo e puxando seus mamilos.

Ela mordeu o lábio.

— Eu também te amo, Jack. Eu só queria ouvir de novo.

— A qualquer momento. — Ainda olhando em seus olhos, coloquei-me atrás dela e abri seu sutiã. Gentilmente, deslizei as alças por seus ombros, tocando-a o tempo todo. Então foi a vez dela de desatar minha gravata, deixando-a cair no chão. Seus dedos trabalharam nos botões da minha camisa, cada ação dolorosamente lenta. Parecia demorar muito tempo para terminar quando apenas queria arrebatá-la, mas teríamos todo o tempo do mundo para fazer isso.

— Você também é meu — disse ela. — Você é só meu.

— Pertenceremos um ao outro, a mais ninguém, até nosso último suspiro.

— Sim.

Com a declaração ecoando em meus ouvidos, tive que me forçar a ficar parado enquanto ela colocava as palmas das mãos no meu peito e tirava minha camisa; a sensação de seus dedos queimava minha pele em qualquer lugar que ela tocasse.

Meu autocontrole desapareceu quando ela gentilmente me puxou para outro beijo e deixou sua mão percorrer meu peito, direto para o meu pau. Minhas mãos começaram a abrir seu jeans, desabotoando, empurrando e puxando-o quando meus lábios assumiram nosso beijo e o aprofundaram.

Sua mão alcançou a cabeça grossa do meu pau pela borda da calça e ela parou. Agarrei seu queixo, beijando-a com mais força. Ela apalpou meu membro e deixou a mão deslizar lentamente para baixo e voltar. Ela seria a minha ruína.

Só consegui suportar por mais alguns segundos torturantes, então a puxei em um único movimento, engolindo seu grito e risada com a minha boca. Rapidamente me livrei por completo de seus jeans e roupas íntimas, então, agarrando sua cintura, plantei sua bunda nua em cima da bancada. Seus olhos ainda estavam risonhos quando observei seu corpo, que era todo meu naquele momento.

— Beije-me, Jack. Me beije. — Obedecendo, agarrei seu rosto com uma mão, inclinei a cabeça e introduzi minha língua em sua boca. Eu mal conseguia ficar parado enquanto ela insistia em tirar minha calça, afastando minhas mãos sempre que eu tentava ajudar.

Assim que ela conseguiu tirá-la, meu pau balançou para cima e para baixo, minhas bolas pesadas.

— Eu quero você dentro de mim — ela ofegou, interrompendo o nosso beijo. — Agora, Jack. Agora.

— Nada mais no mundo é mais importante do que você.

Eu estava sendo mais rude do que gostaria se estivesse completamente são, mas, se o aperto de seus dedos na minha pele era alguma indicação, ela estava na mesma sintonia. Abri suas coxas, puxei-a para a beira do balcão e guiei meu pau em seu centro, penetrando-a com um golpe duro.

Segurando meu ombro com uma mão, ela me abraçou com a outra, a testa apoiada no meu peito.

— Você está bem? — perguntei, tendo problemas para ficar parado quando seus músculos se flexionaram em torno do meu pau.

Ela assentiu contra o meu peito.

— Você não precisa ser gentil comigo. Eu não vou quebrar, Jack.

— É isso que você quer?

— Sim.

Eu segurei sua bunda e puxei-a gentilmente, deixando-a sentir cada centímetro do membro grosso e duro. Estoquei de volta, grunhindo contra sua pele enquanto Rose tentava recuperar o fôlego. Ela estava tão molhada para mim, incrivelmente apertada e toda minha. Agarrando suas panturrilhas, envolvi-as em torno dos meus quadris. Seu peito estava colado ao meu, seus mamilos duros contra a minha pele. Puxei seus quadris para mais perto, forçando-a a ter cada centímetro de mim dentro dela. Eu não estava disposto a ter nem um milímetro nos separando.

Lambendo seu pescoço e ganhando um gemido suave, comecei a fodê-la, com força e profundamente – mais forte do que na nossa primeira vez. Ela segurou meus ombros, suas unhas marcando minha pele, sua pele queimando contra a minha.

— Jack — ela gritou, e sua voz, rouca e carregada de luxúria, me levou a um limite invisível.

Minhas mãos tremiam com o que eu sentia por ela, então, puxei seu rosto para longe do meu pescoço e peguei seus lábios. Eu tinha meu pau enterrado nela, minha língua dentro dela, minha mão trabalhando em seus mamilos. Ela estremeceu em meus braços enquanto meus impulsos aceleravam, levando-a ao limite.

— Jack!

— Solte-se, Rose — pedi quando ela ofegou mais uma vez. — Eu quero que você goze no meu pau inteiro. — Seus músculos se apertaram ao meu redor, e eu diminuí minha velocidade. — Isso aí, baby — sussurrei, tomando-a em outro beijo enquanto ela gemia e tensionava. Eu queria tudo o que ela estava disposta a me dar: seus orgasmos, seus gemidos, sua pele, sua boca. Tudo o que ela estava disposta a dar, eu queria para mim.

Quando ela terminou de gozar, dei uma pausa nos beijos para que ela pudesse recuperar o fôlego e tomar ar enquanto eu parava bem fundo dentro dela.

Amassei seus seios com as mãos, forçando-me a ser gentil, mas Rose cobriu minha mão com á dela e apertou com mais força, o que não ajudou em nada meu autocontrole.

Ela levantou minha cabeça.

— Não se segure. Me foda.

Então ordenei:

— Coloque as mãos no balcão. Arqueie as costas.

Ela fez o que eu disse e puxei seus quadris até a borda. Com as mãos para trás, eu tinha todo o acesso aos seus seios.

Retirei meu pau e depois investi novamente, observando o ponto onde nossos corpos estavam conectados. Meu pau estava coberto por sua umidade.

Inclinando a cabeça, cobri o mamilo com a boca e realmente comecei a fodê-la. Quanto mais fundo eu entrava, mais alto seus gemidos ficavam e mais ela gritava meu nome. Roubei outro orgasmo dela logo antes de perder a batalha e gozar também.

Respirando com dificuldade e ainda segurando as coxas de Rose por baixo, deixei minha cabeça descansar em seu ombro, de alguma forma encontrando energia para continuar transando com ela lentamente. Não tinha pressa de escapar do calor do seu corpo, principalmente porque ainda estava duro, mesmo depois de gozar.

— Sem preservativo — forcei as palavras a saírem quando consegui falar novamente. O corpo dela tensionou.

— O quê? — ela choramingou.

— Esquecemos a camisinha. Não usamos.

— Foi mesmo? — ela perguntou, sua voz divertida, então suas mãos começaram a percorrer minhas costas, fazendo meu pau tremer dentro dela.

Abrindo a mão em suas costas, dei-lhe um impulso forte, chegando o mais fundo que pude. Sua respiração falhou, e seus dedos afundaram na minha pele.

— Que se foda — murmurei, a sensação do seu calor e umidade ao redor do meu pau me deixando mais perto da insanidade. — Faz muito tempo que eu não faço sem... Estou limpo, baby.

— Estou tomando pílula e também estou limpa.

— Eu não quero parar ainda — forcei as palavras a saírem por entre os dentes antes de roçar a pele onde o ombro dela encontrava o pescoço. Todos os seus arrepios estavam me enlouquecendo.

Ela apertou seus músculos ao redor do meu pau, provocando um gemido da minha parte.

— Leve-me para o sofá — ela sussurrou no meu ouvido.

Coloquei as mãos sob sua bunda e ela entrelaçou as pernas em volta de mim. Respirei fundo, deixando seu leve e fresco cheiro de flor me cercar. O fato de eu ter conseguido andar e carregá-la para a sala depois de ter gozado de forma tão selvagem era um milagre. Apertei suas nádegas, não pude evitar.

— Você ganhou peso? Gosto da sensação em minhas mãos.

Ela riu e bateu no meu ombro.

Minha força se foi, e eu caí no sofá, fazendo com que Rose escorregasse do meu pau. Parte do meu esperma escorreu dela rapidamente, deslizando por suas coxas e por cima das minhas bolas.

Rose gemeu, segurando meu rosto com as palmas das mãos enquanto eu continuava apalpando sua bunda. Eu não dormiria antes de pegá-la de quatro na cama ou em qualquer lugar que ela quisesse.

— Nós vamos estragar seu sofá — ela disse contra os meus lábios, sua língua entrando furtivamente na minha boca.

— Comprarei um novo.

Eu a beijei e enfiei a língua em sua boca enquanto ela inclinava a cabeça para me permitir ir mais fundo.

Segurei meu pau perto da base e interrompi nosso beijo.

— Vamos fazer bem devagar.

Ela me deu um pequeno sorriso.

— E se eu não quiser fazer bem devagar?

— Você quer que eu te foda? Você não está dolorida?

— Eu quero ficar dolorida.

Rose segurou meus ombros e lentamente montou no meu pau grosso. Eu não conseguia tirar os olhos dela conforme sua boceta me engolia. Ela estava quente e encharcada. Terminou de montar no meu pau, descendo nele com um gemido pesado, roubando mais e mais de mim a cada gota.

— Como você pode ainda estar tão duro? — ela perguntou com uma voz rouca, seus peitos saltando enquanto continuava se movendo em mim. — E por que eu quero que você continue assim?

— Eu não tenho ideia — respondi enquanto agarrava sua cintura, levantando-a enquanto ajudava-a.

— Hummm, eu amo isso.

Olhei nos olhos dela.

— Quanto é demais para você? Toda noite? Eu tenho que ser honesto, baby, não tenho certeza se vou conseguir manter minhas mãos longe de você.

Ela se levantou, segurando nas costas do sofá, e eu a puxei de volta para mim, dando-lhe cada centímetro. Ela revirou os quadris e gemeu.

— Todo dia parece perfeito para mim. Não quero que você se contenha, e, até onde sei, temos meses para compensar. Ainda estou com raiva de você, não se esqueça disso, mas, sim, é melhor fazermos todos os dias.

— Sim. — Ela estava tão bonita subindo e descendo preguiçosamente no meu pau. Seus olhos estavam dilatados, as bochechas, coradas, lábios vermelhos e inchados, ofegando em necessidade. Havia uma pequena marca em seu pescoço, onde eu tinha ido um pouco longe demais.

— Agora me foda, Jack.

— Venha até mim, baby.

Ela veio ansiosamente, e eu agarrei sua cintura com mais força quando ela me deu a boca e me deixou beijá-la tão forte quanto eu queria. Investi mais uma vez, e ela gemeu contra os meus lábios. Fiz isso de novo, mais forte, e engoli um gemido. Ela interrompeu nosso beijo em um suspiro com o terceiro impulso.

— Como está?

Os olhos dela se fecharam.

— Grande e grosso.

— Ótimo. Você é muito boa em me excitar, Rose.

A única resposta que recebi foi seu gemido enquanto eu a fodia por baixo, exatamente como ela havia pedido.

— Estou desmoronando, Jack.

Eu sabia que ela estava perto quando começou a gemer meu nome e perdeu o controle ao segurar as costas do sofá. Aumentei o ritmo, e ela gozou em mim pela terceira vez naquela noite, nada além do meu nome saindo de seus belos lábios. Eu me enterrei profundamente enquanto ela se contorcia e tremia contra mim, gozando longa e fortemente.

Não nos mexemos por um longo tempo enquanto recuperamos o fôlego. Minhas mãos vagavam em suas costas enquanto ela ainda estremecia. Quando consegui me mexer, aninhei-a em meus braços e, sem dizer uma palavra, carreguei-a até o banheiro e a coloquei debaixo da água quente. Seus cabelos estavam grudados em todo o rosto, então os joguei para trás. Não conseguia tirar meus olhos e mãos dela. Ela observou todos os meus movimentos enquanto eu lavava seus cabelos e depois cada centímetro do seu corpo. Ela retornou o favor em silêncio, as mãos se movendo sobre o meu peito enquanto mordia o lábio. Quando tive sua atenção, beijei-a suavemente, lambendo os lábios e depois brincando com a língua. Ela ficou na ponta dos pés e passou os braços em volta de mim enquanto eu abraçava sua cintura e a esmagava contra mim.

Tive o prazer de secá-la com uma toalha grande e ajudá-la a se vestir com uma das minhas camisas brancas de botão. Descemos as escadas de mãos dadas, e ela se sentou na bancada enquanto eu fazia o jantar ouvindo-a falar sem parar. Cozinhei macarrão, porque era segunda-feira e tínhamos tradições em nosso casamento.

Nosso casamento.

Eu ainda não conseguia acreditar que ela havia me perdoado sem me fazer lutar mais por isso.

Eu a beijei mil vezes enquanto Rose falava sem parar. Ela não usava nada além da minha camisa, e eu não usava nada além da minha calça preta.

— Estou tão apaixonado por você, Rose Hawthorne — declarei contra seus lábios enquanto ela ria de algo que eu tinha acabado de dizer. — Você é a melhor parte da minha vida.

Sua risada morreu quando ela inclinou a cabeça e olhou nos meus olhos. Ela abriu um sorriso lindo.

— E você é meu, Jack Hawthorne. Todo meu.

Capítulo Vinte e Nove

EPÍLOGO

Fazia um mês que eu tinha voltado para casa e aceitado o fato de estar oficialmente apaixonada pelo meu marido. Não me lembrava de um mês mais feliz. Como se eu o tivesse conjurado, Jack entrou na cafeteria e, ao vê-lo, meu coração acelerou. Era como se a campainha tocasse um pouco diferente quando era ele quem passava. Era como se soubesse. *Este é o homem que você ama, olhe para ele,* era a mensagem emitida. Com o rosto impassível, sem um sorriso à vista, ele estava falando ao telefone, um braço cheio das minhas rosas enquanto continuava caminhando em direção ao caixa. Ele franziu a testa quando alguém entrou na frente dele para chegar à minha pequena estante de livros sem se desculpar. Olhou para o meu cliente e, balançando a cabeça, continuou com seu telefonema enquanto eu o observava com o maior sorriso do mundo.

Depois de alguns segundos, quando terminou com quem estava do outro lado da linha, guardou o telefone e, finalmente, *finalmente,* ergueu os olhos. Eu ainda estava sorrindo quando seu olhar me encontrou em pé na porta olhando para ele. Ele manteve contato visual o tempo todo, enquanto ignorava todos os outros e se dirigia para mim. Eu me endireitei no batente da porta e, assim que ele estava a uma curta distância, levantei-me na ponta dos pés, agarrei seu paletó e joguei meus braços em volta do seu pescoço.

— Eu amo essa sua carranca.

Meu pequeno sorriso se transformou em um grande quando senti seus lábios se curvarem contra o meu pescoço, então ele habilmente pressionou um beijo longo no local exato. Jack Hawthorne foi o primeiro homem a causar um curto-circuito no meu cérebro com um simples sorriso contra a minha pele e o que parecia um beijo inocente.

A cafeteria estava um pouco vazia, o horário mais agitado da manhã terminando uma meia hora antes, e quase todos os clientes que tínhamos atualmente eram frequentadores regulares, muitos deles ficavam em seus tablets ou laptops, e alguns dos meus favoritos ficavam perdidos em suas leituras.

Soltando os braços do pescoço dele, passei a mão por seu ombro e arrumei sua gravata. Apenas o simples ato de poder fazer isso me atingia quase todas as vezes. Eu tinha um marido, e um de verdade.

— Oi — eu sussurrei.

— Olá, minha Rose. — Ele se inclinou e beijou minha bochecha.

Fechando os olhos, eu cantarolava.

— Essas táticas não te ajudarão.

— Vamos ver — ele murmurou, colocando um longo pedaço da minha franja atrás da orelha.

— Oi, Jack! — Sally gritou a poucos passos de distância, acenando com uma mão enquanto a outra trabalhava na máquina de café *espresso*.

Ouvi Owen murmurar algo da cozinha enquanto sua cabeça surgia na porta atrás de mim.

— Sally, você disse alguma coisa?

Minha funcionária alegre e gentil nem desviou o olhar da máquina de café.

— Não.

— Oh, ei, Jack — Owen falou distraidamente quando notou meu marido parado ao meu lado. Enquanto eles se cumprimentavam, e Jack finalmente começou a usar seu nome, eu salvei as rosas da força com que Jack as segurava, tocando suavemente as pétalas brancas e beges com as pontas dos dedos.

— Se você quiser ir lá para os fundos, posso ficar no balcão, com Sally — ofereceu Owen.

Olhei para ela e observei enquanto ela ria e entregava a xícara e o saquinho de açúcar para a garota que esperava seu pedido.

— O movimento está fraco. Estou bem aqui sozinha.

Olhei para Owen e vi sua boca se contorcer.

— Então eu vou começar o meu trabalho.

Sally deu as boas-vindas ao último cliente que esperava na fila.

— Precisamos de mais muffins de limão aqui — eu disse baixinho antes que ele pudesse desaparecer nos fundos. Antes de receber uma resposta de Owen, senti a mão de Jack se entrelaçando com a minha. Meus dedos do pé se curvaram de felicidade. Owen me deu um aceno rápido, lançou um olhar aguçado para Sally e se afastou.

— O que aconteceu aqui? — Jack perguntou.

Suspirei.

— O que aconteceu é um amor jovem: paixão, tensão sexual.

— Amor jovem? Diferente do nosso amor, que é de velhos?

Sorri para ele.

— Você tem trinta e um, e eu, vinte e seis, então você é um cara velho para mim. As pessoas geralmente acham a diferença de idade sexy, especialmente se o cara for tão atraente quanto você.

Ele suspirou e balançou a cabeça, o que me fez sorrir ainda mais.

— Ok, sra. Hawthorne, você está pronta para o nosso encontro das dez e meia? Hoje tenho reuniões consecutivas, então gostaria de fazer isso o mais rápido possível.

— Sim, você sempre fala isso. Vai durar o tempo que precisar. De qualquer forma, essa ideia foi sua, por isso nem tente ser rude.

— Eu não estou sendo rude. Não achei que você levaria isso a sério.

— Você nunca pensa que está sendo rude, mas é, e o casamento é um negócio sério, sr. Hawthorne. — Certificando-me de que estava com o rosto sério, dei um passo para longe do meu marido e segurei as flores. — Vou deixá-las na cozinha.

Tendo terminado com o último dos clientes, Sally se juntou a nós.

— Quer que eu leve isso para você, Rose? — ela ofereceu, já pegando minhas rosas.

Virei meu corpo, apenas um pouco, nada muito óbvio.

— Ah, pode deixar. Vou levá-las para os fundos e cuidar delas depois que Jack sair. — Dizer que eu era um pouco territorial com minhas rosas semanais era um eufemismo. — Jack, por que não escolhe uma mesa, e eu vou te fazer companhia em um segundo para iniciarmos nossa reunião?

Ele balançou a cabeça como se eu fosse uma causa perdida.

— Certo. Vou fazer isso.

— Gostaria de um café, sr. Hawthorne? — falei, beijando-o na bochecha.

— Sim, eu adoraria, senhora Hawthorne.

Quando ele se virou e saiu, Sally bufou ao meu lado.

— Não tenho certeza se o café é uma insinuação de sexo ou se você estava falando sobre café de verdade.

— Infelizmente, tratava-se de café de verdade. — Quando entrei na cozinha e coloquei as rosas ao lado da pia, Sally me seguiu.

— Qual é a da formalidade? — Quando lancei a ela um olhar confuso, Sally explicou. — Senhor Hawthorne, senhora Hawthorne...

Eu ri.

— Ah, ele quer trabalhar em nosso plano de casamento de cinco anos, por isso teremos uma reunião.

Sally olhou para mim por um longo momento e depois assentiu.

— Faz sentido.

— Também acho.

Owen saiu do estoque com uma caixa cheia de xícaras, e Sally rapidamente se afastou.

Recostei-me no balcão e olhei para Owen.

— O que você fez agora?

Ele revirou os olhos.

— O que faz você pensar que eu fiz alguma coisa? Não fiz merda nenhuma. Ela vai voltar ao normal em uma hora, não se preocupe.

Eu acreditava que ele estava certo, porque Sally seria a última pessoa na Terra a guardar rancor contra Owen, por isso, deixei para lá. Pegando um prato ao sair, servi os dois últimos muffins de limão e comecei a preparar o café de Jack.

Ele havia escolhido a mesa mais próxima da janela e estava acompanhando cada movimento meu por sobre o jornal que tinha nas mãos. Sentindo o calor correr pelas minhas bochechas por causa do seu olhar, apressei-me e me sentei em frente a ele enquanto ele dobrava o jornal e o colocava sobre a mesa.

— Eles estão namorando agora — expliquei, respondendo à pergunta anterior para o caso de não ter ficado claro antes.

— Imaginei. Não tenho certeza se é uma boa ideia. Se algo der errado, pode afetar seus negócios.

— Adoro quando é todo positivo assim. E eu sei, mas até agora isso não afetou o trabalho deles, e eles prometeram.

Ele me lançou um olhar exasperado, como se eu fosse um tola por acreditar na palavra dos dois.

— Além disso, não vou demiti-los por estarem apaixonados. É divertido ouvi-los brigar. Owen é muito parecido com você, na verdade, então é mais divertido por causa disso. De repente, estou cercada por homens mal-humorados.

— Eu não sou mal-humorado, Rose. Estou falando sério.

Rindo, levantei, me inclinei sobre a mesa e rapidamente beijei seus lábios antes de sentar novamente.

— E eu amo que você seja assim. — Ele estava vestindo meu terno azul-marinho favorito. — Pelo que vejo, você vestiu sua armadura para negociações — comentei de leve antes de tomar meu chá.

As sobrancelhas de Jack se uniram em confusão.

— O quê?

— Seu terno. Você sabe que é o meu favorito.

Seus olhos brilharam, travessos.

— E você está usando o vestido que eu disse que preferiria que você usasse apenas comigo ao seu lado, segurando sua mão.

Fingi choque e olhei para o meu vestido.

— Essa coisa velha? — Era realmente um vestido preto básico, de mangas compridas, mas eu sabia que ele gostava por algum motivo. Não conseguia tirar as mãos de mim sempre que eu usava.

Ele arqueou uma sobrancelha perfeita que basicamente dizia *eu conheço o seu jogo* e recostou-se na cadeira.

— Você gostaria de começar?

Empurrei os doces para dele. A semana do limão foi criada só para ele, azedo e doce, como alguém que eu conhecia.

— Você gostaria de prová-los? Eu que preparei.

— Você não pode me distrair com doces, Rose. Vou levá-los comigo quando sair.

Sorri.

— Eu nunca faria isso, sr. Hawthorne. Estou chocada que você pense que eu poderia fazer algo assim. Por favor, continue. Eu só estava tentando ser legal com o meu marido.

— Claro. Então, diga-me, que tipo de casamento você deseja para os próximos cinco anos?

— Apenas cinco? Vou receber um pé na bunda depois disso?

— Pensei que seria mais saudável nos sentarmos a cada cinco anos e planejarmos os próximos cinco.

Deus, foi uma luta não me levantar e puxá-lo para os fundos da loja. Ele parecia tão devastadoramente bonito e sério que eu estava tendo problemas para me manter sã.

— Como sabe que não vou me divorciar de você nos próximos cinco anos?

— Você não vai se divorciar de mim — rebateu ele, descartando a ideia.

— Quem disse?

— Eu digo. Se você não se divorciou depois de tudo o que aconteceu, não se livrará de mim por algo pequeno e estúpido que provavelmente acabarei fazendo em algum momento.

— Vou me divorciar em um piscar de olhos, se você me trair.

— Como essa não é uma possibilidade, vamos falar sobre nossos planos para os próximos cinco anos.

— Não deixar meias espalhadas pela casa. Por menor que pareça, isso me deixa louca, e é assim que começa o início do fim. Sem roupas no chão e sem mastigar com a boca aberta.

— Você pode levar isso mais a sério?

Franzi meu cenho para ele.

— Eu estou levando — enfatizei.

— Você já me viu deixar meias espalhadas por algum lugar? Ou roupas?

— Não. Estou apenas dizendo para você não começar com isso.

— Podemos voltar ao plano?

— Você não está me ouvindo? Essas coisas fazem parte do plano. Você não pode me trair, não pode deixar suas meias ou roupas espalhadas e não pode mastigar de boca aberta. O som me deixa louca.

— Esses são seus planos para o nosso relacionamento para os próximos cinco anos?

— Estamos apenas começando. Além disso, por que tem que ser apenas os meus planos? Você tem que me dizer o que quer nos próximos cinco anos também.

— Eu só preciso que você fique comigo, então isso significa que preciso descobrir o que você quer.

— Estou lisonjeada, mas não. Não é assim que um casamento funciona. Eu sou muito descontraída. Eu quero amor, lealdade e que você converse comigo.

— Rose, você terá que ser mais específica. Eu lhe disse, você tem um milhão de coisas a dizer sobre o nosso casamento o tempo todo. Comece com uma delas. Conte-me sobre o casamento que você sonha em ter.

— Bem. — Balancei a cabeça com cuidado. — Quero um encontro à noite toda semana. Se estivermos atolados de trabalho, podemos fazê-lo em casa, mas preciso dessas poucas horas só nós dois sem que mais nada atrapalhe.

— Ok. Eu posso fazer isso.

— Você não deveria fazer anotações? — perguntei, pegando meu chá novamente.

Ele bateu um dedo na cabeça, sorrindo.

— Ok. Veremos. Sua vez.

— Eu quero que você me visite para almoçar.

— No seu escritório?

— Sim.

— Para sexo? Estamos autorizados a fazer sexo no escritório?

Ele soltou um grande suspiro.

— Rose...

Eu fiz uma careta.

— O quê? É uma pergunta válida.

Obviamente, ele não pensava assim pela maneira como balançou a cabeça para mim.

Ele estava tomando o café, mas parou e colocou a caneca de volta na mesa.

Eu sorri. Então, ele estava pensando sobre isso também.

— Talvez não no escritório, já que é tudo de vidro, mas vou cuidar disso.

Eu ri. Tinha certeza de que ele encontraria uma maneira.

— Fazer isso no escritório não é essencial, mas eu adoraria ir almoçar com você. Posso perguntar por quê?

— Gosto de passar um tempo com você e gosto da ideia de você ir ao meu escritório para almoçar. Gosto quando as pessoas me veem com você.

Puxei meu assento um pouco mais para perto dele, sentindo meu coração feliz.

— Combinado. Minha vez: eu quero dormir de conchinha. Se não for possível todas as noites, quero na maioria delas.

— Isso não é algo que você precise pedir, Rose.

— Tenho certeza de que haverá noites em que me abraçar na cama será a última coisa em sua mente, especialmente depois de um longo e cansativo dia de trabalho, então estou apenas mencionando. Se começarmos a passar muitas noites separados, você precisará fazer um esforço para não tornar a situação permanente. Mesmo se discutirmos, e eu sei que já comentei isso antes, mas vale a pena repetir, quero ser o tipo de casal que resolve os problemas antes de ir para a cama. Sua vez.

Dessa vez, foi ele que aproximou a cadeira da minha. Ele pegou minha mão e beijou as costas dela. Em vez de soltá-la depois, ele a apoiou em sua coxa, nossos dedos entrelaçados.

— Quero que você me diga quando eu estiver fazendo algo errado — ele começou, sua voz baixa e seus penetrantes olhos azuis nos meus. — Quero que me informe quando estiver distante ou distraído, porque já posso garantir que não será com você. Não pode ser você. Nunca será você.

Assenti.

— Eu vou te dizer. Quero envelhecer com você.

Ele segurou meu rosto e descansou a testa na minha.

— Sim. — Sua voz era baixa e a resposta foi apenas uma palavra simples, mas pela emoção que eu podia ver em seus olhos, a emoção que eu podia sentir por trás do que disse, eu soube que era uma promessa que ele pretendia cumprir.

— Lembre-me por que não fizemos essa negociação em casa? — perguntei com um suspiro quando tivemos que nos separar.

— A ideia foi sua.

— Ok. Tudo bem. O que mais você quer de mim?

— Tudo o que você estiver disposta a me dar.

Limpei minha garganta e sua mão apertou a minha.

— Nós não vamos mentir um para o outro. Por mais difícil que seja a verdade, não vamos mentir. Prometa.

— Não vou correr o risco de perder você. Não vamos mentir um para o outro — ele concordou facilmente.

— Vamos fazer um esforço consciente por nosso casamento, não importa o que esteja acontecendo em nossas vidas. Continuaremos trabalhando nisso sempre. Quero te fazer feliz e você tem que conversar comigo.

— Você nunca encontrará alguém que se esforçará tanto para te fazer feliz. Toda vez que você precisar de uma ressonância magnética, sempre entrarei com você. Eu sempre me certificarei de estar lá. Vou assistir a todos os filmes que você quiser que eu assista, não importa o quão brega ou horrível...

Levantei a mão e o impedi antes que ele pudesse continuar a frase.

— Espere um pouco, se você está me dizendo que acha que Titanic ou Mensagem para você são bregas, temos um problema.

— Apenas ouça. Eu sempre vou deixar você roubar minhas batatas fritas quando acabarem as do seu prato. Eu sempre vou deixar você comer minha sobremesa. Cozinharei para você quando estiver doente ou com muita fome para fazer qualquer coisa além de ficar irritada. Vou te alimentar do meu próprio prato e beijá-la após cada garfada. Farei sacrifícios por você, assim como sei que você fará sacrifícios por mim ao longo do caminho. Nunca serei rude com as pessoas que você ama e se importa. Nunca vou desvalorizar o seu sorriso e a farei sorrir todos os dias, mesmo nos dias em que você estiver mais irritada comigo. Falarei por horas, dizendo tudo o que você quiser saber sobre mim, sobre qualquer coisa, se for esse o seu desejo.

— Jack — sussurrei, com minhas mãos trêmulas. — Jack, eu conheço seu coração. Você não precisa falar o tempo todo. Eu amo até o seu silêncio.

Ele se inclinou para frente, gentilmente deu um beijo nos meus lábios e continuou falando.

— Eu vou te beijar toda vez que você começar a se preocupar com sua saúde e se perder em seus próprios medos. Vou te beijar todas as manhãs, todas as noites e sempre que puder. Sempre enviarei uma mensagem quando souber que você pode me responder, mesmo que eu esteja a apenas um quarto de distância. Mas, nos dias que quiser ouvir sua voz, vou te ligar em vez de enviar uma mensagem. Sempre vou ajudá-la quando pedir. Ajudarei você mesmo quando não pedir minha ajuda, porque sempre estarei ao seu lado. Vou comer e beber o que você colocar na minha frente simplesmente porque suas mãos o cozinharam, assaram ou prepararam. Vou tentar aprender a entender quando você quer que eu faça amor com você, mas está com vergonha de pedir. Vou me esforçar para te fazer feliz, para fazer deste o casamento o que você sempre quis ter, e nunca irei... prometo, Rose, nunca vou fazer você se sentir não amada. Eu nunca vou tomar o que temos como certo. Você sempre terá alguém para se apoiar quando precisar. Eu sempre estarei lá, mesmo quando você não precisar que eu esteja, mas mais importante...

Ele estendeu a mão e limpou uma lágrima do meu rosto antes de erguer minha mão e beijá-la novamente. Quando foi que comecei a chorar?

— Eu sempre vou amar você — ele continuou antes que eu pudesse recuperar o fôlego. — Mesmo quando você estiver chateada comigo, mesmo quando eu fizer algo que você não gostar e quando você não fizer ideia do porquê decidiu ficar comigo, sempre amarei você.

— Você não fala. Durante dias e semanas, fiz de tudo para fazer você falar e depois faz isso comigo. — Eu me levantei, meus olhos nunca deixando os seus lindos, azuis, e me sentei no colo dele de lado. Segurei seu rosto e apenas olhei para ele.

Aquele homem por quem eu estava apaixonada, e extremamente consciente disso.

Aquele homem que não era nada do que eu queria para mim.

Aquele homem feroz que se tornou o único para mim.

Minha família.

— Você faz meu coração acelerar. Sabia disso?

— Hummm. Eu faço?

Inclinei-me e beijei seus lábios uma vez, lentamente, docemente.

Com uma das minhas mãos descansando em seu pescoço, falei em seu ouvido:

— Estou apaixonada por você, loucamente, desesperadamente, irrevogavelmente. — Mordendo meu lábio, acariciei seu rosto e movi meus olhos por cada centímetro do seu belo rosto, memorizando seu olhar, o formato dos seus lábios. — Eu vou fazer você feliz também, Jack Hawthorne — sussurrei, e descansei a testa contra a dele enquanto olhamos nos olhos um do outro. — Farei de tudo para fazer você feliz pelo resto dos nossos dias. Eu nunca vou te deixar. Nunca vou desistir de você, de nós.

FIM

AGRADECIMENTO

Casamento para Um é um daqueles livros que se escreveu sozinho, pelo menos o primeiro rascunho. Mas isso não significa que foi o mais fácil. Não, Jack e Rose me desafiaram muito. E eu espero não ter feito uma bagunça completa.

Jack não é como nenhum outro personagem que eu criei, e precisei de algum tempo e de ajuda para garantir que estava sendo justa com ele. Por mais assustada que esteja com esse lançamento, eu amo esses dois. Amo a história de amor deles, o humor seco, a rabugice, os sorrisos, a risada, o tornozelo segurado... tudo isso. Mas esse também é o livro que mais me assusta. Não quero falhar com Jack e Rose. Sei que não é uma história para todos, mas quero muito que seja. Quero que eles roubem um pedaço do seu coração. Eu realmente espero não te decepcionar.

Shelly... como sempre, não há nada que eu possa dizer que seja suficiente. Não há palavras para toda a ajuda que você me deu com essa, *especialmente* com essa, história. Eu te incomodei incessantemente sobre este livro (eu provavelmente incomodo você sempre com todos os livros, mas sei que exagerei dessa vez). Ainda me ouço repetindo as mesmas coisas inúmeras vezes em mensagens de voz sobre o fracasso que sou ou vou ser. E você sempre tem as palavras certas para mim. Sempre. Talvez seja por isso que corro para você quando estou enlouquecendo. Sou eternamente grata por ter sua amizade. Para sempre grata por poder confiar em você em tudo. Jack e Rose, eles não estariam no mundo agora se não fosse por você, então obrigada do fundo do meu coração. Obrigada por me aplaudir. Eu te amo. Muito obrigada por ler meu pequeno livro enorme.

Beth... o que eu faria se não tivesse sua amizade? Seus comentários com este aqui... eles me ajudaram muito. Muito mesmo. E o fato de você não gostar de ler livros longos, mas ler os meus em pouco tempo? Eu te amo por isso. Por me ajudar. Por me enviar mensagens de voz com sua linda voz e sotaque lindo e me ajudar ainda mais – com a sinopse, a capa, os teasers. Assim como eu disse a Shelly, eu estragaria demais a história de Jack e Rose se não tivesse você para me ajudar a resolver as coisas. Espero que um dia eu possa ajudá-la tanto quanto você me ajuda. Tenho a sorte de chamá-la de amiga e por você não estar cansada de mim ainda. Prometo deixar o próximo livro mais curto, mas obrigada por ler isso tudo.

Erin... aqui estamos nós de novo. Estou tão feliz que você não está cansada de mim ainda. Especialmente depois deste, porque eu sei o quão chata eu tenho sido. Terminamos outro e estou animada e assustada. Como sempre, fico feliz por ter você comigo. Prometo que tentarei não surtar muito com o próximo. E muito obrigada por ler a história de Jack e Rose, mesmo que você tenha um milhão de coisas melhores para fazer.

Elena (também conhecida como a bela bibliotecária)... você leu este livro tão rápido e lindamente. E então me deu vida. Eu nem estou brincando. Você sabe o quanto eu estava surtando quando você começou a lê-lo, por isso sabe o quanto significou para mim o fato de você tê-lo amado (se você não mentiu para poupar meus sentimentos, é claro). Por ter amado Jack. Obrigada por não me fazer implorar para ler meu livro. Obrigada por me fazer sorrir tanto quando tive a certeza de que falhei em contar a história de Jack e Rose. Obrigada pela bela foto. E, por último, mas não menos importante, obrigada por conversar sobre Jack e Rose comigo por dias! Você me fez sentir animada com eles novamente. Talvez eu precise implorar novamente, com o próximo. Fique avisada...

Saffron... obrigada por ler treze capítulos deste livro, mesmo quando você estava lidando com algo tão insano. Você sabe o quanto isso me ajudou com Jack. Eu realmente aprecio o apoio, você sabe o quão insegura este livro me deixou, então, obrigada por ouvir.

Para a agente mais doce... Hannah, você é a melhor do mundo. Você ficou comigo quando eu mais precisava de uma amiga. Você leu tudo em apenas alguns dias e não apenas uma, mas duas vezes. Sou eternamente grata pela ajuda e pelos comentários. Espero não te decepcionar. E, só para repetir, muito obrigada pelos seus adoráveis elogios. Eu não gostaria de trabalhar com ninguém além de você.

Christina e Yasmin... vocês duas são minhas primeiras leitoras beta e, na verdade, Yasmin está lendo enquanto digito isso. Caso você não tenha recebido minhas mensagens, não gosto do fato de você estar mantendo suas anotações em segredo. Não sei se vocês amarão Jack e Rose, mas espero muito que gostem. Muito obrigada por estarem tão entusiasmadas com esta história. Cada mensagem que recebo de vocês coloca o maior sorriso no meu rosto. Eu realmente espero que vocês amem.

Caitlin Nelson e Ellie McLove, muito obrigada por tornar meu livro melhor e mais legível.

Emily A. Lawrence, muito obrigada por editar minha sinopse no último minuto. Mal posso esperar pelo próximo!

Nina, por favor, não se canse de mim tão cedo!

E obrigada a todos os incríveis blogueiros e instagrammers que me deram uma chance. Eu sei que a história de Jack e Rose é mais longa do que a maioria dos meus livros, mas obrigada por lerem e me ajudarem a divulgar. Todos vocês são incríveis, e eu não conseguiria fazer o que vocês fazem. Espero que tenham gostado do meu pequeno livro enorme.

E meus adoráveis leitores, quero que vocês se apaixonem por Jack e Rose. Espero não decepcioná-los e que me encontrem no meu próximo livro. Muito obrigada por amar meus personagens tanto quanto eu. Vocês são tudo.

Entre em nosso site e viaje no nosso mundo literário.
Lá você vai encontrar todos os nossos
títulos, autores, lançamentos e novidades.
Acesse www.editoracharme.com.br

Você pode adquirir os nossos livros na loja virtual:
loja.editoracharme.com.br

Além do site, você pode nos encontrar em nossas redes sociais.

 https://www.facebook.com/editoracharme

 https://twitter.com/editoracharme

 http://instagram.com/editoracharme